# 해방기 남북한 극문학 선집

## Ⅳ

해방기 남북한 극문학 선집 Ⅳ

초판 1쇄 인쇄일 · 2019년 7월 20일
초판 1쇄 발행일 · 2019년 7월 25일
지은이 · 이기영/ 이동규/ 이주홍/ 임하/ 정범수/
조현/ 진우촌/ 탁진/ 한민/ 한병각/ 한태천
엮은이 · 이재명
펴낸이 · 이정옥
펴낸곳 · 평민사
주소 · 서울시 은평구 수색로 340, 202호
전화 · 02)375-8571
팩스 · 02)375-8573
등록번호 · 제251-2015-000102호
값 · 27,000원
http://blog.naver.com/pyung1976

# 해방기 남북한 극문학 선집

## IV

이기영
이동규
이주홍
임하
정범수
조현
진우촌
한민
탁진
한병각
한태천

이재명 엮음

평민사

# 책 머 리 에

해방기 남북한 극문학 선집( I ~ IV)은 한국연구재단의 연구과제 KRF 2007-327-A00473 (연구과제명 "해방기 남북한 극작품의 데이터베이스화 및 공연문화사 연구")를 수행하면서 기획되었다. 2009년 연구과제를 마무리하면서 온라인상의 자료센터를 개설하려 하였으나, 여러 가지 여건이 마땅치 못한 상황이 되고 말았다. 궁리 끝에 지난번 연구과제의 성과물인 근대 희곡 · 시나리오 선집(해방전 공연희곡집 외 10권)의 사례를 계승하는 차원에서 2권 분량의 극문학 선집을 출판하기로 하였다.

수많은 자료를 여러 차례 검토한 끝에 2권으로는 귀중한 자료를 다 담아내기 어렵다고 판단하여, 사비를 들여서라도 추가로 2권 더 출판하기로 하였다. 하지만 연구원도 제대로 확보되지 않은 상태에서 혼자서 자료를 검토하고 수록 작품을 선정하는 작업에 상당한 시일이 걸리고 말았다. 선집 4권에 수록될 작품 선정이 마무리될 무렵, 뜻하지 않은 눈수술로 출판 작업은 더욱 더뎌질 수밖에 없게 되었다. 최종 원고와 원문 대조 작업 및 교열 작업과 사투를 벌인 결과, 해방기 남북한 극문학 선집 I · II 2권을 1차분으로 먼저 출판하기에 이르렀다.

1945년 8 · 15 해방 이후 1950년 한국전쟁이 일어나기 이전까지 남한에서 발표된 극작품으로는 80여 편을 확인할 수 있었다. 같은 시기 북한에서 발표된 극작품은 100여 편에 이르는데, 국립중앙도서관과 명지대 도서관, 미국 국립문서보존소(한국전쟁 중 북한지역에서 노획한 자료들 상당수는 최근 국립중앙도서관 해외수집기록물 자료실에 D/B로 확인 가능), 중국 연변대 도서관 및 러시아 국립도서관에서 60여 편의 극작품과 13권의 희곡집을 수집할 수 있었다. 이들 중에서 대략 40여 편의 작품을 추려, 해방기 남북한 극문학 선집으로 묶게 되었다.

해방기 남북한 극문학 선집에 수록된 작품을 선정한 기준은 일차적으로 작품성이 뛰어난 것으로, 당대 극문학의 수준을 가늠할 만한 작품을 우선적으로 골랐다. 그 다음으로 그동안 발굴되지 않아 연구가 미흡했던 극작가와 그의 작품을 소개하려는 취지로 미공개 극작품 위주로 선정하였다. 그러다 보니 해방기 남북한 극문학 선집에 북한쪽 작품이 많아지게 된 요인이 되었다. 또한 탄생 100주년을 맞이한 문인들을 기념하고 작품세계를 재조명하려는 취지에서 최근 10여 년 사이에 각종 작품전집류들이 홍수를 이루게 되었다. 유치진과 오영진, 김영수, 함세덕, 신고송, 이주홍, 진우촌 등의 작품집이 대표적인데, 여기에 소개된 극작품 역시 수록대상 목록에서 제외하다 보니 남북한 작품 사이의 균형이 맞지 않게 되고 말았다. (수집한 작품과 게재 지면 및 공연 사항 등에 대한 자료와 작가별 작품 현황 등의 자료는 내년 초에 발행될 해방기 남북한 극문학 선집 Ⅲ, Ⅳ에 수록할 예정이다)

한국연구재단 연구과제를 수행하는 과정에서 연구원으로 도움을 준 양수근 선생과 우미옥 선생에게 감사드리며, 그동안 연구실에서 함께 애쓴 윤성훈, 권오경, 박소희, 배나은, 신다혜, 정지혜 조교에게도 감사의 인사를 전한다. 특별히 이번 연구과제 수행과 선집 발간에 있어서 윤성훈의 역할은 자료 수집과 정리 및 연구의 모든 방면에서 절대적이었다.

이들 명지대 문예창작학과 관련인들과 별도로, 혜화동1번지 5기 동인들과 혜화동1번지 2012 봄 페스티벌 기획진과 같은 젊은 연극인들에게도 감사드린다. 이들은 다소 무겁고 재미없을 주제인 "해방공간"을 젊은 감각으로 새롭게 재조명함으로써 이번에 출판하는 선집의 의의를 확인시켜 주었다. 6,70년 전에 발표된 김사량의 「호접」을 비롯한 이동규의 「두루쇠」 등 5편의 희곡작품을 새롭게 무대화한 혜화동1번지 5기 동인들의 열정에 다시 한 번 감사드린다.

또한 극예술학회의 젊은 연구자 여러분이 본 선집에 수록될 자료를 검토하고 앞으로의 연구 방향 검토를 위한 "해방기 세미나"에 열의를 갖고 진행해 준 것에 감사드린다. 매서운 겨울 방학과 무더운 여름 방학이라는 악조건 속에 전개된 세미나에서 백소연, 전지니, 양근애, 문경연, 권두현, 김남석, 우수진, 서재길, 김정수, 백승숙, 김향, 백선애, 조보라미 선생(무순!)이 애써 주셨다.

끝으로 한국 연극과 극문학 발전을 위해 애쓰시며 어려운 출판 환경 속에서도 본 선집의 출판을 떠맡아 주신 평민사 이정옥 사장님께도 더 없는 감사를 드린다. 지지부진한 작업을 지켜보면서 격려와 성원을 아끼지 않은 가족에게도 감사한다. 계속되는 시련과 고통 속에서도 연구할 수 있는 체력과 여건을 허락해 주신 하나님의 은혜에 다시금 감사하지 않을 수 없다.

앞으로 이루어야 할 연구와 남은 생애가 더 나은 내일과 임재하는 하나님 나라의 건설에 유용하게 쓰일 수 있게 되길 간절히 기원해 본다.

2012년 10월 금토산 자락에서
이재명

# 머리말에 덧붙여

2012년 가을『해방기 남북한 극문학 선집』Ⅰ, Ⅱ를 펴내고 나서, Ⅲ, Ⅳ권은 1~2년 안에 마무리할 예정이었다. 하지만 불가피한 사정들이 연이어 발생하고, 급기야 치명적인 눈수술을 세 차례 치르면서 오늘에 이르게 되었다. 하여튼『해방기 남북한 극문학 선집』Ⅲ, Ⅳ권을 준비하는 과정 속에 북한 시나리오 2편을 새롭게 발굴하게 되어, 새 자료를 포함하여 Ⅴ권까지 확대하게 되었다.

2008년 미국에서 안식년을 보낸 워싱턴대학(U.W.) 한국학과를 통해 해방기 북한 영상자료를 확보하게 해 준 바 있는 필자는 같은 해 가을 워싱턴대학 구내에서 그 영상자료 중에서 유일한 극영화 <용광로>(김영근 작, 민정식 감독, 문예봉·박학 주연)의 시사회를 가진 바 있다. 〈용광로〉는 북한의 두 번째 예술영화로 전쟁 발발 직전인 1950년에 북한 전역에 보급된 작품으로, 1949년에 제작된 북한 최초의 예술영화 <내 고향>(김승구 작, 강홍식 연출, 문예봉·유원준 주연)과 함께 전쟁 전 북한의 대표적인 예술영화였다. 북한 초창기 영화 및 대본 입수에 대한 관심을 키워가던 중,『조선영화문학선집』1 (문학예술종합출판사, 1990)을 입수하여 이 두 편의 영화문학(시나리오)을 확인한 필자는 이 두 자료가 남북한 극문학 및 영화문학 비교 연구에 필수적이라 여겨 선집에 추가하기로 하였다.

이와 별도로, 한예종의 김석만 교수님으로부터 함세덕의 <산적> 자료를 제공받아 정리하던 중, 2013년 출판된 아단문고 미공개 자료 총서 3권에 소장된 <산적>과 비교하면서 자료를 정리하였다. 또한 같은 자료 총서 5권에 수록된 전창근 작 <자유만세>의 경우도 비교·정리하였다. 하지만 아단문고 총서에 수록된 시나리오 <삼타홍>(이경선 작), 희곡 <임진왜란>(김태진 작), <당대놀부전>(함세덕 작), <에밀레종>(서항석 각색>, <숙향전>(윤지혁 작 악극) 등은 이번 선집에 수록하지는 않았다. 이들은 모두 1945년부터 1950년 사이에 발표되었지만, 이들 자료를 발굴한 관계자들과 협의를 하지 않은 작품들이기 때문이다.

이렇게 해서 애초에 예정된 4권으로는 분량상 문제가 있어서, 경제적

어려움을 감수하고 5권으로 재편집하게 되었다. 새로 수집 · 정리한 작품들과 함께 5권 편집상에 여유(?)가 있다고 판단하여, 몇 가지 자료를 덧붙이기로 하였다. 예정된 해방기 공연 · 상연물 목록 엑셀 작업을 5권 부록으로 덧붙이고, 해방기 관련 필자의 논문 2편을 3권과 4권에 나눠 실었다.

끝으로 본 추가 작업에 도움을 주신 여러분들께 감사의 인사를 전한다. <산적> 자료를 제공해 주신 김석만 교수님, 자료 엑셀 작업을 맡아준 김종훈, 김건 조교, 마지막 교정 작업을 도와준 정재춘 선생에게 감사를 드린다. 어려운 출판 환경에서도 돈이 안 되는(?) 작업을 기꺼이 맡아 주신 평민사에도 무한한 감사를 드린다.

2019. 4.

이재명

## [목차]

# 일러두기

1. 수록된 작품은 원문 그대로 게재하는 것을 원칙으로 한다. 다만 의미 전달의 효율성을 높이기 위해 띄어쓰기는 현대 방식을 적용하였다. 그러나 작품 전체가 일본어로 발표된 경우는 번역하는 과정에서 띄어쓰기와 맞춤법 모두 현대 문법을 적용하고, 일본어 원문은 별도로 영인하였다.

2. 한자(漢字)의 경우 역시 원문 그대로 표기하는 것을 원칙으로 한다. 따라서 '한자(한글)' 혹은 '한글(한자)', '한자'의 경우나 '정자·약자·간자'의 경우 가급적 원문 그대로 표기하였다.

3. 문장 부호는 가로 조판 방식에 맞게 현대적으로 변형하였다. 또한 '◇ ○ ◎ ( )' 등 원문의 독립 지문 표시 기호는 현대 방식에 맞게 모두 생략하고 위아래로 한 줄씩 띄워 독립된 지문 표시를 하였다. 다만 시나리오의 경우, '씬(scene)' 앞에 '#' 기호를 붙여 표시하였다.

4. 단어가 반복될 때 '〱'이나 '〃' 기호로 표시하거나 일본어 '々'를 사용하는 경우, '〱'이나 '〃'는 현행 가로쓰기 체계에 맞지 않기 때문에 앞의 단어나 구의 반복을 그대로 살려주는 방식으로 표기하였다(예 : 떨어질 듯이〱 → 떨어질 듯이 떨어질 듯이). 다만 일본어 '々'를 사용한 경우는 당시 표기법을 살리기 위해 원문 그대로 표기하였다.

5. 일본어 번역의 경우, 한자로 되어 있는 일본 사람의 이름은 한자 그대로 표기하였고 일본 지명은 일본식으로 읽어주었다. 그리고 일본어 원문의 경우, 한글 문장에 일본어 발음으로 읽은 한글이 들어갈 경우는 번역을 해서 주석 처리하였다. 그러나 한글 문장 안에 단어나 구가 일본어 표기로 들어간 경우는 번역을 해서 본문 중에 '[ ]' 표시하였다. 전체가 일본어 문장으로 되어 있는 경우도 번역을 해서 '[ ]' 표시하였다. 다만 'の, さん, はい(ハイ)'와 같이 자주 쓰이는 단어들은 처음 나왔을 경우에만 번역 처리하고 이후에는 생략하였다.

6. 문맥상 오자(誤字)임이 분명한 것이라 할지라도 본문에서 수정하지 않고 주석 처리를 하였다. 또한 의미 해석이 필요한 단어나 구, 절에 대해서도 주석 처리를 하였다.

7. 원문 판독이 불가능한 글자의 경우, 가능한 그 숫자만큼 '○' '*' 표시를 하였다.

# 해방

## (전1막)

이기영

| | |
|---|---|
| 정의수(鄭義秀) | 학병기피자 |
| 목촌인화(木村仁化) | 징용기피자 |
| 산천학보(山川學甫) | 도박상습범, 경남도 사람 |
| 평산막동(平山莫童) | 절도3범, 전라도 사람 |
| 김해광춘(金海光春) | 공출태만자, 빈농 |
| 목하춘자(木下春子) | 공창(公娼)도주자 |
| 蒲(가바) | 왜놈 순사 |
| 一郎(잇찌로) | 소사 |

## 시대

8월 15일 심야에서 익조(翌朝)까지

## 장소

지방도시 부근 농촌 유치장.
뒤에는 철창, 전면에는 나무 창살문이 있는 한평 남짓한 유치장 안에는 삼면으로 널판자를 하였는데, 우편 뒤측으로는 똥통이 있고, 그 옆 방에 목하춘자의 여감방이 부터 있다. 감방 앞으로 복도가 있고, 그 옆으로 간수의 책상과 의자, 벼룻집, 문서 등, 책상 밑에 화로. 화로 우에 물주전자가 놓였다. 히미한 전등불. 蒲 간수는 책상 앞에서 화로를 피우다가 감방 열쇠를 들고 이러섰다. 그는 담배 공초를 복도에 내던지고 구두발로 밟어서 불을 끄고는, 그 길로 여감방문을 덜거덕 연다.

蒲　　나와. (가만히)

춘 자　네?… (떨리는 목소리)

蒲　　못 아려 드렸냐. 나오란 말이다. (노기를 띄고)

춘 자　아이구, 나-리. 전 도망한 죄밖에 다른 죄는 없어요. 더 취조하실 것 없이 내일 도루 보내 주시오. (딸어 나온다)

그동안에 막동이는 간수가 내버린 담배꽁초를 끄낸다. 첫번에 잘 안 되자, 둘째번에 신고(辛苦)를 하다가 마침내 성공을 할 무렵에, 감방문 잠그는 소리가 들린다. 그는 기절을 해서 담요를 뒤집어 쓰고 드러눕는다. 그때 蒲 순사가 감방문을 살펴보며,

막 동　(벌떡 이러나 앉으며) 망할 잡것, 밤중에 여자는 왜 끄러낼까? 여보, 야마가와상. 일어나소, 이러나소. (깨운다)

산 천　(기지개를 쓰며) 졸린데 자지 안쿠 웬 두스럭[1]야.

막 동　하마(河馬)[2]란 놈이 지금 하루꼬를 끄내 갔어!

산 천　그래서 잠이 다러낫나? 젊은 사람들이란 할 수 없군. 하하…

막 동　안야, 그 사품에 난 버리를 잘했거던. 담배꽁초를 주섰단 말야. 담배 생각이 없거든 당신은 고만 두소. 그 사람.

산 천　(벌떡 이러나며) 응? 담배를 주섰어. 그럼 어서 한모금 피우자구. 석냥은 내게 있으니. (판장 틈을 뒤진다)

막 동　아따 그런데는 퍽 빠른데- 귀신 둣는(듣는)덴 떡 말을 못 하겠네. 하하…

산 천　쉬ㅅ, 가바란 놈 둣는다. 아니, 그 자식이 춘자는 왜 끄내 갔을까?

막 동　무슨 꿈꿈이 수작을 부치자는 게지. 뭇은(무슨) 조사를 함네 하구… 멀정한 강도놈 같으니…

산 천　(성냥알과 향을 긋는 성냥갑의 한쪽을 차저 들고, 성냥알을 입안에 너코는 호- 불어서 긋는데, 불이 잘 이러나지 않는다) 이거 큰일낫군! 한가치밖에 없는데, 안 켜지면 탈이야.

막 동　인내! 내가 켤게! 담배 먹고 시픈 이들은 이러나소.

산 천　가만있어… 고까진 걸 가지고 뭘 죄다 이러나락 해! 우리끼리나 두어 목음 먹고 말지.

막 동　감방 인심은 그러치 안태여. 콩 한 개라도 반씩 쪼개 먹어야지.

---

1) 뒤스락, 부산하게 이리저리 자꾸 움직임.

2) 蒲 간수의 별명인 듯.

자든 사람들은 벌떡벌떡 이러나 앉는다. 정의수와 병이 난 목촌만 빼놓고.

자든 사람들 왼일들야. 남 잠도 못 자게 떠들구 야단이니.

산　천　(좋아서 간사한 목소리로) 야, 켜졌다. 막동이, 어서 붙여 물고 나한 목음만 주라고!

막　동　(담배를 부치면서) 가만 잇서. 선생님께 먼저 올려야지. 선생님, 담배 한 모금 피우서요.

정의수　난 실소. (드러누운 채로)

산　천　거 보지. 선생님이 이런 꽁초를 자실락게

막　동　오늘 들어오신 영감 자실나우. (꽁초를 두어 목음을 빨구 나서)

김　해　당신네나 어서들 자시우.

산　천　먼저 달란 사람은 안 주고, 웨 이리 세도를 쓰는 거야. 장한 놈의 꽁초 한 개나 주섯나 보다. (담배를 빼아서 간다)

막　동　(불쾌한 목소리로) 어련히 주까바서! 빼서 갈 건 뭐야… 경상도 문둥이란 할 수 없구만.

산　천　뭐시 어째! 전라도 개똥쇠는 어떠하고… 담배 한 모금 어더먹다가 별 창피 다 당한다.

막　동　창피한데 임자더러 누가 먹으랬나.

산　천　잘 한다. 넌 말버릇이 그뿐이냐?

막　동　그뿐 아니면- 처신을 잘 가져두 그럴까. 당신은 너무 당신 혼저만 생각하는 심뽀가 틀렸서.

산　천　(성이 나서) 점점 못할 소리가 없구나! 이놈아, 내 심뽀 틀린 것이 무에냐.

막　동　틀렸지 뭐야- 당신이나 내가 뭬 잘낫다구… 웃줄거릴 건덕지가 아무것도 없지 않소- 남한테 존대를 바드라면 저런 선생님처럼 되란 말야… 그럼 당신한테도 코가 땅에 다케 절을 할테니, 흥…

산　천　(분이 나서 식식대며) 넌 명색이 뭐시기에 남의 말을 잘 하늬?

막　동　난 절도 3범이야. 그러니 어쩔 테야.

산　천　너 참 잘낫다. 주제 넘은 놈 같으니. (담배불을 복도에 내던진다) 젊은 놈이 그래서 못 쓴다.

막　동　웨 못 써? 그럼 잘나지 않구. 도박상습범자보다는 절도가 낫지.

김　해　저를 봐요! 큰일들 내겠군. 사소한 일로!

산　천　아니 그럼, 이 세상에는 도적놈이 제일가는 사람이로구나. 허허… 사십 평생에 요절한 소리두 다 듯는다. (실소한다)

김 해 아니 왜들 이래! 하마가 듯고 쫓아오면 어쩔라구.

목 촌 그만 관두시오. 시끄럽소.

산 천 누가 어쨌나요- 이 사람이 고연스리 남의 부아를 극적극적 도두니까 그럽지요.

막 동 입은 삐뚜러졌어도 저때는 바루 불랬거던. 왜 그래 당신이 잘했스면 내가 그랬을까…

산 천 허, 그거 참… 내가 잘못한 게 무에냐 말야… 담배 한 목음 달난 것박에-

막 동 그게 안야- 야이, 고만둡시다. 당신과 말다툼하는 내가 잘못됐나부.

산 천 흥, 참 별꼴을 다보겠다. 음… (입맛을 쩍쩍 다신다)

이때 별안간 춘자의 비명을 지르는 애개개… 소리가 들린다. 동시에 매질하는 소리가 툭탁툭탁-

정 저놈, 사람 죽인다. (입을 옥물며) 이 사람들, 저런 현실을 눈앞에 보면서 임자들은 담배꽁초 한 개로 해서 싸움질을 해야 옳은가… 저 여자야말로 무슨 죄가 있어서 이 밤중에 무서운 형벌을 바드며, 가바란 놈한테 가진 능욕을 당하느냐 말야… 산골에서 자라난 가난한 농촌처녀가 도회지의 왜놈의 청루(靑樓)로 속아 팔려 와서, 처녀의 정조를 빼앗기는 그날부터 인육(人肉)시장에서 여자로서는 참아 당하지 못할- 뭇 남자의 수욕(獸慾)을 채워주는 도구가 되었지만, 포주의 학대와 가진 능욕을 바더오다가, 참을내야 참을 수가 없어서 마침내 죽기를 무릅쓰고 도망질을 처서 그리운 고향으로 부모를 차저 가다가, 붓들려서 또 다시 왜놈 순사한테 저 지경을 당하지 안소. 그런 생각을 하면 치가 떨려서 왜놈이라면 간을 내여씹어도 시원치 않을 만큼- 우리 조선과는 불구대천(不俱戴天)[3]의 원수가 않이겠소. 그런데 이 지방만 보더라도 수천명이 살고 있는 우리 동포가 불과 두세 놈의 왜놈한테 쥐여서 꼼짝을 못하고 죽은 목슴이 되었으니, 세상에 이보다 더 한심할 일이 어디 있으며, 그게 무슨 까닭인지 알기나 하겠소. 아-

아래쪽 벽 아페부터 누운 목촌의 앓는 소리가 크게 들린다. 고문을 몹시

3) 하늘을 함께 이지 못한다는 뜻으로, 이 세상에서 같이 살 수 없을 만큼 큰 원한을 가짐.

당해서 그는 식음을 전폐하고 앓는다.

막 동 우리같은 농사군이야 뭘 알겠소만은, 우리 조선이 이러케 된 모든 조화는 독사 왜놈한테 부튼 조선놈의 농간으로 된 줄 아우- 말이야 바른대로 말이지.

정 (명상을 하면서 독백하듯이) 그러나 오천년의 역사를 남기고 성스러운 단군 한배님을 조상으로 모신 우리 배달민족이 결코 멸망하지는 않켔지- 과연 옛날의 우리 조선으로 마처럼 훌륭한 문명을 하엿으며, 위대한 인물이 이 강산에서 나섰는가. 그래서 우리 조선은 동방예의지국이라고 중국 사람들에게 칭찬을 밧게까지 되었어요… 그러던 조선이 36년 전에 왜놈에게 나라를 빼앗긴 것은, 그놈들이 불시에 강도질을 해서 강약(强弱)이 부동(不同)[4]으로 어찌할 수 없었든 것이지만, 그때 우리 정부는 시대의 변천을 모르고 서로 세다툼을 하기에 여가가 없었고, 대중은 몽매하기 짝이 없어서, 어느 귀신이 잡어가는 줄도 모르다가 합방이 되지 안엇소.

김 해 (감탄해서) 정말 그랫서요… 경술년에 나는 스무나문살 밖에 안되는 철부지였소만은, 과연 무슨 영문인지두 모르고 지냈는데요 뭐- 그런데 조선이 언제 독립이 될까요? 정감록에는 올 8월 8일날 새 임금이 나신다고 했다든데요.

막 동 올 8월 8일이 무슨 날이기예요…

김 해 유년(酉年) 유월(酉月) 유일(酉日)이랍니다. 을유(乙酉)년 을유(乙酉)월 을유(乙酉)일이 음력으로 8월 8일이랍니다.

산 천 참 그러타지.

정 대관절 전쟁은 요새 어떠케 돼간답듸까? 무슨 소문 못 드르셨소.

김 해 일인들이 풀이 죽어가는 것을 보면, 자미있는 것 같습니다. 뭐 오끼낭이(沖繩)라던가 거기 있는 일본 군사가 몰사을 당했다는 신문[5]이 돌었다 합듸다. 그리구 미국 비행기가 조선에도 각처로 들어온다구요.

목 촌 (간신이 이러나 안즈며) 선생님, 그럼 전쟁이 속히 끗날지도 모르겠군요. (긴장해지며)

정 그럴는지도 모르지… 왜 이러나요. 그대로 누었지.

목 촌 갑갑해서 그래요… 아, 골채야. (이마를 집는다)

---

4) 둘 사이의 힘이나 역량이 한편은 강하고 한편은 약하여 서로 상대가 되지 못하다.
5) 소문의 오식인 듯.

김 해　그러구 참 아라사가 양력으로 지난 9일에 미국과 한편이 되어서 싸운다지요.

정　(반색해서) 야, 로서아가 일본과 싸우게 되었어?… 올치, 그래서 요새 이놈들이 수군수군했군. 소련이 선전포고를 해서.

김 해　웨 그런데 일본은 선전포고도 안는다든가요.

정　하하, 놈들이 켕기거던… (긴장해진다)

김 해　네- 일로전쟁이 되었으니, 인제는 일본이 지고 말거라는 소문이 들립되다.

정　물론 저야지. 왜놈들이 우리 조선 사람에게 지은 죄악만 하더래도 천벌을 당해야… 싸지.

산 천　일본이 지게 되면, 조선은 어찌 될까요?

정　조선은 물론 일본제국주의에서 해방되겠지요.

김 해　아- 지긋지긋한 놈에 전쟁! 얼른 탁방이 나야지[6) 이대로 가다가는 살 사람이 누가 있겠소. 나만 하더래도 글세 솔괭이를 한집에 300관씩 하라니, 혼자 손포[7)에 요새 농사철은 되고, 어떠케 할 틈이 있어야죠. 여편네는 수년째 해소병[8)으로 알어누어서 조석(朝夕)도 어린것들이 겨우 끄러먹는데, 그래서 미처 충쑤[9)를 못 해놨더니만, 이런 제기, 나를 비국민(非國民)이라고 구장이 보고를 했는지 언젯는지 뜻박게 주재소에서 호출이 나왔기에 무슨 일인가 하고 나가본즉슨, 솔괭이 공출에 반대했다고 이러케 가두는구려. 글쎄, 누가 반대적으로 나섰나요, 정말 할 틈이 잇서야지… 그것두 솔괭이 한가지라면 누가 못해겠소. 그런데 이건 별별 가지각색의 공출이 한데 엄불레 나오니, 도무지 정신을 차릴 수가 잇서야죠. 자, 피나무 껍질을 벗겨라, 가중(가죽)나무 껍질을 벗겨라, 무슨 고사리를 뜨더라, 도라지를 캐오너라, 심지어 올에는 약을 일곱가진가 여덟가진가를 캐오랍니다그려. 그나 그뿐이요. 그러케 들북는 한편에는 길을 닥거라, 철도목을 저오너라. 아니 요새가 어느 때라고 가진 부역을 다하라니, 몸이 열 개가 안인 이상, 어떠케 그대로 다 시행하겠습니까?… 그런데 먹을 것이 없어도 야미쌀을 사먹을 수 없고, 2홉2적씩 타는 배급쌀로만 지내자니, 그야말로 생불여사(生不如死)[10)

6) 어떤 일 따위의 결말이 나다.

7) 일할 사람. 혹은, 일할 양.

8) 해수(咳嗽), 기침을 뜻하는 한방용어.

9) 충수(充數), 일정한 수효를 채움. 또는 그 수효.

10) 살아 있음이 차라리 죽는 것만 못하다는 뜻으로, 몹시 어려운 형편에 있음.

지, 이게 도무지 살 노릇임니까? 그러나 이런 원통한 말을 누구에게 하소연할 수나 있습니까? 지금 우리는 다같이 가친 몸이 되었으니까 못할 말이 없이 서로 통합니다만은, 박게서야 이런 말을 햇다가는 유언비어인지 덧말러 죽은 법률인지 때문에 또 결려들 테니… 그저 말하는 벙어리요, 눈 뜬 장님으로 살님에… 참 말이 나서 부지중 신세타령이 나왔습니다만은, 선생님은 무슨 사유로 여기를 드러오셨습니까? 보와 하니 이 지방 양반은 아니신 것 같은데.

정　네, 무슨 죄목인지 나 자신도 모르겟습니다. (미소하며) 그저 그놈들에 총노릇을 아니한 탓이겟지요.

김 해　(따라 웃으며) 아-그러시면 무슨 정치운동을 하신 게로군요.

막 동　선생님은 서울 사시는데, 노서아 가서 공산대학을 졸업하시고 오늘까지 만주, 지나로 다니시며, 우리 조선독립을 위해서 싸우시다가 년전(年前)에 조선으로 도라오셨는데, 산중으로 숨어다니시는 거를 어느 놈이 찔너서 드러오신거라오.

김 해　야, 저런 일 봤나. 내 왜 그럴사 하시더라니… 참 모두 다 고생이 심하외다. (한숨을 쉬인다)

정　왜놈들이 지금 한창 최후의 발악을 하는 모양이군. 놈들은 별별 악독한 짓을 다하다가 나종에는 우리의 성까지 갈게 하더니, 인제는 사람을 차지하고 초목에게까지 화를 입혀서 나무 껍질과 풀뿌리까지 죄다 말릴 작정이다. 하지만 그놈들의 발악이 며칠이나 가겠소. 금년 안으로는 결정나겠지. 아니 불원간 손을 들런지 몰르지.

김 해　아, 그러니가 했스면 작히나 좋을가요. 하루를 지나기가 지긋지긋합니다.

목 촌　(힘없는 소리로) 선생님, 이놈도 왜놈이지만 저같은 동포로서의 나뿐 조선놈이 우선 죽일 놈들이라고 봅니다. 우선 우리 일만 하더라도 그러치 않습니까? 감쪽같이 산중에 잘 숨어 있는 것을 글쎄, 아리고 쓰릴 것이 뭐 잇다고 기어히 일러 바칩니까? 그래서 이러케 선생님이나 제가 장차 징역사리를 하게 되었으니… 그리 생각을 하면 치가 떨님니다. 선생님, 내가 살어나가기만 하면, 그놈들 원수를 갑겠어요. (통분한 표정으로)

정　병중에 너무 흥분하지 마시오. 그러나 그 사람들만 탓할 것도 없을 것같소. 이런 일 저런 일이 모두 일본 놈의 악정에서 비저진 것이니까… 무지한 사람들을 어쩌겠소.

목 촌 하긴 그러키도 하지만, 우리가 징용을 안 가서 저이들이 배 아플께 뭐에야 말이여요. 아무리 무식은 하더라도 개돼지가 아닌 이상, 사람의 인정은 잇서야지… 아이구, 골치야.

정 너무 시장해서 그런가 부. 내일 아침은 먹기 실터라도 밥을 좀 자시오-

목 촌 설마 죽지는 안켔지요.

김 해 글세 말이요. 우리 조선사람끼리는 하나라도 징용을 덜 나가고 공출을 덜 식혀야 할 터인데, 무슨 심사로 거지 제 자루 찍듯[11] 하는지 모르겠서요.

목 촌 그게 망종[12]이거든요- 남 잘되는 걸 시러 하고, 저 잘못하는 건 모르는 사람들이라.

정 쉬-

가바의 신소리가 들린다. 이때 춘자가 앞을 서서 초죽엄이 되어 드러오는 것을 보고, 일동은 기급을 해서 담요를 쓰고 제각금 드러눕는다. 다만 정의수와 목촌인화만이 뒤늦게 안저있다가 드러눕는다.

蒲 외 자지들 안쿠 이러나 안젓나?

막 동 기무라상이 몹시 떨고 알어서 이러나 �어요, 단도상!

蒲 거짓말-말아, 이놈의 자식들… (소리를 내질르고 발길을 옴기며 춘자를 옆에 감방에 너흐러 간다)

막 동 이거 또 큰일났군- 놈의 하는 짓이 어째 수상한걸.

여감방에서 춘자의 느껴 우는 소리가 들린다.

蒲 (다시 도라와서 죽도를 들고 유치장 문앞에 잘 버티고 서면서 고함을 지른다) 다들 이러나거라.

막 동 (먼저 이러나며) 다들 이러나요.

산천은 잠이 든 체하다가 蒲 순사가 세번 소리 질르는 바람에 모두 일어나 안젔다. 목촌만 알른 소리를 하고 여전히 들어누워 있는데, 빨리 이러나라고 호통을 치는 바람에, 죽도(竹刀)로 때릴까 무서워 할 수 없이 이

11) 서로 동정하여야 할 사람들끼리 오히려 아옹다옹 다투는 경우를 비유적으로 이르는 말. 혹은, 못사는 주제에 없는 살림마저 부수어 없애는 경우를 비유적으로 이르는 말.

12) 망종(亡種), 아주 몹쓸 종자란 뜻으로, 행실이 아주 못된 사람을 낮잡아 이르는 말.

러났다.

蒲　　너의들 아까 담배 먹었지. (땅방울 가치 얼른다[13])

막 동　안이요. 담배가 어서 나서 먹어요. (딱 잡아뗀다. 蒲 순사가 순간에 죽도로 내려치자 막동이는 두 손으로 머리를 부뜰고 쩔쩔맨다) 아이구, 안 먹어서라오.

蒲　　(죽도로 연신 내려치며) 정말 안 먹었냐? 증거가 잇서도 안 먹었다고 할 테냐.

막 동　아이구, 안 먹었서라오. 담배가 잇서야 먹지요. (엄살을 하며 운다)

蒲　　엑기 놈의 자식이! 어듸 보자, 야마가와. 너 말이 해라. 담배 먹었지.

산 천　나-리, 전 몰라요!

蒲　　(죽도로 내려치며) 몰라? 참말이냐? 이놈의 자식들 서로 짜고 누구를 속일랴고… 여기 내가 아까 내버린 담배토막을 누가 집어들렷지? (복도를 굽어보다가 산천이 내던진 수지로 물푸리를 마른 담배 피우든 것을 집어들고 보며) 이거 누가 던졌니?

산 천　(덜덜 떨기만 하고 대답을 못한다)

막 동　(방백) 문둥이가 지랄을 치더니, 꼴 잘됐다.

蒲　　(죽도로 나려치며) 이놈의 자식, 말이 못하는고야. 금방 벙어리가 되었나?

산 천　아이구, 나리님. 살려줍시오. 다시는 안 먹겠습니다.

蒲　　(살기등등해서) 음! 먹었지, 분명히. 분명히 먹은 줄 아는데 안 먹었다면 되는가 말야! 이 소색기 같이 미련한 자식들아… 그러면 첫째로 누가 담배를 집었니. 네가 집었지!

산 천　안냐요. 저는 집지 안쿠 한 목음 빨어먹기만 하였서요.

蒲　　그럼 누가 집었나. (죽도로 또 치면서)

산 천　아이구, 나리님. 저- 막동이가 집어드렸세요. 아이구, 아이구.

蒲　　음, 그러치. 응당 막동이가 할 만한 일이야. 도적질 잘하는 막동이니까. 이 사람 말이 틀림없겠다. (막동이에게) 성냥은 누가 켰니? 막동아!

막 동　(머리를 글그며) 네, 단도상! 야마가와가 켰서라요.

蒲　　(죽도로 내갈기며) 이놈의 색기, 무슨 말이냐. 아까는 안 했다고서…

---

13) 땅방울, 쇠사슬에 둥근 쇳덩이를 달아서 죄인의 발에 채워 두던 형구.
땅방울같이 으르다, 몹시 심하게 위협하다.

(불이나케 가더니만, 책상 설압에선 고랑 두 개를 들고 온다) 네놈들 이리 와서 손 내미러다. 안 내밀면, 쳐죽일테다. 음! (안까님을 쓴다)

막 동 아이구, 나리님. 한번만 용서해 주십시오.

蒲 (범가치 호통을 치며) 내밀어… 안 내밀 테야!

두 사람은 할 수 없이 이러나서 문창살 틈으로 두손을 내민다.

蒲 (먼저 막동을 도량 위로 두 팔을 잡아당겨서 고랑을 채우는데 발꿈치가 공중으로 따라 올라가며, 팔에서 우지직 소리가 난다) 맛이 어떠냐? 좋지!

막 동 (고개를 좌우로 흔들며) 아이구, 아이구… 사람 죽네- 아이구, 단또상! 나 죽소, 나 죽어요. (악이 나서 소리를 지른다)

蒲 이놈의 자식- 고까진 게 뭐 아파… 야마가와, 너 담배를 엇기만 하였댔지, 그럼 성냥은 어디서 나서 켰나?

산 천 (고개를 숙이고 대답을 못한다) …

蒲 이놈의 색기, 손 내미러라. 개자식…

산 천 (손을 내밀며) 아이구, 나리님. 살려주십시오. 죽을 때라 잘못했습니다.

蒲 (막동이처럼 두 팔을 고랑 밖으로 걸려서 바싹 잡어당기는 대로 산천은 죽는 소리를 한다. 두 사람이 나란이 고랑을 차고 매달자 다시 문초를 하기 시작한다) 야마가와야… 너도 맛이 좋지. 담배 맛이 어떠냐?

산 천 네- 아이구 아이구, 나 죽겠네. 아이구 아이구,

蒲 고까진게 뭬 아파! 넌 성냥을 어데서 훔쳤니?

산 천 아, 나리님. 훔치진 않었어요… 정말 안 훔쳤서요. 감방 틈에 끼였기에 차저냈서요.

蒲 이놈의 색기, 그래두 그짓말인가. (죽도로 내려친다)

산 천 아이구, 사람 죽네. 어머니 나 좀 살리소. 아이구, 나 죽네!

목 촌 (방백) 저놈을 어떠케 죽여야 잘 죽이나. 저놈의 원수를 죽지안구 나가서 갚어야 할 텐데! (이를 간다)

蒲 이 자식이, 너 에미가 어듸 있나?

산 천 그럼 아버지, 사람 살려요. 아이구, 팔목야! 응… (고개를 좌우로 흔들며 고문을 못 견디여 한다) 아이구, 죽겠다.

蒲　　가만 잇서. 이 자식아, 시끄럽다. 그 다음 또 담배 먹은 놈들이 누구냐?

막 동　다른 이들은 먹기 실태서 안 주었세요. 아이구, 단도상. 팔목 좀 느처주세요. 팔이 끈어지겠소. 금방 끈허지겠서요. 아이구…

蒲　　저 늙은놈 안 먹었냐?

김 해　네? 전 정말 안 먹었습니다.

蒲　　너보고 뭇지 안혔다. 가만있거라. 저놈이 정말 안 먹었나?

막 동　네, 담배는 우리 둘밖에 아무도 안 먹엇서라우.

蒲　　그럼 성냥은 어서 났냐? 성냥두 네가 훔쳤지

막 동　안이요. 성냥은 전 몰라요.

蒲　　이놈들, 서로 모른다? 어듸 모르나 보자. (담배를 부쳐 물고 다시 와서 연기를 내뿜으며 눌린다) 애이 자식들, 담배 맛이 어떠냐?

막 동　담배 생각두 인제는 없어라우. 아이구, 사람 죽겠네… 단도상, 여보, 사람이겠지.

蒲　　곤칙소… 왜 없냐? 아까는 꽁초를 훔쳐먹든 놈들이…

매달린 두 사람 그대로 엄살을 한다. '아이구… 아이구, 사람 죽겠네.' 안즌 세 사람은 송구한 마음으로 그 광경을 우두커니 보고 있다. 모두들 치가 떨려서 어쩔 줄을 모른다.

蒲　　애, 늙은이. 이리 나와! 넌 솔괭이 공출을 왜 안했니. 이 빌어먹을 자식아!

목 촌　(방백) 저런 개자식, 말버릇 보지. 저놈을 당장 처죽일까 보다.

蒲　　애, 늙은 놈아. 막가리[14] 먹느라고 시간없어 공출 안 했냐, 이 자식아.

김 해　저요? 전 죽어두 담배는 안 먹었서요. (울상을 하며 주저주저한다)

蒲　　잔말 말고 어서 나와- 이 자식아.

김해 할 수 없이 나온다.

蒲　　이놈들 옷을 벳겨라.

김 해　네?… 옷을 벳겨요?

蒲　　귀먹었냐. 옷을 벳기란 말야!

---

14) 막걸리?

김 해　나리님, 그저 한번만 용서합시오. (절을 한다)

蒲　이 멍텅구리 보게. 안 벳길테야. 그럼 너두 매달 테다. 인제 알겠니?

김 해　아이구, 나리님. 제발 살려줍시오. (두 손을 썩썩 부빈다)

蒲　너같은 놈이 살어 뭐하니- 어서 이애 옷을 벳겨라.

김해 할 수 없이 먼저 막동이의 옷을 벳기려 한다.

막 동　(별안간 죽을 듯이 엄살을 하며) 단도상, 네스미가 앙아리마쓩 아시니 네스미가 앙아리마쓰오[15]… 아이구, 다리에 쥐가 나서 나죽겠네- 영감, 내 다리 좀 주물어주소. 아이구, 얼른- 사람 죽네. 나죽네. 오도짱! 가미사마! 아이구, 아이구- 나 죽네, 나 죽네.

蒲　엣기 놈의 자식! 방금 미쳤냐? 네즈미[16]가 어데 있니. (벼란간 물통으로 가거더니만, 생철박아지로 물을 퍼가지고 와서 막동이의 얼굴에다 냉수를 끼얹는다)

막 동　(물벼락을 맞고 캑캑 늑기며 오직 머리를 좌우로 흔들며 어쩔 줄을 모르고 고통을 참는다) 에 퉤퉤… 아이구… 나 죽네. 다리에 쥐가 나서 나 죽네.

蒲　이 자식들, 맛이 어떠냐? 그래도 떠들 테냐. (남저지 물을 산천에게도 끼얹는다)

산 천　억! (느끼며) 아이구, 사람 죽겠네. 담배꽁초는 외 집어가지고 생사람을 이러케 죽이게 하노…

蒲　아니, 그래도 떠들 테냐- 이놈의 자식들… 어이, 잇지로- 잇지로!

하-이, 一郎의 목소리,

蒲　빠겟쓰니 미스잇빠이 못데고이[17]

하-이, 一郎의 목소리.
뒤미처 一郎이 물 한 빠겠쓰를 들고 드러온다.
蒲 생철 박아지로 한 박아지씩 물을 떠서 막동이와 산천에게 반갈러가며 얼골에다 냉수를 끼언는다. 그대로 두 사람은 헉헉 느끼면서 송충이 대가리처럼 오직 머리만 내밀고 초죽엄을 하며 통성(痛聲)을 지르는데, 끼얹

15) '다리에 쥐가 납니다'의 조선식 일본어 표현.
16) 물(水).
17) '양동이에 물을 가득 가져와라!'

진 물은 두 사람의 옷을 적시며 마루방에 흐르고 왼 방에 물방울이 튀여 벌인다. 그동안 정의수는 오두만이 앉어서 이를 악물고 치미는 인노(忍怒)를 절제하기에 혼신의 노력을 하고 있다. 목촌은 병중에도 흥분해서 안젓다. 죄송한 표정으로 좌불안석, 불안에 싸여서 노인(怒忍)한 우슴.

蒲　　너 두 놈은 한 시간만 매달려 있거라. 그리고 너이들은 자거라. 인제들 정신 낫냐? 히히…

김 해　아이구, 추워서 어데 자겟서요. 왼 방안이 물천지니…

막동・산천　아이구, 나리님. 한 시간을 더 매달리면 죽습니다. 아이구 제발 좀 끌러주시오. 다시 담배 먹으면 개아들이라요. 아이구, 죽겠네.

蒲　　죽어도 조치 뭐야! 네깐놈들 보구 누가 살라더냐? 벌러지만도 못한 놈들. (이치로와 함께 자러 나간다)

막 동　아이구, 죽겠네. 이걸 어떡해- 두 팔이 끈어지겠스니.

蒲　　(나가다가 도라서며) 이놈들, 소리질르면 한 시간을 두 시간으로 늘릴 테다. 그런 줄 알고 정신차려라. (문 닫는 소리)

산 천　이거 정말 죽겠는데 어떻하나. 아이구, 팔목야!

막 동　(앙심이 나서) 그럴 줄 알면서 경쳤다구 담뱃불을 내던졌서! 당신은 확춤을 취켜도[18] 싸지만, 나까지 이게 무슨 짝이냐 말야.

산 천　제-기, 그런 말로면 임자가 담배꽁초를 안 줍었으면, 아무 일도 없지 않었지 뭐야.

막 동　아니, 그럼 왜 아까 담배를 줍었을 때는 당신의 죽은 하라버지가 살어온 것보다도 더 반가워하면서, 한 목음만 어서 달라고 버지발광을 하였지! 사람이 그러케 간사해서는 못서라오.

산 천　허, 그거야 견물생심으로 누구나 그러케 되는 거지, 별 수 있나. 수염이 대자오치라도 먹어야 한다[19]고.

막 동　건 그러타고, 담뱃불을 왜 내버리는 거야- 누구를 배채기[20]로 하는 거야. 흥! 그래서야 별수 없지 않어- 당신이나 내나 요 모양이 되었으니 꼴 조쿠만.

정　　그러기에 담배들은 먹을 생각을 아예 말라구 일넜지. 이런 모욕을 당할 줄 알면서 그까진 걸 외 먹는단 말요.

산 천　뭐 인제 와서 네가 잘했느니 내가 잘했는이 따진대도 소용 없지않

---

18) 학춤을 추이다, 남의 팔이나 덜미를 치켜들고 혼을 내다.

19) 수염이 대 자라도 먹어야 양반이다, 배가 불러야 체면도 차릴 수 있다는 뜻으로, 먹는 것이 중요함을 비유적으로 이르는 말.

20) '배참(꾸지람을 듣고 그 화풀이를 다른 데다 함)'의 방언.

은가. 왕사[21]는 물논하고, 어서 끌너 줘야만 되겠는데… 아이구, 팔목아… 그 능구렁이같은 도적놈이 인제 보니까 우리를 골릴라고 모략을 쓴 것 같다. 그놈이 전자에는 담배꽁초를 내던져도 감방 멀리 던지던지 화로 속에 처느었는데, 아까는 일부러 이 문밖으로 내던진 것이지. 그런 심사가 뻔-하단 말야! 이놈들이 담배를 줏나 안 줏나 두고보자고, 우리를 한번 속인 거란 말야… 그런 줄을 모르고 우리가 줍은 것은 잘못이지.

막 동 았다, 둘러대기는 미친년 엉덩이 둘러대듯 잘 둘러대는군. 설사 그렇더라도 당신이 담뱃불만 안 버렸스면, 아무 증거야 없으니까 어찌할 수 없지 뭐야- 그런데 공연히 역중을 내고 기세를 피우더니 꼴 좋구만!

산 천 았다! 난 모르겠다. 담배꽁초 한토막이 사람 죽인다. 아이구, 죽겠네.

막 동 왜놈이 죽이는 거지, 담배가 죽여?

김 해 (부수수 일어나며) 저 일을 어쩌면 조흘가… 그러기에 아까들 참았으면 좋았을걸!

막 동 영감, 담요를 뭉쳐서 발도둠이나 좀 해주십시오. 팔이 댕겨서 끊어질 것 같어라오.

김 해 그러지. (담요를 똘똘 뭉쳐서 막동이의 두 발을 고여준다)

막 동 아, 그만해도 살겠네. 영감님, 고맙소.

산 천 영감님, 나두 좀 괴여 주시오. 아이구, 팔이야.

김 해 그러리다. (막동이에게와 가치 담요를 괴여준다)

산 천 아- 고맙소이다. 영감!

막 동 왜놈의 원수를 언제나 갑나? 이놈을 나가는 길로 때려 죽여야…

산 천 글세 말야- 가바란 놈을 어떻게 죽이면 잘 죽일까? 아이구!

막 동 당신이 죽이긴 뭘 죽여! 고양이 새끼 한 마리두 못 죽일 위인이 왜놈 죽일 생각은 말구, 가거던 투전이나 다시 하지 말라구.

산 천 이 사람이 또 누구를 극적이는군. 임자야말로 다시는 도적의 누명을 쓰지 말라구-

막 동 나두 다시는 그 짓을 않할 테니, 당신두 그 버릇을 곤치란 말야- 차라리 도적질을 하지, 유인자제[22]를 해서 남을 못 살게 만들다니…

---

21) 往事, 지나간 일.

22) 유인자제 (誘引子弟), 남의 아들을 그른 길로 꾀어냄.

산 천 아니, 이 사람아. 내가 언제 유인자제를 했단 말인가? 허, 그것 참!
막 동 노름꾼이 유인자제를 않구 어떻게 상습범이 된닷게- 도적놈은 남의 집 담장을 넘고, 노름꾼은 남의 집 유인자제를 해야 되는 거지.
김 해 허, 고만들 두시우. 또들 싸우겠오.
정 막동이 아까 안 싸운다고 결심하더니 금방 또 싸우긴가? 우리는 이러케 집안싸움만 할 것이 아니라, 힘을 합하야 이 감방을 깨트려부시고 하로 바삐 광명의 세계를 찾어야 하오.
막 동 선생님 잘못했어라오. 다시 않 그런다면서도 워낙 제 성미가 고약해서 부지중(不知中) 그러케 되었다오.
정 인제부터는 그 성미를 고쳐야 하겠오.
막 동 그런데 선생님, 다시는 도적질을 않겠다고 이 안에 들어와서는 맹세를 했것만도, 나가보면 또 하게 되니 큰일이라오. 이놈의 세상이 도적놈은 도적질밖에 할 것이 없게 되고, 가난한 놈은 천상 가난할 수밖에 없단 말이여요- 감옥문만 나서게 되면 전과자라고 순사놈들이 줄줄 따라다니고, 그래서 직업을 구할 수도 없는데. 자, 한편으로는 백죄 나만 못한 놈들이 거들어거리고 잘사는 꼴을 보면, 고만 배알이 틀려서 에라 또 한번 해보자고 결김[23]에 막부득이 하는 거지. 다만 손버릇이 나빠서 하는 짓은 아니여요. 그러치면 이번에는 이를 깨물고라도 다시는 않 해야지. 또 했다가는 요놈의 신체는 끝장을 볼 테니까. 인제는 정말 회개를 해야겠어라오-
정 잘 생각하였소! 하긴 왜놈의 정치가 어느 사람이던지 조선 사람은 못 살도록만 만들어 노키 때문에, 누구나 각자 국생(國生)[24]으로나 혼자만 잘 살자는 이기사상에 빠지게 되는 것이요. 그러기에 사람은 환경에 따라서 잘 되기도 하고 못 되기도 하지 안소.

이때 별안간 여감방에서 춘자의 부르는 날카로운 소리가 들려온다.

춘 자 여보서요! 여보서요!
정 왜 그러오?
춘 자 저… 배가 아퍼 죽겠세요… 간수놈을 불러주세요.
정 자러 드러갔는데요.
춘 자 그래도 좀 불러주세요- 소리를 질느세요.

---

23) 화가 난 나머지. 혹은, 정신이 없거나 바쁜 중에 별안간.
24) ?

막 동 (고함을 질른다) 단또상! 단또상!

그 바람에 안젓든 세사람 일시에 드러눕는다. 蒲 순사 자든 눈을 둥그러케 뜨고 등장한다.

蒲 무슨 일이냐. 누가 소릴 질런냐?
막 동 옆에 방의 춘자가 배가 앓으다고 단또상을 불러달랬서라오. 아이구, 죽겠네. (엄살을 한다)
蒲 (춘자의 방으로 가서 게웃거리면) 네가 불러달랬냐?
춘 자 네, 배가 앞아 죽겠세요- 아이구, 배야… 약을… 좀 주세요.
蒲 (싱글싱글 웃으며) 그짓말이마라. 배가 왜 아파!
춘 자 왜 앞운지 누가 알우. 정말로 아푸니까 아푸다는거지- 아이구, 배야.
蒲 춘자- 그런게 아니라 저놈들이 너를 꾀였지? 매달린 놈들이 널보구 사정을 하기를, 배가 앞으다는 핑계로 나를 불러오게 하면 그때 끌러 달랄 목적으로… 히히!
춘 자 (기가 막혀) 아이구, 넹겨집기는 사람 여럿 굿치겠네… 나는 누가 매달렸는지도 모르는데, 꾀이긴 뭘 꾀여요. 정말로 배가 앓어 그러는데요.
蒲 고만둬- 난 잘이 알고 있는데! 느덜이 나를 속일라 해도, 나는 미리 알고 있다. 애를 나치 않는다면 금방 배가 왜 아퍼- 히히히.
춘 자 아니, 배가 아파 죽겠다는데, 약을 주지도 않고 누구를 이러케 놀리기만 하는거요. (독잘이 났다)
막 동 아이구, 단또상. 인제 고만 끌러주세요.
蒲 이 자식아, 떠들지 마라. 떠들면 밤새도록 안 풀러줄 테다.
산 천 아이구 나리님. 나 좀 살려주… 아이구, 팔목야. (고개를 비틀고 척 느러진다)
춘 자 (악이 나서) 아무리 죽일 죄인이라두 사정을 좀 봐줘야지, 그래 병이 낫대도 약은 안 주고 누구를 되려 놀리려만 드니… 내가 당신의 놀림깜이요, 원숭이요? 당신도 사람이지. (따지려 덤빈다)
蒲 배 아프다는 년이 이러케 말을 잘 하냐? 네깐 년이 무슨 사람인가, 즘성 한가지지.
춘 자 뭐시 어째? 내가 즘성이면 넌 뭐야? 청루에 팔린 몸이 되었지만… 그래서 내 몸을 망치고 이 신세가 되었지만, 그래도 사람이다. 내가 무슨 죄 있다고 이 속에 가두느냐? 잔말이나 말아. 우리 집도 가난한 농민이었기 때문에, 한푼이라도 돈을 버러서 집안 살림을 보태잔 노릇이, 도회지로 나가면 공장 버리가 좋다기에 동모들과 함께 나왔더니만, 독사같은 중개업자한테 속아서 고만 귀신도 모르게 청루에 팔린 몸이 된 줄 알었을 때! 아, 그때 나는 자결이라도 해서 죽고 싶었다.

蒲　그런 말 마라. 난봉난 년 같으니.

춘　자　그러나 모진 목숨이 참아 죽진 못하고- 죽을 틈도 년놈들이 주질 안었다- 고향에 게신 늙은 부모를 떼치고 참아 죽을 수도 없어서, 생전에 다시 그들의 얼굴이나 보고 죽었으면 원이 업겠다고, 그래서 하루를 지긋지긋 참어 왔지만 무정세월이 지리하면서도 빠르다 할까, 한두 해가 훨훨 넘어가는데 악마와 같은 채금(債金)은 태산같이 불어만가니, 채금을 청산하고 고향에 도라가기는 죽기보다도 더 어려운 처지가 되었다. 그래서 생각다 못하야 죽기를 기쓰고 몸을 빼쳐 나온 길인데, 내가 무슨 죄가 있다고 잡어가두느냐 말이다. 안니 돈을 안 갚고 달아나는 것이 나뿌지 안어. 올타, 채금을 안 갑고 다라난 죄는 있다. 그러나 그 채금이란 어듸 당한 조목이냐. 내 몸이 팔렸다 하지만은, 나는 돈 한푼도 그때 바든 일이 없다. 그런데 몇백원의 채금이 있다고 축켜매노코, 참아 사람으로서는 못 당할 짓을 날마다 강제하지 않엇드냐! 이러케 억울한 사정을 밝혀주는 게 관청의 일이 안이냐. 법률은 엇떤 놈을 위한 법률인야 말이다. 당신네가 정당한 법률을 필 것 같으면, 도리혀 그런 부정업자를 잡어다 가두고, 나같은 불상한 사람은 하루 밥비 고향에로 보내주어야 할 것 않인가?

蒲　이년이 한부로 막 진거린다.

춘　자　아, 그런데 도리여 나를 잡아가두고, 또 다라난 게 죄라 할 것 같으면, 도루 잇든 집으로 보내달라는데도 안 보내주고서는, 무슨 취조를 한다고 안인 밤중에 젊은 여자를 끄러내다 가지고 따리니, 당신은 그래 경찰 명색으로 그게 무슨 행색이냐 말야? 응…

정　(흥분해서 부드짓는다) 그러타! 현대법률은 돈있는 사람만 위하는 법률이다. 개돼지같은 인간이라도 돈만 있으면 장한 사람이나 추어주고, 그 사람의 재산을 직켜주는 것이 자본주의 사회의 법률이다.

蒲　(호령을 한다) 누구냐. 그 방에서 떠드는 놈이?

막　동　어이구, 나 죽겠네. 아이구, 아이구! (좀 나직히) 아! 춘자가 똑똑하다! 잘 한다. 물소[25]를 닥거서라.

蒲　　춘자야, 너 밋쳤니? 어듸라고 그런 말을 함부루 하나. 여기는 주재소요, 너는 죄인이다.

춘 자　누가 그런 줄 모른다더냐. 아모리 죄인이라도 할 말은 해야지. 당신은 남의 죄는 잘 밝힐 줄 알면서, 당신 죄는 왜 모르느냐 말야-

蒲　　(죽도를 들고 내리칠드키) 뭐시 어째, 너 죽을라고 환장했냐! 경관에게 그런 말이 감히 나오나. (눈을 흘기며 호령한다)

춘 자　오냐, 때려도 좋다- 아까도 마젓는데 죽기밖에 더하랴. 워낙 나같은 년은 진작 죽어야 할 년이 여태 산 것이 남부끄럽다. 인제라도 죽어서 드러운 몸을 내던저야겠다. 그래서 죽을 작정으로 내 속에 품은 원한이나 다 토해 보고 죽겠다. 그런데 당신은 소위 경관 명색으로 아까 나한테 그게 무슨 행실이였나- 당신은 죄인 겁탈해도 죄가 안 되는가?

蒲　　춘자야, 너 정말 미쳤냐?

춘 자　그래, 미쳤다! 어쩔테냐!

蒲　　엣기 년! (감방 문을 열고 드러간다. 마구 죽도로 매질하는 소리, 악쓰는 소리가 석겨 들린다)

춘 자　이놈, 나 죽여라. 이 드러운 개즘성 같은 놈이- 네깐 놈이 무슨 경관이냐! 노가다만도 못한 놈아-

막 동　아이구, 사람 죽겠네. (부러 옴살을 하다가) 춘자씨. 여보, 죽지 말구 나하고 가치 삽시다… 나두 당신만 못하지 않을 불쌍한 놈이요. 만일에 당신이 나의 안해가 되어준다면, 난 정말로 도적질은 다시 않겠소. 다시 하면 당신 아들이지… 아, 그랬스면 난 죽어도 원이 없겠네.

산 천　아퍼 죽겠단 것도 백제 거진말이다. 내야말로 팔이 아퍼서 아무 경황이 없는데, 이건 계집타령만 하구 섰으니… 멀정한 사람 다 보겠군.

막 동　아푼 건 아푼 거요, 생각은 생각이지. (춘자의 비명을 듣고) 아, 저런 죽일 놈 봤나- 남의 애인을 저놈이 어쩐 셈야- 아. 누구 내 팔 좀 끌러 놔 주시라오. 저놈을 당장 쪼처가 죽일 테니. (흥분해 날뛴다. 마치 마굿간에 매인 성낸 말처럼 발길질을 해서- 긴장한 중에도 앉었든 세 사람은 그 꼴을 보고 마주 웃는다)

일 동　허허허…

---

25) 物騷. 세상이 조용하지 못하고 어수선함.

춘 자 (죽도로 맞는데도) 그래, 죽여라! 아이구, 이놈이 사람 죽이네- 그럼 네 행실이 글렀지 뭐냐! 안인 밤중에 취조는 무슨 취조야! 천하에 움충마진 놈 같으니, 하긴 나같은 년은 임의 망친 몸을 가진 바에야 너같은 놈의 소원을 푸러주는 것도 좋겠지만, 그러나 너는 보통 사람이 않이라 경관의 입장에서 그따위 짓을 하러드니까, 난 죽어도 네 말은 안 들을 작정야! 그랫드니 넌 아까부터 나를 따라기 시작했지! 오냐 따릴랴거던 얼마던지 따려보아라. 난 죽기로 작정한 사람이다.

蒲 (죽도로 춘자의 입을 지찌며 성이나 덤빈다) 이년, 정말 죽고 시프냐? 곤칙소[26)]!

춘 자 아이고, 아이구, 이놈아- 여보소, 왜놈 순사가 나 죽이오- 사람 살리오- (악을 쓴다)

막 동 여긔도 사람살리오! 나 죽는 꼴 누가 보니, 춘자야! 잘 한다, 잘 싸워라. (마루방을 쾅쾅 굴른다)

안젔든 세사람 (박장대소) 하하하…

蒲 순사 성난 짐생처럼 눈이 시뻐개서 이편으로 쪼처온다.

蒲 누구냐. 떠드는 놈이 누구냐. (죽도로 막동이와 산천이의 머리를 사정업시 친다) 왜 안졌느냐, 어서들 자거라!

김 해 춥고 시끄러워서 어듸 자겠세요, 나리님.

蒲 잔말 말고 어서 자라. 안 자면 너도 달어맬 테다.

김 해 네! (그 자리에 쓰러진다)

춘 자 아이구, 죽겠네. (악을 쓴다) 너와 나와 무슨 원수가 젓다고 때려죽이려드느냐- 개짐성같은 네놈의 말을 않 듯는다고 됩다 사람을 치는 거야! 이래 뵈여도 나두 일개 여자의 몸이다.

蒲 아니, 저년이 미쳤나. 왜 질알야. (또 쪼처간다)

막 동 단또상, 나두 할 말이 있어라오.

蒲 (가다가 이편으로 도라서오며) 무슨 할 말이냐? (좀 창피한 모양으로 기세가 죽어지는 것 같다)

막 동 인젠 고만 끌러주서요. 한 시간 않이라 두 시간도 더 되었겠소.

산 천 나리님, 고만 용서해 주십시오.

蒲 (싱글싱글 우스며) 떠들지 않었스면 진작 끌러주었지만, 작구 떠드

---

26) '이 빌어먹을 자식!'

니까 앓 끌려주지 뭐야.

막 동 언제 떠들었소- 아푸니까 자연 소리가 나왔지.

蒲 이놈의 자식, 그런 말이 어디 있어. (죽도로 내리친다)

막 동 아이구, 이 자식을 고만 (가만히) 아서라, 지금은 참어야 한다- 여보, 단또상. 사람을 때리지만 말구, 정당히 말로 합시다. 그러다가 죽으면 어찌하라구.

蒲 네깐 놈은 죽어도 조치 안흔가.

막 동 내가 죽으면 당신 머리 풀게.

蒲 이놈의 자식, 머리 푸는 게 무슨 말이야. 내가 네 아들이란 말이냐. (죽도로 사정없이 내려친다)

막 동 애개개, 나 죽네. 아이구, 나 죽어- 막동이 죽네- 설흔다섯 살 먹도록 장가도 못든 늙은 총각 막동이 죽네- 허허, 참 기막히다.

김 해 (부산통에 이러나 안즈며) 아이구 추워, 어듸 자겠나. (안젓든 두 사람 박장대소)

춘 자 아이고, 아이고, 이놈아, 어서 죽여라. (악을 쓴다)

막 동 아이고, 아이고, 이놈아, 춘자대신 날 죽여라- 아이구, 여기도 두 사람이 매달려 죽네. (악을 쓴다)

蒲 (죽도를 들고 이리로 다시 쪼처온다) 이 자식들 가만히 못 있냐. (딱딱 때린다)

막 동 아이구, 남의 애인 죽인다. 내가 맛는 게 낫지, 정말 못 보겠네- (마루청을 쾅쾅… 굴르면서 산천에게) 여보, 당신도 좀 굴려요.

산 천 그랬다간 매만 도라오지 별 수 있다고.

막 동 아따, 겁은 육실하게 만헤, 덩치는 커드란게 안저서. 여기도 사람 죽네. (마루창을 더 크게 구른다)

蒲 (죽도를 들고 막동에게도 또 쪼차 온다) 이놈의 자식, 그래도 떠들테냐? (죽도로 내리친다)

막 동 아이구, 사람 죽네- 춘자씨, 나 좀 살려주. (악을 쓴다)

춘 자 (악을 쓴다) 왜놈이 사람 죽이네.

蒲 다시 춘자에게도 쪼처 가는데, 그럴라치면 막동이 편에서 또 마루청을 굴르고 소요를 이르켜서 蒲 순사는 죽도를 들고 아래위 칸으로 이리 갔다 저리 갔다 어쩔 줄을 모른다. 그대로 소란은 점점 더해서 인제는 산천은 물론이요, 안젓는 세 사람- 정, 목촌, 김해 영감까지 합세하야, 마루창을 떠나가라고 발로 구르고, 손벽을 치며, 아우성을 친다.

蒲 (성이 잔뜩 나서) 엣기 놈의 자식들, 모두 죽인다. (당황해서 이리

가고 저리 가고 하다가 외문(外門)을 열고 나가며) 一郎, 一郎야! (순간에 춘자는 비호와 갓치 여감방문을 열고 뛰어나왔다)

춘 자 (막동이에게 급한 소리로 부르면서 외문을 안으로 걸어 잠근다) 고랑 열쇠가 어디 있어요.

막 동 아! (경희(驚喜)하며) 그 책상 설합속에 들었오. (춘자 급히 책상 설합을 열고 열쇠를 끄내들고 온다) 아, 인제 살었다. 얼른- 얼른- (춘자 재빠르게 먼저 막동의 고랑을 열어노코, 다음 산천의 것을 여러노차 두 사람은 자유의 몸이 되었다. 막동은 신이 나서 펄펄 뛰며 조아하는데, 산천은 장래사(將來事)가 불안해서 송구한 맘으로 우두커니 섰다. 춘자는 책상 위에 **27) 열쇠로 감방 문을 가서 여럿슬 때- 박게서 문을 잡어다리는 소리가 들린다)

蒲 이 문이 웬일야!

감방내 일동 (모다 숨을 죽이고 유치장 밖으로 나와서 한데 뭉처 섰다)

막 동 (죽도를 들고 외문 쪽으로 살금살금 가서 드러오기만 하면 대매[28]에 쳐죽일 기세로 찰딱 문 옆에 붓터 섰다. 정 자기의 단장(산중에 숨었을 때 집고 단이든 몽둥이)를 신발장 틈에서 차저들고, 목촌이도 자기의 것을 차저서 막동 옆에 나란이 붓터 섯다. 그리고 전등을 껐다. 어느덧 먼동이 터오며 미명[29]에 싸힌 하늘이 검푸르게 유리창 밖으로 내다보인다. 새벽을 자추는 닭소리와 원촌(圓村)에 개짓는 소리가 들린다)

蒲 (蒲의 목소리) 아! 어떤 놈이 문을 잠겄다. 원일이야? 그럴 리가 없지… 귀신이 안인 담에야 문을 잠글 사람이 없겠는데… 이상한 일이다. (발길로 문을 차 본다) 아니, 그래도 이놈들이 안으로 잠근 거야. 유치장을 뚫고 나오지 안었을까? 아, 그럼 큰일이다. 비상소집을 해야겠군! (당황해서 一郎을 부른다) 一郎! 一郎!

그 순간 외문을 박차고 일동은 비호갓치 뛰어나가서 蒲에게로 덥쳐 눌렀다. 막동이는 어느 틈에 그랬든지 고랑 두 개를 너코 와서는 여러 사람이 사정없이 몽둥이로 골통을 패서 정신을 못 채리는 蒲의 두 손목에 고랑을 채웠다. 그리고 그를 유치장 복도로 끌어 드렸다.

一郎 등장.

一 郎 하이- (웬 영문을 모르고 드러서다가 막동이에게 붓들였다) 아이구

---

27) 두 자 확인 미상.

28) 단 한 번 때리는 매. '단매'와 비슷한 표현

29) 未明, 날이 채 밝지 않음. 또는 그런 때.

머니! 이게 웬일야. (기겁을 해서 부르짖는다)

막 동 (一郞의 두 손을 꼭 붓드러서 고랑을 절컥 채우면서) 웨 웬일야. 음지가 양지 될 때도 잇는 거지. 그러나 임자는 죽이지 않을 테니, 꼼짜말고 있으라고! (전정(電灯)을 켜 놋는다) 자, 판국이 어찌되였나 똑똑이 좀 보라구.

一 郞 (蒲 순사가 고랑을 채운 채로 느러진 것을 보고 뒤로 몸짓하며 깜짝 놀란다) 당신들 이게 무슨 짓이요. 큰일낫구려.

막 동 큰일은 무슨 큰일. 우리는 제각금 다러날 텐데- 자, 어서들 신발을 차저 신고 나갑시다.

蒲 (힘없는 눈을 떠보다가) 一郞! 아 오지갔다[30] (안간힘을 쓰며 두 눈을 스르르 감는다)

막 동 이 자식아. 웨 '오시갓다'야. 너도 엿 좀 먹어라! 아까까지 우리들이 당한 것에 비하면 아직도 멀었다.

그동안 여러 사람들은 제각기 신발을 차저 신고 보통이를 들었다. 날이 밝기 전에 어서 다라나자고 막 나질 무렵에, 멀리 군중의 아우성 소리가 들린다.
간(間)

함성, 조선독립만세! 붉은군대만세! 만세! (만세 소리는 점점 갓가히 들려 오는 것갓다)

일 동 (꿈찔해지며) 아니, 저게 무슨 소리야?

蒲[31] (귀를 기우린다) -간(間)- 만세소리다. 조선독립만세다! 아, 연합군이 전승을 했구나. 그러면 그러치. 자, 우리도 만세를 부르자. 소련이 이겼구나! (환희한다)

일 동 (긴장해서) 그럽시다.

막 동 선생님, 그보다 왜놈을 유치장 안에 집어늡시다. 그리고 우리가 당한 만큼 분푸릴 합시다.

정 안야. 우선 만세를 불러야지.

일동 긴장한 중에 정의수의 선창으로 만세를 부른다.

정 (선창) 조선독립만세!

---

30) '아깝다'
31) 蒲의 대사로 표기되어 있으나, 내용상 정(鄭)일 듯.

일 동 조선독립만세!
정 (선창) 붉은군대만세!
일 동 붉은군대만세!
정 (선창) 자유해방만세!
일 동 자유해방만세!
김 해 (정신이 얼떨떨한 모양으로) 아니, 이게 꿈인가 생시인가. 도모지 웬 영문을 모르겠소.
산 천 그러기에 말야! 정말이라면 거짓말같고, 그짓말이라면 정말같은 말.
막 동 조선독립이 되었다는데, 정말 거짓말이 어디 있어!
정 여러분! (자세를 고쳐 스며, 연설조로) 우리는 춘자씨의 용감한 투쟁으로 폭악한 왜놈 순사를 여지없이 때려눕히고 자유의 몸이 되었소. 그러나 우리는 앞으로 닥처올 화근을 피하지 않으면 안 되겠기 때문에, 제각기 다러나랴 하겠는데 뜻밖에- 아! 저와 같은 만세 소리가 들리니, 의심 없는 조선독립이 된 것 같소. 그러면 인제는 우리는 다라날 것 없이, 해방의 기쁨을 보고 대중과 같이 만세를 부르러 나갑시다. 36년 동안을 일본제국주의 악정 밋에서 무형(無形)한 쇠사슬에 얽혀 신음하던 조선민중! 삼천리 강산이 생지옥으로 화했던 감옥 문은 인제 활작 열었다! (열정에 띄여 부르짓는다)
막 동 아! 통쾌한 일이다! (감격해서 부르짓는다)
정 (연설을 계속하야) 우리는 지금부터 거리로 가서, 다같이 기쁘게 만세를 부릅시다. 그리고 다같은 왜놈의 원수를 가픕시다. 36년 동안 우리 조선민족- 그중에도 근로대중의 피를 빠러먹던 왜놈들을 모조리 쪼츱시다. (일동 박수) 우리 나라 강토 안에는 일본정신이 한 점도 없이 소탕합시다. 그러나 여러분은 깁히 생각하십시오. 우리는 다만 군중심리에 휩싸히여서 일시적 흥분으로 날뛰기만 해서는 않 됩니다. 왜놈만 죽이는 게 목적이 아닙니다. 우리 나라가 망한 원인을 잘 깨달어서, 더구나 제각기 자기 반성과 비판이 있어야 할 줄 압니다. 그래서 독립국의 체면을 세울 만한- 세계 어느 나라 국민에 비해서라도 손색)이 없을 만큼 문명민족이 되어야 합니다. 그러면 첫째 신막동씨! 우리는 왜놈에게 성까지 빼앗긴 우리 성을 이 자리에서 차저 부릅시다. 당신은 사회에 나가서 아까 결심한 대로 다시는 범죄를 마십시다. 우리 조선이 새 나라로 독립되었으니, 우리들도 새 마음을 가진 새 사람이 되어야 하지 않겠습까. 그 다음 송학보씨! 당신도 나가거던 다시는 도박을 마십시다. 모다 정당한 직업을 어더서 선량한 인민이 되십시다. 그 다음 이춘희씨, 당신은 성을 찾는 동시에 왜놈의 일흠도 떼바리고 춘희로 고치어 부릅시다. 가장 왜놈에게 학대를 만히 밧고, 인간으로서 참아 견디지 못할 위대한 고통을 참아온 춘희씨! 나는 참으로 당신에게 만강[32]의 경의를 표합니다. 당신은 비록 여자라 할지라도 위대한 성격을 가지고 용감한 행위를 남자보다도 훌륭히 하였습니다. 그러니 당신은 과거의 쓰라린 생활을 비관만 하지 말고, 오늘부터는 새로운 건국의 투사로서 재출발하야 건국사업에 정진해 주십사요. 화중군자(花中君子)란 연꽃은 진흙창에서 피여납니다. 당신의 전반생(前半生)은 연잎과 같이 진흙땅에서 가치 낫지만, 당신의 후반생은 연꽃과 같이 아름다울 것입니다. (박수, 환희, 감격한다) -간(間)- 그리고 박군, 나와 같이 산속으로 도망질치면서 가진 고생을 하던 나의 동생 같은 박인화군! 군은 장래 우리 나라의 훌륭한 군인이 되어 주시오. 신라의 김유신 장군이나 조선의 이순신같은 성장(聖將)이 되어 주시오. 그다음 맨끝으로 김광춘 노인에게 한 말씀 드리겠습니다. 노인은 우리 조선 전인구의 8할을 점령하고 있는 농군! 그 중에는 빈농을 대표하신 노인이올시다. 노인은 일본제국주의 미테서 왜놈들한테 가장 심한 학대와 고초를 겪으신 분이올시다. 농사를 죽도록 지여놓고 공출로 죄다 빼앗기고 헐벗고 굶주려서, 노인의 부인께서는 여러 해를 병석에 누으섰다 하시지 안었습니까. 그러나 인제는 우리 나라가 독립이 되었으니, 다시야 그런 일이 있겠습니까. 가장 학대를 심히 바든 그만큼- 노동파 농사도 만인을 살리게 하는 생활투사야 말로 인제는 가장 훌륭한 보수를 바더야 할 것이올시다. 여러분, 그러치 않습니까? 이 세상에서 가장 존대를 바들 사람은 돈만 가진 자산가도 아니요, 중간이익을 처먹는 상인도 아니올시다. 오즉 인간생활의 절대 필요한 일상필수품을 생산하는 노동자 농민과 그 외의 근로대중이올시다. 그럼으로 노인도 전생(全生)만을 비관하시지 말고, 자녀들을 잘 교육식혀서 장래의 훌융한 인물을 만히 길러 주시오. 자, 그러면 우리도 인제는 만세를 부르면서 거리로 나갑시다. 만세!

막 동 (一郎에게 채운 고랑을 끌러주며) 당신도 우리와 같이 나갑시다.

일 동 만세! 조선독립만세!

---

32) 滿腔, 마음속에 가득 참.

거리의 만세성과 합류하여 그들도 만세를 고창하며 다가치 나가는데, 막동, 인화, 학보, 춘희는 쓰러진 蒲 순사를 한번식 거더차고 나간다. 정의수를 선두로 세우고 나간다.

춘 희 (멘나종으로 나가다가 蒲 순사의 낫짝에다 침을 배트며) 에이, 개 같은 놈!

일 동 만세! 조선독립만세! 붉은군대만세! (만세성중에 무대)는 비인 채로 막은 나린다)

1945년 10월

# 닭싸움

## (2막 3장)

이기영

## 인물

| | |
|---|---|
| 득순 | 문상식의 처 |
| 인학 | 득순의 아들 |
| 인녀 | 동 장녀 |
| 문상식 | 빈농 (3년 전에 북해도에 징용 간)[1] |
| 김성녀 | 주막주인 |
| 박서방 | 김성녀의 본부(本夫) |
| 용녀 | 박서방의 장녀 |
| 인민위원장 | 예전 구장 |
| 명수 | 소작 겸 자작농 |
| 윤태 | 노름꾼 상습범, 명수 친구 |
| 박선생 | 야학회 선생 |
| 갑노(甲老) | 동리노인들 |
| 을노(乙老) | 〃 |
| 병노(甲老) | 〃 |

농민위원장, 청년

## 시대

제1막 1945년 10월 말경
제2막 12월 말경

1) 본문에는 득순에 대한 설명으로 되어 있으나, 바로잡음.

# 제1막 제1장

지방소도시 부근 농촌 - 문상식의 집

금년 8월 15일 해방 후 10월 하순경 어느 날 저녁 때. 3년 전에 징용을 나간 상식의 처 득순이는 그 딸 인녀와 저녁 메이[2] 콩죽거리를 부엌에서 맷돌질로 갈어놓고, 마당에 나와서 해가 기운 서천(西天)을 시름없이 바라보다가

득 순 오늘두 아버지가 안 오시는구나.

인녀의 목소리 그래두 혹시 아루. 이따라두 오실는지.

득 순 참말 웬일이라늬, 다른 이들은 뭔 데서도 다들 도라오는데, 아버지만 감감 무소식이니.

인녀, 부엌에서 등장.

인 녀 (행주치마로 손을 씻으며) 아직도 안 온 이가 있지 안우. 저 삼남이 성이랑 간난이 옵바두.

득 순 건 병정 나간 사람들 아니냐?

인 녀 증용 나간 사람 중에두 아직 안 도라온 이가 더러 있다든데 뭘.

득 순 그야 간혹 있겠지만, 이 근처에서 일본 간 사람들은 거지반 다들 오잔었니… 그런 생각을 하면 난 공연이 마음이 씨여서 죽겠다… 석탄을 타내다가 몸을 다처서 병환이 나시지 안었는가, 그렇지 않으면 야미 배를 타고 나오시다가 고만 잘못되지나 안엇는가… (목소리를 떨고, 가늘게) 별 생각이. 그래 그런지 요새는 꿈자리가 하두 뒤숭숭해서 작구만… 그렇지 않으면 글세, 웨 여적 안 오신단 말이냐.

인 녀 어머닌 웨 그런 생각만 하서요. 아버진 혼저 가셨으니까, 따로 나오시느라고 그런지 누가 아루. 꼭 오실 테니 두구 바요.

득 순 네가 어떻게 아니?

인 녀 어쩐지 난 그렇게 믿어지는걸! 어제밤 꿈에는 아버지가 오신다구 해서 마중을 나갔는데 거기가 어딘지 모르겠서… 이 앞내는 아니구

---

2) 먹이?

큰 강물인데, 멱을 감구 강물을 건너가 밧다우. 꿈에 물을 건너보구 멱을 감으면 좋다지 안아? 어머니.

득 순 (저윽히 안심되여)[3] 그렇단다. 네 꿈이 맞었으면 작히나 좋겠냐만은… 그럼 곳 오실랴나…

인 녀 곳은 몰라두 꼭 오실 것만 같은데, 어머닌 걱정 마서요.

득 순 오냐, 네 말이 옳다. 암, 꼭 오서야지. 안 오시면 어떻게 하게. 병신이 되여서라두 오서야지.

인 녀 (어이없는 웃음을 웃으며) 아이구, 어머니두. 병신은 웨 병신야. 튼튼하신 아버지가… 호…

득 순 가난한 사람의 생활이 어듸 언제나 잘 되는 일이 있다드냐. 혹시 좀 어떨까 바랬든 것도, 고만 틀려지는 게 우리네 살림이었지… 아이구, 참 일평생에 시원한 꼴을 언제 단 한번이나 보았다드냐. (나즉이 한숨을 짓는다)

인 녀 그렇지만 선생님이 그러시는데, 인제는 조선나라가 새로 되고 왜놈들이 다 쫒겨갔으니까, 우리 조선사람은 다 가치 잘 살 수 있다든걸.

득 순 정말 그렇기나 했으면 여북 좋(으)랴만은, 지금 같이서는 어듸… 그전이나 마창가지지 뭐야.

인 녀 건 인제 한창 나라를 들너 꾸미랴니까 그렇지 안우…

인녀는 방으로 드러가서 삼을 삼끼(삶기) 시작한다.

득 순 옵바는 점심두 안 먹구 갔는데, 웨 여적 안 올까?… 아이구 지금까진 갈 일을 해주고 쌀되씩 얻어다 잘 살었지만은, 인젠 갈거지[4]도 끝이 났으니 나달 한 톴 생길 데가 없겠구나… 인제는 배급을 안 준다는데… 과동[5]을 어떻게 할는지 모르겠다.

인 녀 참 옵바가 웬일일까, 올 때가 됐는데… 어머니, 내가 저녁을 지을까요.

득 순 고만두고, 넌 삼든 삼이나 마저 삼아라.

이때 야학회의 정선생 등장.

3) 본문에는 지문표시가 없는 것을 바로잡음.
4) 가을걷이, 추수.
5) 過冬, 월동과 같은 말.

득 순 아, 선생님 나오십니까?

인녀가 방에서 나와 인사를 드린다.

선 생 네, 날사이[6] 안녕들 하신가요.
득 순 좀 들어오세요. 방이 누추합니다만…
선 생 뭐 여기도 좋습니다. 오늘은 날씨가 좋은데요.
득 순 네, 그러지요… 좀 어데나 앉으실 걸. (주위를 둘너보며)
선 생 저 어듸 좀 가는 길에 잠깐 들렷습니다. 인녀가 요새 야학에를 안 오기에 궁금해서요.
득 순 아, 그 때문에 일부러… 저 어린 것이 좀 성치 않어서 일을 식혀먹느라고 못 보냈읍니다만, 래일부턴 다시 보냅지요.
선 생 아, 그래서요… 아기가 어딜 알(앓)습니까.
득 순 아마 돌량[7]인가 바요. 기침을 하구 보채서요. 지금은 혼곤이 잠이 든 것 보니까, 괜찬을 것 같읍니다만…
선 생 네, 그래두 약을 맥이서야죠. 집에 감기약이 있으니 이따라두 갓다 맥이십시오.
득 순 고맙습니다. 요전에두 이애가 배탈이 낫을 때 약을 주셔서 효험을 보지 않았어요. 그런데 또…,
선 생 아여 그런 염여는 마시고, 갓다 쓰십시오. 참, 이 지음은 어떻게 지내시는지, 거저 빈말뿐임니다만 매우 곤난하실 텐데…
득 순 뭐, 아직은 농사 지은 것으로 잘 지낸답니다.
선 생 논농사는 조금도 못 하시고, 그까진 밭날가리[8]에 얼마나 소출이 있겠읍니까? 인제는 배급두 못 타실 텐데 걱정입니다. 그런데 문공(文公)께서는 그저 아무 소식이 없읍니까?
득 순 네…
선 생 (권련을 부처 물며) 그게 웬일일까! 인젠 오실 때가 되였는데.
득 순 그래서 참 지금두 계집애와 이바귀[9]했담니다. 암만 해두 무슨 일이 있는 게 아니냐고…
선 생 무슨 별일이야 있겠서요. 아마 멀리서 륙지로 배로 피란민 중에 섞

---

6) 지난 며칠 동안.
7) 돌림병.
8) 밭날갈이, 며칠 동안 걸려서 갈 만한 밭.
9) 이바구, 이야기의 방언

여 오시랴니까, 자연 일짜가 걸리겠지요.

득 순 아이구, 참 애가 나서 죽겠어요. 남들은 다들 도라오는데, 그이만 안 오니까.

선 생 웨 안 그러시겠어요. 하지만 어떻게 하겠어요. 좀 더 기다리서야지.

갑노 마을로 드러가는 길에 지나다 등장.

갑 노 선생님 나오셨나요.

선 생 네. 어딜 갓다 오십니까.

갑 노 물 건너 좀 갓다 옵니다.

득 순 좀 드러와 앉으서요.

갑 노 드러가긴, 밖이 더 뜨신데… 어린 것이 앓는다더니만 좀 어떤가?

득 순 오늘부턴 그만하여요.

갑 노 그럼 차차 낫겠지. 요새 돌량으로 애들이 모두 성치 안은가 부데. (담배를 담어 피운다) 그런데 선생님?

선 생 네…

갑 노 그 윗말은 노름들 않습니까.

선 생 그런 말 못 들었는데요.

갑 노 우리 마을은 큰일낳습니다. 저 윤태란 놈이 젊은 애들을 꾀여 갖이고, 못된 짓을 하는 모양이니.

선 생 건 안 되겠음니다. 못 하게 말리서야죠.

갑 노 제 부모가 못 말리는 걸 누가 말리겠음니까. 이건 해방이 됐다니깐, 노름꾼두 해방을 식힌 줄 아는지.

선 생 글세올시다. 8월 15일 그때의 감격으로 모든 사람이 건국사업에 협력해야 할 텐데요.

갑 노 그러나 어듸들 그래얍지요. 열이 다 식어서 그런지, 지금은 해방 전이나 조금도 다를께 없으니. 그런데 올에두 공출을 식힌다니 정말인가요.

선 생 그것은 공출이 안이라, 건국미 성출(建國米 誠出)이람니다.

갑 노 그럼, 해방된 보람이 없지 안어요. 왜놈의 정치 때나 마창가지로 공출을 식힌다면?… (불안한 표정으로)

선 생 그렇게는 안겠지요. 비농민과 도회지의 노동자, 시민들에게 배급을 주기 위해서 농민의 나머지 식량을 걷우게 될 겁니다.

갑 노 그렇기나 한다면 모르지만… 뭐 여기는 흉년인데, 농민들의 낼 곡식이 있겠다구요. 아, 고만 가야겠군, 선생님은 안 드러가시랍니까?

선 생 웨 저두 가겠읍니다. 먼저 드러가십시오.

득 순 아저씨, 살펴 드러가세요.

갑 노 어… (퇴장)

득 순 저댁 아저씬 밤낮 죽는 소리야. 이 동리에서 제일 곡식이 많으면서.

선 생 아마 그렇지요. 감박집과 어느 집이 더 부자인가요.

득 순 그야 이 아저씨지요. 요새두 묵은 쌀을 야미로 한다는 소문이 들리든데. 소두(小斗) 한 말에 오십원씩이라든가.

선 생 흥, 모두 다 틀입니다.

인학이 나무 한 짐을 해다가 마당에 부리고 등장. 물고기 한 꾀미를 들고 있다.

인 학 (수건을 벗으며) 선생님, 나오섰세요.

선 생 어, 나무해 오냐.

득 순 배곱후지 안니, 여적 있게.

인 학 배는 뭐… 나무를 지고 오다보니 똘창[10]에 고기 떼가 몰렸기에 잡느라구요… (고기꾀미를 인녀에게 들어주며) 옛다. (인녀 그것을 받어들고 좋아한다)

득 순 참 많이 잡았구나… 마침 선생님이 잘 나오셨다. 선생님이나 한때 반찬하시게 갓다 드려라. 인녀야.

인 녀 (들고 나서며) 네…

선 생 아니, 고만두세요. 드러감니다.

득 순 안어요. 갖이고 가세요. 우리는 늘 잡어먹는 걸요. 어서 선생님 갓다 드려.

선 생 그렇지만 애써 잡은 걸… 그럼 인녀야. 나구 가치 드러가자. 아기 먹일 약을 줄 테니.

득 순 약은 뭘 작구… 그럼 안녕히 드러가세요.

인 학 선생님, 안녕히 가세요.

선 생 예!

선생과 인녀 퇴장. 김성녀 불이 낳게 등장.

---

10) 매우 좁고 작은 개울, 또랑의 방언.

김　　이 집에 달걀 있나. 한 댓 개만 꿔이라구, 얼는! (초조해서)

득 순　별안간 달걀은 웨요. 집에두 달걀이 없는데요.

김　　있는 대로 꿔여요. 귀한 손님이 왔는데, 뭐 찬꺼리가 있어야지…

득 순　정말 없어요. 한 줄 있든 걸 어제 몽땅 팔었는데.

김　　그럼 어데 가서 꾼담… 안말로나 드러가 볼까?

득 순　대관절 손님은 누가 오셨기에 그리우.

김　　서울 사는 단골손님이 내려왔겠지. 웨 여기 와서 건재약 장사를 하든…

득 순　올커니. 저 김선달이 오셨군.

김　　그래 그래. 참, 동생두 잘 알겠구만.

득 순　그럼 성님, 또 수나셨구려. 여러 해만에 찾어왔는데, 빈손으로야 안 왔겠지.

김　　그야 물논이지. 무명을 서너 필 하구, 나 신으라구 고무신 한 켜래 사왔겠지. 이거야! (발을 내민다)

득 순　아이구, 지금두 이런 옥색신이 있는가 베. 그런 신 우리 인녀나 한 켜리 신겼으면 좋겠다.

김　　돈만 있으면 서울은 없는 것이 없다든데! 그렇기에 옛날부터 서울에는 처녀불알이 다 있다지… 하하… 참, 또 한 가진 유성기를 갖어 왔서. 동생 이따 와서 들으라구.

득 순　아니 유성기까지?… (신기해서 놀랜다)

김　　그래, 해방 뒤에 장살 잘 해서 돈을 많이 벌었나 바.

인 학　아주머니. 집의 수탉 좀 가두시우.

김　　재는 별안간 남의 수탉은 웨 가두래?

인 학　집의 수탉이 장창 우리 암탉을 갈구 단이니까 말이지요.

김　　하하… 가만 두랴무나. 그것들두 저의끼리 좋아하는 것을 막을 거뭐 있니.

인 학　우리 암탉이 요새는 알을 예다제다 낳니까, 걱정안에요.

득 순　호호호… 그년의 암탉이, 참 요새는 미친증이 나는가 바… 그 전에는 집에 둥저리서만 알을 곳잘 낱던 것이.

김　　그럼 어데다 알을 나놓까. 우리 집 둥저리에도 알을 낳지 안튼데… 아이구, 이야기 장간에 해지는 줄두 모르고 있네. 손님이 시장할 텐데, 어서 가 바야겠군! (퇴장)

득 순　성님, 단겨 나오서유. 넌 점심두 안 먹었는데… 어서 저녁을 해야겠다. (방으로 드러가서 질하루(화로)를 들고 나온다)

인 학 엠이… (입맛을 다시며)
득 순 (부엌으로 들어가다가) 왜 그러니. 시장해서 속상하냐?
인 학 누가… 서울 건달이 또 왔다니 말이지.
득 순 그래두 저 집에서는 화수분[11]이 왔다구, 야이구나.
인 학 화수분이면 제일인가, 사람 구실을 해야지.
득 순 네가 보기두 우수우냐… 아무렇던지 그집은 돈 잘 쓰고 사람 사는 것 같으니 좋더라.
인 학 어머닌 그게 부러워서 하시는 말슴유?
득 순 부러울 것까지는 없지만, 우리 집은 너무두 못 사니까…
인 학 가만있수. 아버지가 나오시거던, 둘이 힘껏 버러서 어머닐 호강식힐 테니!
득 순 하하… 얘, 인제 네 덕에 큰 호강을 해 보겠구나. 고만둬라. 날 호강식힐 생각말구 늬들이나 잘 살면 좋겠다. (부엌으로 퇴장)
인 학 (벙글벙글 웃으며) 사람의 일을 누가 아루. 인젠 세상이 달러젓스니까.

윤태 등장. 인학이 나무를 부엌으로 안어드린다.

윤 태 아주머니, 뭘 하시우. 벌써 저녁 지시우.
득 순 (부엌에서 내다보며) 벌써가 뭐야 해가 다 져 가는데.
윤 태 아주머니, 나 쌀 한 말만 사주시우.
득 순 쌀을 어데서 사갈내?
윤 태 성산집에선 일전에두 쌀을 냇다든데요.
득 순 그집이야 묵은 쌀두 있다지만, 어듸 근동간[12]에야 판다든가.
윤 태 그러나 아주머니가 가셔서 집에서 사시는 양으로 사정을 해보시면, 한두 말은 팔지 않을까요.
득 순 어림없는 소리 마서요. 지금두 그 노인이 지나가다가 들려서 선생님과 이야기 끝에 올해두 공출이 있을까 바, 미리부터 질겁을 하며 내는 쌀이 없다고 죽는 소릴 하던데, 공연히 갓다가 말만 귀양보내게[13].

---

11) 재물이 자꾸 생겨서 아무리 써도 줄지 아니하는 보물단지.
12) 가까운 이웃 동네 사이.
13) '말만 귀양 보낸다'. 말을 하여도 상대편의 반응이 없으므로, 기껏 한 말이 소용없게 되는 경우를 이르는 속담.

윤 태 흥, 누가 거저 팔라나. 같은 값이면 동리 사람한테 파는게 옳지. 그래, 타관 사람에게만 몰래 팔 건 뭐 있어. 그런 이들 때문에 동리 인심이 달리고 사납게 되지 뭐에요. (마당에 쭈그리고 앉으며 역증을 낸다)

득 순 그 아저씨는 되려 임자를 아까 책망하든 걸… 젊은애들을 버려 놓는다구.

윤 태 흥, 어때서? 내가 노름한다구? 그렇지만 당신네 야미쌀 팔기나, 나 노름하기나 일반 아니우.

득 순 그러나 남이 잘못한다구 나까지 그래서야 쓰나. 노름은 안 하는 것이 좋겟지. (점잔하게)

윤 태 안키는 왜 안 해… 그런 말 나오면 난 되려 더할 걸.

득 순 더하거나 말거나 내게는 상관이 없지만, 대체로 생각한다면 그렇단 말이지.

윤 태 네, 아주머니 말씀은 지당합니다. 그렇지만 먹구 살랴니 할 수 있어요? 야미 쌀을 사먹으랴니, 노름이라두 해서 돈을 벌어야죠.

인 학 이왕이면 한번 대판으루 해보시구려. 어디 집이 아주 망하던지 흥하던지, 기둥뿌리를 빼노면 좌우간 탁방[14]이 날 것 아닌가요.

윤 태 웨 너두 동리 꼴이 속상해서 하는 말이냐? 그렇지만 벌서 다 틀렸는데, 나 혼저만 착한 체하며 발벗구 나선대야 소용없는 걸 뭘 그래… 하나까 저마두(마다) 재간대루 무슨 짓이든지 해서 남같이 살면 고만야. 내 말보[15] 어때?

인 학 벌서 어듸서 한잔하셨수다 그래. 그럼 나한테두 노름을 배우란 말인가요?

윤 태 아니, 배우란 건 아니지만, 내게 배우겠다면 못 가르쳐 줄 내 아니다. 이 웨 술김에 하는 말이 아냐. 난 진정으로 그렇게 생각한다, 뭐. (침을 뱉는다)

득 순 (불을 때다가 내다보며) 아이구, 망칙한… 애들한테 별 수작을 다 하는군.

인 학 싫소. 난 다른 것은 다 하여두 노름꾼은 안 될라우.

윤 태 웨, 허허허… 아니… 나같이 될까 봐? 건 잘 생각하였다. (담배를 끄내여 문다)

득 순 그럼 우리 인학이 말이 옳지, 뭐야.

---

14) 坼榜나다, 어떤 일 따위의 결말을 짓다.

15) 평소에는 말이 없던 사람의 입에서 막힘없이 터져 나오는 말.

윤 태 그렇습니다. 인학이가 나같은 사람이 돼서야 쓰나… 건 그렇다구, 아주머니.
득 순 왜 그래?
윤 태 나 술 한 병만 사다 주시우. 인녀를 보내서, 응.
득 순 어데 가서?
윤 태 감밧집에서 병술을 낸다면서요?
득 순 요새는 없다든대…
윤 태 좀 남엇는지 모르지 않소.
득 순 인녀는 어듸로 심부름을 갔는 걸. 곧 돌아오겠지만…
윤 태 오거든 좀 보내 주시우. 안주값은 내가 낼 테니.
득 순 아나, 돈냥이나 또 생긴 게로군. 아까부터 쌀을 사내라, 술을 사내라 야단이게.
윤 태 그럼 노름꾼 주머니에 밑천이야 떨어지겠수? 아이, 취한다. (담배를 빨다가) 흥, 감밧집에선 밀주를 해 팔구, 성산집에선 야미 쌀을 팔구… 아니, 부자집에서들 그런 짓을 한다면, 나같은 놈이 노름을 하는 게 뭐 잘못이냐 말야. 동리의 유력자가 하는 그따위 행동이야말로 참으로 민족반역자지. 웨 그러냐 하면, 그들이야말로 가난한 백성을 직접 못 살게 만들고, 동리의 인심을 사납게 만드니까 말야. 안 그렇소, 아주머니?
득 순 그러기에 말야…
인 학 아저씨가 그런 말씀을 하시랴면, 노름두 하지 말구 옳은 일을 하셔야지. 제 밑 구린 소리가 소용 있어요.
윤 태 난 그럴 자격이 없으니 어찌 하늬?
인 학 그럼, 아무 말씀두 하지 마세요.
윤 태 그럴가. 네 앞에선 큰소리를 못 하겠다. 하나 나도 그리 나뿐 놈은 아니다, 알겟니.
인 학 노름만 안 하시면, 그야 물론 좋은 사람이지 뭐, 하하하…
윤 태 하… 오늘 내가 인학이한테 큰 훈계를 받는구나. 오냐, 네 말이 옳다. 넌 이 담에 커서 훌륭한 사람이 되어다구.

김성녀 안말에서 계란 다섯 개를 양손에 갈러 쥐고 나오다가 등장.

윤 태 아주머니, 건 웬 달걀이유?
김 언제 왔어? 우리 집에 놀러 안 갈 테야?

윤 태 뭐 좋은 수 있수?

김 있다 마다, 술!

윤 태 술요? 아 그럼, 가다 마다요. 누구 손님 왔나요.

김 그럼, 당신두 잘 아는 손님이 왔어. 한 잔 생각나거든 얼는 오라구. (김 불이나케 가면서 대답, 퇴장)

윤 태 네, 곳 갑니다. 염녀마서요.

김의성(聲) 염녀를 내가 왜 해! 임자나 하면 했지.

윤 태 (득순에게) 아니, 누가 왔기에 저런다우. 오팔[16]에서 피파 소리가 나게[17] 다러나니?

득 순 서울서 김선달이 내려왔서요?

인 학 아저씨두 수나섰수다.

윤 태 무슨 수?

인 학 좋은 친구가 찾어 왔다니, 수나시지 안었수?

윤 태 (이러나서 궁뎅일 털며) 그럼, 수낫다면은 가 바야겠군! (급히 퇴장) 아주머니, 감니다.

득 순 (내가(다)보며) 잘 가우.

윤태가 안 보일 때 축음기 소리가 구슬흐게 들려오는데… 천천히 하막.

---

16) 얇고 투명한 바탕에 큰 무늬를 놓은 고급 비단의 뜻을 가진 북한어.

17) (속담) 비파 소리가 나도록 (갈팡질팡한다). 바짓가랑이에서 비파 소리가 나도록 급하게 오고 가고 한다는 뜻으로, 어떤 일을 당하여 어찌할 바를 모르고 쩔쩔매는 모양을 이르는 말.

# 제2막 제1장

제1막 제1장보다 두달 뒤. 대로변 주막 김성녀의 집.
막이 열리면 김성녀는 툇마루에 앉어서 선하품을 연신 하면서 신문지로 엽초 담배를 서투르게 말고 있다. 그 남편 박서방은 싸리비로 마당을 씬다. 해가 뜨기 전 어느 날 일은 아침.

김　(담배를 화로불에 피워서 빨며) 아이 졸려다. 여보! (남편을 부른다)
박　(비질을 하다 멈추고 도라보며) 왜 그래.
김　안에선 그저들 있수? (눈찟한다)
박　있지 안쿠. (갈가 했다가 여전히 비질한다,)
김　고만들 가라지 그래. 오늘두 또 할 작정 안야?
박　안 가구들 치는데 어쩐담?
김　그래두 안 된다구 그래요. 길까 집에서 수가 사나우면 말성이 생길는지 누가 아루.
박　그렇지만 돈 잃은 놈이 패 잡는데 안 하구 백이나. (연신 비질을 하며) 어듸서든지 할걸.

큰딸 용녀가 물동일 이고 마당을 건너서 부엌으로 드러간다.

김　새벽엔 누가 많이 잃었기에?
박　명수가 많이 잃었을 걸, 윤태가 따구.
김　흥, 잘 돼였군. 얼마나?
박　작으만치 3천원이라네. (연신 비질)
김　(입을 딱 벌리며) 저를 어째… 그 사람 큰일나잔었수?
박　그렇기에 노름꾼의 미천은 독가비 세간이라지. 하루밤 사이에 기와집이 왔다 갔다 하거던 허…

명수 부엌에서 마당으로 나와 등장.

명 수　아주머니, 안녕히 쉬셨나요? (한 손으로 밤새운 두 눈을 부비면서)
김　안녕히 쉴 새가 어데 있어, 한 시간두 못 잤는 것. (미소하며)
명 수　그래두 아주머니께선 눈이라두 부치셧지, 난 아주 발칵 새웟수다.

(맥이 풀려서 느른하니 곰방대든 담배를 피운다)

김　　당신네야 재미로들 밤샘하는 걸 누가 말려… 그래, 얼마나 땃수?

명 수　땃으면 괜찬케요. 거적을 쓰게 돼서 큰일 났수다.

김　　정말야… 그러기에 돈 땃을 때 고만두지. 욕심이 너무 많으면 못 쓰는 거야.

명 수　딸 때는 어듸 그렀습듸까… 아주머니, 오늘 하루만 더 해두 좋겠지요? (바작 빌붓는다)

김　　안돼요… 웨 엇저녁부터 인학네 집으로 옴기라니깐.

명 수　(손을 내저으며) 그 집은 말두 마시오. 금방 갔다가 코만 떼고[18] 왔담니다.

김　　코는 무슨 코? 제나 내나 돈버릴 했으면 고만이지.

명 수　그런 줄 몰렀더니만, 그 아주머니가 여간 꿋꿋치 안습듸다. 댓듬 이런 말을 끄내겠지. 내가 아무리 가난해서 죽게 되었기로, 그래 노름꾼을 부처먹구 살겠느냐구. 다시 또 그런 말을 할랴거든, 아여 이 집 문턱에 발그림자두 말라구요… 내 공연스리 갔다가 위세만 당하구 왔구만. 엥이, 이래저래 재수가 없을랴니까… (머리를 긁는다)

김　　아따, 똥 싼 주제에 매화타령[19] 하든가 부다. 자식 색기 우구루 내 질너 노쿠선, 하나두 거두진 못하면서 도도한 체만 하면 제일야! 아이구, 아니꼬아라.

박　　그러기에 조선 사람은 여덜 가지 체를 갖었다지. 모르며 아는 체, 없어두 있는 체, 못 낫서두 잘 난 체… 또 뭐라더라… (마당을 다 씰고 드러온다)

명 수　아주머니, 그러니 갈 곳이 없잔어요. (눈으로 하소연한다) 아주머니!

간(間)

부엌에서 불 때는 소리. 아침 닭이 해(홰)를 치며 운다. 오양깐에선 소 우는 소리 '엄매'.

명 수　(몸이 달어서) 오늘 하루만… 아따 무법천지인데, 누가 어쩔가바… 아주머니두 돈 벌구 좋지 안수.

---

18) 코를 떼다. 무안을 당하거나 핀잔을 맞다.

19) (속담) 제 허물을 부끄러워할 줄 모르고 비위 좋게 날뛴다는 말.

김　　인젠 돈두 다 귀찮어요. 아무리 세상이 바뀌였지만, 곱비가 길면 밟히는 법야… 면위원회에서 아는 날엔 공연이 잡혀가게.

박　　암. 장창[20] 하다간 재미없지. (담배)

명 수　건 염려 마서요. 삼팔선이 깨지면, 또 한번 뒤집힐 텐데 뭘 그래요. 아주머닌 신탁통치란 말 못 드렀수?…그게 되면 인민위원회인가 뭣들인가, 쥐구멍을 찾게 된답듸다. 흥!

김　　나같은 촌놈이 그런 걸 알 수 있나.

박　　뭘 그래, 이 사람아. 어제 야학 선생이 그것을 설명하기를 안 그렇다데. 멀정한 거짓말이래.

명 수　그짓말이 뭐여요. 서울서 나듸오(라디오)가 그렇게 울었다든데?…

박　　그게 틀렸단 거야. 그런 말이 나개 된 것은 도리혀 우리 나라의 독립을 빨리 되게 만드는 것임으로, 조선 사람들은 그것을 고맙게 알어야만 한다든 걸.

명 수　그런가, 그 선생의 말슴이라면 틀림없겠지만…

박　　어제 면에 나가서 자세히 알고 왔다구 그리데.

명 수　(한눈을 찌긋하며 애원하듯이) 건 그렇다구… 아주머니, 제발 빕시다.

김　　난 모르겠수. 쥔 양반과 의논해 보구려!

명 수　아 그럼, 됐수다. 아저씨. (고개를 끗덱해서 박서방을 눈짓하자, 그길로 급히 안부엌으로 퇴장)

이때 바로 인학이가 엇갈려서 등장한다.

김　　아주 몸이 달었군. (인철[21]에게) 넌 웬일이냐. 꼭두 식전에? (의심스레 본다)

인 학　닭 찾이러 왔시유.

김　　(기색이 일변해서) 닭? 늬 집 닭을 웨 우리 집으로 찾어러 오늬.

인 학　이 집밖에 올 데가 없지 안우. (실죽해서)

김　　(고성으로) 이년의 자식이 엇저녁부터 뉘게 다 생떼를 쓰는 거야. 늬 닭이 있나 없나 찾어 바라. 당장 못 찾어 놨다가는 두 눈깔을 가래꼬치로 빼놀 테다.

---

20) 계속해서 늘.
21) 인학의 잘못.

박서방 툇마루 끝으로 김성녀와 마주 앉으며, 담배를 곰방대에 다시 담는다.

박　　아니, 닭은 어째 우리 집으로만 찾이려 오니?
인 학　그래두 어머니가 이 집에서 찾어 오랬시유.
김　　애, 늬 어머니두 정신빠졌나부다. 닭이 어데로 간 지두 모르구, 백죄 우리 집한테만 떼를 쓰러들게. 무슨 만만한 싹수를 밧는지 참 별 일이 다 많구나.
박　　애야. 닭은 언제 잃어버리고, 인제서야 찾이러 단기냐.
인 학　엇저녁에 안 드러왔시유. 저녁때까지두 있었는데요.
박　　거 딱한 일 다 보겠다. 없는 닭을 작구만 내노라니.
김　　딱하긴 뭐 딱해. 누가 닭을 감추구 안 내주나, 뭐! (영감을 핀잔준다)

간(間)

인 학　난 몰라요. (퉁명스럽게 내부치고 퇴장)
김　　(인학의 뒤에다 눈을 흘기며) 저런 간나 색기. 모르잖으면 네까진게 어쩔 테냐. 개다가 누굴 겨루러 들게… 아이구, 아니꼬아라. (화낌에 담배를 또 다시 말어서 부처 물고 마루끝에 동구만이 주저앉는다)
박　　암만해두 공연한 짓을 했서… 이 성화를 두구두구 받을 테니.

간(間)
득순이 등장, 마당 뒤로

김　　아따 걱정두 팔짜요… 수 틀리면 노름꾼한테 떼밀지!
득 순　(살기가 등등해서) 아니, 우리 집 암탉이 안 왔다니 웬말야. 어제두 진종일 이집 수탉에게 홀려서 도라단니다 안 드러왔는데, 그 닭의 갈 곳이 그럼 어듸냐 말야… 이 집밖에!
김　　글세, 여바. 엇저녁에두 인학이가 와보지 안었나. 오지 안었으니까 안 왔다는 걸, 애 어룬이 뻰질나게 쫒어와서 없는 닭을 내노라니. 이건 배잔은(배지 않은) 애를 낳래두 분수가 있지. 원 기막켜 죽겠네.
박　　(겁이 나서 품이 떨리는 것을 억지로 참고 앉었다)

득 순 (박의 눈치를 보다가 독살이 나서) 뭐시 어째? 이건 남이 닭을 잡어먹구 웬 시침일 뚝 따는 거야. 닭알두 낫는 족족 끄내 먹더니만, 인젠 큰 닭까지 통째로 먹기 시작인가. 어서 닭 내노라구. 이웃 인심 참 좋다…

김 (상아때질을 하여) 아니, 이년이 환장을 했나 미쳤나. 누구 보구 닭을 잡어 먹었다는 거냐! 닭알은 웬 닭알이구. 원참 사람이 순하니까, 별것들이 다아 지분대는군.[22] 참. (독하게 눈을 흘긴다)

득 순 애, 두 번만 순하가다가는 오양깐에 맨 남의 소 끌어가겠다. 이 집에 와서 알을 낫는 줄 알면서두 모르는 척 내버려 두니까, 인제는 큰 닭까지 잡어먹어두 괜찬을 줄 알었드냐. 이년아, 그럼 어제 해질 때까지 늬 수탉과 가치 맛부터 단었는데, 우리 집 안이면 늬 집이지, 그 닭의 갈 곳이 어데냐 말야. 어서 닭 내놔라.

김 이년이 누구 보구 이년이라늬. 이 화냥년 같으니… 아니, 언젠가 한번 그년의 암탉이 우리 집 둥저리에 올렸기에 붙드러 가라구 일느긴 했지만, 그 뒤엔 도무지 안 왔는데 인제 또 우리 집에 와서 알을 낫다는 거냐. 그때두 암탉을 웨 둥저리 하날 못 달어서 주고, 남의 집으로 쏘단이게 해놓고선, 되집어 통으로 닭알을 끄내먹었다늬. 이년아, 아무리 앙큼한 년이기로, 옛기 천하에 드런 년 같으니. (마주 대들며 안까님(안깐 힘)을 쓴다)

득 순 이년, 누구 보구 드런 년이라늬. 옳다, 네년은 서방을 잘 두어서 닭의 둥저리두 잘 들어달구, 그래서 이웃집 암탉까지 홀려다가 닭알두 끄내 먹구 하지만, 나는 홀어미라 그렇게를 못한다. 그러니 어쩔 테냐? 이년아, 서방 있는 년만 제일이냐. (두 팔을 걷어 올리며 대든다)

김 원, 저런 미친년 보게. 이년아, 누가 너보구 서방을 두지 말랬드냐, 서방 없는 넋두릴 뉘게다 하는 거야. 남이야 서방을 잘 두었든 못 두었든 네게 무슨 상관이 있다구. 원, 나중에는 별놈의 소리를 다 듣겠네.

득 순 그래, 이년아. 난 팔자가 기구해서 산 서방을 생리별하구 산다. 그러니 어쩔 테냐. 서방 유세 작작해라. (상아때질한다)

박 (벌덕 이러나서 도라서며) 엥이, 창피해… (두 손으로 머리를 긁는다)

김 아니, 그럼 넌 서방 없는 자세[23]로구나. 참 자다가두 웃을 일이지.

---

22) 짓궂은 말이나 행동 따위로 자꾸 남을 귀찮게 하다.

이년아, 네 입으로 그런 말을 하니 말인데, 네년이 너무 극성을 떠려서 서방이 나갓지 뭐냐. 극성지패[24]라구 너무 그러면 앙화를 받는 거야. (상아때질로 마주 대항한다)

인민위원장 등장.

위원장 아니, 이거 웨들 이래. 식전부터 세계대전을 하게. (골통대에 담배를 부처 문다)

득 순 (억색해서[25] 울음 섞인 목소리로) 그년 악담 잘 한다. 이년아, 뭣이 어째?… 남은 생각만 해두 속이 상해 죽겠는데, 그래 내가 극성을 떠러서 그이가 증용을 나갔구나. 아이구, 분해라! (목을 놓고 울다가 진정하고) 이 벼락을 맞어 죽을 년아… (몸부림을 치며 이를 옥 물고 다시 대든다)

김 (마주 대들며 끄잡는다) 그럼 네 년이 극성을 떠러서 남 먼저 증용을 나갔지 뭐냐. 계집이 탐탁해[26] 바라. 뭘 하러 자원을 하구 증용을 나갔겠니. (서로 주먹질을 하며 싸운다)

득 순 아이구, 그년이 인제는 생사람까지 구치겠네[27]. 이년아, 누가 증용을 자원해 나갔단 말야. 네년은 길까 주막에 나 앉어서 돈두 잘 벌고 권리가 좋으니까, 주재소와 면소를 친해서 서방두 증용에 빼돌리고 별 수작 다하지만, 우리 같은 가난방이 못난이들이야 어데 그럴 수가 있다드냐. 그래서 증용두 남 먼저 당하구, 할 수 없이 끌려갔는데. 아니 뭣이 어째. 자원을 해서 나갔다구? 옛기, 죽어서두 구렝이가 될 년 같으니… (악을 쓰며 머리 끄뎅이를 잡아 나꾼다. 마주 격투)

간(間)

박 엥이, 창피해. (머리를 긁으며 도라서서) 아따 증용 간 말들은 뭐 하러 하는 거야. 싸울랴면 게서 싸우지 안쿠. (혼저 투덜대다가 마당으로 슬슬 나간다) 엥이, 참…

---

23) 자세(藉勢). 어떤 권력이나 세력 또는 특수한 조건을 믿고 세도를 부림.
24) 極盛之敗. 몹시 왕성하면 얼마 가지 못해서 패망함.
25) 臆塞하다. 억울하거나 원통하여 가슴이 답답하다.
26) 탐탁하다. 모양이나 태도, 또는 어떤 일 따위가 마음에 들어 만족하다.
27) 궂히다. 죽게 하다.

위원장 (빙글빙글 웃으며 담배를 피운다) 허! 그거 참, 글게 그만들 두라니까. 웨들 이래. 무슨 일 내겠군.

김 (박에게) 당신은 가만 있어요. 아니 그래, 우리 수탉이 암탉을 홀러왔다니, 그럴 말로면 늬 집 수탉은 어데 갔드냐. 웨 비퉁맛게 제 계집을 남한테 뺏기고 누구를 칭원하느냐 말야. 사람이나 짐성이나 여북 못난 것이 제 계집을 남한테 뺏길까.

득 순 옳다. 네 말이 맞었다. 참, 늬집 수탉은 잘 낫더라. (손가락질로 박서방을 가리치며) 우리 집 수탉은 저 위인과 같이 너무두 잘 나서, 제 계집을 남이 와서 홀려두 숨끼만 하거든. 사람이나 즘성이나 여북 못난 것이 제 계집을 남한테 뺏기겠니. (김성녀가 고대하든 끝의 말을 고대로 흉내를 낸다)

박서방은 득순의 끝에 말을 듯자, 고만 재발리 앞내 편으로 퇴장한다.

위원장 허허, 그거 원… (호기심이 나는 모냥. 담배)

김 이년이 툭하면, 웨 남의 서방을 들먹대는 거야. 우리 집 사내가 너한테 어째기에!

득 순 엇째서가 아니라, 늬집 놈팽이두 우리집 수탉처럼 너무 잘 나서 하는 말야… 성현군자가 안인 담에야 제 계집을 대낮에 홀려가두 못 본 척할 수 있나. 우선 지금두 보지. 계집년이 꼭두 식전에 동내방내가 다 듯거라 왜장 독장을 치는데[28], 찍 소리 한 마듸 못 하니… 참 드러운 것들 다 보구 살지. 튀. (침을 뱃는다)

김 아니, 이년이 못할 소리가 없구나. 네 이년. 남의 서방 해거[29]는 웨 하는 거냐. 누가 제 계집을 대낮에 홀려가두 못 본 척했단 말야. 대라. 어서 대여! (식식거리며 달려붓터 쥐에 뜬는다)

득 순 대라면 누가 무서워 못 댈가 바. 네년은 우리 집 암탉같이 건달놈한테 홀려단이고, 놈팽인 우리 집 수탉처럼 제 계집을 뺏기구두 슬슬 피하지 뭐냐!

김 요년, 주둥아릴 닫치지 못 하겠니? (득순이에게 달려붓자 머리채를 잡아 낙군다. 득순이 마주 대들어 격투한다)

한참동안 두 여자는 마치 닭 싸우듯 서로 엇칠뒤칠한다[30]. 박서방 개울

---

28) 제 위에 아무도 없는 듯이, 저 혼자 마구 큰소리로 떠들어댄다.

29) 괴상하고 얄궂은 짓.

에 나가서 세수를 하고 도라와 등장.

박　　아니, 그저들 싸우는 거야… 이걸 어짜나? (어쩔 줄 모른다)
위원장　(두 여자를 뜯어 말리며) 아, 이게 무슨 짓들야. 그만들 두래두. 인학이네 자네두 이 손을 놓게나. (박서방에게) 아니, 자네는 말리지 좀 못 하는가.
박　　어듸 말리면 듣나요. 구장님두 뻔연히 그 성미를 아시면서…
김　　(위원장을 도라보며 지처서 씨근거린다) 구장님, 내 말 좀 들어보서요. 이년이 백죄… (득순을 손가락질하며 숨차서 말을 못한다)
득　순　(역시 김성녀와 같은 태도로) 구장님, 제 말 먼저 들어보세요. 글쎄, 저년이… (역시 손가락질만 숨이 차서 말을 못한다)

서로 노려보기만 한다.

위원장　어, 이 사람들. 그만들 두게나. 뭐 죽구 살 일 낫는가. 인학이네, 자네가 먼저 집으로 도라가게.
김　　구장님, 이런 원통할 데가 있어요. 저년이 백죄 제 집 암탉을 우리더러 잡어먹었다구 억지 생때를 씀니다 그려. 흑흑… 아이구, 분해라. (펄썩 주저앉으며 제 분에 못 익여서 운다)
득　순　이년아, 안 잡어 먹었으면 그 닭이 어데로 갔느냐 말야. 구장님, 이거 보세요… 이집 수탉이 날마다 우리 집 암탉한테 와서 굴굴굴 주둥일 마주대고 홀랠나 치면, 이년의 암탉이 고만 미처서 아기죽 아기죽 따러감니다 그려. 어쩔 수 없는가 부죠. (후터진 머리를 손질해 얹으면서 차차 진정해진다) 그렇게 날마다 따러 단이다 엇저녁에 별안간 없어졌으니 그 닭이 글세, 어데로 갓느냐 말입지요.
박　　(담배를 피우며) 그 암탉두 증용을 나갓나 부.
위원장　혹시 그래도 알 수 있는가. 다른 데두 좀 찾어보지. 허어 원.
김　　이년아, 날더라 늬 닭을 잡어 먹었다구, 보지 못한 말을 함부로 하다가 눈 빠질나!
득　순　아니면 뭐야. 어제 밤에 잡어먹었지. 노름꾼에게 술 파느라구. 이년, 나두 다아 안다…
김　　그년 넹겨집긴 잘 한다. 누가 술을 팔랴구 닭을 잡어먹었대! 네 눈깔로 보앗니. 보앗거든 증거를 대라. (다시 달려 듯는다)

---

30) 업치락뒤치락하다?

위원장 (두 사람을 중간에서 떼 놓으며) 글쎄, 이게 무슨 짓들이야. 그야말로 닭싸움을 하는군… 허허, 원.

박 엣이, 창피해. 싸우면 거저 싸우지, 왜 가만있는 사람까지 들먹대며 그런담! (두 주먹을 쥐여서 뿌리치며 이러선다)

위원장 여보게, 자네는 안사람이나 데불구 어서 들어가소. 자네야말로 이 집 수탉만두 못하지 안은가.

어느 틈에 나왔는지 그동안에 안방의 노름꾼 명수, 윤태, 그외의 용녀, 인철(인학) 등이 마당 안에 서서 싸움 구경을 하는데, 박서방은 안 떠러지랴고 바둥대는 김성녀를 익글고 드러가느라고 한참 승갱이를 하는 중에, 천천이 막.

# 제2막 제2장

제1장[31]과 동일한 장소의 툇마루 안 복노방[32]. 그 이튿날 저녁때.
전 구장인 위원장, 동리노인 갑, 을, 병, 야학선생이 앉었다. 박서방은 윗목에서 집신을 삼는다. 명수는 그 옆에, 농민위원장 그 중간에 각각 앉었다.

갑 노 (담배를 담으며) 참, 선생님을 잠깐 나오시란 건 다름 아니오라 동리 일에 대해서 좀 의논드릴 께 있어서…

선 생 네… (권련을 피운다)

갑 노 보시다싶이 지금 우리 동리 꼴이란 말이 안이올시다. 백주대로변에서 노름을 하지 안나, 소와 돼지를 함부로 잡어먹질 안나. 밀주를 제맘대로 해 팔지 안나. 아니 그건 왜놈의 정치때에야 어데 그런 일이 있었읍니까. 이건 자유 해방이 되였다니까 저마두 자유를 내세워서, 도무지 상하구별이 없고 뒤죽박죽이 되어가니, 이래서야 아주 무법천지지, 어데 자유해방이 된 보람이 있습니까, 원.

을 노 (한숨을 내쉬며) 참, 그렇습니다. 모두가 한심한 일입지요. (담배)

---

31) 원문에는 제2막 제3장으로 표기되었으며 해설에서도 제2장과 동일한 장소라고 표기되어 있으나, 이를 내용에 맞게 바로잡음.

32) 봉놋방. 여러 나그네가 한데 모여 자는, 주막집의 가장 큰 방.

선　생　대관절 이 동리의 성출은 어찌 되였나요?
병　노　그러니 성출인들 제대로 되여야지요. 요새는 신탁통치란 소문이 돌든데, 건 어떻단 말인지요.
선　생　신탁통치란 연합국에서 조선을 공동관리한다는 뜻인데, 실상은 그런 게 아닌 것을 일부 반동단체의 분자들이 자기네의 신망을 회복하랴고 대중을 분열시키랴는 간악한 모략에서 나온 선전공작입니다. 지금 소련과 미국이 위원회를 조직하고 서울에다 조선임시정부를 세워서, 그것을 짧은 시간 안에 독립정부로 만들게 하는 동시에, 삼팔선을 미구[33]에 해결짓게 된다니, 조선독립은 불원간 틀림없이 될 줄 압니다. 따러서 그 점은 조곰도 염려없겠지요.
일　동　네, 그렇습니까!
갑　노　그런데 뜬소문엔 별소리가 다 들리겠지요.
선　생　그런 게 다 유언비어인 줄 아십시오.
위원장　성출은 아라사 군대가 가저간다는 소문이 나서 더들 안 내는가 봅니다.
농위원장　그런 게 아니라, 워낙 빈농은 내놓을 곡식이 없고, 있는 집에서들 안 내놓기 때문입니다. 그리고 위원회에서두 열심껏 일들을 하지 안는 원인도 있습니다.
선　생　물론, 그런 점도 있겠지요.
농위원장　그러나 성출은 문제없습니다. 힘써 독려하면 불원간에 끝이 나겠습죠.
병　노　참, 아까 황구장도 말씀드렸습니다만, 우리 동리가 큰일입니다. 서울 소식을 드르니까 해방이 정말로 된 사람은 야미꾼, 음식점, 화류계 여자들 뿐이라든가요. 그래 가만이 보니까 여기도 그런 사람들만 날뛰거든요. 노름꾼, 밀주장사, 야미꾼… 모두 이런 것들의 세상이지, 마음 곧은 사람이야 어데 성명이나 있어 보입니까? 우선 노름꾼 때문에 커나는 아이들까지도 버리겠습니다. 원.
선　생　지난 8월 15일에 우리 조선이 일본 제국주의로부터 해방이 되긴 하였으나, 아직 완전한 독립을 얻진 못하였습니다. 그것은 우리의 힘으로 해방을 하지 못하고 연합국의 힘, 바꿔 말하면 외국의 힘으로 되었기 때문에 독립정부를 세울 수 없었고, 38도선도 그래 생겨서 남북조선이 갈리게 된 것이 아니겠습니까?
갑　노　글세 말입니다.

33) 未久, 얼마 오래지 아니함.

선 생 그 공간을 틈타서 장사치들은 이 판국에 한목 버러 보자구 날뛰는 것인데, 이것은 정말로 건국사업을 방해하는 반역자의 행위라 해도 과언이 아닙니다. 우리가 다 각기 8월 15일 이전의 왜놈 정치 때 압박당하든 그 생각을 한다면, 누구나 건국을 위해서 다 가치 힘써야 할 것 아닙니까. 그런데 도리혀 저 혼저만 잘 살겠다는 욕심으로 날뛴다는 것은, 대단히 잘못된 행위라고 볼 수밖에 없습니다.

을 노 암, 그야 일을(이를) 말슴입니까.

선 생 민심이 이와 같이 혼란해진 것은 아까 말한 바와 같이, 조선의 해방이 외국의 힘으로 되였다는데 원인이 있습니다. 우리는 피 한 방울 흘리지 않고 남의 덕택으로 해방이 된 것을, 마치 공으로 생긴 횡재나 한 것처럼 일반이 생각하는 점에서, 지나친 자유사상이 퉁겨져 나왔습니다. 그러나 다시 한번 깊이 생각해 볼 때, 조선의 해방은 결코 값없이 생긴 공것이 아닙니다. 그것은 연합군, 그중에도 붉은 군대가 희생을 아끼지 않고 북조선의 일본군을 철저히 소탕하기에, 우리 대신 많은 피를 흘려 준 소득이란 것을 깊이 깨다러야만 되겠습니다. 만일 그렇지 않었다면, 붉은 군대가 우리 대신 피를 흘리지 않었다면, 우리 조선은 작금 어떻게 되였을는지 모릅니다. 그랬다면 여기 계신 여러분과 나부터도 벌서 왜놈들에게 붓들려서 학살을 당했을는지 누가 압니까?…

병 노 참, 그렇습지요. 선생님 말슴이 지당합니다.

선 생 건 아슬아슬한 사실입니다. 8월 15일 뒤에 사흘만 넘겼드라도, 즉 8월 18일에는 조선 안의 요시찰인 사상가들 8만명을 일시에 학살하랴든 비밀계획 문서가 들어낫다는 것만 보아도 알 수 있지 않습니까.

갑 노 아, 그런 일이 다 있었나요. 저놈들 봤나! (처음 듯는 이 말에 놀랜다)

선 생 네, 그랬습니다. 듯기만 하여도 소름이 끼치는 음모였습니다. 지금 자유 해방을 삐뚜러지게 오해하고 저들 혼저만 잘 살랴는 사람들이 이런 생각을 깊이 해본다면, 붉은 군대야말로 우리에게 얼마나 감사한 존재이며, 또 그대신 왜놈에게는 분공대천[34]의 웬수로 적개심을 이르켜서 하루속이 통일된 정부를 세워야 하지 않겠습니까? 다시는 외국의 침략을 안 받도록 민족적 일대 분발심을 내야하지 않

34) 불공대천(不共戴天), 하늘을 함께 이지 못한다는 뜻으로, 이 세상에서 같이 살 수 없을 만큼 큰 원한을 가짐.

겠습니까?

일 동 (묵묵… 기침소리만 난다)

선 생 (흥분을 진정하며) 그러나 우매한 민중이란 언제든지 그렇습니다. 백 사람이 다 가치 깨다를 수는 없으니까요. 그 다음 둘재로는 지도자가 없는 탓이올시다. 우리 동리에도 만일 훌륭한 지도자가 있었다면, 백주에 노름을 하게 내버려 둘 리가 없었겠지요. 동리에 중심인물이 없으니까, 저마다 잘났다고 웃줄대며 안하무인으로 무질서가 되는 거지요. 영동쪽은 부락마다 훌륭히 자치를 해 가는 게 무슨 까닭입니까. 거기에는 지도자가 있습니다.

을 노 그러니 지도자가 별안간 어데서 나옵니까?

선 생 지도자를 양성하면 될 수 있습니다.

명 수 선생님. 참 저는 선생님을 뵈올 낯이 없스니까, 다시야 노름을 하겠습니까만, 나뿐 동무의 꾀임으로 여러 해 끊었든 짓을 또 다시 했습니다. 이미 저질는 제 죄는 말할 것두 없아오나, 여러 어른님들이 모이서서 동리 일을 바로잡자는 이 자리라면 말입니다. 서로 탁 터러 놓고 상하노소 간에 누구나 어제날까지 잘못한 일은 숨김 없는 자기고백을 해서, 뉘우치고 깨닫게 하는 것이 어떻겠습니까. 그래야만 우리 동리가 제대로 잘 될 것 같습니다.

농위원장 그 말슴 좋습니다. 전 노름은 안 했습니다만, 노름판을 구경하고 개평까지 뗀 일이 있습니다. 소위 농민위원장 명색으로 대단히 부끄러운 죄를 졌습니다. 그럼 그 돈(개평으로 얻은) 50원을 여기 내놓고 제 죄를 자복하는 동시에, 앞으로는 절대적으로 그런 짓을 안 할뿐더러, 다른 자가 노름을 하더라도 발벗고 나서서 말리기로 맹서하겠습니다. (돈을 끄내 놓는다)

병 노 뭐, 이왕 지난 일이야 추급[35]할 것 있는가. 돈을랑 도로 넣게!

농위원장 아니올시다. 그러면 회개한 본의가 없습니다. 그럼 이 돈은 농민위원회 비용으로 쓰겠습니다.

명 수 제 죄는 이미 잘 아실 테니까, 더 말슴 사뢰지 않겠습니다. 저는 벌서 그 벌역[36]까지 받었으니까요. 아주 못 살게 되었으니까요, 하. (한숨을 내쉰다)

농위원장 (좌중을 둘러보며) 또 다른 분은 없으십니까. 물론 이 자리에서 자백은 안하서도 좋습니다만, 그대신 양심에 무러 주시길 바랍니다.

---

35) 追及, 뒤쫓아서 따라잡음.

36) 罰役, 잘못에 대한 벌을 받는 일.

그래서 양심에 찔리는 일은 앞으로는 다시 않겠다는 심중의 맹세를 해주시면 좋겠습니다.

일동 묵묵…

명 수 그래서는 안 되겠습니다. 양심을 고백하는 이 자리라면 공공연히 드러난 사실까지 숨길 필요야 없지 않습니까. 가령 뉘 집에서 야미쌀을 팔었다든가, 누가 밀주를 해서 팔었다든가, 이런 것은 뻔히 다 아는 일이 아니여요. 그런데 하필 노름꾼만 지목해서 동리가 망한다고, 야미쌀을 팔어먹는 이나 밀주 장사가 그런 말을 한다면, 건 틀린 생각이라 하겠습니다. 이건 서로를 제 잘못은 눈 감어 두고 남의 미꾸멍만 처들러 드는 그런 심사가 어데 있느냐 말얘요. 만일 노름꾼이 나뿌다면, 노름을 붙인 사람두 나쁘다 하겠지요. 이래 가지고서야 정말 옳고 그른 걸 어떻게 가릴 수 있으며, 동리를 바로잡을 수 있겠습니까. 안 그럽니까, 선생님.

농위원장 건 옳은 말이요.

박 이 사람, 자넨 그런 노름한 것이 우리 탓이란 말인가. 자네들이 하두 졸르기에 방을 빌린 것뿐인데, 노름 붙인 우리 집을 왜 처드는 겐가? (집신을 삼다가 신을 찬 채로 이러선다)

명 수 (손가락질을 하며) 금방 저렇다니까… 누가 아저씨네만 탓하는 겐가요. 이를테면 그렇단 말이지.

박 뭐 이를테면야. 자네가 노름할 방을 빌려 달랬지, 우리가 언제 자청해서 빌렸단 말인가? 거 참. (성이 나서 툴툴댄다)

명 수 아니, 그런 말로면 설사 빌려달라고 사정하더래두 댁에서 안 빌리면 되지 않어요.

박 그래도 노름에 등이 단 놈들이 산속에 가선들 못 할까. 어데서든지 하구 말지.

명 수 그러구 또 방을 빌렸으면 거저 빌리셨어. 하루밤에 몇백원씩 불떡[37]을 떼구, 방세를 받지 않었오. (마주 언성을 높인다)

김성녀 등장.

박 이 사람아, 몇백원은 무슨 몇백원야… 그 사람, 큰일 내겠네.

---

37) 불삯?

김　　원, 별소리가 다 많군. 물에 빠진 놈 건저주니까 보따리 어쨌느냐 셈이지. 일껀 못 빌리겠단 방을 빌려주니까, 저따위 소리를 한단 말야. 쩌 쩌… (혀를 찬다)

명 수　참 고맙소이다. 아주머니가 방 빌리신 덕으로 난 오천원씩 잃었으니까.

김　　아니, 저 사람이 미쳤나베. 누가 임자더러 돈을 잃으랬나. 돈 잃은 탓을 어데다 하는 거야. (색을 먹고[38] 대든다)

일 동　(웃고 떠든다)

명 수　탓이 아니라, 나두 속이 상해서 하는 말이유. 첫재는 내 잘못이라 하겠지만, 서로 다 잘못을 터러놓는 이 마당엔 누구나 양심을 고백해야 되겠기에 말입니다.

득순이 등장.

득 순　(방중(房中)에 머리를 숙이며) 동리 어룬들 모이신데 정소[39]를 하겠습니다. 이집에서 우리집 암탉을 몰래 잡어먹구 닭값두 안 주니 받어주십시오.

위원장　아니, 닭싸움이 그저 계속인가? 허허… 원.

김　　이년이 눈깔 빠질 소릴 또 하는구나. 누가 늬 집 암탉을 잡어먹었다는 거냐? (명수에게서 득순이한테로 대든다)

득 순　그적게 밤에 노름꾼들에게 술 파느라구 잡지 않었니?

김　　이년아, 그 닭은 우리 집 닭이야. 우리 검정 암탉이 없어진 것두 네 눈에 안 뵈드냐.

득 순　또 한 마릴 안 잡었느냐 그래. 우리집 암탉이다.

김　　저년 보게. 그 닭은 수리재에서 사온 닭인데, 암탉이면 모두가 늬 닭인 줄 알었드냐. 이 육실할 년아.

득 순　(픽픽 웃어가며) 나두 다 조사를 해봤다. 이거 왜 이래. 수리재에서 어떤 놈이 사왔느냐, 그놈을 대라… 응. 왜 못 대냐?… 뒷간 재땜이에 버린 닭의 털을 조사해 보니까, 까투리 빛을 가진 털이 빠진 게 분명한 우리 닭털이던데, 아주 이렇게 시침을 뚝 따기냐.

김　　흥, 그년 알긴 잘 아네. 까투리 빛은 웬, 이왕이면 장끼 빛이라지.

명 수　(분연히 나앉으며 득순에게) 아주머니, 그 닭 증거는 내가 서지요.

---

38) 노여운 생각이 들어서 정색을 하다.

39) 呈訴, 소장(訴狀)을 관청에 냄.

아주머니 말슴과 같이 그적게 밤에 그 닭을 잡어서 우리들이 술을 먹었습니다.

김　　(명수에게 아까부터 눈짓을 하는데 명수는 못 본 체한다)

일 동 (놀라운 이 말에 서로들 쳐다보며 수선거린다)

명 수 기위 토죄[40]를 하는 마당에 한 가지라두 숨겨서야 됩니까. 아무 닭이나 잡으라구 저부터두 닭추념을 서드렀는데, 인제 보니까 그 닭이 아주머니댁 닭이였군요.

김　　(어색해어) 그럼 닭값은 먹은 이들이 내소 그려. 난 뉘 닭인 줄두 모르구 잡어주기에 볶았을 뿐이지.

명 수 닭값은 두 마리 값을 다 냈는데, 뭘 또 먹은 사람더러 내라는 거요.

득 순 흥, 네년이야말로 꿩 먹구 알 먹었구나. 남의 닭을 거저 잡아서 돈까지 받어 먹었으니… 이년아, 양심을 바로가지고 말해. 금방 수리재에서 사왔다드니만, 뉘 닭인 줄 몰랐단 말이 어느 아가리로 나오니? 응! (상아때질을 한다)

김　　두 마리 값을 언제 냈어. 난 한 마리 값밖에 안 받었는데… 명수두 사람이 왜 그러우. 자기네 좋야서 노름을 한 걸 가지고, 웨 물귀신처럼 남까지 끌고 들어갈 것 뭐 있담!

명 수 아니, 그럼 40원이 닭 한 마리 값이란 말요. 안 받었다는 게 뭔 소린지 모르겠네, 원참.

김　　이거 왜 이래. 꿩 한 자웅[41]애두 70원인데, 노름판에서 큰닭 두 마리도 40원만 받는단 말야. 저런 쫄보리[42]의 보짱을 가졋으니까, 돈을 잃지 뭐야.

갑 노 허… 원 이거 동리 망했구나. 이웃사촌이랬는데 이래 가지고서야, 인심 사나워서 어데들 살겠오. 그래 남의 닭을 몰래 잡어먹은 것부터 틀린 일이지만, 더구나 닭값까지 받어먹었다니, 사람들의 심사가 그래서야 되겠오. 별 망칙한 소리두 다 듯겠군. (담배때로 재떠릴 털며 흥분한다)

을 노 정발 이래서는 동리가 망하겠오. 무슨 별반 거조[43]가 있어야지. 선생님 안 그렇습니까?

---

40) 討罪, 저지른 죄목을 들어 엄하게 꾸짖음.
41) 암수 짝을 이룬 동물을 세는 단위의 방언.
42) 좀팽이. 몹시 좀스럽고 못난 짓을 하는 사람.
43) 擧措, 어떤 일을 꾸미거나 처리하기 위한 조치.

선 생 글세올시다…

병 노 말이 났으니 말인데, 우선 노름판부터 없애야 되겠습니다. 글로 해서 여러 가지 피해가 많고, 도적놈까지 생길 테니 두고 보십시오. (흥분한다)

갑 노 벌서 도적질이 시작된 셈이지 뭐야. 남의 닭을 몰래 잡어먹었다니. 흥…

을 노 하니까 다시 노름을 하는 자는 물론이어니와, 노름을 붙인 집까지도 앞으로는 별반 거조를 내서, 문짝을 떼든지 방고래를 뜯던지 무슨 수를 내야지. 원, 타동[44]이 부끄러워서 어데 살겠나.

김 (악이 나서) 아따, 그 냥반들. 말슴만은 참 전잔으시우. 노름꾼을 붙인 나부터두 잘한 건 없소이다만은, 서로 따지기로 하면 피장파장이지 뭐여요, 야미쌀을 판 집이나, 밀주를 해 판 집이나, 노름꾼을 부친 집이나, 양심에 걸린 짓을 하기는 마창가지가 않이겠소. 그런데 뭘 남의 잘못만 초들 것두 없지 안어요.

갑 노 누가 야미쌀을 팔었단 말야?

김 우선 댁에서두 일전에 팔지 안으셨남. 유심사 절한테…

갑 노 그건 저… 불공두 드리구, 참… 그… 그랬기에 거저 준 게지. 누… 누가 도… 돈을 받었나. (외면을 한다)

김 말 마러요. 나두 다 드렀어요… 그리구 감밧집에서두 밀주를 해 팔지 안었수?

을 노 (당황해서) 언제 누가 술을 해 팔었서? 아니 참… 며칠 전에 저… 기고[45]가 드러서 제주가 남은 것을 안에서 혹시 모르고 팔었는 건 모르지만… 밀주를 해 팔다니, 원 별소릴 다하는군… (외면을 하고 도라 않는다) 흥!

갑 노 암, 그렇겠지. 우리집 보구 야미쌀을 팔었단 말과 똑같은 말야. 예보아. 선생님두 계시구 한 점잔은 이 좌석에 말을 함부로 그렇게 해서야 쓰나. 이편이나 잘못했으면 했다든지 안 했으면 안 했다든지 할꺼지, 웨 물귀신처럼 남까지 끌고 드러갈 건 뭐냐 말야.

을 노 그러기에 말야. 원 창피한 소리를 다 드렀군! 음…

김 나두 끌려 드러갓스니까 가치 끌고 드러가야지. 뭐 안 끌구 드러가면 손해인 걸 어떠해요. 두말할 것 없이 동리 어룬들이 먼저 잘 하시면, 거기 따라서 다들 잘할 것 안여요. 상탁하부정[46]으로, 있는

---

44) 他洞, 다른 동네.

45) 忌故, 해마다 사람이 죽은 날에 제사를 지내는 일.

집들이 그러니까 없는 집은 말할 것두 없지 뭐여요 우선 성출만 두고 보아요. 큰집에서들 활당량을 다 내노았으면 벌써 되였지 여적 있을까.

농위원장 건 그렇습니다. 아주머니 말슴이 옳소이다.

김 그러니까 위원회에서두 일들을 잘 하시란 말야. 아주 공평하게 누구나 사를 두지 안코 철저히 해나간다면, 그렇게 동리 일을 엄하게 해 나갈 말이면, 나부터두 노름을 못 붗쳤을 것 안에요. 그런데 모두들 속으로는 야미를 하면서 남만 처드니, 정말 안는 사람만 손해인 걸 어떻게 안 하겠소. 안 하는 게 병신이지.

세 노인들 (입맛을 다시며 서로 처다본다)

농위원장 그럼 지금부터 규정을 내립시다. 야미쌀이나 밀주나 소와 돼지의 밀살이나 노름을 하는 자나 붗치는 것이나 기외의 부정한 짓을 일체로 엄금하는데, 만일 뉘 집에서든지 그런 행위가 발각되는 때에는, 현품을 몰수하는 동시에 위원회의 처벌을 받기로 어떠습니까, 여러분의 의향은…

명 수 그거 대단 좋습니다. 그리하십시다.

농위원장 선생님의 의견은?…

선 생 물론 좋소이다.

득 순 닭 값은 누가 내는 거야. 먹은 사람이 낼 텐가, 잡은 집에서 낼 텐가?

김 아이구, 그놈의 닭값 대단한가 부다. 드러워서두 무러주마. 나두 한 목 낼 테니, 먹은 사람들두 내라구, 구장님두 자셨으니 내시우. (위원장에게)

위원장 (면구스런 듯이) 난 그런 닭인 줄 모르고 먹었지만, 내라면 내지.

김 구장님두 틀렸지 뭐야… 노름꾼을 말렸드면 이런 일 저런 일 없지 안우. 동리 어룬이 그런걸 보시구두 가만이 계시니까, 무엄해서들 그렇지 뭐에요.

명 수 건 그렀습니다. 아저씨의 직분으로서는 당연히 말리서얍지요.

위원장 원, 그 사람들. 자기네가 좋아 한 짓을 말리잔엇다구 인젠 남 칭원만 하러드러. 거 참, 별소릴 다 듣겠군!

농위원장 건 아저씨가 오해십니다. 아저씬 지금 위원장이 안이십니까.

위원장 위원장 내노라면 지금 당장 내노켔네. 생기는 것 없이 시마리[47]만

---

46) 上濁下不淨, 윗물이 흐리면 아랫물도 깨끗하지 못하다는 뜻으로, 윗사람이 부패하면 아랫사람도 부패하게 됨.

팔리구, 이게 도무지 무슨 일이람! 에이 하나…
명 수 아주머니, 닭값은 제가 내지요. 얼마나 드릴까요?
득 순 그거야 시세대로 하지. 내가 알우,
명 수 나두 모릅니다만. 옛소, 20원만 받으시오. (돈을 내준다)
인녀·인학 (급히 등장) 어머니, 아버지 오셨수.
득 순 (돈을 집어들고) 응! 아버지가? 정말야!

인녀, 득순 급히 퇴장. 일동 서로 지껄인다.

명 수 섯불리 노름 한번을 했다가 인전 아주 신세를 조젓거던… 제 형세로 오천여원을 잃었으니, 거덜이 나지 안었세요. 그래서 아까까지도 복구를 해보랴고 별너 왔읍니다만은, 지금 여러 어룬님네 말슴을 드러보니 제가 노름을 또 했다간 아주 버린 놈이 될 것같어서, 마음을 돌렸습니다. 타관에서 빈손 들고 드러온 셈만 치면 되지 안슴니까. 그대신 앞으로는 부지러니 일하는 농사꾼이 되겠습니다. 여러분, 잘 지도해 주십시오.
농위원장 (쫓어가서 악수하며) 명수씨! 고맙소. 당신이 그런 결심을 하셨다면, 우리 동리도 앞으로 잘될 줄 압니다. 나부터도 명색은 농민위원장입니다만은, 별제위명[48]이지 한 가지도 떳떳한 일 한 것이 없읍니다. 그러나 이제부터는 하겠읍니다. 정말 동리 일을 위해서, 건국을 위해서 나 한 몸을 받히겠읍니다.

일동 긴장하며 주목한다. 문상식 등장.

상 식 여러 어룬, 그간 안명하십니까? (방중에 고개를 숙이며 드러선다. 서로들 인사)
노인들 아니, 이게 누구야. 대관절 언제 왔는가. (모두들 이러나 맞는다)
상 식 조곰 전에 왔습니다. 동리가 다들 무고하시답지요. (앉으며 좌중을 둘너본다)
갑 노 우리네야 잘 있었지만, 그래 객지에서 고생이 얼마나 되였는가.
상 식 뭐 고생될 것 있읍니까. 우물 안 깨구리가 구경을 잘 하고 도라왔읍지요.

47) ?
48) 벌제위명(伐齊爲名), 겉으로는 어떤 일을 하는 체하고 속으로는 딴 짓을 함.

을 노 삼년 동안이나 나가 있었으니, 물론 박남[49]은 잘 했겠지. 그런데 북해도 석탄광으로 갔다더니, 거기서 도라오는 길인가?

상 식 네 여기저기 도라단이다 왔읍니다. 참 지금 아이들한테 듣자니까, 저의 집 안사람과 이댁 사이에 닭 쪼간[50]으로 언쟁이 있었답지요?

을 노 그런 일이 있었지만… 뭐 그리.

상 식 여러 어룬께 대단 죄송합니다. 제 안해란 위인이 아직도 주책이 없어서 그랬든가 봅니다. 닭 한 마리가 하상[51] 무었인데요, 이웃간에 싸움을 하게…

갑 노 아니, 건 자네 댁이 잘못한 게 안해. 다른 사람들이 잘못했지.

상 식 그까진 닭 한 마리에 잘잘못이 뭐 있읍니까. 옛날에는 작난꾼들이 돼지 설이(서리)두 하였다든데요.

병 노 허허… 건 옛날 시대 말이지… 지금 세상이야 누가…

상 식 우리 조선이 왜놈의 정치에 36년간 피를 빨릴 때에는 서로 살기 위해서 인심이 사나워젓는지도 모름니다만은, 인제는 자유 해방이 되여서 우리나라의 조선이 되었는데, 옛날의 순후한 그 인심을 웨 못 도리키게 됨니까?

득순 등장.

득 순 (명수에게) 아까 준 닭값은 안 받겠서요, 도루 받으서요. (돈을 내놋는다)

명 수 아니, 웨 그러세요. 작어서 그럼니까?

상 식 이 사람, 작다니 무슨 말인가. 지금 한 내 말을 자네는 어떻게 듣고 있기에?… (눈을 부릅뜬다)

명 수 건 그렇지만… 이거야 어듸…

상 식 넌 좌중 여러분께 사과를 올려라, 잘못했읍니다구. (득순에게 명령한다)

득 순 (고개를 숙이며) 잘못했어요… (늑기며 운다)

일 동 (송구한 마음으로 서로들 어쩔 줄을 모른다)

상 식 (침통한 기색으로) 아, 그래도 나는 아까 내 고향을 찾어오기 전까지 꿈과 같은 공상을 이렇게 하였지요. 3년만에 도라오는 내 고향

49) 박람(博覽). 사물을 널리 봄.

50) 이유나 근거를 이르는 북한말.

51) 하상(何嘗). 근본부터 캐어 본다면.

은, 조선이 해방된 오늘날의 내 고향은, 퍽 달러졌을 것이다. 천지 개벽이 되었는데, 어쩨 인심인들 변함이 없겠느냐? 그러타면 우리 동리도 그동안 변해서 훌늉한 동리가 되였을 것이라구… 그리고 우리 집도 비록 간구하기[52]는 일반이라도, 집안 식구들이 이웃 간에 화목히 지내며, 내가 도라오기를 기뿐 마음으로 기다릴 것이라고. (득순에게) 그런데 너는 하상 닭 한 마리로 해서 이웃간에 싸움을 한다. 왼 동리를 식그럽게 굴고, 내가 도라와서도 그 꼴을 보게 해야 옳단 말이냐. 난 참으로 그럴 줄은 몰렀다. 너까지 그럴 줄은 몰렀다. 우리 동리가 그저 잠이 안 깬 줄도 몰렸다… (침통한 기분)

특 순 (체읍한다[53]) 아 아…

인 학 (등장) 어머니! (마주 흑흑 운다)

갑 노 상식이, 자네가 잔네 댁에게… 그… 그런 말을 한다면, 우리 늙은 것들은 뭐라고 할 말이 없네. 자네 집에서야 동리간에 조곰도 잘못한 것이 없으니까. 하… (한숨을 쉰다)

일 동 암, 그야 일을 말슴이여요. (불안해 한다)

명 수 형님, 고만 고정합시오. 모두 다 저 잘못이외다.

상 식 제가 3년 동안 일본으로 건너가서 노동자 생활을 해보니까, 이 세상이 정말로 똑바루 뵈입듸다. 우리 농민은 그래두 저 햇빛을 보고 저마다 자유로 살 순 있지요. 그런데 몇백길씩 되는 탄광에서 석탄을 파내는 광부 생활이나, 한 공장 안에서 몇천명이 주야로 교대해서 기계 노동을 하는 공장 로동자를 볼 때, 그들은 참으로 힘찬 일을 하겠지요. 비참한 생활들을 하면서요.

일동 묵묵

상 식 그러나 그들은 씩씩하게 일을 하면서, 자기네의 생활을 향상하기에 용감히 싸우고 있음니다, 노동자에게 일터를 주라, 놀고 먹는 자를 없이 해라, 농민에게는 땅을 주라… 이렇게들 제 나라의 대자본가와 지주를 상대해서 싸움니다.

젊은이 일동 감탄한다.

상 식 그들은 자기네의 공통한 이익을 위해서 노동조합으로 일치단결합

52) 가난하고 구차하다.
53) 눈물을 흘리며 슬피 울다.

니다. 하긴 개중에는 동무를 파는 배신자가 간혹 없지 안으나, 그 건 아직 의식이 없는 사람들이라 그런 자를 위해서도 지도자들은 훈련을 식힙니다.

농위원장 하! 그렇습니까? (감탄한다)

상 식 그런데 8월 15일에 조선이 해방된 것을 알자, 우리들은 새 기운이 났읍니다. 그때 조선이 독립된다는 말을 들었을 때, 우리들은 너무 감격해서 서로 얼싸안고 엉엉 울었읍니다. 그 생각을 한다면, 과거 36년간 왜놈한태 쪼들리는 생각을 한다면, 아… 그까진 닭 한 마리가 무엇입니까? 닭 한 마리로 해서 왼 이웃이 지금 싸워야 할 때입니까? 이야말로 정말 '닭싸움'이 안이고 무엇인가요?

명 수 성님, 북그럽습니다. 전 노름까지 했담니다. 그리고 성님댁 닭을 몰내 잡은 줄 알면서도, 아주머니께 아무 말이 없이 그 닭고기를 먹었읍니다, 저는 이렇게 환장한 놈이 되었읍니다. 성님, 용서해 주시겠습니까? (자기 가책에 못 익여서 운다)

선 생 그렀읍니다. 지금은 누구나 다같이 힘을 합처서 우선 건국을 해놓고 볼 일입니다. 지금에도 중앙에서는 정당 통일이 잘 안되는 것 같음니다만은, 그 통일을 속히 되게 하는 것도 우리 대중의 힘이올시다. 만일 건국이 안 된다면 어떻게 될까요? 나 혼저만 잘 살 수가 있겠음니까? 이대로 완전독립이 못 된다면, 우리들은 또 다시 외국의 노예가 될 것을 생각해 보십시오. 그럼으로 이 천재일우[54]의 좋은 기회를 놓친다면, 우리 민족은 영구히 멸망되고 말것입니다.

일 동 옳습니다.

명 수 그런데 성님은 그 동안에 어떻게 그리 훌늉히 되섰나요. 박남이란 참 좋은 검니다 그려. (감탄해서 처다본다)

상 식 뭐 훌늉히 된 게 있는가. 그저 노동자가 되여 온 것뿐이지, 허허…

농위원장 아니, 정말이에요. 우리 동리도 노동조합을 조직 중인데, 그럼 문 상식씨로 위원장을 모서야겠읍니다.

명 수 거 좋겠지요.

상 식 뭐, 내야 그럴 자격이 있는가. 천만의 소리를 다하네 그려.

명 수 겸사의 말슴은 마시고, 형님이야말로 우리 동리의 정말 지도자가 되어주십시오. 선생님과 형님만 그렇게 해 주신다면, 우리 동리도 앞으로 잘 될 줄 암니다.

일 동 암, 그렇구말구요.

---

54) 千載一遇, 천 년 동안 단 한 번 만난다는 뜻으로, 좀처럼 만나기 어려운 좋은 기회.

농위원장 저, 그럼 내일부터 동리 일을 힘써 보십시다. 우선 성출 문제부터 시작하는데, 만일 활당량을 덜 내인 집으로서 양심을 이 뒤로 속인다면, 그런 집은 일호 가차 없이 집뒤짐을 하기로 하십시다. 여러분, 의견이 어떠습니까?

젊은측 일동 거 좋습니다. 그대로 실행하십시다.

노인 3인 무언. 도라앉어서 담배들만 피운다.

농위원장 그럼 아무 이의 없이 만장일치로 가결된 줄 암니다. 공연히 이담에 딴 소릴 해서는 안 됩니다.

명 수 아니 이렇게 만좌중이 작정을 해놓고 딴 소리가 무슨 딴 소리임니까.

박 (신 한 짝을 다 삼어서 뒷감기를 치며) 있는 집에서들만 하시면, 아무 문제두 없음니다. 그 다음은 죄다 따러 팔 텐데요, 뭐.

명 수 그럼요. 차후로는 다시 '닭싸움'들은 하지 맙시다. 정말!

상 식 그렇소이다. 누구나 크게 생각한다면, 그까진 소소한 이해를 따질 것 없겠지요. 지금 이 큰악한 건국사업을 눈앞에 놓고 저마다 사리사욕을 위해서 날뛴다는 건, 마치 병아리들이 곡식 한 알을 서로 뺏어 먹으랴는 것과 같은 닭싸움이올시다. 성출을 한두 말 덜 내랴는 것이 다 밀주장사로 한 푼을 더 벌랴는 심사나, 노름을 해서 남의 돈을 뺏으랴는 것이나, 이것들이 닭싸움과 무엇이 달르다 할까요!

선 생 (의미심장하게) 그렇지. 모두 다 따저보면 '닭싸움'에 불과한 거지… 자, 그럼 인제부터 우리도 사람다운 싸움을 합시다.

상 식 (쫓어와서 악수를 하며) 선생님, 감사합니다.

김 닭싸움이 아주 죄명이 되겠네. (일동 대소)

농위원장 그럼, 오늘 회의는 이것으로 끝이 낫습니다. 폐회를 하기 전에 다 가치 우리나라 건국을 위하야 만세를 부르고 헤집시다.

명수·상식 거 좋습니다.

농위원장 그럼, 선생님께서 선창해 주십시오.

일동 기립

선 생 조선독립만세! (두 팔 처들며 힘껏)

일 동 만세!

선 생 붉은 군대 만세!
일 동 만세!

만세성중에 하막.

1946년 1월 17일 철원합숙소에서 탈고

《우리문학》 1946년 3월호

# 두루쇠

(1막)

이동규

## 때

학도지원병령이 내렸을 때 (어느 일요일)

## 곳

서울

## 인물

태식　　모 전문교생, 22세
태숙　　그의 누이, 여학생, 18세
김씨　　그들의 어머니, 55세
옥녀　　그의 딸,[1] 16세
정총대(町總代) 50세
만춘　　그의 아들[2], 23세
두루쇠　25,6세
동네색시 20세

## 무대

태식 집 마루. 좌편 구석에 테-불과 책상이 놓여 있다. 우편에 안ㅅ방과 부엌이 있고, 상수 쪽에 대문이 반쯤 보인다. 오전 11시 경.
막이 열리면, 태식이 테-불에 앉어서 책을 보고 있고, 태숙은 그 옆에 서서 들여다보고 있다. 옥녀는 마루걸레질을 친다.

태 숙　오빠, 책 덮어두고 어듸로 산보 나가요, 응.
태 식　산보가 다 무어냐, 이런 시절에.
태 숙　이런 시절이니까 나는 싫건 놀고 싶어. 싫건 놀다가나 죽지.
태 식　(책을 탁 덮으며) 남 책 좀 보려니까 옆에 와서 쌩이질[3]이로구나.
태 숙　이런 시절에 오빠는 공부할 생각이 나우?
태 식　이런 시절일수록 공부를 해야 한다. 그래야 마음이 안정되는 법이다.
태 숙　그러지 말고 오빠 어서 어듸로 갑시다. 조곰만 있으면, 또 그 정총대가 올는지 몰라요.
태 식　오면 고만이지.

---

1) 김씨 집안의 하녀가 맞을 듯.
2) 원문에는 김씨의 아들처럼 표기되어 잇으나, 내용상 정총대의 아들임.
3) 한창 바쁠 때에 쓸데없는 일로 남을 귀찮게 구는 짓.

태 숙 귀찮지 않아요? 또 그 연설을 느러놓고 졸러대면 어떻게 해요. “우리 학도에도 광영의 출진의 길이 열렸습니다. 한시라도 지체하지 말고 우리는 다 지원해 명예의 총대를 멥시다.” 호호호.

태 식 하하하.

밖에서 “이리 오너라” 소리 들린다.

태 숙 (얼골 빛이 변해지며) 오빠, 왔나 봐요. 그 작자가 또… (옥녀에게) 얘, 나가 보아. 오빠 구두 감추고. 오빠, 들어가 숨읍시다.

태 식 숨긴, 뭘 숨어.

태 숙 응, 귀찮어요. 이리 오세요.

태숙이 태식을 끌고 안ㅅ방으로 들어간다. 옥녀 태식의 구두를 마루 밑에 감추고 밖으로 나간다. 김씨 안방에서 담뱃대를 들고 마루로 나와 앉는다.

김 씨 암만 와 봐라. 내가 승낙을 하나. 지원이라는 건 제 맘대로 하는 겐데, 왜 날마다 와서 귀찮게 굴어. (담배를 피어 빤다)

옥녀와 찾어 온 사람은 객석에서 보이지 안는다. 조곰 후에 옥녀 들어온다.

김 씨 누구냐, 또 정총대가 왔데?

옥 녀 아네요. 반장이 왔에요.

김 씨 왜.

옥 녀 이따 네시부터 방공연습이 있대요. 인제부터는 애들이나 식모 내보내지 말고, 주인 아씨나 마님들이 손수 꼭 나오셔야 한다고요.

김 씨 뭐 날더러 나오란 말이야? 그래 늙은 사람더러 그 몸빼지 몸둥이인지를 주어입고 다름박질을 하란 말야? 난 죽어도 그것은 못하겠다.

옥 녀 그렇구 말구요. 마님께서 그것을 어떻게 하세요. 편찮으시다고 않나가시면 고만이지요, 뭐. (다시 마루걸레질을 친다)

태식 방에서 나오고 태숙도 뒤따라 나온다.

태 식 반장이야. 총대인 줄 알었드니.
태 숙 난 또 그놈의 총대가 왔다고. 그러게 오빠 어듸로 나가요.
김 씨 맞나면 더 성가시어, 차라리 만나지 안는 게 났다. 어듸 놀러 나갔다 오려므나.
태 식 그러지 말고 어머니 지원을 할가?
김 씨 뭐. (눈을 흘긴다)
태 식 이렇게 않아고 부댓김을 받는이보다 차라리 지원해 버리는 게 났지 않어요?
김 씨 내가 너 하나를 길러 오즉 네게다 맘을 부치고 사는데, 너를 전쟁에 내보내고 어떻게 살란 말이야. 네가 전쟁에서 죽기 전에 내가 먼저 죽게.
태 식 전쟁에 나가면 뭐 꼭 다 죽나요.
김 씨 그래도 죽기가 십상팔구지.
태 숙 괜히 그래요. 오빠가⋯ 오빠가 뭐 일본병정이 돼 나갈 사람이예요. 정 심하면 도망이라도 가지.

옥녀 걸레질을 다 치고 부엌으로 들어간다.

김 씨 제일 성가시어 못 백이겠는데, 어적게는 또 경찰서장이 와서 졸르고 갔지. 서장은 일본놈이니까 그렇다지만, 이 총대라는 작자는 왜 그렇게 와서 지긋지긋이 귀찮게 구는지 몰라. 그렇게 충신 노릇을 하면 나종에 총독이나 되는지.
태 식 그래야 벼슬이 올러가거든요.
태 숙 오빠, 우리 놀러 나갑시다.
태 식 그래, 가면 대체 어딜 가잔 말이냐?
태 숙 아모데나 가지 뭐.
태 식 글세, 그럼 어디 나가 볼가.

태식이 모자를 찾어 쓴다. 정총대 상수로 등장.

총 대 (대문 밖에서) 이리 오너라.
태 숙 총대야, 총대.
김 씨 또 왔군. 애, 옥녀야. 나가 보아라.
옥 녀 네. (대문으로 간다. 찾어온 사람과 그는 역시 보이지 않는다)

태 숙 오빠, 들어가 숨읍시다.
태 식 내 온, 이런…
태 숙 어서 오빠. (손을 잡어 끈다)
태 식 엥이!

모자를 책상 우에 팽겨치고 안방으로 들어가다가 돌처서 다시 모자를 집어가지고 들어간다.

옥 녀 (들어오며) 총대 양반이 오셨에요.
김 씨 들어오시라고 그러려무나.

옥녀 다시 나가 총대와 같이 들어온다.

총 대 어제는 대단 실례했습니다.
김 씨 (옥녀 방석을 갖다놓자 그것을 내밀며) 앉으십시오.
총 대 네, 고맙습니다. (방석에 앉는다) 자제는 어듸 갔습니까?
김 씨 네, 잠간 나갔습니다.
총 대 날마다 와도 볼 수 없군요. 오늘이 공일이라 집에 있는 줄 알고 왔드니.
김 씨 공교로히 없는 때만 오시니까 그렇지요.
총 대 어떻게 더 권고 좀 해 보셨습니까. 결심이 서섰는지요?
김 씨 글세요, 뭐 더 생각해 보겠다고 하니까요.
총 대 뭐 더 생각해 볼 것도 없지 않습니까.
김 씨 그래도 저로서는 퍽 깊이 생각하는 모양입니다.
총 대 그야 그렇겠지요. 그러나 뭐 젊은 양반이 그렇게 용기가 없을가요. 다른 학생들은 척척 지원들을 하는데요.
김 씨 그래도 애는 좀 사정이 다르니까요. 무엇보다도 저는 이 집의 삼대 독자인데다가, 저의 아버지도 일즉 돌아가고 나 혼자만 두고 가자니, 차마 결심이 안 서는 모양입니다.
총 대 허허, 그러니까 어머니께서 든든해야 합니다. 어머니 마음이 군세여야 아드님도 군세지요. 왜 내 생각은 조곰도 말고 너는 사내답게 전쟁에 나가라고 격려해주시지 못하십니까? 저 내지의 녀성들을 보십시오. 아들과 남편을 전쟁에 보내면서 눈물 한 점 안 흘리고 야스구니 진자[4]에서 만나자고 하지 안습니까. 어머니께서 주저하시니까 아드님도 주저하는데 아닙니까. 이번의 이 학도 특별지원병이야

말로 조선학도로서 무상의 광영입니다. 아드님이 영광의 길로 나가는 것을 왜 막으십니까.

김 씨 어디 내가 막나요.

총 대 그럼 왜 아드님이 결심을 못 하십니까.

옥녀 부엌으로 들어간다.

김 씨 ……

총 대 조선 사람들은 전쟁에 나가면 다 죽는 줄 안단 말슴이에요. 참 딱하지요. 그리고 또 혹시 죽는다고 하드래도 남아로서 이보다 더 떳떳한 죽엄이 어듸 있겠습니까.

김 씨 댁에도 아드님이 게시지요.

총 대 네, 있습니다. 그러나 바로 작년에 전문학교를 졸업했읍니다. 나는 그놈이 그저 학생으로 있다면 단박 지원을 식혔을 것입니다.

김 씨 우리 애는 몸이 약해서…

총 대 그러면 더욱 좋습지요. 군대라는 데는 사람을 다시 만드는 곳입니다. 한번 갔다오기만 하면, 몸도 튼튼해지고 사람도 씩씩해지고… 그래, 자제는 지원할 생각은 있는 모양입지요.

김 씨 글세요. 뭐 저도 그런 생각이 없는 것은 아니겠지요. 마는 몸도 약한데 또 집안 사정도 그렇고 하니까…

총 대 그야 누구나 다 사정은 있읍지요. 그러나 그것을 일일히 돌아볼 수가 있읍니까. 그리고 첫재 집안에 계신 분들이 뒷걱정 없게 격려를 해 주서야 합니다. 첫재 어머니 되시는 분부터.

김 씨 그러나 저러나 뭐 이건 지원령이니까, 자기 맘대로 할 수 있는 게 아니겠읍니까.

총 대 그야 그렇습지요. 그러나 이런 일애 조선 사람의 성의가 나타나는 것이니까요. 다 황국신민이 됐다고 떠들면서 이런 일에 모두 지원들을 안 해 보십시요. 조선 사람은 다 거짓말을 한다고 할 게 아닙니까. 그러니까 저는 전 학도가 다 지원하기를 바랍니다. 우리 정(町)에서도 거의 다 지원하고 인제는 한 열 집 남는 셈이지요.

김 씨 그만하면 성적이 좋구면요.

총 대 그러나 우리 정의 방침은 전부를 다 지원식힐 작정입니다. 저는 서

4) 靖國神社, 일본 천황을 위해 싸우다 목숨을 잃은 사람들을 신으로 모시고 제사를 지내는 곳.

장에게도 자신있게 약속을 했읍니다. 제 힘으로 다 지원을 시키고 말 것이라고.

김 씨 이것 큰일났읍니다 그려. 우리 애는 암만 해도…

총 대 그러시지 말고 결심을 하게 하십시요. 남들 다 나가는데 빠지는 것도 못난 일이 아닙니까. 그리고 끝까지 지원을 안 하면 나종에 징용을 보낸단 말도 있으니까요.

김 씨 징용을요?

총 대 네, 징용을 보낸대요.

김 씨 … (담배만 빤다)

총 대 이따 또 들리겠습니다. 대관절 자제를 좀 보기나 해야겠는데, 늘 와도 없으시니까… (일어선다)

김 씨 가시겠읍니까?

총 대 네, 이따 또 들리겠읍니다. 이번에는 기쁜 대답을 들려주십시요. (나간다)

김 씨 글세요, 온… (그를 대문까지 전송한다)

총 대 안녕히 계십시요.

김 씨 안녕히 가십시요.

총대 퇴장. 김씨 걱정스런 얼굴을 해 가지고 도로 마루에 와 앉는다.

옥 녀 (부엌에서 나오며) 갔읍지요? 아이 꼭 찰거머리같에요. (안방을 향해) 갔에요. 인제들 나오세요.

태식과 태숙 안방에서 나온다.

태 숙 아이, 왜 그렇게 졸라대.

태 식 그놈이 나를 내보내면 훈장이나 하나 타게 되는가, 왜 그리 야단이야.

김 씨 이거 암만 해도 안 가고는 못 박일가 보다. 큰일 났는데, 저런 게 날마다 몇 번씩이나 사람을 볶아대니 어듸 견듸겠니.

태 숙 지원이라고 하면서, 이건 강제나 마찬가지지 뭐야.

태 식 흥, 말이 지원이지, 그렇게 강제지원병이란 말이 있지 않으냐.

태 숙 인제 조선 사람 다 나가고 말게야. 지원병, 학도지원병, 징병, 그리고 징용 보국단, 뭣이니 뭣이니 해 가지고.

김씨 대단히 걱정스런 얼굴로 무엇을 깊이 생각하고 있다. 옥녀 안방으로 들어간다. 태식이 걸상으로 가 앉고 태숙은 김씨 옆에 앉는다.

태 식 어머니 너머 걱정하지 마세요. 정 못 견디어 나가게 되면, 나갔다 오는 게지요. 그리고 끝까지 안 나가면 뭐 목을 끌어갈라구요.

김 씨 지원을 않아는 학생은 징용을 보낸다고 하지 않든… 요놈들이 이렇게 꼼짝달싹을 못 하게 만드러 놓는구나.

태 식 징용? 나가라면 나가지 뭐.

김 씨 징용은 또 어듸로 보낼는지 아니? 저 북해도 탄광 같은 데로 보내봐라. 이건 병정 나가는 것보다 더하지.

태 숙 오빠, 그러지 말고 어듸로 도망가요.

태 식 어머니, 되는 대로 하지요 뭐. 그렇게 염녀하지 마세요. (태숙에게) 얘 놀러나 나가자.

태 숙 글세…

태 식 글세라니? 왜 또 금방 맘이 변했니?

태 숙 기분이 안 나는데요.

태 식 기분은 또 별안간 무슨 기분이야. 자, 가자.

태식이 걸상에서 일어나고 태숙도 일어선다.

김 씨 애, 태숙아.

태 숙 네

김 씨 너참 저기 좀 가 봐라.

태 숙 어디예요?

김 씨 저 광화문통 내가 명함을 받어 두었는데… (일어나 안방으로 들어가드니 명함 하나를 찾아 가지고 나온다. 그동안 태식은 도로 걸상에 앉는다)

김 씨 (명함을 태숙에게 보이며) 여기 좀 가 보아라.

태 숙 (명함을 받어들고 보여) 대용품연구소… 여기는 왜요?

김 씨 거기 가서 소장을 찾어 보고, 이 일을 좀 의논해 보고 오너라.

태 숙 아이, 어머니는. 대용품연구소란 대용될 물건을 연구하는데 아네요.

김 씨 그래도 가서 네 오빠 일을 좀 의논해 봐. 좋은 수가 있을 테니.

태 숙 호호호, 어머니도. 아니, 사람 대용품을 구할랴고 그러세요?

태 식 (일어나 닥어오며) 어머니, 그게 뭐에요? (태숙이 가진 명함을 들여다보며) 뭐 대용품연구소?

김 씨 넌 가만있어. (태숙에게) 어서 좀 가 보아라. 일전에 내 소장을 맞났어. 물건만 아니라 사람 대용품도 마련해 준다더라.

태 식 하하하.

태 숙 호호호… 별 소릴 다 듯겠네.

옥녀 방에서 나온다.

김 씨 (참된 태도로) 앤 알지도 못하고 그래. 내 얘기를 들었어? 일전에 보국단[5] 가는 사람도 대신 구해 보내준 일이 있단다.

태 숙 그렇지만 어머니, 병정 대용품이야…

김 씨 잔말 말고 어서 좀 갔다 와. 옥녀 너도 같이 갔다 오너라.

태 숙 (웃으며 머뭇거린다)

김 씨 어서!

태 숙 아니, 정말예요?

김 씨 그럼 정말이 아니고…

태숙이 그 오빠를 돌아다보고 웃으며 할 수 없이 마루 아래로 내려서 신을 신는다. 옥녀도 딸어 내려선다.

김 씨 가서 잘 좀 의논해 보고 오너라.

태 숙 될까?

김 씨 갔다 와, 어서!

태 숙 네, 그럼 단녀 오겠에요.

옥 녀 마님, 단녀 오겠습니다.

태숙과 옥녀 대문으로 나간다. 태식 김씨 옆에 앉는다.

태 식 (웃으며) 어머니, 정말 사람 대용품이 있읍니까.

김 씨 애는 내가 헛소리 하는 줄 알어.

태 식 암만 해도 저는 어머니께서 너머 걱정을 하셔서 정신이 좀 이상해 지신 것같에요.

김 씨 그럼 내가 미쳤단 말야.

---

5) 조선임전보국단(朝鮮臨戰保國團)의 약칭, 일제 강점기 말기인 1941년 10월 21일에 태평양 전쟁 지원을 위해 조직된 단체로, 이듬해 국민총력조선연맹으로 흡수 통합되었다.

태 식 (웃으며) 뭐 거기까지는 안 가셨어도…
김 씨 에이, 망한 녀석.
태 식 그렇지 않고서야, 어머니…
김 씨 이따 보려무나. 다 되는 수가 있을 테니.
태 식 그렇기로서니 어머니. 대용품을 내보내는 수야… 작난의 말습이시지.
김 씨 그럼 어떻게 해. 나가 죽는 이보다는 났지.
태 식 그렇지만 누가 속아 넘어가요.
김 씨 넌 가만있어. 다 내 좋도록 일을 만들어 놀 테니. 나도 다 들은 말이 있어서 그러는 게야. 그 집에서 그런 일을 다 묘하게 꾸며 준다더라.
태 식 온 나종에는 별소리를 다 듯겠어요.
김 씨 내 다 좋게 해줄 테니, 넌 염녀 말고 가만있어. 그동안 어디 시골 같은 데나 가 있다 오면 되지 않니.
태 식 난 몰으겠어요. 어머니 맘대로 해 보십시요.

태식이 의자로 가 앉는다. 김씨 안방으로 들어간다. 태식이 의자에서 일어나 마루로 왔다갔다 하며 깊은 생각에 젖는다. 동네 색시 '센닌바리(千人針)'[6]를 가지고 앞으로 들어온다.

동네색시 실례합니다.
태 식 네.
동네색시 아모도 안 게십니까?
태 식 무슨 일이신지요.
동네색시 저 부인네 안 게십니까? 이것을 좀. ('센닌바리' 흔겁을 보인다)
태 식 네네. '센닌바리'입니까. (안방을 향해) 어머니!
김 씨 (소리만) 왜.
태 식 이리 좀 나오세요.
김 씨 (나오며) 왜 그래.
태 식 저것 좀 해 드리십시요.
동네색시 미안합니다. ('센닌바리'를 내준다)
김 씨 네. (그것을 받어들고 한 바눌 꿰매주고 나서) 이것을 가지고 나가

6) 태평양 전쟁에 참전한 일본군인의 무운장구를 빌기 위하여, 1미터 정도의 흰 천에 붉은 실로 천 명이 한 땀씩 꿰매어 만들어준 것. 부적처럼 천인침을 배에 두르거나 모자에 꿰매어 항상 소지하면, 총탄이 피해가는 신통력이 있다고 믿음.

면 탄알을 않 맞는다지요.

동네색시 (받어들며) 글세요. 누가 압니까. 그렇게들 말하니까요. 고맙습니다.

김 씨 댁에서는 누가 나갑니까?

동네색시 저의 남편입니다.

김 씨 아이 딱해라. 혼인하신 지도 얼마 안 되신 것 같아 보이는데.

동네색시 (슬픈 얼골을 지으며) 네, 한 두어 달 전에 결혼했에요.

김 씨 에이, 가엾어라. 주인 양반께서 학생이시우.

동네색시 네. 경성전문에 댕겨요.

김 씨 에이, 딱한 일도 많지. 저런 색시를 두고 어떻게 나간담. 그놈들 때문에 모두…

태 식 어머니 그런 말슴 마세요.

김 씨 하면 어떠냐? 조선 사람이 다 좋아서 나가는 사람이 어디 있겠니. 억지루 끌려나가는 게지.

동네색시 그렀읍지요. 고맙습니다.

김 씨 평안히 가시유.

동네색시 퇴장.

태 식 어머니, 그렇게 아모나 보고 말슴 함부로 하지 마세요.

김 씨 어떻냐. 그랬다고 설마 고해 받칠라구.

태 식 그래두 말조심 하세요. 말 함부로 하다가 잽혀가는 사람이 어떻게 많은데요.

김 씨 그놈들은 모두 잡어가는 것밖에 모른다냐.

태 식 요새 벗썩 더해졌대요. 광우리 장사 중에도 형사 놈들의 밀정이 있다는데요 뭐.

김 씨 허기는 전차 안에서 세상도 변했지 했다가 잽혀 간 사람도 있다더라.

태숙과 옥녀 두루쇠를 데리고 등장. 두루쇠를 문 밖에 객석에서 보이는 편에 세우고 태숙과 옥녀 먼저 들어온다.

김 씨 단녀 왔니? 그래, 어떻게 됐니.

태 숙 (웃으며) 저기 하나 데리고 왔에요. (대문 밖을 가르친다)

김 씨 누구를?

태 숙　사람을 하나 소개해주며 데리고 가라고 하는구먼요.
김 씨　어떤 사람이야.
옥 녀　아주 웃은 사람예요.
김 씨　그래, 어서 데리고 들어오지 그래.
태 숙　(옥녀에게) 가 데리고 들어와.

옥녀 문밖으로 나가 두루쇠에게 들어오라 손짓한다. 태숙 마루 위로 올러온다.

태 식　무슨 사람을 데리고 왔니, 대용품?
태 숙　(고개를 끄데거리며 웃는다)
태 식　하하하, 나종에 별일을 다 보겠구나. (의자에 앉는다)
김 씨　어디 맞나 보자. 무슨 좋은 수가 있을 게다.

태숙이 김씨 옆에 앉고, 옥녀 두루쇠를 데리고 들어온다.

두루쇠　(굽실하며) 안녕하십니까.
김 씨　어서 오시요. 자 이리 앉으시유.

두루쇠 마루 끝에 앉는다. 옥녀는 부엌문 앞에서 기대선다.

김 씨　대용품연구소에서 일을 보시는가요.
두루쇠　네, 거기서 근무합지요.
김 씨　그래, 무슨 일을 하시는가요.
두루쇠　네, 대용품 노릇을 합니다.
김 씨　그 참 훌륭한 직업이십니다.
두루쇠　뭐 별로 심심치 않는 노릇이지요.
김 씨　그래, 성함은 뉘신지요.
두루쇠　사람들이 두루쇠라고 불러줍니다.

태숙과 옥녀는 웃음이 나오는 것을 참는다.

김 씨　두루쇠? 그것 참 좋은 이름입니다 그려.
두루쇠　네? 그저 무어든지 두루두루 다한다고, 그래서 두루쇠지요.
김 씨　그래, 대체 어떤 일을 전문으로 하십니까.

두루쇠 하는 일이야 많습지요. 그러나 요새는 주로 이런 노릇을 합지요. 즉, 말하자면, 저… 왜 요새 배급 타는 데나, 전차 타는 데나, 기차표 사는 데나, 모두 일렬로 죽 늘어서지 않습니까.

김 씨 그렇지요.

두루쇠 그런데 가서 대신 서주고 돈 같은 것을 받습지요.

김 씨 그것 참 좋은 일이군요.

두루쇠 또 발판 노릇 같은 것도 합지요.

김 씨 발판이라니요?

두루쇠 도적놈들 담 넘어가는 데 발판 노릇같은 것을 해줍지요.

김 씨 네, 그런 발판 노릇예요. 그리고 또…

다른 사람 모두 웃는다.

두루쇠 그외에 돈만 주면 하는 일이 많습니다. 부잣집 아이들 말 노릇도 해주고, 농촌에 나가 허수아비 노릇도 해주고, 매 맞을 사람 매도 대신 맞아주고, 유한마담의 산보 동무도 해주지요. 서양말로 하면 스텍 뽀이7)지요. 때에 딸어서는 구류나 징역도 대신 사는 걸요.

김 씨 아, 그런 일까지도…

두루쇠 하고 말고요. 바로 몇 달 전에도 경제범으로 두 달 징역 살게 된 것을 대신 살고 나왔지요. 지난달에는 한달 근로보국대를 대신 갔다 왔읍네다.

김 씨 그 참 두루두루 다 하십니다 그려.

두루쇠 그러게 두루쇠지요.

모두 웃는다. 이때 정총대 등장. 대문 앞에 객석에서 보이는 쪽으로 와 사람을 부르려다가, 안에서 웃음소리가 나니까 기웃기웃하며 귀를 기우리고 서서 듯는다.

김 씨 사실은 우리 집에서도 좀 부탁할 게 있어서 오시라고 했는데요.

두루쇠 네, 무슨 일인지 말씀만 하십시요

김 씨 이 일은 좀 어려운 일인데 해주실는지요.

두루쇠 네, 그저 돈만 많이 주시면 무어든지 하지요. 그러나 온통 죽는 일은 못 합니다. 목숨이 도망가면 돈 벌어도 소용없으니까요. 그저

---

7) stick boy?, stake boy?

반만 죽는 일이라면 하지요.

김 씨　저 다른 게 아니고요. 병정을 좀 대신 나가 주실 수 있을가요?

두루쇠　병정 대용품입니다 그려.

김 씨　네, 저 우리 애더러 병정을 지원하라고 하는데, 그런데 대신 나갈 수도 있는지요.

두루쇠　네, 학도지원병을 대신 나가 달라시는 말슴입니다 그려.

김 씨　네! 그렇지요.

두루쇠　이런 것은 처음 해보는 노릇인데요. 그리고 또 나두 그놈의 전쟁판은 좀 재미가 적어요. 더군다나 일본병정은 살아 돌아오라고 하지 않고, 이것은 밤낮 죽어라, 나라를 위해 죽어라, 죽어라 하고 죽기만 장려하는 통에… (입맛을 다신다)

김 씨　어렵겠습니까?

두루쇠　글세요… (결심을 하고) 뭐 해보지요. 나가서 혹 죽게 되면 이 장사를 염나국으로 옴길 셈치고…

김 씨　그러시다면 고맙겠습니다. 좀 해 주십시요.

두루쇠　어디 해 보지요.

김 씨　그런데 이런 일에는 대체 얼마나 드리면 됩니까.

두루쇠　글쎄올시다. 이런 일은 전례가 없는데다 또 목숨을 내걸고 하는 일이 되어서… (한참 생각해 보고 손꾸락을 꼽아보다가) 상당히 내셔야겠는데요.

김 씨　얼마나?

두루쇠　글세, 오만원은 주서야겠는데요.

김 씨　뭐? 오만원. (놀랜다)

두루쇠　뭐 비싸지 않습니다. 아주 싸게 말슴드렸읍니다.

김 씨　그게 공정가격입니까?

두루쇠　아니올시다. 시세가 그렇습니다.

김 씨　너머 비싸군요, 오만원은… 좀 훨씬 싸게 안 될가요.

두루쇠　어려운데요. 뭐 목숨을 내걸고 하는 일이니까요.

김 씨　그래도 외누리가 좀 있겠지요.

두루쇠　외누리 없읍니다.

김 씨　이렇게 빡빡해서야 어디 흥정이 되겠소.

두루쇠　(한참 생각하다가) 그럼 정 그렇게 말슴하시니, 조금 감해드리지요.

김 씨　암, 그렇지요. 흥정이란 그래야지요. 그래 얼마나 깍거주시려우.

두루쇠　(손꾸락 하나를 들며) 이것 하나 깍거 드리지요.

김 씨 얼마? 만원?
두루쇠 에이, 천만에.
김 씨 그럼, 천원?
두루쇠 조금만 나추십시요.
김 씨 그럼, 백원?
두루쇠 한 번만 더 내립지요.
김 씨 그럼, 십원?
두루쇠 맞었습니다. (고개를 고데거린다)
김 씨 예이, 여보. 원 사람 대접을 하드래도 오만원 흥정에 십원을 깍다니.
두루쇠 그것도 대접으로 깍어 드리는 겝니다.
김 씨 그게 어디 대접이요.
두루쇠 원체 외누리는 없읍니다.
김 씨 그럼 더 깍지 못하겠단 말슴요?
두루쇠 네. 사만 구천 구백 구십원. 이하는 일전 한 푼이라도 더 못 깍습니다.
김 씨 그러지 말고 다시 생각해 좀 훨씬 깍거 주시요.
두루쇠 더는 안 됩니다.
김 씨 온 이건 너머 하는구려.
태 식 (의자에서 벌떡 일어서면) 어머니, 고만 두십시요. 온 이게 작난입니까, 무엄니까.
김 씨 애가 작난이 뭐냐. 넌 글세 가만있어.
두루쇠 작난이 아닙니다.
태 식 당신도 고만 돌아가시요.
두루쇠 그야 가라면 갑지요. 그러나 병정은 좀 고딥니다. 목숨이 다러나는 판이라니까요.
태 식 그만 걱정 말고 돌아가시요.

이때, 정총대가 기침을 하며 문 안으로 썩 들어선다. 김씨 얼골빛이 변해진다.

총 대 실례합니다.
김 씨 (황망히) 어서 오십시요.

다른 사람들도 다 인사를 한다.

두루쇠 (일어나 인사를 하며) 안녕하십니까.
총 대 자네 웬일인가?
두루쇠 네, 장사를 하러 좀 왔읍지요.
총 대 장사? 인제는 병정 대용품 노릇도 하나?
두루쇠 그런 것도 합지요. 그런 것은 왜 해서 안 됩니까?
총 대 조곰 있으면 목숨도 팔러 단니겠네 그려.
두루쇠 그것은 숨이 넘어갈 임시에 팔고갈 작정입니다.
김 씨 이리 와 앉으십시요.

태숙이 방석을 내다 놓는다.

총 대 (방석에 앉은며 태식을 보고) 학생 참 맞나기 어렵소 그려.
태 식 공교롭게도 제가 없는 때 늘 오시여서.
총 대 그래, 요새 공부 잘 하오?
태 식 어디 공부가 됩니까.
총 대 그렇겠지. 요새 어디 학생들이 공부할 때인가. 피 있는 젊은이라면 다 책보를 내던지고 나라를 위해 몸을 바치려하는 때이니까…
두루쇠 (김씨에게) 저는 다시 오지요.
총 대 (두루쇠에게) 아니, 내 할 말이 좀 있어. 잠간 게 있게.
두루쇠 네. (한쪽으로 선다)
총 대 (태식에게) 내 여러 번 와서 자당 뵙고 말슴드렸으니까 잘 알겠오마는, 그래 어떻게 결심이 섰소?
태 식 …… (주저하며 대답을 안 한다)
총 대 거 어째 젊은이들이 그리 용기가 없소. 온 조선 청년들이 이렇게 비겁할 줄야 몰랐어. 모두 이러다간 큰일인데.
태 식 ……
총 대 지금도 내 서장을 보고 오는 길인데, 다른 관내는 성적이 좋은데 이관 내가 그중 성적이 나뿌다는구면. 이렇게 몇 사람이 끝까지 결심을 못 하는 것은, 결국은 사상이 나쁜 탓이라고 이렇게 말을 한단 말야. 이렇게 돌여버리니 이거 딱한 노릇 아니요. 그 사람들 눈에 그렇게 보이면 나종에 문제란 말야.
태 식 ……

김 씨 뭐 사상이 나빠서들 그런 게 아니겠지요. 무엇보다도 집안 사정 때문에 다 그러는 것이 아니겠습니까.

총 대 국가의 흥망을 걸고 싸우는 이 판에 국민이 어찌 일일히 집안 사정을 돌아볼 수 있겠습니까?

김 씨 그야 그렇습지요 마는.

총 대 (태식을 보고) 일일이 다 딱한 사정이 있는 것은 나도 잘 아오. 그러나 이 기회야말로 조선 사람들이 다 황국에 대한 충성을 보일 때이요. 그러니 다 용단성 있게 결심들을 하오.

태 식 (입맛만 다시고 섰다)

총 대 어떻소, 학생 알어듯겠소?

태 식 (약간 흥분해가지고) 네, 다 잘 알겠습니다. 그러나 이번의 학도병은 개인 의사 여하에 달리지 않았에요? 지원이라는 개인 의사 여하에 달리지 않었에요?

총 대 그렇지.

태 식 그렇다면 일일이 도라단니시며 권유를 아니 하셔도 좋지 않읍니까?

총 대 그야 지원하고 아니하는 것은 본인 의사에 달렸지. 그러나 이것이 우리 조선 민족 전체에 영향이 있다는 것을 생각할 때, 어떻게 조선사람의 하나로서 가만히 앉어 있을 수야 있소?

태 식 (흥분해 가지고) 권유도 좋습니다. 그러나 너머 강권들은 마시는 게 좋을 것 같습니다.

총 대 강권? 내 언제 강권을 했소?

태 식 강권이 아니고 무엇입니까? 더군다나 아까 서장의 말슴 같은 것을 하시는 것은 삼가주시는 게 좋겠읍니다. 그것은 일종의 위협입니다. 저는 모욕을 당한 것 같습니다. 우리 조선의 젊은이들이 꾹 참고 암 말도 않고 있어도 가슴 속에는 흐려지지 아니한 새밝안 조선 사람의 피가 흐르고 있읍니다. 이것을 모르고 황국신민이니, 국가를 위하느니, 무엇이니 하고 단니신다는 것은 너머나 인식부족입니다. 아니, 너머나 대담하고 또 부끄러운 일입니다.

김 씨 아니, 너 왜 이러니. 그게 무슨 소리냐.

총 대 (성을 내며) 허, 이 사람 큰일날 소리 하는군.

태 식 무엇이 큰일날 소리입니까.

김 씨 아서라. 너 총대 어른께서도 다 조선사람을 위해서 저렇게 애쓰고 다니시는 게 아니냐.

태 식 흥. 조선을 위해서…
총 대 엥히, 온 학생이 그게 무슨 말이야.
태 식 왜 제가 틀린 말을 했습니까? 이렇게 꾹 참고 있어도 뱃속들은 다 있습니다. 총대 어른께서도 일본 사람이라면 모르지만, 조선 사람으로서의 양심이 계시다면 차마 이러고 댕기실 수가 있습니까? 고만 두십시요. 저도 참다 못해 충고해 드리는 말슴입니다. (돌아서 버린다)
총 대 온 그 사람이 백죄 큰일날 소리를 하니, 지금이 어떤 때라고 말을 그렇게 함부로 하는가.
태 식 그래도 못 알아 드르시겠읍니까?
김 씨 애, 너 글세 왜 이러니 밋쳤니?
태 식 차라리 미치기나 했스면 좋겠습니다.
총 대 (화가 나 담배를 꺼내 피우고 뻑뻑 빨고 있다)
김 씨 용서하십시요. 뭐 미거한[8] 자식의 말 조곰도 가리고 티내지 마십시요.

총대 암 말도 않고 담배만 피고 있다.

두루쇠 총대 어른 장사도 잘 안 되는군요?
총 대 뭐야! (눈을 흘긴다)
두루쇠 (움찍하며) 아니올시다. 저… 저는 그만 가야겠읍니다. 안 가시겠읍니까?
총 대 나도 가야겠네. (일어선다)
김 씨 가시겠읍니까? 미거한 자식 때문에 실례가 많읍니다.

그때 만춘이 등장. 대문 안을 기웃기웃 하다가 들어선다.

만 춘 아버지 여기 계시구면요. (김씨를 보고) 실례합니다.
총 대 너 웬일이냐.
만 춘 저 큰일났어요.
총 대 뭐야, 또?
만 춘 회사에서 근로보국대를 보내는데 제가 뽑혔어요.
총 대 뭐?

---

8) 未擧하다. 생각이 모자라다.

만 춘 비행장 닦는데 근로대로 가게 됐어요.
총 대 아-니, 회사에서도 근로보국대를 보낸단 말이냐?
만 춘 네. 저의 회사 사장은 현재 중추원[9] 참의로 있는 분인데, 아조 총독부에 신임이 두터운 분이지요. 이번에도 솔선해서 애국심을 발위해야 한다고, 사원 중에서도 돌려가면서 열 명씩 뽑아 한 달 동안씩 근로보국대를 보낸대요.
총 대 그래, 거기 네가 뽑혔단 말야?
만 춘 네.
총 대 그것 큰일났구나. 왜 이 담에 간다고 그러지 못 했어?
만 춘 제비를 뽑은 걸요.
총 대 에이, 못난 자식. 왜 하필 거기 뽑힌단 말이냐.
만 춘 어디 마음대로 할 수 있는 노릇인가요.
총 대 에이, 빙충마진[10] 자식! (입맛을 다신다) 너 같은 게 거기를 갔다가는 오도 못 하고 죽을 텐데, 이를 어떻게 한단 말이냐.
만 춘 그래서 큰일났에요.
총 대 그놈의 사장 놈은 또 왜 한 술 더 떠?
두루쇠 총대 어른 같은 분인가 보구먼요.
총 대 뭐? (눈을 흘긴다. 두루쇠 또 움찔하고 물러선다)
총 대 그래, 이걸 또 어떻게 하면 좋아. 그 사장을 좀 맞나보고 내가 운동을 해 볼가. 그 사장 술 잘 먹니?
만 춘 웬걸요. 한목음도 못 해요. 그리고 운동해도 안 돼요. 아주 마음이 쇠꼬창이같이 곧은 사람인데요.
총 대 그럼, 어떻게 한단 말이냐. 큰일나지 않었니. 그대로 갈 수도 없고… 아, 이 옳지, 됐군. 마침 잘 됐어. (두루쇠를 향해) 자네, 이리 오게. 나하고 같이 좀 가세.
두루쇠 같이요? 저에게 또 신세를 지시게요? 그러나 아직 여기와 흥정이 끝이 안 난 걸요?
총 대 괜찮어, 괜찮어. 내 돈 더 많이 줄게.
두루쇠 그렇지만 이쪽은 액수가 큽니다.
총 대 온 자네가 그럴 터인가. 내 일을 좀 보아 줘야지. 자 그러지 말고

9) 구한국 시대의 중추원 제도를 계승한 일제의 기구. 총독부 중추원은 조선총독의 자문에 응하거나 총독의 지시를 받아 조선의 제도에 관한 조사 업무를 행함. 중추원 참의는 당시 조선인들이 오를 수 있는 최고의 명예직이었음.

10) 빙충맞다. 똘똘하지 못하고 어리석으며 수줍음을 타는 데가 있다.

같이 가세.

두루쇠 글세, 이 댁 일을 어떻게 하고요?

총 대 온 이 사람이. 여러 말 말고 이리 와. (김씨를 보고) 이것 실례합니다. 자 가세, 가. (두루쇠의 등을 밀고 나간다. 두루쇠 빙글빙글 웃으며 밀려나간다. 태식도 그 뒤를 딸아 나간다. 모두 그 나가는 꼴을 바라보고 서 있다)

태 식 (응시하고 서 있다가 그들이 문 밖을 나서자 폭소) 아하하, 아하하!

다른 사람들도 서로 처다 보고 웃는 가운데 막이 내린다.

# 새벽의 노래

(3막)

이동규

**때**

1945년 2월경

**곳**

서울

**등장인물**

김경수
병철　　경수의 아들, 학병
혜영　　병철의 매(妹)
수영　　혜영의 동생
최부인　경수의 안해
복순　　계집하인
최영한　병철의 중학 동창, 김경수의 심복
박광훈　한민당 총무의 비서
기타　학병 1, 2, 의사, 간호부

# 제1막

**무대**

새로 이사 온 김경수네 응접실. 전에 일본인이 살던 집, 양실이다. 후면은 유리 넘어로 정원의 나무들이 위만 보이고 왼편에는 밖으로 난 문, 오른편에는 내실로 통하는 문이 있다. 가운데 응접 테-블이 놓여 잇고 둘레에 몇개의 의자와 뒤쪽으로 쏘파가 놓여 있다. 안으로 통하는 문 위쪽에 탁자와 그 위에 화병. 벽에는 전기 시계.

막이 열리면, 혜영이는 복순이와 후면 유리창 위에 양화(洋畵)를 틀에 끼어 걸고 있다. 수영이는 응접 테-불 앞에 앉아 심란한 얼굴로 먼 산을 바라보고 있다. 혜영이가 그림을 다 걸 때쯤 해서, 최 부인 새로 쓴 문패를 가지고 안에서 나온다.

최부인 (혜영을 보고) 거기 걸렸던 그림은 어쨌니.

혜 영 안에 있지 않아요.

최부인 그것은 이층에 걸까.

혜 영 못 써요. 그까짓 일본 그림.

수 영 흥, 집은 일본 사람 집에 들고서 일본 그림은 싫다.

최부인 넌 왜 또 고개를 외로 꼬고 앉았니.

수 영 심란해서요.

최부인 심란해?

수 영 네, 마음이 심란해요.

최부인 그건 또 왜, 집이 맘에 안드니?

수 영 아니. (고개를 가로 흔든다)

혜 영 (그림을 다 걸고 쳐다보며) 비뚤어지지 않았나?

복 순 괜찮아요. 반듯해요.

최부인 (수영에게 문패를 주며) 엇다. 이거나 갖다 걸고 오너라.

수 영 (문패를 받아 들여다보며) 김광(金光). 흥, 아버지는 이름만 갈면 다 되는 줄 아시나.

최부인 너 그게 무슨 소리냐. (눈을 흘긴다)

수 영 (그 말에는 대답 않고) 못하고 장도리가 있어야지.

최부인 못은 거기 있어. 그냥 갖다 걸기만 하면 돼.

수영 안으로 들어간다.

최부인 재가 요세 왜 저렇게 비틀어져 갈까.
혜 영 글쎄요. 요새 너머 생각을 하는 것같애요.
최부인 생각은 무슨 생각야.
혜 영 아직 나이가 어리고 하니까 아버지 일, 집안 일 같은 것을 너무 지나치게 걱정하는 모양에요.
최부인 걱정? 인제 걱정할 것도 없지 않으냐. 집도 이렇게 옮겨 놓았고, 설마 여기까지 쫓아와 야단들을 칠라고, 그리고 아버지께서는 이름도 저렇게 갈으셨으니까 누가 알아 보고 찾아 올 리도 없고…

최부인 안으로 들어가고 복순이도 그 뒤를 따라 들어간다. 혜영 쏘파와 탁자의 위치를 바르게 고쳐 놓는다. 수영이 들어온다.

혜 영 달았니?
수 영 응. (쏘파에 가 앉는다)
혜 영 애, 너 어머니 보시는데 너머 그러지 말아, 걱정하시지 않니.
수 영 언닌 아주 이런 집에 옮겨 살게 되니까 좋아 죽겠수?
혜 영 좋고 싫고가 어디 있니. 우리야 어른들 하시는 대로 할 뿐이지.
수 영 난 우리가 이렇게 이름까지 갈아가며 숨어 살게 되는 것을 생각할 때, 정말 원통하고 분해요.
혜 영 (의자에 앉으며) 지금 와서 그런 소리 하면 소용 있는 일이냐.
수 영 다른 사람들은 다 해방이 되였다고 좋아서 야단인데, 우리 아버지만은 버젓이 얼굴도 못 들고 다니실 뿐 아니라, 남에게 욕을 먹고 비난 받으시니, 좀 화나우.
혜 영 인제야 무슨 상관있니. 거길 떠나왔는데…
수 영 그래도 량심이 있지 않수. 량심이…
혜 영 그러니까 인제부터 아버지께서도 건국을 위해 재출발을 하실 게 아니야.
수 영 그러면서 이런 집은 왜 또 사드는 거요. 언닌 알우? 이 집이 뉘 집인지, 바로 그 지방과장 살던 집이야. 지금 일본 사람의 집을 사지 말라고 야단들인데, 아버지께서는 뒷구녕으로 돈을 그 녀석에게 주어가며 이 집을 사시지 않았수. 그전 잘못을 청산하시려고 하시기는 커녕, 점점 더하시니 이를 어떻게 하우.
혜 영 그렇지만 너도 아다싶이 집은 없고, 갈 데는 없고 어떻게 하니. 급하니까 아무 집이나 사신 거지, 그동안 우리가 그 시골에서 쫓겨와 가지고 고모님댁 좁은 방에서 거진 한 달 동안이나 좀 고생했니. 그래도 그래도 나는 그 징용 갔다 온 패들이 그렇게까지 심하게 굴 줄은 몰랐다.

수 영 징용 갔다 온 사람들뿐이우? 전 면이 다 아버지를 미워했는데. 그것도 그럴 밖에, 나는 그 사람들 나무랄 수 없어. 사실 아버지가 좀 심하게 하셧수? 그렇기 때문에 공출도 성적이 그 군에서 제일 좋았고, 징용 나간 성적도 제일이 아니였수.

혜 영 면장 노릇을 해 먹자니까 자연 그럴 수밖에 있니. 아버지만 나물할(나무랄) 것도 아니야. 위에서 시키니까 그런 게지.

수 영 그래도 우리 아버진 너무 심하게 했어요. 좀 심하게 했어? 지난 겨울에도 공출벼 더 내노라고 그 추운데 농군들을 잡아다 면사무소 마루바닥에 밤새도록 꿀려놓고, 밥을 굶기고, 찬물을 끼얹고…

혜 영 쉬- (벌떡 일어서며) 얘가 어쩌자고 그런 소리를 함부로.

수 영 뭘, 하면 어때, 뻔히 다 아는 일을 뭐…

혜 영 얘가 미쳤나?

수 영 난 그러기에 아버지께서 서울 잘 계시다가 면장해 내려 가신 게 잘못이라고 보아.

혜 영 뭐, 하시고 싶어 하신 게냐. 소위 거물 면장(巨物 面長)이라고 해서 그전에 군수 다니던 사람을 총독부에서 일부러 찾아다가 면장으로 내보내는 통에 아버지도 끌려 나가셨지.

수 영 그게 틀렸거든… 더 심하게 조선 사람을 빨아 올리라고 그 정책을 쓰는 것을 왜 거절 못하고 가신단 말유. 이걸 좀 봐요. 참 기막히지. (핸드빽을 열고 종이 쪼각을 펴든다)

혜 영 뭐냐 그게?

수 영 접때 내려 갔을 때 장터 리에 이게 붙었기에 내가 뜯어 넣어 두었던 거야. 내 읽을게 좀 들어 봐요. 몸서리가 쳐지지.

친애하는 면민 제군!
36년 동안 우리를 총칼로 위협하고 마음껏 착취하던 잔악한 일본 제국주의는 조선에서 물러갔다. 그러나 그들의 앞잡이가 되여 우리를 못살게 굴고 팔아 먹던 간악하고 얄미운 일본 제국주의의 충견, 민족의 반역자들은 각처 각 기관에 그대로 잠복해서 암약하고 있다.

제군은 기억하리라. 공출 면장으로 이름이 났던 본 면의 면장, 김경수를! 추운 겨울에 늙은이를 눈 위에 무릎 꿇리고 공출을 강요하고 구타하던 김경수, 징용 기피자의 가족 부녀자를 주재소에 불러다 하루 종일 걸상을 들려 괴롭히던 김 면장! 그는 삼년 동안 면장 노릇에 50만원의 재산을 모았고, 8·15후 혼란한 틈을 타서 면 금고의 징용 원호금 8만원을 횡령해 가지고 종적을 감추었다…

혜 영 얘, 고만둬, 듣기 싫어. 고만둬! (손짓을 해 말리고, 수영은 그 종이 쪼각을 팽개치고 두 손에 얼음을 파묻고 운다. 혜영은 그 종이를 집어 박박 찢어 버린다)

최부인 안에서 나온다.

최부인 (수영을 물끄러미 쳐다보다가 혜영을 보고) 아니, 왜들 그러니.
혜 영 안예요. (종이를 쪽쪽 찢어 손에다 움켜 쥔다)
최부인 (수영을 보고) 아-니, 넌 왜 울어.
수 영 …… (대답 없이 그대로 운다)
최부인 무슨 일이야.
혜 영 안예요, 재가 공연히…
최부인 또 쌈들을 했나보구나, 커다란 것들이 밤낮 쌈들은 무슨 쌈이야… (응접 테-불 의자에 앉으며) 그러나 저러나 네 오래비는 살아 있는지 죽었는지, 남들은 다 돌아 오는데 네 오래비만은 소식이 없구나. (슬픈 얼굴을 짓는다)
혜 영 더 기다려 보아야지, 지금 알 수 있에요? 교통이 막혀 못 오는 사람이 얼마든지 있는데, 차차 돌아오겠지요. 그리고 또 북지로 간 사람들은 저쪽으로 도망간 사람들이 많다니까, 그리로 넘어 갔으면 좀 더딜 게예요. 그러니 천천히 기다려 보아야지요.
최부인 하기는 일본이 항복하기 한 달 전에도 소식이 있었으니까, 죽지는 아니 했을 상 싶다마는…
혜 영 오빠는 확실히 살아 있에요. 그쪽에는 아무 전투도 없었고 했으니까.
수 영 (그동안 눈물을 닦고 있다가) 인젠 오빠가 돌아 와도 찾아 오지를 못하겠네.
최부인 참 그렇구나. 그전 살던 데로 갈 테니 거기 가서 찾는댔자 알 수 없을 게고… 그러고 보면 그 동안 돌아왔는지도 모르겠구나. 돌아와 있으면서 집을 못 찾아 못 오는지도 모르지.

혜 영 그래도 조선에 돌아오기만 했으면 어떻게 하든지 알게 되겠지요. 신문에도 날 게고, 우리 집을 찾다 못 찾으면 고모님댁으로라도 갈 게 안예요.

수 영 그 집도 이사 온 집 안예요. 오빠는 그 집도 몰라요.

최부인 애, 참 그렇구나.

혜 영 그래도 와 있기만 하면 알게 돼요. 학병들이 돌아오면 신문 같은 데 더러 나는데 뭐.

수 영 그것도 뭐 날만한 일이 있어야 나지. 나나.

최부인 그동안 돌아와서 시골로 갔다가 그곳 사람들한테 봉변이나 안 당했는지 모르겠다.

혜 영 오빠야 무슨 죄 있에요, 봉변을 당하게.

최부인 그래도 알 수 있니. 그 무지막지한 사람들한테 너의 아버지 계신 데를 찾아 놓라고 야단을 만날지도.

혜 영 학병으로 나갔다 오는 사람보고 누가 그러겠에요.

수 영 오빠는 필연코 도망갔을 게야. 그때 나갈 때도 날 보고 그랬어, '내가 뭐 때문에 일본놈을 위해 싸우니. 아버지만 아니면 지원을 안하고 도망을 가버릴 텐데, 나는 아버지 체면에 희생이 되는 사람이다. 남들은 나가라고 권고를 해 놓고 제 자식은 안 나간다고 비난받을까봐 아버지는 날 보고 지원하라고 하셨지만, 나가긴 나가도 나도 생각이 있다.' 이렇게 말했는데 뭘.

최부인 도망가기가 쉬운 노릇이냐. 잘못하면 붙잡혀 죽기가 쉬웁다는데. 그리고 얼마 전까지도 그 부대에 있었으니까 도망은 안 갔을 게고, 내 생각 같아서는 길이 막혀 못 나왔거나, 그렇지 않으면 나와 가지고 잇거나 그런 상싶다.

혜 영 글쎄요. 둘 중에 하나지요.

수 영 오빠가 있기만 하면 아버지께서 자꾸 저런 길로 가시게, 그냥 가만 있지 않을텐데.

최부인 너는 요새 밤낮 하는 소리가 무어냐. 말 속에 말을 품어 가지고 아버지 하시는 일을 공연히 비웃고 탓만 하니. 계집애가 어른이 하시는 일을 무얼 안다고 참견을 하고 주둥이를 놀리는 거냐.

수 영 하시는 일이 옳지 않으니까 그렇지요.

최부인 네가 뭘 알아. 그러면 왜 아버지께 옳지 않습니다, 하고 정정당당히 여쭈어 드리지 못하니.

수 영 그랬다가 벼락이 내리게.
최부인 그렇거든 가만히나 있어.

복순 안에서 나온다.

복 순 진지 채려놨에요.
혜 영 벌써 점심야.
최부인 들어가 밥 먹자.

최부인 앞서서 들어 가고 혜영과 수영 뒤따라 들어간다. 복순도 들어간다. 무대 잠간 빈다. 밖으로 난 문에 노크 소리. 이쪽에서 응답이 없으니까 최영한이가 그대로 들어온다. 방에 아무도 없으므로 안문을 다시 똑똑 뚜드린다. 복순이 나온다.

복 순 어서 오십시오.
영 한 령감마님 계시냐?
복 순 아까 출입하셨에요.
영 한 다른 분들은?
복 순 다들 안에 계서요. 점심 잡수세요. 작은아가씨를 나오시라고 할까요?
영 한 나오시라고 할 것 없어. 내 여기 기대리고 있지. (쏘파에 가 앉는다)

복순 허리 굽혀 인사하고 안으로 들어간다. 영한이 주머니에서 신문을 꺼내 가지고 읽는다. 조금 후에 혜영이 나온다.

혜 영 오셨에요.
영 한 점심 다 잡숫고 나오시지요.
혜 영 안예요. 다 먹었에요.
영 한 집이 어때요? 살기 괜찮지요.
혜 영 네, 아주 정결하고 좋아요. 전에 총독부 지방과장이 살던 집이라지요?
영 한 네, 관사를 마다하고 예서 살았다니까요. 아마 제가 지었다나 보지요.
혜 영 봄에는 저 정원이 좋을 것같애요.
영 한 (일어나 정원을 내다보며) 참 잘 꾸며 놓았구면요. 화초와 나무도 상당히 여러 가지를 심어놓았는데요.

혜 영 꽤 잘 살았던가보지요.

영 한 돈푼이나 모았던 모양입니다. 일본놈들 과장쯤 되면 수단 있는 놈은 다 몇 십만원 잡아 쥐니까요. (도로 와 앉으면서) 그런데 아버지께서는 어디 나가셨습니까?

혜 영 네, 어디 좀 다녀오신다고 나가셨에요.

영 한 문패를 변명[1]한 문패로 붙였군요.

혜 영 (의자에 앉는다)

영 한 하하, 뭐 그렇게까지 아니하셔도 괜찮을 텐데.

혜 영 그래도 알 수 있에요. 그놈들이 여기까지 좇아와 야료[2]를 하면 어떻게 해요.

영 한 뭐 서울까지야 오겠에요. 시골서는 참 야단들이더구먼. 웬만한 면장, 구장은 거의 다 혼들이 난 모양이고, 면 서기들도 많이 야단을 만나는 모양이던구면요.

혜 영 네, 우리 살던 이웃 면장도 집들을 죄 부시우고 매를 많이 맞았다나 보아요. 그때는 자기가 하고 싶어서 했다느니보다 총독부놈들이 시키니까 하고는, 지금 와서 큰 야단을, 욕들을 보는구면요.

영 한 그렇지요. 조선 사람 관리야 누가 본 맘으로 그런 사람이 있겠에요. 다 그놈들에게 목숨이 매였으니까, 할 수 없이 마음에 없으면서도 하라는 대로 한 죄 밖에 없지요.

혜 영 그런데 참 아까도 애기했습니다마는, 우리 오빠는 어찌 됐을가요? 통 소식이 없으니.

영 한 작고들 돌아오는 중이니까, 좀 있으면 돌아오겠지요.

혜 영 북쪽에서들도 많이들 돌아오지요?

영 한 네, 그쪽에서 돌아오는 학병들도 많이 있습니다.

혜 영 오빠도 혹 돌아오지나 않았는가 생각해요.

영 한 돌아왔으면 집으로 올 게 아닙니까.

혜 영 그렇지만 저희는 시골서 떠나와 가지고, 그 동안 고모님댁에 가 있다가 이리로 왔으니까 오빠는 집을 모르지요.

영 한 그래도 시골로 갔다가 없으면, 고모님댁으로라도 찾아가겠지요.

혜 영 그 집도 오빠는 모르지요. 역시 전에 살던 집이 아니니까.

영 한 그런가요? 그러면 돌아와도 못 찾아오겠네.

혜 영 돌아오는 사람 이름이 더러 신문 같은 데 난다는데, 좀 주의해 보

---

1) 變名, 이름을 달리 바꿈.
2) 까닭 없이 트집을 잡고 함부로 떠들어 댐.

아 주세요.

영 한 글쎄, 주의는 해 보지요마는, 어디 그런 게 다 나나요. 병철군이 돌아왔으면 우리 회에 같이 손잡고 일햇으면 참 좋으련만.

혜 영 우리 회라니 무슨 회예요?

영 한 이번에 청년들을 모아 가지고 독립청년회라는 것을 만들었습니다. 모두들 목숨을 내놓고 우리와 함께 일하겠다고 맹세하였습니다.

혜 영 회원들은 많이 모였습니까?

영 한 지금은 아직 40여 명밖에는 안 됩니다마는, 장차는 회원을 대확장할 작정입니다. 그리고 김 선생님께서 적극적으로 후원해 주시기로 되었고, 또 한민당에서 뒤를 보아 주기로 되였습니다. 그쪽과의 련락은 다 김 선생께서 취해 주시기로 되여 있습니다.

혜 영 네, 아버지께서도 관계를 하시는구면요.

영 한 바로 말하면, 김 선생님의 지도 아래 이 회가 탄생된 것이나 마찬가지지요. 비용 같은 것도 다 대여 주셨으니까요.

혜 영 그래요? 그것때문에 늘 아버지 하고 만나 의논하셨구면요.

영 한 그렇습니다. 이번 병철군이 있으면, 같이 손잡고 일했으면 좀 좋겠습니까?

혜 영 오빠가 계시면, 그런 일에는 참 발 벗고 나서서 하실 텐데요.

영 한 그 동안에 돌아오겠지요. 돌아오면 다 같이 일하게 되겠지요. 병철군이 와 보고 내가 이렇게 김 선생의 심복이 되여 일하는 것을 보면 깜짝 놀랠 걸요.

혜 영 그렇지요. 전에 서울 살 때는 자주 드나드셨지만, 시골로 간 뒤에는 별로 뵙지 못 하였으니까요.

영 한 전에야 자주 놀러 다녔지요. 그때 혜영씨는 녀학생이었지요. 내가 가면 부끄러워서 잘 얘기도 아니 하셨지요.

혜 영 (웃으며) 녀학교 다닐 때는 참 부끄럼 많이 탓에요. 오빠 친구 어른이 오시면, 반갑기는 하면서도 말씀도 잘 못 여쭈었으니까요, 그때 비하면 지금은 아주 말괄량이가 된 셈이지요. 호호호…

영 한 하하하…

수영이 나온다.

수 영 (영한에게) 오셨에요?

영 한 안녕하십니까?

수 영 무슨 얘기들을 그렇게 재미있게 하세요.
영 한 네, 혜영씨 녀학생 때 얘기를 하고 웃었습니다.
수 영 네- (혜영의 옆의 의자에 앉는다)
영 한 그때나 이때나 수영씨는 깔끔하고 쌀쌀하신 편이였지요.
수 영 제가 그렇게 쌀쌀해 보여요?
영 한 네, 찬바람이 일지요. 그러나 퍽 다정하고 싹싹하신 편이지요.
수 영 저도 제 생각을 하면 너머 쌀쌀하게 사람을 대하는 것 같애, 좀 부드럽게 굴어 보려고 하면서도, 자연 사람을 대하면 그렇게 돼 버려요. 제 성격은 어쩔 수 없는가 보아요.
영 한 괜찮습니다. 녀자들은 다소 그런 편이 좋아요.
수 영 인젠 또 비행기를 태시네.
영 한 하하…
혜 영 우린 형제지만 참 성격이 달라요.
영 한 병철군은 아마 두 분의 중간이 될 걸요.
수 영 오빠도 성나면 무서워요.
혜 영 그럴 땐 똑 저 수영이 성낼 때와 같지요.
영 한 그럼 두 분이 병철군의 성격을 갈라 타고 나신 모양이로구면요.

수영, 혜영 일시에 웃는다.

영 한 어떻습니까? 수영씨, 집이 좋지요. 마음에 드십니까?
수 영 구석구석이 일본놈 냄새가 나요.
영 한 하하하…
혜 영 참 아닌 게 아니라, 일본 사람 냄새가 나요.
영 한 조선 사람 집에서는 김치 냄새가 나는 거나 마찬가지지요.

김경수 밖에서 들어온다. 모두 일어난다. 혜영 모자를 받아 건다.

영 한 어디 다녀 오십니까?
경 수 참 최군, 잘 왓네. 그러지 아니해도 좀 얘기할 말이 있어서, 사람을 보내려 했더니… (쏘파에 앉는다)
혜 영 점심 진지 채릴까요?
경 수 고만둬, 밖에서 먹었다. (영한에게) 이리 와 앉게.
영 한 네, (응접 테-불 왼쪽 의자에 앉는다)

경 수 (두 딸에게) 우리 조용히 얘기할 말이 있으니, 너희들은 좀 들어가 있거라.

김혜영과 수영이 대답하고 안으로 들어간다.

경 수 (응접 테-불 의자로 와 앉으며) 그래, 회원은 많이 모였나?
영 한 그럭저럭 한 40명쯤 됩니다.
경 수 40명? 이때까지 40명밖에 안 돼?
영 한 지금 자꾸 끌어 모으는 중이지요.
경 수 안 되네, 안 돼. 그래 가지고는. 그래도 5,60명 내지 1000여 명 돼야지, 돈이 좀 들더라도 수를 많이 늘여야 돼. 자네도 보다싶이 지금 청년단체란 거의 다 좌익 계통인데 그 수가 좀 많은가? 이래 가지고야 어디 그쪽 세력에 대항할 수 있는가.
영 한 차차 보지요. 어디 하루 이틀에 됩니까.
경 수 그렇게 미적지근한 활동으로 되나? 좀 적극적으로 해야지. 그리고 좀 체격이든지 뭐든지 든든한 사람들을 모으게. 자네도 아다싶이 이건 보통 청년단체로 생각해서는 안 되네. 이쪽의 전투 부대로 활약을 해주어야 할 것이니까, 알겠나?
영 한 네.
경 수 이건 우리끼리 얘기지만, 이 좌익놈들이 득세하면 우리는 고만이야. 그러니까 어떻게 하든지 이 기회에 그 세력을 꺽어 놓아야 할 터인데… 이런 것을 가지고 생각하더래도 독립청년회의 책임이 참 중대하다는 것을 잊어서는 안 되네.

복순이 차를 따라 가지고 나와 두 사람 앞에 찻잔을 놓고는 머뭇거리고 서 있다.

경 수 (복순에게) 어서 들어가! (복순이 찔끔해 얼른 안으로 들어간다) 내 지금 한민당 총무 량반과도 얘기하고 왔네. 거기와도 밀약이 다 되였네. 적극적으로 후원하기로 되었으니까. 그리고 비용의 일부도 부담하기로 되였으니까. 돈 같은 것은 일체 문제로 하지 말고 활동들만 잘 해주게. 그러나 이런 얘기는 극비밀이니까, 통 입 밖에 내지 말게.
영 한 네, 잘 알겠습니다. 일전에 말씀하시던 그 경찰부장 건은 어찌 됐습니까? 김 선생께서는 우선 무엇보다도 그것을 적극적으로 운동하셔야 할 것입니다.

경 수 지금 맹렬히 운동중인데, 그렇게 쉽지는 않은 모양이야. 하여간 조만간 내가 추천을 받게 될는지도 모르니까, 천천히 그것은 기다리기로 하고. 우선 그 회를 확장시키는 문제가 당면의 급한 문젤세.

영 한 김 선생께서 경찰권만 잡게 되시는 날이면 일은 다 되는 건데요.

경 수 그야 이를 말인가. 그러나 될 걸세. 될 거야. 한민당 쪽에서도 나를 적임자로 생각하고 지금 상당히 운동을 하는 모양이니까. (바깥 문쪽에서 부스럭 소리가 나자, 대단히 긴장해지며) 누구야! (소리를 지른다)

영 한 (일어나 문을 열고 밖을 내다보고 도로 와 앉으며) 아무도 없에요. 쥐가 부스럭거렸나 봅니다.

경 수 (다시 안도한 안색으로) 참 엊그저께 얘기하던 것은 어떻게 만나 얘기해 보았나?

영 한 네, 그것도 거진 다 얘기가 되였습니다. 우리 회쪽으로 가담해 일해 주기로 되였습니다.

경 수 모두 몇 명이나 되지?

영 한 20여 명 됩니다.

경 수 그 사람들도 순전한 쌈패들이지?

영 한 네, 모두 쌈패지요. 유명한 팹니다. 그래도 전에 종로 뒷골목의 철록이패라면 다들 이름만 들어도 떨었습니다.

경 수 됐네. 그 패들을 잡아야 해, 그 패들을.

영 한 그런데 순전히 그 사람들은 돈에 매수되는 사람들이니까. 돈이 많이 드는 것이 걱정이예요.

경 수 아따, 이 사람 돈 드는 것이야 글쎄 걱정 말라니까. 그래 돈 안 들이고 어떻게 일할 수 있는가.

영 한 (시계를 내보며) 오늘도 두시에 그 두목과 만나기로 했는데요.

경 수 두시, 그럼 이 사람아, 시간 다 됐네. 가보게. 놓치면 안 돼. 아무쪼록 잘해 붙들게.

영 한 얘긴 다 됐에요. 그럼 전 그리로 가보겠습니다. (일어선다)

경 수 그럼 어서 가보게. 잘 얘기해 아주 꼭 붙들어 놓게.

영 한 념려마세요. 그럼 나중 뵙겠에요.

경 수 응, 다녀오게. (영한이가 문앞까지 갔을 때) 아 참, 여보게 잊었군.

영 한 네. (돌아선다)

경 수 (안주머니에서 지폐 뭉텅이를 꺼내 영한에게 주며) 이것 갖다 비용

쓰게. 돈 같은 것은 아낄 것 없어.
영 한 네, 네, (돈을 받아 넣고 나간다)

암전

# 제2막

1막에서 1개월 가량 뒤. 무대 전막과 같음. 쏘파 앞에 난로가 놓여 있다. 아침 10시경. 수영은 쏘파에서, 혜영은 응접 테-불 옆 왼편 의자에서 각각 신문을 보고 있다.

수 영 (신문을 보다 놓으며) 어제도 또 테로 사건이 일어났구먼. 그런데 날마다 이런 일이 생기니, 조선 사람은 이렇게 서로 때려 부시기만 일삼는 모양인가? 큰일 났어. 참 맨 강도, 폭력단만 횡행하고…
혜 영 요새는 그 신탁 통치 문제인지 뭣 때문에 단체끼리 의견이 달라서 서로 충돌하는 게 아니냐?
수 영 의견이 다르면 서로 의견으로 다툴 일이지. 왜 부시고 때려 뉘고 야단이야. 바른 주장이 없는 편에서 언제든지 먼저 주먹을 내미는 법이야.
혜 영 좌익 단체에서 늘 부시기를 잘 하는 모양이야.
수 영 흥, 언니는 날마다 신문을 보면서도 그리우. 테로는 우익이 아닙니까?
혜 영 그렇지만 애, 좌익들도 걸핏하면 때려 부시기를 잘 하더라.
수 영 누가 그렇게 일러 줍디까요?
혜 영 일러 주긴 누가 일러 줘. 내가 보니까 그렇단 말이지.
수 영 그렇다면 잘못 보셨습니다.
혜 영 너는 요새 왼쪽으로 기울어져서 그래. 이상스리.
수 영 뭐이 이상스러워, 어떠우, 사상은 누구나 자기가 옳다고 생각하는 대로 기울어지게 정한 리치지.
혜 영 그래 그게 옳은 사상이야?
수 영 옳은지 그른지는 알고 난 뒤에 판단할 일이지.
혜 영 흥, 너도 그 놀러 오는 계집애들하고 쑥덕이더니, 그에 유혹을 당하고 말았구나.
수 영 유혹? 이것은 언니의 교양 문제인데…
혜 영 흥.
수 영 유혹이라니 그래 내가 한두 살 먹은 어린애란 말이유?
혜 영 불덤벙 물덤벙[3] 하니까 말이다.
수 영 점, 점.
혜 영 아버지께서 아셔 봐라. 야단이 나지.
수 영 우리 집 사람은 다 뚫어러진 길로만 나가란 법 있어?
혜 영 네가 비뚤어진 길을 나가니까 걱정이지.
수 영 흥, 어쩌면 아버지와 똑같애.
혜 영 왜, 아버지께서 그른 말씀 하시데?
수 영 다 옳은 말씀만 하십니다.
혜 영 그야 물론이지. 그리고 더구나 요새는 얼마나 건국을 위해 애쓰시는데 그래.
수 영 애는 대단히 쓰십니다. 그러나 미안하지만 발버둥질 치시는데 지나지 못해.
혜 영 뭐야, 버릇없이. 고약한 것 같으니.
수 영 언니, 대체 요새 테로 사건의 대부분이 어디서 나오는 건지 알기나 하시우? 뒤에 누가 있는데 그래. 언니, 독립청년회가 뭔지 알기나 하우?
혜 영 얘가 점, 점, 그래 독립청년회가 테로 단체란 말이냐?
수 영 몰르지, 나두.
혜 영 너, 그런 소리를 아버지께서 들으시면 생벼락이 내린다.
수 영 사실이 사실인 걸 뭐. 누가 모르는 줄 아남. 사회단체에서는 벌써 다 알고 있는걸.
혜 영 얘가… 다물지 못해. (눈을 흘긴다)
수 영 왜 다물어, 약올르지? (놀리는 모양을 한다)
혜 영 요 매친 것이. (일어나 수영의 머리를 쥐박는다)
수 영 아야. (소리를 버럭 지른다)
경 수 (안에서 나오며) 왜들 이러니. (모자를 쓰고 단장을 짚고 나가며) 내 곧 다녀 들어 올게, 영한이 들리거든 기다리라고 그래라.
혜 영 네.

3) 술덤벙물덤벙. 술과 물을 가리지 않고 덤벙댄다는 뜻으로, 경거망동하여 함부로 날뛰는 모양.

경수 밖으로 나간다.

수 영 오늘 또 신탁 반대 시위행렬을 한다면서 아버지는 참가 안 하시나.
혜 영 한시부터라는데 뭘.
수 영 무에 무언지 알지도 못하고, 덮어놓고 반대 운동들만 하면 제일인가.
혜 영 조선 사람이면 다 반대해야지.
수 영 누가 조선을 신탁 통치하고 다 집어 먹는대. 모쓰크바 3상 회의의 결정이 어떤 성격의 것인지, 잘 알고 나서나 덤벙대야지.
혜 영 흥, 애가 아주 좌익이 다 돼 버렸군. 말투가 벌써 틀렸는데. 오빠가 오셔서 이 꼴을 보시면, 좋다고 잘 한다고 하시겠다.
수 영 오빠가 계시면 우리 집이 바로잡히지. 오빠는 바보는 아니니까. 아버지와는 다를 거야. 적어도 이 시기의 조선 청년이 과연 누구나 다 이 혼란한 가운데 바른 길을 찾으러 고민하고 애쓸 게고, 그리고 나면 어느 것이 옳은지 분간쯤은 하게 될 게니까.
혜 영 너 요새 아주 구변이 늘었구나. 말하는 소리가 제법인데. 그러나 글렀어.
수 영 글른 것은 언니요.
혜 영 망할 것!
수 영 왜 약 올르지? (안으로 뛰여들어가 버린다)
혜 영 아이, 아이도… (도로 신문을 들고 보고 있다. 밖의 문에서 노크하는 소리 난다. 일어나 문을 연다. 영한이 들어온다)
영 한 김 선생 나가셨습니까?
혜 영 네, 잠간 다녀오신다고 나가셨에요. 곧 들어오신다고 기대리고 계시라고 하셨에요.
영 한 (시계를 내보며) 어디 가셨나? 시간이 없는데.
혜 영 앉으세요. 곧 들어오실 테니… (영한 모자와 외투를 벗고 쏘파에 가 앉고, 혜영 먼저 앉았던 자리에 앉는다) 오늘 데모가 있지요?
영 한 네, 그때문에 가는 길입니다.
혜 영 많이들 나올까요?
영 한 많이 나오겠지요. 그러나 좌익 계통에서는 안 나올 겝니다.
혜 영 이렇게들 이런 일에도 자꾸 갈리기만 하면 어떻게 하나요?
영 한 그러니까 걱정이지요. 놈들은 신탁을 지지힌다나요? 거저 때려 부셔야지요.

혜 영 그렇지만 같은 조선 사람끼리야… 전 그런 소리 들으면 무서워요.

영 한 혜영씨는 녀자니까 그러시겠지만 우리들 남자들은 그렇지 않아요. 그저 미운 놈은 주먹이 재일이지요. (주먹을 쥐고 휘두른다)

혜 영 아이, 전 싫어요.

영 한 하하하… 이런 시기엔 마음이 그렇게 약해선 안 됩니다. (신문을 들고 보다가) 저 혜영씨.

혜 영 네.

영 한 벌써부터 전 꼭 한 가지 혜영씨에게 물어보고 싶은 것이 있는데, 입이 안 열려져 말을 못했에요.

혜 영 무슨 말씀인데요?

영 한 그게 대단히 말하기 어려워요.

혜 영 아이, 무슨 말씀이신데 그래요.

영 한 만일 내놓았다가 혜영씨 입에서 좋은 대답이 안 나오면 어떻게 하나, 그것을 생각하면 겁이 나서…

혜 영 무슨 말씀이세요? 해보세요.

영 한 그럼, 먼저 약속을 하세요.

혜 영 뭐라고요?

영 한 들어주시겠다고 약속을 하세요.

혜 영 그건 들어보아야지요.

영 한 그럼, 말하지요. (용기를 내여) 저 같은 사나이도 혜영씨의 마음에 들 수가 있을까 요?

혜 영 (얼굴이 단박 붉어지며 고개를 수그리고 말이 없다)

영 한 (일어나 혜영의 앞으로 다가 서며) 벌써부터 저는 이 말할 기회를 늘 엿보고 있었습니다. 그러나 도무지 용기를 얻지 못했었습니다. 오늘 이제부터 저는 상당히 용기가 필요한 일을 하러 나갑니다. 혜영씨의 대답 한 마디가 우리가 오늘 하려는 일에 지대한 관계가 있다고 저는 말하고 싶습니다. 저에게 용기를 가지고 나가게 해주십시오.

혜 영 (역시 고개를 수그린 채 어찌할 줄을 모른다)

영 한 꼭 한마디만 말씀해 주십시오. 말로 어려우면 고개만 끄데거려 주십시오.

무거운 침묵, 영한 안타까이 기다리고 서 있다. 혜영 가만히 고개를 두어 번 끄덕이더니, 그냥 일어서 안으로 뛰여들어가 버린다. 영한 혜영의 들어가는 뒤를 마치 얼빠진 사람 모양으로 바라보다가 미소하며 몸을 핵 돌리더니 뼁 한번 돈다. 그때 경수 밖에서 들어온다.

경 수 아, 미안하다. 오래 기대렸나?
영 한 네, 온 지 얼마 안 됩니다.
경 수 (모자와 외투를 벗고 쏘파에 앉아 난로 불을 쬐며) 앉게. (영한 의자에 가 앉는다) 그래, 오늘 준비는 다 됐나?
영 한 네, 다 됐습니다.
경 수 어제 밤 애기한 일도 다 계획대로 됐겠지?
영 한 네.
경 수 어제도 당부했지만 아주 신중히 해야 하네. 실패하면 그야말로 큰 일일세.
영 한 념려 마십시오. 다 튼튼히 짜놓았습니다.
경 수 자네도 행렬에 참가하겠지?
영 한 네, 그리고 계획한 일도 제가 직접 지휘할 작정입니다.
경 수 응, 그게 좋아. 그런 용기가 있어야 하네. 그러나 밤도 아니고 하니까 여간 용단성있게, 그리고 신중히 하지 아니하면 안 되네. 이 기회에 그놈의 싹을 잘라 버려야지. 그것이 또한 민족을 위하고 국가를 위하는 것이 되는 거요, 이번 일이 성과를 거두면 다 그 공로에 대한 보상이 있을 것일세. 말하자면 자네의 출세가 여기 달렸네.
영 한 네, 잘 알겠습니다. 다들 돈도 풍족히 주었고 모두 목숨을 내걸고 하겠다고 했습니다.
경 수 그럼, 시간도 다 됐고 하니 어서 가보게. 나는 집에서 소식을 기다리겠네. 끝나는 대로 곧 이리 와 주게.
영 한 네, 그럼 다녀오겠습니다. (외투 입고 모자 쓰고 나선다)
경 수 (일어서며) 정세를 살펴 가지고 조심해서 잘 하게. 잘못하면 일을 실패할 뿐 아니라, 형세가 역전될 지도 모르네.
영 한 네. 념려 마세요.

영한 퇴장, 경수 도로 쏘파에 앉아서 눈을 감고 한참 무엇을 생각다가 신문을 집어 들고 본다. 그러다가 신문을 놓고 또 무엇을 생각하다가 다시 신문을 들고 본다. 또 신문을 내던지고 뒷짐을 지고 왔다갔다 한다. 혜영이 가만히 문을 열고 얼굴만 내밀고 내다본다.

경 수 누구야?

혜 영 저예요. (나온다)
경 수 응.
혜 영 영한씨 갔에요?
경 수 갔다. 왜 그래.
혜 영 (당황한 태도로) 안예요. 저 점심 진지 채릴까요?
경 수 아직 뭐 생각 없다.

혜영 도로 들어간다. 경수 다시 쏘파에 가 앉아 이번에는 마음 붙여 신문을 본다. 한참 보다가 신문을 팽개치며

경 수 이놈들은 밤낮 친일파 민족 반역자 타도 소리만 하니, 친일파 민족 반역자는 그래 조선 사람이 아니란 말인가. 그저 내게 경찰권만 맡겨 주었으면, 그냥 모주리 잡아 가두고 탄압해 버렸으면, 머리들을 들고 일어 못나련만… 거저 일본놈들이 잘했지, 그때는 꼼짝들을 못했으니까… 온 이건 자유니 해방이니 해가지고, 모두 제가 대장이라고 날뛰니… 엥이. (담배를 피워 문다. 사이. 바깥문에 노크 소리)
경 수 누굴가? (큰 소리로) 들어오시오.

박광훈 문을 열고 들어선다.

광 훈 안녕하십니까?
경 수 어서 오십시오. 난 누구시라고. (달려가 악수를 교환한다) 자 이리와 앉으십시오.

광훈 모자와 외투를 벗고 의자에 앉고 김경수도 대좌한다.

광 훈 어디 나가셨는가 했더니 댁에 계시군요.
경 수 오늘은 종일 집에 있기로 했습니다. 지금 큰 일을 계획해 놓고 나가 돌아다닐 수 있습니까?
광 훈 그러시겠지요. 사실은 그 일이 어떻게 됐나 궁금해서 왔습니다.
경 수 계획대로 다 짜가지고 행렬에 참가했습니다.
광 훈 그렇습니까? 조금 있으면 야단이 나겠구면요.
경 수 그렇지요. 곧 행렬이 시작될 게니까.
광 훈 그러나 청년회 사람들 단속을 잘 시키셨습니까? 조금만 잘못해 이

것이 계획적으로 한 것이라든지, 또 뒤에 우리 당 같은 것이 관련되어 있다든지 하는게 알려지는 날이면, 사회의 여론도 큰일입니다.

경 수 그 점이야 물론 절대 착오가 없도록 단속해 놓았으니까 념려 없습니다.

광 훈 하여간 민중들의 자연발생적인 흥분을 잘 리용해 가지고 교묘히 해야 할 것입니다.

경 수 성과가 얼마나 있을가 그것이 문제이지, 실패는 없을 것 같습니다.

광 훈 (주위를 한번 둘러보고) 이것들도 가지고 나갔습니까? (피스톨 방아쇠 잡아당기는 흉내를 낸다)

경 수 네, 다 벌써. (문쪽을 돌아본다)

광 훈 그렇습니까? (고개를 끄덕거린다)

경 수 하여간 이 기회에 아주 순들을 질러 놀 작정입니다.

광 훈 그러나 사회의 비난을 안 받도록 여간 신중히 하지 않아서는 안 될 것입니다.

경 수 그야 물론이지요.

광 훈 총무께서도 그 일에 대해서는 삼가하라고 재삼 당부하시던구면요.

경 수 념려 없에요. 밑져야 본전이니까.

광 훈 그래도 잘못해서 테로의 배후에 우리 당이 관계하고 있다는 말이 나면 큰일이니까요.

경 수 어떤 일이 일어나더라도 절대로 그것은 알려지지 아니할 테니까, 념려 마십시오.

광 훈 그렇다면 안심입니다마는…

경 수 그렇게 일을 서툴르게 해 가지고야 되겠습니까?

광 훈 아, 어련히 잘 아시고 계획 세우셨겠습니까. 그러나 일이 일인만치, 매우 우리는 걱정이 돼서. 그리고 총무께서도 걱정을 하고 계시고…

경 수 조금도 그 점은 념려 마시라고 그러십시오. (일어나 안문을 열고 들어가 차를 가져 오라고 이르고 와 다시 앉는다)

광 훈 그 영한군은 진실한 청년입니까?

경 수 아주 열성 있는 청년입니다. 그리고 이 일을 위해서는 아주 목숨을 내걸고 나섰습니다. 독립청년회 안에는 그런 청년이 아직도 4,5명 있지요. 그리고 이 영한군은 내 자식놈의 친구로 전부터 늘 우리 집에 드나드는 사람입니다. 말하자면 나의 둘도 없는 심복입니다.

광 훈 네, 그렇습니까.

복순이 쟁반에 차와 과자를 가지고 나와 테불 우에 놓고 들어간다.

경 수 자, 드십시오.
광 훈 네, (둘이 차를 마시고 과자를 잡어 먹는다)
경 수 참, 그 일전에 말씀한 것은 그 뒤 총무께서 무슨 말씀이 없으시던가요?
광 훈 네, 그 경찰부장 얘기 말씀이지요?
경 수 네.
광 훈 일전에 총무께서 군정 장관과 경무국장을 만나 얘기하시고 추천을 하신 모양입니다. 요새 여러 사건이 많이 일어나고 또 강도가 많아 치안이 날로 어지러워져 가는데, 조선 사람 중에서 수완 있는 사람을 경찰부장으로 시켜가지고 경찰을 강화하면 좋을 것이라고 말씀하시고, 김선생을 추천하셨답니다. 그랬더니 생각해 보겠다고 하였다니까, 쉬 무슨 결정이 날 게라고 하십니다.
경 수 그렇습니까. 어떻든 앞으로 우리 일을 위해 그 자리가 절대로 필요합니다.
광 훈 그렇구 말고요.
경 수 총무께서는 오늘 시위 행렬 식장에 안 나가셨습니까?
광 훈 안 나가셨습니다. 지금 본부에 계십니다. 일이 어떻게 됐는지 궁금도 하고 걱정도 되어서, 좀 가보고 오라고 하셔서 내가 왔습니다.
경 수 인제 조금만 있으면 다 알려질 것입니다.
광 훈 (시계를 꺼내 보며) 아, 벌써 두시가 지났군요.
경 수 벌써 행렬은 시작되였을 것입니다.
광 훈 고만 가보아야겠군.
경 수 왜, 더 계시다가 소식을 좀 알고 가시지.
광 훈 본부로 가보아야겠습니다. (일어나 외투를 입고 모자를 쓴다)
경 수 그럼, 거기 가 계시겠습니까?
광 훈 네, 본부에 가 있겠습니다.
경 수 가 계십시오. 나중에 소식을 그리 전해 드리겠습니다.
광 훈 그럼, 나중 뵙겠습니다.
경 수 안녕히 계십시오.

광훈 나간다. 경수 그를 전송하고 안으로 들어간다. 조금 후에 복순이 석탄을 갖다 난로에 넣고, 찻잔을 가지고 들어간다. 수영이 나오고 뒤이어 혜영이 나온다.

수 영 언니 아까 왔다 간 이가 누군지 아우?
혜 영 알아, 한민당에 계신 분야.
수 영 총무의 비서 박광훈이야.
혜 영 그래, 나두 알아.
수 영 언니는 숭배하는 인물이고, 나는 경멸하는 인물이고. (의자에 앉는다)
혜 영 (쏘파에 앉으며) 또 너는 내게 쌈을 걸 작정이냐.
수 영 요새는 가정에서나, 사회에서나, 농촌에서나, 도회에서나 다 이런 싸움 뿐인 걸, 뭐.
혜 영 우리 집에서는 너 하나만이 이단자야.
수 영 내가 있기 때문에, 우리 집은 썩은 나무에 새 싹이 피여나는 격이요.
혜 영 흥, 너 같은 반동분자가 우리 집에 있기 때문에, 우리 집 체면이 얼마나 깍이는지 아니?
수 영 흥, 반동이라는 게 어떤 건지 알기나 하우? 앞으로 나가는 것을 뒤로 잡아당기는 게 반동이야.
혜 영 그래, 네가 그렇단 말이야.
수 영 호호호. 이러다가는 언니는 상투 짯는 것이 진보하는 것이라고 하겠네. 아, 우습다. 참, 우습다.

경수 안에서 나오고 최부인도 뒤따라 나온다.

경 수 (의자에 앉으며) 무엇이 그렇게 우스우냐?
수 영 안에요.
최부인 애들은 요새 만나기만 하면 싸움이래요.
경 수 싸움은 무슨 싸움.
최부인 그것들도 당파 싸움이래요.
경 수 당파 싸움? 집안에서 당파 싸움이 무슨 당파 싸움이야.
최부인 세상이 이렇게 되니까 한 집안 안에서도 모두 좌익이니 우익이니 하고, 당파가 갈려 야단입니다그려. (의자에 앉는다)
경 수 하하하, 너희들까지도… 그것 참 우슨 노릇이로구나. 그러지 말고 참, 수영이는 그애국여성회나 나가 일을 좀 하렴. 집에서 빈들빈들 놀지 말고 녀자들도 다들 나가 활동들을 하지 않니.
혜 영 걔가 애국여성회에를 나가요? 거기 모인 사람들을 밤낮 욕을 하는데.

경 수 아니, 애국여성회를 왜 욕해? 거기 모인 녀자들이 모두 진정한 애국자들인데…

혜 영 수영이는 부녀동맹예요.

경 수 뭐, 부녀동맹? 아, 그 좌익패 계집들 모인 데 말이지.

수 영 아이, 아버지는 어째 그렇게 말씀을 하세요. 우리 녀자들은 조선 사람의 입장으로 전 조선 사람이 다 같이 행복할 길을 취할 뿐이지요. 그리고 여성의 입장으로서 여성의 지위가 향상되고 발전할 길을 찾을 뿐이지요. 부녀동맹은 이러한 목표를 위해 싸우는 모임이기 때문에, 저는 그리로 모이는 게예요.

경 수 애국여성회는 그렇지 않다드냐?

수 영 그 사람들은 고목을 타고 앉은 사람들이지요.

경 수 고목? 아하하, 고목에도 새싹이 난단다.

수 영 그 새싹은 우리지요.

경 수 아하하. 저의만 옳다고 하는군.

수 영 여성까지도 완전히 해방되는 사회가 와야, 비로소 전 인류가 해방을 얻는 날입니다. 그러기 위해 우선 우리 여성도 발언권을 가질 수 있는 그런 국가가 서야 할 것입니다. 여성이나 누구나 다 발언권을 가질 수 있는 국가는 민주주의 국가입니다. 그렇기 때문에 부녀동맹은 참된 민주주의 노선을 지지하고 이것을 위해 싸우는 거예요. 저는 새 시대 사람예요. 그러니까 진보적 입장에 서는 게 옳지 않아요.

경 수 흥, 너 요새 아주 구변이 늘었구나. 그러나 부녀동맹이고 어디고 좌익편에서 말하는 민주주의는 다 가짜 민주주의야.

수 영 그럼, 여러 민중을 젖혀놓고 몇몇 사람들이 모여 앉아 우물쭈물 의논하고 정해 버리는 게 정말 민주주의로구면요.

경 수 뭐라고? 허, 이것 우리 집안에도 극렬분자가 하나 생겼구나. 그러지 말고 너 애국여성회로 나가 일해 보아라. 나도 거기는 후원하는데.

수 영 (그러)니까 틀렸에요. 사상이 다른 걸요.

경 수 사상은 네까짓 것들이 무슨 사상야. 누가 이러면 이리 쏠리고, 저러면 저리 쏠리는 것들이.

최부인 그래, 아버지 말씀대로 거기 나가 일해 보려무나.

수 영 싫어요. 한두 살 먹은 어린애예요?

경 수 그럼, 거기 안 나가는 것은 좋다. 그러나 부녀동맹도 끊어라.

수 영 싫어요. 저는 제가 옳다고 생각하는 대로 할 뿐예요.

경 수 저 혼자 옳다고만 하면 제일인가? 그것은 독선이지.
수 영 아버지께서야말로 독선이예요.
경 수 뭐야! (눈을 흘긴다)
최부인 얘야, 너 왜 폭폭 말대답을 하고 야단이냐.
경 수 계집애들이 요새 주제넘게 해방이니 뭐니 하는 바람에, 모두 엇먹어서[4] 제멋대로 날뛰고 덤벙대여 큰 탈이야. (혀를 찬다)
수 영 그래서 난 아버지하고 얘기 안 해요, 덮어놓고 제 의견은 존중해주지 않고 아버지의견에 안 맞으시면, 걱정이나 하시고 그냥 눌러버리려고 하시니까…
혜 영 또 골났군.
수 영 싫어, 언니도!

영한이 문을 노크하고 헐레벌떡거리며 뛰여 들어온다.

경 수 (일어서며) 아, 자네 벌써 오나.
영 한 큰일났습니다. 큰일! 아, 숨차. 어떻게 뛰여왔는지.
경 수 (놀라) 왜, 무슨 일이 생겼나?
영 한 병철이가… 병철이가…
경 수 아니 뭐, 병철이가 어쨌단 말인가?

모두 놀라 일어서며 긴장한 얼굴로 영한을 바라본다.

최부인 아-니, 병철이라니요?
경 수 이 사람아, 이리 와 좀 찬찬히 얘기를 하게. (다른 사람들에게) 좀 들 안으로 들어가 있어.

모두들 놀란 얼굴을 해가지고 머뭇거리고 서 있다.

경 수 들어가 있으라니까! (악을 쓴다)
최부인 이리들 오너라. (혜영과 수영을 데리고 들어간다)
경 수 아-니, 어떻게 된 셈인가? 이리 와 찬찬히 얘기를 좀 하게.
영 한 네, 저 시위 행렬은 운동장을 떠나 동대문 앞을 돌아 순조로이 나왔습니다. 그래 탑골 공원 앞에 당도했을 때, 저는 귀환병동맹(歸還

4) 사리에 맞지 않는 말과 행동으로 비꼬다.

兵同盟)[5] 본부 2층에 "모쓰크바 삼상회의 결정 지지"라고 써붙인 것을 가리키며, '저것을 보아라. 저 신탁 통치를 지지하는 놈들이야 말로 매국노다,' 하고 소리를 쳤습니다. 그랬더니 회원들은 '때려 부시자!' '저놈들을 때려 죽이자!' 부르짖으며, 그 소리에 응해 '와-' 고함을 지르고 그리로 몰려갔습니다. 그리해 그 회관을 습격했습니다. 막 돌을 던지고 때려 부시고 야단이 났었지요.

경 수 (신이 나가지고) 그래, 그래서?

영 한 그 사이에 우리 대렬에 끼였던 우리 테로단들은 물론 앞장을 서서 돌격을 했습니다. 그런데 저쪽에서들도 걸상, 석탄덩이 같은 것을 던지며 대항을 했기 때문에, 대난투가 일어났었습니다. 그 소동 가운데 또 '탕! 탕!' 총소리가 나더구먼요.

경 수 응. 그 총이야 물론 우리쪽에서 쏜 게겠지.

영 한 (좌우를 둘러보며) 그야 물론입지요. 다 계획대로 실행이 되었습지요.

경 수 에, 그놈들, 잘 해 주었다.

영 한 그런데 한 가지 놀랄 만한 일이 생겼습니다.

경 수 뭐, 참 아까 들어오면서 병철이가 어쨌다고 그랬지?

영 한 병철이가 거기 있었습니다. 그 귀환병동맹에 그 사람이 있을 줄 누가 알았겠습니까.

경 수 아니, 병철이가 거기 있었다니!

영 한 네, 이 눈으로 똑똑히 보았습니다.

경 수 그래, 어떻게 됐단 말인가?

영 한 병철이가 걸상을 둘러메고 나서자, '탕!' 피스톨 소리가 나며 그냥 쓰러지는 것을 보았습니다. 분명히 그는 맞았습니다.

경 수 뭐라고? 그럼 병철이를 쏘았단 말야?

영 한 네, 병철이가 맞았습니다.

경 수 아니, 이게 어찌된 셈이야. 그래, 그게 정말이란 말인가?

영 한 네, 저는 어찌도 놀랐는지 알려 드리려고 그냥 이리로 달려 온 것입니다.

경 수 온, 이런 일 봤나. 아, 그놈이 왜 거기 가 있었어.

---

5) 조선학병동맹을 이르는 말인 듯. 조선학병동맹은 해방 직후인 1945년 9월 1일 조직된 단체로, 일제에 의해 강제로 징병됐던 학병 출신들 가운데 사회주의 계열 인사들이 주도하였으 며, 그 사무실은 낙원동에 두었다.

영　한　글쎄, 저도 모르겠습니다.

경　수　온, 이게 어찌된 셈이야. 내가 이것 꿈을 꾸고 있단 말인가. (안문을 열고) 여보!

최 부인 나오고, 뒤따라 혜영 수영 다 나온다.

경　수　여보, 이것 큰일났소. 병철이가 총에 맞았다는구려.

최부인　병철이가 총에 맞았다니요?

경　수　아, 그놈이 귀환병동맹에 있었는데, 오늘 시위 행렬하는 군들이 귀환병동맹을 습격했다는구려. 그때 누가 총을 쏘는 바람에 병철이가 맞아 넘어졌다는구려.

혜영·수영　(일시에) 에구머니나!

최부인　에그, 이를 어째. (그냥 펄썩 주저앉는다)

수　영　어머니, 왜 이러시우. (최부인을 안아 일으킨다)

경　수　어디, 가만 있어, 내 가보지. 온, 정말같지 않아. (영한에게) 자네 가치 좀 가 보세.

영　한　네.

경　수　내 가서 알아보고 올 테니, 공연히 소동들 말고 가만히 있어. (외투를 주어 입고 모자를 쓰고 나간다. 영한이 그 뒤를 따라 급히 나간다. 최부인 그 뒤를 바라보고 있다가 쏘파에 가 털퍼덕 주저앉는다)

막

# 제3막

무대

병원. 우편이 병실. 좌편은 복도로 되여 있는데, 병실과 복도 사이에 벽과 문이 있다. 복도는 병실 뒤로 꼬부러져 의사실로 통한다.

막이 열리면 병실 침대 우에는 병철이가 누워 있고, 의사는 간호부와 함께 그에게 주사를 놓고 있다. 복도에는 귀환병동맹원의 학병 1,2가 근심하는 얼굴을 해가지고 서 있다. 2막[6]에서 세 시간쯤 지난 오후 5시경이다. 의사는 주사를 놓고 병자를 드려다 보며 증세를 살피고 간호부에게 몇 마디 뭐라고 하고 나온다.

학병1 어떻겠습니까? 생명만은 건지겠습니까?

의 사 글쎄, 아직 뭐라고 말할 수 없으나 어렵겠는데요.

학병2 어떻게 살려낼 수가 없겠습니까?

의 사 하복부 관통 총상인 데다가, 출혈이 많았고…

학병1 지금 놓은 주사는 무슨 주사입니까?

의 사 진통제입니다. 아직 면회는 일체 못 합니다. 병실에 아무도 들어가지 못하게 하십시오.

학병2 네.

의 사 그리고 환자의 가족들은 없습니까?

학병1 환자가 학병인데, 돌아와 가지고 자기 집엘 가보니까 그 동안 모두 이사를 가버리고 없더래요. 어디로 이사갔는지 새로 이사간 데도 모르고, 그래서 그 동안 서울 동무집에 있다가 이 지경을 당했습니다. 그러니 가족이 어디 있는지 알 수가 있어야지요.

의 사 어느 가까운 일가도 없나요? 누가 있으면 곧 오도록 하는 게 좋겠습니다. 혹 무슨 일이 있더래도…

학병1 글쎄요. 일가집이 어디 있는지 알 수가 있어야지요.

의 사 그것 안 됐군요. (뒤로 퇴장)

학병1 어떻게 하니, 참 안 됐다.

학병2 희망이 없는 모양이지.

학병1 의사가 저렇게 말하는 것을 보니까, 목숨만도 건지기 어려운 모양이야.

학병2 어떻게 하나. 그냥 죽인단 말인가. 참 고약한 놈들이다. 이제는 피

---

6) 1막을 2막으로 바로 잡음.

스톨까지 가지고 쏜단 말야.

학병1　그 놈들이 무슨 분간 있나. 저희들의 목적을 위해서는 수단을 안 가리는 놈들인데.

학병2　오늘은 순전히 계획적이야. 미리 테로단을 짜가지고 여러 군데를 다 습격했어.

학병1　(괴로운 얼굴을 해가지고 병실 문을 응시하다가 돌연 흥분해 가지고) 에잇, 분해, 원통하다! 무지하고 무도한 놈들 때문에 귀한 동무의 생명을 잃다니! 사선[7]을 몇번이나 넘어 온 우리기 때문에 목숨은 이미 내놓았으나, 그러나 우리는 목숨을 이렇게 값없이 희생하려고는 아니 했어. 아깝다. 정말 아까와. (엎드려 얼굴을 두 손에 파묻고 운다)

간호부　(문을 열고 내다보며) 너머 떠들지 마세요.

학병2　잠간 좀. (손짓을 해 부른다)

간호부　(나오며) 왜 그리세요.

학병2　좀 어떻습니까?

간호부　거의 혼수 상태에 있에요.

학병2　다시 살아날 것같습니까?

간호부　글쎄요. 저는 모르겠에요.

학병2　아까 선생님은 뭐라고 그리십니까?

간호부　별로 암 말씀도 안 하셨으니까요… 그러나 저 보기엔 좀 어려울 것 같아요.

학병2　참, 큰일 났군, 살아나야 할 텐데…

간호부　학병 나갔다 오신 분이라지요?

학병2　그렇답니다.

간호부　가엾어라. 왜 그런 분을 쏘았을가요? 왜들 그랬에요.

학병2　얘기하면 기막히지요.

간호부　당파 싸움인가요?

학병2　흥, 글쎄요. 뭐라고 할까요.

간호부　그렇지만 우리 조선 사람끼리 왜 쏘아 죽일가요. 왜 조선 사람끼리 싸워요?

학병2　일찌기 동족을 배반하고 팔아먹던 무리가 죄진 목숨을 연장하려고 이 짓을 하지요. 그리고 일본놈에게 조선 사람을 팔아먹듯이 또 우리 민족을 팔아먹으려는 무리들이 세력을 잡기 위해서, 우리 나라

---

7) 死線,

새 일꾼들을 이렇게 폭력으로 때려 죽이고 총으로 쏘아 죽이는 것이랍니다.

간호부 에이, 왜들 그럴까요. 참 고약하군요. 그런 놈들이 어디 있에요.

학병2 어디 있는가 잘 알아보십시오. 잘 보시면 누구의 눈에든지 잘 띠일 것입니다.

학병1 (벌떡 일어서며) 아, 분하다! 분해 죽겠다! 이 길로라도 곧 뛰여가 그놈들을 그냥 박살을 해 버리고 싶다.

학병2 그러나 아직은 참자! 지금은 참아야 한다.

학병1 참자, 참고 지내자, 얼마나 비겁한 소리냐. 못난 소리냐. 참자 참자 하고, 우리는 그동안 얼마나 참아 왔더란 말이냐. 그리고서도 부족해서 이제 와서도 또 참아야 한단 말이냐?

학병2 지금이야말로 참을 때가 아닌가.

학병1 아니다. 길 앞에 얼찐거리는 무리들, 정신은 부패하고, 양심은 마비되고, 그렇지 아니하면 뱃속에 도적놈의 맘만 가득찬 욕심꾸레기 놈들을, 이따위 놈들을 모주리 소제해 버리면, 앞길은 탄탄한 대로가 아닐 것이냐.

학병2 그렇게 하기 위해서 우리는 참는 것이다.

학병1 에이! 너도 나도 모두가 비겁하고 비굴한 것만 같다. 참아라 참아라 하고, 언제까지나 놈들의 공격만 받고 있으니, 이래서야 어떻게 일을 성공할 수가 있나.

학병2 아니다. 전쟁에 전략이 있는 것과 같이, 우리는 덮어 놓고 돌격만을 하지는 않았다.

학병1 그러나 적이 공격해 올 때는 어찌 하였던가.

학병2 방어하는 일도 있고, 형편에 따라 퇴각도 한다.

학병1 아니다. 그것은 이쪽의 힘이 약할 때뿐이다. 지금 우리의 힘은 약하지 않다. 적에 비해 절대로 약하지 않다. 그런데 우리는 왜 수세를 취하라는가. 우리 위원장은 비겁한 것 같다. 나는 이따래도 보고 항의할 작정이다.

학병2 이 사람, 너머 흥분하지 말고 참아.

학병1 또 참아? 난 그 소리가 참 듣기 싫다.

간호부 (손짓을 하며) 저, 너머 떠들지들 마세요. (가만가만 다시 병실로 들어간다)

학병1 생각할수록 난 분해 못 견디겠어. 그렇게 열렬하고 열성 있는 동무를 이렇게 죽이다니…

학병2 좀 더 기다려 보자. 아직 그런 소리 하기는 일르지 않은가.
학병1 아니야. 나는 의사의 태도로 짐작할 수가 있어… 놈들은 우리 동무를 죽였다. 아니다. 조선을 질머지고 나갈 일꾼을 죽였다. 에이, 밉다. 미워 죽겠다. 놈들의 죄를 어떻게 따져야 할 것인가.

경수와 영한 뒤쪽으로 나오며 병실 번호를 살펴본다.

경 수 5호실이랬지? 이 방인가 보구면.
영 한 네, 이 방인 모양입니다.
학병2 누구를 찾으십니까?
경 수 이 방이 이병철[8]의 병실이 아닙니까?
학병2 그렇습니다. 어디서 오셨습니까? 당신은 대체 누구십니까?
영 한 병철군의 아버지 되시는 분입니다.
학병2 (경수에게) 아 그러십니까. 참 잘 오셨습니다. 얼마나 놀라셨습니까. 저희는 병철군의 동무입니다.
경 수 그렇습니까. 그래, 어떤 모양입니까?
학병1 (앞으로 나오며) 병철군의 아버지시라고요?
경 수 네, 그렇습니다. 내가 병철의 애비올시다. 어떻게 됐습니까? 병철이가 총에 맞았다는 소식을 듣고 지금 달려 온 길입니다.
학병1 놀라셨겠습니다. 지금 이 방에 있습니다.

경수 문을 열려고 한다.

학병2 좀 기다리십시오. 지금은 아무도 들어가 보지 못하게 합니다.
경 수 대단한 모양입니까? 죽지는 않았습니까?
학병1 (주저하다가) 네, 아직 자세한 것은 알 수 없습니다. 좀 기다려 보아야 아실 겝니다. 그런데 어떻게 아시고 찾아 오셨습니까? 병철군은 자기 집도 모르고 있었는데…
경 수 몰랐지요… 그러나 이 사람이 틀림 없는 그 김병철입니까? 학병을 나갔다 돌아온?
학병1 네, 틀림 없는 김병철이올시다.
경 수 암만해도 믿어지지가 않아… 온, 내가 좀 봐야겠는데, 정말 그앤지…

8) 김병철의 오식이 분명하므로, 앞으로 나오는 이름은 다 김병철로 표기함.

영 한 틀림이 없는 모양입니다.

경 수 좀 들어가 볼 수 없을까. 그앤가 아닌가 얼굴이라도 좀 보았으면 좋겠는데. 암만 해도 내 곧이 들려지지를 않는구먼.

학병2 의사가 아직 아무도 절대로 들이지 말라고 하니까요. 그래서 우리도 들어가지 못 하고 여기 있습니다. 좀 기다려 보십시오.

학병1 학병으로 나갔던 김병철이라면 틀림이 없습니다. 대성전문을 다녔지요.

경 수 그렇소.

학병1 그럼 틀림이 없습니다. 병철군이 늘 아버지께서는 전에 군수를 다니다가 나중에는 면장을 다니셨다고 하든데.

경 수 그럼 맞았군, 맞았어. (영한을 보고) 아니, 이게 대체 어찌된 셈이란 말인가. 내가 천벌을 맞았단 말인가, 대체 이게 생신가 꿈인가.

영 한 저도 지금 정신이 얼떨떨해 잘 분간을 못 하겠습니다. 생시인 것만은 분명합니다.

경 수 (기가 막힌 듯이 병실문을 노려보다가) 좌우간 들어가 좀 보기나 합시다.

학병1 (막으며) 안 됩니다. 좀 기다리십시오.

경 수 대체 어디를 맞았다는가요?

학병1 (아랫배를 가리키며) 여기를.

경 수 (맥이 풀려 가지고) 죽었군, 죽었어. (영한을 보고) 아니, 누가 자네더러 내 아들을…

영 한 (말을 가로채 가지고) 아, 이것 왜 이러십니까.

경 수 온, 이런 기막힐 노릇이 있는가…

학병1 아-니, 그런데 그동안 그렇게 서로 아시지를 못 했던가요?

경 수 이사를 갔었으니까요. 그애가 오기 전에 우리가 시골서 떠나왔거든요.

학병1 그렇기로서니 그렇게 찾지를 못했을가요?

경 수 새 집을 모르니까 올 수가 없지요. (영한을 보고) 자네는 이 길로 곧 집으로 가서 집 사람들에게 좀 알려 주고 오게. 지금 궁금해 야단일 것일세.

영 한 네, 그럼 전 다녀 오겠습니다.

경 수 될 수 있는 대로 속히 좀 다녀오게.

영한 왼편으로 퇴장.

경 수 그래, 의사의 말이 뭐라고 그래요?

학병1 글쎄, 아직 모르겠에요.

경 수 대단한 모양이지요?

학병2 관통 총상이라니까 경하지는 않습니다.

경 수 허, 그렇다면 어려운걸, 어려워… 아, 이걸 어떻게 해, 좀 보았으면 좋겠는데… (또 문을 열려고 한다)

학병2 조금 있으면 의사가 올 겝니다. 오거든 말씀해 보십시오.

경 수 (물러서서 한숨을 크게 쉬고 나서 혼잣말로) 생각하면 참 기막힌 노릇이다. 내 손으로 내 자식을 죽이다니…

학병1 병철군을 죽인 놈은 독립청년회와 그 배후에 있는 악당들입니다. 놈들은 폭력단을 사들여 가지고 우리들의 진영을 폭력으로 부셔 버리려고 하는 것입니다. 어저께 테로 사건도, 그저께 일어난 테로 사건도 모두가 그놈들의 짓입니다. 발악입니다. 이것이야말로 놈들의 발악입니다.

경 수 아, 마치 꿈과 같다.

학병1 병철군은 놈들의 독수[9]에 넘어간 것입니다. 참으로 무도한 놈들입니다. 동족의 가슴에 총대들을 들이대다니… 놈들은 진리를 총으로 무찔르고, 정의를 폭력으로 눌러 버리려고 하는 것입니다.

경 수 여보, 대체 병철은 언제 돌아왔던가요?

학병1 지금으로부터 한 두어 달 전입니다.

학병2 두 달이 조금 못 되지.

학병1 그렇던가, 하여간 거진 두 달 가량 됩니다.

경 수 두 달 전? 그러면 우리가 시골서 올라온 지 얼마 안 되어서군. 그래, 그동안 어디 있었던가요?

학병1 삼청동 동무의 집에 묵고 있었습니다. 같이 전쟁에 나갔던 동무의 집입니다. 동무의 집에 묵고 있으면서 우리들 일본놈에게 끌리어 전쟁에 나갔다가 억울한 죽음을 할 뻔한 동무들이 모여, 건국에 이바지하려고 만든 귀환병동맹에서 같이 일들을 하고 있었습니다. 참으로 씩씩하고 열렬한 동무였습니다. 우리가 다 같이 건국에 목숨을 바치기로 맹세했던 거와 마찬가지로, 그도 목숨을 내걸고 일했습니다. 그는 늘 이렇게 말했습니다. '우리 아버지는 면장이였다. 그러기 때문에 일본 제국주의에 협력해 조선 사람에게 많은 죄를 지었다. 그러니까 나는 내 몸을 우리 민족과 국가에 바쳐 속죄하련

---

9) 毒手, 남을 해치려는 악독한 수단.

다.' 참말 믿음직한 사람이였지요.

경 수 에이, 하필 그놈이 왜 거기 있었더란 말이야. 왜 그런데 들어가 일을 했더란 말이야.

학병1 아니, 그게 무슨 말씀입니까? 병철군이 그런 말을 들으면 참으로 노할 것입니다. 그는 정의의 투사입니다.

경 수 그놈이 거기만 있지 않았드면, 저렇게 총알을 안 맞았을 게 아니요.

학병1 그야 그렇습지요. 그러나 자제를 원망하실 게 아니라, 자제를 쏜 놈들, 그 놈들을 원망하고 미워하십시오. 우리의 참된 일꾼에게 총을 들이댄 놈, 이놈들이야말로 전 조선 사람의 저주를 받아 맞당합니다.

경 수 그렇지만 개천은 나무래 무얼하겠소. 제 눈이 어두워 빠진 것을[10]…

학병2 (분연히) 그런 비유는 여기 맞지 않습니다. 자제를 쏜 놈이 여기 나타나도 그를 옹호하고 자제를 책망하시겠습니까?

경 수 아니요. 내 말은 위태한 지경에 안 나갔더라면 이런 일이 없었을 것을 하고, 이것을 말하는 것입니다.

학병1 어찌 그런 말씀을 하십니까. 선생께서는 그러면 우리들의 행동을 일체 무의미한 것이라고 보십니까?

경 수 아니, 그런 게 아니고 이런 시대에는 날뛰지 말고 조심을 하고 자중하는 게 좋지 않을까, 이 말이요.

학병1 네, 알겠습니다. 그러나 이 시기의 젊은이들에게 그런 말씀은 당치도 않습니다. 문제는 거기 있는 게 아니올시다. 진리와 정의를 주먹으로 부셔 보려는 놈들 때문입니다. 어둡고 컴컴한 우리 역사의 방향과 세계 정세에 눈이 어두운 무리들이, 민족의 범죄인들과 결탁해 가지고 우리 민족이 나갈 옳은 길을 방해하고 혼란시키려고 하기 때문입니다.

경 수 (그 말에는 귀를 기울이지 않고) 그러나 이것 언제까지나 이러고 있어야만 하나…

의사 이쪽으로 온다.

10) '소경 개천 나무란다' (속담) 개천에 빠진 소경이 제 결함은 생각지 아니하고 개천만 나무란다는 뜻으로, 자기 결함은 생각지 아니하고 애꿎은 사람이나 조건만 탓하는 경우를 이르는 말.

경 수 (쫓아가 붙들고) 선생님이십니까? 저는 김병철의 아버지되는 사람이올시다. 어떻겠습니까. 죽지는 않겠습니까?
의 사 글쎄요, 아직 알 수 없습니다. 좀 더 보아야겠습니다.
경 수 좀 들어가 보아도 좋겠습니까?
의 사 들어오십시오. 그러나 조용히 서 계십시오. 원래 아무도 들여서는 안 되는 것입니다마는… (병실로 들어간다. 경수 따라 들어간다. 의사 환자의 맥을 짚어 보더니 자꾸 고개를 갸웃거린다. 경수 심각한 표정으로 아들의 얼굴을 드려다 보고 서 있다. 의사 도로 밖으로 나가자 경수 그의 뒤를 따라 나온다)
경 수 어떻겠습니까?
의 사 암만해도 어렵겠습니다.
경 수 네. 그럼 살지 못 하겠단 말씀입니까.
의 사 아마 오늘 넘기기가 어려울 것같습니다.
경 수 어떻게 도리가 없을까요?
의 사 글쎄요. 별 도리가 없는데요, 병자의 어머니나 형제는 없습니까?
경 수 있습니다.
의 사 곧 오시도록 하시는 게 좋겠습니다.
경 수 불르러 보냈습니다.
의 사 그럼, 좋습니다. 모두 마지막으로 대면들이나 하게 하십시오. (뒤쪽으로 들어간다)

경수 낙망해 멍하니 선 채 말이 없다.

학병2 일은 다 글렀구나.
학병1 나도 좀 들어가 보구 나와야겠다. (병실로 가만가만히 들어가 병철의 얼굴을 드려다 보며 눈물짓는다)
병 철 (깨여 신음소리 내며) 어머니… 어머니… 물… 물… 물 좀…

간호부 컵에 물을 따라 먹인다. 영한이 최부인, 혜영, 수영과 함께 좌편으로 황황히 등장.

최부인 (남편에게) 정말 병철이라지요. 그래, 어때요. 대단치는 않아요?
경 수 (괴로운 표정을 해가지고 말이 없다)
최부인 아니, 어때요?
경 수 들어가 보오.

혜 영 들어가도 괜찮아요?
경 수 찬찬히 들어가 보아.

최부인 먼저 서고 혜영과 수영 뒤를 따라 들어간다. 그들이 들어오자 학병1 물러선다. 최부인 침대 뒤로 닥아가 병철의 얼굴을 드려다 본다. 혜영과 수영도 닥아선다.

병 철 (눈을 뜨고) 아, 어머니!
최부인 오냐, 나다. (눈에는 눈물이 솟아나 말을 못 한다)
병 철 (혜영과 수영을 쳐다보며) 오, 혜영이, 수영이.
혜 영 오빠!
수 영 오빠!
병 철 아, 참 오래간만이다. 어떻게들 알고 왔니.

혜영과 수영 울며 말을 못 이룬다.

최부인 병철아! (그의 손을 잡는다)
병 철 어머니! (다시 스르르 눈을 감는다)
최부인 응, 병철아.

경수와 영한이도 안으로 들어오고 학병2도 들어와 서 있다. 의사 주사기를 가지고 병실로 들어와 주사를 놓는다. 병철 다시 눈을 떠 여러 사람을 휘둘러 본다. 입가에는 미소가 떠 있다.

병 철 어머니, 혜영, 수영, 다 모였구나. 동무들, 동무들은 어디 있나?
학병1,2 (다가서며) 여기 있네. 원기를 채리게, 병철군.
영 한 (앞으로 와서) 알아보겠니. 나 영한일세.
병 철 아, 영한이, 참 오래간만일세, 어떻게 알고 왔는가?
영 한 응, 어쩌다 이렇게…
병 철 흥, 괜찮아. 여럿이 다 모였군. 어머니!
최부인 응.
병 철 저는 죽지 않고 살아 돌아왔습니다. 그러나 야속하고 원통합니다. 반동분자놈들은 나를 총으로 쏘았습니다. 흉악한 놈들은 내게 총질을 했습니다. 저는 일본놈의 병정이 되어 나갔었습니다. 그러나 돌아와서는 조선을 위해 몸을 바치려 했으며, 적으나마 힘써 일했습니다… 그러나 전에 민족을 배반하고, 이제 또 나라를 팔아먹으려는 놈들이 저에게 총질을 했습니다.

수영 참다 못해 그냥 두 손으로 낯을 가리고 느껴 운다.

병 철 수영아, 왜 우니, 응, 우지 말아. 난 이렇게 모두 만나 반갑고 좋은데, 왜들 그래… 어머니, 아버지가 왜 저러시우. 난 모르겠네… (눈을 감는다. 조금 후에 다시 눈을 뜨고 괴로워하다가) 천하에 고약한 놈들 같으니, 어쩌자고 마구 총질을 한단 말이냐… 어머니, 그동안 걱정도 많이 끼쳤습니다… 용서하십시오… 제가 나온 뒤 동무들에게 폐도 많이 끼치고 신세도 많이 졌습니다. 다 좋은 동무들입니다. 새 조선의 일꾼들입니다. 아버지, 그들의 힘을 도와주십시오.

경 수 (고개를 숙으리고 묵묵히 말이 없다)

병 철 어머니! 혜영이 혼인 정했수?

최부인 응, (얼버무려 대답한다)

병 철 혜영아, 수영아, 너희들도 일해 다오. 나라를 위해서… 오빠는 그동안 짧은 동안이나마 조선의 젊은이로서 부끄럽지 않게 일해 왔다고 생각한다. 나는 조금도 부끄러운 일을 하지 않았다. 너희들은 알겠지…

수 영 네, 오빠 알겠어요.

병 철 동무들아, 이리 와 가까이 서다오. 손을 잡자!

학병 1,2 닥아와 병철의 손을 잡는다.

병 철 고맙다… 많이들 일해 주게. 좀 더 동무들과 일하였드면 좋았을 것을… 남조선이 바로잡히는 것을 보았드면… 그러나 나는 믿는다, 진리는 이기리라는 것을. 많이들 일해 주게… 나에게 그 노래, 우리가 늘 부르던 '새벽의 노래'를 불러 주게.

학병 1,2 '새벽의 노래'를 부른다. 병철 고요히 눈을 감는다. 뒤에서 슬픈 곡조의 음악소리 들려 온다.

1. 지리한 밤 다 새고 동이 터 온다.
   장막을 걷어라, 잠을 깨여라.
   오- 태양이 솟는다, 붉은 태양이.

이 땅을 밝히려 광명이 온다
2. 어둠은 사라지고 날은 새였다
오- 새벽이 온다, 밝은 새벽이.
가슴을 해치고 팔을 벌리고
저 빛을 안아라, 밝은 새 빛을.[11]

의　사　(병철을 드려다 보고 가슴에 손을 넣어 보더니) 운명했습니다.

최부인　병철아! 병철아! (엎어져 운다. 학병 1, 2 '병철이' 부르며 달려들고, 혜영과 수영도 '오빠! 오빠!' 부르며 통곡)

수　영　(경수에게) 아버지는 오빠의 원수예요. 우리 민족의 원수예요. (다시 푹 엎드러져 운다)

학병2　(경수에게) 원수, 반역자, 민족의 반역자, 애국자의 목숨을 뺏는 네들을 우리는 저주한다.

학병1　(무대 앞으로 나서며) 갔다. 그예 가고 말았다. 여기 또 하나 초석이 놓여졌다. 새 집이 서기까지 또 몇개의 희생이 필요하냐… 그러나 우리는 싸우리라. 최후까지 싸우리라. 간 동무들의 뒤를 이어 우리는 굴하지 않고 싸우리라.

막.

(1946. 2)

---

11) 원문 맨 마지막 쪽(297)에 '새벽의 노래' 가사가 부기되어 있으나, 노래의 내용을 극중에서 파악하기 쉽게 앞으로 옮겨 놓았음.

# 좀

이주홍

어떤 집 행랑방, 고학생 은수군이 그의 여동생과 있는 집.

**인물**

| | |
|---|---|
| 은수 | 고학생 |
| 순남 | 그의 누이 |
| 정혜 | 순남의 동무 |
| 은숙 | 순남의 동무 |
| 집주인 | |
| 성헌 | 은수의 동무 |
| 춘식 | 은수의 동무 |
| 종우 | 은수의 동무 |
| 일평 | 은수의 동무 |
| 이선생 | |
| 전재민 | |
| 기타 | |

방구석과 문 앞으로 어수선하게 늘어져있는 자취 도구. 방 안에는 책상과 빈약한 행리, 이불 등. 벽에 걸린 사진. 헌 옷들이 질서 없이 걸려있는 줄대. 윗목에는 발르다 밀쳐 둔 지함 등.
머리에 수건을 쓴 순남(은수군의 누이동생)은 먼지를 털고 방을 쓸고 하고 있는데, 동급의 여학생 정혜와 은숙이 찾아온다.

순 남 오- 은숙이, 정혜 오니? 어서 들어와.
정 혜 놀러 나가지 않으련, 순남이!
순 남 놀러가긴 어딜 가? 어쨌든 들어들 와. 집엘 왔다가 그대로 서있는 게 어딨니?
은 숙 (정혜와 안으로 들어가면서) 오늘같이 날씨 좋은 날 집구석에 들어 백혀야만 옳애, 그래?
정 혜 그래, 어서 옷 입어. 등산이나 하잣구나, 얘.
은 숙 아이, 요건 사내자식들처럼 밤낮 등산이야.
정 혜 요런 네까진 애숭내긴 아직 등산 맛을 몰라.
은 숙 응. 그래서 요전번 북한산 갔다 오는 길에 울었고나?
정 혜 얘는 참 속사납게. 울긴 누가 울었다고 그래. 거짓말이야.
은 숙 그럼 릭사크[1] 팽개치고서 운 건 누구니? 여바, 순남이. 내 얘기 좀 들어 봐! 접대 일요일 날 얘하고 인숙이하구 북한산엘 가지 않았겠니? 놀다가 내려오는데 말야, 아, 요런 망난이 같은 남학생 여석들이 마구 까시를 하고 덤비겠지, 그래 잠자코 걸어 올라는데, 한 놈의 새끼가 등산작지로 걸어가지곤 정혜 릭사크를 잡아당기는구나, 글쎄.
순 남 그래서 울었니?
은 숙 그럼. (입숭내로) '이 새끼들 너희들 학교 가서 안 일러주는가 봐!' 하고는 마구 울었단다, 얘.
정 혜 요런 멀쩡한 것!
순 남 그래, 넌 보고만 있었니?
은 숙 막우 욕해주곤 내빼왔지.
순 남 아이, 비겁하게 정혜만 내두구서 와. 그래?
은 숙 그럼 어떠커니, 한 대 맞으면 나만 쉽지 않어? 우리두 사내자식들만큼 주먹심이 있어 봐. 그걸 그대로 두겠니? 글쎄, 내가 욕설을 하면서 내달아오니깐, '넌 젖내가 나니까, 어서 가!' 그러잖니. 하-

1) 륙색 (rucksack), 등산이나 하이킹 따위를 할 때 필요한 물건을 넣어 등에 지는 등산용 배낭.

그런 망할 새끼들두 있담. 그러니깐 난 다시는 등산 안 가.

순 남 어쨌든 어서 올라 오렴으나! 나두 집만 비지 않았드면, 운동 구경이나 갈까 했더니만.

정 혜 서울운동장?

순 남 그래. 럭비 시합말야. 오늘이 결승이라지?

은 숙 응. 럭비? (혼자 못 견디게 웃으며) 접때 나두 가봤는데 말야. 거어느 중학이던가, 노랑 유니폼 입은 학생이 뽈을 가지고 내빼다가 말야, 한창 내빼는 도중에, 사루… 사루… 사루마다[2]가 벗겨져서, 가다간 주저앉구, 가다간 주저앉구, 모두들 웃어 죽을 뻔했대야.

모두들 우스워 죽는다.

정 혜 아이, 망할 계집애두. 고런 소리만 가려가면서 해. 그래, 우리 오늘은 럭비 구경갈까.

순 남 글쎄, 난 오빠가 와야지.

은 숙 너 오빤 참 어디 갔니? 또 책 팔러 나갔니? 요샌 신문팔이도 한다지?

순 남 아냐. 상자가게엘 갔어, 상자 바른 것 가지고. 집에서 같이 놀자꾸나. 심심한데 화투나 칠까?

두사람 그래, 화투 쳐!

세 사람 화투를 꺼내 친다.

정 혜 (화투를 치면서) 순남이 넌 이번 새로 들어온 선생들 중 어느 선생이 젤 좋던?

순 남 온 지도 얼마 안 됐는데, 아직 알 수 있나?

은 숙 음악선생이 좋잖어?

정 혜 아이, 이애는. 그 키 멀숙한 여선생말이지? 스타일만 좋으면 뭘 해. 인격이 있어야 해요, 인격이.

은 숙 아이, 요런. 네가 뭘 안다구서 그러니? 인격이 뭔지 알기나 하구서 말해!

정 혜 그럼. 인격이 있어야 하는 게지. 얼굴만 훤하면 뭘 해?

순 남 보기 좋은 떡이 먹기도 좋다고, 외모가 좋으면 속도 좋겠지.

---

2) さるまた, 팬츠.

정 혜 아유, 너두 좀 가만있어! 뚝배기보다 장맛이 좋다고, 난 차라리 옹종옹종한 사람이 사귈 맛이 있어.

은 숙 홍싸리나 어서 가져가, 얘!

정 혜 아이 참. 정신없네. (끌어간다)

순 남 수학선생이 좋잖니?

정 혜 (놀라면서) 넌 수학선생이 좋던? 그 스키-장 선생말이지.

순 남 얘는 또 스키-가 뭐니?

정 혜 그 별명은 내가 지었서. 아모한테도 말 말어, 얘! (손가락으로 코를 숭내내며) 아모런 코가 이러-케 생기지 않았어? 스키-장으로 좀 좋겠니.

은 숙 나두 뵈기 싫어. (코를 눌러 코소리로 숭내내며) 에이… 뿌라스… 니콜… 에이…

세 사람 깔깔 웃는데, 좌수로 은수군의 동급생이요, 급장인 성헌군이 과자 봉지를 들고 들어온다. 정혜와 은숙이 멈춧한다.

순 남 어서 오세요. (동무들 돌아보고) 오빠 동무야.

성 헌 은수군 나갔어요? 신문판매소엘 갔나요?

순 남 아뇨. 상자가게 나갔나 봐요.

성 헌 아아. 상자가게. (혼잣말)

성헌, 우두머니 서 있다. 순남은 올라 오랠 수도 없고 주저하고 서 있다. 이때 하수에서 집주인 노인, 신문 뭉치를 들고 멀거니 사람들을 보고 있다. 정혜와 은숙, 또 아까 스키- 이야기를 상상한 듯, '에이… 뿌라스…' 하면서 배를 쥐고 웃는다. 성헌군은 자기를 보고 웃지나 않나 하고, 자기 행색을 살펴보면서 망서린다.

순 남 (동무들을 돌아보면) 아이, 얘들두 참…

그럴수록 동무들은 더 웃는다. 성헌군 참다 못해 과자 봉지를 던지고 내뺀다.

순 남 아이, 얘들두. 손님을 세워 놓구서 어쩌면들 그러니? (할 수 없이 따라 웃는다)

노 인 (성난 소리로) 얘, 너 오빠 어디 갔니?

순　남　밖에 나갔나 봐요.
노　인　그럼 밖에 나갔겠지. 위로 올라갔을라구? 대관절 집세는 어떡허는 거냐?

두 여학생, 화투를 멈추고 돌아본다.

노　인　이런 알부랑꾼놈 같으니. 남의 집셀 막 거저 먹을 줄 알구는?
순　남　할아버지. 그게 무슨 말씀이세요.
노　인　무슨 말씀이라니. 그래, 두 달이나 밀려둬도 좋단 말이냐?
순　남　……
노　인　그래. 오누이가 학교랍시고 다니면서, 남의 것 거저먹기만 뱃어?
정　혜　돈 생기면 드리겠죠, 할아버지.
노　인　흥. 돈 생기면? 그럼 너희들은 돈이 없어서, 쌀 사고 반찬 사고 하는 거야? 아무리 나이 어린 놈이라 해도, 생각이 있어야지. 다른 집들은 지금 한 달간에 얼만큼씩 받는지 알기나 하냐?
순　남　그거야 남대두룩 해야죠, 할아버지.
노　인　그래. 남대두룩 하는 게 요 모양이야! 두달, 석달 안 내고 버티는 게 남대두룩이야?
순　남　……
노　인　(작지로 반찬그릇 뚜껑을 열어 팽겨치며) 이건 다 뭐야. 돈이 어째서 없다는 거야. 콩나물 살 돈은 어디서 나구, 파 살 돈은 어디서 났었어! 심보가 그래 가지고선 만년 공부해야 도둑뱃장이야.

정혜, 내려가서 뚜껑을 집어 덮는다.

순　남　……
노　인　흥. 잉어가 뛰니까 망둥어새끼가 뛴다는 격으로, 이건 남들이 공부… 공부… 하니까 괜히 덩달아서. 다리 뻗어도 누울 자리 보란 셈으로, 세상사가 다 분수를 따라서 하는 거야. 쌀 한말에 칠백원, 팔백원을 줄래도 쌀이 없어 굶게 된 판에, 그래두 공부를 해야만 나라를 구합네, 동포를 위합네, 이런 거지꼴을 해가지고도 동포를 위해? 오늘부텀은 죄-다 나가! 죄-다 나가! (다 들리는 대로 팽개친다)
정　혜　할아버지도 참 너머 하세요. 그래 잘 살든 못 살든 동포를 위하는데 있어서, 무슨 차별이 있단 말씀이에요! 그럼 돈 있는 사람만 나라 사랑할 줄 알고, 돈 없는 사람은 나라 사랑할 수 없단 말이에요?

노 인 요것들은 또 뭐야! 늙은것도 못 알아 보구서 함부로 주둥아릴 놀리니까, 조선이 망한단 말야.

정 혜 저희들이 뭐라고 해요? 할아버지가 너머 심하지 않어요.

은 숙 아이, 정혜. 너두 그만 둬, 얘!

노 인 요런 망할 계집애들 좀 보게. 그래, 공부한다는 학생년들이 화투나 치고 놀아야 옳아! (순남 쪽을 눈으로 가르키며) 여학생 남학생, 밤낮으로 두리뭉숭이가 돼서 자빠졌어야만 해? 지금 왔던 놈은 또 뭐냐… 나 아무리 바뻐도 학교엘 가서 선생님들한테 물어볼 테니. 대가리 소똥도 안 벗어진 계집년들이 사내놈이나 꼬여다 놓고, 집세는 딱딱 떼먹구… 어디 견뎌 봐… 못된 것들 같으니… (들고 있던 신문 뭉치 집어던지며) 이건 누가 넣으랬어. 미운 년이 바람맞아서 방귀 뀐다더니, 밉살맞게 우리 집에 신문을 넣으랬어?

정 혜 신문배달하구서 고학하는데, 한 달쯤 보아주시면 어때요! 독자 확장하랴고 판매소에서 책임부수를 떠맡기니까 딱한 사정 안예요.

노 인 고학이구, 천주학이구, 내가 알 까닭이 뭐여? 그럼 날더러 학교 월사금 물어달란 말여? 고학은 고학, 신문은 신문이지. 그래, 집세하고 신문하고 맞바꾸자는 수작이여! 일없어. 난 이웃집에 가면, 동아일보구 서울신문이구 입맛대로 골라봐. 네 오빠 여석 오거던, 빨리 집세나 가져 오래! (호령하구 나간다)

정혜와 은숙, 서로 눈짓하고는 일어선다.

정 혜 그럼 우리 간다.

은 숙 너머 속상해 하지 말어, 순남이.

정 혜 (은숙에게 눈짓한다)

은 숙 그까진 염두에 두지 말어, 응? 이해성 없는 세상사가 원, 그런 게 안야?

두 사람 퇴장.
비창정한 음악.
흩어져 있는 가구. 기둥을 안고 쏟아져 우는 순남이.
-간-

길가에서 사람소리 들림으로 황급해서 가구를 정돈해 놓고 책상 앞에 가서 앉는다. 도중에서 만난 모양, 은수군이 흥분해 있는 듯한 종우, 성헌, 춘식, 기타 학우들과 들어온다.

은 수 그래, 일평이하구 어쨌는데 그래? 또 그전 우리들하구 쌈했던 걸루?

종 우 (뒤쪽을 돌아보고) 아, 그 새끼 괜-히 트집을 잡지 않어.

은 수 하지만 또 다른 이유 없이야 그러겠니?

춘 식 안야. 그건 내가 얘기하지. 접때 토요일 날말야. 괜-히 다른 반 아이들한테 또 우리 몇몇을 아주 나쁘게 말한단 말야. 그래서 한 대 갈겨 줬지. 그것뿐이야. 그 얘기를 들으시군, 이선생님도 막 야단을 쳐주셨지. 그랬더니만 요자식이 저 혼자 힘으론 분풀이를 할 수 없으니깐, 인젠 저이들 친한 상급생들한테 붙어서 알랑알랑한단 말야.

은 수 하지만 우리 잘못이 없으면, 상급생이 아니라 고급생인들 어쩌겠니.

성 헌 안야. 접때 축구응원 안 나간 걸루 말썽이래.

은 수 글쎄, 그건 사사[3] 볼일로 못 나간다고, 선생님한테 말씀 드리지 않았어.

춘 식 모르지. 어쨌든 말성이래. 그래서 오늘도 그 상급생들하구 껴서 내려가지 않어.

은 수 글쎄. 참, 오늘도 마침 배재 결승이 있는데, 우리들 안 나가서 되겠니?

춘 식 너 하는 일 좀 거들어주고 나가도 되겠지.

은 수 안야. 상자 바르는 것쯤은 나 혼자 해두 실컨 돼. 너희들은 그라운드로 가 봐!

춘 식 괜찮대두 그래. 자- 어서 들어가서 일들이나 시작해 보자꾸나.

밖에서 사람소리 들리더니, 상급생 영규 외 2,3명을 끼고선 일평이 나타난다. 은수 일파는 멈춧 돌아서 말없이 바라본다. 살벌적인 절박감.

영 규 춘식이, 너 이 새끼. 여기 와 있구나. 상급생을 보고도 인사를 안 하는 법이냐.

춘 식 못 봤어요.

영 규 거짓말 말어. 아까 저 위서 뚝 앞으로 갈 때, 분명히 우리들 봤어.

---

3) 私事, 개인의 사사로운 일.

춘 식 아네요. 정말 못 봤어요.

영 규 듣기 싫어! 일부러 고개를 돌리고 가는 눈치를 내가 모를 줄 알고. 그리구 접때 운동응원 안 나간 건 확실히 상급생에 대한 반감이지? 주모자가 누구야. 춘식이 네 놈일 테지?

춘 식 (각오한 듯) 사실은 선생님한테도 미리 말씀 드렸지만…

영 규 잔소리 말어! 변명은 일 없으니까, 사과를 해! 사과를 하면 용서할 테니.

춘 식 (상대자를 꼬누어 볼 뿐)

영 규 이 자식, 사과 못해!

춘 식 싫은 건 아니죠만.

B 여기 있는 여러 사람들 보고 해.

춘 식 (적은 소리로) 미안합니다.

C 들리지도 않어.

B 훨씬 큰 소리로 하랑께! 한데 어울려서.

A 모기소리보담 더 적어.

춘 식 (안 들릴 정도로) 잘못했어요.

영 규 그래, 사과를 못하겠단 말야? 이 자식아. 우리들 말하는 소리가 안 들려? 훨씬 큰 소리로 잘못했다고 하란 말야!

B (경상도 사투리로) 이놈의 자식아! 더 큰 소리로 하라깡께!

영 규 춘식아, 너 한 번 더 용서를 빌어! 그게 네게 덕이야.

춘 식 (얼굴 버쩍 쳐들고 악을 써) 잘못 했습니다.

A 뭐야, 그 말버릇은!

B 그게 사과를 하는 것가, 뭐하는 것가?

C 이 자식, 사과를 못하겠단 말이지? 요오시.

영 규 (덤벼들라는 것을 떼밀치며) 얘, 춘식아. 너이놈이 우리들을 어떻게 생각하고 있니. 운동 응원도 안 나가? 꼭 들어백혀서 공부만 잘하면 젤이여? 물론 공부도 잘해야지. 하지만 우리 학교 이름이 세상에 떨쳐진 것은 무엇보담도 운동이 아니냐 말야. 건방진 자식! (손가락으로 춘식군의 볼따구니를 찌르면서) 그건 그렇다 치구라도, 이 자식 상급생을 보구서도 아주 못 본 척하구선 슬쩍 지나가지 않나. 지금까진 하급생이라고 관대하게 해왔지만, 이제부턴 그대로 안 둬!

종 우 춘식이가 일부러 그런 게 안…

영 규 (종우군의 가슴을 밀치며) 넌 이 자식, 쑥 들어가! 얘 춘식아. 앞으로는 하급생답게 복종을 할 테냐, 어쩔 테냐?

춘 식 (입을 꼭 다물고는 상대자를 노려 볼 뿐)

D 대답을 하란 말야, 대답을. 잠자코 있으면 아느냐 말야, 이 자식.

춘 식 (분연히) 싫어요!

A 뭣이 어째? (부리나케 춘식군의 멱살을 쥔다)

이때 수진군이 A의 팔을 거머쥐며,

은 수 춘식이가 잘못한 건 없어요. 사실은 내가… (흥분해서 말을 잘 못한다)

D 네깐 자식은 저리 가! 고학생! 잡지장수! (은수군을 차낸다)

은수군, 쿵! 하고 땅바닥에 주저앉으면 모두들 와- 하고 웃는다.

D (춘식군을 보고) 요따위 하급생들이 있으니까, 학교 풍기가 말 아니란 말야! (춘식군의 따귀를 올려붙인다. 은수와 수진군 가로막는다)

영 규 흥, 이거 재밌다? 너희들 이 새끼 편을 드는구나. 덤비라거든 덤벼봐! (주위를 휘- 돌아보며) 춘식이 패들 죄다 나와!

은수는 흑흑 느껴 운다.

영 규 그래, 춘식이 패가 몇 명이야? 죄-들 불러와 봐- (모두 벌벌 떤다) 춘식이부텀 맛 좀 봐! (주먹으로 때린다. 그래도 춘식군은 악을 쓰고 반항의 뜻을 보인다)

일동은 '더 때려! 실컨 혼 좀 내줘!'들 하면서 다가선다. (비장한 음악) 일평군, 만족한 듯 빙긋이- 웃는다. 별안간 상급생들 물러선다. 이때 가정방문 온 이선생 나타난다. 일평군 허둥거리며 피하려 애쓴다. 할 수 없다.

이선생 아-니, 이놈들은 여기서 뭣들 하는 거야!

모두들 고개만 빠트리고 서 있다.

이선생 뭣들 하고 있느냐 말야! 나무 집에 놀러왔으면 종용이 놀기나 할 일이지, 이게 다 무슨 창피한 노릇이냐? (일평군을 보며) 그리구 넌 이놈, 요전번에도 나한테 주의를 받은 터이지 않이냐. 왜 또 이런 데까지 와서 때리고 야단이냐 말야.

일 평 (작은 소리로) 전 안 때렸어요.

이선생 듣기 싫어! 너희들 친한 동무들을 일부러 예까지 데리구 와서, 이 애들한테 복수한 게지 뭐야?

일 평 ……

이선생 (상급생을 보면서) 너희들은 또 뭐야. 상급생이 됐으면 하급생을 옳게 지도를 해야할 게지. 그래 우- 작당을 해 와서 때려줘야 옳아?

영 규 잘못했습니다. 별로 대단찮은 일에 괘니 흥분해서요.

이선생 그게 무슨 말이야, 상급생답잖게 오늘은 우리 학교의 럭비결승전이 있잖나?

영 규 네… 지금 응원가는 길이에요.

이선생 그러면 어서들 갈 일이지, 이게 무슨 수작들이냐 말야.

영 규 잘못 됐습니다.

이선생 그래. 못난 짓 말고서 어서들 가 응원이나 해!

상급생 일동, 경례! 하고 나간다. 일평군, 따라 나가려는 것을 막는다.

이선생 넌 거 쫌 있어, 이놈아. 넌 어떻게 하면 사람이 되겠니? 요전번 교무실에 불려왔을 때 내가 뭐라 하든? 남의 약점만 살펴낼려 들고. 교활하게 소군소군 남 악선전이나 하고 다니고, 남들을 추겨가지고는 그 힘으로 자기복수나 하려고 하고… 그런 비열한 생각이 어디 있냐 말이다. 너이 같은 놈들이 장래 조선의 임자가 될 것인가 생각하면, 정말 한심하기 짝이 없다. 또 왜놈들보다 더 악해한 설움이 온들, 무엇으로 막느냔 말이냐! 비열한 놈같으니! 다 같은 사람들이 돼 가지구서, 완력에 호소하지 않으면 안 될 만한 일이라는 건 별반 없을 것이야. 너이들은 신문도 못 보니? 저- 패전으로 신음하고 있는 일본놈들의 학생들을 봐. 다시 자기네들의 조국을 일궈 놓으려고, 머리들을 싸매고서 공부하구 있잖나. 빛 좋은 개살구로 해방, 해방 하고들 있지만, 우리 조선의 형편이 어떻게 되어 있는지 생각들을 좀 해 봐! 우선 우리 학교 나온 선배들만 하더래도 국가건설을 위해서, 혹은 정치가로, 혹은 경제 산업, 혹은 예술가로 모-두가 피투성이가 되어 일하고 있잖나. 그러나 모든 분들은 다- 같이 우리들을 주시하고 있단 말이야. 내일의 조선을 떠메고 나갈 책임자는 오직 너이들, 청년학도뿐이란 것을 어찌 깨닫지를 못하느냐 말이야. 같은 조선의 기둥이요, 같은 조선의 초석들이야. 왜 동무와 싸우며, 왜 서로를 원망을 하느냐 말야. 사내자식이거든 떳떳이 이애들한테 사과를 해!

일평이 울다가, "춘식아. 나 잘못했어. 용서해 줘!" 하고 내뺀다.

은 수 (뛰어나가며) 이선생님, 어서 올라오세요.

이선생, 손가방을 들고 들어온다.

이선생 응. 나두 운동장 가는 길에 혹시 너희 집 구경이나 해볼까 하구. (올라앉으며) 그래, 어머닌?

은 수 (결심한 듯) 선생님. 용서해 주세요. 여땟껏 선생님한테 거짓말을 해왔어요. 사실 어머니는 시골 계시고, 제 누이하고 같이 자취를 하고 있어요.

이선생 (초라한 방안 풍경을 둘러보다간) 아하! 그랬어? 진작부터 말할 일이지, 그걸 숨길 이유가 어딨니. 그거 장한 노릇이야. 순임금도 독장사를 하고, 에디슨도 신문배달을 하고, 꼴키-같은 대문호도 구둣방 뽀이 노릇을 하지 않었나. 장한 노릇이야. 반드시 성공을 해야 해. 돈을 한껏 대주어도 공부하기 싫다고 꾀 피우는 학생들이 얼마나 많은데, 제 손으로 일을 하면서 공부를 하다니, 얼마나 훌륭한 일이냐. 그것을 부끄러워 할 이유가 어디 있어. 일하는 사람을 천하게 녁이는 나라가 있다면, 그 나라는 망하는 나라야. 조국건설을 위해서 우리는 다토아 가면서 일을 해야지… 응, 네 형편을 인제나 알았고나… 난 네가 그냥 결석이 많은 줄만 알았지.

춘 식 선생님. 은수군은 정말 장해요. 낮에도 학교 갔다 오면 상자 바르지요, 또 밤이면 신문배달하고 잡지도 팔구요.

이선생 응, 그래-, 매달 잡지사 동무한테 얻었다구서, 나한테 잡지를 갖다 주는구나. 그래선 안 되지.

은 수 (고개를 숙일 뿐)

이선생 그럼 이제부턴 우리도 꼭꼭 사잤구나. 우리 공부되고, 동무 돕는 일도 되고.

일 동 네!

춘 식　선생님. 우린 은수군 일 좀 거들어 주겠어요.
이선생　아, 그래? 그럼 나두 좀 거들어야지. 아직도 시간 여유가 있을 테니.
종 우　하지만 이거 바르는 건 선생님이 배셔야 할 걸요? 은수군은 선수에요.
이선생　그럴까? 이건 내가 밑졌군.

모두들 옷을 벗고 대든다.

은 수　(순남을 보고) 순남아. 너 인사드려야지. 우리 선생님이야.
순 남　(몹시 공황해서) 누추한 델 와주셔서…
이선생　아아, 여학교를 다니는군. 자- 올라와서 같이들 일해요.
은 수　(순남을 보고) 모처럼 선생님이 오셨는데, 가서 먹을 것이라도 좀 사오려믄?

순남, 돈이 어딨냐는 듯이 망서리고 오빠를 바라볼 뿐. 은수군도 포케트 속에 손만 넣다 뺐다 한다.

성 헌　안야, 아까 내 사온 거 어쨌어? 과자!

순남, 부끄러이 올라가 내다주면 학생들 우- 하고 넘겨다 본다.

춘 식　선생님. 잡수시고 하세요.
이선생　홍, 네가 무척 먹고 싶은 모양이로구나… 자- 그럼 어서들 먹어… 나두 싫진 않어.

일동, 화기[4] 가운데 과자를 집어 너가면서 상자를 바른다.

춘 식　선생님. 우리 누가 빨리 바르나 내기해 볼까요?
이선생　그래, 지면 어쩔 테냐?
춘 식　우리가 이기면 선생님이 시험 점수를 많이 주셔야 되구요.
이선생　하하하. 요런 놈들 봐라? 그래. 지면 어쩔 테냐?
춘 식　우리가 지년요, 하루도 결석 아니겠다는 멩세를 하구요.

---

4) 和氣.

이선생 아니, 그럼 밤낮 밑지는 건 나 혼자 뿐이게. 그래, 우등생들이니 시험 점수는 그 이상 더 줄 필요도 없고, 개근상만 꼭꼭 따먹는 놈들이니.

일동 대소.

이선생 하여간 자주들 와서 은수군 일이나 거들어 줘… 한 사람이 잘 된다는 건, 우리 조선의 힘이 그만-큼 강해지는 거야. 사람은 제 힘으로 살아보아야, 일이라는 게 얼마나 값진 것인가 하는 것을 알 수 있다 말야. 그러구 첫째, 사람이 고생을 해보지 않으면, 자기 자신을 발전시켜 보겠다는 정열이 없어지는 게야. 그러니까 머리가 완고해지고, 완고하니까 고집만 생긴단 말야. 일테면 코페뉴-스[5]의 지동설 같은 것 말야.

종 우 아, 코페뉴-스. 우리 물리시간에 배웠어요.

이선생 그래. 그때만 하드래도 코페뉴-스가 지동설을 주장하기까지는, 누구든지 천동설을 믿었을 거란 말야. 그러나 지구가 태양의 주위를 돌고 있다는 공식들은 지금은 소학교 아동들이라도 알지 않나.

은 수 그럼요. 그때는 그것을 몰랐기 때문에, 지구가 우주의 중심인 줄만 알았겠지요.

이선생 사실이야. 그러기 때문에 이 우주의 진실이라는 것을 모르는 것이야. 진실을 사랑하는 사람은 새로운 진리의 담당자인 청년학도뿐이야. 그럼으로 우리들의 공부하는 목적이 단지 완고한 지낸 날의 썩은 지식을 **[6]하는 데에 그친다면, 우리들 학도 생활이란 것은 아무런 의미가 없는 것이야. 말하자면 우리들 젊은 사람들은 진리의 아들이야. 다만 진리를 겁내는 자는 스스로 멸망하기를 원하는 완고파들 뿐이야.

벼란간 순남이 놀란 얼굴로 들어온다.

순 남 오빠-

은 수 왜 그래? (놀라면서 뜰로 내려온다)

순 남 집주인 영감이 저기 와요. 아까도 마구 야단을 치구 갔세요.

---

5) 코페루니쿠스.

6) 2자 해독 불가.

순남은 나가려다 그대로 옆에 선다.

은 수 어디?

두 사람, 나가면서 먼 데를 바라본다.

순 남 선생님도 와 계신데, 또 떠들면 창피해 어떡해요?
은 수 설마 또 우리 집에 올라고. 다른 델 가는 길이겠지.
노 인 손님이 오셨군. 친척이시냐?
은 수 우리 선생님이세요.
노 인 오라. 학교 선생님? 이런 학생들 집까지 놀라와 주시구, 참 갸륵한 선생님이셔.
이선생 집주인 어룬이시냐?

두 사람 들어가는 동안에 과자상자를 든 노인 등장.

은 수 안예요. 이웃집 어룬이에요.
노 인 참, 내 자식들은 아닙니다만, 참 고맙습니다. 학교 칠판 밑에서 배우는 것만 공부이겠습니까. 이렇게 밖에 나와서 가르치시는 것도 참말 실속있는 공부입죠. 참 실례입니다만, 뉘뉘댁이신지요?
이선생 네. 이정희올시다.
노 인 네- 이선생? 마침 잘 만났군요. 이런 자리에서 말씀드리기는 뭣합니다만, 사실은 내 밑에 혈육이라곤 외손주 한놈밖엔 없는댑쇼.
이선생 ……
노 인 이놈이, 금년 가을에 ××중학을 치르다가 그만 떨어져버렸습니다그려. 아, 이선생님 같은 분을 진작이나 알았더라면야. 귀교를 볼게 아닙니까? 하- 고거 참… 허는 수 있어요? 그저 내년에는 꼭 하나 부탁합니다. 이선생…
이선생 글쎄올시다, 내년. 하여간 좀 올라 오시죠.
노 인 암요, 좀 바쁜 일이 있어서. 선생님. 참 이집 학생은 기특합니다. 부잣집 집자식들 같으면 아직도 어리광을 피울 나이에, 오누이끼리 고생을 해가면서 고학을 하지 않어요? 참 장하지요. 그러니깐 남들도 다시 한 번 쳐다보게 되잖아요. 사실은 우리 집세도 벌써 반년이 넘다 싶이 됐습니다만, 어디 내가 한 번 독촉이나 합니까. 그저 학생 처분만 보고 있죠.

이선생　참 고맙습니다. 이웃어른들까지 그처럼 동정을 해주시니, 그애 책임이 더 무겁지요.

노　인　반드시 성공을 하리다. 또 심성이 아주 좋거든요. 그래서 나두 가끔은 들러서 봐주지요. (생각난 듯 과자상자를 순남에게 주면서) 참. 내가 깜박 잊었군. 이거 신통친 않은 게다만, 너이들 논아 먹으랐구나.

순　남　안예요. (피해 간다)

노　인　아-니. 이건 왜 그래. 괜찮대두 그래. 자- 어서.

이선생　받어. 영감님이 맘에 있어 사신 거니까, 받는 게 도리지.

순　남　고맙습니다, 할아버지. (받아서 옆에 놓는다)

노　인　그런데 학생! 내 종용히 할 얘기가 있는데.

은　수　(나려오면서) 저 말씀이에요?

노　인　응. 조금만 내 말 좀 들어보게. (흩어진 그릇 뚜껑을 고쳐 덮으면서, 꽤나 딴청을 떤다) 아니, 이런. 뚜껑이 함부로 떨어져 있군. 요샌 무얼 가지구 반찬들을 하니. 우리 집에 와서 고초장이나 좀 갔다 먹지, 응, 내가 가지고 오는 게 낫겠군… 그런데 이거 봐, 학생!

은　수　무슨 말씀이십니까?

노　인　다른 게 아니라, 학생이 꼭 내 말 한 마디만 들어줘야 할 일이 있는데… 아, 어디서 작란을 쳤군 그래. 온 먼지야. (어깨를 털어준다)

은　수　영감님의 말씀이신데, 들을만 하면 으련히 듣겠습니까.

노　인　오- 그렇구 말구. 하룻밤을 자두 만리성을 쌓는다구, 학생이 이런 거지같은 내 집을 들어있긴 하지만, 이것두 다 연분 아닌가. 그런데 다른 게 아니라, 저… 선생이 계시는데, 말을 해두 상관없을까?

은　수　괜찮아요. 한 집안 같은 어룬인데.

노　인　그런데 다른 게 아니라, 사실은 내가 해방 후 일본집 하나를 접수했단 말야.

은　수　영감님이요?

노　인　그럼. 그랬기에 나는 일본집으루 들구, 내 살던 집은 집세를 놨겠지. 일테면, 지금 학생들이 있는 이집하고 세받는 집이 둘인 셈이지. 그런데 요새 들어보니, 집 있는 사람이 일본집을 갖으면, 부청에 신고하는 대로 막 거저 빼앗긴다는 그래.

은　수　아마 그런가 봐요.

노　인　세상엔 또 이런 거지같은 법령도 있담 그래. 자- 그러니 이거 큰일나지 않은가.

은 수 영감님 집도 누가 신고를 했대요?

노 인 그렇게 됐으니까, 지금 학생한테 사정일세 그려. 만주서 왔다나, 북지[7]서 왔다나, 어떻게 냄새를 맡았든지 전재민 한 여석이 어제 내 집에로 찾아왔네 그려. 그래 내가 거저 빼앗겨 되겠나. 그냥 딱 잡아뗐지.

은 수 그래 그대로 갔구먼요.

노 인 그대로 가기나 했으면 좋게? 그놈 하는 말이 괘씸하지 않나. '국내에 있는 동포들이 우리를 동정해주셔야지 어떡합니까. 다- 알고 와서 하는 말씀이니, 영감님의 셋집 한 칸만이라도 좀 비워줍쇼-' 하겠지. 아- 이런, 국내 사는 동포도 제 배가 불러야 나라 일이지. 그래, 저이들은 국외 있을 적에 언제 한 번이나 국내동포를 생각해 본 일이 있는가?

춘 식 그건 영감님이 잘못하시는 말씀이에요. 왜놈들 악행이 오죽했으면, 국외까지 ** ****[8]?

노 인 너하구 하는 얘기가 안야. 남이 말하는데 무슨 참견이야.

은 수 그래, 말씀이나 하세요.

노 인 그래. 동포니 민족이니 말이야 좋지, 허지만 내 배가 불러야 동포 생각도 나는 게지. 성현의 말씀에도 의식족이지예절(衣食足而知禮節)이라, 의식이 족한 뒤에야 예절을 아는 법이라고 하지 않았어? 사람 사람이 다- 민족만 생각는다면야, 벌-써 독립이 됐게, 선생님. 내 말이 어때요?

이선생 글쎄올시다. (허… 웃는다)

노 인 그러니 여러 말 할 것 없이 만일 그 전재민이란 여석이 학생한테 와서 묻거든, 이건 자네집이라고만 해두란 말야. 만일 자네가 바른대로 대주었다간, 영락없이 빼앗기는 게 아냐? (돈을 꺼내 봉투에 넣어주면서) 자! 이거 얼마 되진 않지만 학비가 보태주게. 그놈이 오늘 학생한테 와서 물어본다고 했으니까, 그새도 올런지 모르겠네.

은 수 (돈을 거절하며) 하지만 영감님…

노 인 안야. 자네는 몰르는 소리야. 그저 나이깨나 먹은 사람의 말을 들어야 해. 꼭 그렇게만 해 주게. 소는 들로 가고 중은 절로만 가란 격으로, 동포 위하는 사람은 따로 있너니, 그저 할 수 없어. 민족이

---

7) 北支, 중국의 북부 지방.

8) 6자 해독 불가.

니 독립이니 하다가, 먹을 것 하나 없어 봐. 어느 개아들놈이 먹여 살려 줘, 글세. 독립하고 싶다고만 다 되나. 모든 게 다 시운[9]이 있는 게야. 때가 되면 하기 싫대두 자연-히 되는 게야.

은 수 이런 건 넣세요. 필요 없어요.

노 인 그러는 게 아니래두 그래. 그저 내 말대로만 해. 그러구 학생이 형편 필 때까진 거저 들면 어때. 학생 집과 마찬가지로 된단 말야! 아-니, 우리 새에 집세에 내라고 할까 해서. 그저 그 전재민인가 하는 여석한테 알차리[10]로 뺏기만 않으면 그만이란 말야. 아-니, 만일 이 집을 빼앗기게 되면, 우선 자네부텀도 쫓겨나와야 하잖어? 지금 그놈이 와서 이 집이라도 비워내라 할런지도 모르니, 그저 내 시키는 대로 해 주게, 응… 아… 그놈의 목소리가 나는군 그래. (돈 봉투를 억지로 포케트에 넣고 나가면서) 자-다-다- 다노무하네[11], 학생!

노 인 거 누구시오?

전재민 등장

전재민 아- 노인장. 여기 와서 계십니다 그려.

노 인 아-들어가 보시지요. 어제 말씀하시던 집 때문에 오셨구료. 어제 내가 한 말이 거짓말인가, 어서 들어가 학생한테 물어보슈 그려.

전재민, 안으로 들어가니 집주인, 불안하게 먼저 들어간다.

노 인 학생. 내가 먼저 말하쇼(죠). 이분은 만주에서 온 전재민인데, 집이 없어 곤란이래. 그래 어디서 소문을 잘못 들었는지, 내가 내 집이 있는데 일본집을 접수해 있다고서, 집 하나를 비워 달라는구먼. 이게 내 집이라고 하니, 딱하지 않우? 이건 분명히 학생 집이 않유? 학생! 그렇잖우?

전재민 이거 돌연히 남의 집에 와서 미안합니다. 실은 만주 목단강에서 농사를 하다가 돌아왔는데, 처자는 많지, 고향엘 간들 농사할 말지기가 있습니까. 그래서 빌어먹드라도 여기서 굴러 먹어야 할 텐데,

---

9) 時運, 시대나 그때의 운수.

10) 알짜, 알짜배기, 여럿 가운데 가장 중요하거나 훌륭한 물건.

11) たのむ, 부탁하다.

광교다리 밑에서 지낸 지가 벌써 달반이 넘었습니다 그려. 그래서 말을 들으니, 이 노인이 가진 집 이외에 일본 집을 가지고 있다기에, 부청에다 신고를 했지요. 그러나 이 사람은 그 일본 집을 탐내는 게 아닙니다. 그저 대신으로 한칸방이라도 빌려달라는 겁니다. 이 집이 이 노인장 소유라기에 물어보러 왔죠.

노 인 아니, 가, 가만 있어. 글쎄 이 집이 내 집같으면야, 어련히 변통해 주겠소. 하지만 이 학생한테 물어라도 보슈 그려. 참 딱하잖소. 학생, 그렇지 않수?

전재민 정말 어떻게 된 형편입니까.

노 인 아-니, 여보, 더 물어 볼 건 뭐요. 이 학생이 가만히 있는 걸 보면, 알지 않우. 추위 나기 전에 다른 데라도 가서 알어 보우. 학생, 그렇지 않우?

은 수 그건 이 영감님이 잘못입니다. 첫째, 자기 집을 자기 집이 아니라고 숨기는 데에 큰 그릇이 있다고 생각합니다. 제겐 이 집에 대해서 아무 관계없습니다. 있다면 이 집은 빌려들어 있는 것뿐이죠. 하지만 저는 이 집에 대해서 거짓말까지 해야 할 아무런 이유는 없습니다. 이 집은 분명히 영감님의 것입니다.

노 인 아-니, 학생! 그… 그게.

은 수 아니올시다. 정든 고향을 떠나 국외에서 갖은 풍상을 다 겪다가 돌아와 보니, 무엇이 있겠습니까. 조국을 찾는 것은 아직도 멀었고, 사리사욕에 눈이 어두운 모리배와 매국노들은 참다운 애국자들의 운동을 온갖 수단으로 모해하고 있습니다. 국외에서 돌아온 동포들은 지금 먹을 것, 잘 곳도 없어 정차장에서, 노변에서 이슬을 맞어가면서 떨고 있습니다. 저는 감히 권합니다. 이러한 역경에 처해 있는 분들을 우리 국내에 있는 동포가 안 구해주고 누가 구해주겠습니까. 바야흐로 엄동설한이 닥쳐오는 이때, 어떤 사람은 집을 두 채, 세 채 차지하고, 어떤 사람은 다리 밑에서 얼어 죽어야 하겠습니까.

성헌, 춘식, 종우 흥분한 어조로 "옳소!" 한다.

노 인 아-니, 무엇이 어쩌구 어째?

전재민 가만히 계십시오. 그러니까 학생… 이 집은 분명히 이 노인의 집이죠?

은 수　그렇습니다. 나라의 일이 어지러우면 어지러울사록, 우리는 우리끼리 도와주어야 할 겝니다. (돈 봉투를 노인 앞에 던지며) 옛습니다. 제게는 필요없는 겁니다. 저는 바르고 옳은 이치만 배우려는 학생입니다.

노 인　아-니. 무엇이 어쩌구…

전재민　… 인젠 걱정을 덜었습니다. 이 집에서 학생을 나가란 건 아닙니다. 마당에서라도 우리 처자가 누워서 이슬만 안 맞고 살면 그뿐입니다.

노 인　아-니. 이 도, 도, 도둑놈아. 이눔아! 집세를 석 달, 넉 달 안 낸 놈이 끝끝내 누구를 망쳐 먹을랴고 그러냐, 이눔아. 화적이냐, 강도냐?

은 수　집세가 밀려있는 건 사실입니다만, 곧 변통해서 드리죠.

노 인　아-니, 이런 불한당같은 놈이 있나. 그래, 내가 부탁한 말은 안 듣고? 아-주 동포끼리 도와줍네? 이따위 심보로 독립이 될 줄 알어?

이선생　노인장, 사실은 삼천만 국민 모두가 그런 생각을 가져야만, 독립이 빨라지는 겁니다. 우리끼리 동포를 사랑해 주지 않고, 어느 나라 사람이 우리를 구원해 주겠습니까. 조선을 망치는 것은 외국 사람의 총칼이 아닙니다. 같은 동포의 사랑을 모르고서, 제 뱃장만 생각하는 모리배와 매국노만이 조선 건국을 좀먹는 무서운 벌레들입니다.

노 인　여보, 댁은 누구슈. 내가 당신한테 연설 들으러 왔슈? 독립이 되든 안되든, 내게 무슨 상관이유. 엣- 고약한 놈들 같으니. 전재민인지 뚱재민인지, 이놈이 짜구서 모두들 내 집 하나만 녹여 먹으려는 놈들뿐이야. (돈 봉투 집어 넣며) 이리 내라, 이놈아. 그 과자상자! 도둑놈들 같으니!

순남이 과자상자 내다준다. 학생들 모두 웃는다. 이선생 은수의 어깨를 잡으며,

이선생　응. 참다운 학생이야. 이게 오늘날 조선이 바라는 학생의 아름다운 마음이야!

노 인　에라, 이 도둑놈아. 밀린 집세나 내라. (선생을 보고) 흥! 참다운 학생? 그래, 당신은 학생들한테 집세 떼먹는 것만 가르쳤수? 이게 참다운 학생이우?

멀리서 모교 응원가 합창 들린다. 일평이와 그의 동무들 달려온다.

일 평 은수! 은수! 아, 선생님두 아직 계시는군요. 우리가 이겼어요. 럭비 결승에서 우리 학교가 이겼어요!

이선생 응? 우리 학교가?

학생 일동 기뻐서 내려와 서로 악수한다. 점점 가까워지는 노래 소리. 이선생과 학생들 그쪽을 보고 합창한다.

노 인 저, 저따위가 학생을 가르치면, 얼마나 가르치겠다구. 도둑놈들 같으니. 흥! 내년에 내 외손주를 너희 학교에 넣어? 어림없다. 절 열 번 하고 넣래도 난 안 넣어. 그래, 이놈들. 남의 집을 망쳐 놓구서 노래만 불러?

선수 일동이 가까이 지내가는 모양. 모두들 힘차게 합창한다.

-막-

# 나비의 풍속

이주홍

춘삼월 황혼,
도시에서 약간 떨어진 어느 마을 박민의 집.

## 인물

시인 박민
그의 처
아들 태환
신인성악가 은희
신인무용가 영자
미망인 우물집
태환의 담임선생의 부인
박민의 친구 이언걸
잡지사 사환 소녀
이웃집 노파
태환의 동무 여욱
기타 동리사람, 아이들

## 무대

좌우 횡으로 마을로 통하는 행길. 축음기, 라디오, 괘종 등 약간의 문화재[1]가 보이긴 하나, 행길 쪽으로 담배, 과자 등을 늘어놓고 보잘 것 없는 구멍가개가 있는데, 지금은 빈 항아리, 상자들만 보인다.
새소리, 음악소리와 함께 막이 오르면, 박민이 마루 책상 앞에 앉아 시상(詩想)에 젖고 있다. 구멍가게 편에서 아이들 소리 들린다. 음악 정지.

1) 문화생활을 나타내는 재화?

소　리　과자 주세요.
박　민　없다.
소　리　과자 주세요.
박　민　사러갔다. 지금 떨어졌어.

음악 계속. 시상에 번민. 다시 다른 아이 소리 들린다.

소　리　담배 주세요.
박　민　뭐?

음악 정지.

소　리　담배 줘요. 아주머니!
박　민　(일어서면서, 혼잣소리로) 담배가 있으려나? (나가서 뒤져 준다)
박　민　응, 한 갑 있군 그래.

다시 돌아와서 책상 앞에 앉는다. 붓을 들어 막 쓸까 하는데, 또 다른 아이의 소리 들린다.

소　리　담배 주세요, 아저씨-
박　민　없다.
소　리　할머니가 봉지 담배 하나 얻어오래요. 아저씨.
박　민　다 떨어지고 없대두 그래… 에-ㅅ, 성가시게 이래 가지구서 무슨 놈의 글이 쓰여진담. (책상을 탁 치고 돌아앉는다)

박민 뜰쪽을 내다보려는데 풀이 죽은 태환이 조심조심 들어온다.

박　민　시험발표했던?
태　환　(고개만 떨어트림)
박　민　왜, 떨어졌냐?
태　환　……

태환 쏟는 듯이 퍽퍽 울다가 밖으로 나가버린다. 뜰 가운데 태환의 운동모 떨어져 있다.
박민 집념이 안 되는 모양. 일어서서 창문을 열고 멍하니 내다본다. 산새 소리.
영자와 은희 들어온다. 영자 태환의 운동모를 주워들고.

영 자 선생님, 안녕하세요?
은 희 안녕하세요?
박 민 오오, 왔구먼. 그런데 신인음악무용발표회라는 건 오늘밤 안여?
영 자 그러게, 지금 가는 길이죠.
은 희 선생님 같이 가줍시사구요.
박 민 글쎄 가긴 가야할 텐데. 급히 서울 좀 다녀올 일이 생겨서 그래. 연습들은 충분히 됐수?
영 자 충분히만 됐다면야, 누가 걱정이겠어요. 정말 큰일 났어요.
은 희 이럴 줄 알았더면 본시부터 참가하질 않는 걸. 어쩐지 벌서부터 떨리기만 해요.
박 민 첫무대란 원 그런 법이지. 일류 무용가에다 일류 성악가들이 뭐.
영 자 또 비꼬기만 하셔. 어서 준비나 허세요.
박 민 글세, 원 갈 수가 있을까?
영 자 갈 수가 있을까라뇨? 가뜩이나 떨리는데다 선생님까지 옆에 안 계시면 되나요?
박 민 옆에 없으면 왜? 어린애들인가. 하여간 아직 시간도 있구 허니, 좀 앉아 쉬시구료. (박성[2]을 내온다.) 그래, 상철군 작곡은 진작이 해왔습니까? 원체 가사가 시원찮은 게 돼놔서.
은 희 선생님의 좋은 시에다, 또 유명하신 이의 작곡까지 붙여논 건데, 서투른 제가 불러서 마구 망치겠어요. (손가방에서 악보를 내어준다)
박 민 오오, 이게 "외로운 나비" 작곡이로구먼. (한참 보더니만) 한번 해보실까요?
은 희 아이, 선생님도 참.
박 민 아무래도 오늘 밤엔 불르실 게 안요?
영 자 불러봐 애! 눈가는 데가 있나 하고, 미리 비평을 받아봐야 할 게 안여?
은 희 하지만 선생님한테 욕만 먹을 걸 뭐. 좋은 시만 잡쳤다구서.
박 민 자, 겸산 그만큼 해두시구서, 어서 불러보기나 해요. 나두 아직 안 들어본 게니.

---

2) ?

영자 악보를 받아 은희에게 떼맡긴다.

영 자　자, 어서 얘!

은희 가볍게 입술을 깨물면서 조용히 일어선다. 갑자기 불이 어두어지면, 막 뒤에서 피아노의 전주곡이 흘러온다. 은희 자세를 고치는가 하면, 반주에 맞춰 부르기 시작한다.

산넘어 산넘어 날러온 나비
누구를 찾아서 헤매이나
헤매는 날개는 싸늘히 떨어
오늘도 진종일 지쳐서 우네

어딘지 행복은 기다리렸만
봄은 아직도 멀은 양하여
얼녹아 흐르는 또랑물 우에
꿈꾸는 노을만 덮여있네

산넘어 산넘어 날아온 나비
누구를 찾아서 헤매이나
차디찬 바람에 길을 잃고
나비야 날개는 슬프더라.

영자와 박민 박수한다. 불빛 밝어진다.

박 민　훌륭하오. 그럼 다음은 영자씨의 무용도.
영 자　네에?
은 희　해 봐, 얘. 남만 시켜 놓구서.
영 자　아이 개두, 참 창피하게 여기서?
박 민　여기면 왜 어떻나요. 그래두 오늘밤 수천 군중이 모인 앞에서 보담은 덜하잖우.
은 희　혹시 눈가는 데가 있지 않나 하구, 미리 비평을 받아봐야 할 게 안여?
영 자　아이, 요건 따라다니면서! (망서리다간) 아이, 안돼요. 선생님!
박 민　흥, 그새 고급이 되셨군 그래. 화려한 무대 우에서가 아니면 안 허신다는 말이지.

영자. 두 손으로 얼굴을 가려 홍조를 숨긴다. 이윽고 결심한 모양.

영 자 그럼 레코드 거세요. (또 붉힌다)
박 민 호호- 본격적이로군. 뭐이랬죠?
은 희 ××××곡
박 민 응, 참 ××××곡이었었지. 이 축음기두 시집갈 날이 머잖었는데, 마지막 판으로 마침 잘 됐수.
영 자 축음기는 왜요? 내 집 재산은 이것 하나뿐이라구만 해오시면서.
박 민 재산이라군 이것 하나밖에 안 남았으니까, 띠워보내는 게지. 귓구멍 양식보다는 목구멍 양식이 더 급하니까 그렇죠.
영 자 아이, 선생님두.
박 민 자. 그런 걱정은 그만 두구서, 어서 시작이나 해요.

박민 레-코드를 가려 건다. 불빛 차차 어두워진다. 영자 발끝을 꼬누는가 했더니, 용기가 부족한 듯 웃으면서 자세를 무너뜨린다. 박민 레코드를 멈추고 바라본다.

은 희 아이, 걔두 참!
영 자 자. 그럼 다시 걸어줘요. 선생님!

음악소리와 함께 다시 불빛이 어두워지면, 영자 입을 다물고 추기 시작한다. 이윽고 춤이 끝나면, 밝아지는 조명과 함께 박수소리 일어난다.
이때에 등에다 젖먹이를 걸치고 머리에다 조그만 쌀자루를 인 채, 성이 버렁버렁 난 박민의 아내 들어오다가, 어이가 없는 듯이 멍-하게 선다. 일동 비로소 의식하고는 기절을 할 듯 어수성거린다.

은 희 아주머니, 어딜 갔다 오세요?
처 (거긴 대답하지 않고) 태환이 어딜 갔어요?
박 민 왜?
처 요 새낄 그냥 죽여버려야지.

처, 독살이 올라서 돌아도 보지 않고 부엌간으로 들어간다.

영 자 (귀속말로) 아주머니가 왜 이렇게 부었어. 뭣 못마땅한 일이 생기신 모양이지.

은 희 어서 가, 얘.
영 자 그래, 우린 가! 우린 먼저 갈 테니, 선생님 꼭 오셔야 해요. 네?
박 민 되도록.

영자와 은희. 슬슬 뒤돌아보면서 황급지급[3] 나가버린다. 어느새 방안에서 떨거덕거리는 소리 들리드니, 책이구 뭐구 할 것 없이 마구 연달아서 날라 나온다.

소 리 이까진 게 다 뭐여! 뭐여!
박 민 ?
소 리 거지같은 문학이구 예술이구! 실컨 소원대루 하게 다 싸가지고 가요!
박 민 별안간에 이건 무슨 병이 들었소?
처 (나타나면서) 아니, 빚 얻어오라 쌀 얻어오라. 젊은 여편네는 삼이웃[4]을 다 돌아다니게 해놓구선, 그래 사내란 물건은 대낮에 집구석에 들어박혀서 춤이나 추구 있어야만 속이 시원하단 말요?
박 민 응- 질투야?
처 (다시 책을 집어 메치면서) 거지발싸개같이 누가 당신하구 농하겠수! 멀정한 사내가 돼 가지구서. 왜 자긴 못 나가보구서 날더러만 속을 썩히는 거냔 말요, 글세.
박 민 왜 그 집에 돈 안 된답디까?
처 뻔뻔스럽게, 아니 언제 당신이 그 집에 빚 맡겨논 게 있었수? 소용닿는 대루 빚내주라고, 누가 떳떳이 마련해 뒀었단 말이우?
박 민 아, 안 되면 그뿐이지, 그처럼 화닥거릴[5] 것은 없잖우.
처 아, 이런 질색두. 당신은 어제 당신 어머니가 나한테 와서 퍼붓는 것 못 봤수? 당신네 식구 먹여 살릴 돈인데, 왜 만만한 날만 붙들구서 못 살게 구냔 말애요.
박 민 그야 당신이 사람이 좋니까 그렇지.
처 (책을 잡아 찢어 신경질을 올리면서) 정말 이러구 앉어서 남의 약통만 올릴 참이우? 아유- 간 타 죽겠네. 자, 남들은 우리만 못하면서두

3) 遑急至急, 몹시 어수선하고 급박함.
4) 이쪽저쪽의 가까운 이웃.
5) 화닥닥거리다, 여럿이 다 또는 잇따라 갑자기 뛰거나 몸을 일으키다. 혹은, 여럿이 다 또는 잇따라 일을 급하게 서둘러 빨리 해치우다. 혹은, 문 따위를 갑자기 조금 세게 잇따라 열어 젖히다.

끽소리 없이 잘만 사는데두, 이건 시를 씁네. 꼬딱지를 씁네. 흥, 쌀두주에 쌀 한 톨 없이 해 놓구서두.

박민 흩어러진 책을 정리한다.

박 민 이젠 그만-큼 해 두슈.
처 (다시 책을 뺏어 팽개치면서) 이 빌어먹을 놈의, 곧 죽어두 책만 가지구서 날뛰네 그려. 남들처럼 호강은 못 시켜준다 치더라두, 그래 여편네 시켜서 저렇게 담배 팔라, 석냥 팔라, 애들하구 휩쓸려서 과자 부시럭지나 팔려 먹어야만 시원탄 말요?
박 민 그만큼 해 두시구료.
처 자. 남의 물건 갖다가 번번이 팔아먹군 하니, 누가 밤낮 외상빵이를 줄랴나. 체면 내놓구 남의 집 가서 굽신거리니, 누가 있어서 빚을 줄랴나. 흥, 친정 구석으로 돌아다니면서 눈치코치 쌀되배기 얻어 이고 돌아다니니 보기 좋죠?

방안에서 어린애 보채는 소리. 처, 어린 것을 뎅겅 안아 젖꼭지를 물리면서 서서 얼운다.

처 저따위 꼴을 해가지구서 태환이 입학시험이 돼?
박 민 누가 어쨌답디까?
처 듣기 싫어요. 누군 귀도 없는 줄 알구. 진작부터 내가 뭐랬어. "여보, 입학경쟁이 어떤 세상인데 이러구 들어앉었기만 하우. 남들처럼 학교 아는 선생한테라도 찾아가서 미리미리 운동이라두 좀 해보시구료." 하니까, "아, 우리 태환인 문제없어. 문제없어" 하더니만, 그 꼴 잘- 됐다. 없는 놈의 집구석에 자식 중학교 하나나 넣어보랬더니, 복이 까지껀6)이지.

밖에서 아이들 소리 들린다.

소 리 과자 주세요!
소 리 과자 주세요! 아주머니!
박 민 없다.

---

6) 까지껏, '그것쯤'이라는 경북 방언.

소 리 아깟번에 가지고 온다구 하잖었어요.

박 민 없다!

처 뭐니뭐니 해두 내가 바보년이지. 이런 거지판을 살림사리라구서 끄덕-끄덕 찾아들어온 년이 쓸개 빠졌지.

박 민 세상사가 다 맘대루 되요.

처 그럼 당신은 맘대루 안 되는 일일 줄 알면서, 왜 큰소리를 했우? 왜 큰소리를 했우?

박 민 언제쩍 얘기를 허는 게유?

처 예술가의 가정이란 얼마나 대견한 게냐구. 원고료만으로 사는 생활이 얼마나 신성한 게냐구… 사탕발림으로 남 꾀우기야 잘 허지.

박 민 언제쩍 얘기를 하구 있는 거요. 글세, 그럼 당신은 나한테 속아서 왔단 말이지?

처 그럼 속지 않구, 속지 않구. 내가 이 거-지꼴 볼랴구 왔을 상하우? 저- 구멍가개나 봐 먹을라구 왔단 말이우? 흥. 뭐라더라? "여보 난 세속 여자들의 지나친 사치생활엔 경멸 안할 수 없지만, 때로는 내가 버은 원고료로 유행하는 치맛감 한 감쯤 사서 당신의 몸에 꼭-맞도록 해 입혀 보는 것두 싫진 않을 거애요." 흥-

박민, 책상 앞으로 돌아앉아, 무슨 낙서를 하는 모양.

박 민 오오. 그러구 보니 당신은 날보고 온 게 아니라, 치맛감 보고 왔었구료.

처 뭐든지 다 속았죠. 어느 것 하나 안 속인 게 뭐 있느냔 말요?

박 민 그야 나두 당신을 속였는지는 모르지만, 속아서 꺼덕꺼덕 껄려온 당신한테두 책임이 있잖수! 결혼생활의 의의란 좀 더 진실한 무엇이 있어야 할 텐데, 다만 잘 얻어 먹고, 잘 얻어 입고 하는 생활의 방편으로만 생각한다면, 그건 당신네들이 결혼이란 의의 그 자체를 모독하는 것이요. 가정이란 신성성을 일개 치맛감이나 쌀가마니로 바꾸어 치우려는, 너무도 지나친 죄악이오.

처 압-다, 큰소리 땅땅하네 그려? 그래 이따위 땟국이 꾀죄죄한 걸 입고 있는 게 가정의 신성성이우. 저따위 과자 부시럭지나 팔아 먹구 사는 게 당신네들 가정의 신성성이우?

박 민 그럴는지도 모르지. 그게 차라리 어느 기간 동안의 극히 정상적인 신성성의 일부인지두 모르지. 그게 어쨌단 말이우?

처　　흥, 신성성의 일부? 그 꼴 좋-다. 이따위 팔리지두 않는 시쪼각 써 먹구 있는 꼬락산이두 신성성의 일부라?

박 민　(책상을 딱 치면서, 무섭게 눈을 부릅뜨고 일어선다) 뭐. 팔리지두 않는 시쪼각을? (아내의 멱살을 쥐고서) 어디 그 입으루 또 한번 그 소릴 해 보우! 팔리는 시만 시구, 안 팔리는 시는 시가 아니라구? 난 내 예술을 무시하구, 내 예술가적 자존심을 무시하는 놈은 어느 놈이든지 칼로 찔러 죽이고 말 테야!

무섭게 서두는 바람에 아내는 의외에도 비겁해진다.

처　　(남편에 매달려 쓰러지면서) 그래, 칼로 찔러 죽이오. 찔러 죽이오.

박민 홱 뿌리쳐 넘어뜨리고는 웃옷을 걸쳐 입는다.

박 민　거지같은 놈의 내 이집 구석에 안 살면 그뿐이지.

처　　그래, 제발 가오. 제-발 나가오.

박민 가방을 들고 휭 나가버린다.

처　　가더라두 당신 어머니 빚이나 갚아 놓고 가오.

무대 한참동안 침묵. 음악. 처, 쓰러져 울고 있다. 방안에서 어린애 우는 소리. 처, 안에 들어가서 어린 것을 안는다. 이웃집 노파 얼굴이 뻘개가지고 체머리를 썰썰 흔들면서 등장.

노 파　세상 인심이 아무리 험악하기로서니, 그래 그따위로 뱃장을 써먹어야 옳단 말야?

처　　(내다보면서) 상록이 할머니시우?

노 파　그리 독하문 잘 사는 줄 알구.

처　　뭐애요, 할머니? (어린애를 업구 나온다)

노 파　어름-어름 왜 이러슈? 시침만 따면 또 고대루 넘어박일 줄 알구? 쉰 길 물속은 알아도 한 길 사람 속은 모른다는 게, 그를 두구서 허는 말이라니깐.

처　　뭐 어떻게 됐수, 할머니?

노 파　뭐나마나, 어서 꿔간 우리 쌀이나 내놓우!

처　　쌀을 아직 못 마련했는데요. 생기면 곧 갚아드려야죠.

노 파　고것이 도둑뱃장이라는 거야. 뱃대기 고플 젠 남의 쌀을 제 것처럼 만만스레 갖다 먹어 놓군. 흥, 이제 와선 가마니 쌀이 들어와야 주겠단 말이지? 거 아까 머리에 이고 들여온 것 뭐야?

처　　빚 얻어러 갔다 빚도 못 얻구서, 오다가 친정에 들러서 쌀 두되 얻어 온 거애요.

노 파　그래, 친정에서 얻어온 게나마나 갚을 건 갚어야지. 당신네 것 소중한 줄만 알었지, 남의 건 그저그저 먹기야?

처　　정 그러시다면 지금 그게라두 드리죠.

박민의 처 부엌간을 들어간다.

노 파　아 글세, 내가 앓구 나서 하두 입맛이 없기루 담배나 한대 피워볼까 해서, 손주놈 시켜서 봉지담배 한 봉만 얻어 오라 했더니, 아, 글세 얼마나 야속하면 그거 한 봉을 안 준단 말야.

처　　(쌀을 바가지에 담아들고 나오면서) 담배가 떨어졌떤 게죠. 저두 그새 집에 없었구.

노 파　아-니 담배가 떨어졌으면 다른 아이는 가지고 와?

처　　그런 게 아닐 거애요. 할머니! 담배가 한 봉밖에 안 남았었으니까, 필시 다른 데 팔리고나서 그애가 왔던 것일 거애요.

노 파　다 집어쳐요! 외상이면 누가 그냥 집어먹는 줄 알구.

처　　그럴 리가 있나요. 나중 태환아비한테 물어봐두 알것지만.

노 파　(바가지를 뺏으면서) 여러 소리 말구서 어서 내 놓기나 해요. 그러면 잘 사는 줄 알어도, 세상사란 그리 욕심대루 되는 법이 안여. (누구나 들어라는 듯이 혼잣소리로) 아-니 그래두, 난 한 이웃에서 살면서 두부라도 하구 나면, 비짓 그릇이라두 갖다 준다, 없는 살림에 어린 것 젖 빨리노라구 얼마나 고생스러울까 하구선, 그래두 낯선 음식이라두 생기면 갖다준다, 내깐으론 한다고 해 왔지. 그러는 데두 고까진 외상 담배 한 봉에 어린 것을 그대루 쫓가 보내?

처　　할머니! 오해를 하구 기세요. 모르면 몰라도 그런 게 아닐 거애요.

노 파　이것 왜 이러우? 변명은 무슨 변명이야. 언제 받으면 못 받을 것이리서 내기 이걸 받아가는 줄 아우? 멀정들하게 고까진 담뱃갑이나 판다구서 너무 유세들 말우. (나간다)

처　　거 바가지나 비워주고 가세요.

노 파 (치마폭에다 쌀을 비우곤 탁 내동댕이쳐 깨어 버리면서) 누가 이깐 놈의 바가지 먹을 줄 알구?

노파 퇴장. 박민 처 깨어진 바가지 쪽을 줍어 부엌쪽으로 던지곤, 쓰러지듯 기둥에 기대앉는다. 음악. 옷고림으로 눈물을 닦는다. 밖에서 사람소리 들린다.

소 리 아주머니! 똥 펄 것 있어유?
처 ……
소 리 조끔만 퍼게 해 주슈. 아주머니!
처 (탁- 쏘듯) 없어요! 빌어먹을 놈의 똥 퍼는 것들까지 성화야.
소 리 그럼 요 댐이나 주세요, 네?

구루마 끌고 나가는 소리, 시모 등장. 박민 모, 시무룩하게 따근히 인사도 않는다.

시 모 환이 애비는 어딜 갔니?
처 몰라요.
시 모 넌 시어미를 보구두 인사 한마디 똑똑히 안 허는구나. 돈은 얻어왔니? 돈은 얻어 왔니?
처 누가 줘야 얻어 오죠.
시 모 그럼 빚 갚을 건 어떻걸 테냐.
처 ……
시 모 이런 제-길, 시어미는 딸자식 집으로 돌아다니게 해 놓코, 자 맏자식이니 부모를 데빌고 있나. 죽네 사네 우는 소릴 하기루, 과잣가게 하라구 남의 돈 만 환 얻어줬더니 그걸 갚나. 대관절 어쩌자는 뱃장이냐?

박민 처, 마루에 걸어앉으면 시모도 옆에 앉아 졸른다.

시 모 본시부텀 내가 뭐라 하던. 과자 낱이나 팔거던 낱돈을 쓰기 쉬운 게니, 한 푼 축내지 말구서 차곡차곡 모아두라구. 그러는 걸 이건 물건 하나나 팔리기만 하면 얼싸 좋네 하구는 마구 집어 써버리니까 견디나겠냐. 내 남의 집 없이 집구석 살림살이란 꼭 여자 손에 매인 거야.

처　　누군들 몰라서 써버립니까. 남편이란 건 밤낮으로 빈둥빈둥 놀고만 있지. 자식새끼는 눈이 말뚱말뚱 붙어 있지. 당장 입안에 들어갈 게 없는 판에 그럼 어떻겁니까.

시　모　아, 이것 보게? 그래, 입안에 들어갈 게 없다구서 남의 돈을 통으로 집어삼켜야 옳아, 그래? 그놈은 나이 사십 줄에 든 놈이 왜 계집자식도 못 먹여 살린다더냐.

처　　누가 알아요. 어머니나 물어보시구료. 계집 고생시킬랴구 그러는 게지.

시　모　자, 대학졸업을 안 했나, 재주가 남만 못 하냐, 왜 논다는 거야. 왜 빼둥빼둥 놀고만 있다는 거야? 사내가 그 모양이거덜랑 계집이라두 소견머리가 있어야 헐 텐데. 이것 보선발 싹- 하구 들어 앉어설랑…

처　　계집 과잣가개 보아 먹이는 게 부족해서 그러세요? 발 벗고 똥구루마나 껄어 먹어야 속이 시원하겠어요?

시　모　급하면 뭘 못해. 압다, 얘. 학교물 먹은 색시가 너 하나뿐인 줄 아냐? 방아깐집 며누리는 살기가 그닥 쪼들리지두 않어면서, 정거장 옆에 우동 가개 내놓구서 잘만 해나가나 보더라. 아직두 뱃대기가 덜 고파서 그래.

처　　죽으면 죽었지, 난 그런 짓은 못 하겠어요.

시　모　그러기에 난 글하는 며누릴 안 볼라구 헌 게야.

처　　누가 억지로 데빌어 살아달라구 떠맡겼어요? 저두 이놈의 집 살림살이 인젠 지긋지긋해요. 정말 이에 신물이 나요.

시　모　압-다. 이것두 네겐 과해. 혼자 있는 시어미 수발 하나도 못해 받히는 주제에, 큰소리가 무슨 큰소리야. 적이 본 데가 있다[7]면야 그런 법이 안야.

처　　제가 본 데 없는 게 뭐애요? 어머니한테 본 데 없이 한 게 뭐애요?

시　모　이래 어룬의 턱밑에서 대드는 것두 본 데 있는 거냐? 홍. 지금처럼 개명한 세상이니까 그렇지, 옛날 같으면 너의 집 같은 것들 하구는 혼사두 안 해.

처　　안 하면 그뿐이지. 왜 해 놓구선 말성이애요. 누군 별난 사람 있습디까?

시　모　뭐니 해두. 우리 밀양 박씨는 양반이야. 옛날 같으문.

처　　옛날 같으면 어쨌단 말씀이애요?

---

7) 본 데 있다, 보고 배운 바가 있다. 또는, 예의범절을 차릴 줄 안다.

시 모 옛날 같으면 우리 집 문턱에두 못 왔을 거란 말이지. 너의 할아버진 뭘 해먹은지 알기나 하니? 아전[8]이야 아전. 그리구 너의 아버진 또?

처 (울면서 대들듯) 아전을 했으면 어쨌단 말애요. 왜 죽은 사람들까지 들먹여요? 콧물 흘리는 애들 틈에 끼여서, 계집 장사 시켜 먹은 게 양반입니까? 이게 양반의 집구석에서들 하는 장한 노릇입니까?

시 모 압다. 이년이 자칫하다간 사람 치겠구나. 잔소리 말구서 빚이나 내라! 왜 남의 돈 얻어오라 해놓구는 어미만 성을 가시는 거냐? 당장 내놔라. 네 꼬라지 보기 싫어서 두 번 다시 이놈의 집구석에 발 대기두 싫다. 어서 썩 내놔?

처 애. 아비한테 내노라 하시구료. 왜 자식한텐 큰소리 못 치구서, 만만한 날만 잡구서 못살게 해요?

시 모 어허, 이년이 인젠 뱃장을 부리네? 그래, 네 입우루 돈 얻어 달랬었지. 걔가 나한테 와서 그랬냐?

처 (악을 쓰고 울면서) 몰라요! 몰라요! 찢어 죽일랴거던 찢어 죽이든지. 삶아 자실랴거던 삶아 자시든, 맘대로 하시구료.

처 방안으로 쫓아들어가 퍽퍽 운다.

시 모 아-니, 저년이…?

우물집 미망인 등장.

우물집 저녁밥은 안 짓구서 이집엔 왜 이 야단이우?

시 모 응, 우물집댁네 잘 왔수. 내 말 좀 들어보우.

우물집 들어보나마나 고부 낄[9]에 왠 쌈은. 따님이 찾아서 왼 동리방리 다 헤맵데다. 어서 가 보시구료.

시 모 글세, 내 말이 글른가 한번 들어 보슈. 저이들두 구멍가개나 해보겠다구 하두 날더러 빚 좀 얻어달라고 졸르기루…

우물집 빚이구 뭐구 그만 접어두구 가슈. 없는 살림 하자문 쌈두 잦는 법이지. 어룬이 참아야 하잖우. 자, 일어서요!

---

8) 衙前, 조선 시대에, 중앙과 지방의 관아에 속한 구실아치.
9) 끼리.

일어키는 바람에 시모 못이기는 척 걸어 나간다.

시 모 이년아, 원금이 안 되면 이자라두 내야 헐 게 안여? 어유, 글하는 며누리 보는 년 쓸개 빠졌지. 옛날 같으면 내깐 년이들 우리 박씨네 집 문턱엔들 들어와?

시모 퇴장. 우물집 방 쪽을 드려다 보면서 마루에 걸어앉는다.

우물집 왜 저녁밥두 안 지었나베?

처 (마루로 나오면서) 밥두 먹기 싫구. 식은 밥 있는 거나 뎁혀 먹죠.

우물집 난 대리미 좀 빌려달라구. 우리 집 건 자루를 똑 분질렀더니, 그거 해낼 새가 없구먼 그래.

처 방안에 들어가 대리미를 가지고 나온다.

우물집 태환인?

처 몰르죠. 시험 떨어져 먹군 겁이 나서 못 들어오는 모양이죠.

우물집 으- 오늘 중학교 발표날이라더니 떨어졌군. 아니, 섭섭하겠네? 그런데 그 할먼네 왜 그리 망년이래여?

처 누가 아나요. 심심하면 와서 퍼붓는걸.

우물집 아이 저래 늙은인 왜 진작 죽지두 않을까. 빚 얻어준 것땀새 그러더니 또 그개로구먼?

처 아이, 하루 이틀 아니구 정말 못 살겠수. 오늘두 날더러 빚 얻어오라고 내보지만, 아는 집마다 돌아다니니 누가 돈을 꿔주나. 과잣근이라두 갖다 놓면 그래도 낟돈푼은 생기지만, 번번이 신용을 잃었놨자 하니 누가 외상으로 줄랴 하나. 어머니는 저 모양이지. 사내는 사내대루 간장을 태우지.

우물집 환이 엄마가 고생하우. 설마 걔 아버지 취직이라두 되문 또 그럭저럭 지내가게 되잖겠수.

처 취직이 뭐유. 자기 맘 맞는 데만 끌르니. 어디 입에 맞는 떡이 쉽겠수.

우물집 왜 안야. 아무데나 다니지. 아유- 남 원망해 뭐하겠수. 여자로 태어난 게 불찰이지.

처 집안 식구를 못 먹여 살리거덜랑 남의 애나 태우지 말거나. 오늘두 홧김에 내가 좀 투들거려서 횡 나가버렸지.

우물집 괘니 그러는 게지, 가긴 어딜가… 여자 한평생 살아나가자면 속상하는 일인들 좀 많겠수. 오작하면 계집팔짜라니.

처　안요. 입에 발린 소리가 아니라, 정말 인젠 살림살이에 멀미가 났수. 자, 만 가지를 다 대보아두 단 한가지나 재미있는 구석이 있어야지. 밤낮 터덕거리구 헤매니 남사스럽기만 하지. 사내라는 건 걸핏 소리두 못하게 신경질만 부리지.

우물집　따져놓고 보면 누군들 별 수 있겟수. 그러게 늙는 게지.

처　어떤 땐 가만히 생각해 보면, 참 허무한 생각밖에 안 든단 말이죠. 내가 뭣 보구 사는가. 무슨 끝을 볼랴구 이 고생을 해야 하는가. 젖먹이 등바닥에 붙이고서 밤낮 드려다 보는 게라곤 저 구멍가개뿐이로구면요. 한푼 나올 데가 있어야죠. (운다)

우물집　아닌게 아니라 고생하우. 그렇지만 옛말에두 고생 끝은 있다는 격으로, 자식들 크는 게나 보구 사는 수밖에.

처　아이, 아주머니두. 그 자식들이 자라면 날 덕 뵈주겠수? 빈말이 아니라 남편이라구 요만큼 정이라두 있다면, 정말 내가 다른 뱃속으로 났다우. 접때두 누구하군가 그런 얘기들을 했죠. 혼자 사는 저 우물집 아주머니 같은 팔짜야말로 어느 사내가 있어서 속을 썩히나, 따른 자식이 있어서 성을 가시나. 죽이면 죽, 밥이면 밥, 아무 거슬리는 데 없이 세월을 보낼 수 있으니 얼마나 상팔짜냐구.

우물집　아이, 끔찍한 소리두. 그래두 잘나나 못나나 집구석엔 사내가 잇어야 합넨다. 아유- 당신네들은 그 속 다 몰르우. 오작하면 섬돌위에 남자 신 한 켜레나 놔보구 싶구, 빨랫줄에 남자 옷 한 가지나 걸어봤으면 싶을 때가 있겟수. 남들은 예사로 허는 말이라두, 내 생각으론 모두가 업신여기는 것만 같구. 아무렇지두 않은 일이라두, 그냥 빼두정하게 생각이 들기만 헌단 말이지. 요샌 가끔 이런 생각두 나. 같이 있을 쩍에 내가 너무 함부러 해서 이런 죄를 받는 것인가. 안 그래도 될만한 일에 왜 그처럼 심술통을 부렸던가 하구.

처　자식새끼 맡겨두구서, 정말 철리 만리나 내빼구 싶은 생각밖에 없어요. 어디루 가면 내 입 하나 못 살릴라구.

우물집　악담 마슈. 이게 여자 한평생이 아니겠수. 누구나 시집가기 전엔 얼마나 황홀한 꿈을 꿧겠수. 어딘지 없이 행복의 손길이 나를 불러 흔드는 것만 같구. 누군지 없이 나 하나만은 고이고이 싸안아 줄 것만 같앴지만. 정작이 시집사리라구 들어서기나 해보우. 남편이란 내가 꿈꾸던 그런 사나이가 아니라, 보통 어디서나 볼 수 있는 너무도 평범한 인간이구, 가정이란 내가 꿈꾸던 그런 신비로운 보금

자리가 아니라, 우리 어머니나 이웃집 아주먼네들한테서 보아오던 극히 단조한 그것이 아니겠수. 그저 결혼이란 누구나 다들 좋은 집 안에 뜻맞는 남자하구 아들딸 낳구 아기자기 잘 사는 것만으로만 생각하지만, 그게 틀렸단 말이죠. 실상은 그런 것두 아닌 것을 괘니 제 생각만 표준을 해서 꿈을 꾸니, 그게 여자의 어리석은 탓이 아니겠수. 별 수 있수. 그저 고생고생 닥치는 대로 살아가는 수밖엔.

잡지사 사환 소녀 등장.

소 녀 이 댁이 박민 선생님 댁이애요?

처 (뜰로 내려오면서) 응, 어디서 왔니?

소 녀 잡지사에서 왓어요. (편지를 준다)

처 (읽고 나서) 응, 원고청탁이로구먼. 이애 아버진 어딜 나갔을까.

우물집 글 써달라는 게유?

처 그런가 보우. 하필 이럴 쩍이면 집을 꼭 비우거든.

소 녀 여기 돈두 가져왔지만. 아주 급한 게라구 지금 당장에 못 쓰실 형편이면, 저- 다른 분한테 갔다오라고 절더러 그랬어요.

처 가만있자 어딜 갔을까. 그전부터 서울 간다간다 하더니 정말 갔나? 내 이웃에 가서 찾아 보구 올 테니, 조금만 기다려. 응?

신을 질질 끌고 급히 서둘러 나갈랴는데, 태환이 동무 여욱이 헐떡 들어온다.

여 욱 태환이 안 들어 왔죠.

처 응, 그 자식 어디가 놀던?

여 욱 저 누렁바위덤에서 물에 빠져 죽는다고 아무리 달래어도 안 오길래, 그대루 바위 우에 혼자 놀고 있는 걸 보구서 우린 꽃 꺽으러 다른 델 갔었어요.

처 그래서 어찌 됐단 말이냐?

여 욱 그래서 담임선생님두 그 소릴 들으시구서 그쪽으로 쫓아가십데다만, 지금 오다가 보니 아무도 안 보여요. 걱정이 돼서 달려오는 길이죠.

처 이런 자식놈 봤나.

박민 처, 미친 듯이 쫓아나가면서 "태환아-", "태환아-" 부르는 소리 저믄 하늘에 멀-리 빼찔린다. 여욱이, 우물집도 급히 따라 나가고, 소녀만 멍- 하니 그쪽을 바라보고 섰다가, 단념한 듯 나가버린다. 비장한 음악. 간간이 "태환"을 불러 외치는 듯한 소리 까마득하게 흘러온다. 땡땡 하고 여듧 시를 치는 **10) 빈집을 울린다. 이윽고 술이 취한 박민 꺼떡거리면서 대문 안에 들어선다.

박 민 태환아-
박 민 태환아-
박 민 아, 집구석엔 다 숨이 넘어갔나?

박민 가방을 팽개치면서 마루에 걸어앉아 딸꾹질을 한다.

박 민 여편네라는 건 이태 집구석을 통째루 비워놓구 다녀야만 옳은가? (마루로 올라가 책을 집어 메꽂는다)
박 민 경을 칠 놈의 이 까진 게 다 뭐야! 태환아! 아 오늘 저녁부턴 밥두 안 주긴가? (계속해서 딸꾹질)

우물집 급히 등장.

우물집 어두어오는 데 불이라두 준빌 해 가지구 가야지. (비로서 박민을 의식하고는) 아유, 환이 아버지 오셨구료. 환이가 없어졌대우, 환이가!
박 민 뭐요?
우물집 (부엌간에서 초롱불을 켜들고 나오면서) 누렁바위덤에서 놀다가 환이가 어디루 갔는지 없어졌대요. 그까진 시험 떨어졌으문 내년에 또 한번 치면 되지. 어린 걸 너무 나무래는 법이 안애요. 어서 빨랑 와요!

우물집 급히 퇴장. 박민 정신없이 고개를 떨어뜨리고 섰더니만. 태환의 운동모를 집어 들고는 뭐라고 말할 수 없는 복잡한 표정. 멀리서 태환 부르는 소리. 음악. 박민 쏜살같이 달려 나가는데, 천천히 들어오는 담임선생의 부인 마주친다.

---

10) 2자 확인불가.

부 인 아-니, 오늘 음악회 하는데 안 가셨더랬어요?
박 민 우리 집 태환이가 없어졌대요!
부 인 우리 집에 있어요.
박 민 네? 태환이가요?
부 인 네 우리 집 애놈과 같이 놀구 있어요.
박 민 아-니, 선생님 댁에서요.
부 인 시험 떨어진 것때문에 어머니한테 꾸중 맞는다구, 누렁바위덤에서 안 올라더라나요. 그래서 애들이라 혹시 무슨 일이나 나면 어쩌나 하구, 듣던 길루 우리 집 그이가 가서 사정사정 달래어 데빌구 있대요.
박 민 선생님, 그건 정말입니가? 지금 떨어져 죽었나 하구 모두들 찾으러 나갔대요.
부 인 아이, 그럼 지금 댁으로 보내드려야겠네. 너무 걱정 마세요. 애들 맘이니까 혹시 꾸중이나 들으면 어쩌나- 하구서, 겁을 내그러는 모양이지요. 아, 이건 그새 그런 소동이 난 줄은 짐작 못하구서, 그냥 안심이나 시킨다구 오는 길이죠.
박 민 네, 그래요?
부 인 그러구 입학두 걱정할 건 없어요. 저이 집 그이 말 들으면 이번 합격자 150 명 중에 3 아이는 다른 학교에 이중합격이 됐기 때문에, 이 학교엔 입학을 포기한대요. 그래서 우리 집 그이가 학괄 가서 말해 봤더니, 찻점을 그대로 보충한다고 하더라는군요. 마침 태환이가 그 순서에 둘째루 돼 있더래요. 하나는 감나무집 아들이구, 또 하나는 어느 시골학교 아이더라나요?
박 민 네, 참으로 고맙습니다.
부 인 너무 근심 마세요. 글세, 우리 집 그이두 늘- 태환이마는 절때 자신있다구 하더니만, 테스트를 해보니 수학답안이 시원찮더래요. 평시 성적만 가지구 대중이 되겠어요? 시험이란 정말 제날 운수가 반치애요. 그럼 곧 가서 태환이 보내드리죠.

부인 나가려는데, 처 옷고름을 풀어 흩으린 채 날라 들어온다. 이어서 우물집 외 동리 사람들도.

처 아이, 이 일을 어찌 한담. (비로소 사람들을 분별하고는) 아유, 여보 태환이가 없어졌대요. (마루기둥에 기대여 미친 듯이 운다)

박 민 그깐 놈의 새끼 없어졌으면 어때.
처 (벼락같이 남편에게 달겨들면서) 뭐이 어째요? 자식이 죽었는지 살았는지두 모르는데, 아-니, 당신이 사람이우? 당신이 사람이우?
부 인 태환이 있어요. 태환이 우리 집에 있어요.
처 네, 태환이가요?
부 인 내 빨랑 데빌구 올께요. 맘 놓세요. (급히 퇴장)
처 아-니, 여보 정말이우?
박 민 임선생이 자기 집엘 데빌어다 놨대요.
처 걔 담임선생이요?
우물집 그러면 그렇지. 아유- 십 년 감수했네.

우물집, 동리 사람들 퇴장. 처 겨우 진정을 해 남편을 쳐다본다.

처 당신은 왜 안 갔수?
박 민 또 나가란 말요?
처 저녁은?
박 민 누가 줘야 먹지.
처 (마루 끝에 풀어져 앉으면서) 아유, 남의 간장 좀 어지간치 태우오. 나 정신 좀 채려가지구 밥 질게.

박민 책상 앞으로 가서 정신을 잃은 듯 책을 뒤지다가 책상 우에 꼬꾸러진다. **11)한 음악. 처 맘 수습이 된 듯 부엌으로 들어간다.

박 민 박 먹었소.
처 어디서? (고개만 내밀고)
박 민 오다가.

처 업었던 아이를 끌려 안고 마루 끝에 앉는다.

처 왜 사람이 안 하던 짓을 하우? 요샌 걸핏하면 나간다고만 하니.
박 민 당신두 요새 와선 확실히 바가지 긁는 게 더 심해졌어.
처 심장이 고단해서 그리 되나 보죠. 참쬬… 싸우든 찌지든 집에 붙어 있으면서 할 일이지, 왜 나가기는 나간다는 거요, 글세.

---

11) 2자 확인불가.

박 민　내 심장은 그리 편한 줄 아우.
처　　참쬬. 내가 참쬬. 그러잖어두 난 당신이 정말 멀리 가셨나 하구… (느껴서 운다)
박 민　나 역시 어쩐지 불안한 생각이 들어서 차마 차 탈 생각이 나질 않았었소… 그런 소린 그만 접어둡시다.
처　　괘니 거짓부렁으루 그러는 게 안유? 밥 질까?
박 민　일 없대두.
처　　그까진 시험 떨어진 것이 뭣이 그리 대단하우. 환이 오더라두 과히 나무라지 마우?
박 민　당신이나 제발 참구료.
처　　오늘밤 당신 걔들 음악회 하는 델 못 가봐서 안 됐수. 응?
박 민　다 당신 덕이죠.
처　　너무 원망 말우. 낼 하룻밤 또 남아 있지 안우.

박민 호주머니 속에서 캬라멜 갑을 꺼내 한 개 입에 넣고는 아내에게 던져준다. 처도 입에 넣는다.

박 민　사탕 맛이 어때요?
처　　사탕맛 달를 때두 있수?
박 민　당신은 밤낮 내가 사탕발림으로 속인다구만 했죠?
처　　사람이 조 모양으로 한번 한 소릴 꼭 귀에다 새겨둔단 말야.

두 사람 입을 우물거리면서 제가끔 명상에 젖는다. 한결 동안 계속 되는 음악.

박 민　나 없는 새 어머니 또 오셨습디까?
처　　한나절이나 퍼붓다가 가셨죠.
박 민　그저 그런 게리니 하구 너무 탓하지 마우. 내 부모지만 성미가 너무 과하신 어룬이니깐.
처　　나두 말댓구를 너무 지나치게 했던가 하구, 보내드려 놓구 보니 안 됐더군요.
박 민　실상은 다 불상한 이들이에요. (마루턱에 나란히 앉으면서) 아이, 이럴 쩍에 술이나 한 잔 드리켰으면 주-켔다.
처　　약주 냄새가 나면서.
박 민　그러니까 술기운이 더 청해드리는 게지.

처　　주나- 안 주나. 헛탕삼아 또 거젯집에 한번 가볼까?
박 민　그 할먼네가 외상을 줄까?
　처 부엌에서 주전자 들고 나온다.

박 민　이 자식이 왜 여태 안 올까.
처　　글세, 원.
박 민　입학은 된대요.
처　　태환이가요.
박 민　다른 학교에 붙은 애가 셋 있는데, 그 대신으로 찻점 세 아이를 보충해 넣는대.
처　　누가, 임선생 부인이 그럽데까?
박 민　입학금이 또 문제지.
처　　입던 치마가지라두 팔지 뭐. 그럼 가보구 올께요?

　처 나가려고 하는데 밖에서 주정꾼 소리 들린다.

소 리　담배 팔구료.
처　　담배 떨어졌어요.
소 리　술 한병 팔구료.
처　　술 파는 집 안애요.
소 리　그럼 안주라두 파시구료.
처　　(혼자소리로) 누가 미쳤나?

　처 문밖으로 나가려는데 한잔 잔뜩된 이언걸이 술병을 들고 들어온다.

처　　아이, 어쩐 일이애요.
언 걸　아주머니시유? 왜 난 이 집에 와선 안 됩니까?
처　　어서 올라가시죠. 약주가 어지간히 되셨구먼 그래.
언 걸　왜 아주머니가 날 술 받아줬수?
처　　저러니까 집안엣 사람들만 골탕을 먹죠.
언 걸　왜 내가 저런 친구하구 같은 줄 알구? 난 이래 돌아다닐 쩍엔 돌아다녀도, 벌 땐 또 버으오. 전기만 오면 그 공장기계님이, 그래 난 그 기계를 기곗님이라구 하지. 날 먹여 살리는 물건이니까.
처　　어서 올라가기나 해요. 아유, 이래다가 쓸어지겠네.
언 걸　아주머니 아시겠어요? 그 기곗님이 부르르르르 돌아가기만 하면,

막 돈이 쏟아진단 말이죠. 아시겠어요? 전기만 오면, 부르르르르 하구는 막 돌아간단 말야. 으흐흐흐흐흐.

처　　그럼 술은 안 받어와두 되겠네. 안주는 뭘 하나.

처 주전자를 마루 우에 놓는다.

언　걸　(올라가 박민 옆에 앉으면서) 안주는 뭘루 하다뇨. 가서 고깃근이라두 사오시질 못해요?

박민 처 웃고만 섰다.

언　걸　호- 돈이 없는 게로구먼. 또 내가 안주까지 사나?

박　민　어디서 이렇게 한잔 됐나.

언　걸　가만- 있게, 이 사람아. 내가 여기 돈을 넣어뒀는데. (호주머니를 양 사방 뒤진다) 에 또, 보자. 큰 돈이라도 헐어 쓸까?

언걸 불룩한 돈봉투를 꺼낸다.

박　민　너무 과히 쓰진 말게

언　걸　가만- 있게, 이사람… 옛수, 이왕이면 크게 놀아보자구. (지전 한 장을 꺼내준다)

박민 유심히 돈 봉투를 드려다 본다

박　민　그 것 좀 뵈여 주게, 이사람!

언　걸　뭘 본다는 거야.

박　민　안야. 내 볼 게 있어서 그러네. 어디 봐!

언　걸　이 사람이 남의 돈뭉치를

박　민　(덮치듯이 봉투를 보구는) 아-니, 이 사람아. 이게 내한테루 온 게 안여? 잡지사 이름이 쓰여 있는데.

처　　참 나두 깜박 잊구 있었네. 낮에 잡지사에서 왔다구 심부럼 하는 아이가 왔더군요.

처, 방에 들어가서 편지를 가지고 나온다.

박 민 (편지를 읽구나서는) 오-라. 글세, 이상하더라니. 이거 내 거야. 가루채기를 했어. 엑기, 이 사람.

처 (뺏는다) 어디 봐요. 아이, 어쩌문.

박 민 아하하하. 난 제가 사온 술인 줄 알었더니 멀쩡하게. 내 돈 가지구 인심을 썻군.

언 걸 그래, 자네 술 좀 얻어먹으면 어때? 바루 말하면 공장에서 나오다가 잡지사 아이를 만났단 말야. 그래서 얘기를 들어하니, 자넨 없다구 그 정 뭣인가 하는 작자한테 간다 한단 말야. 그래, 내가 어쨌든지 자네한테 전해줄 테니 그리 알라- 하구는, 내가 받았었지. 힝, 그 정간가 하는 여석. 제깐 놈이 무슨 쥐뿔이나 글 쓸 줄이나 아나?

박 민 얼렁 가서 안주나 사오구료.

처 다른 건 몰라두 이것으로 우선 낼 어머니 이잣돈이라두 넣어 드리도록 합시다. 응?

방안에 간직해 두고는 저잣 바구니를 들고 나온다. 다시 곤로를 뜰 끝에 갖다 놓으면서.

처 그럼 그새 숯불이나 일워 두세요, 응?

박민 처 퇴장.

언 걸 응, 불은 내가 피우지.

언걸 부엌에 들어가서 종이 부시럭지를 들고 나와 구겨서 숯 밑에 넣는다.

언 걸 (넣다가 종이에 쓴 것을 살피면서) 오호- 이건 자네 부인 일기책이로군. 에-또, 보자. "3월 28일, 쾌청."

박민 고개만 돌려 바라본다. 언걸 건드렁 건더릉 더려다 보면서 속으로 읽고 있는데, *[12] 뒤에서 소리 들린다.

---

12) 막?

소 리 "오래간만에 P를 만났다. 그새 서울을 다녀왔노라는 것이었다. 턱 위로 짤막한 수염이 까슬까슬 얼굴엔 약간 수척한 빛이 눈에 띄였으나, 그러나 여전히 눈빛만은 지혜롭게 빛났다. 며칠 전 신문에서 그의 시를 보았다. 나는 시란 물건은 천재가 아니고는 도저히 이루어지진 않는 괴물이라고 단정했다. 지금 저 사람의 심장을 불태우는 눈빛은, 곧 그 천재란 물건의 비밀의 문이 아닌가 생각했다. 시꺼믄 베두루마기를 입고 있는 꼴이 참으로 웃으웠다. 몸에 맞지도 않는 두루마기에다 두 손을 푹 꽂고는 뒤축 없는 운동화를 기웃둥 기웃둥 껄고 가는 그의 모습은, 몹시 서툴고 안 짜이면서도 어쩐지 잊혀지지 않는 인상을 주었다. 하여간 남자들의 그 텁텁한 매력의 힘이란 이해할 수 없는 그 무엇이다.

간밤엔 꿈에 또 그를 만났다. 꿈에 보이긴 이번이 네 번째다. 어느새 서로 부부간이 되어서, 나는 옆에서 누어자고 그는 책상 앞에 웅크리고 앉아서 글을 쓰고 있었다. "칩지 않소" 하면서, 낮에 보던 그 까실까실한 수염을 그대로 해가지고는 내게다 이불 한 자락을 더 덮어 주었다. 문득 깨니 꿈이었다. 돗보기 안경을 콧날에 걸고서 호롱불 앞에서 바누질을 하고 계시던 할머니가 내게다 이불자락을 따둑어려 주시던 참이었다. 참으로 부끄러운 꿈이었다. 그러나 잊혀지지 않는 다정하고 딸큼한 꿈이었다. 다시 꿈을 계속해볼 량으로 이불을 뒤집어쓰고 눈을 감았으나, 도리어 눈은 말똥말똥. 꿈은 영영 실패였다."

언걸 곤롯 속에 넣고는 다시 한 장을 집어든다. 소리 계속.

소 리 "3월 29일, 청.

나무 싹은 뾰족뾰족 나날이 자라나오것만, 바람 끝이 쌀랑하게 싫다. 오늘처럼 불쾌한 날은 없다. 아침부터 아버지는 예의 S한테 시집가도록 졸라대신다. 화가 나서 아버지한테 반항으로 당장 S한테 허락을 해버릴까도 싶었다. 그러나 죽어도 안 될 말이다. 아버지의 주장은 재산이 넉넉한 집이니, 한평생 딸 걱정은 없지 않겠느냐는 극히 상식적이요 도피적인 심정이었다. 그가 잘 노는 책점 앞을 지내도 오늘은 P가 보이지 않었다. 밤엔 혜경이 집에 가서 드람프를 치고 놀았다. 그러나 아무 것에도 생각이 잡히지 않었다. 집에 돌아가서는 이불을 뒤집어쓰고 울었다. 왼 세상이 모두가 나를 따돌리는 것 같고, 모두가 내 존재를 업신여기는 것만 같애서 끝없이 쓸쓸했다."

언걸 다시 책장을 넘긴다.

소 리 "4월 7일, 바람이 세다.
먼지 섞인 뿌연 바람에 벚꽃이 나비떼처럼 날린다. 배인씨 소품전람회장에서 만나자기에 가서, P와 청보찻집에서 차를 마셨다. 그의 미술비평엔 너무 교양이 높은데 놀랐다. 예술가란 무서운 것이었다. 그의 고상한 지식과 비교해 보아선 나같은 미미한 존재와는 도저히 친해질 수 없는 어떤 두터운 장벽이 가로 놓여있는 것만 같애서, 쓸쓸하고 한없는 자기증오를 느꼈다. "역사발전에 있어서 어떠 부면의 활동이 인류행복 우에 가장 많은 이바지를 했겠느냐"고 묻기에, 나는 어떻게 대답해야 좋찌 몰라서 얼굴을 붉혔다. "그것은 **[13]이얘요" 하고 그는 친절히 설명해 주었다. "역사발전에 있어서 인류행복 우에 가장 많은 이받이를 해온 것은 **이다" 하고 나는 속으로 몇 번이고 곱쳐 새겨 보았다. 요새 와서는 P의 하는 말은 하나가 모두 나에게는 진리로 받아들려진다. 그이에게서 듣는 한 말 한 말은 설사 평범한 말이라 하더라도, 내게 있어선 내 아버지의 말씀보다도, 어느 훌륭한 성현의 말씀보다도, 빛나는 황금같은 진리 그대로인 것이다. 한없이 많은 세상사람 가운데서 오직 한 사람의 맘에 맞는 사람을 골라 찾을 수 있다는 일은, 참으로 청복[14] 한 일임에 틀림없다. 아 인생은 역시 아름다운 것이다. S와 P- 오직 죽음과 영광의 두 길이 있을 뿐이다. 아름다운 인생에 진실로 값있는 뜻을 주고, 철벽같이 나의 청복을 지켜줄 영혜[15]로운 P의 머리 우에, 오오. 영원한 복이 나리소서! 거리에서 순자 부부를 만났다 자주빛 누비포대기에 싸여 하얀 털실모자를 폭 쓰고 있는 어린애는 한없이 귀여웠다. P와 나는 일부러 전차를 피해서 파란 잔디로 덮인 보뚝길을 걸었다. 심술궂던 바람도 이제는 쉬고 문암산 밑 마을은 동구 앞에 늘어선 꽃나무들은 마치 종이로 만들어 붙인 꽃송이처럼 모두가 그림이요, 모두가 꿈이었다. 모든 인간을 행복

13) 두 자 확인불가.
14) 맑고 온화하다.
15) 靈慧, 신령스럽고 지혜로움.

되게 하기 위하여, 지상은 만반의 성찬을 준비하고 있지 않는가? 오오, S. 왜 그것만이 나의 꿈의 보금자리 우에 어두운 그림자를 던져주는 쑥스럽고 께름직한 존재일까? P와 나는 잔디 우에 나란히 앉아서, 먼- 지평선을 바라보았다. P도 꿈을 꾸는 듯했다. 두 사람은 아무 말이 없었다. 그러나 무수한 말들이 두 사람의 심장 사이를 오락가락하는 것만 같았다. 마치 버들가지 속을 숨박꼭질하는 순정스런 꾀꼬리들과 같이… 밤엔 흥분해서 밤 두 시 토록 잠을 이루지 못했다. **[16]! 오오, 꿈의 실현장인 조물주의 얼마나 위대한 창업이냐."

박민 책상에 쓰러져 소리내어 운다.

언 걸 응? 이 사람이요! 태백이 술 받으러 갔나. 안주는 언제쯤 올 꺼야.

언걸 부엌에 들어가 사발 두개를 가지고 와선 잡신[17] 따룬다.

언 걸 그것두 추억의 눈물이냐. 이 오라질 친구, 들어.

박씨 처, 태환을 앞세우고 등장.

처 (귀속 말로) 아버지 약주 잡수신다. 이리로 살작 들어가서, 어서 자거라?

태환 고개를 숙인 채 부엌간으로 들어간다.

처 어유, 남자들만 맡겨서 무슨 일이 되겠수. 불도 안 피워 놓구. 아직두 고시란히 있네.

언 걸 저 꼴이나 보시구료.

처 (힝 웃는다) 불 안 피운 건 마침 잘 됐구료. 고기는 떨어지고 해삼이 있었어요.

박민 처, 부엌으로 들어가 해삼을 담아가지고 나온다. 멀리서 라듸오 음

16) 2자 확인불가.
17) 작신? 조금 짓궂은 말이나 행동으로 자꾸 귀찮게 구는 모양.

악소리.

처　　오오, 참. 개들 음악회 중계방송이 있닥 하잖었어요?

처 라디오를 튼다. 박수 소리에 아나운사의 설명 들린다.

소 리　다음은 백은희양의 쏘푸라노 독창! 불러주실 곡목은 박민 작사, 윤상철 작곡 <외로운 나비!> 반주에는 역시 신진으로 곽혜라양이올시다.
처　　은희가 불르는 거라죠?
박 민　(고개로만 대답)
소 리　산넘어 산넘어 날러온 나비
누구를 찾아서 헤매이나
헤메는 날개는 싸늘히 떨어
오늘도 진종일 지쳐서 우네

어딘지 행복은 기다리렸만
봄은 아직도 멀은 양하여
얼녹아 흐르는 또랑물 위에
꿈꾸는 노을만 덮여있네

산넘어 산넘어 날러온 나비
누구를 찾아서 헤메이나
차디찬 바람에 길을 잃고
나비야 날개는 슬프더라

우뢰같은 박수 소리. 더욱 느껴서 우는 박민.

처　　어쩐 일이우? (어린 것을 풀어 앉는다)
언 걸　아, 이거 갑자기 무슨 신이 붙었나?
박 민　(빨개진 눈으로 언걸을 바라보면서) 이 사람아, 여편네가 너무 불상하이.
언 걸　압다. 이것 늦이맣게 마누라 섬기는 출천지 효자가 생겼네 그려?
처　　내버려 두세요. 한잔 됐나 보우. 낮에 내가 나가라구 쫓가냈더니 설어서 그런답니다.

언 걸　아-니, 쫓가내다니. 그래서 이 다 큰 애를 울려요?

처　　(남편에게 술 사발을 권하면서) 어이, 상술찮게[18]. 그래 인제부터 안 쫓가낼 테니, 술이나 드우!

박민 아내를 바라보다간 다시 소릴 내어 울고, 언걸은 술잔을 든 채로 집이 떠나갈 듯이 호걸웃음을 웃는다. 소란한 심포니.

-막-

18) 성실찮게?

# 항쟁(抗爭)의 노래

(3막)

임하(林河)

**곳**

서울 남산을 싸고도는 거리 구석 집.

**때**

1947년 10월 초순

**사 람**

| | |
|---|---|
| 박동철 | 음악가 |
| 최씨 | 그의 모친 |
| 현숙 | 박동철의 형수 |
| 애순 | 동철의 누이동생 |
| 원팔 | 동철의 숙부, 한국민주당원 |
| 영희 | 철수의 누이동생 |
| 김철수 | 인쇄직공, 전평원[1] |
| 갑송 | 원팔의 아들, 서북청년회원 |
| 최원규 | 동철의 외숙부, 농민 |
| 명수 | 원규의 아들 |

서북청년회원 갑, 을, 병
민주애국청년동맹원 갑, 을, 병
기타 군중 남녀와 남조선 경찰
미국 경관들

1) 全評, 조선노동조합전국평의회, 1945년 11월 5일 결성한 조선공산당 산하의 노동운동단체.

# 제1막

무대— 반은 양식, 반은 조선식으로 된 인테리—의 가(家) 대합실. 정면벽에는 거리쪽으로 난 적은 정원으로 향한 커다란 들창. 무대 좌측에는 온돌방과 부엌으로 통하는 문. 우측 후면에는 현관으로 통하는 문. 우측 중앙에는 이층으로 통하는 구름다리, 그 전면에는 진찰실로 들어가는 문. 무대 좌측 전면에는 피아노가 놓여있다. 방 한가운데 테—불, 쏘—파, 교자등이 있고, 정문 들창 밖으로 거리 건너편 이층 양옥들이 보인다. 가구설비는 별로 화려하지 않으나 살림살이 잘 하는 중등 이상의 깨끗한 인테리 가정의 차림차리다.

실내장식으로 보아 병원 대합실로 쓰던 방인 것을 알 수 있다. 또한 적당히 악성(樂聖)[2]들의 사진이 걸리었다.

최 씨 아니 글세, 수술기와 약을 몽땅 팔아서 남을 주다니… 매일 천정을 모르고 올라가는 쌀 시세에 이 서울 바닥에서 어떻게 살란 말이세요. 아주반이두 그걸 장 생각해서 처리해야 될게 아니겠어요?

원 팔 하— 아주머니두 참 딱하십니다. 낸들 앞뒤 사정 생각해 보지두 않구 처리한 줄 아세요? 글세, 한국민주당에서는 미소공동위원회에 제출할 단체를 열둘이나 꾸며내라고 내게 다 명령이었구려. 또 그나 그뿐입니까. 서북청년회에서는 기부금을 꼭 내야한다는 걸 어떻겁니가?

최 씨 아니, 그 한국민주당인지 서북청년횐지 한 것들이 도대체 내게 무슨 관계가 있어요.

원 팔 하… 그건 아까두 말슴드렸지만… 아주머니께선 세상 형편을 전연 모르구 하는 말씀이지, 아주머니두 나와 같이 거지꼴이 되지 않으려거든 저 좌익 놈들과 싸우는 우리 편을 도와주서야 하지 않겠소. 글세, 내가 북조선에서 땅을 뺏기고 이곳에 와서 이 고생을 하는 것이 모두가 누구 때문이요? 이게 다 그 좌익 놈들 때문이 아니오. 다행히 이 남조선에는 미군이 주둔해 있구, 또 리승만 박사께서 미군 고관들과 잘 타협해서 정치를 하시는 덕택으로 나도 평택 있는 땅을 그대로 가지고 있고, 아주머니께서두— 이런 집이래두 그대루 가지구 사시는 줄 아세요.

---

2) 베토벤 등과 같이 성인이라고 이를 정도로 뛰어난 음악가.

최 씨 난 천생 남의 덕이라군 입어본 일두 없구, 또 입을려구두 하지 않수. 이건 왜놈들 때에는 국방헌금이니 기부금이니 해가지구 작구 졸라만 대더니, 해방된 오늘에 와서두 또 그 선화니, 대체 무슨 놈의 세상인지 통 알 수가 있어야지. 참말루 나라를 위해 하는 일이라면 아니할 수 없겠지만, 지금이 나라란 누구의 나란지 어즈럽기만 한 게 무슨 판 속인지 통 알 수가 없어요.

원 팔 아주머니, 안심하시우. 이제 세상이 바루 잽히면 그만한 돈이야 어림있나요. 내게두 운만 튼다면 군수 자리나 도감사 한 자리야 틀림없어요. 한국민주당에서는 내가 가장 열성분자의 한 사람으루 등록돼 있는 걸요. 허허… 그럼 전 일이 바뻐서 그만 나가 보겠습니다. (나가다가 현관문에서 동철이와 마주친다)

현 숙 어머니, 저녁 잡수세요.

최 씨 아직 먹구 싶지 않다. 동철이 들어온 뒤에 가치 먹지. 너나 어서 먹어라.

현 숙 저두 먹구 싶지 않습니다.

최 씨 요즘 동철이가 왜 밤늦게 다닐가.

현 숙 학교일을 그만 둔 뒤부터 그러시는데 무슨 근심이 있나 봐요.

최 씨 왜 그러는지 네가 한번 잘 말해 봐라.

현 숙 네.

무거운 침묵

최 씨 넌 또 왜 그렇게 수심 가득한 얼굴을 하구 다니는 거냐. 너 오늘 술 먹었지. 인제 우리 집 세간사리를 도맡아 볼 사람이 너바껜 없는데. 글세, 우린 누구를 믿구 산단 말이냐!

동 철 어머니 전 세상이 귀치 않어서 그만 모두 때려부시면 좋겠어요.

최 씨 얘 이놈아. 네가 그걸 말이라고 하니. 모두 때려부시다니 요즘 이에미 마음은 편한 줄 아냐. 좋다, 좋아.

동 철 어머니!

최 씨 에이구, 내 팔자두 나이 젊었을 땐 고학하는 네 아버지 시중하누라고 품삯 일을 손톱이 닳도록 해서 너의 아버지가 의전을 졸업하구 개업을 해서 살림살이가 좀 페워 나갈만 하니까, 네 형 동수란 놈은 독서회니 뭐니 하면서 동무들과 패거리를 짜가지구 단니는 바람에 하루두 맘 놓을 식이가 없었구나.

동 철 어머니, 지나간 이얘긴 해서 무엇 합니까?

최 씨 게다가 그놈이 전쟁이 버러진 다음에는 네 형 녀석을 병정우루 안 내보낸다구 매일같이 졸라댔구 그때 빗낸 돈으로 놈들을 맥이구 면제를 받으려구 한 것이 그것두 그놈들의 배창자만 채우구 말았구나. 차라리 네 형에게 돈을 주어 네 형을 도망치게 하였으면 좋았을 걸… 그런 걸 놈들의 성화에 끝끝네 네 형이 학도병으로 나가게 되구 말지 않었니.

동 철 형님 이얘긴 더하지 마세요.

최 씨 아버지두 정작 전쟁판으로 동수를 내보내 놓구는 자수안맹[3]하셨다구 매일같이 근심하는 나머지 병석에 누셨다가 그만 도라가시구, 동수란 놈은 삼 년재나 통 무소식이니 죽은 게 틀림없구나.

동 철 ……

최 씨 에이구, 그러니 이제 집안을 돌볼 사람은 너 하나바께 없는데 가사에는 통 뒷전이구, 애순이랑 년은 밤낮 싸돌아다니기만 하니 속 타는 건 이 에미뿐이로구나.

동 철 어머니, 저두 그런 것은 알어요. 왜 또 외우세요. 괘니 심난한데 어머니까지 그러지 마세요.

최 씨 심난이 다 뭐냐? 산 사람의 눈알을 빼갈 세상인제 친척두 믿지 못할 세상이야. 글세 네 삼촌이 무슨 돈 버는 수단이 난다구 하면서 나를 속이구 너의 아버지의 수술기와 약까지 몽땅 팔아먹지 않었겠니. 인제 가구라두 내놔야 할까 부로구나.

동 철 그래두 난 세상이 귀찮아서 못 살겠어요. 세상에 보기 싫은 것들이 너무 많어요. 난 저 삼촌만 보면 인젠 그만 진절머리가 나서 못 보겠어요. 그리구 우리 집으루 우룩우룩 몰려 단니는 갑송이네 패를 말이에요. 그저 힘만 있다면 모주리…

최 씨 그건 너만 그런 게 아니란다. 그렇다구 어찌 하는 수 있니? 다 남 보듯 할 수도 없는 일이구… 미우나 고우나 그분은 너의 숙부구, 갑송인 너와 사촌 간이 아니냐.

동 철 그따위 건달꾼이 숙부가 다 뭐예요.

최 씨 그런 소리 말아. 그런 것을 누가 모른다니? 이전에는 왜놈한테 붙어서 협잡질이나 해가지구 다니면서 황해도하구 평택에다 땅마지기나 작만했든 게, 해방 후에는 북조선에서 그 땅마기나 빼앗기구 지금 와서는 우리한테 달려붙지 않었니.

3) 自手眼盲, 자기 손으로 눈을 멀게 함.

동 철 어머니, 인젠 애순이두 버리구 말었어요.

최 씨 애순이를 버리다니?

동 철 갑송이네 패에 끼워서 미군 환영이니 딴스홀이니 하구 싸돌아다니는 꼴이야 눈허리가 시여서 못 보겠으니 말이지요. 애순이는 양키식에 폭 젖었다고 남들이 비웃는 걸 어머니는 모르세요.

최 씨 난들 거 모르겠니. 암만 타일러두 듣지 않는 걸 어떻거겠니? 사람을 짐승처럼 마구 때릴 수두 없구, 나이가 좀 들면 지각이 나겠지.

동 철 열아홉 살이나 된 계집애가 나이가 어리다구요? 형님만 계시다면 벌서 우리 집에서 내쫓아버렸거나 때려 죽였을 거예요. 그래두 욕 한마디 안 하구 싸우기 싫어서 참고 이꼴저꼴 보구만 있을라니 참기가 맥혀서…

최 씨 어서 들어가 저녁이나 먹자. 너의 형수를 오늘은 입맛이 없다구 안 먹는구나. 나두 혼자 먹기 싫어서 여태껏 안 먹구 있었다.

동 철 난 아주머니가 불상해서 못 보겠어요. 형님이 꼭 오신다고 매일같이 기다리시면서 뺏뺏 말러가는 것을 어머니두 아시지요. 그러구요 지금은 소설책에만… 고독해 있어요.

최 씨 글세, 여태껏 종무소식이니 죽은 사람이 분명한데, 그렇다구 제가 이 집에서 나간다며는 말리지는 못 하겠지만, 어디 좋은 자리에 다시 출가라두 하라구 말하면, 이 집에서 저를 내쫓는 상 싶어서 그런 말이 입 밖에 나가질 않는구나. 그저 애기라두 있었드면 좀 좋았겠니? 네 형수두 의전을 맞추진 못했지만 졸업반까지 올라갔다가 그렇게 되고 보니, 너의 아버지가 보시던 환자들이 간혹 찾아오면 진찰두 곳잘 하는 모양이더라. 네 아버지가 도라간 다음엔 간판은 없더래두 진찰실만 저렇게 남겨둔 것이 네 형수의 심심푸리두 되구 또 내 마음두 한결 위로가 되는구나.

동 철 그야 붕대나 싸매는 일이지, 진찰은 무슨 진찰이겠수. (사이. 취기가 돈다) 어머니 어서 들어가 저녁 잡수세요. 난 안 먹겠서요.

최 씨 입에 술 댈 줄 모르던 네가 오늘은 과음한 것같구나.

동 철 네. 어머니 나 오늘 술 좀 먹었어요. 형님이 학도병 나갈 때 먹구는 오늘이 처음예요.

최 씨 너 오늘 누구하구 다툰 것같구나.

동 철 어머니두, 내가 원제 누구하구 다투는 것을 보셨어요. 괘니 심란해서 한잔 먹었지요.

최 씨 어서 네 방에 올라가 일찌감치 자거라.

동 철 네. 나 피아노 좀 치다가 곧 올라가겠어요. 어서 안심하시구 들어가세요. (어머니 돌방으로 들어간다. 챠이꼬브스끼의 고요한 음악, 다음으로 번민과 애수에 찬 음악으로 넘어간다. 전등이 꺼진다. 그러나 그것을 아지 못하고 동철은 계속하야 피아노를 친다. 동수의 부인이 한손에 소설「꼴끼의 어머니」를 들고 이층으로 나려온다. 음악은 그냥 계속된다)

현 숙 왜 갑재기 전등이 꺼졌을가? 또 정전인가? 아니 어둔 줄두 모르시구 피아노만 치세요?

동 철 아주머니, 요즘은 무슨 책을 읽으십니까?

현 숙 네,「꼴끼의 어머니」얘요. 요지음 집에 계시지 않구, 어머님은 몹시 걱정하시드군요, 왜 학교일은 그만 두셨어요.

동 철 아주머니, 오늘 또 울으셨지요?

현 숙 아니요. 울기는 왜 울어요. 책을 보는데 전등이 꺼져서 피아노 소리를 혼자 듣고 있노라니, 웬일인지 작구만 눈물이 나오드군요. 이것두 아마 여자의 마음이 약한 탓인가 봐요.

동 철 그럼 인제부터는 아주머니를 위해서는 피아노를 치지 말아야겠군요? 괘니 기분만 상하게.

현 숙 아니요. 난 피아노 소리를 들을 때마다 생각이 흐터지지 않고 한줄기루 모여서 심난한 기분이 없어지는데요.

동 철 만일 형님이 도라오시지 않을 때에는 아주머니는 그대루 늙으실 적정입니까?

현 숙 도라오실 길도 막연하구 확실히 못 도라올 사람이라고 알려지기 전까지는, 기다리는 길바께 또 무엇이 있겠어요?

동 철 전 요지음 와서 아주머니의 괴로운 마음에 잘 끌리는 모양이군요. 리해하고 있습니다. 아주머니 제가 학교를 그만둔 리유를 모르시지요? 저는 여태껏 연애라는 건 몰랐어요. 저의 유일한 사랑은 음악… 베–토벤이나 챠이꼬브스끼–, 모짤트, 글린카, 무쏠그스끼, 그들의 음악이 사랑의 대상이었지요. 꼴끼–는 글린카–의 음악을 그중 사랑했답니다… 저는 이성간의 사랑은 좀 깨끗지 못하고 또 부끄러운 일로만 생각했지요. 지금두 그것은 부끄러운 것이라고 생각해요.

현 숙 요새 그렇게 고민하시는 걸 보니까, 아마 누구한테 상당히 맘이 끌린 모양이군요.

동 철 아주머니 그 반했다는 말부터 제게는 좋게 들리지 않는군요. 혹 아주머니두 보셨을는지 모르겠지만, 애순이 동무루 우리 집에 놀러오군 하던 녀학생이 있었지요. 그런데 요지음 학교당국에서 좌익학생 숙청이라 해가지구 그 여자까지 출학을 당하자 종적을 감추었는데, 어디 찾을 수가 있습니까. 이 서울 장안에 골목이란 골목은 다 뒤저봐두 그림자조차 볼 수 없군요.

현 숙 아가씨두 모른나요?

동 철 글세, 자기 오빠하구 가치 있단 말은 들었다는데, 어디 사는지는 모른다지 않어요.

현 숙 그래서 요지음 집에 게시지 않었구만. 너무 근심하지 마세요. 산 사람은 어느 때던지 만나는 법이라는데…

동 철 저는 그 여자한테 사랑한다는 말 한마디 못했습니다. 어쩐 일인지 만나면 그만 말 주머니가 딱 맥혀 버리구, 못 보면 무엇을 잃은 사람처럼 괘니 심난하구. 아주머니, 사랑이란 원래 그런 법인가요?

현 숙 난 몰라요. 연애해 본 일이 없었거든요. 부모가 정해준 남편은 사랑해야 할 책임이 있다는 것만은 잘 알구 있지요.

동 철 이주머니는 세상에 부모의 사랑바께 더 고귀한 것이 없는 줄 아세요?

현 숙 왜 그렇겠어요. 그밖에두 부모의 사랑, 형제의 사랑, 동무의 사랑, 친척의 사랑, 이밖에 또 무슨 사랑이 있을까? 동포에 대한 사랑, 민족에 대한 사랑일까?

동 철 동포에 대한 사랑은 왜정 36년 동안에 그 얼마나 눌러고 짓밟혔습니까? 그러나 해방이란 소리에 민족애에 대한 감정은 더욱 날카로워졌습니다. 지금 민족, 민족 하고 소리만 치고 다니며 제 배만 채우려는 원팔이나 갑송이 같은 작자들을 아주머니도 보시지 않습니까?

무거운 침묵. 동철 피아노를 친다.

현 숙 그들은 왜정 때에도 아첨과 온갖 비굴한 행동을 가리지 않고 저만 잘 살려고 했지요.

동 철 저는 챠이꼬브스키―나 글린카의 음악을 들을 때마다 로씨야 사람들에게는 동포나 민족의 척도로서는 도저히 잴 수 없는 그보다 더 커다란 인간의 사랑이 있다는 것을 느끼고 있지요. 그런 사랑이 없이는 어느 나라 민족에게나 다― 통할 수 있는 그런 감정을 가진 음악을 창작할 수 없단 말이지요. (피아노를 치면서) 이 '볼가의 뱃노래'를 들어보십시요. 이것은 한가한 자들이 뱃노래하누라고 부르는 노래가 아닙니다. 이것은 로씨야 화가 레핀뗀이 그린 '사공들'이란 그림과 같이, 헐벗고 굶주린 사람들이 강변에서 무거운 짐을 실은 배를 밧줄로 끌고 가는 사공들의 뱃노래입니다. 그들은 이 노래를 가지구 부르면서 흐터진 힘을 합쳤구, 새 힘을 북돋았으며, 마치 온 우주를 그들이 끌고 나가는 듯이, 앞으로 앞으로 전진하는 위대한 음향이 아닙니까? 이런 노래를 창작한 로씨야 사람들은 이번 세계대전에 있어서도 여러 민족의 선두에 서서 퐛쇼 독일을 격멸하고, 동에서는 강도 일제를 때려부시고 빛나는 승리를 쟁취하지 않었습니까. 저는 공산주의라는 것은 잘 모르지만, 그들의 음악을 통해서 로씨야 사람들에게는 너그러운 마음과 커다란 인간의 사랑이 있다는 것을 알고 있습니다.

현 숙 그런 걸 나 같은 게 어떻게 아나요. 단지 한 가지 아는 것은 그이가 학도병으로 나갈 때 내가 누구를 위해서 전쟁으로 나가느냐, 우리 조선 사람을 위해서 싸워서 죽는다면 조금도 통분할 것이 없다고 하던 말은 어느 때나 기억하고 있지요. (어머니 방에서 나온다)

최 씨 너이들은 여태 여기 있었니. 정전은 왜 자주 되는지 밖에서 발소리가 나는 것같애서 나왔다.

현 숙 (들창을 바라보고) 아! 저게 누구야? (놀랜다)

들창 밖에 피 묻은 머리를 한손으로 쓰러쥔 사람이 나타난다. 전등이 켜진다. 모두 당황하여 이러서서 들창 밖을 본다. 창에 붙은 사람은 그냥 서있다.
사이

동 철 (따라 나간다)

어머니와 동철이 부상한 남자를 부축하여 가지고 들어온다. 현숙이는 쏘파에 누인다.

최 씨 의복에 인쇄먹이 묻은 걸 보니까 인쇄 직공인가 본데, 누구한테 마젔는지 머리가 이렇게 터졌구만.

현 숙 에이구! 이 피를 어찌하나!

동 철 (부상당한 남자의 가슴에서 삐라를 꺼낸다) 아주머니 빨리 붕대루 싸매시요. 그리고 강심주사두. (삐라를 볼려고 할 때 밖에서 떠드는 소리 들린다) 갑송이네 패가 오는 모양입니다. 어서 진찰실로 들어 갑시다. (삐라를 주머니에 넣는다)

어머니, 현숙, 동철이 인쇄직공 김철수를 부축하여 가지고 진찰실로 들어간다. 동철이와 어머니는 곧 나온다. 갑송이와 서북청년회원 갑, 을, 병이 들어온다. 갑, 을, 병은 방 안을 살핀다.

갑 송 피 흘린 자리는 여기까지 있는데, 그놈이 아마 저쪽 골목으로 도망친 모양이네. 큰어머니, 안녕하세요.

최 씨 아니, 어데 갔다가 이런 밤중에 우룩우룩 쓰러 다니는 게냐.

갑 송 큰어머니, 냉수 한 그릇 주세요.

최 씨 (부엌으로 들어간다)

갑 송 형님은 왜 그리 초조해서 서있어요. 이 사람 자네들 모르겠지? 우리 사촌형이야. 인사하게. (갑에게 소개한다) 음악선생이시구. 이 사람은 일등 권투선수인데, 오늘 그만 망신했지요. 내가 그놈의 골통을 몽둥이루 갈기지 않았드라면 자네는 그만 녹았을 게야.

갑 참말 그놈이 억세긴 해. 한대 얻어맞은 게 그만 정신이 아뜻해졌어. 하여튼 오늘 일은 잘 됐어. 그놈의 인쇄소를 막 들부시었으니까. 상금 천 원씩은 갈 데 없네.

최 씨 (물그릇을 들고 나오면서) 갑송아. 우리 애순이 못 봤니?

갑 송 (을에게) 자네가 애순이하구 딴스홀에 가기루 했지?

을 정말 애순인 지금 딴스홀에서 기달리갔디? 이런 일이 생긴 줄두 모르구.

현 숙 (진찰실에서 나온다)

갑 송 밤늦도록 의학을 연구하십니까.

현 숙 아니. 약을 좀 끄내려구요. 저, 어머님이 속탈이 생겨서…

이때 애순이 등장한다.

애 순 할로-, 모두들 여기 있었구만. 그런 걸 나는 종일 기다렸지. 나쁜 사람들. 오- 또 어데서 일을 저질른 모양이시로구만. 챨쓰 얼굴이 험상스럽게 되었는데, 내가 옥도정기를 발라드릴까요. (진찰실로 들어가려한다)

최 씨 애순아.

애　순　네!
현　숙　내가 갔다드리지요.

진찰실로 들어갔다가 옥도정기병을 가지고 나온다.

최　씨　넌 게집애가 남들이 웃는 줄을 모르고 어델 그렇게 싸다니는 게냐?
애　순　(약병을 받어들고 갑에게로 가서 약을 발러준다) 원 어머니두. 게집애라구 방구석에만 처박혀 있겠어요. 사회에 나가서 활동하지 않구.
을　애순씨를 기다리게 한 탓으루 오늘은 내가 한턱 쏠 테요.
애　순　오— 부라보— 그럼 위선 여기서 한번 출까요. 무얼 출까? 스케트 왈쯔, 탕고, 폭스트로트, 오빠 아무거나 한 곡조 처주세요.

동철 말없이 앉어 있다. 애순이와 을이 노래하며 폭스 트로트를 춘다. 갑송과 갑, 병이 박수를 치면서 박자를 맞추어 준다.

동　철　애순아. 우리 집은 딴스홀이 아니다. 그렇게 추구 싶거든 딴스홀루 가려무나.
애　순　왜 오늘은 모두들 기분이 나뿔까.
갑　송　자. 이사람들, 가세. 애순한테 오늘은 쵸코레트 사줄까?
애　순　호호… 오케, 그럼 갑시다. 우리들의 락원으로. (모다 웃으면서 인사하고 나간다)

현숙은 진찰실로 들어가고 어머니가 안방에서 나온다.
한동안 무거운 침묵.

동　철　(주머니에서 삐라를 꺼내 읽는다)
삼천만 조선동포들이여!
쏘미공동위원회에서 쏘련대표단은 조선에서 외국군대를 즉시 철회할 것과 조선통일정부 수립문제를 조선사람 자신에게 매낄 것을 결의하였습니다.
그러나 미국대표단은 이 쏘련의 정당한 제의를 거부하고 있습니다. 미국은 조선을 다시 식민지화하려고 하는 이때 조선의 매국노들은 조선을 다시 미국에 팔아 먹을려고 공동위원회 사업을 파탄시켰습니다.
조선동포 형제자매들이여!
조선의 운명을 해결하는 이때 쏘련대표단의 쓰띠꼬브 대장의 공평 정당한 제안을 절대 지지하며 총궐기합시다.

현숙이 진찰실에서 나와 듣는다.

최 씨 좀 정신을 차리는가?
현 숙 강심주사를 누았드니 심장은 통하는데, 피를 너무 흘려서 아직 정신을 못 차립니다.

이때 진찰실에서 신음소리. 모다 그것을 향하여 볼 때 막이 내린다.

# 제2막

무대는 제1막과 같다. 며칠이 지난 저녁 때, 현숙이 진찰실에서 나오고 동철이 밖에서 들어온다.

현 숙 오늘두 또 온종일 그 여학생을 찾아다니었어요?
동 철 아니, 그저 괘니 거리루 싸다니었지요.
현 숙 하구 많은 사람들 가운데 그렇게 길가에서 만날 수 있겠어요. 산사람은 어느 때구 만날 때가 있다는데, 그렇게 공연히 애만 태우지 마세오.
동 철 아니, 저는 누구를 찾어 다니는 게 아니구, 나는 내 맘속에서 무엇을 찾으려구 하는 것입니다. 말하자면 삶의 진리라 할까. 저는 지금까지 누구하구 다투어본 일이 없는데, 요좀은 저 진찰실에 계신 분하구 다투었습니다. 그분의 말은 내가 약자가 되지 말구 강자가 되라구 하는 때문이지요. 그분과 같이 싸움꾼이 되라는 말이지요. 그런데 나는 누구와도 싸우기 싫거든요. 왜 이 세상은 싸우지 않고는 못 사는지.
현 숙 아직 몸이 완쾌하시지 않은 분하구 다투지 마세요. 그러지 않어두

이따금 몹시 괴로우신 모양인데. (부엌으로 들어간다)

최 씨 (안방에서 나오며) 동철이 왔니? 애, 네 외삼춘이 올라오셨다. (최원규 노인이 뒤에 따라 나오며 인사한다)

원 규 동철아. 그동안 잘 있었니?

동 철 네. 그동안 안녕하셨어요.

최 씨 동철아. 너 평택에 좀 내려갔다오려무나. 공출하기 전에는 바숨이[4] 두 못 해먹게 했다누나. 사람들이 먹지 못해서 뚱뚱 부었댄다.

원 규 방금 우리끼리 이애기하던 참이다. 네가 너의 삼춘하구 이애기해서 소작료를 드릴 쪽으로라도 한 귀뗑이 떼서 바숨이라두 해먹도록 해 주렴. 먹어야 가을을 한 것이 아니냐. 금년에두 또 미군 군청에서 나와서 공출하기 전에는 곡식 한 알두 못 다치게 하니, 우리 소작하는 사람들이 무에 넉넉해서 미리 식량을 작만해 두겠니.
명수란 놈은 지난번 하곡 수집 때 일이 아직두 좀 부족해서 그러는지 아모래두 굶어 죽을 바엔 막 떠들구 일어나겠다는데, 나는 그 놈이 또 감옥으로 붓들러 갈 생각을 하니, 기가 맥히는구나… 그래 잘 생각다 못해서 내가 이리루 올라왔다.

최 씨 오죽 걱정스러웠으면 올라오셨겠니? 네가 좀 내려가 보려무나. 우리 약 판 돈이래두 삼춘보고 달라구 해 봐라.

동 철 어머니, 제가 언제 그런 일에 참견한 때가 있었습니까? 저는 어쨌으면 좋을는지 잘 모르겠어요. 서루 상론해 가지구 좋도록 하시지요.

원 규 하, 그래두 너의 어머니보다는 네가 가장인데 네 말은 들을 것이 아니냐. 하곡 수집 때처럼 또 무슨 말성을 일으키겠다. 모도들 떠드는 품이…

동 철 아저씨. 내려가 좋두룩 하시지요. 저는 그런 일에 참견 아니할 테예요. 더군다나 삼춘하구는 마주서기도 싫어요.

최 씨 그저 저렇게 철부지라니. 오라바니, 시장하실 텐데 들어가 저녁이나 잡수세요.

원 규 아니, 별루 먹구 싶지두 않네. 곧 내려가 봐야겠네.

최 씨 인젠 밤차바께 없는데 어떻게 내려가신단 말이요. (최씨와 가치 안방으로 들어간다)

동 철 (진찰실로 들어가려 하다가 무엇을 생각하면서 방안을 거닌다.)

현 숙 (음식을 가지고 나오면서) 들어가 저녁 잡수세요.

---

4) 바심, 타작의 우리말

동 철 아직 먹구 싶지 않습니다. (현숙 음식을 진찰실에 들여다 놓고 나온다)

현 숙 오늘은 백사제지[5]하구 꼭 나가시겠다는군요. 동무들이 찾어다니며 몹시 근심하겠다구 하면서… 아직 상처가 완쾌하자면 퍽 오래 걸리겠는데.

동 철 성미가 너무 급해서 그래요. 저두 말려봤지만 어디 말을 들어야지요.

현 숙 어머니께서 형님이 입던 양복을 드리라구 하셔서 드렸더니, 어쩌면 그렇게 잘 맞겠어요. (이때 초인종 소리가 난다. 현숙이 현관문에 나갔다가 들어온다)

현 숙 어떤 예쁜 여자가 찾어왔는데요.

동 철 날 찾어올 여자가 없어요. 공연히…

영희[6]가 들어온다.

영 희 선생님 안녕하셨에요.

동 철 (어쩔 줄 모르고) 오, 영희. 난 영희를 찾누라구… (어조를 바꾸어서) 그래, 그동안 어데 갔댔어. 학교에서 다음…

영 희 그저 이리저리 다녔지요. 선생님께 청이 있어서 왔세요. 선생님의 수고를 좀 빌어야 되겠습니다. 이 가사를 작곡해 주세요. 꼭 부탁합니다.

동 철 나는 영희와 꼭 말할 일이 있어서 찾어다니었는데…

영 희 무슨 말씀인가요.

동 철 아니, 그저…

영 희 꼭 부탁합니다.

동 철 내가 무슨 작곡을 할 줄 알어야지.

영 희 이번에는 선생님이 꼭 작곡해주서야 합니다.

동 철 (가사를 쓴 종이를 받아 쥐고 읽는다)
“반동의 폭풍우 휘몰아 쳐도 우리는 싸운다.
목숨을 바쳐 나가자. 용감한 조선의 아들딸
완전독립 쟁취할 날까지.
테로에 날뛰는 미제의 앞재비

---

5) 百事制止, 모든 일을 밀어 놓거나 제쳐 놓음의 뜻을 지닌 북한말.
6) 등장인물표에 따라 영히를 영희로 모두 바꾸어 표기하였음.

삼천만 인민은 박차고 나간다.
인민은 웨친다. 자유와 독립
물러가라. 미제국주의자"

이런 노래를 내가 작곡할 수 있을까. 혹 사랑의 노래라면 또 몰라두.

영 희 선생님두, 부러 그러세요. 꼭 부탁합니다. 그리고 이 편지를 누가 선생님께 꼭 전하라구 해서 겸사겸사 온 길이애요.

현숙과 동철 서로 시선이 마조치고 웃는다. 동철은 편지를 슬그머니 부끄러운 듯이 엽채기에 넣는다. 이때 진찰실에서 철수가 나온다. 어머니도 안방에서 나온다.

철 수 아무래도 나 오늘 나가봐야 되겠습니다. 너무 오래 피해를 끼쳐서 (머리를 붕대로 싸매었다)
영 희 (오빠를 발견하고) 아— 오빠—, 이게 웬일이세요? (달려가 안기어 운다)

최씨, 동철, 현숙, 의아하게 바라본다.

철 수 오, 영희냐. 인젠 살었는데, 울 것 없다. 울지 말어. 넌 내가 여기 있는 줄 알구 찾어왔니?
영 희 알게 머예요. 난 박선생님한테 부탁할 것이 있어 온 길인데요. 인쇄소를 테로단이 습격한 날 오빠가 행방 모르게 잃어졌구, 오빠 동무들은 오빠가 꼭 잘못된 거라구 하겠지요. 그래두 나만은 오빠가 어데서던지 살아 게실 줄 믿구 있었어요. 하지만 때때루 금년 오일절 지나서 낙산 미군사격장 부근에서 아지 못할 죽엄한 이준택 선생 일이 작구만 생각나더군요. 그런데 이렇게 선생님 댁에 와 게실 줄은 꿈에두 몰랐어요.
철 수 너와 동무들이 근심할 줄은 알었지만 며칠동안 정신을 채릴 수가 없었구, 또 연락을 취하려구두 했지만, 공연히 이댁에까지 누가 미칠까 바… 하여튼 그건 나종에 얘기할 셈치구, 이댁 어머니하구 또 아주머니와 동철씨께 수고를 많이 끼쳤다. 너두 그런 줄이나 알어둬라. 이렇게 어지신 분들을 만나지 않었드라면, 난 살어나지두 못

했을 거라.

영 희 전 이 은혜를 무엇으로 갚아드릴는지 알 수 없습니다. 너무나 많은 수고를 끼치어서… 선생님 댁에 와서 우리 오빠가 살어났다는 것으로 언제나 잊지 않겠읍니다. 나 그러구 선생님, 제가 가져온 편지를 읽어보세요. 아마 댁에 오는 기쁜 소식일런지두 모릅니다.

동 철 (얼떨떨하여 눈치를 보다가 편지를 꺼내 읽는다) 어머니! 아주머니! 형님한데서 온 편지예요!

최 씨 뭐라구? 네 형 동수의 편지라구? 어서 읽어봐라. 이게 무슨 소리야. 동수가 살었다니. (운다. 현숙이도 운다)

동 철 (떨리는 목소리로) '어머님 전상서, 어머님 슬하를 떠난 지도 벌써 어느듯 삼년이 지났습니다. 그동안 어머니 기체만강 하시온지… 어머니 저는 왜놈의 총알바지로 관동군 공병이 되여 만주 전장에 나갔던 것이, 다행히도 쏘련군의 정의의 무쇠 주먹에 관동군이 거꾸러지자, 저는 조선 사람이라구 쏘련군과 함께 북조선에 무사히 도착하였습니다.'

최 씨 얘, 이게 무슨 소리냐. 동수가 살었다니, 어디 동수 글씬가 똑똑히 보아라.

동 철 어머니두 제가 형님 글씨를 모르겠어요. (계속하여 읽는다) '어머니. 아버지께서 도라가셨다는 소식을 풍편에 들었습니다. 그동안 어머님 얼마나 고생하셨습니까. 3년전 왜정하에서라두 기사가 되겠다구 공과대학에서 5년이나 공부하던 결과, 한갓 이 몸은 왜놈들의 대포 알밥이 되고 말려던 것이 지금은 쏘련군의 어진 덕택으로 생명만 구원된 것이 아니라, 조선의 절세의 영웅이신 김일성 장군의 영명한 지도 밑에 민주 조선의 토대를 닦는 인민공장의 기사가 되었습니다. 어머니 이 얼마나 놀랍고 감격할 일입니까? (사이. 눈물을 씻는다) 동철이도 몸 성히 잘 있는지… 나는 네가 좋아하는 챠이곱쓰끼의 음악도 지금 마음대로 듣고 있다. 로씨아 사람들이 사랑하는 것은 비단 음악뿐이 아니라, 나는 그들에게서 일하는 것도 배웠고, 생의 보람도 알었다. 그들은 우리를 어린 동생을 이끌어 주듯이 도아주어, 지금 북조선 인민은 민주 조국 창건의 길에 튼튼하게 들어서서 내달이고 있다. 나는 그들이 우리 조선을 해방시켜 주기 위하여 왜놈들과의 싸움에 우리를 대신하여 피를 흘렸다는 것을 생각할 때, 민족적 자부심으로 보아 부끄러운 생각이 한두 번 아니었다.

동철아. 너는 지난 10월 항쟁– 치열한 인민 항쟁에서 우렁찬 인민의 함성을 듣고, 또 보았겠지. 너두 그 항쟁의 투사라면, 이 형의 마음이 얼마나 반갑겠니. 피를 겁내지 말고 죽엄을 무서워 말고 싸워라. 그리고 너의 음악으로서 구국투쟁의 투지를 높이 웨쳐라. 이것이 오직 형으로써 너한테 바라는 소원이다.

그리고 현숙 집에 아직 남어있는지?' 아주머니 계속해 읽으세요.

현 숙 (받어들고 읽는다) '현숙이, 나는 아직도 현숙의 뜨거운 사랑을 앞으로 있을 것을 믿소. 그리구 현숙, 박동수의 안해로서만이 아니라, 해방된 조선여성의 한 사람이라는 것을 깊이 각오하기를 바라오.'

최 씨 나두 좀 읽어보자. 내 아들 동수가 쓴 편지를.

원 규 동수가 살았구나. 그러면 그렇지. (현숙이가 읽던 줄을 가르친다)

최 씨 (읽는다) '어머님, 어머님을 모시지 못한다고 불효자식이라구 너무 책망하지 마십시요. 어머니도 이 동수나 동철의 어머니만 되여 주시지 마시고, 우리나라 인민의 나라를 세우려구 싸우는 아들딸들을 길러주시며 사랑하여 주시는 조선의 어머니가 되여 주시기를 바랍니다.'

철 수 아주 훌륭한 아드님을 두셨습니다.

최 씨 정녕 동수가 쓴 것이 틀림없구나. 영희야, 이 편지가 어디로 해서 왔니?

영 희 제가 마저 읽어드리지요.

동 철 어머니, 그건 아실 필요 없어요.

영 희 '끝으로 북조선 형편을 간단히 알리려고 합니다. 쏘련군 덕택으로 해방되자 조선인민의 총의로 곳곳에서 인민위원회가 창설되었고, 진정한 인민정권기관인 인민위원회는 전조선인민의 의사를 대표하는 누차의 민주선거를 거쳐서 더욱 강화 공고하여졌으며, 김장군의 영명한 지도 밑에서 제반 민주개혁을 착착 실현한 결과, 밭가는 농민들은 토지를 받었고, 이전 왜놈의 공장과 기업소 친일파 민족반역자들의 재산은 전부 몰수되어 전체 인민의 것으로 되엇으며, 노동자 사무원들은 8시간 노동제, 노력과 휴양의 권리를 얻었고, 여성들은 남녀평등권, 근로 대중의 자손들은 공부할 권리를 가지었습니다.

남조선 동포들의 구국투쟁의 소리를 들을 때마다, 곡괭이와 망치와 삽을 더 한칭 힘차게 글어 쥐는 북조선 노동자와 농민의 씩씩한 모습을 일일이 다 말할 수 없습니다. 그리고 언제나 형제적 방조와

응원의 손길을 내미는 쏘련 인민들과의 피로 맺어진 친선은 철석같이 굳어지고 있습니다. 조선을 양단하고 미국의 식민지를 만들려는 미제국주의자들의 책동과 조선을 딸라에 팔아먹으려는 매국노, 민족반역자, 친일파들의 모략을 때려부십시다. 승리는 우리의 것, 우리 인민의 것이라고 하신 김장군의 말씀을 굳게 믿고 끝까지 싸워주기를 바랍니다.' (일동 침묵. 영희 편지를 동철에게 준다)

원 규 북조선에서는 우리 같은 농민들이 제 땅을 가졌다지. 참 거기는 살기 좋겠는데, 우리한테는 언제 그런 세상이 올려는지.

철 수 그런 세상이 제절로 오리라고 기다리고만 있으면 언제든지 농민들은 학대와 착취와 멍에를 면치 못할 것입니다. 우리의 조상들도 어진 원이나 임금이 있기를 바래고만 있었기 때문에 대대손손이 헐벗고 굶주려 살었습니다.

원 규 그건 법이 그랬으니까, 어찌하는 수 없지요.

철 수 대체 그 법이란 누가 맨든 것인 줄 아십니까?

원 규 다— 나라에서 맨든 것이지요. 백성들은 그 법을 지켜야 하구.

철 수 그 법을 백성들이 만드느냐, 그렇치 않으며 얼마 안 되는 놀구 먹는 고관들이나 부자들이 만드느냐 하는데서 누구의 나라라는 것을 알 수 있습니다. 우리 조선 백성들이 언제 나라의 법을 만들어 본 일이 있으며, 또 나라 일에 참견해 본 일이 있습니까? 그러니 놈들이 맨든 법으로 되었기 때문에, 백성은 언제나 학대와 빈궁과 굴욕을 당해 온 것입니다.

원 규 글세, 무식한 백성들이 법을 어떻게 만듭니까?

철 수 놈들은 백성들을 소와 말처럼 부려먹기 위해서 일부러 무식하게 만들었거든요. 백성들이 우매할수록, 세상 이치를 모를수록, 놈들은 우리를 부려먹기 쉬었던 것입니다. 그러나 백성들이 차츰 세상 이치를 알게 되자 그 법을 반대하였구, 그 이치를 먼저 깨달은 사람은 홀로 싸우다 놈들에게 죽었지만, 날이 갈수록 세상 이치를 아는 사람이 불어갑니다. 그러니까 그 법을 반대하는 싸움은 날이 갈수록 커지는 것입니다.

원 규 그렇지만 법을 가진 사람은 낫자루를 쥔 셈이구 백성들은 낫날을 쥔 셈인데, 어떻게 이깁니까. 원 동나무에 낫결[7]이지.

철 수 만일 백성들이 모두 일어나 싸우면, 반드시 이긴다는 것을 굳게 믿는다면, 우리의 힘은 무엇으로던지 막어낼 수가 없습니다. 오늘 우

7) 동나무(조그맣게 단으로 묶어서 땔감으로 파는 잎나무)에 낫으로 새기는 격?

리가 싸워죽어래두 내일 우리 자손들이 잘 살기 위해서 죽겠다구 깊이 각오한다면, 우리는 반드시 이기고야 말 것입니다.

동 철 노동자들이나 농민들에게는 싸움같이 알려저 있지만, 나같이 음악을 하는 사람은 무엇을 위해 싸운다는 말입니까?

철 수 음악을 위해 싸우지요. 진정한 음악만, 백성들이 듣고 부를 수 있는 음악, 구국투쟁을 높이 웨치는 음악을 왜 창작하지 못하겠습니까? 지금 서울거리에 유행하고 있는 부패한 노래를 우리들은 듣기 싫습니다.

최 씨 모두들 싸움하구 야단들인데. 아이구 참, 언제나 그 싸움이 끝이 나겠는지.

철 수 위선 우리 조선 강토가 조선 전체 인민의 것이 되어서, 우리 인민의 손으로 전국적 통일과 완전 자주 독립 국가를 쟁취해야 합니다. 로씨아 사람들을 보십시요. 그네들은 자기 나라에 인민정권을 튼튼하게 세워놓구, 또 우리 조선까지 해방시키지 않었읍니까. 때문에 그들은 북조선에서 우리 강토의 모—든 것을 조선 전체 백성의 것으로 만들도록 도와줄 것입니다. 우리 남조선에서 미국 놈들은 우리 강토의 모—든 재산을 인민의 것으로 한다면, 그것을 만백성의 손에서 빼앗기가 어려울 테니까. 왜놈하던 정치 그대루 얼마 않 되는 지주에게 땅을 그대루 주구, 자본가에게는 공장을 그대루 주어서, 우리 강토를 점점 삼키려는 것입니다. 지주와 자본가들은 자기 재산이 더 소중하기 때문에, 나라를 팔아먹기는 여반장으로 생각합니다. 우리 근로대중이 싸워서 잃을 것은 착취의 멍에요, 압박의 철쇠뿐일 것입니다. 그러나 우리가 싸워 얻을 것은 온— 우주인 것입니다.

현 숙 고리끼의 작품에 나타난 어머니는 무식한 여자였는데, 어데서 그렇게 커다란 마음과 결단성이 나왔어요?

철 수 네—, 나도 감옥에 있을 때 어느 동무한테서 고리끼의 소설「어머니」의 이얘기를 들었읍니다. 로씨아의 어머니는 인민을 위한 혁명자인 아들 빠벨만 사랑하고 믿을 것이 아니라, 수백만의 투사들을 다— 자기의 아들로 믿었기 때문에, 그렇게 위대한 힘을 얻었든 것입니다.

원 규 저분의 말을 들은즉 이치가 그럴듯한데, 우리 명수란 놈은 덮어놓구 지주는 친일파니 때려부시자, 땅을 빼앗자, 싸우자 하니 나두 말릴 수바께 있겠소. 정말루 그렇다면 왜 우리 농민이라구 가만있

겠수. 우리 강토를 먹을라구 하는데 왜정 때 일을 생각해서라두,

철 수 옳습니다. 우리는 왜정 36년 동안의 몸서리치는 경험을 가지고 있습니다. 때문에 우리는 또 다시 우리 강토를 빼앗기지 않기 위해서 왜정 36년 망국의 수치를 씻기 위해서, 우리 후손들에게 원한을 끼치지 않기 위해서, 목숨을 내걸구 싸우자는 것입니다. 오늘 양심이 있는 조선 사람이라면, 조선을 양단하구 남조선이나마 자기 식민지루 만들려는 미제국주의자들의 책동을 보구 가만있을 수 있겠읍니까. 만일 그것을 보구 가만있다면, 그것을 조선 사람으로써 천추에 남을 최대의 죄악일 것입니다.

최 씨 당신은 학교에두 별로 다니지 못하셨다는데 말두 아주 씨언스럽게 하구, 또 세상 이치두 어떻게 그렇게 잘 아십니까?

철 수 네-, 이전 우리 노동자들은 공부두 못했구, 또 세상 이치두 잘 몰랐읍니다. 그러나 지금 우리에게는 우리를 시시각각으로 가르처 주고 길러주는 어머니와 같은 당이 있습니다. 그 당은 일조일석에 생긴 매국노들의 정당이 아니라, 감옥에서, 왜놈들이 많은 공장 노동자들의 동맹 파업에서, 시위행렬에서, 지하인쇄소에서, 소작쟁의에서, 놈들의 교수대에서, 놈들의 도살장에서, 우리 선배들의 무한한 고통과 희생으로 자라난 것입니다. 우리 당은 세계의 가장 선진사상은 맑쓰 레닌주의로 무장했기 때문에, 과거를 정당하게 파악하고 현재를 옳게 해석하며 미래를 똑똑하게 내어다봅니다. (머리를 쥐고 낯을 찡그리며 의자에 앉는다. 아직 머리가 완쾌하지 않은데 흥분한 탓이다)

동 철 아직 완쾌되지 못하셨는데… 영희, 우리 집에서 며칠동안 더 치료하시라고 권하시요. 그리구…

철 수 아니요. 고맙습니다. 더 머물러 있을 수 없읍니다. 인제 아주 완쾌했는데 영희두 이렇게 만났구 곧 나가봐야겠습니다.

일어나 안사하구 나가려는데 밖에서 애순이와 갑송이가 들어온다. 갑송이는 애순의 적은 트렁크를 들었다. 철수가 외면하고 돌아선다. 애순이는 들어오면서 이상한 분위기를 감각한다. 철수가 돌아선 것을 보고 자기는 오빠인가 하고 뛰어간다.

애 순 아, 오빠. 언제 오셨어요?

철 수 (돌아선다)

애 순 아, 아니. (놀라 당황해한다) 실례했습니다. 나는 오빠라구…

영 희 (애순이와 인사하며) 애순아, 그렇게 놀랄 것 없어. 우리 오빠야. 그런데 저—

현 숙 저 지나가든 길에 약을 구할 것이 있어서, 영희가 오빠하구 우리 집엘 방금 들렸든 것이야요. (진찰실로 들어간다)

최 씨 사람이 덤비면 언제나 실수하는 법이니라.

현 숙 (약을 가지고 나와 영희에게 주면서) 영희. 이 약을 쓰면 괜찮을 텐데, 과히 근심마세요.

철 수 네, 고맙습니다. 안녕히들 게십시요. (동철이와 악수한다. 영희도 인사하고 나간다. 갑송이 철수를 유심히 바라본다. 원규 노인은 안방으로 들어간다)

애 순 큰오빠가 입던 양복과 비슷한 양복을 입어서 그런지, 뒤에서 보문 동수 오빠하구 꼭 같애.

동 철 그런데 넌 두 주일동안 온천에 가서 휴양하구 와서 공부를 더 하던지 취직을 하던지 하라구 해서 보냈는데, 벌써 왔니.

애 순 아이그. 그까짓 돈 3천원 가지구 두 주일이 다 뭐에요. 흥, 사흘 여관 밥값두 안 되는 걸 가지구, 갑송 오빠 제 동무들하구 가치 갔길래 닷새 동안이라두 빚 안지구 있었다우.

갑 송 이제 그 사람을 꼭 어데서 본 것 같은데 잘 생각나지 않는 걸… 어데서 봤을까… 자 그럼, 나는 좀 나가봐야겠습니다. 애순이는 집에 있을 테지. (나가려한다)

최 씨 차에서 방금 내렸을 텐데, 방에 들어가서 애순이하구 저녁이나 가치 먹으려무나.

갑 송 아니 먹구 싶지 않어요.

최 씨 넌 동수가 살었다는 소식을 못 들었지.

갑 송 네, 대강 들었습니다. 동수 형님은 좌익이 되었다지요.

애 순 큰오빠가 살었어. 누가 그래요. 아, 언니. 얼마나 기쁘세요.

동 철 미친개 눈에는 몽둥이바꼔 안 보인다구, 네 눈에는 좌익바께 뵈지 않는 모양이로구나. 좌익. 그래, 네 생각에는 양키—가 제일 좋아 뵈니?

갑 송 흥, 형님두 요즘 그 좌익이 물에 젖어가는 모양이구려. 그렇게 화낼 까닭이 뭐예요.

최 씨 얘들아. 다투지 말구 애순이하구 가치 들어가서 저녁이나 먹어라. (현숙을 보고) 어서 들어가 저녁을 채려주렴.

애 순 오빠, 어서 저녁을 가치 해요. 나는 배고파 죽겠는데. (애순, 갑송,

현숙, 안방으로 들어간다)

원규 노인이 안방에서 나온다.

원 규 그럼, 나는 밤차루 내려가 보겠네. 어떻게들 지내는지 원 마음이 노이질 않아서…

밖에서 원팔이 들어온다. 동철은 무엇을 생각하며 거닌다. 어떤 심리적 충동 때문에 진정을 못한다.

원 팔 아주머니, 안령하셨습니까? 아, 사둔 영감두 올라왔구려. 그래 이번에는 소작료를 안 낸다구 떠들어댄다지요. 아주머니, 내가 지금 평택으로 내려가는 길이외다. 이번에두 또 하곡 수집 때처럼 말성을 일으키는 모양인데, 그 명수란 아들놈부터 틀려먹었어. 지난번 콩밥 맛이 아직 씨언치 못한 모양이지. 또 떠들어내는 걸 보니.

원 규 글세, 아무리 농사군이라두 먹구야 일하는 법이 아닙니까, 어디—

원 팔 그만 닥쳐요. 그래 남의 땅을 부처먹으면서 소작료두 안 물겠단 말이요. 아주머니, 염려마시우. 내가 이번 내려가서 소작료를 받는 길로 전번에 팔아 썼던 약값두 드리구, 또 땅 마지기두 아주머니께 사드리지요.

최 씨 남한테 땅을 사주려구 마시구 친척끼리 너무 욕심부리지 마시우. 글세, 아무리 소작을 부치는 친척이라구 바숨이두 못 해먹게 하는 법이 어데 있수.

원 팔 하하… 내가 욕심을 부린다구요.

최 씨 글세, 여러 말마시구 인제부턴 우리 집에 간섭마세요.

원 팔 내가 아주머님 댁을 도우려구 하는 것이지, 어듸… 아주머니두 땅 마지기나 사게 되면 쌀 걱정은 없을게요. 요지음 뒤숭숭한 판에 땅값도 눅어졌에요. 그러니 저 진찰실이라두 텡 비어두지 말구 세를 주어서 땅이라두 사도록 합시다.

최 씨 쌀 걱정을 하던 무엇을 하던, 제게 당한 일은 제 손으로 해야 하는 게요. 그러니 인제부턴 우리 집안일에 더 참견마세요.

원 팔 (정색하며) 내가 참견말라구요. 네, 좋습니다. 알만합니다. 그 수술기와 약 판 일때문이지요. 아주머니두 아직두 그때 일을 대단히 분하게 생각하시는 모양입니다. 그래루 내 딴에는 혼자 게시는 아주머니를 정성껏 도와드려서 땅마직이라두 사드리자구 한 일인데, 대단히 섭섭하외다.

최 씨 잘 되던 못 되던 제 손으로 한 일에는 원망이 없으니까… 우리는 언제든지 제 손으로 벌어 먹구 살았으니까, 땅을 사서 놀구 먹을 생각은 없어요.

원 팔 좋습니다. 아주머니, 어디 두고 봅시다. 이 원팔이가 참견하지 않구두 잘 돼 가는가. 어디 두구 봅시다.

동철은 '인민 항쟁가'의 멜로디—를 생각하누라고 피아노에 열중해 있다.

원 팔 흥, 피아노나 둥둥거리면 다 되는 줄 알어? 지금이 어떤 세상이라구. 그래두 나는 친척이라구 밤잠을 못 자구 애쓰구 다니는데 이건 뭐야. 이 집일에 참견을 말아라… 그래 이 삼촌을 무얼루 알구 하는 소리야?

동 철 (피아노의 건반을 두 손으로 탁 치면서 벌떡 일어선다) 듣기 싫소?

방에서 현숙, 애순, 갑송, 모다 놀란 기색으로 나온다.

동 철 형제요 친척이요 동포라는 구실로, 서로 속이고 빼앗고 때리고 죽이고 해서 배창자만을 채우려구 하는 청친탐욕8)과 모리간상9)의 심정을 누가 모르는 줄 아시우. 백성들의 고혈루 된 미국 놈들의 잔치상에서 과자 부스럭이나 주서 먹으려구, 온갖 아첨과 비굴한 행동을 가리지 않구, (원팔에게 가까이 가서) 일조일석에 정당을 맨든다 단체를 꾸민다 해가지구 (갑송이에게 가서) 놈들이 주는 총칼로 형제와 동포를 테로, 유린, 학살하는 자가 누군가. 형제의 피의 대까로 던저주는 돈푼이나 받어쥐고, 빠—다 땐쓰홀—이다 (애순이 곁에 가서) 쵸콜렛이나 얻어먹으니, 별 세상이나 온 상싶어서 날뛰는 추잡하고 비굴한 무리를! (애순의 뺨을 후려갈긴다)

애 순 아이, 오빠두. 공연히 사람을 치네. (운다)

원 팔 저애가 갑재기 미쳤나. 정신이상이 들었나.

동 철 무엇이요? 내가 미쳤다구요? 탐욕의 연막이 눈에 가리어지지 않고 진정한 양심이 있다면, 누구나 이 남조선 천지의 망국의 살풍경을

8) ?

9) 공익이나 상도덕 따위는 아랑곳하지 않고 갖은 방법으로 자기의 이익만을 꾀하는 사람. 또는 그런 무리.

똑똑히 볼 것이요.

원 팔 아니, 네가 아직두 주둥이를 닫치지 못 하구 그냥 짖거릴 셈이냐?

동 철 나를 위협합니까? 어서 이 집에서 나가주세요. 집안을 더럽히지 마시구, 그리구 너 갑송이두 다시는 이 집에 발길을 들여놓지 말아라?

갑 송 나가라면 누가 겁낼 줄 아나? 어디 두구 봅시다.

원 팔 우물 안의 개고리 세상 모른다고 별꼴을 다 보겠군.

원 팔 아주머니 그럼 맘대로 해보십시요. 어떻게 되나… 난 인제부턴 죽이 되던 밥이 되던 참견 안 할 테요. (동철이를 노려보다가 나간다)

무거운 침묵. 동철이 흥분하여 방안을 거닌다.

최 씨 동철아— 어떻게 된 셈이냐. 누구하구 큰소리 한번 못 하던 네가 오늘은 그 무슨 버르장머리 없는 짓이냐? 더구나 삼춘하구.

동 철 (아모 대답 없이 무엇을 생각하다가) 아주머니, 제 행구[10]하구 스프링[11]을 좀 가져다주세요. 어머니, 제가 평택으로 나려가 삼춘의 약 판 돈을 받어서, 삼춘네 가능한 것이래두 내려가서 한 귀퉁어리 바숨이 하두룩 하지요.

최 씨 그럼 네가 나려가서 어떻게 좋도록 해라. 그런데 오늘 너는 너무 흥분했다. 어데 가면서 매사 일을 그렇게 너무 지나치게 해서는 안 된다.

동 철 아저씨. 저하구 가치 내려갑시다.

피아노 앞에 앉어서 적기가(赤旗歌)[12], 인터내쇼낼[13], 쏘련 국가, 기타의 아코–드[14] 기본음을 친다. 어떤 아코–드를 하려고 애쓴다. 현숙이 행구와 스프링을 들고 곁에 와서 기다리고, 최씨와 원규 노인은 이상하다는 듯이 한거름 가까이 와서 기다린다. 동철은 인민항쟁가[15]의 아코–드 서두를 피아노로 치고 나서 고개를 번적 들고 생각에 잠길 때, 막이 나린

---

10) 여행할 때 쓰는 물건과 차림.
11) 스프링 코트, 봄가을에 입는 가벼운 외투.
12) 영국의 노동가요 <Red Flag>에서 유래하고, 일본의 <赤旗の歌>를 거친 항일혁명가.
13) 인터내셔널가, 노동절(메이데이)에 전 세계 노동자들이 집회를 가질 때에 부르는 노래.
14) 악코드(accord), 화음
15) 임화 작사, 김순남 작곡의 혁명가요

다.

# 제3막

무대는 전막과 같다. 3,4일 지난 일요일 아침.
방안 가구들이 파괴되고 살풍경한 방안 풍경이다. 들창도 깨어졌다.

막이 열리면, 최씨 파괴된 가구를 주서 모으고 애순이는 한쪽 구석 의자에 앉어서 울고 있다. 모두들 밤을 뜬눈으로 새운 모양이다.

최　씨　그렇게 훌적훌적 울고만 있겠니. 네가 밤낮 쫓아다니던 서북청년회인지 먼지 하는 자식들이 와서 이 모양을 만들었어. 내 오십 평생에 그런 불한당패는 처음 봤다. 갑송이란 놈은 낯이 뜨거워서 저는 오지 못하구 그놈 자식들만 보냈지.

애　순　글세, 그놈의 자식들이 나하구는 무슨 원쑤가 있다구, 내 옷장까지 죄다 때려 부셔 노았어요? 빌어먹을 놈의 자식들! (운다)

최　씨　그걸 나한테 물어보니? 넌 그놈 애들의 마음을 더 잘 알게 아니냐. 춤추려구 가치 다니군 했으니…

진찰실에서 원규 노인을 안내하여 현숙이 나온다. 원규 노인은 허리를 상한 모양이다.

현　숙　저 방에 들어가 좀 누우세요. 인제 얼마 안 있으면 좀 진정되겠지요. (밖으로 나간다)

원　규　아니, 약을 발렀더니 다 난 것같네. 여기 좀 앉었다가 내려가 봐야지.

최　씨　오라버닌 올라오시자마자 그놈 애들한테 욕을 보셨군요,

원　규　글세, 그날 동철이하구 가치 내려가자 동철이는 명수하구 가치 나갔다 들어오더니, 공출은 나종에 바치더래두 우선 먹을 것부터 가을해야 된다, 땅은 밭가리하는 농민의 것이 돼야한다, 하구 떠들어대면서, 농민들을 모아 놓구 무슨 노래를 배워주다가 그만 부뜰려

갔어.

최 씨 우리 동철이가 부뜰려 갔어요? 언제요?

원 규 사흘 전이지. 그래 기다리다 못해 미리 연통[16]하려구 올라왔네.

최 씨 갑송이두 그리 내려갔다지요?

원 규 내려오구말구. 그 이튼날 아침차루 내려와서는 경관을 데리구 싸다니면서 울려댔지. 서북청년회원들두 몇몇이 따라왔드군.

최 씨 그 자식들까지요?

원 규 그런데 동철이가 나서서 원팔의 땅 소작을 부치는 나하구 영삼 노인을 가르키면서, 땅주인한테 빚 받을 것이 있으니 돈을 못내는 경우에는 소작료 낼 것을 우선 따루 떼서 가을한 것을 식량에 보태도록 땅주인하구 타협했다구 하니까, 경관하구 서북청년회 놈들은 무슨 명령 위반이라구 떠들면서 어찌나 심하게 구는지 바숨이두 못해 먹었어. 그래 우리 동리 농민들이 모두 이러나 지주 놈들을 잡아치우라구 떠들어서 말성은 더 커지게 됐어.

최 씨 그래, 우리 동철이까지 잡혀갔구만요.

원 규 우리 명수란 놈두 가치 붓잡혀 갔지. 그리 생각다 못해서 올라왔든 길일세.

최 씨 뭐니뭐니해두 그게 다 미국사람들이 시켜서 하는 일이지요. 이렇게 아닌 밤중에 불문곡절하고 처들어 와서 이 꼬락선이를 만들게 한 것은 미국사람들이 아닌 줄 아세요.

원 규 그렇지. 원래 공출이요 무에요 하는 것이 죄다 미국사람들이 시켜서 하는 일이지… 지난 밤 일만해두 미국사람들이 시켜서 하는 일이 아니라면, 미국경관들이 거리루 돌아다니면서두 못 본체 하겠나. 그런 걸 나는 경광한테 알린다구 몇 번 고함을 질렀다가, 그놈들한테 매만 더 얻어 맞었어.

현 숙 (밖에서 들어오면서) 오늘 경계망이 심하군요.

멀리서 '인민항쟁가' 들려온다. 모다 초조하여 그 노래를 듣는다. 동철이와 명수가 들어온다. 동철이는 의기양양하게 유쾌하게 웃으면서 들어온다. 명수는 인사하고 이상한 듯이 주위를 살펴본다.

동 철 어머니.

최 씨 동철아. 언제 나왔니. 얼마나 고생했니.

---

16) 연락하거나 기별함.

동 철 네, 별일 없었어요. 어머니, 제가 지은 노래를 들으셨습니까. 수백 명 군중이 부르니까 더욱 우렁차게 들립니다. (피아노를 열고 아코-드를 눌으니 깨여진 허튼 소리가 난다. 그때야 방안을 살피며 변동을 안다)

명 수 적은어머니. 안녕하셨어요. 아부지, 어디 다치셨어요.

원 규 넌 뭘 하러 올라왔어. 나왔으면 집에 좀 있지. 어디 상한 데나 없나.

명 수 아버지, 오늘 조선에서 외국 군대가 철퇴하라는 시위운동이 있습니다. 우리 동리 젊은 농민들두 대표자루 나와 함께 올라왔습니다. 동철이 형님이 지으신 노래를 벌써 서울에서 부릅니다. 우리가 역에 내렸을 때 시위운동으로 몰려가는 사람들이 그 노래를 부르는 것을 듣구, 형님하구 너무나 감격해서 그만 울 뻔했어요.

최 씨 동철아, 이 집이 무슨 꼬락서니가 됐는지 네게는 보이지 않니.

동 철 (어떤 불상사 있은 것을 짐작한다) 이런 지랄을 할려구 갑송이 자식이 뽐내구 올라왔지. 개 같은 자식!

명 수 그 자식을 지금 봤으면 당장에 때려죽이겠는데.

원 규 얘, 이놈의 자식. 잠자꾸 있거라. 괘니 동철이까지 화를 끼치지 말구.

동 철 화는 벌써 시작됐습니다. 어머니, 너무 상심하지 마세요. 가구와 들창이 모두 깨여진 것두 대단히 험상스러운 일이지만, 내게는 피아노가 깨진 것이 눈물나게 아까워요. 그렇지만 나는 나에게는 이 모든 것보다도 더 귀중한 삶의 보람을 찾었습니다. 어머니, 나는 하루래두 사람다운 생활을 하렵니다.

애 순 이렇게 된 것이 죄다 오빠가 좌익이 된 탓이예요. 글세, 내 옷장까지 모조리 뚜드려 바셔버렸에요.

동 철 아니, 네가 좌익이 무언지 알기나 하구 그러니? 내가 좌익이 되자면 아직 멀었다. 그렇지만 나는 진정한 민주주의자가 되련다… 어디 또 한대 맞어야 정신을 차릴 셈이냐… (손을 처든다)

애 순 아니, 오빠두 공연히…

동 철 하하… 놀래지 말어라. 이제부터는 이 주먹이 너 같은걸 치려는 약한 주먹이 아니다. 좀더 강한 원쑤를 치려는 주먹이다. 자— 그럼 명수, 나가 보세. 동무들이 기다리겠는데. (동철이와 명수 나가려 한다)

최 씨 동철아, 너는 못 간다. 못 가…

원　규　명수야, 나가보겠으면 너 혼자 나가려무나. 동철인 집에 좀 있게.

동　철　어머니, 염려마십시요. 곧 나갔다 오겠어요. (나가려한다)

최　씨　동철아, 네 에미 눈을 똑똑히 보아라. 왜 너까지 이 에미의 맘을 괴롭히느냐?

동　철　(어머니에게로 가까히 가면서) 어머니, 아무 일도 없어요. 동수 형님두 살아 계시구, 또 나두 이렇게 기뻐하지 않습니까. 앞으루 다— 잘 살게 될 것입니다.

최　씨　동철아, 그래두 내 앞에는 너 하나뿐이다. 내가 온갖 고생을 참아오면서 너이들을 길러서 나종엔 이런 꼴을 보려구 한 것이 아니였단다. 너는 지금 돌인지 불인지 모른다… 그러다가…　(‘인민항쟁가’[17] 가까이 들려온다)

동　철　어머니, 저 노래를 들으십시요. 제가 지은 노래를 수백 명 군중이 부르면서 남산으로 올라갑니다. (노래 높아진다. 들창으로 가서 내다보면서) 오! 저기 철수하구 영희두 기를 들구 행렬에 나섰구만… 어머니, 과히 염려마십시요. (명수와 가치 달려 나간다)

현　숙　(들창 밖을 내다보며) 사람들이 물밀 듯이 남산으로 몰려 올라갑니다. 또 작년 시월처럼 무슨 충돌이나 생기지 않겠는지…

원　규　(들창 앞에 가서 내다보면서) 야! 참 굉장한데. 사람들이 저렇게 많으니까 경관들두 어쩌지 못하는 모양이로군.

노래 소리 점점 높아가다가 다시 점점 살아진다. 방안의 사람들은 제각기 무슨 생각에 잠기어 있다.

원　규　(천천히 와서 의자에 앉으며) 이전에는 백성들에게 너무 악한 일을 한 원이나 군주들의 가산을 부셨다는 이얘기는 들었지만, 남에게 선한 일을 했다구 달려들어서 이런 짓을 한다는 말은 옛날에서두 들어보지 못했어. 그러니 왜 백성들이 떠들구 일어나지 않겠나. 나두 인젠 늙었으니 망정이지 젊었을 때 같으면… 착에 놀랜 새 꼬부랑나무를 봐두 놀랜다[18]구 저렇게 시위 운동하는 것을 보면, 기미년 독립만세 부루던 일이 어제같이 생각키우는데…

최　씨　사람의 맘이란 저두 모르게 갑재기 변하는 수도 있는 모양이예요. 저 동철이란 놈이 여태껏 큰소리 한번 못 하던 것이 전연 딴사람이

---

17) 내용상 김순남의 동명 혁명가요가 아닌 극중인물 동철이 작곡한 “항쟁의 노래”인 듯.

18) 척(尺, 자)에 놀란 새, ‘자라 보고 놀란 가슴 솥뚜껑 보고 놀란다’의 뜻일 듯.

된 것 같군요… 나두 며칠 전만 같애두 동철이를 꼭 부뜰구 어떻거던 안 내보내겠는데, 저 동수의 편지를 받은 다음부터는 웬일인지 가슴이 빼근하구 보람 없이 살아온 지난 일이 애석하기두 하구, 가증스럽기두 해요.

현 숙 어머님, 피곤하시겠는데, 방에 들어가 좀 누우세요.

최 씨 아니, 괜찮다. 헌데 너는 인제 동수 있는 데루 가야하지 않겠니. 삼팔선이 맥혔다구 해두 사람들이 곳장 넘어 다니는 모양이로구나.

현 숙 인제 살아 있다니까 언제구 한번 집으로 올 때가 있겠지요. 제가 집을 버리구 어디루 가겠어요.

최 씨 너는 동수 있는 데루 가야한다는 거다. 나두 보구싶은 생각같애선 오늘이라두 가보구 싶지만… 동철이두 여기 있구 고우나 미우나 저 애순이두 있지 않니.

현 숙 어머님두 왜 갑자시 그런 말씀을 하십니까. 저는 아무 데두 가구싶지 않습니다… 어머님 모시구 여기 있겠어요. 그리구 어떻게 해서든지 병원두 가시 채려놓구 의학두 좀 더 연구하겠어요. 돈 없이 병 치료 못하는 사람이 서울만 하여도 얼마나 많습니까.

최 씨 글세, 그랬으면 좋겠는데, 내 삼춘이 수술기와 약을 다 팔아먹었으니… 그걸 빨리 받어야겠구나.

애 순 나두 언니하구 큰오빠있는 데루 갈 테예요. 그놈 애들 꼴악선이에 인젠 진절머리가 났어요. 그리구 그 치근치근한 미국 놈들두 미워지구.

최 씨 흥… 네까지 것이 가면 곱사리 받어드릴 줄 아니… 북조선에서는 너같이 쌀 축만 내는 사람을 그리 고와하지 않는대드라.

애 순 나두 공장에 가 일하지 뭐…

원균[19] 일, 하지만 말이 쉽지 공장 일이 농사하는 일보다 그다지 쉬운 일은 아니래더라. 나두 그놈의 대동아전쟁에 보국대 나가서 공장 일을 해봤다. (이때 총소리가 나며 사람들의 떠드는 소리가 들린다. 모다 초조해 있다. 현숙 들창으로 가서 내다본다. 최씨와 원규 노인이 더욱 초조해한다)

현 숙 사람들이 남산에서 모두 흐터저 내려옵니다.

원균[20] 오늘이라구 무사할라구. 더군다나 외국 군대들 철병하라구 요구하는 군중대회라는데…

---

19) 원규의 오식인 듯.
20) 원규의 오식인 듯.

최 씨 총소리는 퍽 가까운데서 난듯한데…

사이.
얼마동안 침묵. 사람들이 떠드는 소리가 가까이 난다. 또다시 총소리 몇 방 들린다. 현관문이 열리며 명수가 동철이를 업고 들어온다. 그 뒤에 동철이를 부축하며 철수, 영희 기타의 애국청년 남녀들이 등장한다.

최 씨 거 누구냐? 동철이가 아니냐… (모다 놀랜다. 현숙이 애순이 모다 동철을 부축하여 쏘파에 누이다, 현숙이 진찰실로 뛰여들어가 병원용 들채를 내온다)
현 숙 어서 여기 누이십시요. 병원으루 빨리 갑시다.
철 수 우선 상처를 피 안 나게 잘 싸매 주십시요.
명 수 앞에 나서서 노래 지휘를 한다구 어느 놈인지 권총을 노았어요.
애국청년갑 미국복을 입은 조선 놈인데, 달려가 부뜰려니까 경관 놈들이 둘러막구 부뜰게 해야지요…
을 게다가 경관 놈들은 쓰러진 동철 선생님을 대려가려구 하는 걸 우리가 뺏어 왔습니다.

현숙이 가슴의 상처를 빨리 싸맨다.

최 씨 동철아, 이게 웬일이냐? (목이 메여 말이 나오지 않는다)
동 철 (정신을 채리며) 어머니…
현 숙 어서 병원으루 빨리 갑시다.
동 철 병원엔 무엇하려 가겠습니까. 나를 그냥 여기다 누여주세요. 영희, 내 주머니에서 형님의 편지를 끄내주세요. (영희가 저고리 주머니에서 편지를 끄내준다)
동 철 어머님. 어머님을 모시지 못한다고 불효자식이라고 너무 책망 마십시요. 어머니도 이 동수나 동철의 어머니만 되어 주시지 마시고 우리나라 인민의 나라를 세울려고 싸우는 아들딸들을 길러주시며 사랑하여 주시는 조선의 어머니가 되어주시기를 바랍니다…
어머니 웃는 낯으로 나를 봐 주십시요. 내가 눈을 곱게 감게… 나는 단 하루래두 사람다운 생활을 한 것이… 영희, 노래를, 노래를… (고개를 들고 좌우를 살피려하다가 운명한다)

최씨 동철에게 쓰러진다. 현숙 애순이는 울고, 기타 청년남녀들도 비애에 잠겼다. 철수가 천천히 모자를 벗는다.
무거운 침묵.

최 씨 (천천히 일어서면서) 여러분, 동철이는 죽지 않었습니다. 동철이가 지은 노래를 높이 불러주십시오. (조용히 추도곡인 양 '항쟁의 노래'를 부른다)

반동의 폭풍우 휘몰아 처도
우리는 싸운다. 목숨을 바쳐
나가자. 용감한 조선의 아들딸
완전독립 쟁취할 날까지.
테로에 날뛰는 미제의 앞재비
삼천만 인민은 박차고 나간다.
인민은 웨친다. 자유와 독립
물러가라. 미제국주의자

노래가 시작되자 영희 품속에서 붉은 기를 끄내서 동철의 가슴에 덮어준다.

철 수 동무들, 남조선에 미군이 주둔하고 있는 이상, 우리 동포들의 머리 위에 나리는 이와 같은 학살과 탄압은 어느 곳을 물론하고 매일같이 있으며, 또한 있을 것입니다. (노래는 마치 철수의 말을 반주하는 듯이 점점 높아진다) 동무들, 노동자던 농민이던 음악가던 미술가던 인테리던 상인이던 모두 다 진정으로 동포를 사랑하고 조국을 건지려면, 조선에서 외국군대는 동시에 철거하자는 쏘련의 정당한 제의를 우리들의 투쟁의 스로간으로 내세우고 굳게 뭉치어 싸워야 합니다.

남조선 경관 6,7명이 들어와서 독살스럽게 경계하고 있다. 현관문에는 미경관과 남조선 경관이 한명식 경계하여 서 있고, 들창 밖으로는 총창을 든 미 경관들이 빽 둘러싼다. 팽창한 분위기다. 노래가 끄쳤다.

철 수 동무들, 우리는 동철 동무의 시체를 높이 치어들고 거리로 나가, 놈들의 죄상을 만백싱 앞에서 폭로합시다!

청년들이 시체를 처 들려고 하는데 조선경관이 철수한테로 온다. 최씨 그것을 가로 막아선다.

최 씨 이놈들아. 너이놈들에게는 죄 없는 내 아들을 백주에 죽일 권리가 있는데, 웨 우리에게는 죽은 내 아들 내 마음대루 장례할 권리조차 없겠는냐. 여러분, 내 아들이 지은 노래를 불러 주십시요. (노래가 조요하게 시작된다) 이 노래는 동철이의 장송곡이 아니라, 새로운 동철의 탄생을 노래하는 송가일 것입니다. 네놈들이 우리 동철이를 죽였다구… 그뿐인 줄 아느냐. 내 아들은 또 있다. 절세의 애국자인 김장군의 올바른 지도 밑에서 민주조선의 토대를 닦는 인민공장의 기사로 일하는 아들도 있다. 그뿐이 아니다. 동철의 원쑤를 갚으려는 수백만 조선의 진정한 아들딸들이 있다.

철수, 영희, 현숙, 명수, 애국청년 갑, 을, 병이 동철이를 높이 처든다. 어머니가 앞장을 선다.

최 씨 비껴라. 이놈들아. 너이놈들의 죄상을 백일하에 밝히리라. 아들과 딸을 진정으로 사랑하는 조선의 어머니가 있는 이상, 조선을 죽이지 못한다.

창밖에서 군중이 따드는 소리 들려온다. 실내와 실외에서 부르는 인민항쟁가가 합류되어 높아간다. 최씨를 따라 동철이를 처들고 군중이 무대로부터 나간다.
노래와 함께 군중 속에서 웨치는 구호—
'미제국주의자들은 조선에서 물러가라', '매국노 민족 반역자 리승만 도당들을 타도하자—', '조선민주주의 인민 공화국 수립 만세'.
노동자 비라를 뿌린다. 막이 나린다.

<작가 약력>
1911년에 노동자의 가정에서 출생하였으며 1939년까지 전문학교 및 대학에서 수학하였고, 그후 교육계, 문학, 연극예술운동에 종사하였음.
번역한 작품으로는 끄노래 작 희곡 <어둠에 비치는 별>, 씨모노프 작 희곡 <로씨야 사람들>, 아-놀드 쥬쏘 제임스 고우 합작 희곡 <브레트 중위>, 고로네츄크 작 희곡 <와과의 크레체트>, 글라드꼬브 작 소설 <씨멘트>, 뻬르빈쵸프 작 소설 <소년시절로부터 영예를 지키라>, 희곡 <모스끄바 성격>, 희곡 <어느 한나라에서>가 있으며, 창작으로는 희곡 <항쟁의 노래>가 있음.
작가 사진 및 전막무대평면도, 무대 사진 있음.

# 소년과학자

(1막)

정범수

## 곳

농촌

## 때

1946년 4월

## 나올 사람

| | |
|---|---|
| 인선 | 16세 |
| 경칠 | 54세, 인선 아버지, 모주영감 |
| 마첨지 | 55세, 경칠 친구 |
| 용만 | 32세, 어수룩한 농부 |
| 용철 | 35세, 용만이 사촌 |

## 무대

인선네 집안.

좌반(左半)은 안마당, 그 안쪽으로 방지개문이 보인다. 우반(右半)은 헛간인데, 인선이 연구실로 되었다. 헛간 중앙에 성양 괴짝이 있고, 그 위에 나무토막, 맛치 등 연장과 수권의 서적이 노여 있다. 벽에는 모형비행기, 나무로 만든 저울(斤), 스파나, 톱 등등.

# 개막

인 선 (성양괴[1] 한편에 걸터앉아 생각하고 있다. 두 손으로 양 볼을 밧치고 오래동안 눈을 감았다 뜬다) - 간(間) - (벌떡 일어나서 우편으로 가드니 우뚝 스며 고개를 좌우로 흔들고, 다시 괴 우에 가 안즈며 머리를 극적극적 - 양 손으로 턱을 고이고 눈을 감는다)

마첨지 (지개 지고 곰방대 물고 좌편 안마당에 등장, 큰 기침! 두리번거리다가 헛간 앞으로 나온다. 인선이를 보자 거름을 멈츠고 이상한 듯이 거동을 삷인다… 잠시 그대로 서있다가 인선의 꼼작않고 안젔는 것을 보고 갓차이 가서 큰 기침)

인 선 (놀나는 기색도 없이 눈을 뜨자 일어서며) 아저씨, 오싯서요.

마첨지 너- 도대체 무엇을 그렇게 궁리하는거냐? (좌우를 도라본다) 옛날 우리나라 이순신 어른이 거북선을 만들어가지고 왜놈들을 혼냈다는데, 너는 무슨 연구를 해서 세상사림을 놀낼 셈이냐.

인 선 (옳은편 주먹을 왼편 손바닥에 박으며 허공을 바라보다가 그냥 괴 우에 안는다. 두 손으로 턱을 고이고 생각…)

마첨지 허- 예- 큰일났군. 암만해도 헷것이 쓰인 게다. 예- 인선아! 너 아버지 어듸 갓느냐. 오늘 앞산에 나무 내리자고 찰떡같이 맞어 놓고, 영- 꽁문이도 볼 수 없으니 엇지된 셈이냐. 해는 한나절이 되엿는데!

인 선 (급히 옆에 책을 집어들고 뒤적이며- 생각한다)

마첨지 (미소하며) 너- 무슨 대단한 궁리를 하는 모양이구나. 무엇이냐. 나도 좀! 알잣구나. (지개를 버서 놓고 걸터안는다) 무엇이고 신통한 것을 하나 연구해 가지고, 너의 아버지 술값이라도 단단히 대여드려라-

인 선 아저씨! 아버지를 보러 오셨어요. 아버지가 어듸를 가셨을가. 산에 가셨을 거예요. 저도 점심때까지만 무엇을 좀 생각하고 산으로 갈랴든 차인데요. 먼저 가시지요, 아저씨!

마첨지 오- 냐. 그런데 너- 대관절 생각하는 것은 무엇이냐. 무슨 큰 수라도 생기는 것이냐.

인 선 인제 우리 조선도 일었든 나라를 찻게 되었으니간, 누구나 다-같이 나라를 위하야 좋은 것을 생각해내고 긴요한 것을 궁리해내서,

---

1) 성냥 상자.

남에 나라에 지지 않게 서둘너야 되겠는데, 마음대로 하지 못하고 보니 속이 타서 죽겠어요-

마첨지 아-니, 네가 무슨 수로 그런 나라를 위하는 긴요한 것을 궁리해 낸단 말이냐. 하하하, 생각은 좋다마는 공연히- 헸애만 쓰지 않겠니-

인 선 제가 무슨 그런 훌융한 것을 궁리해 낸다는 것이 않이라, 누구나 머리 좋고 재주 있는 사람이 다-같이 각 방면의 연구를 열심히 해야, 우리나라도 강국이 될 수 있다는 말이지요. 그래서 저도 남들은 무어라 비웃드라도, 생각하는 대로- 생각하고 궁리해서, 머리털 끝만치라도 우리 조선에 대하야 유익한 일을 해 볼랴는 것이예요.

마첨지 조선에 유익한 일이라! 예! 그 조선이니 동양이니 마음만 크게 먹지 말고, 당장 너의 아버지 술값이나 톡톡히 대줄 궁리나 하렴으나

인 선 아저씨! 아저씨는 저를 그렇게도 업슨역이서요[2]! 나도 아버지만 정신차리신다면, 누구만 못하지 않게 무엇이고 연구할 수 있다는 자신을 가지고 있어요. 왜 그렇게 얐잡어만 보세요-

마첨지 그래! 됫다. 인제 인선이가 둥글통도 만들고, 발동기도 만들어서 한번 너의 아버지 심평[3] 필 날이 있겠구나.

인 선 아- 참, 아저씨는 작구만 저를 놀니실 작정이구먼요. 지금 나는 무슨 기계만을 연구하는 것이 않이고, 우리들 농사짓는대 필요한 거름이라든지, 땅지질이라든지, 각종 씨앗에 대해서 알어볼랴고 하는 것이야요. 가령 거름만 하드라도 뒤ㅅ간에 똥거름과 재거름을 한태 오래 석거두면, 두 가지가 다- 거름성분이 살어지고 마는 것임니다. 똥에 있는 질소성분과 재에 있는 가리[4]성분이 서로에 빨어먹어 거름의 성분이 없어지는 것이예요.

마첨지 예- 그거 어느 책에 그런 허튼 수작을 해 놨든! 그런 책에 있는 대로 농사질랴다는 머리끌만 앞은 법이다.

인 선 아저씨! 제발 좀 고집부리지 마시고, 우리도 어서 과학적으로 농사를 지어야 합니다. 왜? 자세히 알지도 못하고 무작정 반대만 하서요. 아저씨, 오늘부터라도 한번 시험을 해 보시고 말씀하서요. 뒤ㅅ간에 재를 한대로 넣치 말고, 똥오줌은 똥오즘대로, 재는 재대로 두었다가 쓸 당시에 석거서 써 보세요. 어느 것이 거름 효력이 더

2) 업신여기세요
3) 셈평(생활의 형편)의 잘못,
4) 칼리, 칼륨

나나 시험해 보서요-

마첨지 예- 듯기 실타. 벼ㅅ섬들이 농사짓기도 골이 나오는데, 누가 그 시험을 한단 말이냐-

인 선 아- 할 수 없다. 한참 더 있어야겠구나. (머리를 쥐여 뜻는다)

이때 인선 부친 경칠 좌편마당으로 빈 지개 지고 등장. 술이 대취했다. 주독으로 코끝이 붉으다.

경 칠 (마당에서 비틀대며) 젠-장, 숨 붙었을 동안 먹고나 볼일이지, 별 수 있느냐. (몸을 가누지 못한다)

인 선 (이러서서 부친의 동정을 삶인다)

마첨지 (안즌 채로) 하- 이 사람, 아츰붙어 잘 얼었군! 이 사람! 술내 피우지 말고 저리 가게. 촐촐한 사람 회만 동하네[5]-

경 칠 누구야? 누구. 아모도 없는 남의 집에 들어온 놈이 누구야- 퇴! 퇴! (헛간으로 나온다)

마첨지 누구는! 무슨 누구! 훔처갈 건덕지도 없는 집에 도적놈 들었을가봐 겁이 나나. 아- 이 사람, 아츰나절 나무 내리러 가자고 찰떡같이 맡치드니, 혼자만 어듸서 이렇게 얼었나?

경 칠 누구야! 누구! 남의 집에 대낮에 들어온 놈이. 정말 우리 집엔 아무것도 없다- 두 부랄쪽… 박… 게… 아- 취한다. (한편에 지개채 펄석 주저안는다)

인 선 (달녀들어 이르킨다)

경 칠 (겨우 지개에 걸어 안즈며) 너- 인선이냐? 이놈, 왜 이제껏 산에 안 갓든. 이놈 봐라. 인제 애비 말을 않 들을 배짱인가 부다- 응, 이놈이 정말. 아이고, 취한다. 휴.

인 선 아버지! 저는 점심 후에 가기로 안했서요. 그런데 이렇게 취하시고 었더케 오셨서요. 아버지, 방에 가서 누으세요. 네!

경 칠 무슨 소리냐? 저리 비켜라. 모두 구찬타! 구찬어!

마첨지 **** ***[6] 혼자만 잘 먹고 무엇이 구찬탄 말이야. 어듸서 그렇게 잘 먹었나.

경 칠 뭐 잘 먹어? 막걸리 되닷곱 먹은 것이 잘 먹은 거야! 흥! 그것 먹

5) 회가 동하다. 뱃속에 있는 회충이 제 먼저 요동을 칠 정도로 입맛이 당긴다는 뜻으로, 구미가 당기거나 무엇을 하고 싶은 마음이 생기다.

6) 7자 확인불가.

은 것이 잘 먹은 것이라.

마첨지 이사람, 되지모양 혼자만 잘 먹었군 그랴. 양식 팔 돈은 없다면서 술 먹을 돈은 웬 돈인가. 우는 소리도 헛소리군.

인 선 (휴- 한숨 쉬고 괴 우에 안저 책을 보며 생각에 잠긴다)

경 칠 아- 마첨진가. 음! 오늘 내! 돈 점 생것지! 돈! 자- 볼려나. (주머니에서 지전 뭉치를 꺼내며) 이것 않인가. 이것 천원이여, 천원. 이만하면 (인선이를 힐끗 보며) 흠, 몃칠은 살것다- (돈을 넣는다)

인 선 (돈 꺼낼 때에 놀난다)

마첨지 아- 이 사람, 웬 돈이 그렇게 많은가, 응. (닥어슨다)

경 칠 왜 그래, 나는 돈 천원도 없으란 팔자일 줄 알었는가. 저리 가, 달겨들지 말고- 흥, 내일모레면 또 이천원이 생길 판이여-

마첨지 이사람, 횅재수가 텄군 그려. 그거 무슨 버리인가. 나도 한목 같이 보세 그려.

경 칠 자네가 무슨 재간으로 돈 삼천원이 나올 구먹을 뚤어, 어림없이. 흥, 구구로 가만히 내 뒤만 딸어. 어- 참, 자네 내가 실수했군. 한잔하세. 내 한잔 삼세. 나가세. (이러스랴는 것을)

마첨지 가만있게. 자네가 무슨 뾰죽한 수가 있다고 그렇게 뻽내나. 나도 자네만큼 수단은 가즌 사람일세. 무슨 사-껀으로 돈 삼천원이 생겻단 말인가? 예기나 들어보세!

경 칠 무어? 자네도 수단이 있다고? 에- 이사람, 그러면 웨? 저- 연재말 용만이 산 흥정도 하나 못붙이고 빠겨만 났는가, 응.

마첨지 아- 그러면 자네 그 산 흥정을 붙치고 삼천원을 먹었단 말일세 그려-

경 칠 그러면 먹지 않고. 웨 안 먹어. 지금 세상에 그런 돈 않 먹고 무얼 먹는단 말이야, 이사람아. 못 먹는 놈이 숙맥이지, 응. 에, 취한다. 푸- 픗.

마첨지 (벌떡 이러스며) 여보게, 자네 취중 말이 않이고 정말인가, 정말.

경 칠 정말은 무어가 정말이야. 이 사람이 정말 취했나.

마첨지 아- 여보게, 경칠이. 자네 정말 용만내 산 흥정 붙었단 말이 진담인가. 분명히 말하게…

경 칠 분명은 무슨 분명이야. 듯기 싫어. 다- 고만두고, 저- 곰보아주머니네 가서 한잔해 볼려나!

마첨지 (급히 지개를 지며) 에- 이 사람, 아무리 사람이 환장을 햇기로니 그 산을 그렇게 만들어 놓다니. 에익, 말 못할 사람. (무슨 생각이

난듯이 급히 좌편으로)

경 칠 … 흥! 어림없다. 웨 못 먹어. 목구멍에 걸닐가 봐 못 먹어. (인신이를 보고) 너- 이놈, 인선아- 네놈은 이 헛간에서 장-창 뭘 하고 있는 셈이냐. 생일꾼의 자식이 책은 무슨 책이고, 저게다 무어야? 늬가 그래, 비행기를 만들어보겠단 말이냐. 네깐 놈이, 네깐 놈이 마실에서 굴통기게나 곳치고 발동기나 좀 만즌다고, 코가 바-루 남산만큼 옷득해서 아주 억개가 읏슥거려지는 게로구나. 그만둬라. 없는 놈의 자식이 뭘 잘났다고, 뭘 해본다고 추적대는거늬, 추적대길… 별 수 없다. 그저 땅이나 뒤집고 농사나 지엇.

인 선 (이러스며) 아버지 누가 농사짓지 않는다고 말했읍니가. 누가 일을 않겠다고 꾀를 피었음니가. 염녀마세요. 힘-껏 일할 터이니 걱정마세요. 그런데 꼭 한가지 아버지한테 말슴드릴 것은, 제발 약주 점 덜 잡수셨으면 좋겠서요-

경 칠 에, 이놈 봐라. 애비한테 훈계한다. 주제넘은… 이놈, 아비 걱정은 그만두고, 너나 쓸데없는 짓깔 말어라. 너같은 농사꾼의 자식으로 무슨 주제에 연구냐, 연구가. 흥… 족새가 황새를 따러 가다는 다리가 지저지는 법이여. 알겠늬!

인 선 아버지, 참 억울합니다. 내 재주를 마음껏 써보지 못하고 내 정신은 마음껏 써보지 못하는 저의 신세가 정말 분하고 서러웁니다. 힘-껏 배워야할 나이에 마음대로 배우지도 못하는 이 세상, 배우고 싶고 알고 싶허 가슴이 밧짝밧짝 타건만, 그 소원을 못 푸는 이 세상! 아버지! 저는 아버지에게는 공부식혀 달나고 벗채고 싶지도 않고, 아버지를 섭섭하게 생각하지도 않습니다. 다-만 약주를 덜- 잡수섯으면 좋겠다는 말입니다. 그리고 또 한 가지, 제발 자라가는 우리 어린 사람들을 무턱대고 억눌으지 마시고- 무턱대고 없슨역이지 말어 주서요. 웨? 농사군의 아들! 생일군의 아들이란 내내 이 구덥[7] 속에서 허우대기만 하란 법이 어듸 있음니가. 저- 세상의 자랑꺼리인 신라때 예술품은 우리같은 미천한 사람이 만든 것이구, 고려의 자기, 이조시대의 활자 역시 우리네같은 없는 사람이 만든 거시랍니다.

경 칠 (어느 틈에 지개에 걸어안저 졸고 있다. 코를 곤다)

인 선 (잠든 부친을 바라보다가) 아! 마음대로! 배울 수 있고 마음대로 연구할 수 있다는, 저 북쪽나라 소련 사정이 알고 싶다. 전국민이-

---

7) 구차한 생활이나 처지.

다- 나서서 제 마음대로 일하며 제 재주대로 연구해내니, 그 나라가 강국이 되는 것은 당연한  일이 않인가. (다시 괴 우에 안저서 생각한다)

한참후 좌편에서 용만이 두리번거리며 등장. 앞이(齒)가 빠지고 병신성스럽다. 용철이도 뒤따라 등장.

용 만 아저씨! 아저씨! 나 그 산을 물너 주세요. 아저씨… 조으시나?
경 칠 (꿉벅이며 존다)
인 선 (이러스며) 오셧서요. 대관절 산이 어떻게 된 것이야요?
용 만 응, 그 산은 종중산이기 때문에 내 맘대로 못 파는 것인데… 너의 아버지가…
용 철 아! 어서 아저씨를 깨워서 말슴해야지!
용 만 형이 좀 깨보슈 그려.
용 철 이런 변변치 못한 사람같으니! 웨? 그것도 못하고 나더러 하라나. 온- 참! (경칠을 흔든다) 아저씨! 정신을 차리서요.
경 칠 응! 누구야? 성가시게- 인선이놈이냐?
용 철 제… 올시다. 용철이을시다.
용 만 저! 제 사촌형님이예요!
경 칠 (눈을 부비며) 뭐? 용철이! 용철이가 무엇 때문에 내 집에 왔을까?
용 철 (용만이에게 눈짓을 한다)
용 만 저- 다름이 않이라 그- 산말이죠. 그 산… 산을 물너야겠서요
경 칠 (정신이 난듯 벌덕 이러나며) 뭐? 산를 물너? (주머니 돈을 만저보고) 산을 도루 물느다니 그거 무슨 어린내 수작인가.
인 선 (좌편으로 퇴장)
용 만 저- 저- 그- (용철이를 바라본다)
용 철 아저씨께서도 연재말 사정을 잘 짐작하시겠지만, 그 산은 이 사람 용만이 독단으로는 처리할 수가 없는 산입니다.
경 칠 무엇이? 독단으로 못 처리한다? 웨 저 사람 어르신네가 종중에다 돈 치루고 도맡어 그분 명의로 증명까지 냈다는데 웨? 저 사람 임의대로 못 한단 말인가, 응! 응! 오- 그러니간 지금 자네가 중간에 쏘시개를 놀아서 저 사람을 데리고 온 모양일세 그랴.
용 철 그게 무슨 말슴이십니가. 그렇게 오해를 하시면 안 됩니다. 저번에도 그 산 매매 말이 있을 때 종중의 반대가 있었고, 더구나 종중도

않인 저- 마첨지 같은 분까지 반대를 하신 터인데. 오늘 다시 그 산 흥정이 되다니! 사실 저는 이 사람내 아주머니께서 파약[8]하라고 야단하시는 통에 그 사단 내용을 알었읍니다. 첫재는 이 용만이란 사람이 정신빠진 위인이지만, 그래 이웃동리 간에 번연히 아는 처지에 그런 흥정이 될 말입니가.

경 칠 아- 이 사람! 그럼 나를 그르다는 말인가. 이사람, 사실 알고보면 나를 그르다고는 못 할 일일세! 본인이 싫다는 것을 억지로 껄어다 흥정붙인 것은 절대적 않이니간. 알겠나!

용 만 뭘요. 내가 처음에 못한다지 않었어요.

경 칠 이 사람이! 젊은 사람이 정신이 있나? 없나? 아- 이 사람아, 자네가 그 산은 자네네 마음대로 할 수 있다고 큰소리를 않 했나.

용 만 언제요. 아저씨가 먼저 그 산은 명의도 우리 거고, 종중의 돈도 치루고 한 것이니간, 내 맘대로 해도 좋다고 그랬지요.

경 칠 하- 그 사람, 실없이 큰일날 사람이로군. 에- 이 사람! 하누님이 내려다 보시네-

용 철 아- 이말 저말 할 것이 않이라, 그 산은 이 사람 마음대로 못 하는 산입니다. 허니간- 해약을 해야 합니다.

경 칠 무어라고? 웨? 이 사람 맘대로 못 할 일이 무언가. 이전엔 일만 종중산이였다지만, 이 사람 어르신네가 버젓이 돈 내고 사서 증명까지 냈다는 산을 무슨 까닭으로- 이 사람 맘대로 못 할 일이 무엇인가.

용 만 어머니가 야단하섯서요. 꼭 물너야겟어요.

경 칠 이 사람이 누구를 놀니는 셈인가. 다- 계약까지 쓰고 도장 찍고 흥정술까지 먹고나서 지금 당해 무슨 딴 수작이야.

용 철 글세, 암만 계약을 했드라도 못 할 것은 하였으니 해약을 해 주십시오.

경 칠 허- 이사람들이 도모지 경우 없는 소리를 짓거리는군! 젊은 사람들이 경우도 몰으고 지내다니…

용 철 (용만이를 보고) 저렇게 작고 말슴하시니, 허는 수 없이 자네가 할 일이니, 자네가 처리하게!

용 만 아- 형님, 나는 어떻게 되는 것인지, 어떻게 흥정을 한 것인지 몰나요. 형님! 정말 형님이 좀 가려 주서요!

경칠·용철 (서로 본다)

8) 破約, 약속을 깸.

이때 좌편에서 마첨지 급히 등장.

마첨지 아- 여기들 와 있었구먼! 자네네들 올나왔다는 소리를 듯고 내려 가다가 도로 왔는데, 그거 어떻게 된 셈인가, 산을 엇잿다고?!

용 철 글세, 지금 그 얘기를 하는 중입니다- 그 산은 마첨지께서 잘 짐작하듯이, 이 사람이 임의대로 못하는 산인 것을 아래웃 동리가 다 아는 형편 않임니가. 어떠케 되어서 오늘 그 산 매매계약을 하게 되었는지? 본시 이 용만이란 사람은 그런 계약을 할 사람도 못 되고, 그보다도 제 마음대로 못 하는 것을 임의로 한 것이라, 아주머니께서도 펄펄 뛰시며 야단이 나고, 지더러 파약을 하고 오라고 하서서 이렇게 온 것인데, 이 아저씨는 파약을 못 한다고 말슴하시니 어쩌면 좋을지 모르겠음니다.

경 칠 못 하고 말고. 아- 경오가 그럼 않은가. 만약 그여코 해약을 하겠으면 손해배상을 물어야 되지.

마첨지 여보게, 경칠이. 인제 술이 깨였나? 여보게, 경칠이. 그렇게 못 하는 법이니.

경 칠 아-니, 이 사람 역시 또 숭맥[9]의 소리를- 짓거리네 그려-

마첨지 숭맥이고 멍청이고 그리 못 하는 법이니- 어서 빨이 물느도록 해주게. 나 역! 술은 대단히 먹고싶에만은, 그렇게까지 해서 먹기는 싫에!

경 칠 ……

마첨지 그리고 내 지금 오면서 잠시 자네 자식 인선이의 거동과 하는 말을 듯고 가만히 생각하니, 암만 해도 그놈은 그 정신이라든지 그 재조라던지 그여코 한번 큰소리할 놈갈애! 악가도 몇 마듸 수작을 해보니간, 아조 속이 탁- 티고- 우리들은 꿈에도 못 할 소리를 탕탕 하지 않겄나. 여보게, 인제 자네는 걱정할 것 없네. 그애 하는 대로 가만 내버려두고 동정이나 살피게. 사실 개천에서 용난다드니, 자네네를 두고 한 말인가 보에!

경 칠 여보게, 슬몃이 비행기를 태는 셈인가. 누구를 놀니는 셈인가. 난데없이 남의 자식 칭찬은 왜? 하는거야! 누가!

마첨지 여보게, 경칠이! 허튼 소리는 절대적 아니니 두고 보게. 자네는 아무 때이고 그애 덕을 톡톡히 볼 것일세. 사실 아닌 게 아니라 내가 그런 자식을 하나 두었으면, 무슨 짓을 해서라도 저- 서울 학교 공

---

9) 숙맥, 사리 분별을 못하고 세상 물정을 잘 모르는 사람.

부 않 보낼 내가 아닐세-

경 칠 이 사람아! 우리네 주제에 무슨 수로 서울 학교 공부를 식힌단 말인가. 누구는 그 생각이 없어서 못 식히는 줄 아나. 목구녕이 보두청[10]이라, 허고 헌 날 먹고 살기에 헤워날 수가 없으니 걱정이지.

용 철 그러게 지금 우리 나라 건국 사업에- 우리들 농민 해방이 첫재 문제라- 하고, 우리 농사짓는 백성들의 살임자리를 헐-신 향상식히고, 우리내 농사군 자질[11]들을 다-같이 공부식혀서, 누구나 그- 타고난 재주를 마음껏 발휘해서 나라를 튼튼히 하자는 것입니다. 그래서 소작료 3·7제 문제가 그 때문에 생긴 것이고, 저- 북조선 토지 문제가 그래서 실시한 것이랍니다-

마첨지 그런데 저 북조선의 땅마련은 좀 경오없는 일인 것같데-

인 선 (지개를 지고 마당에 드러스며 한편에 지개를 버서놓고 얘기 소리에 귀를 기우린다)

용 철 우리는 아모리 죽겠더라도 경오 없는 일은 못 할 것이지오. 저- 인선내 아저씨께서 들으시면 좀 불쾌하시겠지만, 이 사람 산쪼는 정말 경오 밖에 일입니다. 본시 처분 못할 종중산을 아시고도 흥정붙인 것이 첫째 잘못이시고, 누가 보던지 이 사람 용만이가 제 자작[12]으로 흥정할 사람이라곤 볼 수 없는데, 아저씨가 그 새에 끼여서 일을 꿈이었다는 것은 둘째 잘못입니다. 그리고 아저씨가 그렇게 생긴 돈을 가지시고, 살임사리나 자제 공부 식히랴는 생각보다 약주 잡수시기에 정신없으신 것은 셋째 잘못입니다. 그 말슴은 더 길게 말슴않겠읍니다만, 잘- 생각해 보십시오. 그리고 한 가지 마첨지가 말삼한 북조선의 땅 개혁문제는 누구나 우리 조선민족이 한번 깊이 생각하지 않을 수 없는 큰 문제입니다. 그 문제가 웨? 이러났는가? 생각하지 않을 수 없는 것입니다. 그것을 잘- 생각해 본다면, 그렇게 하는 것이 우리 조선 장래에 대하야 얼마나 정당한 처치인가 알게 될 것입니다. 그렇게 해야만 우리 동포는 누구나 다- 나서서 집안을 위하고, 나라를 위하여 일하며 힘쓸 것이요, 그렇게 되는 그때에야 비로소 우리 조선에는 놀고 먹는 자가 없어지게 되며, 국민개로(國民皆勞)하야 충실하고 꿋꿋한 나라를 만들 수 있는 것입니다- 다-같이 뜨거운 애국심을 가지고 나의 집안을 염녀

---

10) 목구멍이 포도청.

11) 子姪, 子與姪(아들과 조카를 통틀어 이르는 말).

12) 自作, 자기 스스로 만들거나 지음. 또는 그렇게 만든 것.

하고 우리 나라를 생각 아니할 수 없는 오날입니다.

마첨지 인선아! 너의 말이 옳다… 참! 너같은 아이가 이런 시골 구석에 뭇치어 지내다니! 너같이 똑똑한 애를 이렇게 시골에 버려두다니! 그러고서 우리 조선이 세상에 뛰여날 수가 있을 리 없다!

인 선 아저씨… 저는 정말 서울에 가고 싶어요. 마음-껏 책도 보고, 힘-껏 연구도 하고 싶어요. 그렇지만 지금 우리 집안 형편으로는 하는 수 없는 처지니간, 그냥 이대로 시골서라도 일하는 틈틈이 공부해 볼 작정이야요!

경 칠 … 인선아! 이 아비가 정신없었다… 네- 어미 죽은 뒤로 벗석 상심이 되어서 날마닥 술집 드나들기에 아모 분패를- 몰났다… 인선아! 이제야 정말 제 정신이 바로 드는 것같다. 정신이 난다. 이제는 아여 않 그러마! 정신차리마! 그래! 인선아! 네 마음껐 공부해 봐라. 이제는- 결코 말니지 않으마…

마첨지 (경칠의 손을 잡으며) 여보게, 자네! 자네! 인제 마음을 제대로 돌렷네 그려! 고마웨! 고마워! 인선아, 이제부터 한번 용을 써 봐라. 머리를 동이고라도 해 볼 일이다! 그래서 성공한 연후에 너의 아버지도 너의 덕을 단단히 보아야지 않겠늬. 그리고 나나 이 동리도 좀! 네 덕을 보잣구나!

용 철 이 동리뿐이겠읍니가. 우리 나라가 다- 이러한 천재소년을 빼놓지 말고 성심껏 복도다 준다면, 결국 우리 조선사람이 다- 그 덕을 볼 것임니다…

경 칠 여보게! 마첨지, 내! 오늘부터 이를 깨물고 한번 이애를 제 마음껏 공부하도록 해보겠네! 그리고 오늘부터 나는 술을 끈은 사람으로 알게. 그러고 참. 여보게 용만이, 예 있네! 산 흥정 구전 예 있네! 자네 받어서 해약하게. (돈을 내여준다)

용 만 (받지 않고 주저한다)

마첨지 이 사람, 그 돈을 용만이를 주면 어찌하나. 용만이 받은 돈하고- 저- 산 사겠다는 사람에게 갓다 주고 해약을 식혀 주어야지-

경 칠 오- 참! 그렇군. 가세! 물느러 가세.

일동 좌편으로 퇴장.

인 선 (비장한 결심을 한다)

천천히 막-

# 쪼깐이

(전1막)

조 현

**인물**

어머니
형
아우
선생
부인
숙현
쪼깐이

겨울이 가까우려는 어느 날. 석양빛이 뒷담장으로 따스하게 비치는 마루. 쪼깐이는 양지 바로 앉아 바늘질 상자를 옆에 놓고, 아망스런[1] 손으로 빨간 댕기를 잘러 저고리 고름을 달고 있다. 웃통을 벗은 앞가슴이 몹시 여윘다. 형은 낡은 쏘파에 앉아 쪼깐이의 이야기를 들으며 메모를 하고 있다.

형　　춥구나.
쪼깐이　안직 안 추어라우.
형　　너 살던 시골 기정이는 서울보다 훨씬 따뜻허지?
쪼깐이　참 좋지라우. 가봐라우. 시방은 지녁때 소쩍새가 우는디.
형　　소쩍새?
쪼깐이　소쩍새는 풍년든다 치면 소짝다 소짝다 그러구라우, 숭년들라 치면 소짝텅 소짝텅 그러구 울지라우.
형　　두견새 얘기로구나. 그래 쪼깐아, 지금 우는 소리는 어떻드냐, 흉년이냐 풍년이냐.
쪼깐이　소짝다 소짝다 그러는디, 나락을 다 뺏아 가지라우.
형　　나쁜 사람들이지! 뺏아가두 어른들이 가만 있드냐.
쪼깐이　쌈해요 사람들이 많이 자동차 타고 와서 우리 동내 사람덜을 막우 때래라우. (그리고 쪼깐이 형을 보고 웃는다)

사이

형　　동생이 몇살이라구 했지.
쪼깐이　아까 참에 말했는디, 일곱살이라우. 나는 아홉 살이고.
형　　아버지 잡혀가서 누가 한번 가 봤니.
쪼깐이　여름에라우 보리 가져갈 적에 잡어가고 안 온당게. 오빠도 도망쳤는디, 구장이 본다치면 잡어강게 집에 못 온다고 해라우… 우리 아부지 보고프다… 아짜씨, 우리 아부지 언제나 온다요.
형　　너같이 이쁜 딸을 보고 싶어서 곧 나오신다.
쪼깐이　한밤 자고, 또 한밤 자고, 그래도 안 오드랑게. (형을 쳐다보고 눈물짓는다)
형　　쪼깐이 아버지는 아주 훌륭한 어른이시지.

---

1) 아이가 오기를 부리는 태도가 있다. 혹은, 하는 짓이나 모양새가 잘고 얄미운 데가 있다.

쪼깐이 어째서 잡아 갔어라우.
형 … 네가 어른이 되면 다 알게 되지… 감기 든다, 저고리 입어라.
쪼깐이 고름 달아서 입지라우.
형 고름이 떨어졌니.

쪼깐이 형을 보고 웃는다. 형은 쪼깐이의 일거 *을「메모」한다. 쪼깐이는 고름을 달아서 저고리를 입는다. 그러고 바누질 상자를 방으로 갖다두고 나오면서 고름을 이렇게 매보고 저렇게 매보고 하는 것이, 뜻에 맞지 않는 양이다.

형 쪼깐아, 이리 온. 아저씨가 이쁘게 매주마.

쪼깐이는 서슴거리고 형 앞에 가슴을 내밀고 선다. 형이 고름을 매어 주니까 손바닥으로 착착 눌러보고 기뻐한다. 비로 제 앉았던 자리를 쓴다. 쓸고 나서.

쪼깐이 할머니 어째서 안 온디야.
형 할머니 어디 가신 줄 아니?
쪼깐이 장 보러 갔어라우.
형 옳지, 시장에 가셨지. 우리 쪼깐이가 아저씨보다 더 잘 아네.
쪼깐이 (우스며) 서울 옹게 므섭디다. 사람덜이 어째 많다우. 할머니랑 어저께 쌀 팔러 가는디, 크나큰 사람덜이 탁탁 때리고 가던 날 말이요. 자동차 말고 쪄드란 것이 머시라요.
형 그게 무얼까?
쪼깐이 사람덜이 작고작고 타더랑게. 기차같은 것이라우.
형 오- 그것은 전차라는 것이다.
쪼깐이 전차라우.
형 그래, 쪼깐아. 너 서양사람 봤니.
쪼깐이 그전에 봤어라우. 여름에 코재비서 순사하고 총 메고 와서, 우리 아부지랑 몽금이네 삼춘이랑 잡어 갔는지요.
형 서양사람이?… 그때 너 울었지.
쪼깐이 어금니하고 우리 뒷집 복색이네 헛청깐에 숨어서, 울타리 틈세기로 내다 봤지라우. 복색이 할아부지는 도망가 뻰지고.

그리고 쪼깐이는 마루 위 쏘파에 앉아서 스프링을 굴러 본다. 그러면서 가끔 고름을 내려다보고 만져보고는, 쏘파에 누어서 또 스프링을 굴러 보고 할 때마다 혼자서 웃고 기뻐한다. 형은 아동 심리를 유심히 살핀다. 밖에 나갔던 아우가 대문으로 쑥 들어온다.

제 야, 이놈에 계집애야, 스프링 부러저.

혼자 기뻐 놀던 쪼깐이가 한편 구석에 웅쿠리고 서서 제의 눈치만 본다.

제 어머니.
형 아마 시장에 가셨나 부다.
제 또 돈푼이나 상판대길 본 게로군. 남의 어머니들은 아들이 돈 벌어다 주면 5원도 10원으로 쓴다는데, 돈이 얼씬 하기가 무섭게 잘 먹고 지낼 신세냐 말에요.
형 김치가 없어서 가신다드라.
제 어끄제 시골서 올라오던 길로 담근 김치는 벌써 다 먹었나요. 그렇게 푼수 없이 먹어 치우다가는 서울 은행 돈이 다 내 거라도 못 당해 내겠오.
형 네가 돈 벌기에 고생하는 것도, 먹고 살려는 것이 아니냐.
제 제길, 퍼버리고 앉아서 내게다 턱대고[2] 있으니까, 그런 말이 글 쓰듯 술술 나오지요. 돈 100원만 벌래도 얼마나 걸음을 걸어 *****[3] 알고나 말해요.
형 나두 어떻게 해볼려도 잘 안 되는구나.
제 남들은 소학교 선생 노릇도 잘 합디다. 꼭 대학, 중학 선생님이 되야만 맛인가요.

쪼깐이는 눈치를 살피며 부억 앞으로 간다.

제 집구석에만 백혀있지 말고 행길을 좀 나가 봐요. 어린애놈들까지도 '다이야껌이나 면도날이나 라이타돌 사시오' 하고 목청이 터지게 외치고 있질 않나. 머, 형님은 잘 팔리지도 않는 코흘래기들 옛이야기나 쓰고 앉았으면, 목구멍으로 밥이 들어와요.
형 배운 것이 도적질 뿐이라고, 별 도리가 없구나. 네게 미안한 줄도 안

---

2) 턱(을) 대다. 어떤 사람을 믿고 의지로 삼다.
3) 5자 해독불가.

다.

제 에이, 빌어먹을. 내가 이놈의 집을 나가버려야지… 시장엔 언제 가셨오?

형 오실 때가 됐다만.

제 (방에 들어갔다 나오더니) 돈 어따 두고 갔는지 몰라요?

형 내가 그런 걸 어떻게 아니.

제 저 계집애는 얼른 데려다 주어버리지 않고선, 멋허러 두어두고 밥만 먹이는 게야.

형 데려다 주신다면서두, 어머님이 바쁘시니 못 가시나 보드라.

제 그럼 평생을 데리고 있겠우. 계집애라고 상스럽게도 생겨 먹어서.

형 너도 시골 살 때는 저랬더란다.

제 오늘 또 몇만이나 손해야, 돈을 쥐고두 손-만 보고 앉았더니, 에이.

형 숙현이 이모네집 애들이 하나둘 아니고, 고만고만한 조무래기들이 뛰노는 틈에서 저 어린 게 태어난 걸 생각해 봐. 때리고 욕질하고 윽박지***[4] 새끼들처럼 얼마나 텃세를 하겠니.

제 형님은 계집애 말만 하면 꼭 머라고 하시니, 먹이는 나보다 더 중하군요!

형 넌 재 나이에 부모 슬하에 멀어져서 남의 집 더부살이로 갈 수 있겠니.

제 아무리 변변치 못한 부모기로, 자식새끼 하나 못 벌어 먹이구 남에게 내맡길려구요.

형 자식들 기르려고 농사짓다 잡혀 갔단다.

제 남을 동정하는 것도 격에 맞아야 해요. 제 밥벌이도 못 하면서 무슨 염체없는 소리에요.

형 사회가 어린것을 고용살이로 내몰았지, 쪼깐이의 부모가 무능해서 그런 게 아니란다. 그애가 먹으면 얼마나 먹겠니.

제 누가 가난뱅이를 면하지 말라구 했나요. 그 집으로 보내주기로 부탁을 받아가지고 온 애를, 한끼라도 내 밥 먹일 까닭이 어디 있어요. 벌써 시골서 온 지도 닷새나 됐어요. 닷새면 밥이 열다섯 그릇이에요.

형 사실 재는 우리 집을 떠나는 날부터 종살이가 아니겠니.

제 빨랑빨랑 오지 않고 멀 하시는 거야

형 더군다나 사**** 애들 *****[5]다니 아무리 부자라고… 거칠 것 없

4) 3자 정도 해독불가.

이 자릴 키에 골병 들어, 등꼽추가 돼버리지 않겠니. 재 몸집을 봐라.

제　어머닌 장에 가신지 몇 시간이나 됐어요.

형　돈 쓸 일 있으면, 미리 말씀드리고 나가지 그랬니.

제　어머니에게 돈 맡기고 장사 하다가는, 꼭 굶어죽기 알맞았어.

형　길을 곧잘 잊어버리시는 어른이라, 혹시나 길목을 잘못 드셨는지 모르겠구나.

쪼깐이 슬그머니 대문 밖으로 나간다.

제　정신없이 돈주머니를 까밝느라고 못 오시지 멀.

형　앞으로 날씨는 치워지는데, '어린애 기저기를 빨아라', '요강을 시쳐 오너라', 어른도 벅찬 일이 아니냐, 거기다가 남의 자식이라고 어른아이 없이 부려먹을 것쯤이야, 너두 사람이면 짐작은 하겠구나. 금년 봄에 시골서 데려온 19살 된 계집애도 견디다 못해 도망해 버렸다는데.

제　아, 그래서 아무짝에도 쓸모없는 고것을 집에 두겠다 그런 말이요.

형　집 앞뒤로 익어가는 논, 물, 골작이도, 7살 먹은 동생 손목을 쥐고 아무런 억압도 모르고 세상 철없이 뛰고 놀았던 시골 그 모습이 얼마나 귀여우냐. 겨울날 저녁이면 집안 식구들이 따스한 방에 모여 앉아 폭폭 쏟아지는 함박눈을 창틈으로 내다보면서, 홍시감을 먹고 고구마를 삶아먹으며, 어머니 아버지 앞에서 재롱을 부렸을 것이다. 9살 먹은 애가 남의 집 종살이로 오다니, 끔직스러운 일이 아니냐. 누가 이렇게 만드렀니.

제　에이, 내가 서둘러서 보내 버려야지.

제 확 나가버린다.
사이.
혼자서 멍하니 앉아 있다가

형　쪼깐아, 쪼깐아, (마루 끝으로 나와서 불러본다) 애가, (당황하여 이 방 저 방을 찾는다. 부억에도 없다) 쪼깐아, (대문을 열고 나가려는데 선생이 들어온다)

---

5) 4자, 5자 해독불가.

선 생 왜 이렇게 바뻤나.

형 선생님인가. 한동안 오질 않아서 궁금했더랬지. 올라가세. 혹 골목에서 나 어린 시골 계집애 하나 보았나.

선 생 못 봤어,

형 이애가 어딜 갔나.

선 생 어머님께서는 어디 가셨나.

형 시장에 나가셨나봐.

선 생 늙은 총각이 집보는 셈이군…

형 자네는 젊은 총각인가?

선 생 그래두 난 아가씨들 입맛에나 댕기지.

형 내가 먼저 총각을 면하게 될 걸, 어머니께서 이번에 혼사일로 시골 다녀오셨다나.

선 생 여보게, 색시를 잘 골라야지. 임군이 좋은 표본이야.

형 임군 딸은 요즘도 자넬 못 살게구나.

선 생 딸자식 때문에 낯짝을 들고 다닐 수가 있기를 했느냐구. 그렇지만 내가 ***6) 좇아다닐 수도 없구, 딱한 일이야. 실은 그래서 자넬 찾아왔어.

형 그렇게 집안에서 버릇을 잡을 수가 없을가. 학교나 잘 다니나.

선 생 말은 2학년이지만 학교엔 도무지 오지를 않으니 그래. 벌써 두달째야.

형 그애가 학교보다 다른 곳에 흥미를 느끼고 있는 게 아닐까. 임군 부인은 딸자식 교육에 너무나 무책임이야.

선 생 임군이 그동안에 직업을 하나 얻었지. 이것도 늘 돌아다니는 생활이라 집에 잘 붙어있질 않는 원인도 있지만, 그 부인이 자네도 알다시피, 성격이 방임해서 가정을 돌볼 줄 모르지 안나.

형 그래 어린애들이란 더욱 무엇을 깨달을 만한 연령대에 이르러서는 가정 영향을 많이 받는 게니까.

선 생 이거야말로 친구들에게 부끄러워 죽겠다느니 하소연이니. 정군 혼처 내는 게 너무 도가 지나친다는군

형 일직부터 그여자에게 너무 미처서 돌아다니더니.

선 생 계집 잘못 얻으면 그러는 게라구 자기를 표본삼으래. 어제는 집에 온 손님의 구두를 두켜레나 들고 나갔다는군.

형 애초에 잘못했어. 그 버릇을 알게 되자 어머니 돈을 주지 않으니까,

---

6) 3자 해독불가.

돈 쓰는 데 매력을 느끼는 그애가 남의 것을 가타겠나.

선 생 이번에는 600원을 학교 핑계하고 가져다가 다 없애버렸다나. 그러니 학교 당국에서도 내게 말을 한단 말일세.

형 어머니가 자식에 대한 애정이 그렇게도 없을가.

선 생 남의 물건 값을 물어준 액수만도 3만여원 이상이라니, 박군이 가엽서.

형 100원짜리를 개가 들고 다니는 세상이라, 어린애도 1,20원은 부족해 그러지.

어머니가 배추, 파, 과일 등속을 사들고, 쪼깐이를 데리고 온다.

형 그애가 어디 있었어요.

모 글쎄, 애가 시장길목에서 '할머니' 하구서는 톡 튀어 나오더라.

형 고년이 슬그머니 나가버렸어요. 쪼깐아, 아무 말 없이 나가서 아저씨가 혼났다.

쪼깐이 씻긋 웃고 사온 배추를 푼다.

선 생 안녕하셨어요. 시골 다녀 오셨다지요

모 오랜만에 오셨군. 애들허구 얼마나 쌈을 허시나.

선 생 쌈은 해두 애들은 귀여운 데가 있어서요.

모 네 동생이 들어와서 또 머라고 했니.

형 미친 녀석.

모 쪼깐이가 그러드구나. 자근아저씨가 큰아저씨허구 싸웠다구.

모 ***[7] 다칠라 그만두어라. (과일을 내려놓고) 과일 하나 *끼시지.

선 생 아이구, 제가 사다드려야 할 텐데… 잘 먹겠습니다. (형에게) 아까 찾던 애가 젠가.

형 박군 딸허구 동갑일세… 서울로 고용살이 왔다네.

선 생 자네 집에서 데려 왔어?

형 부자집으로 왔지.

모 신발 뒤축이 들터나서 철떡철떡 하니까, 새끼 동가리를 주서서 발잔등을 딱 묶고서는 따라오드란 말이다.

선 생 시골 애라도 영리하군요.

---

7) 3자 해독불가.

쪼깐이　할머니, 배추로 쌈 싸먹은다치면 맛나라우.
모　　그러작구나.
형　　쪼깐이. 옛다, 사과 먹어.
쪼깐이　능금이요, 먹었어라우.
형　　먹었어! 그럼 감 하나 먹을가.
쪼깐이　우리 집이도 크디큰 감나무 있는디…
형　　그래도 이건 서울 감이라 너이 것보다 더 맛있다.

쪼깐이 받는다.

모　　어린 것이 먹을 것을 보아도 걸신대는 법 없다.
형　　고기나 좀 사오시지 그랬어요. 그 집으로 가면 얼마나 귀엽다고 고기 맛이나 보겠습니까.
모　　쪼깐이는 고기를 못 먹어. 그렇지.
쪼깐이　안 먹는당게.
모　　먹이 속이 거북하대.
형　　그러니?
쪼깐이　배가 아퍼라우.
모　　시골서 올라오면서 국밥을 사 주었더니, 국물만 먹구서도 배가 아프다더니 한쪽에 가서 눈물 바람을 하더란 말이다.
선 생　고기를 못 먹는 게 무슨 이윤가.
형　　농촌 사람들의 궁박한 경제에서 생선꼬린들 제대로 사 먹고 살았겠나. 간혹 가다 소나 돼지가 병들어 죽으면 동리에서들 나누어 먹으니까. 생긴 김에 과식해서 속이 편안잖으면 그 다음에는 못 먹을 것이거니 생각해버리니까. 어린 것이 못 먹는 게 돼버렸겠지.
선 생　그래도 안 먹고 싶겠나. 서울 애들이야 못 먹게 한다고 가만있겠어.

모 널려 있던 빨래를 마루에 거더 놓면서,

모　　쪼깐아, 너 빨간 댕기 빨아서 어쨌니.
쪼깐이　옷고름 달어 입었는디요.
모　　네 손으로! 어디 보자, 계집애도 참.

쪼깐이 배추를 다듬다가 모 옆으로 간다.

모　　이 계집애 예사 것이 아니로구나. 시집가게 생긴 년들도 이 안성골에다 빨어 들고 나서는데, 어쩌면 이렇게도 분명히 달어 입었을까.[8)]

쪼깐이 웃고 돌아서 시래지를 쓸어다 버린다.

선생[9)]　재 보게. 어서 장가 들고 싶지 않나.
형　　이런 문제로 질문을 받는 것이 여러 번인데, 해방 후로 어린애들의 교육이라던가 생활이 질서없이 돼버린 까닭이야… 어떨가. 부모로선 섭섭한 말이지만, 감화원에다 한 1년 보내두고 싶은 생각이 없을는지.
선 생　여도 저도 안 된다면, 그럴 수밖에 도리가 더 있을라구.
형　　벌써부터 박군에게 권고해 보려다가 차마 말이 나와야지.
선 생　나 역시 말내기가 거북한 일이라니.
형　　요는 학교에다 재미를 붙여 주어야 할 걸세. 그러게 소학교 선생님이란 책임이 큰 거야.
선 생　그런 애들은 대체로 어머니 탓이야. 감화원 얘기를 권유해 보지.
모　　어린 것이 어쩌면 저렇게 부모 속을 아프게 할가.
선 생　어머니도 며누리를 잘 골르세요. (일어슨다) 쪼깐아, 잘 있거라. 응, 좌우간 박군 딸을 한번 데리고 오지.
형　　난 의사는 아냐.
선 생　허허허, 안녕히 계십시오. (나간다)
모　　에미가 그렇게 나뿐가.
형　　처가 덕으로 사니 버릴 수도 없고, 박군도 큰 걱정이지요.

형 메모를 정리한다.

모　　얼른 저녁해 먹구 가자. 오늘밤에는 쪼깐이도.
쪼깐이　… 우리 동상 보고푸다.
모　　그 댁에 가면, 네 동생같은 애들이 많단다.

---

8) 대사와 지문을 분리함.
9) 원문에는 형의 대사로 되어 있으나, 내용상 선생이 맞을 듯.

쪼깐이 아까 참에 큰아자씨랑 자근아자씨랑 말하는디 무서라우.
모 (형에게) 네 동생하고 무슨 말을 했는데.
형 그 집으로 가기만 하면 저 어린것을 막 부려먹고, 말 안 들으면 오직 때리겠느냐고 했지요. 사실 안그렇겠어요.

쪼깐이는 곧 시무룩해지며, 대문 옆으로 와서 허공을 처다보고 섰다. 모는 쌀과 보리쌀을 퍼 가지고 나온다.

모 자근애는 어디 간다드냐.
형 언젠 어디 간다고 하고 다녔나요.
모 돈 쓸 일이 급하다면서 왜 여지껏 안 들어올가.

숙현이가 들어온다.

숙 현 시골 다녀 오시기에 얼마나 고생하셋서요.
모 너 왔구나. 또 기차탈 일이 잇을까 무섭드라.
숙 현 제 집은 안녕들 하시든가요.
모 말 마라. 껏덕하면 주릿대 성치고, 시골사람 누구하나 편안한 줄 아니… 그나저나 너 어쩔려고 네 처는 시골다 두어두니.
숙 현 앞으로 치워지는데 이모네 집 부억떼기 노릇을 시킬려고 데려오겠어요.
모 네 이모네 집 어린것들은 다- 잘 있니. 저앨 데려다 주어야 할 걸 너 마침 잘 왔다.
숙 현 (쪼깐이를 보고) 저애요. 난 밥이나 한술
숙 현 아까 자근형이 와서 알려주든데, 말이 떨어지자마자 곧 가서 데려오라는군요. 무슨 놈에 성미가 그렇게도 급한지.

쪼깐이는 뚫어지게 숙현이를 보고 섰다.

숙 현 그 집 개고기같은 애들에게 곧잘 두들겨 맞겠는데요.
모 (보리쌀을 닦으면서) 쪼깐아, 잘 됐다. 이 아저씨허구 가거라, 응.
숙 현 그래, 나하구 가보자. (손목을 잡으니까, 쪼깐이는 버틴다) 같이 가자. 가면 참 좋다. 하얀 쌀밥도 많이 먹구.
쪼깐이 안 갈라우. (손을 뿌리치고 모에게 매달려서 운다) 가면 나 죽어라우.
모 쪼깐아, 따라가. 그 댁은 우리보다 부자고, 그 집 어머니가 너 옷도 많이 해주고, 머리는 단발도 해주어. 그 집에 갈라고 너 서울에 온 거야.

쪼깐이 단발도 싫어라우, 할마니.

숙 현 재 안 갈려고 한데요.

모 어린 게 두둘겨 맞는다니, 갈려고 하겠니.

숙 현 이애, 가자. 응. 그 집은 집두 커다랗고, 쌀밥 먹고, 고기 먹고, 너이 시골 촌하구는 아주 다르다.

쪼깐이 소리쳐 운다.

형 그냥 가려무나.

모 안 데리고 가면 못 쓴다. 이애 이모가 말이 청산인데… 쪼깐아, 할머니도 저녁 해먹고 갈 테니.

쪼깐이 (더욱 운다)

숙 현 그냥 가서 너무 어리드라고 말하지요.

형 그렇게 해.

숙현이는 나간다. 그때야 쪼깐이는 눈물을 씻고 모에게서 떨어진다.

형 쪼깐아, 이리 와. (쪼깐이 간다) 그 아저씨때문에 혼났지.

모 (형 옆으로 와서) 어떻게 할려고 그러니. 더군다나 네 아우가 가서 말을 전했다는데.

형 어머니, 집에다 두어 둡시다.

모 무슨 소리냐.

쪼깐이는 형의 옆을 떠나 어머니가 닦든 보리쌀을 제가 닦는다.

모 친정집에서 나를 믿고 맡겨 보냈는데, 여직껏 그 집 사람들에게 속보인 일 없는 내가 하찮은 일에, 안 된 말이다.

형 가기만 하면 고생살이 되지 않겠어요.

모 그야 그렇지만. 어쨌든 도리가 없지 않니. (그리고 시장에서 사온 고구마를 닦는다) 네가 보리쌀 닦을 줄 아니.

쪼깐이 웃어 보인다.

형　　어린 것이 벌써 그런 재주를 배웠구나.
모　　쪼깐아, 너 어째서 안 갈려고 하니.
쪼깐이　싫어라우. 애기덜이 많으니께, 작구만 때린다고 하는디.
모　　남을 공연히 왜 때리니.
형　　가난한 게 먼데?
쪼깐이　… 몰라라우. (보리쌀 조리질을 한다)
모　　고구마 하나 먹으련.
쪼깐이　고구마는 쪄먹을라치면, 물로 싹싹 씻구라우. 반찬 해먹을라치면, 공굴 바닥에다가 빡빡 갈아서 껍데기를 베껴야 맛있어라우.
모　　쪼깐이가 고구마 요리 해먹는 격식을 일등으로 아는구나.
형　　어머니, 보리밥도 먹구들 않었으니까 소화가 잘 안 되서 속이 좋지 안어요.
모　　네 아우가 작구 보리만 사들이는 걸 어쩌겠니.
쪼깐이　시방 우리 촌에서는 햅쌀밥 먹어라우. 우리집 감도 많이 열렸는디. 서울은 햇교 운동굿 안 헌다우. 우리집이서 핵교 운동굿 보러 갈라다가 왔는디요… 서울은 아그덜 바끔새기[10] 않는다요…
형　　너이 시골서는 그런 작란밖에는 할 게 없니?
쪼깐이　(씽긋 웃고) 아그덜 많이서 놀면 재미있는디요. 나는 어무니고, 내 동상은 아들이라우.
모　　계집애 크면 기본이 번질스러해, 살림살이를 잘 해낼 거다.

제가 들어온다. 쪼깐이는 금방 풀이 죽어서 구석차지를 한다.

제　　계집애 데리러 오지 않았어요.
모　　네가 전해 주랬다고, 숙현이가 왔더라만.
제　　못 데리고 간 게, 형님이 또 머라구 했군요.
형　　어머니 치마끈에 매달려서 떨어지질 않는구나.
제　　끼고 있으면 나만 손해에요.
모　　자근애야, 재 말이다. 네 형이 애사 귀여워서.
제　　아조 돈이 썩어 남드래요. 옷 해입히고, 신발 사신어야지요.
모　　나이 먹고 속 없는 계집애들보다는 훨씬 낫다 말이다. 보리쌀을 말끔히 닦아서 조리질해 건저논 솜씨가 예사 계집애가 아니다.
제　　우리 집에 식모 두고 살게 됐소. 난 돈 없어요. 내가 맡겨논 돈이

---

10) 소꿉질의 호남 방언.

나 주세요.

밖에서 자동차소리가 나며 부인이 부처같은 애를 안고 들어온다. 쪼깐이는 부인이 들어오는것을 보자, 건너방으로 도망하여 구석에 딱 붙어 선다.

모　어서 오시게. 어린 것을 데리고 나오셨구먼.

어머니는 안방으로 들어가서 돈뭉치를 가져다 자근아들에게 준다.

모　마침 잘 오셨군요. (돈을 센다)
부인　애 봐줄 사람이나 있어야지요. 온종일 이앨 안고 씨름하느라고 설거지도 못해서 요즘은 숙현이가 밥해 먹다 싶이 하지요.
제　그 녀석은 왔다 갔답니다.
부인　갔어요! 계집애가 왔다기에 숙현이를 보내놓고, 맘이 급해서 자동차로 찾아 왔답니다.
모　애도 탐스럽게 생겼다.
부인　여기다가 기운이 장사인 걸요 (어리* 얼른다) 뚜뚜뚜뚜. 엄, 마, 우셨네… 저이 어머니 편안하시던가요.
모　몸이 늘 편안치 않으신가 봐.
부인　형님은 올라오시지 않겠데요.
모　어머니가 그러시니, 어떻게 떠날 수가 있을라구.
부인　웬만하면 와주셨으면 좋겠어요. 교제하는 손님이 어쩌나 많든지 밤늦게까지 술상 보느라고 요즈막은 살이 다 홀쭉 빠졌습니다.

쪼깐이는 무서워 떨고 있다.

모　데리고 가라기에 맡아가지고 왔네마는, 어린 것이 자네 집 시중을 족히 할 수 있을가 몰라.
부인　아홉살이나 됐다는데, 없는 것보다야 낫지요.
모　숙현이가 왔다가 너무 울어서 못 데리고 갔지. 금방 방으로 들어간 그앨세. 쪼깐아,
부인　못 데리고 갔어요. 그놈이 변변치 못하게. 그럴가 봐 내가 쫓아왔지.
모　쪼깐아.

쪼깐이 (우름 먹은 소리로) 애에.
제 빌어먹을 계집애, 네가 왜 내게다 턱을 댈려고 하니.
부 인 이름이 왜 그따우냐. 어디 보자, 이리 나와. (쪼깐이 더욱 운다)
형 울지 마라.
모 저 염체 없는 말같지만, 가란 말만 하면 저렇게 우니, 오죽 손대[11]가 아쉽겠다만서두 자네네는 그래두 밥 해먹을 만한 사람 하나 구하구, 쪼깐이는 내게 두어두면 안 될가 몰라.
부 인 말이 쉽지요. 예편네들까지도 장사에 지쳐서, 누가 식모로 들어와 주나요.
모 저 어린것이 식모 구실을 할가 몰라.
부 인 걱정 없어요. 시켜서 못하는 일이 있는가요. 걔 하나 갔다 두어두, 내가 얼마나 편한 살이를 할 수 있다구요. 애 봐줄 게구, 잔심부름 다 해줄 게고.
제 그렇구말구요. 손발 하나가 갑작히 생겨나신 것 같으실 텐데요.
모 울어도 이만 저만 울어야 말이지.
부 인 데리고 가야겠습니다… 지금도 손님을 모셔놓고 급히 왔는데요. 거저 구해왔나요. 계집애 애비가 우리 선산직이 아닌가요. 작년 여름에 농사짓는다고 우리한테 빗 가져간 게 있지요.
모 돈의 권세가 참말로 좋으니. 나는 이 나이가 되도록 부엌바닥을 떠나보질 못했네만.
제 어머니는 쓸데없는 소리 집어치우세요… 여기서 돈을 얼마나 끄내갔어요.
모 300원 밖에는 안 냈다.
제 300원은 누가 벌어온 돈인데, 승락없이 왜 써요.
모 네 형이 썼어. 글 쓰는 원고용진가 그것 사느라고.

부인 건너방 앞으로 와서 쪼깐이의 손목을 잡아끈다. 쪼깐이 벼락같이 소리쳐 운다.

부 인 아이, 고것 참. 사나워라. 이리 못 나오겠니.
쪼깐이 아자씨, 할마니.
부 인 경칠 년 보게. 누가 널 꼬집어 뜯니.
쪼깐이 (한사코 발버둥치며) 아이구, 어무니. 할마니, 할마니, 우리 집에

11) 일을 할 사람.

데려다 주어라우.

부 인　이년아, 넌 내 집에 가서 실아야해. 네가 기운이 얼마나 쎄니, (달랑 들어서 마당으로 내놓는다)

쪼깐이 토끼처럼 마루로 도망질, 형의 품에 안겨 운다.

부 인　이 계집애가 버릇없이 어디라고 함부로 어른에게… 이리 내려와. (잡아 내린다)

쪼깐이　아이구, 아이구, 큰아자씨, 안 갈라우,

무능한 형은 속수무책이다. 눈시울만 뜨거울 뿐이다.

부 인　촌년이라 앙큼스럽구나. 어서 도령님이나 업어라. (억지로 애를 업힌다)

쪼깐이　무거라우. 무거라우. 나 죽겠네. 어무니, 아이구, 어- 할마니.

부 인　이년아, 아홉살이나 처먹은 년이 애 하나 못 이기니. 가자, 이년. 공연히 떠들기만 했습니다.

쪼깐이 아무 도리 없이 돌아다 보면서 부인에게 끌려나간다. 멀리서 쪼깐이의 울음소리 애처럽게 들인다.

제　별것이 다 집안을 뒤집어 놓네.

형　(지금껏 아무 말이 없다가 벌덕 누어버리며) 멋하러 맡어 데리고 오셨수.

모　자근애야, 네가 좀 나가 봐라. 형이 오직 가엽서서 이러겐니. 형제 간에 그러는 게 아니다.

쪼깐이가 울면서 애를 업은 채 비틀거리며 도망질처 들어온다. 모에게 안긴다. 형 일어난다.

쪼깐이　할마니, 나 죽것서라우.

부인이 쫓아 들어온다.

부 인　저 계집애가 큰일 낼 년일세. 손등을 물어뜯구. 아이, 독살마진 년.

제　　이놈에 계집애가 무슨 이넌(인연)이 있다고 내 걸 뜯어 먹을려고 들어.

쪼깐이를 어머니 품에서 뺏을려고 한다. 형 드디어 벌떡 일어서 아우를 딱 때린다.

형　　네가 평생을 돈에 파묻혀 살 줄 아느냐. 올챙이 적을 생각을 해라.

쪼깐이의 업은 애를 고히 부인에게 돌려 보낸다.

부 인　아니, 왜 이러는 게요.
형　　이 어린것을 꼭 부려먹어야만 하겠오.
부 인　그러지 못할 것은 머유.
형　　남의 자식도 귀한 줄 아시오. (쪼깐이를 쓸어안고) 울지마라. 안 보내겠다. (아우에게) 염려마라. 이애는 내 손으로 벌어 먹이겠다. (소파 있는 대로 데리고 가서 앉는다. 이 광경을 보고 부인 분하여 나가 버린다)
제　　에이, (나간다) 나 없는데 배때기 쫄쫄 굶어 봐요.
모　　이애, 자근애야.
제　　듣기 싫소.
형　　어머니, 가만 내버려 두세요.

나가면서 대문이 깨져라고 닫아 버린다. 자동차 떠나는 요란한 엔징 소리는 부인의 오만한 태도를 대변하는 듯하다. 자동차의 엔진소리와 *하여 비행기의 폭음 소리. 쪼깐이 마루 끝으로 달려나와 하늘을 처다본다.

쪼깐이　아자씨, 비행기가 날라가라우.
모　　돈이 다 머신고. (앉는다)

멀리 사라지는 비행기 소리.

막.

(1947. 12. 14. 탈고)

# 두뇌수술

(전3막)

진우촌

## 인물

오영호 의학박사
상도
무길
백운양 상도의 부친
숙향 상도의 모친
안선달 무길의 부친
인순 무길의 약혼자
신문기자
한서방 소사
순자 간호부
옥자 간호부
배불두기 여인 환자
혹부리 남자 환자
절눔바리 남자 환자

## 장소

제1막 : 오영호 의원 치료실
제2막 : 1막과 동
제3막 : 1막과 동

# 제1막

때
봄날, 오전중

장소
치료실

무대
우편 벽에는 수술실과 치료실 사이 문이 있어 널찍하다. 좌편에는 제약실로 들어가는 좁은문과 창이 있고, 창 아래에는 장의자가 있고, 그 앞에는 조고만 응접탁자가 있다. 정면은 가로 퍼진 넓은 창과 큼직한 문과 창밖으로 복도가 잇서, 오른편으로 가면 오박사의 연구실이 있고, 왼편으로는 현관과 병실로 가게 되었다. 치료실이 활작 열리면 병실로 가는 복도가 보인다. 창밖으로는 조고만 정원이 있다. 실내는 간소한 의료기구. 중앙엔 진찰상. 창 틀에는 종달새 조롱(鳥籠)이 걸였고. 창과 문 사이 벽에는 큼직한 체경(體鏡)이 걸엿고, 그 아래 소독 세수대가 있다. 창 앞에는 의자가 있다.
막이 열리면, 간호부 순자가 종달새에게 모이를 먹이고 옥자는 손을 씻고 있다.

순 자 봄의 여신이여. 네가 보리밭에서 푸른 하늘로 높이 떠올을 때면, 은방울을 흔들며 가볍게 가볍게 떠올을 때면, 아- 아름다워라. 하늘과 땅과 산과 시내, 그리고 아가씨와 도련님 가슴 속에는 아- 꿈이로다. 아름다운 꿈이로다. 새파란 정열이 움 도다나는 아름다운 꿈이다.

옥 자 아서라. 가슴 아프다.

순 자 아- 봄을 불으는 여신이여. 종달새여. 은방울이여. 아- 그러나 너는 가엽기도 하다. 저 하늘 봄빛 가득 찬 하늘, 끝없이 자유로운 저 하늘을, 너는 좁은 장 속에 가처서 옛날의 꿈을 안고서 바라만 보는구나.

옥 자 아름다운 순자씨. 쓸쓸해 마소서. 종달새갈이 봄노래를 부르소서. 그러면 나는 그대가 불으시는 봄빛이 되어, 그대의 향기로운 몸을 정답게 안으오리다.

순 자 그러나 저는 좁은 장 속에 가처 있는 이 몸은 님에게 안길 수 없어요. 오직 님을 그리우며, 쓸쓸한 꿈을 슬픈 꿈을 꿀 따름이외다.

옥 자 봄은 청춘을 미치게 하는 시절, 나의 여신 종달새는, 순자는 좁은 장소에 가치여 좁은 치료실에서 님을 그리며, 속절없이 백의의 천사 간호부로 이 봄을 보내나이다.

순자, 옥자 함께 자지러지게 웃는다.

순 자 참말 봄이 되면 끝없이 끝없이 어듸고 가고만 십드라.

옥 자 아서라. 너머 일다.[1] 복사꽃이나 피거들랑 바람이 나거라.

순 자 우리 옥자씨 가슴엔 어떤 도령님 그림자가 잠겨 계신고.

옥 자 우리 순자씨가 계시지 않나. (연극적으로) 여보세요, 순자씨. 복사꽃 피고 살구꽃 피거들랑 꼭 결혼해 주시죠!

순 자 (남자 목청으로) 안 되요. 내게는 옥자씨보다 더 아름다운 여신과 같은 아가씨와 약속이 있어요.

옥 자 (우는 흉내를 내며) 그럼 저는 어떠커고요. 아! 아, 야속해라. (날카롭게) 고만둬요. 나도 로미오와 같은 미남자와 약속이 있어요. (순자와 함께 자지러지게 우서버린다)

현관에서 한서방의 목소리가 연설체로 떠든다. 2, 3인의 남녀 짓거리는 소리.

순 자 또 한서방 연설이군.

한서방 본 오영호 외과의원은 당분간 외래환자를 거절합니다. 본 의원 원장이신 오박사께서는 대뇌교환수술을 하는 환자를 보고 게십니다. 세계의학계를 놀내게 하는 새로운 수술이고 연구이기 때문에, 외래환자를 보실 겨를이 없으십니다.

배둘두기여인 (문 앞으로 들어오고, 한서방이 앞을 막는다) 난 꼭 고치구 가야겠어요.

한서방 안 되요. 안 되요 문깐에 써 부친 거 못 봐요. 그러고 (글읽는 조로) '대단 미안하오나, 당분간 환자를 취급지 안싸오니, 이차 양해하시옵. 오영호외과의원 백.' 이런 신문광고도 안 보셧단 말슴요?

배불두기여인 까막눈이가 멀 봐요. 난 병 안 고치고 가문 우리 영감한테

1) 이르다.

쪼겨날 테니깐, 하늘이 열 쪼각에 나두 고치고 가야 되요. (장의자에 가서 뱃심조케 안는다)

혹부리남자 (절눔바리와 함께 한서방 뒤를 따라 드러와서) 나두 이 혹을 잘나버리고 가야만 내 소박을 안 당할테니깐, 그저 의사 선생님이 사정을 봐주시도록 말슴 좀 잘 해주시오.

한서방 이거 원, 오늘 한서방이 봉변당허는군. 제발 좀 빕시다. 갓다가 이담에들 와요.

배둘두기여인 할 수 없어요. 새벽 석점에 일어나서 일은 밥 먹구서, 이 배를 안구서 육십리를 거러왓서요.

혹부리남자 나두 이 챙피한 얼골을 가지구 서울 장안으로 들어올 때, 애들한테 놀님두 많이 받었오. 다신 또 오기두 어렵지만, 밭 한마지기를 몽땅 파라 가지구 온 걸 써버리문 큰일나요. 어떠케 사정을 봐주서야겠소.

한서방 이러지들 말구서 다른 병원으로 가봐요. 여기보다 더 큰 병원이 경성 안에 얼마든지 잇지 안소.

배둘두기여인 시려요. 다른데 억백 군데 있어두 시려요. 여기 의사 선생님 소문 다 들엇다우. 머리골통을 부섯다가두 주서 마추는 재주를 가젓다니깐. 난 꼭 여기서 고치구 가야 되요.

한서방 배불두기는 다른 데서 더 잘 고치니깐 다른 데루 가요, 제발.

절눔바리남자 (간호부에게로 가서) 난 간호부님들이 사정 좀 바 줘야겠습니다. 특별 청이니 꼭 좀 들어주서요, 네?

옥 자 (입을 막고 웃는다)

순 자 절눔바리를 엇더케 고처요.

절눔바리남자 몽혼약[2] 하구서 꼿꼿하게 피문 안 됩니까.

순 자 집에 가서 그러케 부인더러 해달나문 되지 않어요.

절눔바리남자 절눔바리가 장가나 드럿겟습니까. 그리구 다 하는 사람이 따루 잇지, 아무나 됩니까. 그저 내 사정 좀 꼭 봐주십쇼. 그저 절눔바리만 고치구나문, 펄펄 뛰다니며 버러서 죽을 때까지 은혜 갑겟습니다.

한서방 (기침을 하구 점잔케) 여러분, 환자 여러분. 내 말슴을 들으시오. 본 오영호외과의원 원장선생님 오박사 명예가 세계 각국에 전파되었슴으로, 누구든지 우리 원장선생님의 진찰과 수술을 받기가 소원이었습니다. 그래서 남으로는 일본, 북으로는 지나 대국, 그리고 세

2) 감각을 잃고 자극에 반응할 수 없게 만든 약. 마취제.

계 대도회지에서 수많은 환자들이 여기 조선 서울로 우리 원장님의 진찰을 받으러 와서, 지금 각 호텔과 일류 여관에서 기다리고 잇는 중입니다… (기침을 하고 잠시 끊인다)

순 자 연설 너무 해서 한서방은 성대수술 해야 할 꺼야.

배둘두기여인 누가 연설 듯잿소.

한서방 그러나 우리 오영호외과의원에서는 작정한 방침대로 일체 외래환자를 받지 안키 때문에, 그들 수만리에서 온 환자들도 우리 원장선생님 그림자도 보질 못하고 잇는 중입니다. 그러니깐 여러분 환자께서도 그것을 깊이 양해하시고 도라가서서, 다시 신문 광고를 기다리고 게시기를 바라는 바입니다. 끝.

순 자 우리 한서방 말 잘한다, 말 잘한다.

옥 자 (입을 막고 웃는다)

한서방 (눈을 흘기며) 공영이 농담으로 알나고.

혹부리남자 먼데서 온 사람만 젤이란 말슴요.

배둘두기여인 그이들은 억말리라도 기차 타구 배 타구 편안이 왔지만, 난 이 꼴을 하구 육십리를 새벽붙어 거러온 걸 생각해요.

혹부리남자 혹을 오늘 도러내진 못 하드라도, 선생님 얼골이라도 보고 가야겠소.

절눔바리 난 선생님을 보기만 해도, 다리가 제대로 펴질 것만 같습니다.

한서방 될 수 없어요. 연구실에서 일체 면회사절이시구, 우리두 맘대루 출입을 못하니깐 도무지 안 될 말이오.

배불두기여인 그러니 어떠카란 말요?

한서방 어떠커긴 어떠캐요. 가야죠.

배불두기여인 (성이 나서) 온 참, 별일 다 봣네. 우리가 거진가 비렁뱅인가, 돈 주구 병 고치라 온 손님인데, 안 된다, 가라 마라 하니, 별일 다 봐. 가겠소. 고만 두. (배를 싸안고 뒷둥뒷둥 빨리 나간다)

혹부리남자 그래두 나만은 봐주. 네, 꼭요.

한서방 형편을 자세 이야기해두 그러는구려.

혹부리남자 그럼 낼 또 올 테니, 선생님께 말슴이나 해두슈. (나간다)

옥 자 (팔목시게를 보고나서) 도끼자루 썩겠다.

순 자 참 시간 됐구나. (옥자와 함께 수술실로 들어간다)

절눔바리남자 나두 낼 오겟습니다. (나간다)

한서방 괘-니 헛거름 말어요. (절눔바리 나간 담에 혼자말로) 원 하로도 이게 몃번이람. 환자바들 때보다 일이 더 고되니. 순자 말맛다나

성대수술 받어야 않 허겠나. 이쿠 참, 이 사람들 내 고무신이나 바꿔 신고 갈나. (나간다)

잠시 무대는 비인다. 조롱에서 종달새가 울기 시작한다. 상도를 누인 환자운반차를 간호부 순자와 옥자가 조심스레 밀고서 수술실에서 나온다. 오박사와 운양, 숙향이가 뒤를 땋었다. 상도는 머리를 온통 붕대로 감었다. 수술받은 지가 여러 날 전인듯, 눈은 뜨고 원기가 있어 보인다. 조롱 앞을 지날 때 고개를 그리로 돌녀 조롱을 움킬드시 손을 든다. 간호부들이 운반차를 정지한다. 그때 안선달이 병실 편에서 온다.

안선달 선생님 우리 무길인 죽지 안습죠? 우리 무길이 좀 봐주십쇼. 자꾸 헛소릴합니다. 우리 무길인 안 죽습죠?

오박사 이따가 볼 테니 가만잇소.

안선달 그저 안 죽게만 해줍쇼.

상도는 안선달을 유심이 본다. 오박사의 손짓을 딸아 일행은 병실로 간다. 안선달은 넉없이 서있다. 한서방이 중얼대고 들어온다.

한서방 원, 병신 곤데 없다구[3], 헌신 두구 새신 신구 갈 염체가 있담. 안 나갓드문 큰일날 뻔햇지!

안선달 여보슈, 한서방. 우리 무길이가 죽지 안켓소?

한서방 (정돈된 기구와 의자들을 공연이 다시 바로 노면서) 염라대왕하고 무슨 척 젓습듸까.[4]

안선달 자꾸만 반편[5] 같은 헛소릴하는구려. 정말 안 죽겟소?

한서방 헛소리한다구 죽으문, 잠고대하는 사람들은 다 죽겠구려. 염여말어요. 염라사자가 수만명 들끄러 온대두, 우리 원장선생님 앞에선 꿈적 못할 테니. 공연이 걱정하다가 몸 축가면[6] 염라사자들이 골낌에[7] 아들 대신 아버지 잡어갈지 뉘 아우.

안선달 제발 그 자식 대신에 늙은 걸 잡어가문 얼마나 조켓소. 여보 영감. 참말 우리 무길인 죽지 않으리까?

---

3) 고운 데가 없다?

4) 척(隻)지다, 다른 사람과 원수지간이 되다. 척(隻), 조선 시대 소송 사건의 피고를 이르던 말.

5) 지능이 보통 사람보다 모자라는 사람을 낮잡아 이르는 말.

6) 축가다, 몸이나 얼굴 따위에서 살이 빠지다. 유의어 축나다,

7)홧김에, 골김, 비위에 거슬리거나 마음이 언짢아서 성이 나는 김.

한서방 (의자에 버티고 앉으며) 또 한번 설명을 해드려야 믿겟소? 글세 염여말어요. 만석군이 운양 영감의 자제 귀중한 목숨두 마트신 우리 원장선생님에게 매끼노코 무슨 걱정이란 말요. 죽으문 안선달 아들만 죽겟소. 운양 영감 자제도 마창가지 안요.

안선달 그놈은 우리 마누라하구 나한테 둘두 없는 놈요. 그놈이 죽구나면 우리 두 내외는 따라 죽는 몸요. 그러니 제발 죽지 안토록 선생님한테 말슴 좀 잘해 주슈. 그저 그놈을 우리 내외가 만득[8]으루 어더 가지구설랑, 남의 열자식 안 부럽게 애지중지 길느고 나니, 그놈이 또 애비 에미 공을 알구서 동리서도 효자라구 칭찬이 놀랍구료. 그리구 그놈이 어려서부터 슬기와 재주가 잇드니, 소학교만 시켯는데도 남들이 중학교 졸업생보다 공부가 낫다구 일르는 놈요. 그래서 낮에는 농사일을 하고두 밤에는 아이놈들을 모아노코 야학교를 가르키는데, 읍내 교장님두 나를 보구서 공부시키는 법을 칭찬한 일두 잇섯다우. 게다가 그놈이 성질이 조아서 어른 애들이 다아 조아하구, 동리 처녀들까지 죄다 좋아한다구 놀리는 것두 들엇소. 그런 놈이, 우리 무길이 놈이 죽으문 어쩐단 말슴요. 그래 그놈이 죽으문 우리 내외가 그냥 살겠소. 한서방도 내 심정을 생각해 보시우. 게다가 우리 내외뿐 아니라 우리게서 달덩이라구들 하는 인순이까지두 그냥 안 잇슬 께요. 아직 시집은 안 왓서두 그것두 내 자식 다 된 것이니, 그놈 한 목숨에 세 목숨이 달녓소구려. 여보, 한서방. 우리 무길인 안 죽겟소? 꼭 안 죽겠죠?

한서방 (안선달 말에 끌녀드러서 감격해 듯다가) 여보, 영감. 영감 사설에 내 코잔등이가 시큰시큰해지오. 당신은 그래두 마누라나 잇구려. 내 사정두 좀 드러보료. (능청맛게 한숨을 쉬고서 일어나서 이야기를 시작한다. 안선달은 장의자에 힘없이 안는다) 내 나이 지금 쉰하구 네 살이요. 그러나 이러케 환갑 술잔 밧구난 것처럼 늙은 것이 어쩐 일인지 아슈. 참 생각하문 할수록 편안하든 가슴이 다시 맷돌질을 하구, 염라왕이 날 그대루 두는 게 원수갓소. 나두 시골태생으루 어려선 남 부꾸럽지 안케 자랏다오. 시골애들이 제일 조아하는 빨강 조고리도 입어보고, 갑사댕기두 듸려보고, 설이면 버선에다 가죽신도 신어보고. 그러케 자라나서 열여섯 살 때요. 아마 그해 봄인가 보오. 우리 집 뒤산에 진달래가 피엿고 뻑국새가 울엇으니깐. 그때말요. 난 장가를 들엇소. 색시는 인물이라든지 음식솜

8) 晩得, 늙어서 자식을 낳음.

씨, 침선[9], 행실, 언어, 동작이 서울 대가집 규수보다도 훨신 낫다고들 하는 친찬을 밧는 열아홉 살 된 신부가 우리 마누라엿소. 그래서 그야말로 한쌍 원앙이냐 비둘기냐, 동리에서 이애기꺼리고 젊은 놈마다 침을 흘리도록 의처 조케 지내면서, 첫아들까지 수물 한 살에 나어서 금상첨화로 향복스러웟섯소. 그러나 아! 화무십일홍이라. 수물 세 살에 어머니, 아버지가 한 해에 도라가시고, 그 이듬해에 가서는 이 가슴에 이러케도 원한의 뿌리가 깊이깊이 박히도록 안해마저 저 세상으로 가버렷소. 날 버리고, 어린것을 두고서, 참아 눈을 못 감으면서, 그 사람은 세상을 떠나고 말엇소. 아, 이런 슯으고 뼈앞은 일이 어듸 잇겟소. (안선달은 감격없이 듯다가 슬며시 일어나서 병실로 가고, 간호부들이 와서 우스며 듯고 있다. 한서방은 몰으고 그냥 말을 게속한다) 어린 게 어미 찾는 소리에 금창이 메여지고 굽이굽이 님 생각에 창자가 끊어젓소. 동리서는 제취하라고 권햇으나, 꿈에도 이질 수 없는 안해 생각에 죽으문 죽엇지 다른 곧에 장가들기는 싫엿구려. 그냥 에미 엄는 것을 다리고, 울면서 한숨 쉬면서 그러케 일년을 지내든 중에, 어린 것마저 죽고 말엇스늬. 그제는 아조 혈혈단신. 아모 거칠 것 없는 몸. 아! 고향도 없고, 친척도 없는 몸. 그 길로 고향을 떠나 이 몸은 숣으고 가련한 부평초[10] 생활을 시작햇스니…

순　자　(소리를 질너) 한서방.
한서방　(말을 끊이고 뒤를 돌아본다)
옥　자　누구 들으라고 서룬 사정예요.
한서방　응. 이 사람이 어듸 갓서. 참 싱거운 사람, 남의 애긴 안 듯구-
순　자　호호호호호. 어듸 눈물나서 듯구 잇겟수.
한서방　괘-니 놀리지 말어. (현관으로 나간다)

순자, 옥자 함께 자지러지게 웃는다.

옥　자　한서방은 처다만 봐두 우습드라.
순　자　괫자야.
옥　자　괫자라두 한서방은 퍽 가엽슨 사람야. 아무도 없이 호래비루 병원

9) 針線, 바늘과 실을 아울러 이르는 말로 바느질을 가리킴.
10) '물 위에 떠 있는 풀'(부평초(浮萍草))이라는 뜻으로, 정처 없이 떠돌아다니는 신세를 이르는 말.

에서 한 세상을 마치게 되니.

옥 자 퍽 쓸쓸한 이야.

순 자 애, 가엽스니 너 한서방 딸 노릇하렴.

옥 자 그러케 동정하문 네가 하렴.

순 자 그러지 말구 네가 한서방 딸 되문, 난 너한테 데릴사위 들어갈게. 그러케 하자. (둘이서 또 웃는다)

옥 자 참 수술실은 그냥 어질러두구서.

순 자 정말 우리 살림 채리구 간호부질 고만 두잣구나.

옥 자 (일어스면서) 살림은 낼 차리구 우선 일이나 하자. (둘이서 수술실로 들어간다)

오박사와 백운양이 병실에서 온다. 운양은 모자와 단장을 들었다.

오박사 (자신잇는 태도로) 퍽 경과가 조습니다.

운 양 새 자식 맨들어 주신 은혜를 어떠케 갚으란 말슴요.

오박사 내 사명입니다.

운 양 그러케 생각하시겠죠만-

오박사 아직 의식이 완전하게 회복되지 못햇기 때문에, 사물의 분간이 분명치 못할 것입니다. 그러나 뇌신경의 건강이 차차 회복되면, 소뇌 작용을 딸아서 기역도 완전하게 회복될 줄로 밋습니다.

운 양 아주 딴 놈이 됏스니, 아무리 선생의 위대하신 연구라 해도 그런 신기한 일이 어데 있소이까. 그러구 선생의 연구로 해서 기쁜 것은 둘제로 치고, 내 집에 큰 명예오이다.

오박사 내 연구를 영감이 미더 주신 까닭이죠.

운 양 우리 두 집은 인제 세교11)가 매저젓소이다. 허허허.

오박사 영감이 잊이 않으신대면…

운 양 선생을 잇다니요. 그런데 참 건축 설계는 다아 됐나요? 자식 놈이 퇴원하고나서 일반 환자를 받게 되시면 병원이 좁아서 곤란하실 텐데-

오박사 글세, 그럴 것같소이다. 그래서 영감자제 퇴원되는 즉시로 건축을 착수하랴고 청부업잘 불너다 말햇습니다. 영감께 사례를 해야겟습니다.

운 양 또 그런 말슴을… 그런 사례는 않 받겟스니, 내 자식을 다시 그전

---

11) 世交, 대대로 맺어 온 친분.

몸으로 맨드러 노쇼. 하하하하하.

오박사 하하하하하. 그건 좀 어려운 걸.

운 양 그러니 다신 그런 말슴 입 밖에도 내지 마쇼.

오박사 그럼 사례 말슴을 취소하죠.

운 양 마누라에겐 일넛습니다. 자극주지 않도록 말을 일체 걸지 말라고-

오박사 어머님 얼골을 몰나보는 눈치니깐, 몹시 궁금해 하실 테지만-

운 양 여편네 소견이라, 그저 조급해서. (금시계를 내보고) 실례해야겟습니다.

오박사 내일 오시겟죠?

운 양 저녁에라도 시간나면…

운양과 박사, 현관으로 나간다. 옥자가 수술실에서 나와서 유행가를 가늘게 불느며 주사기를 치운다. 오박사기 연구실로 들어간다. 인순이가 보자[12]에 싼 것을 들고 조심스레 들어온다.

인 순 입원을 하고 잇는 무길이란 환자 좀 보라 왓서요.

옥 자 뇌수술한 이 말예요?

인 순 네, 좀 맛나게 해주서요.

옥 자 아즉 면회를 못 하는데요.

인 순 그래두-

옥 자 어듸서 오섯서요?

인 순 그이 시굴서 왓서요.

옥 자 그럼 환자가 오빠되서요?

인 순 (부끄러운 표정으로) 않예요.

순자가 수술실에서 나온다.

옥 자 뇌수술 환자기 때문에, 아직 자극을 주문 안 되는데요.

인 순 그래두 전 맛나야 해요.

순 자 환자 아버지 되시는 분을 맛나 보시죠.

인 순 그래두 조치만 전 아주 환자 퇴원할 때까지 뒤를 봐주러 왓서요. 조심하겟어요.

순 자 (옥자와 마조 보며) 선생님께 말슴 엿줄까.

12) 褓子. 보자기.

옥 자 글세…
순 자 어떠커나 연구실에 계신데, 말슴두 엿줄 수 없구.
인 순 조심할 테예요.
순 자 병실은 저기 맨 끝에 5호실이지만.
인 순 조심하겟서요.
순 자 환자에게 자극을 주면 안될 텐데-
인 순 저두 알어요.
옥 자 어쩌나 시굴서 오신 이를.
인 순 조심하겟서요.
순 자 환자 보시고도 말을 건느지 마세야 해요.
인 순 조심하겟서요. 고맙습니다. (허리를 굽혀 인사하고 병실로 간다)
옥 자 (인순이가 간 뒤에) 얌전하다.
순 자 얌전한데.
옥 자 얼골에 애교가 잇지?
순 자 시골처녀룬, 얘 똑똑하다.
옥 자 5호실 환자와 약혼한 여잔게지?
순 자 부럽지 않나. 나두 5호실 환자로 태낫드면 저런 순진한 처녀와 연애나 할 걸. 아아! 순진하고 대담한 사랑이여!
옥 자 또 미친다.
순 자 연애는 무한한 용기를 준다. (눈을 가슴츠레 뜨고 공상적 표정을 지으며) 아! 입원한 연인을 차저 온 아름다운 그 여성-
옥 자 1호실 환자는 반편야. 연인은 말고도, 동무 하나두 차저 오는 게 없담.
순 자 연인에게 입혀줄 옷을 밤세껏 지어 갖고, 향기로운 풀밭을 걸어 새벽차 타려 정거장으로 나가는 그 여성의 심정이여- 아! 영화의 장면이다. 칸바스에 옴겨 노면 한 편의 명화다.
옥 자 아! 순자가 또 미치는구나.
순 자 순박한 연애여! 농촌처녀 남녀의 풀향기 무르녹은 사랑이여…
한서방 (문 앞으로 와서 빙글빙글 웃고 보다가) 으응, 처녀가 저게 무슨 꼴야.
순 자 (깜짝 놀래 두 손으로 얼골을 가리고 돌아선다) 아구머니. (다시 돌아서서 날카롭게) 나가요. 난 몰라요.
한서방 헤헤, 아까 날 놀녓지. (정직한 낫빛으로 고처서) 참 내 말 없이 어째서 아모나 출입을 허락한 거야?

순 자 한서방은 바지 등옷[13]만 안젓섯소?
순 자 변소에 갓섯서.
순 자 한서방 일은 누가 보라구.
한서방 한서방이 변소에 가거나 또는 진지를 잡술 때는, 반듯이 간호부가 한서방 일을 겸무해야 할 것이 않야.
순 자 그럼 우리 없을 때 한서방이 우리 일 볼 테요?
한서방 병원 소사 십년인데, 그까진 간호부 노릇 못해.
옥 자 피하주사 놀 때 혈관이나 뚜러노라구.
한서방 대관절 누군데 허락햇서?
옥 자 5호실 환자 연인이라우.
한서방 안선달 며누리깜이군, 온 지금 게집애는 서울이나 시골이나 부끄럼두 없어.
옥 자 잘 생겻지?
한서방 내가 봣나.
순 자 암만 칭찬해두, 한서방 색시는 그이 반의 반만두 못 햇슬껄.
한서방 흥!
순 자 흥은 무슨 흥. 그냥 촌꼬라리[14] 바루 선녀처럼 칭찬이지. 누가 한서방같은 저따위 허풍쟁이 바보한테 똑똑한 딸을 줫슬라구.
한서방 흥!
옥 자 헐 말이 없으니깐.
한서방 말을 말어. 금창이 메여지게 만들고 황천으로 간 그 사람의 애길랑.
순 자 아! 슲어라. 옛님 생각이여!
옥 자 한서방 울라.
한서방 울면 사러 오나. 이담 황천에 가서 다시 맛나, 미진한 정을 다시 맺지!

인순이가 빨리 뛰여와서 장의자에 주저안저 얼골을 싸고 운다.

인 순 (한동안 후에 일어나서) 선생님 좀 맛나겟서요. 꼭 뵈야겟서요.
순 자 외 그러서요?
인 순 맛나게 해주서요. 꼭 뵈야겟서요. 뵈야겟서요.

---

13) 동옷, 남자가 입는 저고리.
14) 시골고라리, 어리석고 고집 센 시골 사람을 놀림조로 이르는 말.

순 자 우리한테 말하세요.

인 순 멀정한 이가 달나젓서요. 반편이 됏서요, 멍청이가. 멀정한 이가. (다시 얼골을 가리고 운다)

한서방 괘-니 내 말 업시 허락해 가지구.

인 순 네? 의사 선생님 어디 게서요? 맛나야겟서요. 꼭 만나야겟서요..

옥 자 흥분하지 마세요. 지금은 연구실에 게시니까, 이따 나오시거든 말슴하세요.

인 순 지금 뵈야겟서요. 멀정하든 이가, 그러케 잘낫든 이가 고만 (다시 울다가) 병신이 되다니. 멍청이가 되나니. 나까지 몰나 보는 멍청이가 되다니!

안선달 (걱정이 되어서 따라 나와 보다가) 인순아.

인 순 그 꼴이 된 걸 그냥 보구만 계시다간 어째요. 그인 아주 버렸서요. 아주 죽은 사람 되구 말엇서요. (다시 장의자에 쓸어저 운다)

안선달 진정해라. 진정해라. 선생님이 괜찬타구 그러시드라.

인 순 머가 괜찬어요. 머가 괜찬어요. (일어나서) 제가 의사선생님 봐야겟서요. 계신 방 알으켜 주서요. 알으켜 주서요, 어서요. 네? 어서요. 어서요.

안선달 연구실에 계신가부다만, 그러지 말구서 진정해라.

인 순 뵈야 해요, 맛나야 해요.

연구실로 다름박질간다. 안선달과 순자와 옥자도 쌀아간다.

한서방 사랑은 과연 괴로운 것. (종달새가 운다. 현관으로 나가면서) 종달새는 외 저리 우노!

상도가 병실 쪽에서 힘없이 온다. 어머니가 근심되여 뒤쌀아 온다.

숙 향 상도야. 상도야.

상 도 (조롱 앞으로 가서 유심이 종달새 소리를 듯는다)

숙 향 안 된다. 들어가자, 들어가자. (상도의 소매를 잡어다린다)

상 도 (무엇인지 생각난 듯 고개를 기웃거리다가, 체경 앞으로 가서 얼골을 빗어보고 놀랜다) 앗. (얼골을 싸쥐고 뒷거름질로 장의자에 가서 주저안는다)

숙 향 상도야, 상도야.

상 도 (숙향을 힘잇게 쏘아본다. 차차 얼골빛이 무서워진다)

숙 향 (겁이 나서 뒤로 물너스며) 외 그러니, 상도야. 정신차려라. 외 이러니.

상 도 내가, 내가, 내가 왜? 이 얼골을. (다시 거울에 빛어보며) 저 얼골이, 내 얼골이 외 저리 힌고. 코, 눈, 입. (얼골을 두 손으로 가린다)

숙 향 이를 어쩌나. 이를 어쩌나. 아무도 없나. 얘, 상도야. 상도야. 외 이러니. 정신채려라.

상 도 (한 거름 숙향의 앞으로 나서며) 상, 상, 상도가 누구요? 누구요?

숙 향 누구라니. 글세, 외 이러니?

상 도 왼일일가. 내가 왼일인가. 꿈, 꿈, 꿈인가. 밋첫나. 내가 미첫나?

숙 향 (빨리 수술실로 들어가며) 여봐요, 간호부. 간호부.

상 도 (구든 듯이 부터서 섯다. 얼골은 무서운 빛만 떠돈다)

한동안 뒤에 순자가 연구실 안쪽에서 빨리 와서 상도 앞에서 멈칫 선다. 숙향이도 딸아 나온다. 한서방 현관에서 들어온다.

숙 향 재가 실성한 것 갓구려. 어서 선생님 나오시라 해요.

상 도 (순자에게) 내가 누구요? (앞으로 나서며) 내가 누구요. 아르켜 주오. 이 얼골이, 내 얼골이 외 이러우?

순 자 (무서워서 물너선다)

숙 향 실성햇나 보우. 병이 더처서, 실성햇나 보우. 이를 어쩌나, 괘는[15] 짓해서 자식 실성햇나 보우. 선생님 왜 않 오시나.

상 도 아리켜 줘요. 아리켜 줘요. 아리켜 줘요. (목소리가 적어진다) 내가 누구요. 누구요. 누구요. 누구, 누구, 누구. (힘없이 쓸어지면서) 내가 누구, 누구.

한서방 (빨리 받아 안는다) 운반차, 환자 운반차.

숙 향 (놀래서) 아구머니나.

순자는 복도로 나가서 빨리 환자 운반차를 밀고 들어온다. 안박사 연구실 편에서 들어온다. 옥자와 안선달도 그 뒤로 온다.

안선달 우리 놈은 어떠켓서요?

---

15) 공연한.

오박사 (들은 체도 않고) 환자를 속히 안정시켜.
숙 향 어떠켓습니가?
오박사 과이 염여 마십쇼. 다소 흥분 상태엿습니다. 누구 외인 방문이 잇섯습니까?
숙 향 아무두 없엇서요. 괜찬겟습니가?
오박사 네.
숙 향 영감께 알릴까요?
오박사 놀내시게 할 것 없습니다.

환자 운반차를 딸아서 의사와 숙향이 병실로 간다.

한서방 온 왼일이까. 그 기집애가 초마 꼬리에 잡귀를 달구 들어왓단 말인가.
안선달 우리 놈은 않 그렇겠오?
한서방 (화를 내서) 누가 아오. (현관으로 나간다)

안선달 풀없이 병실로 간 후, 인순이가 힘없이 들어온다.

인 순 (한동안 말없이 섯다가) 그 눈이 외 그렇담. 그 정답든 눈이, 날 보기만 하문 반가워하든 그 분이, 그 힘잇고 정기 잇든 빛이 어데로 갓담. 외 그리 병신같은가. 죽은 사람처럼 힘없고 멀거니 같은 그 눈. 왜 나를 몰나본담. 내 발자죽 소리두 알아듯든 그이가 왜 나를 몰나보고, 아주 병신태가 들엇담. 그러케 엄전하고 잘낫든 그이가, 무길이가 어째 그러케 됐담. (종달새가 지저귄다. 그편을 한동안 보다가) 저 종달새, 종달새 소리를 둘이서 뒷산 잔디에 안저 들을 때, 종달새는 봄의 녀신이라고, 행복의 녀신이라고 날보고, 날보고 인순이도 종달새라고 놀리든, 그러게 자밋잇는 말을 언제나 새록새록 하든 그이가, 무길이가 왼일이람. 날 보고, 날 보고 누구냐고 하는 말두, 외 그리 못나고 병신스러운가. 아냐, 아냐. 무길인 아냐. 아무래도 무길인 아냐. 어떤 병신 반편 넋이 집혔지. 그럴 리가 잇나. 아! 어쩌나, 어쩌나, 버렷지, 그이는 영영 버렷지. (얼골을 싸고 울다가) 버렷서, 아무래두 버렷서, 그인 버렷서, 뇌수술하구 버렷서. (다시 운다)

옥자가 빨리 와서 병실에서 와서 주사기에 액을 넛는다.

옥 자 (동정하는 말씨로) 너머 걱정하지 마세요. 설마 어떻겠서요.
인 순 병신이 됐서요. 아리켜 주서요. 바른말해 주서요.
옥 자 선생님 나오시거든 다시 여쭤 보세요.
인 순 소용없어요. 버렷서요.

옥자 주사기를 들고 병실로 빨리 간다. 인순 말없이 장의자에 주저 안저 넉시 없다. 안선달이 황급히 들어온다.

안선달 (급한 말로) 선생님 어듸 게시냐. 인순아. 저, 저 무길이가
인 순 (일어선다)
안선달 실성하나 부다. 아주 실성하나 부다. 선생님 어데 게시냐?

-막-

# 제2막

때. 1막에서 수일 후
장소. 1막과 같은 곧

로이트 안경[16]을 쓴 신문기자가 원고를 정리한다. 말할 때마다 고개짓과 손짓으로 상대를 조롱하는 태도가 심하다. 오박사는 못마땅한 얼골빛으로 담배만 빨고 있다. 인순이는 장의장에 넋없이 안저 있다.

기 자 (정리한 원고를 들고) 선생의 인격을 존중하는 뜻으로, 원고를 한 번 일거 드리겟습니다. 혹 선생이 말슴하신 뜻과 다른 점이 있다면, 단연코 항의를 제출하셔도 좋습니다. 자아, 일겟습니다. 혹 선생이 말슴하신 뜻과 다른 점이 있다면, 단연코 항의를 제출하서도 좋습니다. 자아, 읽겟습니다. 한 구절 한 구절 빼지 말고 분명이 들어주십쇼. (원고를 읽는다) '쉬염 없는 아래턱을 하이연 손으로 만저거리면서, 박사는 대뇌교환수술 성공담을 아래와 같이 사랑하였다.

16) 로이드 안경(Lloyd 안경), 둥글고 굵은 셀룰로이드 테의 안경. 미국의 희극 배우 로이드가 쓰고 영화에 출연한 데서 유래함.

어- A와 B 두 사람의 대뇌를 교환할 수 있다는 수술은, 현대의학이 아모리 절정에 달하였다 할지라도 도저히 상상도 못했든 사실이다. 그럼으로써 이번 나의 위대한 연구가 성공된 것은 현대 의학게에 있어서 경이적 사실인 동시에, 인생 행복에 큰 은인이라고 스스로 자랑하는 바이다. 그럼으로 일반사회에서 찬사를 주시는 것이 결단코 과장이 않임으로 기뿌게 받겟다. 날마다 수천 명씩의 감사장이 들어오는 것도 결단코 많은 것이 않이다. 그보다 더 수만 장씩 받어야만 될 것이다.' (박사를 바라보면서) 어떻습니까? 이러케 소개하면 선생께서 말슴하신 그 심중과 과히 틀림이 없겟죠?

박 사 (눈쌀을 찝흐리며) 여보, 그건 오히려 나를 조롱하는 말이 않이오?

기 자 천, 천, 천만에 말슴이죠. 선생의 그 입술에선 이런 말이 한 마듸도 나오지 않었다 하드라도, 신문기자의 날카로운 눈은 엑스광선을 대고서 지금 선생의 심중을 유감없이 드러다보고 잇는 것입니다. 그러케 위대하신 연구를 성공하신 선생의 기뿜과 자랑이 선생의 가슴 속에는 밤에 주무실 때라도 개밥 짓드키 부굴부글 끓을 것이고, 태풍이 일어난 태평양의 파도와 같이 넘치고 게실 것이 않임니까? 그러나 학자적이신 겸손으로 말슴만은 다소 사양을 하서야겟디만- 어- 그러나 신문기자 된 나의 마음 속에 숨어 잇는 거짓 없는 심정으로 신문지상에 솔직하게 발표해 드릴 수는 없는 것입니다. 그런데다 또 본사의 영업정책상으로도 이러한 흥미있는 기사를 독자에게 많이 잃혀야만, 신문이 한 장이라도 더 많이 팔릴 것이 않임니까. 어- 그런데 이제는 내 자신이 신문기자 입장을 떠나서, 그냥 선생과 삿적으로 나도 한 과학자가 되어가지고 뭇고 싶은 것이 있음니다. 말슴하면 혹시 선생이 연구하시는데 도음과 참고가 될가 하는 진실한 뜻이니, 조금도 오해는 말어 주시길 미리 말슴드리는 것임니다. 그러면 이제 말슴하겠습니다. 어- 그런데 이번 상도라는 반편이 귀공자의 선천적 백치로 태여난 불완전한 대뇌와 농촌에 건실한 청년 무길이란 젊은이의 천재적 대뇌와 서로 바꾸어 넣엇다면, 내 생각건댄 무길이가 가지고 있든 과거의 모든 기억과 감정도 상도의 머릿 속으로 들어갔을 것이고, 상도의 과거 기억과 감정은 무길의 머릿 속으로 따라 들어갔을 것이니, 무길이는 얼골은 무길이되 생각은 상도이고, 상도는 얼골은 상도로되 생각은 내가 무길이구나, 이러케들 사람이 바꿔질 염여가 있을 것같은데, 선생의 연구와 신렴은 어떠하신지요? 그러케 된다면 결과는 흥미있는 희비극이 일어나지 않겟습니까? 그 점이 대단이 궁금합니다.

인 순 (열심이 듯다가 놀래 일어서며) 바꿔 넜어요?

기 자 (겻눈으로 인순을 본다)

박 사 그건 그러케 안 되리라고 자신을 가젓소이다.

인 순 누가 바꾸었어요? 뇌를 누가 바꾸었어요?

기 자 (인순에게 손짓을 하면서) 잠간 기다리시오. (박사에게) 그러시겠죠. 그만큼 침착하셧겟죠. 그리고 그러케 된대면야 무길이 편은 불행할는지 몰으지만, 운양이란 분의 가정으로 보아서는 그만한 다행이 없을 것이고, 선생께도 양해하시고 들어주시길 바람니다. 어- 그러면 이것은 무슨 선생을 심문하려는 불순한 의도는 아님니다. 또 한번 양해하시고 들어주시길 바랍니다. 어- 상도의 뇌와 그 선천적 불구의 뇌와 무길이의 천재인 뇌를 서로 바꾸는데 있어서, 병신을 주고 건전한 것을 가저간 백씨 집으로서는 물론 아모런 이의가 없고 오히려 계획적이라 하겠으나, 건실한 뇌를 주고 병든 뇌를 가저간 무길이로서는 거기서 더업는 불안이 없을 것이니, 그 점에 대해서는 두 집 사이와 또 선생으로서 수술하기 전에 어떠한 양해와 충분한 무슨 보수가 게약되엿습니까?

박 사 그것은 뭇지 안어도 좋소이다. 그것은 개인 대 개인 문제이고, 또 음, 내 연구를 위해서 (말끝을 못 맛친다)

기 자 아, 아, 알겟습니다. 대답 못 하신대도 충분이 내용을 알겟습니다. 신문기자의 예리한 판단이란 이러한 때 필요한 것입니다. 그러나 안심하십쇼. 선생의 위대하신 연구를 위하여선 한사람 찜의 희생은 무어 그리 사회적을 보아서도 죄라고 인적하지 않겠습니다. 안심하십쇼 우리 신문사로도 별로 여론을 전개하지 않겠습니다. 신문기자의 정의의 붓끝도 여기 대해선 발동하지 않겠으니 안심하십쇼.

인 순 난 몰낫서요. 그이가 편지를 해서 그런 줄만 알엇서요. 난 몰나요. 난 몰나요. 그래서 그렇게 됫스니 어쩨요. 어쩌문 뇌를 바꿔 너요. (울다가) 도로 바꿔너 주서요. 물너주서요.

기 자 한번 수술한 것을 물느진 못할 것이오. 공연히 위대한 연구를 하신 선생님을 괴롭게 하지 마시오. 그러고 그리 염여 안해도 좋을 것 같소. 흥분하지 마시오.

인 순 어떠케 염어하지 말래요. 그 꼴이 돼서, 그 꼴이 돼서 아주 사람이 버렸는데도, 아주 죽는 것이 낫죠. 그러케 된 걸 어떠케 생전 보고 잇서요. 난 몰나요. 난 몰나요.

기 자 그거 몰으고 게시오.

인 순 (다시 주저 안저 운다)

기 자 선생께서는 별로 괴로워하실 것이 없읍니다. (일어나서 거닐며) 위대한 연구를 위하여는 한사람쯤 희생은 용서할 수도 잇는 것이고, 또는 과학자는, 더욱이 의학자, 더욱이 외과의사는 인정은 금물이고, 그저 냉정해야만 될 일이니까요.

박 사 실례해야겠읍니다. 환자를 보는 중이라-

기 자 네네. 위대하신 사명을 완수하서야 할 터이니, 일개 신문기자의 중언부언을 듯고 게시기는 시간이 허락지 안으실 것입니다. 그러나 한마듸 엿줄 것은 오늘 신문기자의 제 육감이고, 아니 예감으로서 오늘 어떠한 새로운 사실, 아니 아까 내가 말슴한 그러한 흥미 잇는 사실이, 오용호박사 외과의원 치료실에서 일어날는지 몰을 것을 예언해 두겟습니다.

박 사 (눈쌀을 찌푸리고 수술실로 들어간다)

인 순 (빨리 문 압까지 따라가면서) 선생님, 선생님, 도로 바꿔 주서요.

박사는 대답 없이 들어가고, 인순이는 다시 장의자로 가서 주저 안저 얼골을 가리고 운다.

기 자 (실내를 거닐면서) 음! 그러치 그래. 현대 의학이 육체는 수술할 수 잇지만 정신은 수술하지 못한다. 그러타. 팔과 다리와 배 속에 창자와 눈알맹이까지도 훌융히 수술을 하되, 형체없는 정신은 손을 못 댄다. 무길이의 고향은 아름다운 향촌[17]이다. 그러타. 무길이의 뇌 속에는 산과 들과 풀 향기와 흙 냄새가 들어 잇다. 보리밭에서 방울 같이 떠오르는 종달새의 봄 노래가 잇다. 그리고 꿈같은 사랑이 있다. (주먹을 흔들며) 그러타. 무길이의 사랑은 쇠망치로 때려도 깨지지 않을 사랑이고, 날낸 비수로도 끊을 수 없는 사랑이고, 벼락에도 깨나지 않을 사랑이다. 꿈! 사랑! 아아! 무길이란 젊은이의 생명은 오직 사랑과 고향의 아름다운 기억이다. 그렇다. 안 될 말이다. 상도의 머릿 속에다 무길이의 대뇌를 집어 너헛스되, 그 사랑과 기억은 빼노치 못해슬 것이다. 아름다운 산과 드을과 풀 향기와 흙 냄새와 사랑을 이저버리게는 못할 것이다. 생명을 빼노코 그냥 박쪼가리같은 대뇌만은 너치는 못햇슬 것이다. 무길이의 뇌를

17) 鄕村, 시골 마을.

가저간 상도의 머릿 속에는 지금 확실이 무길이의 사랑이 들어 잇다. 무길이의 사랑, 생명, 아름다운 인순이, 인순이란 처녀의 그 얼골, 그 우슴, 그 정다운 말소리가 들어 잇슬 것이다. 누가, 누가, 감히 인순이란 처녀의 사랑을 이저바리게 할 것이냐. 않 될 말이다. 안될 말이다. (팔을 가슴에 대고 고개를 좌우로 젓다가 눈을 감고 생각한다)

인 순 않예요. 선생님, 거짓말예요. 거짓말예요.

기 자 (부동자세로) 거짓말이라니.

인 순 저를 몰나요. 아버지를 몰나 봐요. 아주 반편예요.

기 자 (고개를 끄덕이며) 반편, 사람을 몰나 보고 아버지를 몰나 보고-

인 순 그이의 두 눈은 정답고, 정기가 잇섯서요. 말소리는 분명하엿서요.

기 자 (다시 그닐며) 그의 두 눈은 정기가 잇고, 말소리는 분명하엿고-

인 순 지금은 반편예요. 어울리지 못하는 말소리로 실성한 사람처럼 헛소리만 하고-

기 자 (거름을 멈추고 먼 곳을 바라보면서) 무길이란 그 사람은 죽은 사람이오. 사랏서도 죽은 사람이오.

인 순 (놀내 일어나며) 네? 선생님. 선생님.

기 자 ……

인 순 (신문기자 앞으로 나가며) 알으켜 주세요. 알이켜 주서요. 그이는 영영, 영영,

기 자 ……

인 순 선생님, 선생님, 알이켜 주세요. 뇌를 도로 바꿔 너면, 그러면-

기 자 않 될 것이요.

인 순 안 되요? 그러문 어쩨요. 선생님, 선생님, 어떠케 살어요. 이 세상을 어떠케 살어요. 반편이가 되가지구 어떠케 살아요.

기 자 그러기 때문에 백씨 집에서 바꿔간 것이 않이오?

인 순 재 거만 좋게 하고, 우리는 어떠케란 말예요. 선생님이 나빠요. 의사선생님이 그런 법이 어듸 있서요.

기 자 반편이만 된 것이 아니라, 필연코 살지도 못 할 것이오.

인 순 네? 죽어요? 그이가 죽어요? 않 돼요. 그이두 살어야 해요. 그 꼴이라두 살어야 해요. 죽어서는 않 돼요 죽어서는 안 되요. 선생님, 선생님, 알이켜 주서요. 좋은 노리를 알이켜 주서요.

기 자 좀 더 기달리시오.

인 순 무얼 기달려요. 어떤 걸 기달려요. 그냥 앉어서 절로 날 것을 어떠

케 기달여요. 지금두 그이는 헛소리만 하고 잇서요. 미친사람처럼 엄마만 불느구, 바보처럼 엄마만 불느면서, 박그로 나오랴구 하다가 쓸어지구, 뛰어나오려다가 쓸어지구, 암만 해두 선생님 말슴처럼 정말 그이는 죽을 것같에요. 어쩌문 좋아요. 좋을 도리를 일너주서요. 네? 어서요. 제발 일너 주서요. (장의자로 가서 주저 앉이며 얼굴을 싸고 운다)

백운양 부부가 수술실에서 나오는 기척을 듯고, 신문기자는 겻눈으로 보고 복도로 나가서 병실과 치료실 문박까지 왔다갓다 한다.

운 양 온 말이 되오. 죽은 사람도 않이고, 산 사람 혼이 어떠케 씨운단 말인구. 안 될 말두—

숙 향 그러치 않으문, 외 그러란 말슴요? 눈을 보서요. 무섭두록 정기가 잇고, 말하는 것도 모두가 무길이하구 꼭 같지 않어요?

기 자 (창 밖에서 거름을 멈추고) 눈 정기가 잇고, 말하는 것도 무길이갓고—

운 양 눈 정기가 잇고 말하는 것이 분명하문 조치 않소?

숙 향 그러치만 정신이 바로 잽혓서야 않헤요. 아무래도 그 사람 혼이 씨엇단 말이 올라요.

운 양 그래 굿날은 정말 잡어왓소?

숙 향 맷대째 다니는 당골 무당인데, 설마 터무니엄는 말일나구요.

운 양 속는 셈치고 해보긴 하오만—

숙 향 반편이 자식이라도 내 복에 태낸 것을 그대루나 두는 게 올을 걸

운 양 (답답한드시 거닌다)

인 순 (일어나서) 도로 바꾸서요. 선생한테 말슴해서 도루 바꿔 너야 해요.

운 양 (인순의 말은 들은 체도 않고, 눈살을 찌푸리고) 원장과 다시 의론할 테니, 들어가 보우. 간호부만 잇스니—

숙 향 병신 자식도 자식인 걸, 공연한 짓을 햇서요. 온 꿈도 못 꿀 일이지. 골을 바꿔 너타니요. 공연한 짓 햇서요. 그리구 수술한 그날 밤 꿈이 나뻣서요. 상도가 벙글벙글 우스면서 하눌로 올나가는 걸 보고, 그 꿈을 깨구서 맘이 선듯했셔요.

운 양 (말없이 복도로 나가서 연구실 쪽으로 간다)

인 순 그이는 아무래도 죽을 것만 같어요. 아까 신문사 선생님두 죽는다

구 그레요. 댁의 양반은 정신만 이상하구, 그리구 온 그게 말슴예요. 그이 혼이 씨엇다니, 그런 말이 어딧서요. 그리구 그게 무슨 일예요. 댁에만 사람이구, 시골 산다구 우리는 사람이 않이란 말슴에요. 그게 무슨 일예요. 멀정한 이를 그 꼴을 맨들다뇨. 도로 바꿔너야 해요.

숙 향 (넋업시 섯다가 수술실로 들어간다)

기 자 (창박게서 또 거름을 멈추고) 상도의 눈이 정기가 돌고, 말하는 것은 무길이와 같고, 무당은 혼이 씨웠다 하고-

인 순 그게 무슨 말에요. 미안한 줄은 몰으구, 그이들이 그게 무슨 말예요.

기 자 말인즉 옳은 말이오. (다시 병실 쪽으로 뚜벅뚜벅 걸어간다)

인순은 장의자로 다시 가서 넋 없이 앉는다. 순자와 옥자 수술실에서 나와서 의료기구를 정리한다.

옥 자 1호실 환자 집에 너 굿떡 먹으러 안 갈내?

순 자 1호실 환자 넋이나 들라게.

옥 자 사내 되구 조치 않늬.

순 자 그도 그래. 그거 참 조흔 순대. 사내 되가지구서 우리 옥자씨 영감이 되신다. 그거 참 조혼 수다. 굿 보고 떡 먹구, 장가 들구.

옥 자 애, 징그럽다. 남자 넋이 들여 가지구 능글능글 달녀들문. 애, 생각만 해두 징그럽다.

한서방 (점자는 거름으로 들어와서) 그저 부터만 스면 조잘대. 종달새 모양으로 그저 종잘 종잘 종잘.

순 자 바-루 점잔케 우리들이 혼인할 의론하는데-

한서방 또 실성하는군. 암만 해두 우리 병원에서 굿을 하든지 푸닥거리하든지-

옥 자 그러잔어도 1호실 환자 집에선 굿 한답듸다. 떡 어더먹으러 가슈

한서방 나까지 시룽거리란[18] 말야.

순 자 그러지 않으문, 시룽대지 않으면서. (옥자와 둘이서 깔깔대고 웃는다)

한서방 버릇없이.

숙 향 (걱정스런 낫빛으로 수술실에서 내다보며) 누구 하나 들어와야겠

---

18) 경솔하고 방정맞게 까불며 자꾸 지껄이다.

군.

옥 자 왜요? 환자 깻서요?

한서방 어서 들어가 봐.

순 자 걱정말구 안선달한테 가서 놀아요. (수술실 들어간다)

한서방 (점잖은 얼굴로 고치어서) 5호실 환자는 걱정인데.

옥 자 아까두 열이 39도나 올낫다우.

한서방 그거 참 딱해서 못 보겟서. (병실 쪽으로 간다)

인 순 틀녓서요. 희망이 없어요.

옥 자 (동정하는 얼골로) 그러타구 너무 그러지 마서요.

인 순 그러니 그런 법이 어듸 잇서요, 이 밝은 세상에.

옥 자 몰느고 와서 이런 꼴을 보니깐 가슴이 나려안겟지만, 그러타구 당신마저 그러시문 환자 아버지께서 낙심하시지 않어요? 설마 어떻겟서요.

인 순 살기만 하문 멀 해요. 반편이가 되가지구 살기만 하문 멀 해요. 그이는 내 목슴과 같은 사이에요. 18년 동안 잘아난 것도 그이때문에 잘안 것이고, 이 세상에 나올 때부터두 그이 위해서 나온 것예요. 내 몸둥이도, 내 마음두 모두가 그이 것예요. 그런데, 그런대, 고만.

옥 자 딱하시지만. 그러치만 댁의 환자 위해서 선생님도 퍽 애를 쓰시니깐. 밤에도 주무시지 않구서 연굴하시니깐, 잘 치료될 것예요. 너모 그러지 마시고 진정하서요.

인 순 걱정될 일을, 그게 무슨 짓예요. 그런 법이 어듸 잇서요. 그이 집안만 위해서, 남은 어쩨든지 눈 딱 감구서 한 일인데, 지금 와서 다 무슨 소용잇서요.

한서방 (중얼대면서 치료실로 들어온다) 온 정말 굿해야, 굿을 해두 큰 굿을 하기 전엔, 규정[19]이 날 수 없는 노릇야―

기 자 (치료실로 들어와서, 팔장을 끼고 버틔고 서서 혼잣말로) 내가 누구냐고 혼자서 소리치면, 알녀주는 사람도 없는데. 소리만 치면 무슨 도리가 잇나. 담벼락이 대답할 리 없고, 천정이 대답할 리 없고, 그냥 답답만 할 것이다. 자신을 알고 싶은 울화증에 신경만 점점 피로할 뿐이다. 그러타. 환자들을 초대면[20] 시켜라. 속히 초대면 인사를 시켜야 할 것이다. 그래서 서로 싸흠을 부처서, 자기를 찾

---

19) 規正, 바로잡아서 고침.

20) 初對面, 처음으로 대면함.

도록 하라. 그래서 찾다가 못 찾는 놈은 발광하든지 죽든지 하고, 찾는 놈은 살고, 옛날을 찾고, 고향을 찾고, 사랑을 찾고. 그래야만 결말이 나고, 규정이 나고, 모든 게 해결될 것이다. 그러타. 초대면을 시켜라. 초대면을, 인사를 시켜라.

옥 자 않 되요. 않 되요. 서로 대면시키면 않 된다고, 원장선생님이 말씀하셧서요.

기 자 (실내를 그닐며) 흥— 머리 속에다 무서운 수수께기를 집어넣고서, 두개골이란 뚜겅을 덥고서, 그 위에다 약을 발으고, 붕대를 처매고, 그러고서 혼자서 그 무서운 수수께끼를 풀라고. 그러다가 않 되니깐 굿을 한다고— 그러나 때는 모든 것을 해결시킨다. 고룸 든 종기가 외과의사가 파종시키지 않드라도 제절로 터지드키, 때는 모든 것을 해결시킨다. 두 환자를 일부러 대면시키지 않어두 조타. 저이들은 자연히 맛날 것이다. 그래서 자연히 문제는 해결될 것이다. 그것이, 그것이 우주의 자연법측인 것처럼, 그들에게도 그들의 수수께기를 풀고 말 자연치료법측이다. (힘잇게) 그때는 왓다. 그때는 왓다..

수술실 문이 열닌다. 흥분한 상도가 나타난다. 일동 그 편을 본다. 숙향과 순자는 걱정되는 모양으로 그 뒤에 섯다.

상 도 (한거름 실내로 들어서며) 알아야겟소, 알아야겟소.

기 자 (꼼작안고서) 알아야지.

상 도 누군 것을 알아야겟소. 난 미칠 것 같소. 마취제에서 수면제에서 깨고 나면, 나는 미치는 것같소. 나는 알아야겟소. 누구요? 내가 누구요?

기 자 두개골 속에 정신 보고 물어보오.

상 도 정신이 대답해주지를 않소. 미치는 것만 같고, 알이켜 주지를 않고. 이 얼골이 누구의 것이오? 이 눈, 이 코, 입, 이 목소리, 이 손발, 이 몸둥이가, 입은 옷이, (한거름 나서며) 이 거름은 누구의 것이오?

숙 향 (상도의 엽으로 나서며) 상도야.

상 도 상도— 상도가 누구요?

숙 향 왜 그러니, 상도야.

상 도 내가 왜 상도요. 난, 난 무, 무, 무길이 같소. 내가 무길이 아니요?

인 순 (숙였든 고개를 들고, 놀래 일어선다) 무길이? 당신이 왜?
상 도 (인순이를 보고 놀래서 한거름 나서며) 아—ㅅ, 인순이. (두 손을 떨면서 천천히 인순이 앞으로 간다)
인 순 (무서워 떨면서 문 쪽으로 향한다)
상 도 인순이. (인순을 딸아간다)
인 순 (놀래서 소리치고 병실쪽으로 도망한다)

상도는 인순을 딸아 갈 생각을 않하고 그 자리에 부터 선다. 실내는 한동안 침묵에 잠긴다. 병실쪽이 요란해진다.

안선달 목소리 무길아, 무길아.
무길 목소리 엄마, 엄마, 엄마 찾어 줘. 엄마 찾어 줘.
안선달 목소리 우리 애가 왜 이 모양야.
무길 목소리 엄마, 엄마, 엄마, 어디, 어디 갓서. 엄마, 어디 갓서.
상 도 (소리 나는 곳으로 비틀비틀 나간다)
숙 향 상도야, 상도야. (뒤를 딸아간다)
한서방 야단낫군.
기 자 때는 문제를 해결한다.
무길 목소리 도깨비, 도깨비, 아우, 엄마, 엄마, 엄마, 도깨비.

상도에게 쪼겨서 무길이가 뒷거름질로 온다. 안선달, 숙향, 인순이 모다 걱정되는 빛으로 그 뒤를 딸아 온다. 옥자는 연구실로 바로 간다.

무 길 (한자리에부터 서며) 도깨비, 도깨비, 도깨비.
상 도 (무길의 얼골을 가리키며) 저 얼굴.

여러 사람은 어리둥절하고, 무길은 떨기만 한다. 한동안 침울에 잠긴다. 신문기자만 분주하게 실내를 거닌다.

상 도 (나직하고 힘잇는 말로) 요술이다. 아무래도 요술이다. 저 얼굴, 저 얼굴. (천정을 바라보며) 꿈이다. 꿈이다.
기 자 현실이오. 분명한 현실이오.
상 도 꿈이오. 무서운 꿈이오. (무길을 보고) 저것 내 얼굴, 내 몸둥이.
기 자 그것이 현실이오. 요술을 피려다 지고 간 그것이 현실이오.
상 도 (무길에게) 내놔라, 내놔라, 내 얼골을 내놔라. (한걸음 나선다)

무 길 아우, 무서. 무서. (숙향편으로 향하며) 엄마, 엄마, 무서. 숨겨줘. 무서, 무서, 무서.

상 도 무길이 껍질을 도로 다오. 내 껍질을 도로 다오. 쥐어 뜨더서라도 빼서올 터이다. 가자, 요술쟁이한테로. (무길은 쪼기고, 상도는 무섭게, 무섭게 쪼차간다)

무 길 무서, 무서, 무서. 도깨비, 도깨비. (뒷거름으로 피하다가 쓰러진다)

안선달이 빨리 무길이를 일이킨다. 일어난 무길이는 '도깨비'라고 소리치면서, 병실쪽으로 도망한다. 오박사와 운양이 문 앞에서 보다가 그 뒤를 딸아 간다. 신문기자만 남아 잇고, 모다 딸아 간다. 혼자 남은 신문기자는 말없이 버티고 섯다. 기자는 한동안 침묵에 잠긴다.

기 자 (한동안 후에 입을 열어) 시간은 문제를 해결한다. 마침내 그들은 초면 인사를 하엿다. 종기는, 골문 종기는 스스로 터지고 말 것이다. 시간은 문제를 해결시킬 것이다. 제 자신을 찾는 자는 살어날 것이고, 제 자신을 몰으는 자는 발광하기나, 죽기나 할 것이다. 시간은 문제를 해결시킬 것이다. (새로운 생각이 난드시) 아! 나는 신문기자다. 이 새로운 사실을 보도해야할 것이다. 제 일보로서 새로운 사실을 만천하 독자에게 보도하자. (모자를 집어쓰고 빨리 나가려다, 중얼대고 들어오는 한서방을 보고 문턱에 선다)

한서방 (중얼대고 들어와서 병실 중앙에서 손짓을 하며) 김서방네 콩밭에다 심은 팟이 열리나? 콩이 열리나? 응, 응, 그래. 팟이 열리지. 그러문 또 이서방네 콩밭에다 콩도 김서방네 팟밭에다 심은 팟이 열리나, 콩이 열리나? 그러지. 그것은 콩이 열리지-

기 자 (서잇는 채로) 올소. 제 씨는 제 씨대로 열일 것이오. 한서방도 오박사네 밭에다 십년을 심엇스나, 결국 무에 열엿소? 한서방이 열엿소. 오박사가 열엿소. 하하하하하. (크게 우스며 나간다)

한서방 (그냥 선 채 눈만 껌버거리며) 병원에다 한서방을 심는다. 그게 무슨 말일가? 흥, 싱건소리 아냐. 그 말이 아냐. 언중유언야. 오-라. 흥, 그래. 양옥집 속에 잇서두 한서방은 별 수 없는 한서방, 시골뚜기 한서방. 그리니 오-라. 알엇서. 1호실 환자 뇌를 5호실 환자 머릿 속에 넛스니, 5호실 환자 1호실 환자가 되구, 5호실 환자 뇌를 1호실 환자 머릿 속에 넛스니, 1호실 환자가 5호실 환자로 변할 것야. 그래, 올커니. 그럴 거야. (한참 생각하다가) 그러나 아냐, 아냐, 아냐, 도깨비 작난야. 잡귀 작난야. 그러치. 그럴리 없어. (고개를 모으로 끄며) 그런데 왜? 허! 참 알 수 없는 일이로군. 오늘밤 아무래두 잠 못 잘 일 생겻군. 아무래도 알 수 없는 일야—

한서방이 중얼대는 중에 순자와 옥자가 들어와서 바뿌게 주사기를 소독하고 약을 넛는다.

한서방 이봐, 이봐. 김서방네 팟을 말야 리서방네 콩밭에다 심으문 말야—
순 자 바뻐요. 그따위 소리 들을 틈 없어요. (빨리 병실로 간다)
한서방 (옥자에게) 리서방네 콩을 말야 김서방네 팟밭에다—
옥 자 큰일 낫서요. 5호실 환자가— (말끝을 못 맺고 빨리 나간다)
한서방 암만 해두 알 수 없는 일야. 흥! 참 알 수 없는 일야. 콩을 팟밭에다, 팟을 콩밭에다.

한서방 말이 끝나기 전에 막이 나린다.

-막-

# 제3막

때. 2막에 4,5일후 오후
장소. 1막과 같은 곧

막이 열리면 옥자가 종달새에게 모이를 주다말고 서있다. 오박사는 담배를 피우며 실내를 왓다갓다 한다. 1막과 2막 때보다 태도가 몹시 신경질로 변하였다. 말할 때만 잠간씩 거름을 멈춘다.

박 사 운양댁에서 전화왓든가?
옥 자 왓섯서요.
박 사 머라고?
옥 자 선생님 게시냐고 안에서 거셧서요.
박 사 그래서?
옥 자 연구실에 계시다니깐, 지금 굿을 하는 중인데. (박사가 거름을 멈

주고 유심이 듯는다) '환자를 좀 다려왓스문 어떠켓습니까'고 선생님께 문의를 하겟다고요.

박 사 그래 머라고 대답햇담.

옥 자 선생님께 여쭤보나마나 허락하시지 않으실거라고 햇서요.

박 사 (거름을 거르며 혼자말로) 굿을 헌다, 굿을 해. 음! 무길의 혼이 씌웠다구, 음! 그래 혼이 씨운 것은 사실이지. 무길이 혼, 그 혼이 위대한 내 연구를 배반하다니. 않 될 말, 않 될 말, 않 될 말이다. 그여코 난 이기고 말 터이다. (거름을 멈추고, 옥자에게) 박선달 또 왓섯노?

옥 자 안뇨.

박 사 언제?

옥 자 않 왓서요.

박 사 엥- 무슨 말을 그러케 하노. (화징[21]이 나는 듯, 반도 채 않탄 담배를 내던진다) 그 사람은?

옥 자 (발 앞에 떨어진 담뱃불을 발로 밟아 끄며) 누구요?

박 사 신문기자.

옥 자 않 왓서요.

박 사 (혼잣말로) 방해자야, 방해자. 위대한 내 연구를 방해하는, 미웁고 유들유들한 자. 그러나 않되. 세계 의학계서 경이와 큰 기대를 갓인 내 연구를 방해하다니, 않될 말야. 않될 말야. (한동안 말업시 그닐다가 거름을 멈추고) 한서방 잇지?

옥 자 부를까요?

박 사 응.

옥자가 현관쪽으로 나간 후, 박사는 실내를 다시 그닌다. 한서방이 들어온다. 옥자는 다시 조롱 앞에 조심스레 슨다.

박 사 오늘은 외래환자가 얼마나 왓섯소?

한서방 (대답업시 한동안 손꾸락을 곱는다)

박 사 누가 수짜 게산 하랫소?

한서방 남자가 32, 여자가 25, 합해서 57명인데, 그중 미성년이 12이고, 전연 불지[22]환자인 곱사등이가 끼여습니다.

---

21) 화증(火症), 걸핏하면 화를 왈칵 내는 증세.
22) 불치(不治).

박　사　수다는 그저 아모때나 수다람. 엥, 할 수 없어.

한서방　수다라고 나무래시지만, 언제든지 선생님께서 무르실 때마다 이러케 정확한 수짜를 보고하는 것을 선생님께서 조와하시고, 저를 신임하시는 것을 저는 잘 알고 잇슴니다.

박　사　그것도 때와 경우를 따라서가 않요.

한서방　그런 것도 몰으는 한서방이 아니올시다. 그러나 지금과 같은 경우네는 더욱이 정확한 수짜로 분명하게 보고를 하는 것으로 생각합니다. 그러고 거트로는 역정을 내시지만, 맘속으로는 저의 분명한 보고를 좋와하시는 것을 알고 잇습니다.

박　사　듯기 실소.

한서방　선생님의 지금 신경질을 일으키신 그 원인도 저는 알고 잇습니다. 그럼으로 선생님께서 아무리 저를 책하신대도 저는 조금도 야속하지 않습니다. 그럼으로 선생님의 성정을 거실녀 가면서도 지금 저는 꼭 한 말슴을 더 올니고야 말겟슴니다.

박　사　왜 자꾸 그러는 거요.

한서방　그여코 한 말슴을 여쭤야만, 제 심정이 시원하겟슴니다.

박　사　무슨 말이란 말요.

한서방　어– (기침을 하고 길게 잡는다) 사람이 그 직업에 처해 잇슬 때, 그 사무가 바쁜 것보다 전연이 할 일이 업는 것이 더욱 괴로운 것임니다.

박　사　간단이, 간단이.

한서방　그럼으로써 환자가 없는 지금, 저이는 두 간호부와 한서방이라 부르시는 늙은 소사가 모다 몸이 근지럽도록 답답한 것은 둘재 처노쿠라도, 지금 선생님의 사명은 대단이 중하신 것이 아님니까? 가엽슨 환자, 불행한 불구자들을 위하야 선생님의 사명은 과연 크신 것임니다. 보십쇼. 전 조선에서, 또는 남으로 현해탄을 건너서, 북으로는 압녹강 철교를 건너서, 몰녀든 불행한 환자들이 병원문 앞으로 날마다 얼마나 많이 모여들고 잇습니까? 그러한 지금 병원을 닫고 외래환자를 취급하지 않으시는 것은, 선생님의 사명을 이지신 것으로 생각하는 동시에, 일반 환자에게 크게 미안한 바이올시다. 그러하오니 일개 늙은 소사의 말일지라도 선생님을 위한 정직한 뜻인 줄로 알어 주시고, 오늘붙어 외래환자를 바드시길 바람니다.

박　사　누가 그런 참견하랫소?

한서방　선생님게 수족과 같이 충실하려는 한서방이기 때문에, 병원을 위해서, 선생님의 명예를 위해서, 정직한 말슴을 올리는 것입니다.

박 사 음? (안가님을 쓰고 빨리 연구실로 간다)

한서방 (박사의 뒤모양을 보고 한눈을 짜듯 한다) 일은 다아 끝난 걸, 화만 내시문 멀해.

옥 자 괘니 이죽대서 선생님 화만 도까요.

한서방 흥! 약 맛이 쓰지만, 병에는 이한 걸 않드릴 수야 잇나.

순 자 (약제사실에서 낮잠을 자다가 눈을 부비고 나온다) 화푸리를 잘 받는다.

옥 자 조론 깍정이–

순 자 요새 선생님 신경질을 누가 받는담. 한서방은 굿떡이나 받으러 가지 안쿠서 괘–니 이죽대요.

한서방 거 참! 운양댁보다 우리 병원에서 큰 굿을 해야 해. 환자 하나는 죽고, 하나는 죽은 환자의 혼이 들씨엿고, 사랑을 일어버린 처녀는 실성을 하고, 선생님은 신경질이 생기시고, 간호부는 낮잠만 자고, 한서방은 죄 없이 꾸중만 듯고. 거 참 굿을 해도 큰 굿을 해야 되.

순 자 (한서방 말을 받어서) 종달새는 저 혼자 기뻐하고–

한서방 굿을 해두 큰 굿을 해야 되. (현관으로 나간다)

옥 자 (종달새에게 모이를 준다)

순자 흥, 사라진 옛 꿈. 봄 잔디밭에 나란이 앉어 듯든 종달새 노래는 사라진 옛 기억.

옥 자 (도라스며) 참 환자 주사 줘야 할 텐데, 너 좀 주고 오렴.

순 자 우리 옥자씨가 가시게.

옥 자 네가 그이 조아하지 않늬.

순 자 조아도 요샌 시리네–

옥 자 연인의 얼골도 무서울 때가 잇나.

순 자 너울 쓰구 잇는 걸 보면, 연인도 다 집어 치엇다네.

옥 자 그럼 둘이서 가치 가자.

순 자 둘이 가든, 옥자씨 혼자 가든, 하여튼 약이나 느시게.

옥자는 주사기에 약을 넣코, 순자는 응접탁자 앞에 앉이며 잡지그림을 뒤저거린다. 종달새가 울기를 시작한다.

순 자 (유행가곡으로 마처서) 방울같이 아름다운 종달새 노래,
가엽도다, 네 노래를 드를 이 없다.

옥 자 가엽지, 인순이가?
순 자 사랑을 위해서 실성한 처녀의 순정.
옥 자 1호실 환자가 딸아갈거야.
순 자 실성한 처녀를 딸아 가는 로맨틱한 남자의 심정.
옥 자 주사나 노라 가자.
순 자 옥자씨가 혼자 못 가신대니, 가치 가주지.

순자와 옥자가 나가랴할 때, 얼골에 흰 너울을 나리 덥고 눈만 내노흔 상도가 마조 들어온다. 옥자와 순자 한 거름 물너서서 뒷거름친다. 상도는 천천이 의자를 들고 조롱 아래 창앞에 가서 앉는다. 한동안 말들이 없다.

옥 자 (억지로 한거름 나서며) 주사 노겠어요.
상 도 (대답 없이 한동안 잇다가 나직하고, 천천이 혼자말로) 종달새 노래, 아름다운 노래, 금잔듸 동산 봄, 그 봄 인순이. 내 고향. 아—아 그때의 내 얼골, 내 얼골. (차차 말이 빨으다) 그러나 인순인, 그 인순인, 그러나 내 얼골은, 내 얼골은. (얼골을 싸고 고개를 조용히 숙인다)
옥 자 주사 마지세요. 건강이 회복되셔야 해요.
상 도 (업대인 채) 건강, 건강, 건강도 실소이다. 소용 없오이다. 주사가 소용잇소. 건강보다 아모 것보다 난 얼골, 예전의 내 얼골이 찾고 십소이다. 보고 십소이다. 옛날의 내 얼골을 찾일 수 잇는 주사라면, 천대라도 만대로다 맛겟소이다. 난 너울을 버슬 수 없오이다. 무섭소. 미칠 것 같소 주사를 마저 무얼 하겟소.
옥 자 그래두—
상 도 원장선생께 내 얼골을 다시 찾일 수 잇는 주사를 노아 달나고 말습해 주시오. 그러나 그런 주사가 잇를 리 만무하오. (고개를 들고) 내버려 두시오. 언제까지 이러케 종달새 노래나 듣도록 내버려 두시오. 영원이 찾지 못할 내 얼골, 내 몸둥이, 모르는 사람 몸둥이에 붙은 내 넋, 내 정신. 그러나 내 정신은 똑똑하오. 내 고향도, 내 아버지, 내 어머니, 사랑하는 인순이, 모도가 똑똑하오. 그러나 그들이 나를 모르니, 아—아 나는 밋칠 것같소. 내버려 두시오. 종달새 소리나 맘대로 듣도록 내버려 두시오.

한동안 말들이 없다. 상도는 조롱만 넋없이 바라본다. 조용히 숙향이가 들어와 역시 말없이 섯다.

숙 향 (근심과 인자한 목소리로) 상도야, 저게 무슨 짓이냐.
상 도 ……
숙 향 집으로 가자.
상 도 ……
숙 향 무길이의 혼이 씨엇다드라. 정신차려라.
상 도 (혼잣말) 고향을 못 찾일 이 몸, 고향이 이 몸을 모른척할 이 몸.
숙 향 굿을 하면, 네 병은 곳 낫는다드라. 무길이 혼이 나간다드라. 정신채려라.
상 도 잔인한 말이오. 이나마 이 정신이 남의 몸둥이에 부터 잇는 걸, 그것마저 없애버리려한다니, 너모도 잔인하오. 그러나…
숙 향 글세, 그게 무슨 당치않은 말이냐. 어듸서 나온 생각이냐. (간호부에게) 그래 선생님이 아직 박게 나가지 말도록 하라십듸까.
상 도 원장의 말이 아니라도, 난 이 병원을 나가서는 갈 곧이 없오이다. 종달새 소리를 이러케 듣고 잇는 것이 나의 나마지 생명이외다.
숙 향 글세, 당치않은 말이다. (괴로운 표정) 공연한 짓을 해서. (다시 상도에게) 상도야, 상도야.

구차는 드시 상도는 일어나서 병실로 가려한다. 숙향이가 뒤를 따르려한다.

상 도 혼자 잇도록 내버려 두시오.
숙 향 (물너섯다가 장의자로 가서 힘없이 안는다) 저걸 어떠케 바로 잡는담. (간호부에게) 선생님 좀 뵈옵게 해주우.
옥 자 뵙지 마세요.
숙 향 무길이 혼을 쪼차 내랴면, 꼭 굿 하는 데루 가치 가야하겟소.
옥 자 그러문 더 더친다고 그러셔요.
숙 향 그러니 어쩌잔 말이오.

운양이가 들어온다. 숙향 일어선다.

숙 향 마침 잘 오셧소.
운 양 집엔 일을 버려노코 어째 왓소?
숙 향 상도를 집으로 다리고 갑시다.
운 양 왜?
숙 향 개를 앞에 노코서 넋을 쪼처내야 한다는군요.

운　양　쓸데없는 소리.
숙　향　누가 알겟서요.
운　양　두고 갑시다.
숙　향　점점 더해가는 걸 어떠케 두고 봐요.
운　양　(흥분한 목소리로) 무당이 고친단 말요.
숙　향　된 대니깐 해나 보는 게 해롭겟서요.
운　양　공연한 소리 말어요.
숙　향　그냥 앉어서 자식을 바리고 말겟서요. 아주 죽고 말엇다문 몰으지만, 눈 앞에다 번연이 노코서, 그리구 아주 실성한 것도 아닌 것을 영영 실성해바리라고 내버려 둘 수가 잇단 말슴예요. 어떠케든지 바루잡아야 하지 않켓서요. 확실이 무당 말이 올아요. 무길이 혼이 씨엿다는 게 올아요.
운　양　(말없이 실내를 거닐 뿐이다)
숙　향　그러니 않될 때 안 되드라도, 한번 무당 하는 대루나 해보도록 하서오.
운　양　그러문 신경을 더 덧드려서 안 된다구, 원장이 말래는 걸 어쩌란 말요.

신문기자가 바람과 같이 나타난다. 조히로 얌전이 싼 것을 들었다.

기　자　올소이다. 무당의 말이 맛소이다. 자제가 무길이의 혼이 들신 것이 사실입니다. 반편이 혼을 내여쫓고서 건전하고 총명한 무길이 혼이 들신 것이 사실입니다. 그것은 누가 그러케 시켯느냐 하면, 오박사의 위대한 연구가 그러한 작난을 해노코서, 머리 뚜겅을 아조 빈틈없이 봉해 바린 것입니다. 다시는 나올 수 업도록 다더 버렷습니다. 그럼으로 고사떡이나 제사음식에 무더온 잡귀나 쪼칠 줄 아는 무당과 판수 따위로는 다시 끄집어낼 도리가 없을 것이니, 내 생각같에서는 고만 단념하시고, 그 무당을 시켜서 자제의 장내의 복이나 기리기리 비러주시는 것이 마땅할가 합니다.
운　양　(신문기자를 노려보며) 노형이 내 자식 병에 이래라 저래라 할 것이 머란 말요.
기　자　(고개를 끄덕거리며) 지당한 말슴이십니다. 신문기자면 신문이나 맨들 일이지, 남의 일에 흥야라 부야라[23] 참견이 머냐고. 그야 지

23) '남의 일에 흥야항야한다', 남의 일에 공연히 간섭하고 나섬을 지적하는 속담.

당한 말슴이외다. 그러나 이번 영감 자제의 수술 사건만은 그냥 양편 귀를 바꿔 부친다는지, 넓적다리 살점을 점여다가 납적코를 도둔다 든지 하는, 보통 외과 의사들의 재주 피는 것과는 그 뜻이 달으시기 때문에 다만 영감자제로만 돌닐 수는 없는 것입니다. 어— 이번 오박사의 위대한 연구는 세계의 시청이 집중되여잇고, 또는 우리 신문의 백만 독자가 이 사건의 결말을 기다리고 잇는 것임니다. 즉 무길이의 뇌를 집어 너흔 영감 자제가 무길이가 되느냐, 상도 그대로 잇게 되느냐 하는 가장 흥미잇게 해결을 기대리고 잇는 것입니다. 그럼으로 신문기자의 책임상, 백만 독자를 위하야 충분한 수완을 발휘하지 안을 수 없는 것이며, 독자의 흥미를 자극주기 위해서는 제 육감으로서 예언도 필요한 것입니다. 그러느라니 자연 영감께 미움도 받고, 오박사의 눈살도 참어라며 유들유들한 태도를 갖는 것입니다.

운 양 (의자에 안지며) 아모래도 내 자식의 일이오. 세계의 이목이고 머고, 백만 독자고 머고, 이건 알 배가 아니오.

기 자 올소이다. 영감 자제인 것은 틀님없소이다. 그 얼골과 눈, 코, 사지 육체를 영감이 맨드섯고, 또는 오늘까지 길너 오셧고 호적등본에도 삐젓하게 영감 자제로 기입되여 잇는 영감의 소유품인 것은 틀님없는 사실입니다. 그럼으로 본인이 실타 하드라도 강제로 동여매서 댁으로 다려간대도, 누가 시비할 사람은 없을 것입니다. 그럿소이다. 그 육체는 영감이 자유로 하실 수 잇스되, 그러나 그 정신만은 손으로 잡을 수 없고, 동아줄노 묵글 수도 없는 그 정신과 혼만은, 영감이 맘대로 못할 것은 영감도 아시지 않습니까? 그러니까 말하면 그 몸은 영감에게 붓들녀 잇스되, 만약 그 정신과 혼이 무길이의 고향으로 내달려간다면, 그것을 무엇으로 만드실 터입니까? 그러니간 결국은 정신과 육체를 모다 영감이 좌우하실 수 잇서야만, 비로소 완전한 영감 자제라 할 것이 안입니까?

숙 향 내 자식이다, 남에 자신이다, 당신이 어쩌라고 말슴이오.

기 자 네, 미안합니다. 부인의 심정은 깊이 동정하는 바입니다. 여자란 약한 심정의 소유자, 창조적 범죄를 지울 수 없는 것입니다.

박 사 (창밖에서 듯다가 들어와서) 노형이 어쩌라고 참견이오.

기 자 아— 선생, 안녕하십니까? 네, 말슴대로 참견 안 해도 좋고, 참견할 궐리도 없고, 또는 명예도 실여하시는 선생의 분부를 거절할 수도 없는 것입니다. 그러나 선생의 위대한 연구의 대해서는, 가장 높은 경의와 흥미와 선생의 명예를 얼근 이 사건의 결말을 한시바삐 백만 독자에게 충실히 보도를 하자니, 자연 참견을 하게 되는 것입니다. 그러나 물론 초조할 것은 없읍니다. 시간은 모든 것을 해결지을 것이니깐, 그러나 또 한번 신문기자의 근지러운 육감으로 예언을 한다면, 사건의 완전한 결말이 아마 지금부터 머지 안은 수 십분 후이면 완전히 종말을 고할 것이라 믿습니다. 지금 오영호 외과의원 치료실에서 대뇌교환수술이라는 3막물의 연극이 진행된다고 하면, 그 연극은 임이 1막과 2막은 끝이 낫고, 지금은 3막이 진행되는 중, 사건의 결말은 곳 지어지고, 대단원의 막이 미구[24]의 나릴 것입니다.

박　사　노형의 연설을 듣고 잇슬 시간을, 나는 유감이지만 갖이 안엇소. (운양에게) 영감 의론할 게 잇소이다.

오박사 눈살을 찌푸리고 연구실로 간다. 운양과 숙향도 따라간다.

기　자　(박사 일행이 나가든 말든, 관게치 안코서) 그럿소이다. 시간은 황금이라 합니다. 더욱이 선생에게는 지느냐? 어기느냐?의 심판을 바들 지금이, 가장 흥분과 초조의 무서운 시간. 신문기자의 중언부언이 귀로 들어갈 리가 만무할 것입니다. (무대를 거닐며, 독백) 연극의 끝막은 왓다. 머지않아 대단원을 짓고, 징소리를 따라서 인생의 끝날과 같이, 아니 새로운 생명과 진리를 던져주고서 막이 나릴 것이다. (치료탁자에 아무러케나 걸터 안지며, 기지게를 튼다) 아! 아, 긴장은 피로를 가저온다. 인생은 긴장과, 무심과, 그리고 유희와, 슬픔이 잇슬 따름이다. (말을 마치고, 금방 유희적 기분으로 변한다) 여보, 아가씨들. 너모 긴장한 연극만 보여드럿소. 용서하시오. 그러나 신문기자의 행동이란 변화가 무쌍한 것이오. 긴장할 때도 잇고, 유들유들할 때도 잇고, 때로는 아조 동심을 가질 때도 잇는 것이오. 자아, 아가씨들. 작난감이나 하나 구경시켜 드리리다. 돈은 받지 안을 터이니 염여를 마시오.

조히에 쌋튼 가면을 끄내서 얼골에다 쓴다. 무길이의 얼굴이다. 순자와 옥자 놀내인다.

---

24) 未久, 얼마 오래지 아니함.

기 자 머 놀낼 것은 없소. 아가씨들이 치료하는 5호실 환자 무길이의 얼골이오. 인순이라는 그 처녀가 가장 반가워할 무길이의 얼골이오. 이것이, 이 탈바가지가 오늘 연극에 한목을 단단히 볼 것이오. 머지 안아 그 장면은 올 것이오. 환자 없는 병원에 흥미잇는 연극이나 보시오. (들리는 소리가 난다) 흥, 그러치. 등장인물이로구나. (가면을 다시 조히에 싼다)

실성한 인순이가 들어온다. 가슴에다 옷 보통이를 힘잇게 안고 잇다. 그 뒤로 안선달이 걱정스런 낫빛으로 따르고, 한서방도 들어온다.

인 순 (순자와 옥자를 번가러 보면서, 공손하고 똑똑한 목소리로) 이 병원에 무길씨라는 환자가 입원하섯죠? 왜 대답을 안 하서요. 염녀마서요. 난 그이가 사랑하는 사람야오. 아주 퍽 사랑하는 사람야요.

안선달 애야, 인순아. 왜 이러니.

인 순 이것 보서요. 그이가 입을 옷을 가저 왓서요. 내가 밤새도록 지은 옷예요. 10리나 되는 정거장으로 나와서, 그리구 기차 타구 왓서요. 어서 그이 좀 보게 해주서요. 어서 그이 좀 보게 해주서요. 그리구 참 그이 병은 낫죠? 아주 낫죠? 아주 낫죠? 그런데 왜 퇴원 안하구 잇슬가요? 올치, 알어요. 난 알어요. 날 기다리느라고. 이 옷을 입구서 가치 고향으로 갈라구, 그냥 잇는 걸 난 알어요. 어떤 방예요? 안 가르쳐 주면 난 혼자 갈 테야요. (박그로 나가랴 한다)

기 자 흥! 심각한 비극이여!

안선달 (가로막으며) 글세, 어째 이러나. 네가 그러문 난 어쩌란 말이냐. 정신 채려라.

인 순 내가 어때서 그러서요? 왜? 내가 길을 잘못차처 왓서요? 병원두 이러케 똑똑이 알고 왓는데요. 그럼 어서 그일 맛나게 해주서요.

옥 자 가엽서라.

인 순 (옥자를 똑바로 바라보며 혼잣말로) 머가 가엽서요. 사랑하는 사람 차저 온 것이 왜 가엽서. 별 말을 다해. (종달새 소리를 듯고 그리로 가서) 아, 종달새. 저것이 원, 내가 정거장 나올 때 하눌에서 조잘대면서 날 보구 잘 가라구, 잘 가라구 손짓을 하드니, 저게 여길 어떠케 왓담. 아! 반가워라. (순자에게) 이 종달새 소리, 둘이서 듯게 어여 그일 맛나게 해 줘요.

안선달 (눈물을 씨시며) 인순아. 애, 인순아. 제발 그러지 말어라. 가슴이 메여진다. 그앤, 무길인 고만 먼데루 갓단다.

인 순 (어린애처럼) 먼데루? 그럼 저 하눌루? (순자에게) 정말요?

순 자 정말이라우.

안선달 오냐. 네 말대루 저 종달새가 떠올나 가는 높은 하눌, 황천으로 갓단다.

인 순 호호호호호. 그럼 조치. 하눌루 갓스문 종달새 보내서 불너오지. (조롱 앞으로 가서) 애, 종달새야. 너 그이 가신데 알지. 얼른 가서 내가 여기 잇다구, 얼른 오시라구 그래. 응. (조롱을 열고, 새를 끄낸다)

옥 자 어쩌나 저를. (막으랴 가랴 한다)

기 자 그냥 두시오. 하고 십흔 대루 하두록.

인 순 (새를 날려 보내며) 새야, 새야, 얼는 갓다 오너라. 얼는, 얼는, 얼는, (손뼉을 치며 조아한다) 하하하하하. 얼는, 얼는, 얼는.

안선달 불느러만 보내도 저러케 조아하는 걸, 그놈은 그냥 가고 말다니. (눈물을 씻는다)

기 자 (의자에서 찬찬이 일어나서) 영감, 슯어하지 마시오. 종달새가 꼭 자제를 불너올 것이오.

안선달 무슨 말슴이시오, 가엽슨 사람에게 농담을 하서도.

기 자 결코 농담이 아니외다. 지금 영감의 심정에다 농담을 걸다니, 그러고 영감 자제가 영감에게로 다시 오는 것은 결코 기적도 아니고, 꿈도 아니오.

안선달 죽은 자식이 다시 오다니. 내가 어서 죽어서 저승에 가서 맛난 다문 몰으되.

기 자 (분명하고, 힘잇게) 죽지 안엇소이다.

안선달 내가, 내가, 내 손으로 화장터 화덕 속에다 내 손으로, 내 손으로, 떨리는 내 손으로 너흔 그 놈이.

인 순 (유심이 이애기를 듯다가) 하하하하하. 우서 죽겟네. 그이가 왜 죽어. 난 어쩌라고, 나는 누구하고 혼인하라구, 그이가 왜 죽어. 참 별 일 다 듯겟네.

기 자 올소. 죽지 안엇소. 불 속에 들어간 그는 아가씨의 사랑하는 사람도 아니고, 영감의 자제도 아니요. 그러타고 욱이면 그 사람은 영감 자제의 껍질을 쓴 허수아비요. 염여마시오. 정말 영감 자제는, 영감 자제의 정신은 조금도 변하지 안코서 훌융이 다시 올 것이오. (인순에게) 그 옷을 나를 주오.

안선달 (부들부들 떨면서) 무슨 말이오. 무슨 말이오. 또 한 번 말슴해 주십쇼.

기 자 죽은 사람은 영감 자제의 껍질을 쓴 허수아비오. 참말 영감자제는 내가 다려다 드리리다. (인순에게) 그 옷을 내게 주오. 새 옷을 입혀가지고 내가 대려 오리다. (혼잣말로) 그러타. 그는 죽지 안엇다.

인 순 아이 조아. 정말 어서요. 새 옷 입혀 가지고 얼른 가치 오서요. 자요. (옷보퉁이를 주며) 어서요. 어서요. 얌전하게 기다리고 잇슬 게요.

기 자 (옷보퉁이를 받고서 간호부를 번가라 보며) 원장선생과 운양 내외분을 청해 오시오. 섭섭한 송별도 해야겟고, 대뇌교환수술이란 이 연극의 대단원을 한 자리에 모여서 지어야겟소. (병실로 간다)

한서방 (막지는 못하고 손만 내저으며) 여보슈, 여보, 여보. 저 사람이 오늘 큰일 저지르겠군. (옥자에게) 선생님께 어서 알녀드려요. 어서, 어서.

안선달은 어리둥절하고, 병실쪽을 건너다 본다. 인순의 낫빛은 희망이 떠올은다. 옥자는 빨리 병실로 간다.

인 순 아 — 좋아. 그인 꼭 올 테지. 내가 여기 잇스니깐 꼭 올 테지. (흥분에 넘처 가벼운 거름으로 실내를 한바퀴 돈다) 바보들, 그이가 왜 죽엇때. 아버지도 바보. 그이가 왜 죽어. (두 주먹을 가슴에 안고서 기쁨에 잠긴다)

안선달 (옥자에게) 어떠케 된 일이오. 그 양반 말슴이 정말이겟죠?

옥 자 도라간 이가 어떠케 살어와요.

안선달 그러게 말요. 날 놀리는 말이 안요?.

인 순 흥, 바보들.

박사와 운양과 숙향이 연구실에서 나오다가, 문 밖게서 병실편을 보고 우뚝 선다. 가면을 쓰고 미명[25] 고이적삼으로 바꾸어 입은 상도가 천천이 이편으로 온다.

상 도 (놀래는 안선달에게) 아버지.

안선달 (부들부들 몸을 떨며) 네가, 네가.

25) 무명.

상 도 상도입니다. (말없이 웃고 잇는 실성한 인순을 보고) 인순이, 왼일이요. 왜 저러케 됏소. (한거름 나간다)

인 순 호호호호호호. 글세, 당신을 죽엇다는구려.

상 도 실성햇구려.

기 자 염녀마시오. 배곱파서 실진한 것은 배만 부르면 나을 것이고, 사랑을 잃어바려 실진한 병은 사랑을 차지면 도로 새 정신이 들 것이니, 어서 고요이 안어주시오.

상 도 (인순의 어깨를 끄러서 고요이 안는다) 나를 이럿토록 사랑하야 실성까지 한 인순이, 나는 죽지 안엇소. 울지 마오. 정신차리오. 그리고 내가 얼골에 쓴 탈을 벗드라도 놀래지 마오. 난 분명이 누가 머래도, 난 분명한 무길이오. (안선달에게) 아버지, 놀래지 마서요. 내 몸둥이는 변햇서도, 확실이 무길이의 정신은 변하지 안엇습니다.

기 자 10년이나, 20년, 30년, 40년 후에 모습이 변해 가지고 도라 온 아들로만 생각하시오.

숙 향 (참지 못하야서 얼골을 싸고 운다) 상도야.

상 도 (인정[26]을 노코서, 숙향에게 동정하는 말씨로) 미안합니다.

기 자 삼가 부인께는 동정을 금하지 못하겟소이다. 그러고 원장선생께는 치하를 올리지 안을 수 없나이다. 선생은 위대한 연구를 훌융이 성공하셧습니다. 정신과 혼은 과학자가 생각할 필요가 없는 것임니다. 그러니깐 무길이의 혼이 상도에게로 갓든, 상도의 혼이 무길이한테로 갓든, 그것은 선생이 관게하실 바가 아닙니다. 선생은 과학자십니다. 갑과 을의 뇌를 서로 바꿔 넛코서, 신경을 이어서, 생명에 지장이 없게 하신 그것만으로, 선생의 연구는 가장 위대한 성공이라고 찬사를 올리는 바입니다.

인 순 (저윽이 새 정신이 든 낫빗으로 변하야 가지고 상도의 품에 쓸어진다) 아— (울면서) 탈을 벗어도 좋하요. 난 알엇서요.

안선달 오냐. 나도 새 자식을 어덧다.

상 도 (탈을 천천이 벗는다)

안선달 (상도의 얼골을 보고도 태연이) 무길아.

숙 향 상도야. (창틀에 쓰러져 운다)

운 양 (박사에게) 선생, 이대로 자식을 잃어야겟소?

기 자 남의 것을 뺏는다는 것은 내 것을 잃어버리는 전제입니다. 그러니깐 오늘부터 선생은 위대한 연구의 그 재주로써 새 환자를 취급하

---

26) 仁情.

시오. 그러고 두분 간호부 아가씨는 선생의 팔과 눈이 되고, 한서방도 병원 사무에 충실해서 물밀듯 들어올 외래환자들의 신발 신칙[27]을 분명이 하시오. 신문기자인 나는 유쾌한 기분으로 대뇌교환수술 결말을 백만 독자에게 보도하러 가야겠소. 아니 세계에 알리러 가야겠소. (빨리 나간다)

숙 향 상도야.

안선달 (기쁨에 넘치는 목소리) 무길아.

-막-

27) 申飭, 단단히 타일러서 경계함.

# 신념

## (1막)

진우촌

## 인물

장준
박씨 (장의 안해, 환자)
김씨 (장의 모친)
난이 (8,9세 된 딸)
박일선 (장의 처남)
젊은사람 (강습소 서무)
염라사자[1]

## 무대

개량식으로 지은 시골 집, 한집안 식구가 뫃이는 넓은 방, 오른편은 박씨가 알어 누은 병실, 장지[2]가 다쳐 잇고 왼편은 부억으로 나가게 되었다. 정면 바른편에도 장지가 있서 박갓문을 그리로 나가게 되었다. 실내에는 헌 책이 가득이 쌓인 탁자와 값싼 테블과 의자가 있을 뿐, 두어개 선반에 시골 살림에 알마진 것들이 가즈런이 놓였고, 질화로에 찜냄비가 있다.

---

1) 염라대왕의 명에 따라 죽을 차례가 된 사람을 잡아 오는 사자.
2) 방과 방 사이, 또는 방과 마루 사이에 칸을 막아 끼우는 문. 미단이와 비슷하나 운두가 높고 문지방이 낮다.

때는 일은 가을쯤, 깊은 밤 으스름 달빛에 불 않킨 방은 몹시 침울하다. 바른편 병실엔 기름불인 듯 부유스름하게 밝다. 이따금 어두웠다 밝았다 한다.
막이 열리면, 김씨와 박일선이가 근심스런 낯으로 말없이 병실 쪽을 보고 있다. 실내에선 어리애(어린애) 우름 소리가 계속해 들인다.

김 씨 나오려무나. 어린 걸 작구 울리니.
난 이 (실내에서) 엄마만 꼭 보구 나갈라문 더 우는 걸.
김 씨 (혼잣말로) 별일도 있지. 에민 자니?
난 이 엄마두 나허구 애기만 보구 있어요.

실내의 불빛이 한참 동안 꺼질드키 어두어젓다가 다시 살어난다. 어린 것을 업은 난이의 기름불을 가리는 거림자가 장지에 빛인다.

김 씨 불이 또 꺼질랴구 하늬?
난 이 내가 가리니깐 또 살어나요.
김 씨 에미 밈 좀 줄까 물어 봐라.
박 씨 먹어야 살어요. 먹어야 살어요.
김 씨 오냐, 주마. (부엌으로 나가서 소곰과 수저를 놓은 이반[3]을 들고 들어와서 밈 냄비를 들고 병실로 들어간다)

일선은 의자에서 일어나서, 실내를 근심스러운 듯 서성댄다.

김 씨 (병실에서) 어서 한 목음 더 마셔라.
박 씨 고만요, 고만요. 어린 것들 메기서요 어린 것들을 살녀야 해요. 저것들을 살녀야 해요.
김 씨 어린 것들야 왜 어떠냐.
박 씨 않예요. 저것들이, 저것들이. (잠깐 말을 끊였다가) 문 꼭꼭 닫으셔요. 누가 들오면 어쩨요. 날 잡으라 오문 어쩨요.
김 씨 알는 널 누가 잡으라 온단 말이냐. 그런 걱정 말구, 어서 한 목음 더 마셔라.
박 씨 않예요, 오늘은 꼭 와요. 꼭 와요.
김 씨 네 동생 사돈도 와 있다. 아무 염여 말고 한 목음 더 마셔라.

---

3) '예반(나무나 쇠붙이 따위를 둥글고 납작하게 만들어 칠한 그릇)'의 잘못.

박 씨 문 꼭꼭 닫으셔요. 애비 앓 들어왔죠. 애비 들오건 또 꼭꼭 닫으셔요. 애비 어서 들오라구 그러셔요. 무서워요. 오늘 밤은 꼭 그놈이 올꺼야요. 붉은 옷 입은 그놈이 꼭 온댔서요.

박씨의 말이 끊이자, 잠잠하는 어린애 우룸이 다시 자지러지게 난다.

박 씨 저 보셔요 어린 것두 알구서 울지 않어요? 문 꼭꼭 닫으셔요.

김 씨 오냐, 오냐, 염여 말구 맘 안정하구 잠 좀 들어라. (그릇을 들고 나온다)

일 선 헛소리를 날마닥 합니까?

김 씨 요새 며칠을 두고 벗석 심하구려. (부엌에 그릇을 갖다두고 들어온다) 오늘 밤엔 유별스럽게 문까지 꼭꼭 닫으라구 성화니, 암만해두 심상치 않구려. (화로 옆에 힘없이 앉는다)

일 선 병이 심하문 열이 높아서 헛것두 뵈고, 헛소리두 하는 법입니다만.

김 씨 그러기루 에미야 신학문을 배우구 미신이라문 질색을 하든 겐데. 어린 것두 오늘 밤엔 왜 저리 울구. 나두 웬일인지 오늘 밤엔 유난이 휘젓하드니[4], 참 잘 왓소. 애비 보구두 오늘은 야학에 가지 말구 집에 있으라니깐, 아무 걱정말라구 애 에미는 죽지 않을 테니 걱정말내구, 아이들 국문 공부는 하루두 쉬여선 않 된다구 나가구, 어린 것들만 데리구 있으려니 맘이 안 됏더니, 참 잘왔소.

일 선 헛소리도 헛소리지만, 저 보기두 제 누이는 건지기가 어려울 것 같습니다.

김 씨 그러니 큰일나지 않었오. 에미가 없어지고나문, 가는 것두 한참 나이 고생만 하다가 좀 시굴루 와서 단 배나 주리지 않게 될가 햇드니 저 지경이니, 가는 것두 가엾지만, 저게 가게 되문 한 집안이 되집히지 않소. 게다가 어린 것 남매 뒤끝이 걱정이구려. 내나 오래 살문 또 몰으지만, 오늘 죽을지 낼 죽을지 물으니, 게모 곤데 없다구[5], 저것들 앞길이 생각만 해두 눈이 캄캄하구려. (눈물을 씻는다) 그저 하누님 덕분에, 그러나 틀렸소. 애비가 앓 죽는다구 하는 것두, 다아 기맥힌 데서 나오는 소리구.

일 선 저 보기는 그렇지만, 또 누가 암니까. 다 죽은 사람이 소생하는 수도 있는데, 장형은 또 믿는 데가 있는 거구, 살어난다구 자신이 있

4) 호젓하다, 후미져서 무서움을 느낄 만큼 고요하다

5) 고운 데가 없다?

으문, 그런 법도 있담니다.

김 씨 그도 생간할대 말이지, 사람이 저 꼴이 돼 갖이구서야.

일 선 돌아가신 어머니께서도 제가 돌 때, 참 저 지금 제 누이 같구먼요 제 누이가 아홉 살, 제가 돌 때, 그러니 꼭 지금 누이와 꼭 같습니다. 그때 어머니께서도 저이 남매를 두시고 병환이 드셔서, 명재경각[6]으로 온 집안 소솔[7]이 운명을 기다리구 있섯대는데, 별안간 돌아가신단 어머니보다 할머니께서 뇌출혈로, 보통 말로 살을 마저셔서, 금방 어머니 운명을 기두르든 그 자리에서 쓸어지시고, 어머니께서는 밈을 맷 목음 달래서 마시고 나시드니 그날 밤을 곱게 넘기시고, 차차 소생하셨대지 않습니까. 그래 가지곤 제 누이 시집 보내시고, 저 장가 드는 것까지 보시고 나서 도라가시지 않았습니까. 집안에 이런 일도 있스니, 할머님께 드릴 말씀이 않임니다만, 명이란 알 수 없는 일입니다.

김 씨 (감격히 듣다가) 여보슈, 그게 참말유?

일 선 그래서 할머니께서 집안을 위해서 대신 가셨다구 해서, 일가중에서 들끌어서 할머님께 층송[8]을 올리고, 재를 올리고, 지금까지도 할머님 제사는 특별이 지낸담니다.」

김 씨 여보, 사둔. 그런 일이 우리 집에두 있섯스문 좋겠소. 난 제사도 고만두고, 재도 고만두고, 그저, 그저 저것 대신 지금 당장에라두 염라사자를 불너서, 대신 갓스문 좋겠소.

일 선 천만에 말슴이시죠.

김 씨 않요, 않요. 진정요. 어린 것, 손주 남매를 위해서, 이 집안을 위해서, 그저 이것이 가문 우리 집은 꽃이 피지 않겠소. 어린 것들을 두고 에미가 가다니, 말이 되오. 갈 수 있대문 내가 가야지, 내가 가야지. 염라왕이 생각이 있다문, 날 데려 가렴만!

김씨가 말하는 중에 어린것 우름이 끊인다. 박씨의 헛소리가 다시 들린다.

박 씨 문 꼭꼭 닫으셔요. 오늘밤엔 꼭 와요. 붉은 옷 입은 놈이 꼭 와요. 문 꼭 닫으셔요.

---

6) 命在頃刻, 거의 죽게 되어 곧 숨이 끊어질 지경에 이름.

7) 所率, 한집에 거느리고 사는 식구.

8) 칭송.

김 씨 오냐, 염여 말아. (흥분한다) 오래라. 그놈, 붉은 옷 입은 놈 꼭 오래라. 오냐, 내가 대신 가마. 네 대신 내가 가마.

박 씨 난 죽으문 않 돼요. 않 돼요. 저것들 고생을 어쩌구, 저것들을 어쩌구.

김 씨 오냐, 염여 말아. 내 대신 가마. 문 열고 붉은 옷 입은 염라사자 불너 들이겠다.

박 씨 않 돼요 않 돼요.

일 선 (공영한[9] 말을 해서 미안한 얼골 빛으로) 고정하셔요. 천만에 말슴이시죠. 고정하셔요.

김 씨 않요, 않요.

병실의 기름불이 그물그물 어두어진다. 김씨가 병실을 말없이 본다. 멀리서 가마귀가 세 마듸 울고 지내간다.

김 씨 (한참 후에) 난이야. 불 꺼지게 그냥 둬라. 불 꺼지문 그놈이 올 게다.

난 이 (장지를 열고 나오며, 할머니의 이상한 표정을 보고서) 할머니, 외그러우.

김 씨 에미 대신 할미가 갈 테다.

난 이 엄마가 왜 죽어요. 괘니 할머니두. 엄마가 죽으문 우린 어쩌라구. 괘니 할머니, 왜 그러시우.

김 씨 그러기에 에미 대신 할미가 죽을랜다.

난 이 아버지가 걱정말냇서. 할머니두 걱정 말어요.

뒤에서 문 흔드는 소리가 난다.

김 씨 (문 흔드는 쪽으로 향하며) 오는구나. 그놈이 오는구나. (한거름 그 쪽으로 가며) 오냐, 속히 열어주마. (다시 한거름 더 나간다)

난 이 할머니, 왜 이래요. 아버지예요. (일선에게) 아저씨, 아버지 야학 파하구 오셧나 봐요.

일 선 진정하셔요. 제가 나가 문 열죠.

일선이가 정면 장지를 열고 나가서 문 열고 닫는 소리가 들린 후, 장준이가 들어오다가 어머니 모양을 보고 약간 놀래인다.

---

9) 공연한, 아무 까닭이나 실속이 없는.

김 씨 그놈인 줄 알었드니, 너로구나. 아범아, 내 처 대신 에미가 가게 해 다우. 응, 꼭 그렇게 해야 한다.
난 이 아버지, 할머니 봐요.
장 준 왜 이러셔요.」
김 씨 네 처 대신 에미가 가겠다. 응, 꼭 그래야겠다. 이것들을 위해서 이것들을 위해서.

장준은 빨리 병실 장지를 열고, 실내를 들여다보고 우뚝 선다.

박 씨 대문 닫어요, 대문 닫어요. 난 않 갈 테야. 난 않 갈 테야. 어린 것들을 두구 내가 어떻게 가. 안 돼요. 안 돼요.
김 씨 오냐, 가지 마라. 에미나 갈 테니, 가지 마라. (아들을 보고) 에미가 갈 테다. 응, 그래야 너두 좋지 않늬. 애비야, 잘 주구 왔다. 오늘 밤으로 가겠다. 네 처 대신 오늘 밤으로 갈 테니, 아예 딴 말 말아.
장 준 (어머니를 보다가 일선에게) 웬일인가? 어머니께서 왜 이리시나?
김 씨 네 처가 가문 집안은 뒤집힌다. 그래, 내가 대신 간단 말이다. 네 처 외조모께서두 그리셨단다. 그래서 그놈도 살어낫단다. 없는 일이냐. 그래야 우리 집도 살지 않겠늬. 응, 애비야. 딴 소리 말어야 한다.
장 준 어머니. (어머니의 두 어깨를 힘있게 쥐면서) 염여 마셔요. 제 처는 않 죽습니다. 어머니, 맘 놓셔요. (일선에게) 누이에게 뭬 달은 일이 있섯나.
박 씨 글세, 어서 문 닫어요. 시간이 거진 됏서요. 문 닫어요. (어린 게 자지러지게 또 운다) 어린 게 우는 소리를 못 들어요 왜 정신들 않 채려요.
일 선 누님 저 헛소릴 들으시구서.
장 준 염여 말게. 어머니, 염여 마셔요. (일선에게) 누이는 않 죽네. 결코 죽을 리가 없네. 내게는 굳은 신조가 있네. 나는 아히들에게 국어를 가리키면서, 자신을 얻었네. 잃어바릴 뻔하든, 우리 말과 얼을 찾인 우리 민족은, 결코 죽지 않을 것이란 신념을 찾게 되였네. 조선이 죽으문, 우리 민족은 3천만 국민은 유리하는 고아가 될 것이니. 하늘의 뜻은 그럴 리가 없을 것이란 믿음이 생겻네. 딸아서 자네 누이의 병에도 죽지 않으리란 신념을 얻었네. 조선의 국민과 마찬가지로, 우리 집에도 집안을 이을 국민인 어린 것들이 있지 않나. 저 어린 것들을 어찌라고, 자네 누이가 죽겠나. 죽고 싶어도 못 죽을 것일세. 그래서 나는 염여치 않네. 자네 누이는 않 죽네. 결단코 죽을 리가 없네. 헛소리, 그 소리는 살겠다는 맹세일세. 죽지 않네.

김 씨 애비야, 그러기에 내가 이 에미가 대신 가겠단 말이 않이냐.

장 준 어머니, 염여 마시요. 제 처가 않 죽는데, 어머니가 왜 대신 가셔요. 별 말슴 마시고 안심하셔요.

김 씨 않이다, 않이다.

박 씨 그래두 시간이 됏서요. 못 오게 해야 해요. (외마듸 소리로) 저것, 저 저 저것. (손고락질을 하면서 병실에서 일어나는 그림자가 창으로 빛인다)

김 씨 오는구나. 오냐, 잘 온다.

장지 밖으로 문 흔드는 소리가 들리고, 병실의 기름불이 차차 어두어진다. 어린 것이 작고 울고, 멀리 가마귀 소리가 들린다. 비쓸비쓸 박씨가 일어서서 나온다. 실내는 아조 침침해진다.

일 선 (박씨에게로 한거름 가며) 누님, 왜 이러슈.

장 준 여보, 왜 이러우. 어머니, 어머니!

실내는 어두어지고, 푸른 광선이 새여들면서 장지가 열리고, 붉은옷 입고 창 든 염라사자가 들어선다. 부유스름한 빛이 겨우 박씨와 김씨를 보이게 할 뿐, 다른 사람은 보이지 않는다. 어린애 우름이 가늘고 강하게 들린다. 박씨가 한거름 왼(편)으로 물너서고, 염라사자는 한거름 박씨에게로 나선다. 김씨는 한거름 사자앞으로 나선다.

사 자 계축(癸丑)년 자시(子時)생 한양 박씨, 이생의 인연은 이날로 다하였다. 염라왕의 분부를 거역 말고, 즉시 길 떠날 차비를 차리라.

박 씨 (날카롭게) 않 되오.

사 자 인간들끼리 제정한 법도의 명영(명령)도 거역치를 못하거늘, 저승의 법도를 인간에서 어찌 거역하랴.

박 씨 그러치만!

사 자 안다. 네 심정!

박 씨 저, 저 어린 것 우름을 들어줘요. 어린 것을 업고선 난이의 애달버하는 어린 심정을 생각해 보서요.

난 이 (적은 목소리) 엄마, 엄마, 왜 이래요.
일 선 (적은 목소리) 누님, 왜 이러슈. 누님, 누님.
장 준 여보, 여보, 이게 당치 않은 웬 헛소리요. 어머니, 정신 차리시오.
박 씨 저승에서도 날 세상에 보낼 때, 어린 걸 나커들낭 그것들을 잘 길느고 오라고 한 게 않이오. 그런데, 그런데.
사 자 그렇지만 몸에는 병마가 덥쳣다. 짓구진 병마가 오장육부를 못 살게구러, 얼굴은 여위고, 피골은 상접[10]하였다. 이생에서는 싸울 기력을 잃었다.
박 씨 (애원하는 목소리로) 병을 쪼차 주오. 그렇지 못하문 병든 몸으로라도 나는 내 어린 것들을 길느고나서야 가겠소. 저 어린 것 우름소리를 들어 줘요. 난 못 가겠소. 난 못 가겠소.
일 선 누님, 누님.
장 준 여보, 여보, 왜 이러오. 왜 이러오.
박 씨 (우름 석긴 목소리) 인정을 두오. 인정을 두오. 저 어린 것 우름이 들리거든, 인정을 두오.
사 자 저승 분부엔 인정이 없다. (한거름 나서며) 길이 늦는다. 새벽 닭 울기 전에 어서 떠나자. (창을 높이 들었다 나리치랴 한다)
김 씨 (사자의 앞을 막아서며) 내가 대신 가리다.
사 자 (잠시 김씨를 마조 보다가) 무서운 병을 마틀 텐가. 죽임 길을 대신 가려는가?
김 씨 오장이 썩는 병이라도 대신 맡고, 사지가 찌저지는 병이라도, 그러고 불꽃으로 막힌 길이라도, 가시가 덮인 만리길이라도 저 어린 것들을 위해서.
사 자 그렇다면. (높이 들었든 창을 나리 짓친다)

실내가 어두워졋다 다시 밝아질 때, 염라사자는 사라졋고, 김씨가 아들에게 안겨서 스르르 주저앉는다. 어린 것의 우름은 끊였다. 박씨는 일선에게 의지해 서서 팔로 눈을 가리고 섯다.

박 씨 (입안엣 목소리로) 어머님, 어머님.
일 선 누님, 누님. (박씨를 안은 채 뒤거름으로 병실로 들어간다)
장 준 어머니, 어머니, 정신 차리서요.
김 씨 (숨이 진 듯 대답이 없다)

---

10) 피골(皮骨)이 상접(相接)하다. 살가죽과 뼈가 맞붙을 정도로 몸이 몹시 마르다.

장　준　(힘있게) 어머니. (어머니 얼골을 보고 한동안 말이 없다)

밖에서 문 흔드는 소리가 난다. 아모도 대답할 줄을 몰은다. 한동안 뒤에야 일선이가 병실에서 나와서 문을 열어주라 나갓다 들어올 때, 강습소 서무인 젊은 사람이 뒤딸아 들어와 선다. 역시 한동안 말들이 없다.

젊은사람　이상합니다.
장　준　(잠깐 젊은 사람의 얼골을 볼 뿐)
젊은사람　방금 네거리에서 어딜 가시다가 돌려 스시는 걸 뵈왓는데!
장　준　어머님의 거룩하신 혼령이시였소. 집으로 다시 오십듸까?
젊은사람　확실이.

김씨가 몸을 움직인다.

장　준　(반가워서) 어머니, 어머니, 정신 차리서요.
김　씨　난 간다. 네 처 대신. 난 너를 길너줬스니, 할일 다햇다. 네 처는 할일이 남앗다. 어린 것들을 훌융이 길너야 할 일이 크다. 네 처 대신 가는 것이 난 퍽 질겁다. 이래야 할 일이니, 섭섭해 말아.
장　준　어머니, 어머니.
김　씨　오냐, 오냐. 내 무덤 우에다 꽃나무나 하나 심어다우. 네 처도 할일 다하구 죽구 나문, 그때는 저 어린 것들이 꽃나무를 심어줄 것이다. 네 처 몸 어서 추스르게 정성을 써라. 난 간다. (스르르 눈을 감는다)
장　준　어머니, 어머니. 제 처 대신, 정말 제 처 대신, 어린 것들을 위해서, 어머니, 어머니.

멀리서 닭 우는 소리가 들린다.

-막-

# 꽉쇠

(전1막)

탁진

1949년도 인민경제계획의 완수를 넘쳐 달성하기 위하여

**때**

해방 후

**곳**

함경도 어느 깊은 산협지

**나오는 사람들**

조완달 일명 꽉쇠, 67~8세
조은명 그의 딸, 일명 잘난이, 32세
소제 그의 손녀, 일명 바우녀, 12~3세
춘서 마을의 농민, 57~8세

여기는 철도연변에서 5,60리를 산길로 올러 와야 되는 산림지대다. 3면에 기암절벽이 멀리 가까이 울을 친 듯 둘러싼 그 가운데 양지바른 언덕에다 욱으려 지은 토막집! 향하여 오른편쪽 언덕 우에 통나무를 정(井)자로 쌓아 올려서 지은 집이다. 그 통나무와 통나무 사이에는 잔디와 풀뿌리 같은 것으로 틈바귀를 박어서 바람의지[1]를 했고, 벽 한복판에 싸리로 살창을 한 방문이 달려 있다. 그 문 옆벽에 유달리 적은 지게 한 개가 걸려 있는 것이 눈에 띠운다. 집은 세초로 덮고 칡으로 얽어매였으나, 풍우에 썩어 검은 빛이다. 집 뒷곁에 숯가마가 있는 듯, 집 모세기[2]로 숯가마 문이 보인다. 집웅 넘어로 보이는 숯가마 굴뚝에서는 파아란 연기가 오르고 있다. 그 숯가마 옆문에는 통나무 같은 것이 쌓여 있고, 그 앞에 또 금시 팬 장작이 쌓여 있다. 그 외에도 여러 가지 숯 굽는데 필요한 연장들이 여기저기 널려 있다. 그 뒤로는 우뚝우뚝 단애절벽이 솟아있고, 그 밑에 원시림인 양 큰 나무들이 자욱히 서있으며, 간혹 나무 사이로 절벽과 절벽이 마조친 곳에 하늘 쪼각이 빠끔이 보일 뿐이다. 향하여 외인쪽 좀 가까운 단애에다가 똑똑한 글씨로 띠움띠움 써붙인 산화방지표어 '새조선의 산이다. 산화를 조심하자'라고 씌워 있는 것이 보인다. 그 아래도 역시 나무들이 무성하게 들어섯으나 건너편쪽만은 못한 편이니, 아래로 점점 내려올 수록 설펴졌으며, 이집 가까히 이르러서는 나무 자른 밑그루만 여기저기 남어 있을 뿐이다.

---

1) 바람막이?
2) 모퉁이?

늦은 봄 어느 날 점심때 가까울 무렵.

산새 소리 요란한 가운데 막이 오르면 무대는 비었다. 집 뒤에서 도끼질 소리가 자조 들리며, 한편 장작두덕 우에는 각금 새로 쩌갠 장작가지가 날려와서 쌓인다. 삼림 속을 지나서 물려가는 바람소리, 뻐꾸기 소리, 도끼질 소리. 이 모든 소리는 산간의 묵어운 정막[3]을 깨뜨리고, 다시 산울림으로 되어 멀리멀리 산속으로 자저든다. 얼마 후에 왼쪽 산 아래서 '할배이야' 하고 부르는 어린아이의 목소리가 들리며, 그 소리는 점점 이쪽으로 가까워 온다. 산울림과 함께 이 소리가 몇 번을 거듭한 후, 이제야 도끼질 소리가 머즈며.

소　리　바운기야- (늙은이의 소리다)

아이 소리　(좀 가까운 곳에서) 야- 할배이야.

소　리　이놈으 자슥 와 인자사 오노. (집 뒷곁에서 늙은 노인 나온다. 조완달(꽉쇠)이다. 백발이 거세인 70객 노인. 그러나 그 몸집과 얼굴에는 대단히 건장한 빛이 나 보이고, 그 모든 동작에는 아직도 산이라도 헐 듯한 혈기가 약동하여 매우 굳세어 보인다. 입은 옷은 여름겨울 단벌치기로, 헌누더기가 다아 된 것이고. 그나마도 웃저고리는 벗어서 한쪽 어깨에다 걸치기만 했을 뿐, 빼쑤께미 같은 백발은 그대로 엉키고 느러지고, 이런 모습이 보는 사람으로 하여 그를 사람이라기보다 무슨 즘생으로 생각케 한다)

아이 소리　(그대로 산 아래서) 할배이야!

완　달　와 빨랑빨랑 땡이지 못하고 인자사 오노. 엥이!

아이 소리　할배이야. 송기떡 다아 됐나! (하며 나온다. 바우녀(소제)다. 열두세 살 대보이는 아이. 그 모습 또한 그러하다. 입은 옷은 누데기요, 머리도 쑤게미나, 처음에는 남녀를 분간키 힘이 들이만큼 억세인 모습이다. 그러나 그 목소리만은 거칠면서도 역시 가늘고 챙챙하여 여자인 것을 알린다. 맨발에 미트의[4]도 신지 않고, 꽁문이에다는 조고만 손독기를 찾다)

바　우　(양손은 뒤에 돌리고, 성큼성큼 뛰어 온다) 아- 숨차!

완　달　가 보았드냐?

바　우　야- 울가지 색기라곤 한 마리도 앙걸렛드라, 뭐!

완　달　앙이다. 화금질(火禁道)[5]로 도라왔냉능가 말이다.

---

3) 적막.

4) 미투리.

바 우 응! 아무찬트라.

완 달 피나무 골째기, 그 왜 아으래(그적게 오전이란 대명사도 됨) 바람에 자빠진 낭구(나무)들 말이다. 그거 아창지(가지)가 바람에 쓰다와서 불 앙났드냐?

바 우 야- 아무찬트래두. 그거 내가 독기로 아창지 함부래 찍어 가지고 왔다.

완 달 … 그거 잘했다. (혼잣말) 간밤엔 그놈의 바람이 어쩌자고 세차게 부렀는지, 백쇄 사람이 한잠도 못 잤구먼.

바 우 *** *** ****[6] 어선 걱정없랑했이 앙했나, 할배이야. ***** ***** 하는 건 이 산에 불이라도 저 산으로 덜 *** *** ****화금질 부쳤다고 아조 불이 앙난닥 했다… 이 봄바람에 불이 대고 나봐라, 우리할긴가… 지난번 학수산에 불 붙는 것 니도 앙봤나우…

완 달 요행 그때 화금질로 다아 마칫든 때게 우리가 지금 살아 있잔으나

바 우 그러기 어서 마슬(마을)로 내래가서 농사짓고 살작해도, 와 안가능기요… 앵이?

완 달 ……

바 우 학수산에 불낫을 때 난도 무서워 혼났다. 자고 나도 또 붓고, 또 붓고, 일곱 밤식이나 붓텃쌋고, 그래도 할뱅이 마슬루 나 데리구 앙 내려가구. 앵이, 할배이 나하고 여기서 불에 타서 죽을낙 했둥기여?

완 달 듣기 싫다…

바 우 아으래 왔다간 그 사람도 앙그러드나? 마슬로 가서 살문 농사도 짓게 되고, 맛있는 것도 많이 묵게 되고, 잘 살게 된닥고. 할배이야… 그게 뉘김기야. 엥이? 나- 사탕 각고와 주고간 사람말이다.

완 달 …… (언덕으로 올라간다)

바 우 (쫓아가며) 엥이, 그게 뉘긴기여 할배이야. 저어 그 사람 엄매 있는데서 왔댔지? 엥이?

완 달 듣기 싫탁 해두.

바 우 (또다시 눈치럴 삶히며) 할배이야, 이건 삼림감수(森林監守) 됐다. 그렇지?

완 달 …… (다시 흘겨보고 토라져서 올러간다)

바 우 저 아래 장댓산에 있든 돌쇠 아재네도 농사 지으라 마슬로 가잖으나?

---

5) 산불방지용으로 낸 산길?

6) 이하 3곳에서 10자 이상씩 해독불가.

완 달 글세, 이놈우 자슥아. 듣기 실탁 해도 와 작고 이랫쌋노. (자기 혼자서 성이난 듯 중얼댄다) 이놈도 가고, 저놈도 가고, 모두 산을 팽에치고 다아 가부리고. 망할 놈들… 그래도 농사지어 뱃댕이 불르게 잘 살겠다고…
바 우 윈 거 앙좋으니… 마슬사람 되고.
완 달 (크게 화를 내며) 이놈우 자슥아, 와 작고 못을 소리만 하노, 하길. 이놈으 자슥 아침이든 그 잘난 화굼질 한번 돌아 오능 게 싫어서 그라노? 에이?
바 우 앙이다!
완 달 이놈으 자슥아, 백줴 알지도 못하고 까불어 쌋지니… 이 두루봉 산을 우예 알고 그라노, 그라길. 삼년을 두고 도라댕이면서 낭구 마당 표를 하재도 다아 못한다는 산이다. 이걸 그대루 두고 가문, 우이 하랑긴고… 엥이…
바 우 ……
완 달 니 또 그런 소릴 할래노, 엥이.
바 우 앙할랜다!
완 달 정말이노…
바 우 야…

조완달 도라서서 투덜대며 다시 언덕으로 올라간다.

완 달 (도라서며 악가와는 달러진 어조로) 아무것두 없드나?
바 우 무엥기요!
완 달 놀가지[7] 응노(捕獲網) 말이다.
바 우 오- 요놈의 놀기 색기 응노 줄만 끊어놓고 달낫드라.
완 달 (입가에 쓴 우슴 떠돈다)
바 우 할배이야, 내 조은 거 가 왔다.
완 달 ……
바 우 (그때야 뒤에 감췄든 물고기를 내보이며) 이거 바라.
완 달 쏘가리 우짠깅고.
바 우 피나무골 또랑에서 내 잡었다.
완 달 우땋게-
바 우 돌망구로 때레 잡었지, 뭐-

7) '놀기'와 같은 뜻을, 노루의 방언,

완 달 돌망구로… 흐흐흐.

바 우 응, 할배이야. 이거 구워 묵으면 맛있지야? 할배이야, 이거 봐라. 내 뱃댕이꺼정 째각고 함부레 붓겨왔다, 또랑에서.

완 달 …… (머리를 끄덕인다)

바 우 (또다시 저고리 호주머니를 들추며) 또 있다. (하며 비둘기알 두세 개를 내보인다) 이것 봐-

완 달 그긴 또 우얀기고?

바 우 화금질 아래 있갈낭구 아창지 우에다 둥이를 첫드구마. 내가 낭구에 바라 올라가서 둥이를 둘처 왔어, 뭐. (할아버지에게 준다)

완 달 야! 그놈 듬생이 크다.

바 우 할배이야. 쏘가리하고 한무테[8] 꾸머서 묵자아?

완 달 꾸머자- (도로 손녀에게 준다)

바 우 야- 그라무 내 얼는 꾸무께- 송기떡 하마 묵자! 잉.

완 달 그냐- (뒤곁으로 드러간다)

바 우 응! (좋아라고 방으로 들낭거린다)

뒤곁에서는 조완달 영감의 장작 패는 소리 다시 계속되고, 간간히 뻐꾹새 소리만 들려오는 조용한 한동안… 얼마 후에 “영감, 영감 있소” 하고 부르는 소리가 산 아래서 들려오며, 그 소리는 점점 가까이 오는 듯 커진다… 조곰 후에 방문을 열고 바우녀 내다보며 귀를 기우리다가 뛰어 나온다.

바 우 할배이야! 산 아래서 무슨 소리가 난다, 엥이-

완 달 (독기질 소리가 멋으며 낱아난다) 와- 니 뭐라는?

바 우 저 아래서 이자 방금 무슨 소리가 낫다닝게. 못 드렀나?

완 달 무슨 소리-

이때 또 한번 “영감” 하고 부르는 소리-

바 우 (귀를 기우려 듣다가) 앗, 쌍가매네 할뱅잉게다.

완 달 머? 춘서?

바 우 야- 딱실히 쌍가마네 할뱅이다. (뛰여서 왼편 언덕 우에 올라서서 아래를 삷힌다)

---

8) 한목에, 한꺼번에 몰아서?

완　달　……

바　우　(산아래를 가르키며) 저기 온다. 정말로 쌍가매네 할뱅이다. 마졌다! (아조 가까운 곳에서 또 한번 부르는 소리)

완　달　오- 누군기여.

소　리　(뒤에서) 영감! 나요! 춘서가 오우!

완　달　오, 춘서… 야! 이자서야 오능기여!

바　우　(뛰어 나가며) 쌍가매 할배이!

소　리　(역시 뒤에서) 오! 바우녀냐. 잘 있었니?

완　달　(혼잣소리로) 아조 앙온닥 했드니, 이자서 오긴 오누마…

춘서와 바우녀 드러온다. 춘서 오십이 훨씬 넘은 마을의 농부다. 바지 저고리- 단벌인 듯한 차림이나, 그래도 누데기는 면한 정도의 마을사람의 가춤이다. 지게에 여러 가지 곡식자루와 색기타래 등을 얹어서 짊어지고, 바우녀의 손에 이끌리어 들어온다.

완　달　야- 동생이 오래간만에 오느마… 그래 잘 있댕는기여-

춘　서　예, 영감도 그간 안영하셨소?

완　달　알나(어린애)들도 잘 크고!

춘　서　예- 그저 잘들 있어요.

완　달　도제 으짠 일이고. 인작사야 오게, 엥이.

춘　서　(지게를 버서 놓으며) 봄이 다라오니 농사부침[9]할나기에, 원 도무지 올 새가 있어야지요… 지난달 스무날께부터 온다 온다 하구, 요날 조날 하다가 오늘이야 이렇게 떠낫지요… 머 날가릴 다 파종실다 통 틈날 새가 없어요.

완　달　그럴 기다. 없든는 농터가 한목에 생겼으니 앙 그렇겠나.

춘　서　나두 영감이 기대릴 줄은 알면서두 도무지… 그래… 그동안에 숯이나 많이 해뒀소.

완　달　웃짠 걸 많이가 뭐고. 봄새 내달으니 산불 무서워서 우얀기 숯 굽을 새 있다고… 맨날 화금질 돌보기지 뭐… 그만-

춘　서　그런 게요… 영감 성미에.

완　달　(숯가마니를 가르치며) 아스레 바람이 좀 자길래- 저 나흘맹이 한가마 집어 넣드니 내일쯤이나 굿게 될랑지.

9) 부침, 논밭을 갈아서 농사를 짓는 일. 또는 그렇게 농사를 짓는 땅.

춘 서 이번 송해읍(松海邑)엔 새로 소비조합에 생겨서 숯은 얼마든지 쓰게 됐다는데, 거기서들 그러는 게 이 근테에는 통 산에서 숯이 나오지 않는다구 야단들입니다. 짐들을 실어 날으느라구 자동차가 숯들을 좀 많이 써야지요-

완 달 그럴 기다. 작년만 해두 이 산에선 한 이천섬식은 하등게, 올에는 이 모양 앙이가.

춘 서 그나저나 올에는 전보다두 또 많은가 봅니다. 모두 무슨 물건이고간에 나라에선 작년보다두 몇갑절식 지금 야단들이요.

완 달 웃짜서-

춘 서 아 나라를 세우랴구 그러지요. 어째 그러겠소-

완 달 ……

춘 서 어디나 손은 모자라구 야단이지요. 모두 그래두 그게 다아… 기쁜 일이거든. 옛날 왜놈들헌테 뜨끼우느라구 바쁘든 때와는 달러요… 하하하하.

완 달 ……

춘 서 그러기에 영감두 어서 숯이구 머시구 그저 많이만 맨드러 놓소. 이전 우리나라는 잣구 뭣이든지 많이 맨들어내어야만 된대요.

완 달 아마- 내 혼자서라두 한달에 한 백섬식 꾸버야할 것 같다. (하늘을 쳐다보며) 그나 뭔기여 이 야단앙이가. 이렇게 봄바람이 대고 부러싸서, 그래 들밭에 부침마시는 다했드나…

춘 서 우리요? 우린 밭가린 다아 끝이 났소만은, 이제부터 또 논 일이지요.

완 달 올에는 철기[10]가 늦게 드러서 괘안을 게다. 못자리들은 다 했드나.

춘 서 예- 목자리들은 거운 했소. 그런데 올에는 또 농민조합에서 육우도(陸羽稻) 개량종을 노놔 줘서 씨앗 걱정은 별로 없었다우.

완 달 야, 씨앗하마 낭과주등기여- 우야튼 좋은 세상 만났다야. 가만 있거라, 춘서네 농터 얼마나 받았다고 했드나?

춘 서 식구 핑계해서 논이 여들 마지기에, 밭이 세 적가리라고 않 그랬소.

완 달 올에 참!

춘 서 (지게 옆으로 가며) 바우녀 잘 있었구나. 그동안 많이 컸다. 참 오늘은 너한테 아주 좋은 것을 가지고 왔는데.

바 우 뭔기여-

---

10) 계절(季節).

춘 서 가만 있거라. 영감 지난번 것 셈은 오늘이야 해왔소! 그리구 이번에는 양식 쌀하구 소금을 가져 왔지요. (주머니에서 무엇을 꺼내어 주며) 옛소. 이게 나머지 돈이고, 요건 물표, 그리고 이건 편지요.

완 달 편지가 우얀 편진기여.

춘 서 편지? 글세, 나도 모르겠소. 무슨 기관에서 보낸 편진 모양이라구 하면서, 홍구장네 작은 아들이 내가 오늘 영감한테두 올려온다는 소문을 듯고 아침에 내가 없는 새에 가저다 두고 갔는데, 나두 글을 볼 줄 알어야지요!

완 달 기관이란 기 뭐꼬? 그와 누구헌테 봐달나구 못했응기여.

춘 서 나도 그 생각이 없지는 않았지만, 우리집인 것이 그 편지를 그냥 받어서 실경 우에다 얹어놓구, 내가 떠날 때에도 그 생각 못 했든 것을 우리 쌍가매라는 년이 내가 떠난 담에야 찾어내려 싸서, 내가 용문산을 지나 왔을 때 뒤쫓어와서 주구가는 걸 길바닥에서 누가 있어야 봐달라지요! 그래서 헐 수 없이 그대로 가져왔지요.

완 달 그러니 이거 누가 볼 사람이 있는기여- 이 야단 앙이가! 이거 뭐 시퍼런 도장이 꽝꽝 백혀있는 게 야단스러운데, 조랜헌[11] 편지가 앙잉갑네.

춘 서 (도루 받어서 뒤적거리며) 글세… 무슨 중한 사연이 드른 모양인데… 좌우간 어떤 기우 두었다가 아모 때라도 글 아는 사람으 와야 할 일이지… 그러기에 사람은 글을 배워야한다니… 이거 뭐 백판 아무것도 몰으니, 사람 구실이 됐소. 하하하하.

완 달 글세말이다. 까막눈에게 답답할 때가 많다… 가마 이리 가 오니라. 여기 어디 눈에 띠우기 쉬운데다 꼬자뒀다가, 글 볼 줄 아는 사람이 오문 잊지 말고 봐달래야겠어. (하며 추녀 밑 벽에다 꼽는다)

하얀 봉투가 벽에 꼬친 것이 한층 유달리 눈에 띠운다.

춘 서 참 그렇거우. 그래두 쉬이 누가 오겠지.

완 달 (꼿구 도라서며) 이번에도 자동차간에 넘겼드나?

춘 서 아니요. 이번에는 옥정리(玉井里) 면에서 일부러 사람이 넘어와서, 인민위원회에서 한목에 모라 쓰겠다구 하능계니 그리로 주었지요.

완 달 (조히쪽을 내려다보며) 이건 뭐꼬?

춘 서 글세, 그게 물표라니까요. 숯을 암만암만 샀다는 게 적켜 있어요.

---

11) 조련하다, 만만할 정도로 헐하거나 쉽다.

그리고 이쪽 것은 소곰하고 곡식 산 값이 적혀 있답니다. 아주 싼 값으로 배급을 줬어요. 그러구 모두 제하고 남은 돈이 그거요. 영감, 세어 보우.

완 달 앗따 그건 낫낫이 케어선 뭘할긴고. 춘서가 어랜했을라고.

춘 서 그래도 셈은 똑똑히 해야 되지요. 저번에 내려간 숯이 모두 서른 두 섬인데, 그 값이 이천오백육십환이고, 이 물건 값이 오백팔십환이니까 남은 돈이 일천구백칠십칠환이겠소. 그러니까 이 소곰은 백오십이원이구.

완 달 우얀기 그리 많이 남었노. 곡식하고 소곰이 엄청나 뵈는데.

춘 서 그러기에 이 물건은 인민위워회에서 배급값으로 줬다지 않소. 영감, 숯 많이 구우라구. 옜소, 받으우.

완 달 그대루 두라. 내가 이 산속에서 돈은 해 뭘 할낀고. 이담에 올 때 저 바우란 놈 자슥 입성[12]이나 한벌 장만해다 닥고.

춘 서 오라, 내가 깜박 그 생각을 못 했군. 그러지 않어두 소비조합에서 무슨 옷감을 준다는데. 가만 있소. 그럼 그대루 내게 두었다가 요 다음에 올러올 때, 입을 것을 장만해 가지고 오두룩 하리다… 그래두 이건 세어보우

완 달 그까지 세어보긴 뭘…

춘 서 그 내가 이번에 미처 생각지를 못했단 말이야. 그만 에이. (하고 주머니에다 넣고 짐을 푼다)

완 달 아무튼 고맙댕이. 춘서가 이렇게 돌봐 앙주면, 내는 우떡할뻔 했능기여!

바 우 앵이? 쌍가매 할배이야, 뭔기여. 나준닥하능게, 응?

춘 서 오라, 참. (짐 속에서 무엇을 찾는다) 가만있어라. 내 이제 주지.

완 달 바우야, 뭐가 타는 냄새가 않 나노. 아!

바 우 (놀래며) 아이고, 내 까막 잊고 있다갱이. 우짜노. (하며 방으로 뛰어 들어간다)

춘 서 개를 왜 작구 바우라고 불르우. 계집애니까 바우녀문 바우녀겠지. 사내애들처럼 바우야, 바우야, 애가 커갈수록 얌전해지는 게 제법 색시테가 나는데.

완 달 그까지 이런 산속에서 선할미고, 가시내고 할 게 있나.

춘 서 그래두 저번 겨울에 개엄마가 왔을 때두 그러는데, 제 일흠을 소저라구 지이둣답디다. 앞으로 학교에 넣을려면 그런 일흠이 있어야

12) 옷.

한다구 그럽디다. (색기 타래와 곡식자루를 하나하나 땅에 내려 놓는다)

완 달 뭐? 잘난이란 년이? (얼굴빛이 달라진다)

바 우 (방에서 뛰어 나오며) 아이고. 어찌꼬, 할배이야. 여 비둘기알도 다 타고, 소가리도 까마케 타배햇댕이— (반울상을 한다)

완 달 뭐라고? 잘했다. 와 니 그건 시키지 앵하고 나와섯댕이기여, 엥이.

바 우 쌍가매 할배이가 왔으닝께, 내 좋아서 그랬지 뭐. 에헤! (울먹울먹 한다)

완 달 듣기 싫다, 이노무 자슥.

춘 서 (얼른 고무신과 조이 꾸러미를 바우 손에 쥐어주며) 자아, 울지 말아. 그까짓거 탓으면 그만이지 뭘. 이거 봐라.

완 달 그기- 뭐꼬?

춘 서 자아- 고무신이다, 이건 과자구.

바 우 곱신? 곱신이 뭐꼬?

춘 서 참 넌 이런 걸 첨 봤겠구나. 이게 신이야. 발에다 신는 신. 이건 사탕이구.

완 달 아따 퇴[13]났다야. 꼬무신을 다아 신게 되고. (신을 뽑어 보며) 아나, 발 내라, 신어 보자!

춘 서 맛기나 하니, 원-

완달 영감 바우녀에게 신을 신킨다. 바우녀 신기스러운듯 내려다본다.

완 달 야 - 꼭 맞는댕이. 흐흐흐, 됐다.

바 우 미투리보담 발이 낙신낙신[14] 하댕이.

춘 서 됐다, 그만했으면 이젠 마을 아이들 부럽지 않겠다. 하하하. 자 이거나 받어 가거라. (소금자루를 들어준다)

바 우 야- (자루를 들러매고 간다)

춘 서 앗다, 몹시는 좋아하누나. 하하하.

완 달 이건 곡식잉기요?

춘 서 예- 쌀하구 콩이요. 그리구 이건 수수구요.

완 달 앗다 입부르트겠네. 쌀밥을 다 묵게 되고-

춘 서 그게 다아 나라가 바루 서게 된 덕분이지요! 풀뿌리 캐먹든 왜놈들

---

13) 태(態), 아름답고 보기 좋은 모양새, 맵시.

14) 질기거나 차진 물건이 매우 무르고 보드라운 느낌.

시절을 생각하믄, 참 꿈같은 일이 않이요? 이 새끼는 그 돈속에서 오다가 사가지고 왔소. 세타래 가졌으면 되겠소?

완 달 암마, 세타래 가졌으멱 녕준하지[15]. 아무튼 고맙댕이. 춘서 신세만 대고 저싸기만 하고… 으짤갠고.

춘 서 원 별 소릴 다아 하우. 내가 영감한테 이만 것으로 은혜를 갑겠소. 산되지헌테 깔려서 죽을 것을 살려줬는데… 내가 이렇게 사러서 도라댕가는 게 다아 누구 덕이요!

완 달 또 그 소린기요!

그동안 바우녀 벽에 걸린 지게를 내려서 지려구 한다. 그것을 발견하고,

완 달 뭐, 뭐라. 지게는 무슨 지겐고. 그냥 하나씩 날러가지.

바우녀 지게를 토방 우에 던저놓구, 그대루 와서 곡식자루를 메어 간다.

춘 서 난 지금 별 생각을 다 하구 있소. 접때두 내가 안 그럽디까! 웬만 만하면 영감을 여기다 이렇게 두지 않겠다구… 영감이 하두 고집스러우니, 참 답답해 죽겠단 말이야. 아 오늘이래두 마을루 내려가기만 한다면, 그래 무슨 걱정이겠소! 농터 받어 농사짓게 되겠다, 아 여기서 이런 고생을 해요?

완 달 와- 내 언제 이 산속에서 사능게 고생스럽다 여기서 야둛해를 살었다. 이제 와서 내가 가긴 어디루 가.

춘 서 참 말이 났으니 말이요만, 이전 좀 그 고집을 작작 부리우. 나같으면 얼시구나 하구나 하구 내려가겠소. 저번에 왔을 때도 영감이 그런 소린 콧숨도 않 쉬겠길래 말두 않 허구 갔소만요, 영감은 지금 마을로 내려가기만 하문 참 걱정없소.

완 달 와?

춘 서 왜라니. 동리에선 지금 영감이 내려오면 준다구, 토지분배를 따로 떼어놓고 있다우-

완 달 나를 준다구?

춘 서 그럼요? 영감이 그 못된 강참봉 마음[16]들을 혼을 내우구 올라온 뒤부터, 그놈들의 기세가 죽어서 소작료도 전과 같이 호되게 못 받

15) 英俊하다, 영민하고 준수하다?

16) 마름,

어 가게 되든 얘기가 도루 해방 후에 물의(物議)를 일으켜서, 영감을 아주 큰사람으로 얘기들을 하구 있지요.

완 달 그까짓 놈 두둘겨 준 게 그리 장한 일 될 게 뭔고… 소등처럼[17]까정 빼아서 갈려든 놈인 걸…

춘 서 더욱 이번 만주서 도라온 장털보네 큰아들이 농민조합 위원장이 돼가지고, 더욱 영감 얘기라우. 그래 지금 영감 줄 토지를 한목 따루 떼어뒀어요? 글쎄 ***[18] 땅은 그 영감이 부치다가 뺏긴 강가네 논짜리 두다래기하구 감승골에 있는 두다래 해서 모두 열두마지기루, 밭이 남말(南里) 길섶에 있는 석순네 부치는 팔십네 평짜리 그것 한떼기하구, 이렇게 영감 목이라구 내여 왔다니까요!

완 달 남말 알이라니, 그 감자 잘 되는 밭 말인가?

춘 서 그렇지요. 올해두 영감이 않 내려온다구, 중리 영감이 작은딸네가 부친답디만! 그러니 그것만 가지면 영감 혼자서두 농사직기야 똑 참헐께구- 뭐 그렇게 감찬[19] 토지두 않이겠다…

완 달 그만 둬! 나는 농사 짓고 사는 맛을 모르지 않애.

춘 서 그러면야… 왜 글래 이러구 있는단 말이요! 옛날 모양으로 농사꾼이 토지 한때기 얻기가 하늘에 별따기보다두 힘들든 시절두 아니구, 피땀 흘려 곡식지어 놓으면 저런 쥐같은 년놈들에게 소둥터름[20]까지 빼앗기든 그런 망해 빠졌든 세상두 아닌데, 어째서 그러는야 말이요. 아 이제야 제 힘 자라는 대루 농사만 지면… 한톨 반톨 어김없이 다아 내게 되는 세상인데, 어떻단 말이요.

완 달 ……

춘 서 그나 그뿐이요. 영감네딸 잘난이도 그동안에 그렇게 잘 되 가지고 도라왔겠다, 영감두 참 코앞에다 자식을 두구 왜 팔자가 늘어질까 봐 이 산속에서 이러구 있소?

완 달 …… (점점 얼굴이 지푸러든다)

춘 서 너무 그렇게 고집을 피울 일도 아니오. 저- 외손녀를 보드래두 그래서 쓰겠소? 저것이 저렇게 커가는데, 영감두 너무 그럴게 아니외다. 곰에 색기 모양으루 내 내두룩 저렇게만 양하겠소. 옛날과는 달리 저런 애들은 공부는 시켜야하는 때얘요.

---

17) ‘소등처럼 생긴 땅’?

18) 3자 해독 불가.

19) 감차다, ‘마음가짐이 야무지다’의 북한말.

20) 주17과 같은 표현인 듯.

완 달 …… (이때 바우녀 다시 나온다)
바 우 할배이야! 이게 뭐꼬? 엥이? 맛나기도 하대야! 쌍가매 할배이, 이거 뭔기요?
완 달 뭐가?
춘 서 하하하. 네가 그런 것을 처음 먹는 게로구나- 그기 과자야. 달달하지?
바 우 야! 참 맛도 있다. 고만 입속이 어리하게 맛나구나. 할배이야, 니도 좀 묵어보라. (준다)
완 달 (얼싸 앉으며) 옹이야, 니나 두고 묵으라-
바 우 아으레 왔든 우얀 사람 갔다주등 것두 이만 몬했다.
춘 서 누가 왔댔느냐? 그 동안에?
바 우 응, 그전에 살림감수 입구 댕이든 그런 입성 입은 사람이 와서, 할배이하고 얘기하고 갔다-
춘 서 오라, 양복쟁이가 왔다간 게루구나. 그게 누구냐. 너이 엄마한테서 누가 왔다 갔니?
바 우 (고개를 흔들며, 할아버지 눈치를 살피다가) 모르겠다, 나는.
춘 서 (점점 더 기세를 올리며) 그기 누구야. 아마 너이 엄마가 하라버지하구 너를 데리러 보냈든 게로구나. 그렇지, 바우녀야- 너 정말 엄마한테 가서 살구 싶지. 응?
바 우 …… (할아버지의 얼굴을 힐긋힐긋 쳐다보며 눈치를 살핀다)
춘 서 그러니까 어서 할아버지더러 동리로 내려가자구 그래! 그러면 너두 엄마 품에서 응석부리구, 이런 것두 실컷 먹구 좋지 안니? 애 바우녀야. 너두 엄마한테 가구 싶지? 어디 말 좀 해봐라.

조완달 자기도 모르게 바우녀의 대답에 주의한다.

바 우 (두 영감 얼굴을 번가러 쳐다보고 눈치만 보다가) 할배이야, 이거 묵어라. (과자를 할아버지 입에다 넣는다)
완 달 어서 너나 묵어. (내려놓으며) 저기 드러가 감자떡이나 담어놔라. 쌍가매 할배이랑 점심요기를 하게. 엥이, 살 가온 걸로 저녁에 밥을 해 묵자.

바우녀 방으로 드러간다.

춘 서 웬걸, 난 아직 괜찬소. 헌데 그애가 제법 속으론 그래두 어멈 생각

을 매우 하나 보우. 눈치를 삶히는 게-

완 달 ……

춘 서 아니 그런데 제 어멈한테서 누가 왔다 갔소?

완 달 우얀 양복쟁이 한 놈이 왔다 갔다-

춘 서 오라, 그때 영감을 대리러 왔댔는 게로군요!

완 달 그 가시내 그래도 제 색기는 중하는지, 학교에 집어 넣겠닥하드라. 실로 제한테 와 살게 하겠다고 몇일 있다 와서 대려가게닥 하길래, 개수작 말나고 욕을 해 안 보냈나?

춘 서 그 양복쟁이를요?

완 달 그랴-

춘 서 영감두 어지간하우. 그래 그러는 딸이 무슨 잘못이란 말이요.

완 달 내가 이제 우이했다구21), 그년에 앞으로 갈긴기요.

춘 서 아니 그럼, 영감을 모셔가겠다는 그 딸이 잘못이란 말이요? 이러니 저러니해두 부모자식간인데, 영감 그 딸 하나 손목잡고 경상도에서 수철리 걸어서 떠드러온 생각을 못하구. 자식이 부모 속을 좀 거슬렸다기로서니, 그게 무슨 큰 죄가 될 일이라구.

완 달 제 서방이 죽어 가슴에 풀도 나지 앙했는데, 남에놈하고 눈이 맞어 색기를 버리고 도망을 치는 가시내가 사람에 색긴기요?

춘 서 그래 무슨 그리 큰일이구, 원 영감두. 하기야 잘못이라면 나어린 새서방헌테 시집을 준 영감두 무슨 그렇게 잘한 일도 없지요.

완 달 내가 우이해 잘못이란 기요?

춘 서 요즘에 젊은 사람들이란, 다아 우리 때와는 달소. 그게 그럴 것이 여자들의 시집사리라는 것이, 참 그야말로 새서방이 있구서 이러니 저러니 할 일이지. 그래 남편 하나 죽어 없어진 담에야 무슨 시집살이요. 또 그렇게 돼서 그 시집을 나온 바에야 절믄 한때에 제 맘에 있는 남편 골라서 따라가기두 여사지. 뭐 그게 무슨 그리 큰 흉잽힐 일이라구-

완 달 게집년의 가도(家度)라는 게, 서방이 죽었닥 해서 백제 한해두 못 돼서 색낄 팽애치고 달라나는 법이 어디 있드나.

춘 서 글세, 그런게 이젠 쓸데없는 생각이래두 그러우. 제 에미가 그랬다는 것은 그렇게 잘못이랄 것두 없어요. 아 그래, 영감 두고 보지 않았소. 그래 제 어멈이 지낸 날 그랬다구 해서, 지금 잘못된 게 뭐요? 아모리 그랬드래두 그동안 저 하나 곧게 살어서, 지금은 다

---

21) 優異하다, 대우를 특별히 하다.(동) 남보다 뛰어나게 우수하다.(형)

아 그렇게 훌륭한 사람 구실을 않허우. 그래 영감은 그 딸이 새파란 청춘과부로 늙었으면 좋을 뻔했소.

완 달 ……

춘 서 어떻든 제 어멈은 난 사람이요. 영감이 딸 하나는 너무 잘 둔 줄이나 아우. 괜-이 어 지금 '구령곡(九嶺曲) 조은명'이라는 모르는 사람이 없지요. 해방 후에 두 양주가 동리로 도라와서, 오죽 일을 많이 했다구 그러우. 지난게 갑작히 읍으로 드러가길래 웬일인가 했드니, 아 글세 읍내 핵교에 선생 노릇까지 한다는군요.

완 달 잘난이가?

춘 서 아직 못 드렀소?

완 달 …… 응.

춘 서 영감이 그 고생을 하면서두 그 딸을 공부시키드니, 어떻소. 다아 젊은 사람들이란 제 될 탓이지요. 동리에 있으면서두 그 남편을 도와서 얼마나 큰일을 많이 했다 그러우. 농민조합 일이다, 부인 일이다, 무슨 민정 일이다, 누가 재 어멈이 그렇게까지 할 줄이야 꿈엔들 생각이나 한 일이요. 그게 다아 그 남편 잘 맛난 탓이 아니구 뭐요-

춘 서 그러니 저 바우녀두 제 어멈 구실을 시켜야 허지 않소. 저렇게 이런 산속에다 그냥 내버려 둘 일이요, 글세.

완 달 ……

춘 서 그러니 이전 고집을 그만 부리구 이번에 올라오믄 따라 내려가두룩 하우. 괜히 아까두 말했지만 동리에서 좋은 농터 주겠다겠다, 훌륭한 딸이 있겠다, 무슨 걱정이란 말요.

완 달 그만둬-

춘 서 그럼 이 산속에서 그래 늙어죽겠단 말이요?

완 달 난도 잘 살며 호이호식할 중은 아러. (혼자말) 이놈도 가고, 저놈도 가고, 이 산에 불은 뉘가 지키락꼬.

춘 서 누가 갔단 말이요?

완 달 (화가 나서) 피나무골 칠보란 놈도 가고, 산직이하든 돌쇠네도 않갔나, 농사짓는다고.

춘 서 그 언제들 그렇게 다아 내려갔어? 오라, 그러니까 이 산에서 숯이 적게 나온다구 야단들이군 그래.

완 달 ……

이제 또다시 바우녀 나온다.

바 우 드러가 감자떡 묵자 고마-

완 달 (춘서에게) 내 숯가마 보구올 게 먼저 드러 가우- (언덕으로 올라간다)

바 우 (춘서 앞으로 가며) 드러가자, 쌍가매 할배이야-

춘 서 오냐. (하며 지게 앞으로 가서) 바우녀야, 이 새끼타래 마저 디려가거라. (새끼타래를 집어주며) 참, 내 일흠은 이전 바우녀가 아니다. 너의 엄마가 소저라고 새 일흠을 지어줬대.

바 우 (새끼타래를 옮겨놓고 와서) 뭐라고? 와 내 일흠이 바우년대-

춘 서 아니다. 너 핵교에 앓 가겠니. 핵교에 갈랴믄 새 일흠 있어야 한대.

바 우 새 일흠?

춘 서 그래 소저라구 지었대-

바 우 소저?

춘 서 오냐- 소저래-

바 우 (입속으로 외운다) 소저? 뭐락 하는 소린기여. 소저락고.

춘 서 글세다. 무슨 소린지 몰으지만, 일흠은 일흠이야. 그러니까 너는 오늘부터 하라버지한테 그렇게 불러달나구 그래, 응-

바 우 응! (시죽하구 웃는다)

춘 서 야, 소저야. 너 엄마한테 가구 싶지 않니? 엄마는 네가 보구 싶다구, 너하구 하라버지를 데루구 오라구 사람을 보냈다드라, 요점에.

바 우 살림감수 입성 입고 왔등 사람?

춘 서 그래, 그사람이래. 너 핵교 보낸다구 엄마가 대려오라구 보냈다. 너두 가구 싶지? 응? 그러니까 너두 하라버지헌테 작구 가자구 그래. 응, 그래서 이번에 엄마가 대리러 올라오믄 가치 내려가야지.

이때 조완달 영감 숯가마를 도라보고 내려오다 이야기를 듣고 섰다.

바 우 할배이가 엄마 소릴하믄, 막 욕질하능 걸 우딱케.

춘 서 그렇드라두 너는 엄마헌테 가야지 안니. 너두 가고 싶지?

바 우 응! 난도 엄마하고 살고 싶으다.

완 달 (달려들며, 무섭게 화난 목소리로) 이놈의 자슥, 뭐랬니. 엥이, 이제 뭐락했어- (손녀를 잡어 흔든다)

춘 서 아니 이거 왜 이러우, 영감.

완 달 또 한번 말해 봐라, 이눔으 자슥.

바 우　할배이야-

완달 영감 성난 즘생같이 손녀를 때리며 날뛴다. 춘서 민망하야 어절줄을 모르며 그를 말린다. 그러나 한번 성이 난 완달 영감은 좀처럼 흥분이 가라앉지 않은 기세다.

완 달　이눔으 가시내야, 우짝해?
바 우　할배이야. 아야야. 잘못했다, 할배이야.
춘 서　글세 철 몰으는것을 가지구, 이게 무슨 일이란 말이요. 이걸 노우. 놔요, 글세.

바우녀를 빼내려다가 완달 영감의 뿌리치는 바람에 쓰러진다.

완 달　이 우리할꼬. 내 이눔으 가시내를 그만…
춘 서　(이러나서 다시 말리며) 글세, 그만둬요. 이제 영감두 죄없는 아해를 가지구 왜 이러우… (그재야 영감을 겨우 한쪽에 물러 세운다)
완 달　응, 말해봐라. 이눔으 가시내야, 니한테 우얀 에미가 있나… 엥이.
바 우　(울며) 작년 겨울에 엄마 왔다 가고나서, 할배이 뭐락 했노. 낼로 보고 봄 되믄 엄매커게 가게된닥고 앙했나. 엄마는 날로 꽉 부단고 작고작고 울다 갔는데… (느껴운다)
완 달　이눔의 가시내, 그래도 대고 뭐락 해쌋노. 애지게 쥑에 베리고 말나. (또다시 달려들어 때린다)
춘 서　글세, 이전 좀 그만 둬요. 망영이요, 뭐요. 이게… (또 다시 뿌리치워 너머진다)

완달 영감 손녀를 곤두잽이[22]로 들고서 숯가마 있는 언덕으로 올러가, 통나무 언덕 우에서 끈오래기를 찾어 옆에 있는 큰나무에다 울며 발버둥대는 바우녀를 꽁꽁 동여맨다.

완 달　에미가 뭐고, 에미가…
춘 서　영감이 정말 망영이로군. 이게 무슨 짓이요. 아서요. (그러나 영감의 기세에는 어지할 바를 몰으고 손도 대지 못한다)
완 달　…… (그대로 동여매 놓고는 집 뒤켠으로 도라간다)

---

22) '곤두박이(높은 데서 떨어지는 일)'의 북한어.

바우녀 여전히 우러댄다.

춘 서 아니 글세, 그 어린 게 무슨 죄가 있다구 저렇게 한단 말이야. 원 참. (그제야 바우녀 앞으로 가서 동여맨 줄을 풀으랴 한다)

완 달 (벼락가치 달려 나오며) 그대로 둬라. 우이라노. 알나들 역성하믄 몬 쓴다. (춘서를 떠민다)

춘 서 하 글세, 참. (손도 대지 못하고 엉거주춤하고 섰다)

완달 영감 또 다시 집뒤로 도라가서 장작을 패기 시작한다. 바우녀의 우름 그대로 계속되고, 춘서도 할 수 없는 듯 언덕 밑에 앉어서 담배를 부쳐 문다. 한참 동안을 장작을 패다가, 완달 영감 그대로 도끼를 들고 나와 마당 앞을 지나 오른편 집뒤로 도라드러가며, 지게를 지고 나오며 꽁문이에다 도끼를 차고 숯가마 언덕으로 올라가서 담배를 부처 물고, 뒤도 도라보지 않고 다시 집 뒤켠으로 나가버린다.

춘 서 (눈치만 살피다 바우녀에게로 가며) 자아, 어서 우름을 끋처라… (하며 끈을 푼다) 작구 울면 하라버지가 또 내려와…… 어서

바 우 (풀려서 손등으로 눈물을 싯는다)

춘 서 어서 방으로 드러가자. 공연한 내 죄로 네가 마졌구나. 어서 드러가 과자랑 먹자. 이따가 성미가 좀 풀리면 괜찬다. 자아.

두 사람 방 앞에까지 가서 방문을 열랴고 할 때, 산아래 멀리서 “소저야” 하고 부르는 여자의 음성이 들린다.

춘 서 (귀를 기우리다가) 바우녀야, 저 아래서 부르는 소리가 나는 것같다. 저거 봐라. ‘소저야, 소저야’ 하는 소리가 나지?

바 우 (그 소리에 귀를 기우리다가) 앗, 엄매다.

춘 서 글세, 참 너이 엄매가 올라오는 갑다.

또 부르는 소리.

춘 서 그 누구요.

바 우 (반가운 생각에 부지중 부르랴고) 엄매. (이때 바로 머지 않은 산속에서 도끼질 소리가 들려오는 바람에, 바우녀 입밖까지 나오든

"엄매" 소리가 더 크게 나오지 못하고 딱 끝여버린다)

춘 서 (얼른 왼쪽길 언덕으로 올라가 산아래를 살핀다) 옳다, 내 엄마가 옳다. 저기 봐라. 저기 오지 않느냐.

그러나 바우녀 도끼질 소리나는 곳이 염려가 되어 머뭇거린다.
가까운 곳에서 또 한번 부르는 소리.

춘 서 에! 어서 올라 오우.

이런 모든 소리의 산울림. 바우녀 격충되는 마음에 드디여 길가로 뛰여 나간다. 이윽고 부르는 소리가 나며, 조은명이 드러온다. 삼십이 조금 넘은 중년부인. 그리 화려하지 않은 몸차림이다. 얼굴은 매우 이지적인 상을 주며, 모든 언어 동작은 대단히 품이 있어 보인다. 보재기에다 무엇을 많이 싸 들었다.

은 명 (미처 발견하지 못했으나) 소저야.

바우녀 부끄러운 듯 춘서 뒤에 숨는다.

은 명 (춘서를 발견하고) 아이구, 그간 안녕하셨서요. 노인님, 오늘두 와 계시군요.

춘 서 예. 올라오느라구 애썼겠소.

은 명 네, 아버지를 차저 뵈려구 왔습니다.

춘 서 (뒤에 움츠리고 숨어 섰는 바우녀를 끄러내며) 야 바우녀야…… 참 소저라구 불러야지. 왜 이러구 있니. 엄마가 왔는데, 자아!

은 명 소저야 (달려들어 껴안으며) 잘 있었니? 소저야!

바 우 (어머니 목을 껴안는다. 그러나 기쁜 마음은 참었든 서름과 함께 우름으로 터진다) 엄매!

은 명 앓치나 않구 잘 있었니…… 하라버지 말슴두 잘 듣구?

바 우 ……

춘 서 그애가 얼마나 엄마를 기다렸는지 모른다우.

은 명 오냐. 소저야, 오늘은 엄마하구 가치 가자. 너를 핵교에 보낼려구 엄마가 대리러 왔어!

춘 서 오라! 바우녀가? 아니… 저 참, 소저가 이제야 정말 핵교에 가게 된가 보루구나. 좋겠다, 너는.

은 명 울지 마라. 하라버지는 안 계시니?

춘 서 이제 막 저 산으로 나무를 지러 가셋지. 저어 방으루라두 좀 드러가야지…

은 명 네, 얘가 학교에 들어갈 날이 내일로 박두했기 때문에, 될 수 있는 대로 오늘 저녁에 되도라가야겠어요!

춘 서 아니 그럼, 이제라도 내려가서 저녁 차를 타야 되게?

은 명 네! 너무두 제가 분주해서 이렇게 갑작스러웁게 왔습니다. 그래서 저번에두 미리 알려드리느라구 제가 사람을 올려보냇드니, 그 사람을 보고 아버지는 매우 야단을 하신가 보든군요… 저어, 어떻게 그 후 혹시 무슨 말씀을 못 들으셋서요?

춘 서 나두 오늘 올러와서 그랬다는 얘기는 드렀소만, 원 영감 고집두 그렇게까지야 할 게 무어람!

은 명 이번에두 제가 오기는 왔습니다만, 또 내려가시겠다구는 않 하실 거예요. 허지만 저로서는 이 이상 이런 곳에다 아버지를 더 계시게는 못 하겠어요. 오늘은 어떻게든지 모셔가려구 왔습니다.

춘 서 옳은 말이요. 자식 되구 왜 않 그러겠소. 허지만!

은 명 한번 제가 아버지 눈밖에 났으니 아버지도 그러시기는 하지만, 그렇다구 어떻게 저로서 아버지를 그대로 여기 두겠어요.

춘 서 아무렴, 여부 있는 말이요. 나도 지금 올러와서 그동안 여러 가지 지난 얘기를 듣구, 지금두 말을 하는 참이요. 오늘이래두 어떻게 영감 맘을 돌려서 마을루 내려가게 해볼까 하구… 여러 가지로 권해보든 참이요. 아, 말 바로 하자면, 사람이란 늙으면 좋으나 궂으나 자식을 딸케 마련인데. 원 도무지 무슨 성민지 나두 알 수 없는 일이란 말이야. 자식 따라가래두 싫태, 농터 내놓구 기다린대두 싫타… 내려가두 이전 그 영감은 팔자가 느러질텐데, 원 참.

은 명 제가 모시구 있다 하드래두, 아버지 성미에 그냥 노시겠다구는 않하시겠지만, 그렇게래두 제가 가까이 모시구 있게 되면, 이렇게 혼자 게시는것보담은 얼마간 낫지 않겠어요…

춘 서 아무렴, 여부 있는 말이요.

은 명 그런데 저렇게 노염을 풀지 못하시니, 참 큰일이에요.

춘 서 그러기 말이요. 나두 이제 노여운 소리까지 했건만두, 도무지…

은 명 아무리 그렇드래두 오늘은 어떻게든지 모시구 내려가야겠어요. 여기 남은 뒷걷음이야 요다음에 와서 천천히 해갈 작정하구라두.

춘 서 그야 내려만 가겠다구 하면, 뒷걷음쯤이야 아무 때 와서 하면 못

하겠소… 하지만 그 황쇠 고집이 웬만해야지…

은 명 (바우녀에게) 자아, 이전 그만 울어. 하라버지 모시구 엄마랑 가치 살게 됐는데, 왜 작구 우니. 어서 그만둬, 응?

바 우 할배이가 날로 가라할 중 아노. (다시 느껴운다)

은 명 왜 못 가게 하겠니. 하라버지두 가치 내려가실 텐데. 어서 울지 말아.

춘 서 걔가 이제두 한차례 혼이 났다우. 엄마한테 가고 싶다구 그랬다가.

은 명 아니다. 오늘은 정말 엄마가 너를 데리구 가야 돼. 너를 엄마 있는 학교에 데려다 공부를 시킬려구 내가 왔는데, 오늘은 꼭 하라버지 모시구 엄마랑 가야돼… 울지 마라, 응? (보재기를 풀어서 가지고 온 옷을 꺼내 보이며) 이거 봐라. 엄마가 너 입구 갈 옷이랑 가지구 왔어… 그리구 신발이랑… (바우녀 새 고무신 신은 것을 보고) 웬 새신을 이렇게 신었니? 하라버지가 사다주셨니?

바 우 (머리를 흔들며) 저 쌍가매네 할배이가 각고 왔다-

이때 나가든 언덕길로 조완달 통나무 몇 가지를 지게에다 얹어두고 드러와서, 이 광경을 내려다보고 우뚝 발을 멈춘다.

은 명 그래? (춘서에게) 이렇게 늘 아버지를 돌보아 주세서, 이 은혜를 어떻게 하겠습니까-

춘 서 …… (말을 하려다가, 완달 영감이 섯는 것을 발견하구 낮빛이 변한다)

은 명 (춘서의 얼골이 변한 것을 보고, 그제야 아버지를 발견하고) 아버지!

바우녀 겁을 내며 어머니 옆에서 물러선다.

완 달 ……

은 명 그동안 안녕하셋서요? 아버지!

완 달 …… (말없이 지게를 벗어놓는다)

은 명 아버지 어서 오늘 집으로 내려가세요.

완 달 …… (들은 체 않고 지게에서 나무를 내려놓는다)

은 명 (그 뒤를 좇아단이며) 아버지, 이전 그만큼 하시고 노염을 푸세요… 지난 날에 끼쳐들인 근심을 생각하면, 자식 되고 또 다시 뵈올 낯도 없습니다만… 아버지, 이러니 저러니 해도 부모자식간이 않이애요? 아부지가 작고 이러신대두 저는 자식된 도리는 해야 하지 않습니까… 이 산속에다 홀로 게신 아버지를 그대로 게시게 하고, 제가 맘이 놓이겠습니까… 아버지, 어서 내려가십시다. 네? 아버지!

완 달 ……

은 명 그리구… 저 소저두 학교에 보내야 하지 않겠습니까? 7,8년 동안 에미 구실을 못했는데, 이제 와서까지 저걸 그대로 내버려두지는 못하겠어요. 그러니까 어떻거든지 아버지가 내려가셔야 해요… 네? 아버지… 여기에 뒷걷음은 천천히 다시 와서 할 작정하구, 어서 내려가십시다, 아버지… (옷깃을 잡는다)

완 달 (뿌리치며) 듣기 싫다! 이놈으 가시내.

은 명 그러기에 이제부터 아버지에게 제 죄를 사해[23] 받을려는 게 않이애요.

완 달 뭐라고? 색기를 내던지고 서방놈 차고 도망할 땐 언제고 이젠 와서 우딱해?

은 명 아버지! 저두 사람이애요… 자식을 아버지 앞에 두고 떠날 땐 오죽해서 그랬겠습니까. 그렇게라도 저와 가치 가지 않었드면, 그이는 그때 꼭 잡히고 말었어요. 나와 눈이 마저서 도망을 했다는 소문이 퍼지자, 그놈들은 더 그이를 의심치 않었고, 우리의 뒤를 쫓지도 않았어요. 그후에 그 모진 고생을 하면서 일루절루 행방없이 떠댕기면서도, 하루도 몇번씩 에미를 잃구 불쌍히 자랄 내 자식 생각을 하구… 아버지, 제가 도척[24]이 않인 이상, 제자식이야 몰랐겠습니까… 두 번 다시 도라오지 못할 내 고향이며 다시 보지 못할 자식의 얼골이러니 생각할 때에는 참으로 내 뼈를 여이는듯 가슴이 아펏지만, 기왕 마음을 맥겼든 그이이고 보면, 나는 그이의 일을 위해 죽기를 한사하고 참었습니다.

완 달 다아 듣기 싫다.

은 명 그래요. 지난 일은 이야기를 할 필요는 없습니다. 허지만 아버지, 이제 그런 이야기라도 두구두구 맘놓고 할 수 있는 때가 오지 않었어요. 조선사람에게두 이젠 그런 슬픈 일은 하지 않구두 맘놓구 살 때가 오지 않었어요… 네… 아버지, 우리두 이제부터 지낸 고생을 다아 잊고, 맘놓고 사러 봅시다. 어서 내려가십시다. 아버지, 불상

---

23) 赦하다, 지은 죄나 허물을 용서하다.

24) 盜跖, 중국 춘추 시대의 큰 도적의 이름, 몹시 악한 사람을 비유적으로 이르는 말.

한 소저를 공부를 시켜야지 않어요.

완 달 공부?

은 명 아버지, 남에 아히들을 내 힘으로 가르키며, 내 속으로 나은 자식은 저렇게 크도록…

완 달 뭐라고… 내 속으로 나왔으니 니 자식이라고? 우야 니 자식이고. 엥이? 아홉해나 나 혼자 양할[25] 적에 니 낯바닥 한번 빛었드노… 이놈으 가시내야- (딸을 급시라도 때릴듯이 덤벼든다)

춘 서 하- 영감! 너무 그러지 마우. 얘기를 들으면서두 그 고집이요. 다아 사정을 들어보면, 그만해서 맘을 풀어버릴 일이지 그게 뭐요. 원… 쓸데없는 고집이지… 아니 그래 아홉해 동안 손녀를 양하느라고 고생한 분푸리란 말이요… 원 참… 어서 쓸데없는 성미를 작작 부리구, 이제라두 내려가도록 하우… 외손녀 앞에 세우구 그 오죽 기쁜 일이요?

은 명 그래요, 아버지. 제 잘못은 앞으로 두구두구 얼마든지 꾸중을 하셔도 좋아요. 단지 저것 공부를 시키는 것을 도와주세야 하지 않어요? 그러니까 모든 것을 다아 잊으시고 아버지만 내려가 주신다면…

완 달 일없다!

은 명 어서 너무 그러지 마시구. 이 의복이랑 갈어 입으시구, 소저하구 셋이서 내려가세요. (하며 보재기에 싼 아버지의 의복을 내여 아버지 앞에 가지고 간다)

춘 서 그렇소… 어서 저 그만큼 화푸리두 했으니 내려가두룩 하우. 아모리 자식에게라두 웬만큼 해둬야지! 자아, 어서… 사람이란 늙으면 자식의 그늘에서 살기 마련인 걸, 뭐!

완 달 …… (자기 앞에 내여든 의복을 잡어채서 내던진다)

춘 서 ?

은 명 … ? 아버지…

완 달 어서 가라… 내는 한번 앙한다문 앙한다… 내 평생 남에게 잘몬한 일 없고, 내 혼자 헐벗고 물줘 먹으며 가난하게 살어도, 남어게 굽어본 적 없다니가. 뭣고, 니가? 내가 와 니 앞에 굽어든당 말이가-

은 명 아버지두 무슨 말씀을 그렇게 하세요. 부모자식간에 어찌 그런 줏때 다툼을 하겠습니까. 그런 말씀 마시구, 미웁드래두 딸자식 말두 좀 드러주세요. 네! 아버지!

---

25) 養하다, 기르다.

완 달 …… (딸이 우는 양을 보고 슬몃이 도라서서 집앞으로 간다)
춘 서 영감두 참 어지간하우… 그러기에 마을에서들 '꽉쇠'라구 했지… 사람이 고지식하게 굴 데가 따로 있지, 그 무슨 고집이란 말이야… 고집이.

은명 지친듯 도라서 운다.

완 달 …… (토방에 걸터앉아 담배를 태운다)
춘 서 (두사람의 눈치만 살피다가) 아 참, 마침 잘됐군. 여보 영감, 그 편지 볼 사람이 없어서 근심을 했드니, 뭐 아주 훌륭한 선생님이 오지않었소. (얼른 벽에 꼬친 편지를 뽑아다가 은명에게 주며) 아, 이거 오늘 내가 동리루 온 걸 가져오긴 했는데, 읽을 사람이 없어서 여간 궁금해지 않었다우. 아버지가 이렇게 시퍼런 도장이 꽝꽝 찍힌 게 여사 편지가 않인 게라구 하면서, 아까 여러 번 뒤적거리다 둔 건데…
은 명 (눈물을 닥고 도라서며) 네… (편지를 받어서 뜨더가지고 읽는다)
춘 서 아 집안에다 이런 훌륭한 선생님을 두어두구 괜이 야단을 했으니, 참.
은 명 (다아 읽고 나서) 아버지, 기쁜 일이애요. 저어!
춘 서 기쁜 일? 그렇겠지! 아니 무슨 일이기에!
은 명 저어 지난 삼월 학수산에 산불이 난 것을 아버지께서 화금질을 만드러서, 이 두로봉에 불이 못 넘어오도록 불길을 막었기 때문에, 지금 우리나라에 무엇보다도 중한 산림을 불속에 넣지 않고 곱게 지켜주셨다구… 아버지, 나라에서 상장이 내린대요!
춘 서 상장이? 아니 저런… 그런데 그 편지는 어디서 왔길래-
은 명 함경남도 제일구 산림보호소에서 보낸 편지애요. (약간 웃으며) 그런데 여기두 아바지 성함을 몰나서 그랬는지, 별명을 그대로 적어서 보냈군요!
춘 서 별명을? 아니 꽉쇠라구?
은 명 네… (편지를 춘서에게 준다)
춘 서 (받으며) 아니 그래, 어디 가서 조사를 한들 남에 일흠을 그렇게 적어서 보낸담. 조완달이란 성명 삼자가 버젓하게 있는데. 원 참… 않 그렇소? 영감? (편지를 준다)
완 달 …… (술멋이 받는다)

은 명　소저야, 하라버지 상받게 되셨대…

춘 서　(그쪽으로 가며) 좋겠다, 소저야. 하라버지가 상을 받게 되어서.

이 동안 조완달 편지를 뒤적이다 도라서는 딸과 눈이 마조치자, 어색하게 편지를 내던지고 방으로 드러간다.

춘 서　(그 뒷모양을 바라보다가) 암만해두 저 영감이 이 산을 떠날려구 하지 않는가 보우. 저 영감은 지금 이 산을 지키느라구 밤잠을 자지 않구 그러는데… 하기야 여기저기 산에 있든 사람들이 모두 나라에서 토지를 논아준다구 하니까, 산을 버리고 마을루 농사지으라들 내려가구 마렀으니. 이렇게 중한 산을 지키고 숯을 굽을 사람이 몇 돼야 말이지.

은 명　이 산을 아버지가 혼자서 지키시나요?

은 명　나두 오늘 올러와서 들으니, 다아 갔다는 구만. 장댓산 돌쇠네도 가고, 머 칠보란 사람두 저 아래 있었는데 그사람두 갔다누만. 그래서 저 영감이 혼자서 저 야단 아니오. 밤낮으로 산불을 지킨다, 숯을 굽는다, 더욱 마을에서 숯이 모자란다구 큰소릴합디다. 하기야 저 영감 고집에 하랴면은 못 하진 않을 게지… 그러니까 그 생각이 긇은 생각은 않이지. 말하자면…

은 명　(무엇인가 깊이 생각한다) 네- 잘 알겠어요. 아버지 마음이 그러시다면, 저두 그리 권하지두 못하겠습니다… 지금 우리나라의 경제가 새로 건설돼 가는 이때… 자기 한사람 생활에 안정을 위해서 보다 더 중한 직분을 잊어버리고… 눈앞에 금시로 보이는 행복만 찾으려고 헤매는 것은 우리가 다아 가치 각성해야할, 옳지 못한 점입니다… 그렇지만 아버지께서는 저렇게 늙으시구, 또 제가 있구서야… 어찌.

춘 서　그래서 나두 작구 권하는 겐데, 도무지 기우러지는 기색이 없으니… 에이.

이때 완달 영감 손에 봇다리 하나를 들구 나온다. 그사이 은명 마당에 널린 옷을 집어서 개킨다.

춘 서　아니, 그건 뭐요! 예? 영감… 그래 종시 않 내려 가려우. 아 아주 함께 내려가서 상장두 받구, 그러진 않구 왜 그래요. 글세…

완 달　상장? 내 언제 상받자구! 이 산을 지켔드노?

춘 서 아니, 그럼 나라에서 부르는데두 않 간단 말이요.
완 달 (봇다리를 바우녀 앞에 던지며) 앗다, 네 입성이다… 에미 따라가서 공부해라. 이 노무 가시내야!

바우녀 무서워서 물러선다. 완달 영감 언덕으로 올려간다.

은 명 아버지, 그러시지 마시구 가치 내려가세요, 네? 어서 이 의복 가라입으시구 내려가셔요. (또 의복을 내여든다)
완 달 (화를 내면서 획 돌아서며 의복을 빼어서 던진다) 이 비러묵을 놈의 가시네가 *******[26]! (바우녀에게) 요 쪼깐 놈의 가시내야, 너 빨랑 없어지지 몬하겠나! (화난 듯이 내려온다)

바우녀 다시 피한다.

완 달 범에 딸에서 범에 새끼가 나지, 별 게 나겠나. 어서 니 에미 따라가라, 이 가시내야! (언덕 우에 가서 지게를 지고 나간다)

다들 ***[27] 뒷가망을 바라보고 섯을 뿐이다. 은명 헐 수 없이 의복을 주어서 개킨다.

춘 서 헐 수 없는 일이지! 그대루 소저만이래두 데리구 내려가는 수밖게!
은 명 네, 저두 아버지가 저렇게 하시는 그 말을 짐작하겠서요!
춘 서 농터 떼어놓구 기내리는 데두 않 내려가는 영감인데, 뭐! 그래두 소저 학교에 보내는 일은 더 욱이진 못 하겠는 모양이지?
은 명 소저야! 가자! 옷은 내려가서 가라입드래두 차시간이 늦겠으니! 그대루래두 내려가자.
춘 서 그래라. 하라버지가 정작 너 떠나는 것을 보면, 그 맘인들 좋겠니!

이 동안 은명 방에다 아버지의 옷을 두고 나온다.

은 명 저두 또 곳 올라오겠지만, 노인님두 좀 아버지 마음을 잘 위로해주세요!

---

26) 7자 정도 해독 불가.
27) 3자 해독 불가.

춘 서　예! 오늘밤 나두 여기서 자구, 내일 내려갈 작정이요. 위로야 해주구말구요! 어서 내려가오. 내 저 아래까지 다려다 줄 테니, 어서 가자, 소저야.

은 명　그만두세요. 저이들끼리 내려가지요. 아는 길인데요, 뭘.

바우녀 봇다리를 들고 앞선다.

춘 서　괜찬우, 나는. 어서 내려가자!

뻐꾹새 소리.
얼마 후에 나갓든 길로 완달 영감 나무를 지고 드러와서, 비인 집안을 내려다보다가 지게를 벗어놓구 마당으로 내려와서 이곳저곳 살피다가, 길가로 나가서 산아래를 향하야 불러보구 싶은 충동에 손을 입가로 가저간다. 그러나 그는 그대로 불으지 않고 맥없이 도라서 집으로 거러오다, 토방우에 지게를 발견하고 그것을 내려서 만지며,

완 달　아홉해를 양했드니… 그눔에 가시내가. (말끝을 맺지 못한다)

지게를 이리저리 만지다가 갑재기 분한 생각이 떠오른 사람같이 지게를 이가닥저가닥 부스러서 장작 무덕에다 던지고, 끌어오르는 울분을 누르려는듯 나무그루에 앉어 담배를 피운다. 얼마간 우두머니 앉어 모질게 담배 연기를 내여뿜다가 슬몃이 이러서며,

완 달　에이구, 잘됐다. 나라도 새나라 되고, 니도 새사람 돼야 앙하겠나… 놈의 가시내들. (그러나 마음속에서 솟아오르는 서름은 어찌할 수 없는듯, 주먹으로 눈물을 싯으며 언덕으로 해서 집 뒤겯으로 드러간다)

뻐꾹새 소리 점점 커진다. 집뒤에서 장작 패는 소리가 나기 시작한다. 그리고 패인 장작이 두세가치 무덕 우에 나라온다.
뻐-꾹새 소리! 바람 소리! 도끼질 소리, 이 모든 소리의 크고 적은 산울림.

-막-

# 백무선(白茂線)

(1막)

한민

국립극장 초공연 1948년 7월 10일

**때**

1947년 겨울

**곳**

백무선 여느 산역

**사람**

역장 50이 넘어 보이는 늙으니
박동무 역원
김철석 기관수
곽동무 차장
천창호
처 천의 안해
어떤 노파
어떤 여인
젊은 장사치
차동무 역원

**무대**

백무선[1] 어떤 조그마한 역 내부와 대합실.
역 내부에는 탁상 두개와 널판자로 아모렇게나 맨든 의자 몇 개가 난로를 중심으로 놓였으며, 정면 들창 밑에 다부래트(송신수신기)가 놓였고, 벽에는 운전 구라브, 포스타, 표어로 장식되었다.
대합실에는 열차시간표, 임금표, 기본표어, 포스타 등이 아담하게 붙었다.
역 내부 들창과 대합실 개찰구 넘어는 브렛트호-ㅁ[2]이며, 그 저쪽이 눈에 쌓인 험산준령.
어느 겨울날 새벽. 개찰구 넘어 전주에 걸린 전등불이며, 먼 하늘에 포도송이 같이 달린 별들의 찬 새벽 공기에 떨고 있다.

1) 白茂線, 백암(白岩)에서 무산(茂山)까지 연결된 철도
2) flatform, 역에서 기차를 타고 내리는 곳.

막이 오르면,
백암을 떠나 온 무산행 열차는 임이 도착하여 있는 듯, 기관차 증기 울리는 소리,
바람소리. 역 내부에는 떠날 준비들을 하고, 제설대 연락을 기다리고 있는 박동무가 기관수, 차장이 제각기 상호등을 들고 앉거나, 혹은 서기도 했다. 역장 밖으로부터 상호등[3]을 들고 등장.

역 장 아직 증기는 제대루 오르지 못하는 모양이군…
김 곧 오를 겁니다. 증기만 빨리 오르면 뭘 합니까. 제설대가 눈을 빨리 처 버려야지요.
곽 벌써 십분이나 늦었는데요.
김 증기만 좋으면 두시간 늦어두 문제없소. 작년 겨울에 두시간 이십분을 회복한 적이 있었으니까.
곽 이만 해두 날세가 대단한데, 빨리 제설을 해서 길을 열어줘야 말이지, 또 바람이 터질까 무섭소.
김 괜찮소. 제설만 완전히 되면…
곽 그렇지만 지금이 10만 키로 무사고주행 돌격주간이오.
역 장 곽동무는 백무선을 타게 되여 금년 겨울을 처음 닥쳐 보지요?
곽 네…
역 장 넘어 초조해 허지 마시오. 나와 이 김동무에게는 오래 전부터 격거온 산 체험들이 많으니까…
곽 함경선 같은 들판만 달리는 차를 타는 저는 이런 험산준령을 기차가 달린다는 것부터 꿈같은 이야기였어요…
역 장 그러게 백무선이 유명하다는 게요.
김 들판을 달리는 기관수를 이런 선에 데려다 운전을 시키면, 아마 질겁을 해서 나잡빠질 거요. 하하…
곽 하긴 대랙[4]으루 올라갈 때는 가슴이 후둘후둘 떨리기만 하든데요.
역 장 (시계를 보고) 벌써 15분이 지났군. 왜 아직두 연락이 없을까…

전화벨이 운다.

박 (받으며) 네, 그렇습니다. 네? 지금 증기를 올리는 중입니다. 네. 그런데 제설차는 떠났지요? 네, 이쪽에서두 벌써 떠났습니다. 네. (끊

3) 相互燈, '손 신호등(밤에 손에 들고 신호를 하는 데 쓰는 등)'의 북한말.
4) 다락?

는다)

곽　　여기는 왜 눈이 이렇게 많니 올까요.

역　장　오월까지는 눈이 옵니다.

김　　그러기 때문에 여기를 하늘 아래 첫동리라는 거요.

역　장　모두 백두산에서부터 연달어 내려온 산맥이구, 또한 백두산이 접경이니까요?

곽　　그렇게 10만 키로 무사고 주행은 지대로 보아 무리가 아닐까요.

김　　천만에, 백무선을 타는 기관수는 자신을 가지고 호소한 것이요. 거기에 승무원으로서 굳은 의지가 있는 것이요.

역　장　곽동무는 첨이 돼서, 헤헤

갑짝이 휘몰아치는 눈보라 소리. 눈 뚫어지는 소리. 강한 폭풍…
전선 울리는 소리. 일동 서둔다.

역　장　또 바람이 터지나 보군.

곽　　(더욱 당황하여 서둘면서) 야단났군. 이렇게 눈보라가 심해서야 지금 제설을 했다구 해도 떠날 수 있겠습니까.

김　　기차는 바람을 무서워하는 고무풍선이든가요. 기관차에 고장이 없으면 무관하오.

역　장　증기만 좋으면 문제없지요.

곽　　또 눈이 끊어져서 철길을 막어 놀까 염려됩니다. (초조해서 서둔다)

역　장　괜찮을 거요. 지금 제설하는 곳만 완전히 치워놓면, 그 다음에는 대게 방풍림이 있구, 방설 시설이 완비되어 있으니까! 저 박동무, 기관차에 좀 나가 보구 오시오.

박　　네… (퇴장)

곽　　증기가 오른다구 해두 도중에 또 어떤 고장이 생길 지 알 수 있습니까?

김　　괜찮소. 기관차에 고장이 생길가 염려돼서 하는 말이지요. 그건 내 책임이니까, 기관차는 기관수에게 매끼시요

곽　　그렇지만 만약 중도에 차를 세운다든가 하면, 그것은 차장인 저한테 책임이 없지 않으니까요.

역　장　기차를 출발시킨 나한테는 책임이 없단 말슴이요.

곽　　……

강한 폭풍…
휘몰아치는 눈보라.
기관차 증기 울리는 소리.

곽　기관차에 증기란, 기후가 차면 찰수록 올으지 않는것이 아닙니까.
김　기관차는 기관수인 나한테 매끼라니까요. 어떠한 골란이 있드래도 지금 10만 키로 무사고 주행을 완수하구야 말겠다는 신렴을 가지구 있소.
역 장　곽동무는 백무선이 체험한 바가 없어서, 해발 2천 메-터가 넘는 고산열차에서 일하는 철도원은 특별한 의지와 신렴이 있는 것이요. 그렇지 않고 험산준령을 오르내리겠소. 또 그것뿐인가요. 겨울이면 영하 40도까지 내려가는 기후에도 능히 이겨 나가는 산체험을 가지고 있으니까…
곽　글세요.
김　글세요가 아니라, 자신을 가저야 하오.
박　(등장) 지금 증기는 13키로루 올랐습니다.
김　됐소. 그럼 제설을 완료했다는 통지만 있으면 떠납시다.
역 장　그렇게 합시다.
곽　안 됩니다. 저는 제 책임상 제설을 완수했다고 해두 발차할 수가 없습니다.
김　어째서요?
곽　나는 차장이요. 이 열차의 모든 것을 책임진 사람이 아니요.
김　나는 기관수요… 기술사란 말이요. 기술과 산체험이 있소.
곽　그럼 이 눈보라에 그 무서운 대택령을 끌 수 있단 말씀이요?
김　끌 수 없다고 어떻게 동무는 믿을 수 있소 무었으루 믿느냐 말이오?
곽　운전중에 도중에서 정차한 실례가 얼마던지 있지 않소.
김　물론 있소. 그러나 그것은 증기의 조정이 나뿐 때문이 아니겠소. 그렇지만 지금 이 기관차는 염여없다는 자신을 가졌단 말이요.
곽　너머 우겨다짐으루 떠날 필요는 없지 않소.
김　우겨다짐이라구. 그럼 동무는 나를 무얼루 생각하오. 나는 기관수요, 운전기술을 가진 사람이란 말이요.
곽　……
김　그렇게 겁이 많어서는 백무선을 탈 자격부터 없소.
곽　자격이 없다는 건 어떻게 하는 말이요.

김　　그렇게 겁을 집어 먹구 차를 탈 수 있겠느냐 말이요.
곽　　겁을 먹은 게 아니라, 어떻게 이런 날에 떠날 수 있겠소.
김　　기술자의 산 체험을 믿소. 또 기술보다도 첫째 대택령을 오르내리는 기관수의 의지를 믿으란 말이요.
곽　　…… (불안한 대로 있다)
역 장　곽동무, 우리는 위선 모든 사업에 자신을 가지고 착수하는 것이요. 물론 과학적인 리론이 있는 것이요. 또 그것보다 더 필요한 것은 신념이요. 백무선 철도원은 굳은 신념이 있는 것이요.
김　　누구보다두 튼튼한 마음이 있소.
곽　　……
김　　동무도 백무선 차장이 될라면, 먼저 그런 것을 알어야 하오. 자, 보시오. 눈은 두길 세길 쌓입니다. 눈보라가 칩니다. 그러면 기후는 영하 40도루 내려갑니다. 기차는 갈파러운 산꼭떽이루만 오르내립니다. 여기에 무었이 필요합니까. 들판을 달리는 사람들처럼 기술만 가지구 따지는 줄 아시오.
역 장　들사람들로서는 도무지 생각두 못하든 일을 척척 해나가는 때가 한두번이 아니요.
곽　　……
김　　자, 재설대에 소식을 알어 봅시다.
역 장　(다보렛트를 누르나 반령(反鈴)이 나지 안는다)

일동 불안한 시선이 그쪽으로 쏠린다.

김　　어떻게 됐소?

역장이 다시 눌러보다 반령이 없다. 급히 다른 전화를 걸어본다. 역시 반령이 없다.
폭풍. 세찬 눈보라. 전선 우는 소리.

역 장　전선이 도중에 끊어진 모양이오.
곽　　네? 전선이요?
역 장　세찬 바람이 갑짝이 부니까…
곽　　그럼 제설대 열락을 알 수 없지 않소?
김　　어떻게 대책을 생각해야지요. 열락만 있으면 곧 떠날 준비는 됐는데…

역 장 빨리 절단된 곳을 찾어서 곤쳐야지요.
김 그럼 어떻게 곤칠까요. 주재전공을 불러야지요.
역 장 그 동무는 바루 어저께 무산으루 출장가구 없소.
곽 그럼 어떻게 합니까?
김 기관차에 증기는 올으구 제설대 열락만 기다리구 있는 판에, 생각지두 않든 전선이 끊어지다니, 제-길!

사이

박 (참다 못해서) 역장동무, 제가 가서 곤쳐 보겠습니다.
역 장 동무가 어떻게 기술두 없이 간단 말이요.
박 그렇지만 제가 어떻게 곤쳐 보겠어요.
김 전공기술두 없이 어떻게 곤친다 말이요.
역 장 그럼 박동무는 역을 보시오. 내가 갔다 오겠소. (벽에 외투와 털모자를 쓰며 채비를 한다)
김 역장동무가 책임상 어떻게 역을 떠난단 말이요.
곽 더욱이 늙으신 몸에 이 눈보라를 격거내겠습니까.
역 장 책임을 따지구 있으면, 그럼 누가 이걸 곤치겠소. 아마두 전공기술은 미약하지만 어려슬 때 좀 해본 경험두 있으니까, 내가 가는 수밖에 없소.
김 그건 않 되오. 그동안 역에 어떠한 일이 있드래도, 이 박동무가 어떻게 책임있는 일을 대행할 수 있겠소. 역장동무는 못 가오. 어떻게 다른 방법을 취해 봅시다.
역 장 다른 방법이라구 있어야 말이지요. 저 박동무, 어쨌던 창고에서 휴대용 전화기를 가저 오시오.
박 네… (퇴장)
곽 역장동무, 그만두시오.
역 장 그만두면 어떻게 한단 말이요.
김 역장은 역을 지켜야 할 책임이 있지 않소.

사이
역장 한참이나 깊은 생각에 잠긴다.
휘몰아치는 눈보라. 전선을 울리는 바람소리. 무거운 침묵.
천창호 등장.

천　　기차가 아직두 떠나지 못합니까?
역　장　네… 기관차 증기는 제대루 올라서 지금 제설대 소식만 기다리구 있는데, 갑짝이 부러지는 바람에 그만 전선이 절단되어 통 열락이 두절되었습니다.
천　　전선이 끊어졌어요?
역　장　네…
천　　그럼 전공동무는 떠났습니까?
역　장　전공은 바루 어저께 출장을 떠났습니다. 그래서 제가 갈 작정입니다.
천　　이 눈보라에 역장동무가 어떻게 가시겠습니까?
역　장　괜찮습니다. 어째던 곤쳐야지요.
김　　역장동무는 그만두시오. 달리 어떻게든 곤치는 방법을 생각해야지요.
천　　다른 동무루서 기술 있는 분은 없으신가요.
곽　　있으면 별문제지요.

사이

천　　역장동무, 제가 가겠습니다.
역　장　네?
천　　저는 길주 우편국에 주재하는 전공입니다. 이번 무산으로 전근되여 이 차루 가는 사람이올시다.
역　장　네, 그러나 손님을 보낼 수야 있습니까?
천　　천만에요. 손님이 뭡니까. 우리들의 것을 우리가 곤치는 것입니다.
역　장　그만두시오. 들사람들은 함부로 이런 험산준령을 못 단닙니다.
천　　그렇지만 다 사람 단니는 곳이겠지요. 제가 가지요. 염여마십시오. 늙으신 역장동무가 어떻게 간단 말이요. 더욱이 역장동무는 책임상 한시라두 역을 떠날 수 없지 않습니까?
역　장　나는 책임상 동무를 보내기는 골란합니다.
천　　역장동무, 책임을 따질 때가 아닙니다. 제가 간다는 것은, 인민인 내가 국가의 것을 곤친다는 의무를 느끼기 때문입니다.
역　장　……
천　　역장동무를 위하여서가 아닙니다.
김　　옳습니다. 역장동무, 이 동무를 보냅시다. 역장의 서투른 전공기술보다두 이 동무가 가는 것이 복구시킬 확신성이 있으며, 또 한거름이라도 빠를 것입니다.

곽　　시간이 훨신 단축되어, 열차가 떠나게 될런지 모를 것이요.

역 장 ……

천　　우리는 국가의 요청이 있다면, 언제 어느 때든지 장소와 때를 가리지 않고, 인민으로서 그 요청을 받들어야 하지 않습니까?

역 장 ……

천　　저는 저의 임무를 수행하려는 것입니다. 저는 전공입니다. 전공인 저한테는 지금 그것을 곤쳐야 할 의무가 있습니다.

김　　역장동무, 이 동무를 보냅시다.

곽　　그렇게 합시다.

천　　보내주시오.

사이

역 장 (한참이나 천을 바라보고) 고맙소, 동무…

천　　천만에요.

김　　전부 낭떠러지구, 험한 산이요.

천　　염여 마시오. 휴대용 전화기는 있지요?

김　　네, 지금 가져올 겝니다.

역 장 자 그럼, 그 외투를 벗고 이걸 입으시오. 그러구 모자두 이걸 쓰십시오.

천　　네. (자기 외투를 벗고 역장이 벗어준 그대로 입는다) 여기서 다음 역까지 몇 리지요?

역 장 3키로 5백입니다.

천　　얼마 머지 않군요.

역 장 머진 안치만, 들판을 다니는 것보다 몇 배나 위험합니다.

박동무 휴대용 전화기를 메고 등장.

박　　가저왔습니다.

역 장 (받아서) 전화기는 어것입니다.

천　　네.

역 장 박동무, 이 동무를 길을 안내해서 함께 떠나시오.

박　　네.

천　　괜찮습니다. 혼자서 가지요.
역　장　초행 길을 알 수 있습니까. 더욱이 눈이 쌓인 산길인데요.
박　　저하구 함께 갑시다. (전화기를 둘러메고) 그럼 단녀오겠습니다.
천　　단녀오겠습니다.
역　장　(손목을 잡으며) ***[5]합시오.

곽, 김 서로 악수. 천, 박 퇴장.
눈보라 세차다.
사이

역　장　(천이 나간 쪽을 한참이나 바라보다가) 정말로 철도는 인민의 것이요. 지금 열차는 우리들만의 힘인 것이 아니라, 전체 인민들의 힘으로 달리는 것이요.
김　　그러기 때문에 우리들이 지금 내세우고 달리는 10만 키로는 완수된다는 것을 지금 이 자리에서도 넉넉히 증명할 수 있소.
역　장　책임은 더욱 무겁소. 우리들의 철도는 인민경제계획 완수를 보완하는 동맥인것이오. 자- 그럼, 김동무는 기관차에 가서 대기하고 계시오. 다시 한번 점검을 하시오.
김　　그렇게 합시다.
역　장　곽동무는 여객쪽에게 이 사실을 알려 들이시오.
곽　　네.
역　장　객차의 날로두 좀 보아주시오.
곽　　네.

김, 곽 퇴장.
눈보라, 강한 폭풍.
역장 혼자서 밖을 바라본다. 세찬 바람에 다소 불안을 느끼는 듯하며, 시계를 보고 탁상에 와서 운전일지를 정리한다.
이윽고 어떤 여인 등장.

여　인　아니 역장님, 기차가 어떻게 되는 거예요?
역　장　네, 지체되여 죄송합니다. 이 역에서 다음 역까지 사이에 눈이 묻어저서 철길을 막어 놓았습니다. 게다가 전선이 또 끊어졌어요. 그

5) 3자 해독불가.

래서 지금 사람들이 곤치려 떠났습니다.

여 인 아이구, 야단났네. 이러다간 오늘 석양에두 사지동(四芝洞)에 댈 것 같지 않구먼요.

역 장 글세요. 전선 수선되는 것을 바야 확실한 시간을 알려 들리겠지만, 그렇게 늦지는 않을 것입니다. 제설대는 벌써 공작을 하고 있을 테니깐요.

여 인 글세, 해가 다 지면 거길 어떻게 걸어간담. (혼자말처럼 걱정을 한다)

역 장 사지동에서두 더 갑니까?

여 인 네, 사지동에서두 60리나 산골책이루 들어간답니다. 우리 쥔어른이 거기 가서 산판(山坂) 목재 서리를 하는데 찾어가지 않어요.

역 장 네, 참 목재 생산에 수고하시겠습니다.

여 인 해가 지면 무인지경을 어떻게 혼자서 걸어가요. 더군다나 이렇게 눈보라가 천둥을 치는데.

역 장 그렇게 늦진 않을 것입니다. 기관수에 말같애서는 제 시간으루 꼭 들어서구야 말겠다니까, 염려마십시오.

여 인 그랬으면야 오죽 좋와요.

바람소리. 눈보라.

역 장 몸을 좀 노키십시오.

여 인 네.

역장 다시 일을 시작한다.
사이
처 등장.

처 (천의 외투를 보고) 역장님, 여기 이 외투를 입구 온 분이 정말 전선 곤치러 떠났어요?

역 장 네.

처 누가 보냈어요?

역 장 …… (자리에서 천천히 일어난다)

처 누가 그이를 보냈어요?

역 장 …… (망서린다)

처 이렇게 눈보라가 세찬데, 그이가 왜 전선 곤치러 가야 한단 말씀이예요!

역 장 부인은 누구신지요.

처 그분은 저에 남편이예요.

역 장 네, 그렇습니까. 무산으로 이사가신다지요?… 추운 때에 얼마나 수고하십니까!

처 ……

역 장 참 훌륭한 분이였습니다. 나는 그 동무를 보고 다시 한번 우리 철도는 인민의 것이며, 인민의 힘으로 달리고 있다는 것을 느끼고 감격했습니다.

처 ……

역 장 그리구 또 한번 우리 인민들이 새나라를 세우기 위해서, 얼마나 열성적으로 싸우고 있다는 것을 알었습니다.

처 ……

역 장 정말로 훌륭한 분입니다. 백무선 전체 철도원으로서 영예를 드리지 않을 수 없습니다.

처 ……

역 장 부인! 거기 앉으십시오. 돌아오실 때까지 몸이나 노키십시오.

눈보라. 강한 바람소리.
처 안질부질하며 밖을 바라본다.
역장 처의 뒤를 바라보고만 섰다.

여 인 에이구, 바람두. 집을 떠밀구갈까 보군요.

긴 사이

처 (억지로 침착한 얼굴을 보이며) 외투는 벗어 놓구 갔어요.

역 장 아니, 외투는 제 것으로 바꿔 입구 갔습니다. 앉어서 천천히 기다리십시오.

처 혼자서 떠났어요?

역 장 역원 동무하구 두 분이 떠났습니다.

처 얼마나 먼 곳인지요?

역 장 글세요, 어째면 이 역에서 다음 역까지 사입니다. 눈이 뭉어저서 제설대가 동원했습니다. 또 갑자기 바람이 터져서…

여 인 바람두 정신 나갔나 바요, 글세!

역 장 겨울에는 이런 바람이 가끔 분답니다. 원체 백두산이 접경이니까요.

여 인 하늘 아래 첫동리라니, 두말 있어요.
역 장 부인, 앉으십시오.

처 초조해서 안질부질한 채 서있다.

여 인 이리 와서 앉으세요.
역 장 앉으십시요…
처 (마지못해 앉는다)

역장 다시 자리에 앉어서 일을 시작.
눈보라와 세찬 바람소리.
눈 뭃어지는 소리.
기관차에서 증기소리.
처 다시 이러나서 밖을 내다본다.

역 장 (한참이나 처에 뒤를 바라보고 다시 자리에서 이러나서 가까이 간다) 부인… 걱정마시구 앉어서 기다리시오.

어떤 노파 허리에 보침을 두르고 달려서 등장.
처 남편인가 보고 실망한다.

노 파 에이구, 추워라. 원 이렇게 갑작스레 바람이 터지기라구야. 아마두 두류산 허리루 송장이 넘어두 넘구, 무슨 일이 있는가 보군! 그런데 참 역장님, 기차는 아직두 떠나지 못하오?
역 장 늦어저서 죄송합니다. 바뿐 일에 모두 여행하실 텐데.
노 파 아, 바뿌면 이만저만 바뿌겠소. 나는 시를 다투구 있는 사람이라니까요. 이것좀 보우. 전보가 와서 지금 자근아들 집으루 가는 길이오. (허리춤에 전보를 끄집어낸다)
역 장 어디서 사시는데요.
노 파 내 말이요, 내 자근 아들 말이요?
역 장 할머니 말씀이오.
노 파 난 두류산 밑에 사오. 내 아들은 창평동 목재판에서 일하구요…
역 장 (전보를 보고) 손주 보실까 보군요.
노 파 에이구, 손준지 메준지 벌서 갔어야 할 걸, 이렇게 전보 올 때까지 정신 놓구 있었다니까요.

역　장　장하시겠습니다.

노　파　장하구 뭐구, 벌서 아일 낳지나 않었는지 모르겠수. 참 기차는 어떻게 되우.

역　장　잠간만 더 기다려 보십시오.

노　파　참 이거 이러단 메눌아일 죽일까 겁이 나우. 이번이 첫아이예요.

역　장　거기두 사람 사는 곳인데, 할머니가 꼭 가야할 리야 없지 않습니까.

노　파　에이구, 이게 무슨 소리요. 내가 안 가구 될 말이우. 애들이 당최 철이 없어서, 몇 백리 밖에 둬두구 밤잠두 자지 못하는 내요. 아일 잘못 날까 걱정이오. 허 참, 이게 한시 바삐 가야 할 텐데, 어떻간다 말이요. 글세, 이번이 첫 아이예요.

여　인　아무리 바뻐두 차 떠날 때까지야 할 수 있어요.

노　파　참 이러구 있을 때가 못 되는데. 역장님, 빨리 서두러서 기차가 좀 어서 떠나게 해 주시오.

역　장　네, 좀 기다리십시오.

노　파　이러다간 정말 메눌아일 죽이겠수. 글세, 이번이 첫아이예요.

여　인　아이 참 할머니두, 우물을 꺽구루 들구 마시겠수다.

노　파　아니, 젊은 예편네. 그게 무슨 소리요. 늙은 사람 보구 하는 소리가 그래, 어디서 그런 버르장머릴 배웠오.

여　인　네, 잘못했어요.

노　파　잘못했다면 그뿐이란 말이요. 그 참 남 등 다러나는[6] 판에 무슨 옆방아질이란 말이오.

여　인　아이 참, 할머니두.

노　파　할머니가 어째단 말이요. 거 참, 별 시비를 다 걸잖나.

역　장　그만덜 두시우.

노　파　사무 보는데 안 됐오. 늙은 게 주책이 없어서…

역　장　어서 몸이나 노키시오.

노　파　네, 헤헤… 역장님, 이제 얼마나 더 기다려야 되겠소.

역　장　글세올시다.

노　파　에이구 참, 지금쯤 아일 낳구 있지나 안는지. 첫 아이 아니면 덜 걱정되련만… 바람두 참 세가기두 하지. 전선줄을 다 끊어 놓다니. (난로 옆에 앉는다)

---

6) 등(이) 달다, 마음대로 되지 아니하여 몹시 안타까워하다.

차동무 밖으로부터 등장.

차　　역장 동무, 무슨 사고라두 생겼습니까?
역 장　차동무요, 아직 출근시간이 못 되였는데 어떻게 나왔오.
차　　갑자기 바람이 휘몰아치기에 달려 나왔습니다.
역 장　제설대를 보내구 지금 소식을 기다리구 있는 판에, 그만 바람이 터저서 전선이 어디 절단된 모양이요
차　　그럼 대책은 어떻게…
역 장　지금 곤치러 떠났오.
차　　전공 동무가 지금 출장중인데, 누가 떠났습니까?
역 장　박동무하고 지금 이 열차에 승객으로서 자진해 나온 동무의 협력을 얻게 되었소.
차　　네…
역 장　그럼 차동무, 잠간 앉어서 전화 열락이 있나 보시오.
차　　네.
역 장　나는 기관차와 할난계[7]를 잠깐 보구 돌아오겠소.
차　　기후가 대단히 내려갈 모양이군요.
역 장　그런가 보오.

역장 상호등을 들고 밖으로 나와 퇴장.
차동무 탁상에 앉어 책을 뒤적이고 있다.
눈보라. 전선 울리는 소리.
멀리 동이 터온다.

노 파　아이구, 천동이 치는 게, 바람두 요란스럽구나… 원 (처를 보고) 각씨는 어디루 가우.
처　　… 무산으루 가요.
노 파　어디서 오는데.
처　　길주서 와요.
노 파　에이구, 먼 데서 오는군 그래. 새서방이 무산에 있소.
처　　아니, 길주에서 살다가 지금 무산으루 전근해서 가는 길이예요.
노 파　그래, 새서방은 뭘 하게.
처　　전공이예요.

---

7) 한난계(寒暖計) '온도계'의 북한말,

노 파 아니 그럼, 손님이 전선 곤치러 갔다드니, 각씨 새서방이겠군.
처 네.
노 파 참, 차칸에서 모두 훌륭한 사람이라구 치하들을 하지만, 들사람이 이런 간파렵구 눈보라가 천둥을 치는데 백여내겠수.
처 ……
노 파 하기야 있을 법두 한 일이지. 이제야 왜놈들에 철도가 아니구, 우리 조선사람의 철도니까 두 말 있수. 손님들두 도와 줘야지…
처 ……
노 파 그래두 전공 기술 있는 손님이 있었으니 말이지, 그러잖었으면 어떻게 되겠수.

눈보라. 눈 묺어지는 소리.

노 파 에이구 어느 낭떠러지에서 눈이 묺어지는가 보군. 바람두 참 갑짝이 정신 나간나 보다.

사이

처 지금 그게 눈 묺어지는 소리예요. (어떤 공포에 사로잡힌 듯)
노 파 그렇소… 우리 집은 두류산 밑인데, 겨울에는 두류산에서 눈 묺어저 내려오는 눈에 집이 파묻칠까 무섭다오.
처 할머니, 지금 전선 곤치러가는 도중에 낭떠러지는 없어요.
노 파 백무선 철도야 전부 낭떠러지지… 아니 그래, 쥔이 떠러졌을까 무서워서 그러우. 글세 무섭기두 하지만, 설마 그렇게야 되겠수.

눈보라…
전선 울리는 폭풍.
처 달려서 들창으로 가까이 가서 밖을 내다본다.
사이

처 (공포에 떨면서) 할머니, 이런 때 사람들이 눈에 파묻치는 일은 없어요?
노 파 각씨, 그리 생각마오 방정맞게 그런 생각을 해서 쓰겠수.
처 작구 무서운 생각이 들어서 못 견디겠어요.
노 파 설마 하니 그렇기야 할나구. 마음을 단단히 먹구 여기 앉수.

처　　아마두 따라가봐야겠어요. (남편에 외투를 둘러쓰고 나가려고 한다)
노 파　(말리며) 각씨, 이게 무슨 소리요. 남자 어른들두 그 바람에 못 당해내겠는데, 각씨같은 게 어디루 간다구 그러우. 바람에 훌떡 날어 나자구 그러우.
여 인　그만두세요. 어디루 간다구 그러세요… 어련히 돌아올 텐데.
처　　아니예요… 그렇게 될런지두 몰으겠어요.
노 파　각씨, 마음을 단단히 먹구 일루 와 앉수.
처　　아니예요.
노 파　허 참 각씨, 이러지 말래두. 괘니 생사람 잡겠수, 각씨. (끄집어 단긴다)
처　　노세요, 할머니.
노 파　무슨 철 없는 소릴 하는지 몰으겠수, 각씨… 저 바람 소릴 못 듣수…
처　　… 그렇지만 가봐야 해요.
노 파　(여인을 보고) 이 예편네, 이걸 좀 와서 말리지 못하겠수, 엉. 날로 옆에 엉덩이를 딱 부치구 앉었지 말구.
여 인　(처를 붓잡으며) 왜 작구 이러세요.
노 파　각씨, 이럴 땐 늙은것에 말을 들어야 된다니까.
여 인　일루 와요.

처 마지 못해 앉는다.

노 파　각씨두 참, 여기가 어딘 줄 아오. 하늘에서 내려오면서 첫동리라우. 호랭이두 이 바람에 눈물 흘리구 달어난 곳이라오.
여 인　(밖을 보다가) 벌서 먼동이 터 와요.
노 파　시간이 몇 시나 됐는지.
여 인　일굽씨는 됐겠어요.
노 파　일굽씨…
여 인　벌써 한 시간이나 늦었을 텐데.
노 파　젊은니는 어디루 가오.
여 인　사지동으루 가요.
노 파　거기 집이 있수.
여 인　네. 사지동에서두 산길루 60리나 걸어야 돼요.
노 파　저런.

눈보라.
젊은 장사치 달려서 등장.
처 남편인가 보다가 실망한다.

젊은장사치 어이 추워. 이거 야단났군. 이 오라질 바람은 웨 이렇게 부러대는지. (차동무를 보고) 실레합니다.
젊은장사치 단니다가 첨이로군. 이렇게 한 정거장에서 오래 머무르긴.
노 파 많니 단녀보셨는갑군.
젊은장사치 그럼은요. 장사해 먹으니까 많니 단닐 수바께요.
노 파 무슨 장사하시게요.
젊은장사치 (대수롭지 않게) 야미 장사지요.
노 파 차를 자주 탔으면 잘 알겠군. 인제 제 시간으루 가긴 틀렸지요.
젊은장사치 웨요. 한두 시간 늦어두 기관차만 좋구 보면, 회복해서 제 시간에 척척 들어서지요.
여 인 그래요? 그럼 사지동까지두 제 시간에 들어설까요.
젊은장사치 그럼은요. 요샌 차가 잘 달려요. 왜놈들 때보다두 외려 더 잘 달리는 편이에요.
노 파 어이구, 그럼 한시름 놓았수.
젊은장사치 걱정없어요. 할머니는 어디루 가세요.
노 파 창평동으루 간다우.
젊은장사치 전선을 언제나 곤치겠는지, 그것만 빨리 되면 곳 떠난다는구먼요.
노 파 네.
젊은장사치 그동안 어디 가슴두 쓸쓸한데, 요 앞에 주막집에나 좀 단녀와야지. 허참, 거 바람두 원 정신없시 분단 말야.
노 파 젊은니, 장사 잘 되시는가 보군…
젊은장사치 헤헤, 뭘요. 그저 먹구 볼 일이지요. 안 먹구 돈버러선 뭘 해요. 그렇지만 인제 장사두 안돼요. 아, 소비조합이 생기지요. 국영상점이 생기지요. 그러니까 우리 같은 장사야 될 턱이 있나요. 그게 싸니까 모두 그리루 갈 수바께요.
노 파 참 세상이야 좋은 세상이 됐지…
젊은장사치 우리 같은 게 장사 못 해 먹기야 꼭 알맞은 세상이 됐지요.
노 파 참, 모든 게 예전과는 달습디다. 가만니 또박또박 생각을 하니, 어느 하나가 백성을 위하잖는 게 없단 말이요.
젊은장사치 모두 우리같은 게 거북하게만 됐지요.

노　파　거북하긴 왜 거북하단 말요. 아, 산판에 들어가서 뢰동(勞動)을 하면 되잖소. 지금은 뢰동하는 사람들 살림은 다 으젔하게만 되드군요.

젊은장사치　배운 재간이 해방 전부터 장산 걸요.

노　파　그럼 안 되겠수. 에이구, 손을 보니 벌써 산판 뢰동(勞動)하긴 틀렸수.

젊은장사치　에이, 추워. 어떻게 갑자기 바람이 터지는지. 정말 요 앞에 주막집에 좀 단녀오겠어요.

노　파　단녀오우.

젊은장사치　한잔허구 몸을 좀 훔훔하게 노켜야겠단 말씀이예요, 헤헤… 그럼 단녀옵니다. (밖으로 퇴장)

세찬 바람소리. 휘몰아치는 눈보라. 전선 울리는 소리.
처 다시 일어나서 밖을 내다본다.
역장 등장.

역　장　저 차동무, 열락은 없지요.

차　　네.

역　장　아직 동무는 아침식사 전이지요.

차　　네, 그렇지만 괜찮습니다.

역　장　박동무가 돌아오면, 곧 교대해야 될 테니까, 얼는 갔다오시오.

차　　네… (밖으로 퇴장)

처　　아무 소식두 없어요.

역　장　소식은 여기 전화루 올 겁니다. 전화 소리는 없었지요?

처　　……

노　파　상당히 먼 데가 고장인가 보군요.

역　장　그야 모르지요.

김철석 등장.

역　장　기관차는 어떻소

김　　지금 형편같애서는 두 시간까지 늦어두 회복될 자신이 있습니다.

역　장　지금 한난계는 영하 36도요. 그래두 괜찮을까요.

김　　네, 염려 없습니다. 영하 40도루 내려가두 제 시간에 운전한 기관수니까, 걱정될 게 없습니다.

처　　역장님, 떠난 사람들이 무슨 딴 일이나 생기지 않었을까요.
역 장 부인, 넘어 초조해 허지 마시오.
처　　전화루 련락할 수는 없어요?
역 장 … 전화선이 끊어진 걸 곤치러갔는데, 지금이야 전화가 불통이지요.
처　　이런 때 사람이 눈에 파묻치거나 어러 죽은 일은 없습니까.
역 장 그런 생각을 하지 마십시오. 꼭 돌아옵니다.
처　　……
역 장 안심하십시오. 밖에서 일하는 사람이 그뿐이 아닙니다. 제설대도 몇 십 명 지금 일하고 있습니다. 그리구 그 굳센 의지와 강철같으신 신렴은 눈에 파묻치지도 않을 것이며, 어러 죽지도 않을 것입니다. 지금쯤은 아마 영웅적인 투쟁을 하고 있을 것이요. 나는 애초부터 그러한 분인 것을 알었기 때문에, 그 동무를 보낸 것입니다. 그렇지 않으면 기술이 서투르지만, 내가 갔을 지도 모를 일이오.
처　　…… (어쩔줄 모르고 서든다)

사이
곽 등장.

곽　　아직 소식 없읍니까.
김　　없나 보오.
노 파 곽씨, 여기 와서 앉어 기다리우.
처　　역장님, 제가 뒤를 따러가 보겠어요.
역 장 네?
처　　…… (채비를 한다)
역 장 못 갑니다.
김　　아주머니, 잠간만 참어 보십시오.
처　　더 기다리지 못 하겠어요.
김　　아주머니, 그럼 제가 갔다 오겠습니다. 제가 뒤를 따라 가볼 테니 앉어서 기다리시오…

전화벨 소리 크게 울린다.

역 장 부인, 잠간만… (급히 달려가서 받는다) 여보시오. 네 네, 그렇습니다. 여디요. 박동무? 아 박동무, 수고했소…
김　　아주머니 소식 왔습니다.

일동 시선이 전화로 쏠린다.

역 장 네, 나요. 역장이오. 네? 네, 500 미[8] 지점, 네, 그럼 다 곤쳤어요? 네 네, 곧 돌아오시오. (전화를 놓는다)

곽 500 미면 얼마 안 가서로군.

역 장 부인, 인제 걱정마십시오.

처 …… (부끄러운 듯)

역 장 그분은 영웅적으로 싸워서 이겼다는 전화입니다. 죽지 않고 살었습니다.

처 ……

노 파 그럼 다 곤쳤어요.

역 장 네, 어서 차에 나가서 타십시오.

노 파 에이구, 고마워라. 각씨, 걱정이 풀려서 나두 한실음 논 것 같수. 참, 눈을 치는 건 어떻게 됐소?

역 장 인제 알어보겠습니다.

여 인 어서 가서 탑시다.

노 파 갑시다. 수고들 했수…

노파, 여인 퇴장.

역 장 그럼 김동무, 연발되는 시간은 회복될 수 있지요.

김 (시계를 보고) 한시간 20분이로군. 넉넉합니다.

역 장 그럼 이 동무들이 오구, 제설대 소식이 있으면, 곳 떠날 준비를 해두시오.

곽 네.

바람소리. 휘몰아 치는 눈보라.
다부렛트 신호가 난다. 역장 달려가서 신호하고 전화를 받는다.

역 장 여보세요. 네, 그렇습니다. 갑짝이 부는 바람에 전선이 절단되여서요. 지금까지 곤쳤습니다. 네 네, 제설대는 어떻게 됐습니까. 네 네.

처 밖을 바라볼 뿐이다.

---

8) 米, 미터를 뜻함.

역 장 부인, 인제는 안심하시고 천천히 앉어서 기다립시오.
일 동 (미소)

처 부끄러운 듯.

역 장 그럼 동무는 손님들께 알리십시오. 그리구 김동무는 기관차에 오르십시오. 제설두 인제 거이 될 거요…
김 네.
곽 네.

김, 곽 퇴장.

역 장 (안심된 듯 담배를 부쳐 문다)

바람소리. 전선 울리는 소리. 눈보라.
사이

역 장 참 부인, 주인 성함이 뭣이지요. 보고를 써야 할 텐데.
처 보고는 그게 무슨, 그렇게 장한 일이 돼서요.
역 장 천만에요. 그 동무에 공적은 철도기관에서 높이 찬양되지 않으면 않 될 것이오. 나는 이 사실을 역장으로서 보고해야 할 책임이 있으니까요.
처 당연히 할 일을 했는데요, 뭐.
역 장 그렇지 않습니다. 물론 인민으로서 당연한 일입니다. 그러나 인민들은 이렇게 당연한 일을 알면서도 실천하지 못하는 례가 종종 있으니까요. 그렇지 않습니까.
처 그렇지만…
역 장 아닙니다. 꼭 써야 합니다.
처 … 글세요
역 장 아르켜 주십시오.
처 늘 있는 일인데요, 뭐.
역 장 아닙니다. 그렇지 않습니다.
처 (주저하다가) 일흠은 천창호라구 합니다.
역 장 나히는요.
처 금년 스물아홉이예요.

역 장 경력은요?
처 어려서부터 전기로동자였어요. 부모는 안 게시구, 참 홀몸으루 퍽 고생스럽게 살으셨나 봐요. 그러다가 해방 돼서 지금까지 밤낮 없이 전기로동을 하구 있었어요. 그래서 모범로동자루 표창까지 받구, 이번 무산에 공작이 바뀌웠어요.
역 장 (수첩을 접어두고 엄숙하게 이러나서) 참 훌륭한 분입니다. 무었으로 감사의 뜻을 올려야 할지 모르겠습니다.
처 원 별 말씀을 다하세요. 괘니 역장님께 제 걱정이 밎이게까지 해서 죄송합니다.
역 장 천만에요. 그 동무는 부인같은 신 안해가 있기 때문에, 모범로동자의 영예를 얻었을 것이요.
처 …… (머리를 약간 숙인다)

사이
천, 박 등장.

박 역장동무, 단녀왔습니다.
역 장 수고들 했소. (천의 손목을 잡는다)
천 천만에요. 얼마 멀지 안는 곳에 전주가 불러지구, 전선이 끊어졌드군요.
역 장 수고했소.
천 제설대 소식은 없습니까?
역 장 곧 있을 게요. 자- 부인.
처 여보.
천 기다렸구려! 난 그만 알리지 않구 그대루 갔었는데.
처 잘 싸워주었어요.
천 그까지 걸 뭐.
역 장 열락이 5분만 늦었어두 부인께서 동무를 찾어갈 번했소.
천 그래요.
일동 하하…

전화벨이 운다.

역 장 (달려가서 받는다) 여보세요. 네 네, 제설대가 들어왔어요? 네, 그럼 곧 발차하겠습니다. 네 네. (수화기를 놓는다)

천　　제설대가 돌아왔다지요.
역 장　네, 어서 몸을 노키시오.
천　　저때문에 1분이라두 늦어서야 되겠습니까. 어서 떠납시다. (털모자와 외투를 바꿔 입는다)
처　　얼마나 추웠어요?
천　　뭘 일하면 기운이 나구 땀이 나는 법이다오.
역 장　허허.
박　　역장 동무, 발차하시지요.
천　　자, 그럼.
역 장　동무의 협력으로 이번 우리들이 내세운 천만키로[9] 무사고 주행 완수에, 적지않은 도움을 주었습니다.
천　　고맙습니다.
역 장　자, 어서 타십시오.
천　　(박을 보고) 동무 수고했소.
박　　(악수하며) 수고 많었습니다.

천, 처 퇴장.
역장과 박, 나와서 부랫트호-ㅁ에서 상호등으로 발차를 알린다.
역원은 개찰구 곁에 와서 선다.
기적소리. 움직기기 시작하는 기차소리.
달려서 대합실로 들어오는 젊은 장사치.

젊은장사치　여보 여보, 좀 탑시다. 세워 주시우. 아까 탓든 사람이요.
박　　발차했습니다.
젊은장사치　안 돼요? 안 됩니까?
박　　네.
젊은장사치　정말 안 돼요? 네?
박　　……

젊은 장사치 개찰구에 기대여 바라보기만 한다.
눈보라. 달리는 기차소리.

젊은장사치　허 그참, 그놈 막 잔이 사람잡는단 말야…

9) 도입부에서는 '10만 키로'라고 함.

역장 그대로 서서 상호등을 휘둘은다.
기차소리 멀리를 달린다.

-막-

(1948.5.23)

# 초야

## (1막)

한병각

함석 지붕 벽은 널판장. 갈자리를 깐 온돌방. 벽 군데군데 바람맥이로 신문지와 백로지 등속을 발렀다.
구석 서유괘짝 우에는 외관과는 어울리지 않는 새이불과 요가료 속에 빠끔히 내다보인다. 한 구석에는 징과 마치와 우장과 칸데라, 그리고 구식 엽총이 걸렸다.

## 사람

박서방　　광부, 50세
윤서방　　장작장수, 50세
복녀　　작부, 28세
천만석　　광주의 아들, 35세
현대, 겨울

방 한가운데에 숯불이 이글이글 피어오르는 화로, 구석에 람포등이 걸려 있다. 람포 갓은 오랜 나태* 지니고 반편이 떨어져 먼지가 뽀-얗다. 방 양편엔 부엌으로 드나드는 널문과 밖으로 출입하는 창호지 문.
밖앗은 지금 한창 눈이 나린다. 언덕받이 황토에는 관목에도, 그 속에 뚫린 오솔길에도, 벽에 기대여 쌓어올린 장작가리에도, 쇠돌더미에도 하얗게 내려 쌓인다.
한구석 광굴 만이 퀭하니 뚫리어 음침하다.
초저녁.
각금 불어넘는 바람소리. 바스삭 바스삭 나뭇가지에서 눈이 떨어지는 소리.
파드득 날러가는 꿩과 산비닭이
다시 정적. 화로에서 숯 튀는 소리.
바람소리.
박서방 부엌에서 들어온다. 두터운 솜저고리 쪼기, 골덴 쓰봉. 물묻은 손을 바지에 쓱 쓱 씻으며 "헤 고것 참 헤…" 화로에 불을 쪼이고 혓바닥을 내밀어 입술에 침을 바르고 우악스런 두 손으로 얼굴을 쓱 문지르고 방안을 휘- 둘러보고 람포 갓의 몬지를 털고 상을 찌푸리고 보드러운 이불을 주물러보고 히죽히 웃고 다시 화롯가에 앉어 멍하니 정적에 귀를 기울인다.
발자욱 소리.
천만석이 관목 사이로 엽총을 매고 나타난다. 이런 산속에도 저렇게 멋쟁이 신사가 드나들던가.

박　　(급히 문을 열며) 누구시오?
천　　나 밖에 또 누가 있소?

박　(머리를 긁으며) 헤헤헤. 난 또… 어서 올으십시오. 치우셨죠? 아-니 한마라두 못 잡으셨나요?

천　박서방은 잡었소?

박　전 꿩 두 마리 잡었지요. 벌써 복가놨습니다. 헤… 저야 뭐 이 근방이라면 어듸메 뭐가 기기 어듸메 뭐가 나는 것쯤 휑 꿰뚫어 아니까요. 어서 들오십시오. 가만 계십시오. 눈을 털어 드립죠. 허- 많이 싸혔네. 올겨울엔 무슨 눈이 체면두 없이 작구 내리신담.

천　색시가 눈길을 오기 괴롭겠소.

박　원 서방님은 허허허 별 말씀을 다 하시우. 헤헤헤. 그런데 참 우습단 말씀이야. 겨울 사는 두께비 처럼 다 늙어 쪼그라진 놈이 이 나이에 장가가 다 뭡니까?

천　무슨 소리요. 고목에만 새싹이 돗는답듸까. 어-거참 그만 오구 끈쳤으면 좋으련만…

박　자 불을 쬐십시오. 너무 갓가히 가시면 숫내에 골치가 앒습니다. 거참 총이 좋단 말씀이야. 반짝 닥글수룩 윤끼가 나는군입쇼. 아무튼 기계는 서양사람걸 쓰기루 마련어어요. 허-참 좋은 물건이군. 탕탕 헤헤헤헤.

천　(권련을 끄내여) 박서방 한 대 피우슈. (부쳐물고) 박서방 용허슈. 이런 기픈 산중에서 한겨울을 혼자 지내다니. 좀해가지군 못 할 일인데.

박　아 뭐 이까짓 다 썩어빠진 눔을 때려죽일겁니까, 물어갈겁니까. 돈이나 많다면 도적놈 걱정이래두 하겠지만 삼년 석달 꺽구루 서봤자 노랑돈 한 푼 나올 구멍 없는데 무슨 걱정이겠오. 그러구보면 없는 것두 맘이 편해서 좋긴 허군입쇼.

천　장가들어 재밋게 사십쇼. 아들 딸두 많이 낳구, 한평생 고생한 박서방에게 늘그막 복까지 없대서야 소위 천지신명이라는 것두 너무 무심치 않소.

박　글세요. 많인 몰라두 아들 하나 딸 하나 허허허. 허지만 나이 오십에 자식이 다 뭡니까.

천　박서방은 자식이 하나두 없어요.

박　웨요. 있었읍죠. 자식두 마누라두 무진년 무내기에 잃지 않었으면 큰 아들놈은 지금쯤 황소대가리래두 비틀어 죽일 만한 건장부가 됐을텐데요. 사람의 팔자란 일조일석에 확 뒤박힌단 말씀이야. 옹졸 그리구 살어봣댓자 안될건 안되구, 잘 될건 잘 되구 그저 남과 같이 세상

살자니 인사니 욕심이니 다 있는 것이지 생각하면 뭐가 뭔지 모르겠단 말씀이야.

천　죽지않구 살아가겠다는 욕심이 벌서 모든 걸 규정지어버리는 것이지요. 병든 사람보구 죽으라구 해서 좋아할 사람이 있겠고, 가난한 사람보구 거지가 되라구해서 좋아할 사람이 있겠소. 다 그렇게 돼 버리기가 첩경. 쉬우면서두 끗까지 그것만은 싫은 것이요.

박　욕심이란 더러운 것이란 말씀이야. 체 고거 다 늙어 장가란 또 무슨 얼투당투 않은 수작이람. 허허허허. 그런데 그 이상한 건 항용 않 그렇든 것이 장가간다는 생각을 하니까 어째 뭔지 뜨거운 불길 같은 것이 치밀어 올은단 말씀이요. 헤헤헤헤. 그걸 보면 사람이란 운이 없어두 못 살구 계집이 없어두 못 사는 것인가봐. 그렇지만 그렇지두 않겠지요.

천　아무튼 잘 되셨소. 행복을 바라는 것은 누구나 다 가질 수 있는 권리니까 그걸 얻었다구해서 잘못이나 나무럼을 받겠소. 오십 아니라 백살이드래두 사는 사람은 다 좀도 행복하자는 꿈이 있을테니까요. 돈 있는 사람이 제자리를 꽉- 직히려는 심사나 그 밑에 일하는 사람이 같은 지위와 권리를 주장하는 것이나 다 어느걸 납부다구 할 순 없지요.

박　그렇지만 서울 서방님을 앞에 두구 이런 말 할건 아니지만서두… 돈 있는 사람은 너무 합니다. 혼자 먹구 남는 걸 뭐가 아까워서 구지 간직한단 말씀요. 다는 안되더래도 반만 이래두 가난한 사람께 나눠줘서 벌을 받으나 금시 뼈앓은 일이 생기겠오.

천　산에 올러가는 사람은 눈 아래 넓은 벌판이 다 내려다뵈여두 높은 봉오리를 향해서 작구 올라가는거요. 그 욕심을 사랑과 박구는 것은 오직 천에 하나, 만에 하나 그야말루 어진 사람의 하는 일이지요.

박　어이구 하지만 내가 잘났네, 내가 점잖네 하는 사람일수룩 욕심은 더합니다.

천　박서방은 심각한 말을 좋아한단 말이야. 어서 아들 하나 나아서 올바르구 용감한 청년을 맨드시우.

박　헤헤헤헤.

천　정말 모든 일은 젊은 사람의 올바른 마음과 용기만 있으면 다 뜻대루 이루어지는 것이오. 나이 먹으면 사는 것에 편하기를 바라구 남앞에 숭경을 받기를 바라구… 내 한몸이 비록 수 많은 사람의 해골우에 서드래도 근심걱정만 없으면 고만이니까요.

박　　그것두 돈 있구 지체 높은 사람들 이야기겠지요. 나는 그저 서울댁 령감님께서 맛기신 이 산 하나 파서 노다지나 하나 얻으면 수십년 같이 고생하다 병인(?)이 되어버린 불상한 동무들을 모두 불러다가 먹을 걱정 없는 동내나 하나 맨들어보구 싶다오. 내 한 몸이 살자면야 돈은 있서 뭘하오.

천　　금이 나올까.

박　　나옵니다. 령감님께선 이걸 버리셨지만 나는 어떡허든지 이 골잭이에 하늘을 찌르는 굴둑이 열 개 스무개 서게 해벨랩니다.

천　　그렇지만 꿈이란 이루워지기 어려운 것이요.

박　　그야 그렇습지요. 정녕 하다가 아니되면 그때는 저 아래 봉덕사에 가서 떨어지는 나무놈이나 긁어 몹으구 념불이나 하다 한평생 마치지요.

천　　아니 박서방은 부처님을 좋아했오.

박　　부처님요. 그까짓 나무나 쇠로 맨든 부처님이 좋으면 뭘 하겠소만 중이 되는 것두 납부진 않겠지요.

천　　부처님을 싫여하는 중이라.

박　　부처님 보담은 마누라 자식이 더 그리운걸요. 헤헤헤.

천　　그런데 이건 해질 무렵인데 신부가 웬일일까. 꼭 오늘 오나요.

박　　틀림없겠지요. 그 색씨라는 자의 외삼춘인 즉슨 저 아래 거리 마을에 사는데 전에 같이 금전판을 돌다가 어떻게 어떻게 해서 한 밑천 잡은 사람입지요. 윤서방이라구 서방님도 아실법 한데. 아 이 산 매매할 적에 중간에 섰든 사람 있지 않습니까.

천　　글세 나는 아버지가 허시는 광산 일엔 일절 챙견하진 않으니까.

박　　참 서방님은 몰르시겠군. 윤서방은 나허구 각별히 친하답니다. 그렇지만 친하다는 것 허구 돈허구는 또 문제가 달릅드군요.

천　　허- 왜요.

박　　이 산 매매 때 구전으로 천원 나온걸 중간에 섰든 윤서방허구 저허구 반식 나눈 일이 있었읍죠. 그런데 윤서방이 색시 하나 구해 줄테니까 이백원 하나만 쓰면 다 된다구 하길네 친구 말을 믿구 그대루 했읍지요. 그런데 알아보니까 그것이 그 사람의 족하딸이라는 군요. 뭐 나이는 스물 여들살 자식이 하나 있는데 남의 집에 줘 버렸다나요. 여자는 한 삼년 술집에 팔려 있었다드군요.

천　　마음만 얌전하다면 과거야 문제 됩니까.

박　　저 같은 놈이 좋은 색시를 바라겠습니까. 그렇지만 친구 간에 족하

딸을 팔아 먹는게 좀 기분이 납부단 말씀이야.

천　아무튼 행복하게 사시오. 참 서방님 한가지 미안한 청 입지만 꼭 들어주서야겠는데… 헤헤헤헤 그 결혼식이란 으례히 중매가 있는 것이 아닙니까.

천　날더러 중매를 서란 말인가요.

박　안될까요.

천　그게 필요합니까.

박　필요랄건 업지만서두… 그래두 일생을 매즐 결혼식이 아닙니까.

천　큰 일 낫는걸. 나라는 사람은 친구 결혼식에두 가기를 싫어하는 사람인데, 손님 접대란 도무지…

박　사냥차루 오신 서방님께 이런 일을 부탁하는 것은 례가 아니지만… 그 뭐 이렇게 생각마시고… 윤서방 일에야 례절을 찾을만한 위인은 아닙니다. 술만 한잔 들어가면 지랄지랄 뻔을 사람인데… 그저 첨 들어올때만 손님으루 맞어주십시오.

천　어듸 해봅시다. 박서방 잔치에 내 힘으루 될 수 있는 일이라면 거절할 수가 있소.

박　(람포에 불을 켜며) 헤헤헤. 저녁이 늦어 배곮으시겠수다.

천　어째 오늘은 박서방 일생일대의 좋은 기분이군요.

박　사모관대는 하지 않아두 장가드는 신랑이 아닙니까. 헤헤헤헤.

천　혼인 첫날 밤에 나같은 것이 곁에 있으면 신랑신부가 좀 무엇할텐데!

박　온 별말슴 다하시오. 북그럽다는 이팔청춘인가요 뭐… 가만 있자 서방님 우리끼리 한 잔 합시다.

천　신랑이 취해서야 어떡하오.

박　뻔뻔한 얼굴로 맞어드니긴 좀 암만해두 어째… 한 잔 해서 홍을 독급시다. 가만 겝쇼. (부엌으로 나간다)

천　저쪽 손님들께 폐가 안되지 않소.

박의 소리　파탈한 친구 지간인데 뭐 상관있습니까. (?) 춘 이지만 이놈 저놈 농트는 새랍니다. (술상을 들고 드러온다) 뭐 안주가 있어야지. 자 한잔 드십시다. 추운데 쯔르륵하는 맛이란 거리에서 ? ?는 색시 무릅에 앉치는 것과는 또 다른 맛이 납니다. 자-

두 사람 술을 먹는다.

천　좋습니다.

박　좋습지요. 이렇게 눈이 오시는 밤에 혼자서 바람 소리를 들으면서 술을 먹는 것은 좀 맛보기 어려운 재미랍니다.

천　박서방의 생활이 부럽소. 전차솔, 자동차 소리, 사람의 아우성, 서울 한 복판에서 생각하는 것이란 샛밝안 입술, 도박, 돈, 명예. 이런 고요한 산 속에 오면 그 하나두 가치있는 것이 없으니 통쾌하오.

박　자- 봅시다. 이 늙은 박서방의 살림두 결쿠 값없는 것은 아닙넨다.

천　그렇지요. 허지만 나더러 여기에서 한달만 살라면 미칠 것이요. 이 적막 속에선 젊은 생명을 어듸다 붙이면 튀어나는 것을 발견할 수 있을는지.

박　서방님 같으신 분이야 도회에서 사서야합지요.

천　그게 운명일게요. 그렇지만 도회에 내 생명을 건져줄만한 새로운 것이 있는 것은 아니요. 도회두 내가 살기엔 이 산 가운데만 못지않게 적막한 데지요. 다만 혼자 사는 재조를 배우지 못했기 때문에 아우성 속에 사는 것이지요.

박　헤헤헤헤. 이 담에 생각 나시거든 그러십시오. 어떤 깊은 산골에 어떤 사람이 살었느니라구. 자- 또 드십시오. 그리구 그 사람은 이름두 없구 아무두 없구 늙어서 여자 하나 곁에 있었느니라구.

천　좋소 좋소. 오막살이 어두운 방에 그의 그림자는 다리아처럼 아니 함박꽃처럼 화려했느니라구… 박서방 나두 여기서 살구 싶소. 이름 모를 소박한 색시와 단 둘이서… 나이두 버리구, 부모두 버리구, 저세상엣건 모두 버리구… 참 좋소.

박　자- 쭉쭉 디리키십시오. 서방님 나 장가듭니다. 아들 딸 낳습니다. 입분 귀염둥이.

천　나야지요. 아들이거든 그 이름은 한번 큼직하게 조선이라구 지으십시오. 아니 동무라구 지으십시오. 박동무… 왼 세상 사람의 동무라구 지으십시오.

천　거 참 좋습니다. 동무 동무, 높은 사람 앞에서두 동무, 나 많은 사람 앞에서두 동무.

천　그리구 딸이 나거든 뭐라구 할까. 딸두 동무라구 짓소. 딸두 아들두 다 동무라구 지으시오. 자- 박서방의 귀염둥이 동무를 위해서 듭시다.

박　동무, 동무… 허허허. (쓸쓸한 웃음)

윤서방과 복녀 들어온다. 윤서방은 두루마기 우에 외투를 입고 긴 목다리 보선 집신을 신고 새끼로 칭칭 동여매었다. 방한모 자주빛 톡톡한 목도리. 옆차기에 술 한병 찻다. 복녀는 솜저고리 둘을 껴입고 치마는 걷어올려 허리에 감고 솜이 두터운 바지, 집신엔 새끼를 감었다. 큰 보따리를 이고 손에는 장갑 대신 보선을 끼었다. 얼굴 전부를 수건으로 싸어 눈과 코만 보인다. 그러면서도 몸은 몹이 가늘어보인다.

윤　박서방 여보게 신랑.
박　아이 아저씨 이꼴을 하구… 아이 어떡해. (돌아서서 몸 간수를 한다)
천　박서방, 왔나보오.
박　네, 왔어. (펄적 뛸 듯이 일어나 문을 연다) 아이구 윤서방인가. 수고했네. 어서어서.(술상을 한구석에 밀어놓고) 서방님 좀…
윤　거 눈 때문에 혼 났는 걸. (신들매를 풀며) 오르막 길이 이렇게 밋그러운지 난 세 번이나 너머졌지.
박　아니 아저씨두 참.
천　오시기 수고하셨습니다.
윤　온 천만엡쇼. 얘 어서 신들매를 끌러라. 그 보따리 인다우. 인네.
박　이걸 뭘 가져왔나.
윤　시집 오는데 맨 몸둥이 하나루 와서야 되나, 이 사람. 어- 거 눈길이 사납군. (들어가며) 박서방, 이 분은 누구시지.
박　음, 이 분인즉슨 그 왜 자네두 알지. 이 광산 주인 되시는 서울 천주사 령감님의 맛 자제님이시네.
윤　네, 그러시오. 먼처 뵈입기 늦었오이다. 이 사람인즉슨 이 아래 토막동에 사는 윤팔동이리구 불러 주십시오. 직업은 변변치 않은 신탄상(　)을 경영하고 있는 바올시다.
천　천만석이올시다.
윤　어떻게 이 산골까지 오셨습니까. 얘 들어오지 않구 뭘 해, 복녀야.
박　지금 들어가요. (천천히 신들매를 풀고 옷매무새를 가추고 있다)
박　서방님께선 사냥차로 오셨다가 우연히 이런 일을 당하게 되었다네.
윤　네, 사냥을요. 팔자가 좋으십니다. 복녀야, 뭘 하구 있어. 밖에서 얼어죽을테냐.
박　(문을 연다. 시선이 마조친다)
박　서방님, 전 술안주 좀 채려야겠습니다. 그 뭐 있어야지. (일어선다)
윤　이 사람 달아나긴 왜 달아나. 거지 앉어.

천　박서방 앉으우.
윤　아 앉어. 애 인사드려라. 이 분이 네 남편 되신 박삼덕씨다. 어서 이쪽으루 얼굴 돌리구. 첨 시집이게 이렇게 부끄러우냐.
박　그 뭐 허 참. (펄적 주저앉아 술상을 내놓으며) 자- 위선 추울텐데 술이나 들게. 자- 잔 밧게.
윤　벌서 술이야. 가만있어, 술이라면 나두 한병 차구 왔네. 자- 옛다. 처삼촌인 내가 족하사위한테 술을 사가지구 오는 것은 일이 아니지만 이것만은 친구간으로서 하는 것이야.
박　이건 뭘. 자 한잔 들게. 제발 오늘만은 주정을 말어.
윤　무슨 소린가. 서울 선생님과 내가 곤주가 돼서 쓸어져 코를 골았으면 자네야 옳다구나 할 처지가 아닌가. 선생님 않그렇습니까. 자- 같이 드시죠. 어- 술맛 좋다. 박서방 들어. 애 복녀야 그 뭐 안주 가져온거 없니.
박　참 안주를 뭐 맨들어야지. (일어선다)
윤　이 사람이 왜 이렇게 서성거리나.
박　북어 있어요, 아저씨.
윤　이걸 다 주면 어떡해. 네 손으로 나가서 짓뚜들겨서 뭘 맨들어라.

복녀 조심조심 부엌으로 나간다.

박　그 저 꿩고기 볶근 것두 좀 남었을텐데… 그리구 고추장 간장은 당반에 있구, 기치두 구석 항아리에 좀 있구… (머리를 긁으며) 자- 술 들어. 서방님 드십시오.
윤　아주 제법 신랑 다웁구나. 이사람, 난 오늘부터 처삼촌이야. 그러니까 이젠 아저씨 아저씨하구 불러야지.
박　앗다, 술이나 들어. 참 밥두 지어 놨으니까 거시기… 윤서방 그 밥 좀 잡숫두룩.
윤　됐어 됐어. 애 복녀야, 거기 밥이 있다니까 배 곺으거든 먹어라.

대답대신 도마에 칼소리.

박　자- 서방님 드십시오. 윤서방 뭘 해.
천　박서방의 행복을 빕니다.
윤　박서방 인제 아들 딸 많이 낳구, 돈두 많이 벌구 잘 살아야하네.

박　　헤헤헤 내가 돈을 벌어.

윤　　암 벌어야지 무슨 소린가. 서울 선생님 그렇지 않습니까. 돈만 있으면 뭐든지 다 되는것입죠. 뭐니뭐니해두 돈이 위습니다.

박　　이사람 하늘의 별두 딸 수 있다든가.

윤　　암 무슨 소리야 따두 괜찮은 거라면 따지. 세상이란 허수룩한거야. 천원 하나만 있어보지. 면 협의원 하나쯤은 떼논 당상이지.

천　　허지만 올바른 마음만은 돈으루는 사지 못합니다. 평생을 살아가는데 내마음 때문에 내가 괴롭지 않구 내 하는 일에 뉘우침을 늑이지 않는다면 천만금이라두 아깝지 않게 바치지요.

윤　　저이들이 그런걸 뭐 압니까. 어쨌든 돈이란 좋드군입쇼.

천　　자 듭시다. (자폭적인 술이다) 박서방 딸으시고 작구 먹읍시다.

박　　난 아주 여북(?) 취했는 걸입쇼. 윤서방 들게. 자네허군 오래간만이야.

윤　　이사람, 자네가 뭔가. 이젠 아저씨라든지 처삼촌이라든지 달으게 불러야지.

박　　아따 그렇게 건(?)으는게 좋거든 행길에 나가서 천하대장군이나 되지.

천　　나를 버려야 하오. 내가 무어야. 나란 한 개 몸덩어리, 나란 한 개 추한 욕심, 나란 한 개 어설픈 그림자. 자- 드시오. 나두 아마 몹시 취했나보오. 자- 박서방, 부디 행복하시오. 나는 정말 박서방을 좋아하오. 내일 아침엔 우리 같이 사냥을 갑시다.

박　　그렇습지요. 저 아래 늪에 가면 얼음 우에 물새가 납지요. 같이 가십시다.

천　　싫건 잡어봅시다. 내 왼 몸둥이에 그 애릿애릿한 물새의 피를 발라보구 싶소.

복녀 술 안주를 들고 들어온다.

박　　국두 좀 끄렸으면…

박　　헤헤헤 뭐 있어야지.

박　　좀 사가지구 올 걸… (구석에 가서 앉는다)

윤　　헤헤헤 됐어됐어.

박　　이사람 술이나 들어.

윤　　술루 나를 녹일 셈인가. 서울 선생님 정말이지 박서방은 나한테 평생 두구 고마워해두 오히려 정성이 못자랄겝니다. 이 내 조카딸인즉슨 한 동안 화류계에 있긴 했지만 성품만은 참 고흔 편입니다.

이것만은 내 손바닥에 장을 지지구 맹세합죠.

천　그런 말은 아니 하는 겁니다.

윤　다 롱담입지요. 그렇지만 정말 박서방한테는 과난(?)한 색시야.

박　아저씨.

윤　뭐 어때서 그래. 넌 잠자구 있어.

박　아저씨 술이 취하셨어요.

윤　내가? 아직 멀었다. 자- 박서방 드세. 서울 선생님 졸지 마십쇼. 자정은 아직 멀었습니다.

천　에- 취하는군.

박　서방님 드시유. 저를 위해서두 오늘 저녁은 세상이 꺽구루 돌두룩 취해 주십시오.

윤　암, 일생일대의 큰 성사가 아닌가.

박　사람 넷이 모여 성산가.

윤　올 사람은 다 오지 않었나. 자네 집에 사람 넷이 모이기두 첨일게야.

천　박서방, 박서방은 철학가요. 고독을 사랑하는 철학가요.

윤　유식한 양반은 말슴이 달르시단 말씀이야. 참 박서방, 내 자네한테 청이 한가지 있어. 이것만은 꼭 들어줘야하겠네-

천　갑자기 청은 또 뭔가. 나같은 사람께두 청할 일이 있었나. (?)

윤　정말야. 오늘 같은 날에 례가 아닌 것은 알지만서두 이야기가 좀 긴한 이얘기야. 이것만은 친구 의리루서라두 들어주지 않으면 않돼.

박　아따 이 사람은 무슨 다짐이 이렇게 많아.

천　어- 취해. (뒤로 잡바진다)

박　서방님 왜 벌서 누으십니까. 더 드십쇼. 술은 많습니다.

천　나는 취했오.

박　아저씨도 그만 드세요.

윤　챙견 말어. 박서방 나 말일세 올 겨울에 장사 좀 단단히 해 보려네.

박　그만 벌었으면 됐지 또 돈 욕심이야.

윤　앗다. 벌 수 있으면 벌어야지. 내가 만석꾼이란 말인가 천석꾼이란 말인가.

박　먹구 살것만 있으면 고만이지.

윤　원 이사람 말 따우 좀 보게. 사람이 돈 모우는 욕심이 없어서야 어듸다 쓰나. 백만장자보구 물어보게 돈 모우는게 싫소 좋소.

박　그래그래 어서 많이 벌게나. 자 돈은 이따가 벌구, 술이나 들어.

윤　박서방 나 돈 이백원만 돌려줘.
박　이백원, 아니 나 보구 돈 꿰달란 말이야.
윤　그래 이백원만… 산판 하나 사는데 꼭 이백원 모자라.
박　에이 이사람 이백원이 뭐야. 원 돈 있을 사람보구 꿰달래야지.
윤　그럼 자네 돈이 없단 말인가.
박　내가 무슨 돈이 있겠나 생각해보게.
윤　아니 자네 정 나한테 감출테야.
박　내가 뭘 감춘단말야.
윤　자네 이 산 매매할 때 얼마 먹었지.
박　그야 우리 똑같이 오백원씩 나눠먹지 않었나.
윤　내가 모를줄 알구 이러나. 일천오백원에서 자네가 천 원 먹었지.
박　내가 천원씩이나. 에이 얼투당투치두 않은 소리 말게.
윤　뭐거 얼투당투치 않어. 내가 듯지 못한 소리를 허는 줄 아나. 적어두 윤팔동이야 어림없네 어림없어. 날러가는 바람 소리두 알아듯는 당나귀 귀야. 왜 시침을 뗄랴구들어.
박　에- 이 납븐 사람. 자네 날 그렇게 믿지 못했던가.
윤　누가 납버. 친구 속인 네가 납부지, 내가 납부냐.
천　그게 친구 간에 하는 소리냐(?)
윤　왜 못해. 친구간이면 오백원식이나 눈 뜨구 떼이란 법이 있어.
박　아니 이 사람이 생사람 잡을려구 들지 않나.
윤　그럼 이백원 못 내놓겠단 말이야.
박　없는 걸 낳어 달란 말이냐. 어떡허란 말이냐.
윤　이놈의 새끼 정말 시침이를 뗄 셈이야.
박　옛다. 점점 좋은 소리가 나오는구나.
윤　너 친구 몰라보는구나. 족하딸 하나 줬는데 단돈 이백원 내놓기 아까우냐. 그래 내가 너헌테 돈 이백원 받지못할 처지란 말이냐.
박　에-이 납분놈, 족하딸 팔아먹구 또 그 등을 긁을랴구들어.
윤　아니 이 놈이 누구보구 납분 놈이야. 이놈 오백원 돈을 몽탕 식한 네놈이 납부지, 내가 납버.
박　아저씨 오늘 같은 날에 왜 이러세요.
윤　아저씨가 무슨 얼어죽을 아저씨야. 이놈 당장 이백원 내놔.
박　이놈 썩 가거라. 우리 문전에 나뜨지말구 나가라, 이놈.

두 사람 일어선다.

천　아니 웬일이시우. 아 이걸 다치겠오. (화로와 술상을 치운다)
윤　오냐 가마. 그렇지만 복녀는 데리구간다. 그러구두 너한테는 이백오십원 받아 낼 권리가 있어.
박　자- 이런 억울할데가 있나. 글세 서방님 내 말좀 들어 보십쇼. 령감님께서 이 산을 사실 때 저이가 구전으로 천원 받지 않었습니까.
천　나는 광산 일은 몰으오.
윤　거봐라, 이놈. 이 이 도둑놈. 네가 돈 오백원을 감족같이 삼켰지.
박　아니 이놈이 그래두 사람께 누명을 씌울려구들어. 이 놈 어서 가거라, 이놈. (덤벼든다)
박　아저씨 아저씨
윤　이놈의 새끼 누구한테 덤비는게야.

두 사람 엎치락뒤치락.

천　아 글쎄 왜 이러슈, 점잖지 못하게. 자- 박서방 이손 놓구… 박서방!

말리다못해 이불을 두사람에게 씌워놓구 위를 눌른다. 이불 속에서 노호와 비명이 한참 들리다가 술취한 두사람은 잠이 든다. 천은 맥시(?) 풀려 두사람을 깔고 앉어 숨찬 한숨을 쉰다. 복녀는 구석에서 얼굴을 싸고 운다.

천　술김이니까 내일 아침 맑은 정신이 들면 다 잊어버릴겝니다. 곤하실테니 어서 주무십시오. (잡바진다)

복녀의 간간한 울음소리.

천　주무십시오. 하찮은 일입니다. 주무십시오. (이러나서 람포를 끈다)

어두운 속에 눈이 나린다. 바람소리.

시낭독
눈이 나린다
끗없이 끝없이 눈이 나린다.
오랜 세월의

시름과 눈물을 씻처줄려고
하이얀 눈이 끝없이 나린다
복녀야!
불쌍한 복녀야 웨 우느냐
네 눈물 우에도 하염없이
하이얀 눈이 나리는구나

따뜻한 양지밭에
한간 오막살이
삶이 그리워 찾어왔거든
울어라 울어라 싫건 울어라
하이얀 눈이 나려나려서
네 서름 우에 하이얗게 나려서
하이얀 눈 속에 웃음이 되리라

눈은 멋고 날이 밝는다. 코골고 자는 세사람. 복녀도 벽에 기대여 웅쿠리고 앉은 채 고개만 갸웃둥 잠이 들었다. 윤서방이 눈을 뜬다. 이러나 선하품을 하고 사위를 살펴보고 입맛을 다신다. 술상머리에 가서 술병을 흔들어보고 술잔에 부어 련거퍼 들이키고 손으로 안주를 집어먹고 문밖을 내다본다.

윤　복녀야 애 애 복녀야 애 애 이년은! 애 복녀야.
박　아저씨 깨셨어요.
윤　벌서 날이 밝었다. 어서 가자.
박　네, 어듸루요.
윤　어딘 어듸야. 집으루 가자.
박　아저씨
윤　이깟놈의 집엔 한시각두 앉어있기가 싫다. 어서 이러나.
박　아저씨 웬 일이예요.
윤　웬일이 뭐가 웬일이야. 이런 인정두 은혜두 모르는 놈과는 이런 사이를 끊는다. 내가 잘못했단 말이야. 건너 마을 공주사가 너를 달라는 걸 그래두 친구 좋다구 이깟 놈 헌테루 데리구 왔드니 그래 겨우 한다는 짓이 나를 괄새하는 거야. 에이 참.
박　난 안가요.
윤　아니 그런 여기서 이놈과 살겠냐.
박　난 못 가겠어요.

윤 　이년이 정신이 있어 없어. 잔말 말구 가자. 이제라두 늦지 않으니 공주사헌테루 보내주마. 글루가면 나두 천원 하나는 생겨. 코흘리는 걸 둘식이나 길러줄제, 나는 공미천을 듸릴랴구 했겠니.

박 　아저씬 너무 해요.

윤 　뭐가 너무해.

박 　그 어린 것들을 길러 주신다기에 저는 눈을 감구 그런 곳에라두 가잖었요. 그런데 아저씨는 그것들을 이름두 모를 남들에게 다 줘버리구 또 이제와서 돈을 바라구 저를 팔아먹을 작정이세요.

윤 　아니 이년아. 그래 애비두 없는 거지같은 것들이 애비 몰르구 하루 세끼 배터지게 먹구 자라는 게 싫으냐.

박 　아저씨는 부모된 마음을 몰르서요.

윤 　잔말 말구 가. (손목을 끈다)

박 　아저씨 왜 작구 저를 괴롭게 구세요. 이젠 그만 좀 내버려둬주세요.

윤 　이년이 안 갈테냐. 정 안갈테냐.

박 　아저씨-

윤 　(팔을 제친다)

박 　가요. (이러난다) 그렇지만 뭐라구 말좀… 이제 잠을 깨셔서.

윤 　이까짓 놈이 무슨 소용이야. 자- 어서 가자. 공연히 눈길을 헛고생이로구나. 너두 인제 공주사헌테루 가면 호강한다. 자식만 하나 나 보렴. 금이야 옥이야 귀염을 받을테니.

천 　(머리를 든다) 여보 너무 하지 않소.

윤 　뭐 너무하오. 당신은 참견 마시오.

천 　가드래두 박서방께 한마듸 말이나하구 가시구려.

윤 　말은 무슨 소용이요. 안살구 가면 그만이지. 첫날밤 한 이불에서 잤게 리별이요. 얘 가자.

박 　아저씨. (주저앉는다)

천 　당신은 너무 하시오.

윤 　뭐가 너무하오. 이년아 왜 또 들어앉어. 가 이년아. (팔을 제친다)

윤과 복녀 밖으로 나간다.

천 　박서방. (흔들어 깨우려다가 그만둔다)

윤 　뭘 꿈지러거리구있어.

박 　한마듸 인사라두 해야 할걸.

윤　이년은! 어서 신발 신지 못해.
박　아저씨 나는 정말…
윤　잔말 말어. (팔을 끈다)

두 사람 나간다.

천　(내다보다가 돌아와 박을 깨운다) 박서방 박서방 일어나슈.
박　네 어이구 서방님. 벌써 깨셨구려. (의아해서 주위를 둘러본다)
천　데리구 갔오.
박　가다니요.
천　안 가겠다는걸 끌구 갔구료.
박　(문을 열어 제치고 달려나가려다가 주저선다. 약한 웃음) 헤헤헤헤. 갔구료.
천　박서방.
박　갈테지.내게 뭐가 있어 오겠오. 잘 갔지요. 헤헤헤 괘-니 실없은 헛 꿈을 꾸었지요.
천　너머 낙심 마십시오.
박　안가겠다는 걸 끌구 갔나요.
천　박서방 우리 아침 사냥이나 나가보지 않겠소. 아랫 숲에 들새들이 왔겠구료.
천(박)　참 사냥이나 나갑시다.

아침햇살이 빛인다. 두 사람은 사냥준비를 한다.

박　혼자 사는게 좋습지요. 그까짓 여편네는 있어 뭘합니까. 산으루 벗을 삼구, 구름과 이야기하구 소용없는 금이나 캐면서 한세상 끝맺지요. 이젠 마즈막 허욕두 다 버리겠습니다. 서방님 아침 볕이란 포근한 것 같으면서두 차겹습니다. 두둑히 껴입으십쇼. 우리 들새를 많이 잡읍시다. 헤헤헤. 사람을 낙다가 못 낙것으니 대신 들새나 많이 잡아야지요. 그놈만은 내 말을 잘 듯는답니다.
천　그래서 남은 술에 안주하야 싫건 취하도록 먹어볼까요.
박　그거 좋습지요. 돈 없이 못사는 세상이라면 취김에 잊어버리는 것두 좋겠군입죠.

두 사람 신을 신는다.

박　서울 서방님, 이런 구경은 첨입지요.
천　사람 사는곳은 다 마찬가지요.
박　그렇습죠. 다 마찬가지겠읍죠. 어-허 오늘은 눈이 잘 녹겠다. 파시시 파시시 나무닢에서 떨어지는걸 보십쇼. 말쑥한 고놈… 서방님 돈 때문에 마음을 조리지않구 쌈하지두 않구두 살 수 있는 세상은 없을까요.
천　있겠지. 사람이 힘이 약해서 꿈만 꾸구 실찬하지 못하니 없는 것이지, 맨들려면 얼마든지 맨들수가 잇는 세상이겠지요. 이 세상에 좋은 걸 좋다구하는 마음이 있는 한 그런 세상이 아니 도라올 리가 있소.
박　그렇습죠. 작구 변하는데 다람쥐 체박휘 돌 듯 제자리만 도라서야 어떻게 하겠오. 서방님 머지않어 그런 세상도 도라올겝니다.
천　자- 박서방 갑시다. 그런 세상이 도라오는 날은 박서방의 날일게요. 나같은거야 그 중간에서 버러지처럼 이것두 아니구 저것두 아니구 밟혀죽으면 고만이지만, 박서방은 좋은 세상을 찾어갈 수 있을게요.

두사람 나가려한다. 복녀 달려온다. 숨갑부게 박서방의 앞에 와서 너머질 듯 발을 멈추고 말을 못한다.

박　아니! 이 웬일이시오.

윤의 소리　이넌 다러나긴 어델 다러나.
윤서방 쫓아 올라온다. 복녀는 박의 뒤에 숨는다.

윤　이년아 정 이럴테냐.
박　아저씨 왜 작구 저를 못살게 굴어요. 이제는 그만 좀 내버려주세요.
박　(총뿌리를 겨눈다) 윤서방 이 색시를 못데리구간다. 가라 가.
윤　뭐 뭣이 어째. 아니 이놈 누구헌테 총을 겨누는거야. 어서 치우지 못해. 그 총을…(뒷거름친다)
천　쏠테다. 너까짓놈은 죽여두 괜찮아.
윤　원 저놈이… (달려나간다. )
박　납분놈, 고얀놈 같으니. 내가 내가 그렇게…

복녀 슬며시 마루 앞으로 간다. 저고리 소매로 눈을 가린다.

박　　총을 땅바닥에 떠러트리고 쓱 얼굴을 딱으며 히죽히 웃는다. 새소리.

막.

# 바우

(3막5장)

한태천(韓泰泉)

인[1]

박첨지
그의 처
을순 그의 딸
원도(元道) 그의 아들
바우
정구(貞九) 지주
용팔(用八) 그의 소작인
금촌(金村) 순사
재순(在淳) 테로 이전 정구(貞九)의 머슴
곱단이
정서방 농민
명선모
명선(明善)
정국
기타 농민 다수

1) 등장인물의 뜻.

# 제1막 1장

곳 – 평양서 서쪽으로 백리 허에 있는 농촌.
무대 정면에 사랑을 겸한 방, 바른편으로 허텅간을 겸한 대문, 집 뒤로 동뚝이 들려있고 동뚝에서 나려오는 길이 왼편에 있다.
시 – 1944년 첫여름 이양기 저녁

막이 열리면 무대는 잠시 비어있다. 멀리 가까히서 미누리[2] 우는 소리만 들려온다.
명선모 우편 앞길로 미친 듯이 사상이 뛰어나와 박첨지네 집을 가웃해 보고 동뚝 좌측으로 간다.

명 모 명선아! 명선아! 아이구, 죽겠다. 이걸 엇지 하노. (사랑방과 대문을 살펴보고) 형님. 형님, 안 게시우. (이때 바우 못짐을 지고 좌편으로 동뚝을 지나간다) 여보시 바우. 우리 명선이 못 봣나?

바 우 정영감네 집에 가는 것 같은데요.

명 모 또 증용[3]패끼리 만나서 술이겟구만. 애쿠, 내 이 구장 놈의 두상을… (하며 동뚝 우편으로 나간다. 바우도 나간다) (조곰 후에 중앙 수문 뚝으로 명선과 정영감네 아들 정국이가 술아 취하여 온다)

명 선 정국이 너 어저녁은 왜 살금히 뺏니? 왜 꽁문이를 뺏냐 말이야?

정 국 누가?

명 선 머가 누가야. 증용 가서 죽으나 술 먹구 죽으나 매일반인데, 뭘 아즉두 살금거리는 거야.

정 국 옹, 그랫댓나. 난 총각 밋천 놓는 줄 알구 좀 사양했지…

명 선 으– 그래, 감사하네. 정 오늘은 총각을 면해야겟다. 그깟 놈의 세상 멫일 살겟다구…

정 국 멫 일이 왜 멫 일이야. (하며 두리 중얼거리며 우편으로 나간다)

金村 순사, 정구 동뚝 바른편으로 등장. 金村 순사 앞을 서고 정구 뒤를 따르며, 이야길 하며 나려와 토방에 앉는다.

---

2) '머구리'(개구리)의 오식?
3) 징용

金村순사[4] 부장(部長)이 오늘은 꼭 원도 사진을 얻어가지고 오래는데- 구장님, 무슨 묘책이 없소?

정 구 글세, 저 하라는 데루 해보세요.

金 村 어떻게 영감한테 몇 번 추멕[5]을 떠 봤지만 영 없다고 그래요.

정 구 그 고집이야 말할 게 있소. 그순일[6] 증용 보낸다구 위협두 하면서 슬근히 찔러 보시지요.

金 村 글세- 그리면 될가요. 이거 원 긴데 별 하나[7]루 있어서야 되겠소.

정 구 이번엔 의레 될 텐데, 공현히 걱정만 하시지 말고 제가 하라는 대로 하서요.

金 村 그런데 이 바우란 놈을 치워야 그순일[8] 마음대로 꾀낼 텐데.

정 구 가네무라상은 당신 생작만 한단 말이야. 재순이란 놈이 나간 다음 저인 사람을 두지 못한 것을 잘 알면서 그러시우.

金 村 오-라, 구장은 바우를 집에 디려다 둘 심산이군.

정 구 가네두라상, 그러치 안소? 멀리 치을라면 증용을 보내스면 그만이지만, 내가 타격을 받으니깐요. 바우를 우리 집에 갔다 두면 나 조코 가네무라상 조치 않겠소.

金 村 하긴 우리편 치고 바우만큼 힘 쓰고 일 잘하는 놈은 없을 거요.

정 구 그렇길래 제가 하는 말이 아니요? 요새가 제일 기회가 좋구먼요. 바우란 놈이 증용 나갈가 바 떨구 있는 판이니까, 이때 낙구어채면 걸릴 게 아니요.

金 村 글세, 4년동안이나 살든 집을 증용이 무섭다고 버리고 나갈 수 있겠소?

정 구 글세, 저 하라는 대로 하세요. 을순이를 다려고 노는 것을 바우란 놈이 제 눈으로 보면 소같은 놈이 울곤 해서 뛰처 나올 게 아니요.

金 村 하하하 구장은 언제나 나보다 한수 앞선다 말이야.

정 구 그렇게 되면 제 꼭지에 쉽사리 물러나지 안소? 나는 가네무라상처럼 제 혼자 리ㅅ속만 안 봅니다. 하하하.

金 村 하하하하.

정 구 하여튼 가네무라상은 눈 우에 혹이 없어지니 좋고, 나는 일꾼을 어드니 좋구… 그럼 가네무라상은 여기 앉어 게시우. 난 바우를 만나

---

4) 처음에는 金村순사로 표기되었으나 이후에 金村으로 표기되어 통일함.

5) '취맥(取脈)', 남의 동정을 더듬어 살핌.

6) '을순이를'의 오식

7) 순사 계급인 듯.

8) '을순이를'의 오식

증용 보낼 것같이 미리 침을 놓아 두야지요. 그러구 가네무라상 바우가 못짐을 지고 지날갈 제 을순일 보내라구 그럽쇼.

金 村 그저 저는 하라는 대루 할 터이니까, 부장 하나 미러 주소. 그럼 아랫 동리로 가실냄니까?

정 구 예— 저, 그러구 명선이 에미가 나를 찾으면 모른다고 그러십쇼. 내 원, 그런 물구신 같은 년은 처음 보겠다니까.

金 村 명선이라니? 으— 이번 증용 나온 사람 말이지요?

정 구 그럼요. 글세 그 에미가 연길해 달라고 쪼차다녀 큰 강질[9]을 만낫소.

金 村 하나둘 연기해내면 끝이 있나요. 애여 증용 나오면 나갈 줄 알게 인식을 시켜야합니다.

정 구 그러기 누가 그런 걸 밧자 하나요— 그럼 전 아랫마을루 해서 도라올램니다. 그럼 안젓다 올라오십쇼.

金 村 다녀오십쇼. (정구 동뚝으로 올나가 왼편으로 거러가다가 金村순사를 향하여 웨친다)

정 구 가네무라상, 바우가 저기 옵니다. 아마 말슴드린 대루 제가 먼츰 침을 노을 터이니 한번 땃금히 말슴해 주십쇼.

金 村 염려 마십쇼.

정구 동뚝 왼편으로 가버린다. 金村순사 담배를 한 개 끄내 붓친다. 이러서서 어정어정 거니린다. 이윽고 바우 못짐을 지고 동뚝 왼편에서 등장한다. 바우는 짐에 눌리어 땅만 드러다보며 거러온다.

金 村 수구하누만.

바 우 나으리십니까? 수구는 무슨 수구요. (지게를 버서노코 땀을 싯는다)

金 村 모 거진 다 했나.

바 우 아즉 머렀어요. 그런데 이번에 증용이 많이 나온다는 게 사실인가요?

金 村 누가 그래.

바 우 구장님이 그러시기에 말이웨다.

金 村 이번엔 자네 집에서 을순이가 나가든 자네가 나가든, 한 사람은 나가야 될 걸— 내가 모가 끝나도록 기다리지는 못 하겠는데, 그럼 어떻게 하노?

---

9) 剛質, 천성이 굳센 사람, 혹은 굳셈

바 우　아버질 만나실나구요?
金 村　아—니, 을순일 맛나 이야길할 게 있어서 그래. 일하는데 대단히 미안하지만 잠간 드러오라구 닐으지 못 하겠나.
바 우　을순일요.
金 村　잠간 이야기할 게 있어서 그래.
바 우　예, 그러지요. 그럼 저도 이번엔 나가야겠지요.
金 村　왜 나가기 싫은가?
바 우　아—니요.
金 村　그저 구장의 말만 잘 듣고 열심히 일하면 안 내보낼지도 모르지.
바 우　그럼, 증용 내보내고 안 내보내는 건 구장님의 손에 달렷군요?
金 村　이 동리 형편은 구장이 제일 잘 아니까 구장의 의견을 듣고 정하게 돼.
바 우　예— (지게를 다시 지면서) 그럼 그렇게 말슴 전하지요. (바우 못짐을 지고 동뚝을 지나 올흔 편으로 사라진다)
金 村　바우란 놈 캥기는 모양이지.

- 사이 -

명선모 허둥지둥 오른편 둥뚝에 올라와 박첨지의 집으로 나려온다. 金村순사는 을순이가 오나 해서 이러나 본다. 명선모를 보고 실망하고 불쾌해서 다시 뚝방에 앉는다.

명 모　나으리, 나려오섰습니까? (허리를 깊이 구불여 인사한다)
金 村　왜 일 안 하고 도라다녀?
명 모　글세, 일을 어떻게 하겟습니까?
金 村　왜 할 수가 없어?
명 모　단 세 식구에서 집에 기둥을 뽑아가니 어떻게 일을 합니까?
金 村　나라의 명령을 복종하야 하는 거야. 그렇게 집집이 다— 사정을 볼래서야 어떻게 전쟁을 할 수가 있어! 공연히 그러고 단니지 말고 그동안이라도 일할 생각을 해야 해.
명 모　나으리, 내가 뭐 증용을 안 보내겟다는 게 아니웨다. 농사나 지여노코 보내달라고 하지 않소.
金 村　나라에서 굶어죽게야 안 해! 어서 가서 일이나 해!
명 모　예! 예! 구장님 여기 나려오시지 않았나요.
金 村　구장 만나도 맛찬가지야. 이만큼 일러두 못 아라드르면 나종 좋지

않을 줄 알어! 응?

명 모 나으리, 제발 이번만은 어떻게 연기해 주시면.

金 村 안돼! 나라의 명령을 거역하는 눔은 역적이다. 그래 아들을 역적으로 형무소에 넣구 싶어서 이래. 어서 가! 빨리 못갈 테야?

명 모 예! 예! 가겠습니다.

명선모 할 수 없이 동뚝까지 거러가서는 그래두 구장을 만나보구 싶은 마음에 동뚝 왼편으로 나려갈라구 한다. 金村순사 바라보고 섰다가 고함을 지른다.

金 村 아니! 썩 나려가지 못하겠어! (명선모 고함소리에 깜짝 놀래여 '예! 예!' 하면서 할 수 없이 동뚝 바른편으로 해서 정신없는 사람처럼 나려간다)

金 村 (마당을 어정어정 거니리며) 원! 내 오라구 하는 딸은 안 오구 외퉁며느리 온다[10]고— 을순이 이년이 오지 않을래나? 안 와만 봐라! 좋지 안치!

담배를 한 대 더 붓처 물고 동뚝으로 올나가 바른편 짝을 멀리 바라본다. 증[11]이 나서 동뚝에 돌부리를 차기도 한다. 갓 붓친 담배를 땅에 던지고 발로 빽 짓밟은다. 다시 집 마당으로 나려온다.

金 村 정 이 바우란 놈이 전하지 앗안나분! 이놈, 두구 보자! (이때 을순이 모 하노라고 헌옷을 입고 동뚝 오른편에서 나아와 집으로 나려온다)

을 순 기다리게 해서 미안합니다.

金 村 왜 그렇게 늣었소?

을 순 모 꽂든 거 마자 하구 오누라고 늣었어요.

金 村 난 바우가 말을 전하지 않았나 했구만. (을순이의 손을 잡으려고 한다)

을 순 (믈러서며) 이거 왜 이래요?

金 村 그런데 을순이 평양가고 싶지 않아?

을 순 평양 가서는 뭘 해요?

---

10) 기다리던 대상은 오지 않고 오히려 바라지 않는 대상이 온다는 속담?

11) 성(노엽거나 언짢게 여겨 일어나는 불쾌한 감정)의 평안 방언.

金 村 뭘 하다니, 나라ㅅ명령으로 가게 할래면 못 할 줄 알구.
을 순 (놀라며) 나라ㅅ명령이요? 정말이요?
金 村 내가 있구서야 을순일 증용 보내겠나… 안심해. 안심해.
을 순 아니, 이자 그 말이 정말이요?
金 村 아니야. 내 농담이야.
을 순 농담으로래도 그런 말을 해요.
金 村 (을순에게 가까이 가며) 어디 가슴 좀 짚어보세.
을 순 (물러서며) 왜 이래요.
金 村 내 잘못했어! 그만 성을 풀어. 너무 그러면 내가 무안하지 않아?
을 순 ……
金 村 그런데 을순이이 사진 준다고— 말 뿐이지. 왜 안 줘, 응?
을 순 다— 밉게 됐어요.
金 村 밉게 되긴. 왜 미울고? 내 오늘은 사진을 꼭 어더가지야 갈래!
을 순 요 담번 나려오시면 내 찾어두엇다 디려요.
金 村 아니, 그럼 내가 찾어가지고 가지. 을순네 집 살림 내용을 내가 모르는 줄 아나. 어디다 무얼 두는지두 내 알지. (金村 대문으로 빨리 쑥 드러간다. 을순 따러 가면서)
을 순 어떻게 할라구 이래요.

- 사이 -

바우 빈 지게를 지고 동뚝 오른편으로 올라와 바로 모판으로 갈가 집에 드러올가 망설이다가 집으로 나려온다. 마당에 아무두 없는 것을 보고 대문으로 가서 가만히 미러본다. 바우 질투의 불이 온몸을 태우는 듯, 지게를 버서 버리고 무엇을 결심한 듯 동뚝으로 뛰여 올라가 바른편으로 사라진다.

- 사이 -

을순 바삐 대문을 열고 뛰어 나온다.

金 村 (따라 나오며) 말해. 어디다 감찼어.
을 순 글세, 없는 오라비 사진을 작고 내라면 어떻감니까?
金 村 말히지 못 할 테야. 어디다 두었어!
을 순 정말 없어요.

金 村 공연히 내 말 안 드르면 공장으로 가는 거 알지?

을 순 공장으로 가면 갔지, 없는 걸 어떻게 내란 말이요. (金村, 을순이가 쥐고 있는 보퉁이를 달려들어 뺏는다)

金 村 (보퉁이를 두져 보다가) 옳지! 금반지로구나. 금반지를 다 감춰뒀구나! 공장으루 간다. 공장으루 간다.

을 순 맘대루 하시라우요. (을순 빨리 동뚝으로 올라가 나가버린다)

金 村 을순이! 을순이! 고년두 제 애비 피를 받아서 막무가낸데… 하긴 제 오래비 사진이 내 손에 드러오면 큰일날 줄을 너도 알긴 안다. 내가 냄새를 맡은 담에야 그냥 만만히 물러갈 줄 아니? 에이! 오늘은 헛버리로군. (반지를 가지고 어슬넝어슬넝 동뚝으로 올라가 왼편으로 사라진다.

- 사이 -

바우 손에 낫을 들고 성난 소같이 씩은거리며 나온다. 쏜살같이 대문으로 드러갔다 나온다.

바 우 에이! 내 이놈에 깍쟁이 색기를— (손에 든 낫을 내던지고 마당에 넘어진 지게를 발로 찬다)

— 가만히 용암 -

# 제1막 2장

무대는 전장(前場)의 그날 저녁, 막이 열리면 무대는 비여 있다. 박첨지 지게에 짚그릇 화로를 언저 지고 드러온다. 뒤로 처 광주리를 이고, 을순 물동이를 이고 드러온다. 박첨지 지게에서 화로를 내려 노터니 홱 집어 던진다. 처, 을순 부엌으로 드러간다. 박첨지 꽁문이에서 담배ㅅ대를 빼어 담배 지갑을 풀어 담배를 담아 회로에 불을 붙인다.
뻭뻭 담배만 한참 빨고 앉아있더니—

박첨지 아니, 대관절 엇지된 영문이가, 응? (처 을순 아무 대답이 없다) 이리들 좀 나와! (처 을순 부엌에서 나온다) 그래 점심때까지 아무 일도 없든 사람이 갑자기 배가 아프다고 일을 못 하겠다니 곡절이 있기 그러치. 그럴 리가 있나?

처　곡절은 무슨 곡절이요.

박첨지　을순아! 김순산가 이 녀석이 널 왜 오래든? 응?

을　순　뭘 옵바 사진 잠간 보여 달라고 그래서 없다고 그랬서요.

박첨지　그럼 둘이서 이야길하는 걸 바우란 놈이 본 거러구나! 이야길 하는 걸 봣대면 멜 하구, 그건 제가 와서 김순사가 오랬다고 그랬는데.

박첨지　네년이 김순살 밧자[12] 하니깐 오나라가나라 하는 거야.

을　순　누가 밧자 해요! (우름)

박첨지　그레두 바우 눈에는 거실을 게 아니가!

을　순　거슬려도 무가내 아니야요.

박첨지　너 죄둥아리 그렇게 놀리단 큰일난다. 네년이 아무리 바보니 뭐니 해도 바우는 우리 집에 기둥이다, 기둥이야. 을순아, 네 썩 가서 바우를 차자 오나라.

을　순　……

처　그애더러 찾어 오래면 어떻게 차저옵니까. 영감두 푼수없이 그럴 적엔— 정—

박첨지　못 차저올 게 머란 말인가? 제 서방 찾으려 다닌다구 흠날가 봐.

처　떠들지 마우. 어딜 가서 백였는지 알구 찾어오노.

박첨지　동리라야 겨우 20호두 못 되는데 그걸 못 찾어.

처　에! 알았소. 누가 그걸 몰라서 그럽니까. 원 어딜 가서 백엿노. (밖으로 나가며) 어서 저녁 시작해라. (처 대문으로 퇴장. 을순 부엌으로 드러가고, 박첨지 담배를 다시 붓처 문다)

-사이-

정서방 동뚝 오른편으로 나와 박첨지네 집으로 나려온다. 대문으로 들어오며,

정서방　동갑이 있나? 우린 인젠 세상사리 다 하게 됐습네.

박첨지　아니, 왜 무슨 일이 생겻나?

정서방　글세, 조금 전에 우리 아이한테 징용이 나왔네, 그레!

---

12) 받자하다. 남이 괴롭히거나 여러 가지 요구를 해도 너그럽게 잘 받아주다.

박첨지 종래 나왔군! 개색기들이 동리애 얼는거리기만 하면, 이런 일이 나구야 만단 말이야.

정서방 지금 제 에미는 울고 불구 야단이야. 그러야 소용이 있나. 그래, 구장네 집엘 찾어가서 사정을 했드니, 저이들은 모른다구 면에 가서 이야기를 해래누만.

박첨지 면에 가야 그러치. 구장 놈이 내통해서 나온 건데 가야 소용있겠나.

정서방 아무러나 내일 아츰은 면에 올라가, 졸라나 보겠습네.

박첨지 어느 집에나 걱정 없는 집은 없습네. 우린 글세 뚱단지로 바우 놈이 일을 안 하고 증을 부려서 걱정이 아닌가?

정서방 바우가 일을 안 해? 왜 어서 성렐[13] 안 하고 그러나.

박첨지 무얼루 시아릴지[14] 잔체를 하겠나.

정서방 시루아린 무슨 시루아리. 국밥이나 해노코 잔치라고 했으면 그뿐이지. 내 모르긴 해도 바우가 그런 걸 안 해준다고 나믈앨(나무랠) 사람도 안인 것 같고, 또 집안 사정을 잘 알지 안나.

박첨지 나야 내일이라도 그렇게 하고 싶지만, 제 에미가 딸 하나 길렀다 그렇게 하긴 또 실은 모양이야—

정서방 이놈의 세상은 돈 있고 권세 있는 놈만 잘 살게 마련이지. 우리 따우야 죽는 날까지 남의 종사리나 하다 죽게 생겼서—

박첨지 종사리나 그냥이면 좋갓는데, 이젠 막 죽을 구멍에 끄러다 네칠 안나? 그래, 오늘은 몇 사람이나 증용나왓다든가?

정서방 세 명. 가만히 생각하면 정구 놈네하구 사이가 좋지 못한 집들뿐이야.

박첨지 그저 정구놈 하나 때려죽일 놈이야.

정서방 돈이라도 있어 돈지랄이라도 하면 면할 방도가 있을 것같기두 하지만 시재술 한병 살 형편이 못 되니 딱하웨.

박첨지 어서 이 놈의 세상이 망해야지. 이래서야 사람이 살겠나?

정서방 그저 돈 하나 없어 그래. 가만 보게. 세력 있고 돈 있는 놈네 집에서 증용 나간다는 소리 들어 보앗나? 공의[15]를 매수해서 신체검사에서 떨구는 수도 잇다든데—

박첨지 공의 그놈이 정구네 사우(사위) 아닌가. 그놈 역시 돈만 아는 놈이야.

---

13) 성례(成禮)를.

14) 시아리다(헤아리다의 방언).

15) 公醫,

정서방 물에 빠저 죽는 놈같이 피할 길은 빤히 알면서두, 돈 하나 없서 피하지 못하지 않나?
박첨지 그저 이놈의 세상은 돈이로구만.
정서방 난 도라가겠습네. 우리두 걱정이지만 바우네 일때문에 임자도 머리가 아프겠습네.
박첨지 거 원, 걱정이웨. (정서방 나가며)
정서방 안저 있게! 그저 죽어야 상팔자야.
박첨지 (따라 나오며) 내일 면엘 올라가겠습다.
정서방 밋천 안 드는 것이니까 졸라나 볼라구.
박첨지 그래, 잘 올나갑세.
정서방 내 바우 만나면 잘 타일러 보내지.
박첨지 고맙습네. (정서방 대문으로 퇴장)

박첨지 토방에 드라와 안자 담배를 한 대 담아 피운다.

박첨지 을순아!
을 순 예!
박첨지 이리 좀 나오너라. (을순 부엌에서 나와 가까히 간다)
박첨지 너이 오마니가 도라오면 의론해서 빨리 국밥 잔체라두 하자.
을 순 난 몰라요.
박첨지 그저 흠이라면 배운 거 하나 없지. 바우두 배우면 남만 못하지 않을 사람이야.
을 순 몰라요 (부엌으로 드러가 버린다)
박첨지 에이! 망할 년 같으니— 얘 을순아.
을 순 ……
박첨지 을순아! 이년 귀가 먹엇넌?
을 순 난— 글세 몰라요.
박첨지 배나무 집에 가서 탁주나 한 병 바다 오너라.
을 순 저번에두 그저 가져 왓는데 또 외상술 내겠서요.
박첨지 가서 달래나 보렴. (을순이 부엌에서 병을 들고 나와 대문으로 나간다)
박첨지 그저 온 동리가 증병인지 증용인지 이것 때문에 솟 들끓듯 와글와글하니 사람이 살 수가 있나? 마음이 편안하야 일두 하지. 젊은 놈은 다 뽑아가구 우리 바우 놈마저도 불원간 나오고야 말 텐데, 이

를 엇전단 말인고? (처 대문으로 드러온다)

박첨지 바우 만났으?

처 만나면 뭘 하우. 다시는 영— 집에 안 드러 오겠다는데—

박첨지 그래, 어디 있든가?

처 정구네 집에요.

박첨지 뭐 정구네 집에? 그 놈이 환장을 했군. 제가 정구네 집엘 어디라구 가 있담. 응? 쯧쯧쯧, 그래 거긴 누구누구 있든가?

처 정구란 놈하구 용팔이하구 무슨 이야길하댓는지, 내가 드러서니까 말을 뚝 끈칩디다. 그래 어서 집엘 가자고 그러니까, '오늘부터 나하구는 관계없는 사람이야요' 이러며 안 드러오겠답디다.

박첨지 아, 분명히 바우란 놈이 그런 말을 해?

처 그럼, 내가 잘못 들었겠소?

박첨지 그 으젓한 놈이 그런 말을 할 제는 놈들이 무던히 고자질을 했군. 그래 바우가 그런 말을 하는데 아무두 그래선 못 쓴다고 하는 놈은 없든가?

처 원 영감두, 모두 충동을 하는 판인데—

박첨지 난 임자가 도라오면 빨리 밥잔치라도 해서 성례를 해주자고 의론을 할랬더니… 에이! (을순 술을 받아들고 들어온다)

을 순 이 담엔 정말 외상 안 된다고 여북지[16] 않게 그럽디다. (을순 술병을 박첨지에게 준다)

처 여보— 그런데 당신은 걱정도 없소. 바우를 데려올 생각은 않고 술만 맘 편안히 잡수실 터이오?

박첨지 아무렇게서라두 정구 놈에 손에서 내와야지. (을순 강게[17]와 마늘 멫 짓을 갖다 논는다. 박첨지 한 잔을 가득하게 부어 단숨에 마시고) 이놈들, 어디 두구보자! (또 한 잔을 가득 붓는다)

처 여보, 제발 오늘은 술 잡숫고 남소동스럽게[18] 그러지 마소.

박첨지 그래! 내가 가면 바우 제가 안 오고 백이나? (잔을 마신다) 그놈이 인정은 두터운 놈이거든. 그저 울둑하는[19] 성질이 있어서 그렇지.

처 (술병을 치울려고 하며) 그만 잡숫고 갔다 오십쇼. 술 취해서 갔다 오겠소?

16) 여북하다, 언짢거나 안타까운 마음이다.
17) 갱기(감자의 평안도 방언).
18) 남사스럽다, 남우세스럽다, 남에게 놀림과 비웃음을 받을 듯하다는 뜻일 듯.
19) 울뚝하다, 성미가 급하여 참지 못하고 말이나 행동이 우악스럽다.

박첨지 아니- 두 잔 술이 어디 있나? 한 잔만 더 먹구. (한 잔을 또 부어 놓는다)

처 그저 술*우같이 밝아스면 좋겠소.

박첨지 응. 이놈 정구란 놈이 재순일 내쫒아 노코 그 대신 바우를 뽑아갈라는 **[20]이로구나- 어림없다! 내가 누군데. (부어 논 술을 마저 마신다)

처 (술병을 치우고) 그만 잡숫고 인제 빨리 가 보소. 소 일쿠 외양간 고치지 말고.

박첨지 (니러서며) 내가 가면 바우란 놈이 제가 안 올 수 있나? (박첨지 대문으로 나간다)

처 빨리 단너 오십쇼. 사람 기다리게 하지 말고… 얘 을순아! 이리 좀 나오너라. (부엌에서 을순 나온다) 너 정 바우 보구 아무 말두 안 핸?

을 순 내가 무슨 말을 한단 말이오?

처 그럼, 그 사람이 까닭 없이 그렇기야 하겠니.

을 순 난 몰라요.

처 이 김순사가 널 찾아오라고 할 때부터 그러질 안니?

을 순 안 드러오겠다면 말래지.

처 철없는 소리 작작해라. 인젠 나이가 그만하면 그 맛종구[21]는 들엇겠구나. 학교 보내면 뭘 다- 배울 줄 알앗더니, 내 뭘 보구 졸업장은 주는지 모르겠다.

을 순 난 그저 오래비때문에 이 꼴이야. 단지 일 할 사람 없어서 바우같은 무식쟁이를 집에 드려오지 않았니?

처 원, 저런 망할 년같으니. 너 다시 그런 말을 하겠니?

을 순 글세, 어머니도 생각해 보람우나. 내가 그런 말 안 하게 됐나. 집안에 안 되는 일은 다- 나 때문이라고 그러니 내 마음은 죽겠소. 오늘 일만 하드래두 오래비때문에 오너라가너라 순사한테 불려 단니는 게지. 누구때문이요. 그래 오래비가 거들 살림을 내가 혼자 걸머지고 안다르야 된단 말이가. (운다)

처 너이 오래빈들 집안일을 왜 걱정 안하겠니. 마음대로 되지 않아 아즉 못 도라 오겠지.

을 순 집안 일을 걱정하는 사람이 3년채나 소식 한장 없나. 어디서 여편네 어더서 저 혼자 잘 살구 있지 뭐…

---

20) 2자 해독불가.

21) ??

처　　너이 오래비가 그런 사람은 아니다. 즉어스면 몰라두 집에 도라만 오면 네 살림을 돌봐줄 사람이다.

을 순　아무래나 보렴. 난 무식쟁이와는 안 살 테니.

처　　바우가 어디가 부족해 그러는지 난 도무지 모르겠다. 돈이 없어 배우질 못해서 그렇지, 바우도 배우면 남만 못 하지 않을 사람이다. 바우두 요샌 네년이 엇지나 무식하다구 나무랫든지 글을 혼자서 배우나 보더라!

을 순　흥! 인제 배우면 뭘 하게.

처　　왜 나히가 부족해서 그래. 네 년이 배웠으면 얼마나 배왔다구 큰소리가. 그 잘난 글짜 쥐뿌리만큼 안다구. 쯔쯔쯧. 바우가 무식하다구 나무러지만 이 동리에 그래 바우만큼이나 똑똑한 사람이 어디 있다구. 배우기만 했드라면 평양감사 부럽지 않을 사람이야.

을 순　누가 사람 못 낫다고 그러나.

처　　그럼 왜.

을 순　그래두 지금 세상에서 출세하구 살자면 배운 것이 있어야지. 편지 한 장두 바로 쓰지 못 하는 걸…

처　　왜 그렇게 공부하느라고 속 써길 적마다 좀 배와주지 못하노.

을 순　(우스며) 배와주긴, 어머니도 누가 선생인가 뭐…

처　　못난 년. 넌 옛말에 바보 온달이 이야기도 못 드럿니. 부귀한 집 딸이 사람 잘나고 똑똑만 하면 글 배와줘 가며 제 남편 삼는다는…

을 순　에개개. 끔찍해라. 그걸 누가…

처　　망할 년 같으니. 네 에미 애비가 제 자식 고생 식힐라구. 못난 사내를 어더 주겠니.

을 순　……

처　　네 있다라도 바우에게 혹시 좋아 안 하는 눈치를 뵈었단 큰일날 줄 알아라. 애여 속 태우지 않고 마음 돌려먹어라.

을 순　……

처　　이렇게까지 말해두 모른다면 넌 에미 애비두 모르는 사람이다.

을 순　그저 나 하나 죽으면 그만이야.

처　　그래. 에미 앞에서 고작 한다는 수작이 고뿐인가. 망할 년 같으니.

박첨지 얼골이 벌거니 상기돼서 바우를 다리고 대문으로 드러온다. 을순 부엌으로 드러간다.

박첨지 바우 이 사람, 올라 앉어. 내 이야길 좀 들어 보게. (우둑하니 섯는 바우를 끄러다 토방 마루에 앉이며) 그래, 너 그런 법이 어디 있니? 작년이나 한 솟에 밥을 먹은 정리로서니 그렇게 말하는 법이 어디 있니?

바 우 ……

처 그래 안즉 속 못 푸렀니?

박첨지 자넨 좀 가만있어. 그래 오늘부터 나하구 관계를 끈자는 말이 진심에서 한 말인가. 너는 끊을라면 끊어라 만은 난 못 끊겠다.

바 우 나두 아버지 속 다 알아요. 그렇길내 4년이나 참고 살아왔지요.

박첨지 그럼 인제 나가면 4년이나 참고 사라온 보람이 어디 있니?

바 우 ……

박첨지 그래 내일누라두 성례를 하자. 국밥이나 해 노코 하잣구나!

바 우 성례요? 아니요. 난 이 집사람 못 볼 팔자야요.

처 을순이 년이 철없이 그러는 걸 탓해 가지고 무얼 그러나. 어서 속 풀고 같이 삽세. 고것두 아바지나 내가 뭐라구 했다면 모르겠지만.

바 우 안애요.

박첨지 그럼 우리가 널 속여 온 일이 있단 말이가. 속 시원히 말을 좀 해라.

바 우 그런 줄은 몰랐어요.

박첨지 그런 줄을 모르다니? 터러 노코 이야길 해라. 에면기면[22] 할 게 없다.

바 우 난 오늘이야 내 눈으로 똑똑히 봣서요.

박첨지 글세, 시원히 말을 해라. 대관절 무얼 봣단 말이가.

바 우 아니요. 난 그까짓 말할 필요없어요. 그저 나 하나 나가스면 고만이야요.

처 응, 아까 김순사가 차저서 가슬 제 무슨 이야길 들었나?

박첨지 응, 그 사정은 이렇습네. 김순사가 을순일 증용 보내겠다고 위협을 하면서 작고 방에 드러가 을순이.

바 우 이버지 말슴 잘 알아들었어요. 그러나 우린 한번 마음 도라 앉으면 도리키지 못 하는 성질이야요.

박첨지 바우 이 사람, 자네를 아들 삼아 사위 삼아 같이 살랬더니 자네가 나가 놓면 우린 어떻게 살래나, 응?

처 바우, 생각해 보세. 임자 너무 하지 안나? 우리두 늙은이가 못 살고 나가는 걸 보면 임잔들 속이 좋겠나? 어서 마음 도리키고 같이 삽세, 응.

---

22) 애면글면, 몹시 힘든 일을 이루려고 갖은 애를 쓰는 모양.

바 우　세상에 사내가 저 혼자입니까? 나같이 못난 놈이 또 있겠서요.
박첨지　내 팔자엔 사위 하나 안 태웠나 봬.
처　　바우, 영감이 불상하지 않으나. 어서 마음 돌리게, 돌니라우.
바 우　팔자 사나운 놈이 어디 가나 맛찬가지겠지요만, 그저 못난 바우는 죽어 나간 줄 아십쇼 고레.
처　　이 사람, 그 무슨 말이라구 그런 소리하나.
바 우　길게 말해야 같은 말이야요. 제 옷가지 있는 거 내주십쇼.
처　　이 사람, 정 나갈래나? 여보, 좀 말을 좀 하소 고레.
박첨지　잘 생각해 보게. 4년이면 미운 정도 들었겠네 그레.
처　　이 사람, 내가 이렇게 애원하는데두 나갈래나?
바 우　인연 없어 그런 걸 어떻게 하갔오. (할 수 없이 처 방안으로 드러간다)

무거운 침묵

박첨지　그래, 자네 나가면 어디루 나갈래나, 응?
바 우　구장님네 집으로 갑니다.
박첨지　뭘? 정구네 집으루? 하필 갈 데가 없어서 그 집으루 가나? (처 보퉁이를 들고 나오며)
처　　아니, 정구네 집이라니? 바우, 이 사람 한번 다시 생각해 보지, 응?
바 우　……
처　　(보퉁이를 바우에게 주며) 자네 나가면 우리 집안은 뷔인 것 같겠습네.
바 우　(보퉁이를 바다 들고) 오랬동안 괴롬 많이 바쳤습니다.
박첨지　바우, 이 사람아. 정 아주 나가나?
처　　(따라 나가며) 타고난 원수없다네. 맘 돌려가지고 도라오기만 기다리겠습네— (부엌을 들어다 보고 수건으로 눈을 가리고 있는 을순이더러) 망할 년 같으니. 울긴 무엇 때문에 우니?
박첨지　막상 나가 노코 보니, 저두 섭섭해서 그러겠지… 다 제 팔자지.
처　　아무러나 바우같은 난대로[23] 있든 사람두 마음이 변하는 세상이니, 다— 된 세상이야.
박첨지　당신 말이 올세다. 을순이 년이 밤낫 바우를 무식하다고 그럽네만은 배운 놈들은 남 아첨이나! 할 줄 알고, 무고한 백성 등꼴이나

---

23) 원래대로의 뜻일 듯?

박을 줄 알지, 내 아는 것이 없드라.

처　　을순아, 그러구 섯지 말구 곱단이한테 가서 바우 마음 돌리도록 말이나 잘 하라고 그래봐라. 바우가 누구 말보다두 곱단이 말을 제일 잘 듣지 안니? 어서! 곱단이 집에 가든 안 가든 좀 보이지 안는데 나가기라도 해라.

을 순　그저 안 되는 것 다— 나 때문이야. (을순 퇴장)

처　　내 원도가 일본가겠다고 할 제 뭐라구 합디까. 아들을 내노면 어떻가느냐구, 안 그럽디까?

박첨지　듯기 싫어.

처　　듣기 조흐라고 내가 그럽니까.

박첨지　지난 이야긴 그만 둡세. 그래 이 정구 놈을 어떻가야 밸이 씨원하노? 그래 생으로 남의 사우를 빼들어가. 에이, 죽일 놈같으니.

처　　글세, 증용이 작구 나오니까 정구 집에 가면 면할가 바 간 거 아니요?

박첨지　증용이 무서워 나갈 놈이 아니야.

정구, 용팔이 대문으로 드러온다.

용 팔　아니, 대관절 무슨 일이요?

박첨지　무에, 무슨 일이란 말이요?

정 구　바우가 댁에서 나왔단 말이 사실이오?

박첨지　그야 나보다 구장이 더 잘 알지 안소.

정 구　어떻게 말을 그렇게 합니까?

박첨지　내 말을 잘못 한 게 뭐요. 벌서 구장네 집에 가기로 했다는데 모른단 말이 웬 말이요.

용 팔　그런데 아니야요. 바우가 구장님한테 와서 있게 해달래니까, 아주 댁에서 나왔는지 분명히 알자는 게지요.

처 부엌으로 드러간다.

박첨지　평양 감사두 저 하기 싫으면 그만 둔다구, 실타고 나가는 놈을 어떻게 붓드러 매는 수가 있소.

정 구　그럼, 나가는 걸 허락했단 말이 아니요.

박첨지　허락이 무슨 허락이란 말이요. 우리 집에서 안 살겠다고 나가는 놈한테.

용 팔 그럼, 나갈 제 회게는 다했습니까?

박첨지 회게요? 돈이 한 푼이나 있어야지 주어 내보내지요.

용 팔 정말 이런 일에 간참[24]하긴 실치만 동리ㅅ일이니까 구에서 참견 안 할 수도 없고— 바우가 이 집에 몟 해나 살았나요.

박첨지 4년 사랐웨다.

용 팔 그럼, 이미 내보내기로 한 바이니까 임금을 회게해 주야 안겠소.

박첨지 원틀[25]루 주어 보내야 하구 말구요.

용 팔 1년에 얼마식 회게하시렵니까?

박첨지 얼마식이나 하는지 나 몰우오.

용 팔 구장님, 보통 얼마식 합니까?

정 구 난 1년에 500원식 주지!

용 팔 그럼, 4년이면 2000원이군.

박첨지 난 시제 그런 큰돈을 낼 수 없쉐다.

용 팔 그럼, 돈을 안 내겠단 말이요.

박첨지 누가 안 주겠답니까? 낼 돈이 없단 말이지요.

정 구 그럼, 쓰든 사람을 내보내면서 외상으로 내보내는 법이 어디 있소.

박첨지 외상으로 하든 맛돈[26]으로 하든 나하구 바우하구 마주 앉아 할 일인데, 당신들이 무슨 참견이란 말이요.

정 구 아까부터 하는 말루(말투)가 도무 안 됫어. 그래, 우리들이 관게없단 말이요.

박첨지 관게가 무슨 관게야—

정 구 그래, 4년이나 소같이 부려먹구선 그래, 돈 한 푼 안 주고 그냥 내보내는 걸 구장으로서 아무 말두 안 하야 된단 말이요.

박첨지 아니 그래, 당장 모 꽂을 것을 두고 남의 사우를 뽑아가는 게 구장이 할 일이요.

용 팔 그야 영감님이 승낙한 거나 다름없는 일이 아니요.

박첨지 알지 못하면 잠잖고나 있어! 승낙이 뭐야. 설사 바우가 가 있겠다 해도 그래선 못쓴다고 타일러 보내는 게 아니라, 충동이가 뭐야. 응! 어느 관가에서든지 내 할 말이 있다!

정 구 이 영감이 누구 앞에서 함부러 말을 하나?

---

24) 看參, 참견의 북한말.

25) 원래 예정된 틀의 뜻일 듯?

26) 맛돈, 물건을 사고팔 때, 그 자리에서 즉시 치르는 물건값, 현찰

박첨지 그래, 내가 못할 말을 했소. 아 구장 앞에선 할 말도 못 하야 된단 말이오.

용 팔 영감님, 진정하십쇼. 왜 언성을 높여서 그러시우. 논정히[27]들 말슴 하시지.

정 구 영감이 아무리 떠드러두 2000원을 안 내고 백일 줄 알우. (주머니에서 종히를 한 장 꺼내어 박첨지에게 보이며) 이건 내가 바우에게서 돈 받아 달라고 받은 위임장이웨다. 잘 보고 말해요.

박첨지 마음대루 하소 고레. 세도 있는 사람이 무슨 일인들 못하겠소.

정 구 콩밥 노름을 해야 알지. 아, 이 사람 갑세. (정구 대문으로 나간다)

용 팔 공연히 후회하시지 말고 저하고 타협을 짓습시다.

박첨지 아! 씨크러워. 해결을 지으면 바우하구 내 짓지 않으리. 걱정 말어.

용 팔 정말 곰이루구만. 맘대로 하소! (용팔 벌떡 이러서 나가버린다)

박첨지 고약한 놈들 같으니, 누군 줄 알구, 만만치 안치! 흥, 빼들다 못해 손바닥만한 논뙈기마저 먹겟서. 먹어 볼려면 먹어 보렴! (하며 밖으로 나간다)

처 부엌에서 나와 긴 한숨. 이때 명선 모 맥이 풀려서 드러온다.

명 모 형님, 우린 큰일이 생기질 않았소.

처 무슨 일이

명 모 명선이란 놈이 도망을 했습니다 그레.

처 아니, 도망을 했서요?

명 모 내일 이츰이 증용 가는 날인데, 날이 밝으면 그 달련[28]을 어떻게 밧겠소.

처 잘 했쉐다… 그래 죽이기야 하겠소. 외아들 사지로 보내는 것보다야 낫지 안겠소. (을순이 도라와 부엌으로 드러간다)

명 모 글세, 지금 세상에 어딜 뚫고 도망을 해가겠소. 잡히지나 않으면 조켔소.

처 아니, 도망하는 놈이 그래두 제 궁리가 있어서 뒀겟지, 염려마우—

명 모 그래, 내가 주재소에 잡혀갈건 빤한 일인데. 형님, 집이나 좀 봐주.

처 집이야 어디 가겠소. 야, 을순아. 인젠 나두 모르겠다. 아버지 도라

---

27) 논리적으로 따지다의 뜻일 듯.

28) 단련(불에 달구어 두드려 단단하게 함)의 의미에서 파생되어, 오랫동안 시달림의 은유적인 뜻?

오기 전에 저낙이나 해라. 여보, 형님. 우리 집에 넘어가 슬큰 에누다리[29]나 속 씨원이 합세다. (명모, 처 나간다)

-사이-

을순이 무심히 서있다. 사랑방 초마루 우에 떠러저 있는 책을 집는다. 그것은 바우의 공부하든 책이다.

을 순 (낮낮이 주어 읽어본다) '나는 을순이가 싫거나 아버지 어머니가 싫 것은 아니다. 일본놈들대메 공연히 나가 죽끼가 실타. 을순인 어느 때나 내 속을 아러줄 때가 있으라고 생각한다.' (을순이 책을 보다가 운다. 연필로 종히에다 쓴다) 실커나 실커니 일본놈들대메 공혀니 때문에 공혀니 을순인 언이 때나 어느 때나 (이때 바우 드러온다. 을순 깜작 놀라 피한다. 바우 을순이를 보다가 급히 그것을 들고 나가려 한다. 박첨지와 부디친다)

박첨지 이거 누구야? 바운가. 그래, 2000원을 주재소 노름을 해서라도 나한테 당장 바더야겠나?

바 우 2000원이라니요.

박첨지 에이! 그래, 위임장에 지장까지 처 놓은 것은 뭐가.

바 우 위임장이 뭐야요. 내일 당장 나갈 증용을 면케해 준다구 해서 신청서에 지장 친 것밖에 없아요?

박첨지 그러면 그렇치. 너 이 정구놈 두구 보자.

바 우 아부님, 너무 속 썩이지 마시우. 인젠 저두 구장 속살을 다 알었어요. 증용 바람에 함게 있지는 못 해두 제 맘이야 어디 가겠서요.

박첨지 바우, 임자는 내 아들 겸 사우야. 음, 증용만 면한다면 1,2년 그놈 일을 해준들 멜 하리.

바 우 저도 그렇게 마음 먹구 있어요. 그런데 을순인 마침한 데루 시집보내게 하시우. 저는 아들이면 그만이야요.

박첨지 머, 을순일 시집보내라구. 에이! 못난 놈, 안 된다. 안 되여! 임자는 내 사우야.

바 우 그럼, 전 가보겠어요. (하고 나간다)

박첨지 이놈, 정구야! 을순아, 냉수 한 그릇만 다우.

---

29) 불만을 길게 늘어놓으며 하소연하는 넋두리의 평안 방언

을순이 냉수를 가지고 나온다. 박첨지 마신다. 어느새 날이 어둡고 동뚝 우로 달이 무던히 올라와 환— 하다. 동뚝 왼편으로 술 취한 젊은 사나이 셋이 어깨를 겻고 바장한 곡조로 유행가를 부르며 비틀거리며 올라온다.

박첨지 흥, 다 뽑아가라. 뽑아가. 어서 이놈의 세상이 망해야지. 어서 망해야 돼!

-막-

# 제2막

무대 제1막과 같음. 담밖엔 잎이 누러케 시든 나무와 키 높은 벼ㅅ나까리가 보인다. 대문 밖에 다운 태극기가 지붕 너머로 펄럭인다.
막이 열리면, 을순이는 부엌문에 기대여 서고 곱단이는 그 앞에서 서로 이야기하고 있다. 머—ㄹ니서 정미소 발동기 도는 소리가 들려온다.

곱단이 오늘 아침 정국이가 도라왔다지?
을 순 도라왔대요. 아바진 조금 전에 정국이가 데리러 와서 거기 갔다우.
곱단이 다—들 하나둘 도라오는데 바우만 안 도라오눈.
을 순 ……
곱단이 원, 팔자 사나운 사람이라 8월 15일을 넘기지 못하고 죽지나 않앗는지 모르겠다.
을 순 바우하고 같이 간 사람치고 아즉 도라온 사람은 없어요.
곱단이 을순이, 편지 온 게 어느 날인지? 그제 분명히 팔월 초상이지?
을 순 팔원 초사흔 날이야요. 일본서 부친 게 칠월 보름날이든가?
곱단이 한 달 전엔 분명히 살아 있었구만.
을 순 그때 편지에 아무 념려말고 있으라구 그러지 않았습니까?
곱단이 글세, 죽지 않고 살아서 돌아오면 얼마나 좋겟나. 누구보다도 을순이가 이렇게 기다리구 있는데, 그렇지 안나?
을 순 바우가 도라오면 난 어떻가노?
곱단이 속 태우기야 피차 일반이지.

을 순 이렇게 멀리 가서 있고 보니, 이전에 바우한테 한 잘못 자주 뉘우쳐져요.

곱단이 바우는 되려 을순이때문에 공부할 마음이 드렀다구, 감사히 생각한다구 언젠가 편지에 그렇게 왔지?

을 순 (부끄러운 듯 고개만 그덕인다)

곱단이 그것두 사람이 된 사람이기 그렇지, 남의 집에 머슴사리하는 사람이 공부가 다 머인가?

을 순 저는 그때 일을 죽어두 못 잊겟어요. 바우가 혼자 공부하다가 모를게 있으면 형님을 시켜 알려 보내질 않었소. 그걸 난 또 곤처주누라구!

곱단이 말말게. 징용 나갈 때까지 넉 달을 매일처럼 심부름을 할레니! 하루나 내가 을순이네 집에 안 온 날이 있나? 마즈막엔 아마 날 보내기가 민망했든가 바. 호호 (을순을 힐근 엿보고) 그랫기에 바우 제가 글 배우려 차저 단녔지?

을 순 아이, 형님두!

곱단이 오라오라, 글두 너무 마음써 배우누래면 선생하구 마조 이마를 대구 배우나 바.

을 순 아이 참, 그만둬요.

곱단이 글 배와주든 생각을 하면 달큰하지, 어때—

을 순 그만두지 않겨서요. (달려들어 꼬집는다)

곱단이 아이, 망측해. 아는체 네가 왜 이리 좋아할고. (또 을순이 꼬집는다) 아가가. 다신 안 글케! (둘이 함께 웃는다)

—사이-

곱단이 그래, 이전보담 많이 배웠다니까 이젠 훌륭이 되었을 게야.

을 순 그러문요. 조흔 선생을 만나 한 방에 살면서 많이 배운다니까, 인젠 퍽 사람이 달나졌을끼야요.

곱단이 을순인 바우한테 멫 번이나 편지했나?

을 순 도무[30] 두 번밖엔 못해서요.

곱단이 바우가 을순이 편지를 받고 글세 얼마나 좋왔는지, 그 지옥 같은 탄광에 드러가서 뼈가 아프게 일을 하면서두 을순이를 눈 감구 그려보군, 아무캐서라두 사라 도라가 을순이를 만나본다는데… 그런

30) 도무지.

데 사라 있고도 못 오면 또 얼마나 속이 상하겠나.

을 순 도라오겠지요. 웬일인지 제 마음엔 꼭 도라올 것같해요.

곱단이 을순이의 맘에 그렇게 생각키면 도라올 걸세. 난 그런데 일은 딴 일로 와서 한참 바우 이야기만 햇군.

을 순 뭐요.

곱단이 내가 부인야학교 대표로 뽑혀 온 셈인데, 그래 인제부터 또 공부를 시작해야지 않겟나… 그래 아프든 것은 그만한가?

을 순 글세, 오늘은 나갈랴고 그러는데, 오마니가 하루만 더 쉬고 내일부터 나가라고 그래서 그만 못 나갔어요.

곱단이 을순이가 너무 혼자 애쓸러기 그래. 소학교 졸업한 녀자가 몇이 있지만, 어디 한결 같애야지. 지금 동리에선 을순이 칭찬이 자자하웨. 내가 이렇게 선생님 앞에서 버릇없이 말을 해도 되나?

을 순 원 형님두, 인젠 곧잘 사람을 놀려요.

곱단이 그래두 내 학교 가면 끔짝 못 하겟드라. 그리구 어떻게 말을 해야 좋을지 몰라서 묻고 싶은 말도 못 묻진 안나… 하하.

을 순 하하하…

곱단이 그럼 내 내일부터 다시 공부한다구 닐으지. 그럼 난 가겟네.

을 순 (곱단이를 따라 대문까지 와서) 안녕히 가십쇼.

을순 대문에 기대여 서서 뭘리 생각을 바우에게 달리는 듯, 머-ㄴ 하늘만 쳐다본다.

-사이-

을 순 아버진 안 오십니까. (을순이를 뒤따라 처 등장)

처 난 거기 안 갔댔다.

을 순 그럼 어디 갔댔소.

처 나갔든 사람들이 다- 도라오는데 원도하구 바우만이 안 도라와서… 저… 방아집 색시무당한테 무러 볼라구 갔댔다.

을 순 오마니두 머 원…

처 그럼, 속이 클클해서 못 견디겟는 걸 어떻게 하니?

을 순 그래. 무러 보니까 멜합디가?

처 어딘가 살아있긴 있대-

을 순 그런 건 날 더러 뭇지요. 나두 그만한 건 알아요.

처 나두 너무 안타가워 갔댔다. 모두 돌아온다는 것을 들으니 바우 생각이 나서 그러누나.
을 순 아이구, 망측해라.

이때 박첨지, 정서방, 농1, 2 등 드러온다. 을순, 처 부엌으로 드러간다.

박첨지 (마라 세운 몽석을 펴 노코) 자— 좀 올라 앉어서 우리 이야기나 합시다. (정서방 농1,2 몽석에 앉아 담배를 피우는 이도 있다)

—사이—

박첨지 우리 부락에 소작인 고용사리 하는 사람치고 입회 안한 사람은 없나.
농1 (서류를 뒤적이며 매수를 헤여 보면서) 예, 거진 다 드렀습니다.
정서방 증용 나갔다 아즉 못 도라온 사람은 차차 드러두 되겠지.
농2 그럼요! 정국이 오늘 아침에 도라왔다지요?
정서방 여러분 덕분에 사라 도라왔소.
농1 얼마나 기쁘십니까?
박첨지 기쁘기야 말할 게 있겠나. 죽었든 아들 사라 도라왔는데—
정서방 난 우리 동갑이 때문에 기쁜 낯색도 못 내질 않소. 이제 원도까지 도라오면—
박첨지 웬걸 살아 도라오겟나. 그저 그놈은 나간 게 오랫 놈이니 모르겟네만, 바우만이라도 도라오면 이다지 섭섭하지 않겟네만… 그래 우리 동리서 증용 나갔다 아즉 못 도라온 사람이 몇이가?
농1 바우, 경식이, 또 누구 있니?
정서방 방아ㅅ간집 당손이.
농2 정삼이네 집에 *31)사미지나간 나까무란가 한 사람 있지 않소?
박첨지 그럼 모두 네 사람이군.
정서방 아즉 죽었다는 사람은 없으니까 다— 도라오겠지.
박첨지 명선이 소식은 누구 못 드럿지?
농1 중국으로 드러갔단 말은 드럿는데, 그후 소식은 몰라요. 조선의용군이 중국에 퍽 많이 있었다는데 거기 갔는지두 모르지요.
정서방 도망간 사람은 그 사람뿐이지?
박첨지 자우간 명선인 당돌한 사람이야. 그래 어디라구 도망갈 맘을 내다니.

---

31) 1자 해독불가.

농1 말할 게 있습니까? 담이 크구야 그런 생각을 하지 우리따운 원―

정서방 삼칠제루 혀눌루두 내지*[32]구 대금으루 지*[33]라구. 공정가격까지 낫췄는데 반작[34]이 다 뭔.

농1 인민정치위원회에서 그런 공문을 발표해서 우리는 그대로 실행해스면 그만입니다.

박첨지 우리 여기 모인 이들이야 그렇게 실행하겟지만 다른 사람들이 반작을 내면 또 토지 뗀다는 소문나지 않겟나.

농1 반드시 지주놈은 그렇게 말할 게지. 그러나 지주 맘대로 무고한 소작민에게서 토지는 못 떼게 됐습니다.

박첨지 이 정구 놈 가슴이 불 붓게 됐구나.

농2 그럼, 인제부터는 농사하는 게 괜치 않갔습니다.

농1 괜치 안쿠 말구요. 그럼, 오늘 여기서 한 가지 결정합시다. 내일 농민조합대회를 열구서 삼·칠제를 실시할 것과 소작권을 이동시키지 못하도록 지주와 싸울 것을 결정하기로 합시다.

박첨지 그거 누가 반대할 사람 있소.

정서방 왜 반대할 사람 한 놈 있지 않소.

농2 정구 놈! (여럿이 하하 웃는다)

농1 그럼, 내일 멧시 어디서 할 것을 작정하지요.

박첨지 정구네 집 앞마당에서 그 놈 좀 보는 데서 합시다.

농2 저런 되지 못한 놈이라니. 그놈 때려 죽여야지요.

농1 그럼, 그것두 회에서 문제를 내세우고 그놈 듣게스리 결정을 합시다.

정서방 사실 우리 동리에 사람 없지, 아즉 그런 걸 고만 내버려두다니. 다른 동리 같으면 벌서 죽은 지 오래슬 거 아니요.

농2 그놈 **이댓지? 누가 감히 그놈 앞에서 말을 햇댓나. 너무 눌리워 사라와서 아즉두 무서워 누가 손을 못 대는 모양이야.

농1 우리 이 일만은 입 밖에 내지 말고 있다가 내일 한번 본때를 보입시다. 그러고 이놈을 애여 동리에서 드러내고 맙시다. (모두 '좋소', '좋소'. 이때 정미소 기계 도는 소리 멎는다)

박첨지 정미소 기계가 멎었다. 그렇지?

---

32) 1자 해독 불가.

33) 1자 해독 불가.

34) 半作, 지주와 소작인 사이에 소출을 절반씩 나누는 셈법. 본문에 나오는 3.7제는 지주의 지분이 3, 소작인의 지분이 7을 의미함.

농1　　머졌습니다.
정서방　어느 놈이 엿드렀대두 지금 방금 말이 끝나자 기계가 멋을 리두 없겠는데, 그거 조화다.
농2　　기계가 고장이 생긴 게지요.
박첨지　좀 더 기다려 보구 어디 가 봅시다. 요새 밤낫 찌여내는 판이니까 별고 없으면 멈추지 않을 건데—
농1　　어느 용감한 청년이 우리보다 먼츰 손을 쓰는 게 또 안이요?
정서방　그것두 모를 일이야.
박첨지　그런 젊은이가 있다면 이 동리에서 제일 잘난 사나이다.

이때 멀리서 군중 떠드는 소리 들려온다.

정서방　이거 사람들 떠드는 소리 안이요?
농1　　가만 계십쇼. 잘 들어 봅시다.

일동 귀를 기우리고 긴장한다. 다시 군중 떠드는 소리 들린다.

농1　　그럼 우리 모다 올나가 봅시다.

'그럽시다' 하며 모두 이러서 나가려는데, 곱단 숨이 차서 뛰어 드러온다.

곱단이　빨리들 내려가 보시라구요.
박첨지　무슨 일이 생겼나?
곱단이　바우가 도라와서 지금 정구 놈을 절바늠 죽여놧서요.
박첨지　바우가.
농2　　이놈이 오늘서야 매라구 마저보누나.
정서방　정구네 집안하구 지금 싸운단 말인가?
곱단이　그놈네 뿌러기[35]라군 자기 색기 한놈 얼신 안 해요. 매마저 죽을라고 나서겠서요.
박첨지　그럼 어서들 올나갑세— (일동 빨리 나간다. 부엌에서 처, 을순 나온다)
처　　　아니, 바우가 도라왔어?
곱단이　예! 지금 막 오는 참 집에 짐을 갖다 놓드니, 성난 범같이 달녀가

35) 뿌레기(뿌리의 방언), 여기서는 자손이라는 뜻.

기에 필시 정구놈에 집에 가려니 했더니. 아닐세나, 글세 정 놈을 얼마나 때려놨는지 기신을 못하게 만드러놨어요.

처 그놈 벌서 혼나서야 할 놈이지. 그래, 고생이나 안 했다든가?

곱단이 언제 이야기할 짬이 있어야 그런 걸 다 뭇지요.

처 정구 제 놈이야 세상이 이렇게 박궐 줄은 몰낫겠지. 남을 누루구 부려 먹을 줄만 알았겠지. 이런 걸 보면 하늘이 무심하진 안아.

곱단이 그런데 바우가 어째 사람이 달나졌는지 모르겠서요.

처 제 손으로 편지를 쓴다는 소린 들었지만.

곱단이 잠간 몣 마디 말하는 것만 봐두 사람이 안젠 격이 척 *데워졋서요.

처 그래 사실이지, 바우가 그전엔 글 한 가지 몰라서 그랬지. 나물 게 있는 사람인가.

곱단이 그럼, 난 올나갈냄니다.

처 왜 좀 더 이야길 하다가 가지.

곱단이 사실은 바우 심부럼을 왔어요. (보재기를 을순이에게 쥐여주며) 뛰여 나가드라니까요.

처 그래두 한 솥에 밥 먹은 정이 다릇습네— 4년이나 가치 살면서 애한테 자미나는 말하며 살았나? 왜 말 좀 하렴.

을 순 나 몰나요.

곱단이 왜 아즈마니가 모르고 계셨지. 을순이 두 번인가 편지를 했다.

처 앙큼한 년 같으니. 그러구두 시침이 딱 떼구 있었니.

을 순 그럼, 뭐 남북그럽게 사랑을 할까?

곱단이 다 보는데 보자기를 풀어 보라우. 그러야 심부럼 왓든 나두 자미잇시어져. 풀어 보루무나. (을순이 푼다)

처 뉴동[36]이로구나! 이 치마 못 입어서 그러드니, 맘에 꼭 들겟구나.

곱단이 이건 해방되기 전에 사서 을순이한테 부칠래다가 그냥 가지고 나왔대요. 그럼 올라갑니다. 안녕히 주무십시오.

처 그걸 우진[37] 가지고 오누라구 고맙습네.

곱단이 그런 심부름은 밥 싸가지고도 단닐 텐데요.

처 잘 올라 가시라우.

곱단이 예. (대문으로 나간다)

처 자— 봐라. 네 에미 애비가 사람 볼 줄 아나, 모르나.

을 순 뭐 별다른 건 없어요.

---

36) 뉴똥, 빛깔이 곱고 부드러운 비단.

37) '웅정(일부러)'의 오식인 듯.

처　　꿈에 널 봤다구는 안 했든?

을 순　곱단이 형님한테 물었구나. 난 몰라. 이걸 어떻가간?

처　　망할 년 같으니. 곱단이 형님이 네한테 오는 편질 어떻게 알건. 내 짐작이 치마를 사다주는 처지니까, 응당 널 그리워한다는 말이 있으려니 해서 그렇게 말했지. 그래, 넌 뭐라구 답장했니?

을 순　몰라요.

처　　모르긴, 내 네가 말 안 해도 다— 안다. 너두 바우를 꿈에 만나 보았다고 그랬지.

을 순　망측해라. 그런걸 뭐 편지에 쓸고.

처　　그럼, 몸 편안히 있다 도라오시라우요. 난 그때까지 기다리고 있겠어요. 그랬니?

을 순　아이구, 나보다 오마니가 더 잘 아누나. (이때 각가히 군중 밀려오는 소리 난다)

처　　이리들 밀려오나 보구나.

처, 을순 대문으로 나간다. 군중의 소리 아주 갓가히 들려온다. 처, 을순 대문으로 다시 드러온다.

처　　아니, 이리루 무엇하러 끌구 오겠니?

을 순　아버지가 수모 받은 자리에서 그놈한테 항복을 받자고 다리고 오는지 모르지요.

농1 정구를 뒤짐지여 압장을 세우고, 농2, 박첨지, 바우, 기타 농민 다수 뒤따라 드러와 마당에 찬다. 바우는 어딘가 무게가 생기고 늠늠한 기상이 사람을 누른다. 농1 정구를 토방 아래 굴복식힌다. 처, 을순 부엌에서 바우를 찾누라구 기웃거린다.

농1　　그래, 이 도적놈아. 남의 피를 짜내 공출한 쌀을 네 마음대로 찌혀 파라! 몇 섬이나 찌여 파랏니?

정 구　백가마니 파란 것밖에 없어요.

농1　　어떠한 생각으로 찌어 파랐니?

정 구　……

박첨지　이놈, 말해봐라. 해방된 오늘에 와서두 도적놈의 버릇을 못 곤칫니.

농2　　이놈, 그러면서 우리더러 반작 안 내면 토지 뗀다구 그랬지?

군중 '때려 죽여라' 하며 떠든다.

바 우 (앞으로 나서며) 어러분, 진정하십시요. 정구 놈을 여기에 글구 온 것은 이집 존상[38]님께 사과 식힐나고 대리고 왔습니다. 여러분도 다— 아다싶이, 저는 이 댁에서 만 4년을 살았습니다. 재작년 어떤 날 나를 실그머니 불러서 하는 말이, 이 집에서 나와 저이 집으로 오지 않으면 증용 보낸다구 나를 위협했습니다. 그래, 나는 재순이 대신 이놈에 집에서 식은 밥을 그해 겨울까지 먹었습니다. 나를 추수기까지 다— 부려먹구선 구주(九州) 탄광으로 증용 보냈습니다. 여러분, 보십시요. 남의 결혼을 문지르고, 남의 안해를 빼앗고, 남의 토지를 빼앗고, 남의 돈을 떼먹고, 증용까지 보낸 놈입니다. 이놈은 이런 식으로 우리들의 피를 빠라 먹은 놈입니다. 왜놈들은 이런 개들을 만히 길러서 우리를 잡아먹었습니다. (군중 '옳소', '그렇소' 떠든다) 이놈은 오늘 제가 지은 창고에서 선잠을 잘 것입니다. 얼마나 훌륭한 사람들이 형무소와 유치장에서 고생을 했는지 맛을 볼 것입니다. 여러분! 우리들이 이런 악독한 놈들의 손에서 풀려 나와야, 참말 해방을 했다고 할 수 있을 것입니다. 우리들은 이제부터 여러 가지 어려운 문제를 만날 때마다 일심단결하야 우리의 힘으로 해방을 찾고 새 조선 건설합시다. (군중 '옳소', '그렇소' 떠든다)

박첨지 이놈, 말 잘하는 정구 놈아! 말 좀 하려므나. 너 날더러 '누구 앞이라구 말을 함부루 하니' 그랬지! 이놈, 맘대루 내맛기면 터 죽이겠다!

농 여러분 이번엔 이놈을 어느 집으로 끌구 가잡니까?

군중1 명선이네 집으로 갑시다. (군중 '그럽시다'. 군중 밀려 나간다. 농1 정구를 닐쿠어 세우고 뒤따라간다)

박첨지 바우 이 사람, 내 자네한테 할 말이 있네. (박첨지 바우를 남기고 모두 퇴장)

밖은 한참동안 떠들썩하니 소연하다. 처 부엌에서 나온다.

바 우 얼마나 고생하셨습니까?

처 살아서 만날 것같지 않더니, 그래 얼마나 고생을 했니?

---

38) 尊丈, 혹은 尊長, 일가친척이 아닌 사람으로서 자기보다 나이가 많거나 지위가 높은 사람.

바 우 저는 뵈일 낯이 없습니다.
박첨지 내 평생에 오늘 같이 기쁜 날은 처음 보네.
바 우 물 한 그릇 주십쇼.
처 얘, 을순아. 물 한 그릇 떠내 오너라.
을 순 예— (부엌에서)

을순 수집어하며 물그릇을 들고 나온다.

바 우 을순이, 잘 있엇소.
을 순 예. (바우 물 한 그릇을 맛있게 마신다. 을순이 붓그러워하며 부엌으로 드러간다)
박첨지 여보! 술상 채려내오.
처 네, 당신이 으레 그럴 줄 알고 상 다 채려 놨댓소.[39]
박첨지 해방이 되니까 우리 을순이 에미도 좀 머리가 달나졋나 봐. (처 부엌에 드러가 상을 들고 나온다)
처 바우, 시장할 텐데 밥을 좀 먹지?
박첨지 밥 우에야 술 맛이 나나? (술을 잔에 부어 바우에게 주며) 자, 사지에서 사라 도라왔으니 먼츰 한잔 들게.
바 우 그럴 수가 있습니까. 아버지 먼츰 드시지요.
박첨지 아니야. 어서 한잔 들고 주게. (바우 술을 마신다. 술을 부어 박첨지에게 권한다)
박첨지 (술잔을 받아들고) 자네하고 술 먹게 될 줄은 꿈에도 못 생각했댔네. (술을 마시고) 아— 맛있다. 내 평생에 오늘같이 술 맛있는 날 처음이다.
처 평생에 처음이란 말이 무던히 많습니다 가레.
박첨지 응! 오늘은 당신두 한잔 드려야 함네. (술을 부어준다)
처 원 영감도, 망녕이 났군!
박첨지 망녕이라니, 기쁜 날 술이 없으면 되는 줄 아나.
바 우 한잔 잡수십시오.
박첨지 어서 들어요. 바우두 권하지 안나. (술 마신다)
처 아이구, 쓰다.
박첨지 원 노친네도, 그렇게 말할 줄 모른담. 술이 본시 쓴 건데 달 수가 있나. (이후 박첨지, 바우 순차로 술을 주고받고 한다) 그래, 얼마

39) 처의 대사 표기가 안 된 것을 바로잡음.

나 고생을 했나. 어디 고생한 이야기나 좀 들읍세. 낯이 몹시 상했네 그레.

바 우 별루 고생의야 했나요.

처 고생이야 오죽 햇슬나구. 사람 못 된 걸 보면 알지.

박첨지 여러 번 비행기가 날너왔나.

바 우 공습은 수없이 받았서요. 처음에는 무섭드니, 늘 격거 나니까 괜치않습디다.

박첨지 그래두 자넨 명이 길어서 살아 왔지, 죽어서 재 돼 온 사람이 얼마나 많은가?

바 우 참말 전 증용 가서 고생은 기마키게(기막히게) 했지만 사람 됐서요. 어떤 훌륭한 분을 탄광에서 만낫서요. 그분은 봄애는 우리 같은 노동자 같지만 학식이 어떻게 만은지, 전 그이하고 반년이나 한 방에 살면서 글 배우고 또 세상일을 많이 배웟서요. 처음 말은 증용왔다고 햇지만, 알고 보니 사상객입디다.

처 그게 다 자네가 마음씨가 고우니까 복 받아서 그래.

박첨지 남은 증용을 피해서 도망가는데, 그 탄광 속에 뭘 하러 공부두 많이 한 사람이 들어가 있는담.

바 우 탄광 노동자들헌테 사상을 선전하누라구 고생을 같이 하며 들어와 있대요. 그이 하는 말이 일본은 불원간 망한다구, 죽지만 않구 살아 있으면 기쁜 날을 볼 수 있다구, 그러드니 과연 그이 말이 마잣서요.

박첨지 허, 저것 보지. 그럼 나두 훌륭한 사상객이러구만. 자네들이 징용갈제 왜놈이 망한다구, 내 늘 말했지.

처 아이구, 영감두. 웬 자랑이요.

박첨지 글세, 남의 선산의 산신 나무까지 찍어 냇지. 그리구 놋개명 그릇시라(이란) 그릇은 멧다 못해 거랑뱅이 공방슬[40]까지 매서 갔으니 제것들이 안 망하고 견디내.

바 우 정 원도 형님 소식 아즉 모르십니까.

박첨지 소식이 뭔가, 죽었지. 웬걸 살았겠나.

바 우 저하구 가치 잇든 이가 언젠가 하는 말을 들으니까 그이는 다섯해나 편지 한 장 집에 못 햇다고 그래요.

처 우리 원도 같은 사람도 있긴 있구만.

바 우 편질 할 수 없어요. 몰래 숨어서 운동하는 사람들이니까, 집에 편

40) 곰방술, 자루가 짧은 숟가락.

지를 하면 거처를 알기두 쉽구, 제이(저이) 본 집에서 달년을 받으니깐요.

박첨지 그럼, 우리 원도두 사라는 있는 모양이군. 재작년 김순사란 놈이 을순이더러 제 오라비 사진을 작고 내라고 글더라지 안 했나?

바 우 살아 있구 말구요.

처 글세, 아무데서라두 사라만 있다면 좋겠네.

박첨지 바우 이 사람, 자네가 우릴 위로하누라구 하는 말이지? 살아 있구서야 엽서 한장 안할 사람이 어디 있겠나?

바 우 글세, 그런 사실을 제 눈으로 보구 왔서요. 그저 도라올 줄 믿고만 게십쇼 그레.

박첨지 그럼, 내 바우 말이니 믿자. 만약 우리 원도가 안 도라오면, 님자가 내 아들 노릇하야 함네.

바 우 예. 그저 믿고만 게십쇼 고레.

처 영감 취했군.

박첨지 내가 취했서? 아즉 머렀다. 바우 이 사람, 난 좀 속으로 섭섭합데. 그래, 편지 한 장 나한테 못 하겠든가? 응?

처 영감 취했소?

박첨지 취할 수가 있나. 그러구 이 동리에 드러서면 날 먼츰 찾아보는 게 아니라, 에이 괘ㅅ심해!

처 그야 사정이 이상스럽게 돼서 그런 거지, 그럴 리가 있소.

박첨지 내 땅을 정구 놈한테 떼우구도 울지 않았다. 정말 울지 않았다. 그런 내가 널 증용 내보내군 얼마나 울었는지 아니? 이놈. (운다)

처 영감, 정 취했군. 이사람 납부게 생각하지 마시.

바 우 아니요. 절 사랑해서 그러시는 줄 알아요.

박첨지 난 아즉두 자식같이 생각하구, 남 있는 앞에선 말은 못해두 은근히 네가 도라오기를 얼마나 기다렷기. 이 동리 와서야 날 먼츰 안 찾아보구. 에이, 괘ㅅ심한 놈 같으니.

바 우 잘못했습니다. 제가 미련해서 그랬습니다.

처 (박첨지 곁으로 가서) 영감, 정신 채리구 내 말을 좀 들어 보.

박첨지 난 안 취했서. 그래, 말을 해! (처 박첨지 귀에다 대고 속삭인다)

처 저 사람이 을순이 치마를 끊어 왔서요.

박첨지 뭘? 올순이 년이 뭐리구…

처 바우가 을순이 치마를 끊어 왔서요.

박첨지 바우가 우리 을순이 치마를.

처　　예! 인자 아라 들었소.

박첨지　그러면 그러치. 하하하. 을순이 년이 조화하든가?

처　　조화하구 말구요.

박첨지　망할 년 같으니. 하하하. 자— 바우 이 사람, 들게. (술을 부어 바우를 준다)

바 우　저, 이 잔은 마시겠는데, 그만 상을 냅시다.

박첨지　안돼. 안돼. 오늘 새밤껏(밤새껏) 먹어야 한다. 정구 놈은 창고에서 잠 못 자구 세우는데, 우리는 술 먹구 소리 하고 새웁세. 이놈, 정구 이 도적 놈. (그러다 박첨지 몽석 우에 꼬구러진다)

바 우　인젠 술두 얼마 못 하시는군.

처　　작금양년[41]에 아주 늙구 마랐지.

바 우　전 뭐라구 말슴 드릴 면목이 없습니다.

처　　을순이두 인젠 철두 좀 들구 해스니까, 그전같이 남자 속만 태우겠나. 어뜨케 생각하면 한번 곡절이 있는 게 더 잘된 셈이지. 발서 달이 저렇게 올랐군. 오늘 밤은 밤 가는 줄도 몰랐군.

바 우　내 마을에서 보는 달이 제일 아름다와요.

처　　그래?

— 막 —

# 제3막 1장

무대　박첨지의 집, 왼편은 집 뒤를 멀리 둘러 나려온 동뚝.
정면 중앙이 사랑방, 거기 달려 허텅간을 겸한 대문이 우편으로 보인다.
동쪽에는 물 오른 버드나무들이 서있고, 사랑문은 열려 있다.
때　1946년 3월 중순 저녁

막이 열리면 박첨지를 중심으로 농1, 농2와 정서방 등이 뭉여 앉아 있다.

---

41) 昨今兩年, 작년과 올해의 두 해.

이때 실신한 명선모 박첨지네 집에서 나와 중얼거리면서 지나간다. 그리하여 동뚝 오른편으로 해서 사라진다.

정서방 참 딱해서 못 보겠습네.

박첨지 해방이 된 것두 모르구 저러구 단니니— 왜놈들이 강하지 않을 수가 있나? 생사람을 일조에 저렇게 만드러스니.

농1 수탄 매 맞었대요.

정서방 그래, 동갑이네 집은 늘— 찾어 오지?

박첨지 하루에 세 번은 번디지[42] 않고 온담네.

농2 요세 그래두 정신이 혹시 도라오군 한대요.

정서방 명선이가 사랏는지 죽엇는지 모르겠지만, 제 어머니가 저러케 된 줄을 알면 분통이 터저 울 거야.

박첨지 자식들이야 부모같이 살 아프게 부모를 생각하나.

정서방 동갑인 또 원도 생각이 나서 하는 말이로군— 그런데 이 사람이 오늘은 많이 늦는다—

농1 문서를 오늘로 다— 만드러 내야 된다니까, 밧부지 않겠소?

정서방 아무터나 사람은 오래 살구 볼 게야. 이런 조흔 세상이 올 줄이야 꿈에나 생각햇나?

농2 우리 동리에서 토지분여 받지 못한 사람은 용팔이놈 하나뿐이지요.

박첨지 그놈이야 으레 못 받을 놈이지.

정서방 그 사람두 소작인이 아닌가?

박첨지 이 사람이 아즉 밤중이구만. 소작을 어디서(얻어서) 다시 소작을 주는 사람은 소작인으로 않건 담네.

정서방 응! 법이 그렇게 됐구만— 당연한 일이지. 그놈이야 언제 제 손으로 농사를 했댓나.

농1 정구란 놈이 있었으면 무던히 가슴 아파 날뛰겠지요.

박첨지 아! 그놈을 그만 노아 버렷단 말이야! 해방 당초만 해두 어수룩하댓서 정구 놈을 글세 벌금만 받고 그걸 석방햇다니까.

정서방 그놈이야 벌금만 바다가지고 될 놈인가? 감옥에서 썩여버릴 놈이야.

농1 그래, 그놈이 유치장에서 나오든 참 현금을 모아가지고 서울로 도망갓다.[43]

---

42) 번디다(평북 방언), 거르다.

43) 농1의 대사로 바로잡음.

농2　용팔 놈이 그러구 단닌답니다.

박첨지　놈이 그러구 단닌단 말이 비스륵한[44] 말이야. 내가 그 말을 드른 건 퍽으나 오래 됐지만, 요새는 그런 소릴 자주 듣는단 말이야.

농1　용팔네 집에 재순이란 놈이 오(는) 거 아시지요? 아무래두 수상해요.

정서방　응 절나도 사나이 말이지. 정구 놈한테 게집 뺏기고 도방[45]한 놈 말이지?

농1　예! 옳습니다.

박첨지　그자두 오늘 위원회에 와서 토지분여를 달나고 하드래!

정서방　그래, 주엇다든가?

박첨지　주다니– 전에 농사짓지 않은 사람은 안 주기로 됐으니까 줄 수가 있나.

농1　재순이가 서울서 왔대요.

박첨지　그러니까 더구나 될 노릇인가? 서울서 무얼 해먹댔는지 알지두 못할거구, 더구나 요새 뭐 테로단이라든가 불 노쿠 사람 죽이는 놈들이, 웨 그런 놈이 많이 북조선에 왔다는데, 그걸 쉽게 주겠나.

농2　예펜네 대리러 왔대면 물나두 그놈이 농사할 놈은 아니라우.

농1　제 고향에서두 남의 유부녀 빼앗어 가지고 나온 놈인데– 그러구 투전엔 늙은이 개장 밧치듯[46] 밧치거든– 그래 종시 투전으루 제 예펜네 팡가치고(팽겨치고) 도망가질 않았소. 그래, 정구 놈이 그년을 첩으루 다리고 살지 안 씁니까.[47]

박첨지　애전에 우리 동리엔 투전하는 놈은 그림자도 없이 하야 됨네.

농1　자우간 정구 놈이 머리는 좋은 놈이야. 재순이 예편넬 마음대루 하고 싶으니까 재순이한테 천원인가 얼마를 주어서 심부름을 식혀 노쿠선, 그건 또 용팔이 놈이 새나서서 진짜 노랭이를 다려다 짝 투전 식혓거든요. 투전이라면 나랏님 맹건 사러가는 돈두 대구 하는 놈이라, 아니 걸닐 수 있소? 그래, 어느 모퉁이에서 죽는 줄두 모르게 다– 때웟지요. 그러구는 몇 십원 담배 값이라고 주는 걸 받아 가지고, 그걸루 서울루 도망가 버리지 안았소.

정서방　그놈 그런 지혜는 더 할 라우[48] 없이 있는 놈이니까

박첨지　그런데 재순이가 용팔이하구 전에두 갑갑게(가깝게) 지내댓나?

---

44) 비스름하다. 거의 비슷하다.

45) 도망?

46) '늙은이 고기국 바치듯', 체면없이 가지거나 먹고 싶어함.

47) 농1의 대사로 바로잡음.

48) 나위.

농2　두 놈이 다— 정구네 밥 솔치[49] 먹은 놈이니까 서루 잘 알기야 하지요.

박첨지　아니, 내가 수상한 점이 있어서 듣는 말이웨. 다른 게 아니라 재순이가 평양서 습격 사건이 있은 다음날 왔지? 날ㅅ자를 잘 곱아 보시.

농1　예! 그랬습니다. 열나흔날 왔습니다.

박첨지　테로단에는 볼낭지[50]들이 많이 있다니까, 그저 눈앞에 돈만 있는 놈들뿐이래. 재순이가 그런 놈 안인가?

농2　그건 제가 잘 암니다. 그런 짓 할 놈이야요. 용팔이 놈하고 조곰두 짝 기울지[51] 않지요.

박첨지　응, 내 깜작 잊었댓군. 그보다 더 큰 소문이 돌기 시작햇는데— 뭔고 하니 정구 놈이 여기 땅을 서울 부자놈한테 판다는 소문이 있습네.

농1　그건 초문인데요.

정서방　나두 처음 들어요.

박첨지　그 소문이 재순이놈 오자마자 퍼진 걸 보아 아무래두 수상하단 말이야.

농1　어느 놈이 북조선의 땅을 팔 순들 있고, 또 산단 말인고? 그 말을 드르니 불안해서 앉아 있을 수가 없군요. 제가 가서 이놈들의 동정을 좀 보구 오겠습니다.

정서방　그래, 가보고 오시게.

박첨지　그러구 바우더러 저녁 와서 먹으라구 좀 일너주게.

농1　예. 그럼 대녀 오겠습니다. (동뚝 길을 우편으로 퇴장)

명선이가 봇다리를 들고 왼편 동뚝으로 나와 지나가다가, 박첨지네 마당에 사람들이 모혀 앉은 걸 보고 나려온다.

박첨지　(명선이를 물끄럼이 보고) 이게 명선이 아니가?

명　선　안녕하섯슴니까. (인사를 한다. 그리구 정서방, 농2에게 인사한다)

정서방　그래, 얼마나 고생을 햇니!

명　선　전 별루 고생 안했어요. 그런데 우리 어머니 평안하시나요. (서루 머뭇거리고 대답을 안는 걸 보고) 우리 어머니가 안 게신가요?

---

49) ??

50) 불량자?

51) 한 쪽으로 쏠리다.

박첨지　아! 아니다. 잘 게시구 말구—

명　선　예— 동리에 드러설내니까 작구 어머니가 안 게신 것만 같아서, 가슴이 작고 들먹거려요. 인젠 마음을 놓았습니다. 그럼 저 가보겠습니다.

정서방　어머니가 얼마나 반가워하실지 모르겠습네.

명선 도라서 동뚝에 올나 오른편으로 사라진다.

박첨지　명선이 저것이 이제 제 어머니 된 것을 보면 얼마나 상심하겠노. 그러니 실신햇다고 참아 말이 나가야 말을 하지.

농2　그럼요. 어떻게 그렇게야 말을 합니까?

정서방　명선이가 인제 정구놈 죽이러 올나간다는 소문 나겟네.

박첨지　명선이까지 도라왔으니 인젠 도라올 놈은 다— 도라왓군.

정서방　하! 이사람 원도 죽지 않았어. 념려 말게! 그런데 이 사람, 바우가 그렇단 병나겠습데. 벌서 메칠채 밤을 새우나, 좀 잘 먹이게. 그러다 공연히 사우 밀노치[52] 말구.

박첨지　이사람, 노아버렸다 겨우 잡은 두 번 만에 얻은 사윈데, 잘 먹이구 싶기야 하지만 뭐? 있나?

농2　동리 일루 해서 그렇게 애를 쓰는데 달갤이라두 모아서 몸보신하게 하야겠습니다.

박첨지　자네나 말로 해보시. 나는 그 사람 앞에선 그런 이야기 그림자도 못 띠우겠습네.

정서방　무슨 일이나 그렇게 열심히 하거든. 참말 영감 사위 잘 맞았어.

박첨지　우리 선생님두 바우만큼이나 똑똑하답네. 하하

농2　야학 선생님 말슴이요. 을순이가 참 잘 배워준다고 부인들이 입술이 마르도록 칭찬이웨다.

정서방　동갑이, 얼른 잔체합세!

박첨지　이 분주통[53]에 잔체를 어떻게 하겟나? 바우가 좀 한가해진 담에 할내네.

이때 을순이 숨이 바쁘게 동뚝 오른편으로 올나와 뛰여 나려온다.

---

52) 마르게 하지?
53) 분주한 사이에?

을 순 이버지! 저—
박첨지 무슨 일이 생겻니?
을 순 저 오래비가 왓대요.
박첨지 뭐 원도가 왔어? 언제? (박첨지 신을 찾어 신는다) 어디 있니? 응, 어디 있어?
을 순 평양 와서 있대요.
박첨지 응— 평양 왓대?
정서방 무슨 기별이 왓니!
을 순 아니요. 창순이가 평양 드러갔다 만낫대요. 그러면서 중국서 나온지가 몟날 안 된다고 하면서, 일이 바빠서 못 나간다고 수일 후엔 잠간 단녀가겟다고 그르드래요. 어머니 게신가요?
박첨지 그래.

을순 뛰여서 대문을 밀고 드러가면서

을 순 어머니! 오라비가 왓서요.
소 리 뭘! 원도가 왓서?
농2 원도가 아홉 햇만에 도라왓군! 얼마나 기뿌십니까.
박첨지 기뿐 걸 말 다 할 수가 있소.
정서방 우리 동리에 자네 팔자가 제일이웨. 이렇게 기뿔 데가 어디 잇나? 중국 가서 있대다니깐 해방 안 됐으면 맞나보지 못하고 죽을 번했지.
박첨지 난 지금 꿈 갈애서 도무 사실 같지 않습네. 분명히 우리 을순이가 원도가 왔다고 그랫지.
정서방 그렇기두 하겠습네. 틀님없어!

을순, 을순모 대문으로 나온다.

정서방 아즈머니, 얼마나 기뿌십니까?
처 꿈인지 생시인지 모르겠소.
농2 훌륭히 돼서 도라왔다니까, 한층 더 기뿌시겠습니다.
처 응, 자네 왔댔나? 난 자네를 볼 적마다 늘상 원도 생각이 나서 결딜(견딜) 수가 없더니 인젠 나두 마음 놓고 살 수가 있게 됐습네.
을 순 아버지! 저 어머니하구 웃동리 갔다 오겠어요.

박첨지 웃동린 멀 하러?
을 순 어머니가 창순일 만나보고 싶다고 그래서요.
박첨지 그랜, 어서 가서 속 시원히 만나보구 오소.
정서방 창순이가 만났대면 틀님없지. 함께 자라난 사람인데 원도를 헛 볼 리가 있나.
박첨지 난 지금 당장 평양 드러가고 싶은 걸 이러구 있소.
을 순 아버지 단녀와요-
처 그럼, 앉아 말슴하십쇼.

을순, 을순모 동十[54]을 향해 거러간다.

박첨지 아니, 둘이 다— 가면 바우 저녁상은 어떻가노?
을 순 저녁밥 가지구 가요.
정서방 인젠 동갑이 바우 참견 그만둬! 제 임자가 생겼는데 오죽이나 잘 하리.
박첨지 하하하… 자네 말이 옳습네.
농2 존장님, 참말 원도일내 맘고생 많이 하섯지요.
박첨지 말해 무엇하겟나? 하루두 걱정이 떠날 날이 있었나? 글세, 가택수색을 그놈들이 몇 번을 했는지 모름네. 아마 그놈들은 우리집 숟가락 수효 함주루[55] 알고 있었슬 걸세. 그래서 지금두 순사놈 복장색만 봐두 가슴이 울렁거리지 안나!
정서방 아니, 가긴 일본으로 갔지?
박첨지 그럼, 처음 가기야 동경으루 갔지. 아마 거기 있다가 중국으로 간 모양이웨. 이제 생각하니깐 우리 원도를 아무리 찾으니 중국 간 놈이 있겠나. 그래 그 가네무라 순사 녀석이 사진을 얻어 가지구 잡을나고 하든가 부지.
농2 아무러나 존장님 고생한 보람 있게 되셨습니다.
정서방 동갑인 오늘 천하를 얻은 거나 같을 텐데— 밤에 잠두 못 잘?

이때 멀리서 '불이야!' 하는 아우성 소리와 함께 불종이 뗑뗑 울려온다.

박첨지 어디서 불이 붙니?

---

54) 동뚝의 오식인 듯.
55) 함부로?

정서방　우리 집이 붙지 안나?

정서방, 박첨지, 농2 모두 이러나 동뚝으로 가서 오른편 웃마을을 바라본다.

정서방　저게 누구네 집인고?
농2　정미소 같습니다.
박첨지　정미소라니? 어서 가 봅세.

정서방, 농2, 박첨지 동뚝 오른편으로 나려간다. 사람들의 고함소리, 불종소리 그냥 계속하야 울려온다.

-암전-

## 제3막 2장

무대는 전장(前場)과 같음. 전장에서 두 시간 후

막이 열리면 무대는 비여 있다. 바우 왼손을 힌 헝겊으로 싸매여 끈을 해서 메고 다리를 끌며 을순에게 부축되여 동뚝 오른편으로 등장하야 집으로 나려와 몽석에 앉는다.

을 순　팔이 저리지 않소?
바 우　괜찮아요.
을 순　방에 들어가 좀 누으시지요— 찬 바람 쏘이는 게 좋지 않을 텐데—

이때 박첨지 분주히 동뚝 오른편으로 나타나 집으로 나려온다.

박첨지　아니, 방 안으로 들어가 눕지, 여기서 찬 바람을 쏘이구 앉았다니—
바 우　이기가 좋아요.
박첨지　그런 만(말) 말고 어서 들어가자.

바 우 좋아요.

박첨지 글세 엇찌자고 그 불구덩이엘 뛰어 들어간단 말이가? 응!

바 우 우리 동리에 정미소가 얼마나 큰 일을 하는 건지 모르는데, 그저 태처 버리면 어떻갑니까? 제가 뛰여 드러가섯길 망정 처음엔 아무두 손댈 생각두 못 하든데요.

박첨지 하여간 자네가 선봉서 드러갔기 불을 껏지, 그 기름에 젖은 정미소가 담박 하눌로 올나갈 번햇다!

을 순 불이 창공(창고)에서 시작됐기 그렇지, 정미소에서 일어낫드면 끄지 못할 번했어요.

바 우 창고를 타친 것만두 우리들 책임이 큽니다— 그런데 용팔이놈은 잘 묶거 뒀겠지요.

박첨지 그럼—

바 우 그놈 놓쳤다간 안 됩니다. 글세, 그놈이 토지분여 안 준다고 나한테 행역하고[56] 있는 그 짬에 불이 났서요.

박첨지 그때가 바루 저녁때니까 제일 사람의 눈이 없을 때지.

바 우 모두 계획적이야요.

박첨지 밤을 새워서라두 잡아 놓는다구 동리 젊은이들이 모두 떠러났다.

바 우 에이— 재순이란 놈을 잡으면 당장 터죽이고 말겠습니다.

박첨지 — 이사람 아무리 생각해두 안 됐습네. 데 바람 쏘이는 게 좋지 않아— 들어갑세.

바 우 여기가 시원해서 좋아요.

박첨지 그게 몸이 다라서 그래. 어서 니러나게. 자네가 앓아 누면 큰일 맡은 사람 되겠이나? 어서 이러나게, 어서 응—

바 우 (할 수없이) 그럼 들어가겠습니다.

얼굴을 찡그리며 이러난다. 박첨지, 을순 부축해 준다.

박첨지 어서 드스한 구들에 드러가 좀 누어 있게.

을순 바우를 부축해가지고 대문으로 드러간다.

박첨지 원 그런 망할 놈 같으니. 글세, 정미소에 불을 노면 어떻갈 작정인고— (담배를 한 대 마라 핀다)

---

56) 悖逆하다. 사람으로서 마땅히 하여야 할 도리에 어긋나고 순리를 거슬러 불순하다.

— 사이 —

을순 대문으로 나온다.

박첨지 넌 병간호나 하구 있지, 뭘 하러 나오니.

을 순 바우 제 혼자 좀 생각하겠다구, 나가라구 그래서 나왔어요.

박첨지 인젠 철없이 바우, 바우 그러지 마라.

을 순 그럼 뭐라고 부릅니까?

박첨지 뭐 다른 이름이 있지 안니?

을 순 뭐―요?

박첨지 그러구 생각하니 나두 무슨 다른 이름이 생각나지 안는구나.

을 순 (생각난 듯이) 뭐, 호적엔 만석(萬石)이라든가 그러태요.

박첨지 만석이, 만석이, 어째 바우 맛이 나잘 안는다.

을 순 만석이란 이름은 지주 냄새 나는 이름이라구 애여 실태요.

박첨지 응― 인제 아랐다. 만석군 부자란 뜻이군. 그렇지, 지금 세상에 지주란 게 있니?― 그래, 네 말을 드르니 그럴 듯한 말이다. 그랜 바우는 바우라구 해야 그 사람 맛이 난단 말이야.

을 순 그 이우(이유)는 바우란 이름이 조선에서 제일가는 이름이라구 그런다우. 무엇보다두 순조선 이름이 돼서 좋대요.

박첨지 그래두 이름은 행렬이 있는 법인데― 하긴 등생 하나 없는 무이 밑[57]같은 사람이니깐―

을 순 바우는 제 이름과 같은 사람이 된다고 그래요. 바우같이 크구, 무겁구, 말이 없구, 바우같이 의지가 굳구… 또 뭐라드라―

박첨지 네 말을 드르니 바우란 이름이 정말 좋다, 좋와! 그런데 너의 어머닌 아들 이야기 듣누라구 집에 도라올 줄두 모르누나. 바우한테 너이 오라비 도라왔단 이야기 햇니?

을 순 했서요. 그이두 형님이 생겼다구 인제부터 마음 든든해서 일을 더 하야겠다구 그래요.

박첨지 그―럼, 기뻐하구 말구― 그 사람이 외로운 사람이 아니가― 얘, 너 안에 좀 드러가 봐라. 목이 말라두 물두 못 먹을 텐데, 응?

을 순 물두 다 떠놓고.

박첨지 그래두 드러가 보름. 뭐 다른 심부름 시킬 게 있는지 알겠니?

을 순 내가 바우 성미를 몰라서요? 드러오란 말 없는데 드러갔단 꾸중드러요.

57) 무 밑동 같다, '도와주는 사람 없이 외로운 처지를 이르는 말'.

박첨지 (대견해서) 그랜 살림을 할래면 서루 성미를 잘 맞추야 잘 산다.

이때 을순모 동뚝 오른편에서 나타나 집으로 나려온다.

을 순 어머니, 인자 오십니까?

박첨지 집에 도라오는 길 이든(잊은) 줄 아랐더니, 그래두 있지는 않었댔군―

처 여보― 보안국이 뭐하는 데요?

박첨지 보안국? 보안서 맨 우뚜맥이[58] 같지만, 잘 모르겠소. 그런데 그 말은 왜 묻소?

처 글세, 우리 원도가 거기 무슨 부장이라드라 그러해요.

박첨지 자넨 금시 부장 어머니 버러 가지고 왔군.

처 영감은―

박첨지 우리 선산에 매화꽃 폇다구 남들이 그렇게 됐는데― 인제 아들 공부 보냈다구 날 못 살게 굴드니, 어디 말 좀 해보우. 하하하하.

처 그런데 바우 정 많이 다치지 않았니?

을 순 예!

처 글세, 중상한 사람을 혼자 두구 이렇게 나와 있는단 말이가. 어서 들러가자.

박첨지 뭘 생각하겠다구 나가 있으라구 그래서 을순인 쫏겨나왔다우.

처 상한 사람이 생각은 무슨 생각을 한담. 그 사람이 별 성미야―

을 순 재순이놈 잡혓다는 소리 못 드르섰소.

처 내가 재순이 잡혓다는 이야길 안했니?

을 순 언제요.

박첨지 노친네 아들 이야기에 취해서 잊었댔군― 그럼, 재놈이 뭐야 벼룩이지.

처 지금 잡아다 놓고 얼마나를 때려주었는지 반쯤 죽었대나 봅디다.

을순 빨리 대문으로 들어간다.

박첨지 그놈이 어디서 잡혓답디까.

처 압산 소나무 웅텡이에 숨었드래요― 그런데 여보 내일 나하구― 평양 드러갑세다. 난 정 원도 보구― 싶어서 못 견디겠소―

박첨지 그랜―

---

58) 우두머리?

을순 바우를 부축하고 나온다.

처　　아니, 정말 과히 다쳤나 보구나. (바우한테로 달려가서) 누어있지. 글세, 뭘 하러 나오니?
바 우　재순이놈이 잡혓서요?
처　　때려서 반쯤 죽여놨다드라.
바 우　웃동리 올나가 봐야겠서요.
박첨지　올라가다니? 그러나 앓아서 누면 큰일이웨. 어서 드러가 눕기나 하게.
바 우　아니요. 제가 있어야 돼요. 그놈들의 비밀을 제가 가야 들추어 놔요. (을순다려) 어서 올나갑시다. (겨우 발을 몇 발자국 내집는다)
박첨지　이 사람 안 됐네, 안 됐서? 그렇게 앞은 다리를 끌구서야 가겠나. 어서 드러가 누라는데 그러누만.
박첨지　드러갑세. 자우간 발을 옮겨 놓지 못하면서 가겠나?
바 우　아니요. 죽드라도 가야 돼요. (얼굴을 찡그리면서 몇 거름 옮겨놓는다)

이때 '재순이놈 잡았소' 하는 군중들의 소리 들린다.

을 순　어머니, 좀 부축해 주세요. (어머니 바우를 부축한다. 을순 뛰어서 동쪽[59]으로 올라가 소리 나는 곳을 바라본다) 재순이놈을 묶거 가지고 이리로들 와요.
박첨지　됐습네. 인젠 이리로 와서 좀 앉게.
바 우　앉았다 니러설라면 앞아 못 견디겠서요.
처　　영감두 와서 좀 밧드시우. 행결 힘 헤우는[60] 게 낫지 않겠소.
박첨지　그랜. (바우 팔을 드러 어깨에 얹는다)

을순 동뚝에서 나려와 박첨지와 바꾸어 바우를 부축한다.

을 순　동뚝에 왔서요.

---

59) 내용상 동뚝일 듯.
60) 헤우다, 줄 따위가 팽팽하게 당겨지게 하다는 뜻의 북한말.

이때 군중 재순이와 용팔이를 결박해 가지고 앞세우고서 동뚝 오른편에 나타난다. 군중 '재순이놈 잡았소', '방화범을 잡았소' 소리를 지르며 마당으로 나려온다.

농 갑 바우, 괜찮은가?
바 우 괜찮아! 여러분들 수구하셨습니다.
농 갑 여러분, 이 두 놈을 가운데 두고 물러서십쇼.

군중 지시에 따라 물러선다.

농 갑 여러분! 이번 이러난 불상사에 대하여는 농민위원회 책임자로서 먼츰 사과를 드립니다. 이제 여러분들 앞에서 인민의 이름으로 재순이와 용팔이를 처단합시다. 그리구 인민재판은 우리 마을의 영웅 바우로써 하는 것이 어떻습니까?

군중 '좋습니다', '옳소' 등 호응한다.

농 갑 누구 한사람 재순이놈을 방 안으로 다리고 드러가십쇼.

군중 가운데 한 사람이 나와 재순이를 다리고 대문으로 드러간다.

바 우 용팔이, 인제부터 우리 인민의 이름으로 너를 심문한다. 바른대로 말을 해야지 그렇지 않으면 인민이 너를 용서 안할 것이다. 불을 누가 놨니?
용 팔 재순이가 놨어요.
바 우 너는 미리부터 알고 있섰지.
용 팔 예!
바 우 그럼 알고 있으면서, 왜 우리들에게 알려주지 않었니?
용 팔 –
바 우 왜 대답을 안 해? 빨리 말을 안 하겠니?
용 팔 –
농1 어서 바른대로 말해라!
용 팔 제가 죽을나고 정신이 나가서– 그놈이 돈 준다는 바람에 그만–
바 우 그래, 돈에 팔려서 잠자코 있섰단 말이지?
용 팔 예– 땅은 분배받지 못하고 살길이 막막해서.
바 우 그래, 넌 재순이가 불 놓는데 협력하진 않었니?

용 팔 아니요.

바 우 아니요? 이놈, 용팔아! 내가 다 알고 있다. 네가 나한테 와서 토지를 왜 안 주느냐고 야단을 하는 그때 바루 불이 났는데—

용 팔 —

바 우 내 눈을 가리노라고 그랬지?

용 팔 예!

바 우 그래, 돈은 얼마나 주겠다든?

용 팔 오만원이요.

바 우 오만원에 팔려서- 그러구 조선에 통일정부가 서면 분여받은 토지는 다 내놓는다는 둥, 정구란 놈이 서울놈한테 토지를 판다는 말은 누구한테 드렀니?

용 팔 재순이한테 드러서요.

바 우 그래, 오만원은 받었니?

용 팔 아니요. 제 바른대로 말슴 올리겠서요, 구장님. 네—

농1 이놈, 구장님이 입에 올랐구나.

용 팔 저 재순이가 정구네 창고 마루 아레 독을 묻었대요. 거기 오십만원이 있다구, 그걸 끄네 준다고 그랬서요.

군중들이 '오십만원', '그놈 수태두 무더 뒀다' 등 수군거린다.

바 우 몇 사람 가서 창고 바닥을 뚫고 보십쇼.

군중 가운데 몇 사람 동뚝으로 해서 바른편으루 간다.

바 우 한 가지 더 묻겠는데, 재순이놈하구 열낙이 있지?

용 팔 전 그건 몰라요.

용 팔 용팔일 내가고, 재순일 불러 오십쇼.

용팔이를 다리고 나간다.

바 우 여러분들, 드르셨지요. 남조선 반동자 놈들은 북조선의 모든 산업을 망처서 인민들의 생활을 위협하고, 북조선 인민위원회를 파괴하려고, 많은 돈을 써가며 심지어 우리 동리 조고만 정미소까지 파괴할나고 합니다. 민주주의국가 건설에 기초가 되는 토지개혁을 반대하고 파괴하려는 이놈들이 애국자입니까? 인민의 이익을 생각하는 민주주의자들이겠습니까?

군중 '옳소', '김구 리승만같은 매구적[61]이오' 등 고함지른다. 재순이 잡혀 나와 꿇어 안는다.

바 우 재순이, 인제부터 인민의 이름으로 너를 심판한다. 바른 대루 말을 해야 한다. 정미소에 불을 누가 놨니?
재 순 예… 제가 정신이 나가 그런 짓을 했습니다.

군중 '원 저런 놈 봤나', '저런 처죽일 놈 같으니', '그놈 때려죽여라' 등 떠든다.

바 우 그래, 왜 불을 놨니?
재 순 믿고 왔든 여편네는 변심을 하고 토지분여는 받지 못한 분김에 그런 짓을 했서요. 죽을 죄로 잘못했습니다.
바 우 그래! 평양서 메칠 묵구 왔니?
재 순 묵구 오다니요. 바루 이리로 나왔습니다.
바 우 그래, 농사를 지려 나왔단 밀이지?
재 순 예! 여편네두 있구 토지를 받아서 농사할 생각으로 왔어요.
바 우 거즛말 마라! 이놈, 네 서울서 정구 놈을 만나서 그놈의 부탁을 받고 왔지?
재 순 아니, 모릅니다. 그럴 리가 있습니까.
바 우 정구를 서울서 만났지.
재 순 아닙니다. 전 정말 모릅니다.
바 우 이놈, 재순아. 이 매국적아. 김구 이승만의 개새끼야. 저놈의 몸을 샃샃치 두저 보십쇼.

군중 두어 사람이 몸 시엄[62]을 한다. 군중 가운데서 누가 '옷을 벗기고 보시오' 웨친다. '옳소, 옳소' 군중 호응한다. 옷을 벗기고 샃샃치 두진다.

군1 아무것도 없습니다.
재 순 정말입니다.

---

61) 매국적(賣國賊).
62) 시험, 수색의 뜻인 듯?

이때 곱단이 보통이를 들고 바른편 동뚝으로 해서 나려온다.

곱단이 (바우더러) 이 보통이를 재순이 처가 나한테 가지고 와서 걱정을 하기에, 그냥 가지고 이리로 왔서요.
농1 이리 주십쇼. (보통이를 샅샅치 두저본다. 많은 돈이 나온다) 이놈, 재순아! 이게 웬 한 돈이냐? (재순 벌벌 떤다)
곱단이 재순이 녀석이 보통이를 갖다 맡기면서 엡분이 보구 서울누 가서 살자고 그러드래요.
바 우 토지를 얻어 농사짓겠다든 말은 샛빨간 거즛말이지, 이놈!
재 순 —
농1 (조히 조각을 골라들고 보다가 펄적 놀내며) 여기 한국민주당의 신임장이 있습니다. (재순 뛸냐고 하다가 다시 붓잡혀 끌리워 앉는다)
바 우 (조히를 읽어보고 놀내며) 여러분, 이것은 틀님없는 한국민주당의 신임장입니다. 재순아! 이놈, 이 개만도 못한 놈아! 정구는 너의 안해를 빼앗은 놈이다. 우리들의 피를 짜고 살을 깍가 배를 불닌 놈이다. 여러분! 이 재순이 놈은 틀님없이 북조선을 파괴하러 온 테로단이 분명합니다.

이 말을 듣자 '이 개같은 놈아!', '김구 이승만의 개새끼야' 등 떠든다. 그 중에서 몣 사람이 나아와 밟고 때릴랴고 한다.

바 우 이놈은 정부의 요인을 암살하고 모든 기관을 파괴하려는 놈입니다. 오늘 여러분들은 인민의 리익을 보장하는 정미소를 반동 테로단의 손에서 구해냈습니다. 즉, 반동세력을 처물리고 승리한 것입니다.

이때 창고 조사하려 갔든 사람이 오른 동뚝에서 뛰여 나려온다.

농1 그래, 말한 대루 돈이 있습디까?
농2 예! 현금 오십원[63]하고, 은수저, 금동곳, 금반지, 지금 시까로 한 칠십 만원 어치나 된대요.

군중 '저런 죽일 놈 같으니 우리들에게선 아즈랭이 숫갈 암주루[64] 걷어

63) 오십만원의 오식?

가고, 저는 저렇게 감추워서 밥 담아 먹는 바리, 수렵 하나 안 남기고 걷으어 가구! 죄 받아 싼 놈이야' 등 떠든다.

바 우 그걸 어떻게 했습니까? 잘 보관해야 됩니다.

농 부 우리가 막 올나고 하는데 평양 보안국에서 나왔드군요. 그래 거걸 맡겼서요.

바 우 분명히 보안국 사람들입디까?

농 부 틀님없습니다. 전부 증명서를 내 그들이 우리들에게 먼츰 보이든데요. 사진까지 잘 대조해 보았어요. 그런데 부장 어른은 이 동리 사람이야요. 동리ㅅ어른들과 인사를 다— 하고…

박첨지 그 부장이라는 이가 우리 원도 안입디까!

농 부 전 존장님의 자제분을 모릅니다.

박첨지 응, 그렇겠군. 우리 원도가 나간 담에 이사를 왔군… 저 사람두 모르나?

농 부 우리두 이사를 와서 자제분 이야길 드렀으니 저도 모르지요.

농 부 인제 이리로 나려온다고 그랬습니다.

처 영감, 내가 아까 분명히 보안국이라구 그랬지요?

박첨지 그래! 이 동리ㅅ사람이라면 우리 원도 틀림 없을 테야.

처 영감, 나는 속 시원히 가보고 와야지 견딜 수가 없소.[65]

박첨지 그럼, 가보구려!

처 빨리 동리를 지나 왼편으로 사라진다.

바 우 여러분, 정구 놈은 우리의 기름과 피를 짜내여 이곳 토지는 모두 제 손에 넣었습니다. 그러구 양옥을 짓고 호의호식했습니다. 관리놈들은 심지어 순사까지 배를 불리고, 서울 가지고 간 돈을 내여놓고도 칠십 만원이나 되는 거액을 감추어 두지 않었습니까. 이놈이 지금 서울서 한국민주당에 드러가 북조선을 망칠 궁리만 하고 있습니다. 우리는 이놈들과 죽기로 싸워야 합니다. (군중 '옳소', '옳습니다' 등 호응한다) 여러분! 놈들은 정부의 요인을 암살하고 기관을 파괴하는 것만이 목적이 아닙니다. 여러분들이 북조선 임시인민위원회 두레에 굳게 뭉친 단결을 파괴하려고 가진 모략을 획책

64) 함부로?
65) 처의 대사로 바로잡음.

하고 있습니다. 우리는 이런데 더 한층 굳게 뭉치여 놈들과 용감히 싸울 것을 맹세합시다. (박수를 한다) 여러분, 이것으로 오늘 인민 재판은 끝난 셈입니다. 한 가지 더 말씀드릴 것은 이번 테로단을 잡는 것은 즉, 우리 민주건국을 파괴하고 방해하는 이놈들을 잡은 것은, 우리들 농민이 모두 농민위원회 두레에 또한 굳게 뭉친 결과 라고 생각합니다. 국가의 모든 시설이 곧 인민의 리익을 보장하는 시설이라는 것을 여러분들은 잘 인식한 탓입니다. 그러므로 여러분 은 이번 가장 애국적 정열을 가지고 생명을 내놓고 이 일에 참가했 다고 생각합니다. 그리고 우리는 항상 우리 주위에 반동분자들의 그림자가 떠나지 않고 있다는 것을 아는 동시에, 사전에 이를 없애 하도록 부단히 주의하고 투쟁합시다. 제 말은 이것으로 끝입니다. (군중 박수를 한다)

농 갑 (앞으로 나오며) 여러분 제 잠간 한마디 말슴 올리겠습니다. 당사 자가 여기 있습니다만은, 바우는 죽업을 무릅쓰고 불붙는 정미소에 뛰여 드러갔습니다. 우리 농민의 노력으로 더러주는 단 하나의 정 미소를 놈들의 파괴에서 건디랴고 불속으로 드러갔습니다. 이 사실 은 무엇을 말하는 것입니까? 나라의 재산은 인민의 것– 즉, 인민을 사랑하는 불타는 애국심에 발로라고 생각합니다. 우리는 오늘 큰 사실을 체험했습니다. 우리들이 모두 애국자라는 것, 그러구 단결 이 얼마나 위대하다는 것을, 즉 우리들 속에 숨어 있는 애국의 큰 힘을 발견한 것입니다. 여러분, 우리들은 이 뜨거운 정열을 그대로 독립의 아침까지 끌고 나가기를 맹세합시다. (물러선다)

군중 '옳소', '독립의 아침까지 우리는 싸우자' 등 호응한다.

군1 재순이와 용팔이놈도 그럼 어떻게 합니까.

군중 '그놈을 우리에게 맡겨주십쇼', '때려 죽여야지, 그런 놈은 교화소도 아까운 놈이오' 등 떠든다.

바 우 여러분, 조용하십쇼. 우리에게는 인민재판소가 있습니다. 마침 보안 국에서 사람이 나왔다니까 그리로 넘겨주는 것이 옳습니다.

군중 '옳소', '북조선 온 인민의 이름으로 그놈들을 처단합시다' 등 떠든다. 이때 원도를 선두로 호위원 두명, 그외 정서방, 그 부인, 명선, 을순모 오른편 동뚝으로 해서 나려온다. 을순모는 저고리 고름으로 눈물을 씻으며 정서방 부인과 같이 운다.

원도 박첨지 앞에 와서 공손히 인사를 하고, 거츤 손을 두 손으로 잡으며,

원 도　아버지! 얼마나 절내 고생을 하셨소.

박첨지　(눈물을 흘리며) 그저 죽은 줄만 아랐댔다.

을 순　오라버니!

원 도　응! 우리 을순이로구나! 몰나보게 컸구나. (손을 잡는다)

박첨지　얘, 원도야. 이 사람이 네 매부다.

원 도　(바우 손을 잡으며) 바우 동무!

박첨지　너 나간 다음에 우리 집 살림을 저 사람이 혼자 했다.

원 도　어머님한테 말슴 다 드렸습니다. 고생 많이 하셨습니다. 그래― 많이 다치신 모양입니다.

바 우　아―니요.

정서방 부인　형님! 기쁜 날 글세 울긴 왜 운단 말이오.

을순모　상구두[66] 그저 꿈같기만 하웨다.

을 순　(곱단이를 이끌고 원도한테 가서) 올아바니, 곱단이 형을 모르시겠소.

원 도　곱단이? 응? 잘 있었소.

곱단이　얼마나 고생을 하셨소?

원도 동리ㅅ사람들과 인사를 한다.

명 선　어러분! 내 소원이 하나 있습니다. 제 어머니를 미치게 한 정구 놈의 복수는 못 해도 그놈의 개새끼들에게라도 제 원한을 풀게 해주십쇼. (달려 나가며) 야, 이 용팔이놈아!

농 갑　(명선[67]을 붙잡고) 이 사람 명선! 참게, 참으라구! 분나는 거 봐서야 오채[68]를 쯔저두 모자라지만 그 더러운 놈에게 손을 대나.

명 선　― 꿈에도 못 잊든 단 하나바께 없는 어머니가 얼마나 매를 맞고 고생을 했기에 미치기까지 했겠서요. (운다)

---

66) '아직'의 평안방언.

67) 순도와 명선을 섞어 사용하고 있는데, 등장인물표상으로는 명선이 맞을 듯.

68) 五體, 온 몸.

원도 인사를 끝내고

원 도 (명선의 손을 잡고) 참으시! 여러 동리 어른들! 동무들! 나는 우리 동리가 짧은 시간에 어떻게 사상적으로 통일되여 있을 줄은 몰났습니다. 테로단을 잡은 것이 그저 된 것이 아닙니다. 굳게 단결한 애국심의 표현입니다. 우리 마을에 바우와 같은 훌늉한 지도자가 있다는 것을 나는 북조선의 인민에게 자랑하겠습니다. 따라서 우리 동리는 북조선의 자랑이 될 것입니다.

군중 '옳소, 마을의 영웅 바우 만세'를 부르자, 따라 만세를 연창한다.

정서방 여보시 동갑이. 우리 동리에 자네 팔자만한 사람 없겠습네. 훌륭한 사위를 맞아, 아들이 도라와, 글세 얼마나 좋은가? 어서 인젠 잔치나 합세, 응?
박첨지 내 평생에 처음 기쁘웨!

이때 명선모 동리부인에게 이끌고 오른편 동뚝으로 아까보다는 차림이 단정하다. 명선 달려가 어머니를 안는다.

명 선 어머니! 정신이 드셨소?
명선모 이게 누구가, 우리 명선이 아닌가?
명 선 명선이애요. 어머니! 정신 차리십쇼.
명선모 (눈물만 흘리고 섰다)
동부인 지금 정신이 도라왔기에 곧 대리구 왔다우.
정서방 잘 하셨소! 인제는 정신 잃지 않겠지!
을순모 (명선 어머니에게) 형님! 밤낮 명선이, 명선이 하든이 소원성취하셨습니다.
명선모 명선아! (처다보더니) 분명히 우리 명선이로구나! (껴안는다)
원 도 (명선모 앞에 가서) 아즈머니, 절 알겠습니까?
명선모 아니— 이게 원도 안이가?
원 도 예! 원도입니다.
명 선 어머니!
박첨지 명선아, 어머니 인제 정신이 완전히 도라왔다.
을순모 형님, 우리 나라가 해방됐다우.
명선모 해방!

명 선　왜놈들이 조선 땅에서 다— 쫓겨 갔어요.

명선모　아! 그래! 아니, 이렇게 좋을 때가 어디 있소. 만세! 만세를 부르자

군중 모두 호응하여 부른다.

— 막 —

# 현대 연극사의 재검토

## – 해방 이후부터 1950년대까지

이재명(명지대 문창과 교수)

[차례]

## I. 들어가는 말

근대극이 도입된 이래, 1930년대는 우리 연극계의 르네상스 시기였다. 만주사변 이후 중국 대륙 침략 전쟁이 본격화하기 전, 우리 연극계에서는 계급투쟁을 목표로 한 프로 연극이 활발하게 전개되었으며, 근대적인 예술 사조로서의 근대극의 실현을 추구한 극예술연구회의 신극 운동도 활발하게 전개되었다. 또한 본격적인 대중극 시대를 열었던 동양극장의 개관은 더욱 세련된 멜로드라마를 양산해내며 수많은 관객을 극장으로 끌어들였다. 그뿐만 아니라 애국 계몽 운동의 방법으로 연극을 채택한 학생극과 소인극 운동도 도시와 지방을 가리지 않고 전국적으로 펼쳐졌다.

그러나 1930년대 후반 일제는 대동아전쟁을 준비하고 수행하는 과정에서, 민족문화 말살 정책을 폄에 따라 우리 연극계 역시 시련을 겪지 않을 수 없었다. 일제는 우리의 연극을 문화 예술로서가 아니라 전쟁 승리를 위한 선전 선동의 도구로 악용하려는 의도를 노골적으로 드러내며 우리 연극을 탄압하였다. 따라서 우리 연극은 1930년대 초·중반의 활기와 순수를 상실한 채, 강제적으로 정치권력에 끌려 다니게 되었다.

연극사적으로 볼 때 다소 위안이 될 수 있었던 것은 비록 강제적이긴 하였지만 이념극과 신극, 대중극이 경계를 허물고 한 울타리 안에서 동거하게 되었던 점이다. 그리하여 당시 우리 연극은 내용상 어쩔 수 없는 친일 목적극이라는 원죄적 한계를 지니지 않을 수 없었다 하더라도, 극작과 연출을 비롯한 연극 제작 분야에 있어서는 상당한 발전이 있었다. 그런 와중에도 일부 양심적인 연극인들은 민족의식을 고취하고자 부단히 노력하기도 했다.[1)]

해방 이후 찾아온 이념 대립과 국토분단으로 말미암아 우리 연극계는 유례를 찾아볼 수 없는 혼란에 빠지게 되었다. 좌익이 됐든 우익이 됐든 우리 연극계는 일제 말기와 마찬가지로 정치 논리에 의해 지배당하는 계기가 마련됨으로써, 분단 이후 우리 연극의 파탄을 초래하게 되었다. 과연 우리 연극계는 해방 이후 극심한 이념 대립의 첨단에서 우리 연극의 진로를 어떻게 모색하였으며, 그 성과는 어떠했나? 또한 전쟁 이후 남한의 연극계는 왜 지

1) 대표적으로 임선규의 <동학당>과 박영호의 <산돼지>, 그리고 송영의 <신사임 당>을 들 수 있다.

지부진했나? 본고에서는 이러한 질문에 대한 대답을 찾기 위해, 당시 우리 연극사의 현장을 되짚어 보고자 한다.

## II. 해방기 민족연극의 진로

### 1. 좌익 연극의 주도

8.15 해방이 되자, 일제에 억눌려 친일 연극을 공연했던 많은 연극인들은 새로운 진로를 모색하기 위해 조직 건설에 주력하였다. 새로운 시대의 연극을 민족연극으로 규정한 연극인들은 조선문화건설중앙협의회 산하 조선연극건설본부(약칭 '연건')를 결성하였다. 좌익 성향의 연극인들이 주도한 '연건'은 일제 잔재 청산과 봉건적 특권 계급적 연극의 잔재 일소, 민족연극 계발과 수립, 그리고 문화의 통일전선 확립을 기본 활동 방향으로 잡았다.[2] 그들은 조선연극인대회를 개최하여 일제시대의 조선연극문화협회를 접수함으로써, 명실상부한 연극계의 실세로 자리 잡게 되었다. '연건'은 연합군 입성환영공연과 전재민 의연금 모집 활동을 벌였으며, 연극의 저속화를 막기 위한 각본 심의와 연극 용어 제정 및 연극신문 간행 등의 사업을 전개하였다. 그리하여 1945년 9월에 이미 '연건'은 낙랑극회와 혁명극장, 서울예술극장을 위시한 11개 극단을 휘하에 두었다. 또한 '연건'은 상업성이 강한 신파극단 2개를 제명함으로써 그들이 지향하는 민족연극의 좌표를 분명히 하고자 하였다.

그러나 같은 해 9월 31일 투철한 계급성을 내세운 나웅, 신고송 등은 '연건'의 노선에 반발하여, 조선프롤레타리아연극동맹을 결성하였다. 조선 프롤레타리아연극동맹 측은 배우들의 존재를 중요시하는 방침을 취함으로써, 결성 후 한 달여 만에 전 연극인의 9할 이상을 전취하게 되었다.[3] 강온 대립을 펼치던 이들 두 단체는 남로당의 지시에 따라 같은 해 12월 20일 조선연극동맹으로 통합되었다.

---

2) 안영일,『예술연감』, 예술문화사, 1947, 49쪽.
3) 김욱,「연극시감」,『예술운동1』, 1945. 12.

새로운 민족연극의 수립에 앞장선 좌익 연극인들은 먼저 연극인들의 교양 교육에 힘을 기울였다. 남로당의 핵심 간부인 임화, 김남천 등은 대중 예술로서의 연극의 위상을 고려하여, 연극인들의 사상 교화에 앞장섰다. 그들은 "제일 먼저 연극인들이 정치적인 이론을 쓰고 정치적인 교육을 받아 야 한다. 이래서 인민 배우, 인민공훈 배우, 이런 명칭을 받아 가지고 우선 우리 자신들이 교육을 철저히 받은 다음에 우리가 대접 받을 만한 자격을 갖추자. 그리고 연극을 하고 무대에 나가서도 우리 민족과 인민을 위해서 무슨 연극을 해야 될까 하는 것을 적절히 구성해서 전달해야 우리 연극이 된다"'[4]고 하며 연극인들을 교육시켰다. 우익 정당에서 자리다툼을 하느라 예술인들에 대한 관심을 갖지 못하고 있을 때, 대표적인 좌익 정당 남로당에서는 당시 신분이 높지 않았던 무대 예술인들을 적극적으로 포섭하려 들었다. 그 결과 1945년 해방 이후 문화예술인들의 8~9할이 전부 남로당에 집결했다.[5]

1946년 1월 좌익 연극인들이 중심이 되어 열린 전국연극인대회에서는 의미 있고 다양한 주장들이 펼쳐졌다. 즉, 신탁통치 철폐를 주장하면서 민족 주체성을 고취하기 위해 3.1기념연극대회를 개최코자 하였다. 또한 국립극장의 설립을 주장하였으며, 일본인이 경영하던 극장을 예술가들에게 인계하라는 주장을 펼쳤다. 그러나 신탁통치 철폐를 주장하던 좌익 연극인들은 남로당의 지시에 따라 신탁 통치 지지로 돌변하여 혼란을 빚기도 하였다. 하지만 해방 이후 처음 맞이하는 3.1절의 의의를 되새기기 위한 3.1기념 연극대회[6]는 차질 없이 진행되었으며, 다양한 공연으로 상당한 인기를 누렸다. 조선연극동맹에 속해 있던 서울예술극장 등은 2월 하순부터 4월 초순경까지 동양극장을 비롯한 서울 시내 주요 극장에서 성황리에 공연을 전개하

---

4) 고설봉, 『이야기 근대연극사』, 창작마을, 2000, 38쪽.

5) 앞의 글.

6) 이때 공연된 작품은 다음과 같다.
서울예술극장 — 조영출 작, 나웅 연출 <독립군> 조선예술극장- 김남천 작, 안영일 연출 <3.1 운동>/ 혁명극장– 박영호 작, 박춘명 연출 <님>/ 해방극장– 김건 작, 연출 <꽃과 3.1 운동>/ 자유극장- 박노아 작, 이서향 연출 <3.1 운동과 만주영감>, 백화– 이운방 작, 양산백 연출 <나라와 백성>/ 낙랑극회– 함세덕 작, 연출 <기미년 3월1일>
그런데 3.1연극대회 참가작에 대해서는 약간의 이견들이 있어 왔다. 당대의 대표 적인 공연평인 김영수의 「3.1연극대회의 성과」(매일신보 1946.4.1.)에서는 7편의 작품 중에서 <꽃과 3.1 운동>과 <기미년 3월 1일>을 다루지 않았다. 그중에서 <꽃과 3.1 운동>은 여러 관점에서 문제가 있는 게 사실이나, <기미년 3월 1일>은 시기가 다소 늦게 공연되었다는 점을 빼고는 3.1연극대회 참가작으로 보기에 문제가 없다.

였다.[7]

제1회 3.1기념 연극대회의 성과에 대해, 안영일은 '우리연극운동사에서 일찍이 볼 수 없었던 성과와 광범한 대중 동원을 통하여 민중에게 혁명적 의식을 앙양했다는 사실은 특기할 만한 수확이었다.'[8]고 자평하였다. 이 당시 우익 연극인들은 이들의 위세에 눌려 침묵하고 있었는데, 조선연극동맹의 연극에 대하여 내용상 민중 선동에 급급한 것이며 공연 형태는 일제 때의 신파 연극의 답습이라고 평가절하하기 일쑤였다.[9]

조선연극동맹은 1946년 7월 '희곡의 밤' 행사를 열어, 박영호, 안영일 이서향 등의 연극 강연과 함세덕 작 <감자와 쪽제비와 여교원>의 낭독회를 가졌다. 함세덕의 이 작품은 다음해 1월 전재민들을 위한 종합예술제에서 다시 공연되었다. 이 공연에서는 노동자들에게 더 많은 관극 기회를 제공하기 위해 근로자권을 발행하기도 했다. 이는 조선연극동맹의 연극대중화 노선의 일환으로 이뤄진 것[10]인데, 당시의 기득권층인 일반 관객이 아닌 노동자 농민을 위한 연극 대중화 운동은 1947년에 절정을 이루게 되었다.

1947년 조선연극동맹은 제2회 3.1 연극제를 개최하였는데, 함세덕 작 이서향 연출의 <태백산맥>(낙랑극회, 혁명극장, 자유극장, 무대예술연구회 합동)과 조영출 작 안영일 연출의 <위대한사랑>(예술극장, 민중극장, 문화 극장 합동)을 공연하였다. 16일 동안 계속된 이번 공연에서 무려 10만 여명의 관객을 동원하여 대중화 노선을 견지한 민족연극의 가능성을 충분히 과시할 수 있었다.[11]

조선연극동맹의 연극대중화 전략은 같은 해 7월 초에 시작된 문화공작대

---

7) "3.1 연극대회는 장안의 인기를 독점하야 개막 첫날부터 입추의 여지가 없는 대만원을 이루고 있거니와 그 내용 또한 우수하야 일반뿐만 아니라 중등학교 생도에 게도 보여주고 싶은 바 간절하다. 이에 당국에서는 <님>을 비롯하야 특별히 이 3.1 연극에 한해서만은 특권을 내어 중등 이하 생도들의 관극을 허가하기로 하고…", 『매일신보』 1946.3.7. 기사.

8) 안영일, 앞의 책 51쪽.

9) 이진순, 『한국연극사』 3기, 문예진흥원, 1971, 21쪽.

10) 이에 대해 김태진은, "민족연극 수립이란… 각급의 민중 속으로 뛰어 들어가는 연극대중화 실천의 길, 즉 연극공작사업이 보다 더 긴급하고 중요한 것이니, 이것 이 없이는 민족연극 수립의 토대도 기초도 없다는 것을 우리는 깊이 깨달아야 한다"고 역설하였다. 김태진, 「연극운동의 방향전환」, 『경향신문』, 1946.11.7.

11) 이해랑은 2년 정도가 지난 시점에 다음과 같아 평가하였다. "<위대한 사랑>은 이조 말엽의 민중운동을, <태백산맥>은 일제의 폭침에 신음하는 농민들의 생활을 그린 작품이나 두 작품이 다 인물의 정신적인 내용이나 생활의 깊이보다는 인물 들이 발악하고 타도를 절규할 수 있는 기회를 구성하기 위하야 억지로 사건을 엮어 놓은 선동극이었다." 이해랑, 「연극」, 『민족문화』, 1948년 10월, 48쪽.

지방 파견과 7월 말에 개최된 제1회 자립극경연대회로 이어졌다. 문화공작대 파견은 조선문화단체총연맹의 사업이었지만, 조선연극동맹이 중심이 되어 펼친 사업이었다. 남한을 4개 권역으로 나누어 파견된 문화공작대는 각각 1달 정도씩 30여개 지방 도시에서 100여회의 공연[12]과 강연, 전시 등의 행사를 벌여 수많은 관객들로부터 열렬한 환영을 받았다.

그러나 이들 의 공연은 우익으로부터 폭탄 테러를 당하는 등 우익 테러 조직과 경찰로부터 심한 박해를 받으며 이루어졌다. 이후 서울의 노동자 단체들이 직접 참가한 자립극경연대회 역시 열띤 반응을 불러 일으켰다.[13] 아마추어들이 직접 연극에 참여함으로써 연극을 통한 선전 선동 효과를 높일 수 있었는데, 이와 같이 단순히 '보는 연극'이 아닌 직접 '참여하는 연극' 방식은 이후 북한 연극계로 이어져 지속된 바 있다.[14]

조선연극동맹이 큰 성과를 거둔 연극대중화 전략은 계속된 미군정과 경찰청의 탄압으로 침체 일로에 접어들게 되였다. 1947년 1월 수도경찰청장 장택상은 '극장에 관한 고시'를 발표하여, 정치성과 사상성을 배제한 공연만을 허용한다는 방침을 밝혔다. 이에 대해 우익 측의 전국문화단체총연합에서도 경찰청의 고시는 명백하고도 노골적인 문화말살 정책으로 간주하여 극장문화옹호 공동투쟁위원회를 조직하여 투쟁하고자 하였다. 그러나 경찰청은 예술을 빙자한 정치 선전을 금지시키면서 사회 질서를 바로잡는다는 명분 아래 좌익 연극인들을 본격적으로 탄압하기 시작하였다.

이런 와중에서 좌익 연극인들은 '공위축하공연'이라는 명분을 내세워 박노아 작 <녹두 장군>과 조영출 작 <미스터 방>을 6월에 공연하였다. 그러나 경찰의 탄압과 우익 단체의 테러 속에 활동의 제약을 받게 된 조선연극동맹은 극단 수를 4개로 개편하면서 공연 활동을 계속하였다. 조선연극동맹 측은 함세덕 작 <당대 놀부전>과 이서향 작 <꿈꾸는 황제>를 해방 기념 연

---

12) 문화공작대의 공연작은 다음과 같다.
제1대: 조영출 작 <위대한 사랑>, 제2대: 함세덕 작 <태백산맥>, <족제비>, 조출 작 <미스터 방>, 박상진 작 <덕수궁 수술장>, 제3대 :함세덕 작 <족제비>, 제4대 : 함세덕 작 <태백산맥>, 조영출 작 <위대한 사랑>
안광휘, 『한국프롤레타리아 연극운동의 변천 과정』, 역락, 2001, 199쪽.

13) 토건노조 문호PF를 비롯한 29개 단체에서 400여명이 참가하였다. 『독립신문』, 1947. 8. 6.

14) 북한은 1962년 제1회 전국 농촌 예술써클 축전 등의 행사를 통해 아마추어 연극을 활성화시켜 나갔다. 1965년 군중문화 출판사에서 간행한 『써클작품 선집― 희곡집』 등에는 아마추어 작품들이 수록되어 있다.

극제로 준비하던 중 8.15를 전후한 대대적인 좌익 검거 사태에 직면하게 되자,[15] 공연을 중단한 채 대부분 월북하고 말았다.

이들이 월북한 이후에도 연극동맹 잔류파 남한 내에 잠적한 채 간헐적으로 공연 활동을 펼쳤다. 그리하여 혁명극장과 자유극장은 합동으로 이기영 원작 김이식 번안 <서화>와 김이식 편극 <달밤>을 1948년 4월과 7월에, 예술극장과 무대예술연구회 역시 합동으로 하우프트만 작 박노아 역 <외로운 사람들>을 1948년 7월에 각각 공연하였다. 이들의 공연은 서울 변두리 제일극장에서 이루어졌는데, 이는 1947년까지 좌익 세력이 지녔던 위세를 더 이상 떨칠 수 없음을 명백히 보여준 예증이었다. 1948년의 세 차례 공연 이후 연극동맹의 공식적인 연극 활동은 사라졌으며, 연극동맹원 일부가 1949년 1월 우익 측의 무대예술인대회에 대한 방해 공작을 펴기도 하였다.

그러나 이 사건 이후 연극동맹 소속 연극인들은 대다수 월북하거나 잠적하였으며, 일부는 우익으로 전향하였다. 사상적으로 전향한 연극인들은 1949년 6월 좌익 인사의 교화 및 사상적 전향을 목표로 만든 국민보도연맹[16]에 가입하지 않을 수 없었다. 국민보도연맹은 1950년 1월 제1회 국민예술제전을 개최하였는데, 여기서 전향한 연극인들은 <돌아온 사람들> (박노아 작, 허집 연출)을 공연하였다.

좌익 연극인들의 북행은 1946년부터 시작되었다. 1차 월북 연극인 가운데에는 지역 연고에 따라 월북한 인물도 있었지만, 대부분은 투철한 사상성 때문에 월북한 인물이었다. 신고송을 비롯한 강호, 이백산, 이재덕, 이정자 등 해방극장 단원 20여 명과 박영호, 한효, 이재현 등이 1차 월북한 이후 송영, 니웅, 김승구, 김욱, 배용, 박영신, 김두찬, 이영훈, 엄미화 등이 뒤따라 북행을 선택하였다.[17]

1946년 1차 월북자들에 이어 1947년 함세덕, 이서향, 임선규, 김태진, 조영출, 한태천, 김동식, 안영일, 주영섭, 황철, 심영 등 대다수 연극동맹 소속 연극인들이 월북하였다. 이들 좌익 연극인들은 이념에 크게 기울지 않았던 상당수의 연극인들을 포섭하여 동반 월북하기도 하였다.[18] 최종적으로

15) 『경향신문』, 1947. 8. 21

16) 이 단체는 일세 말기의 시국대응진선사상보국연맹의 모방이었다. 1949년 말까지 국민보도연맹에 가입한 수는 30만 명이 넘었는데, 이들에게는 또 다른 반목과 차별이 기다리고 있었으며 한국전쟁 발발 이후 보복의 참사를 낳게 되었다. 차범석, 「잃어버린 역사를 찾아서」, 『한국연극』, 2000년 4월호, 56쪽.

17) 이대우, 「극단평」, 『경향신문』, 1946. 12. 12.

1950년 한국전쟁 중에 월북하거나 납북된 연극인으로는 박제행, 이화삼, 김선영 등이 있었다.

이들의 월북 동기는 앞서 논의한 지역 연고와 사상성 이외에 남한보다 월등히 나은 연극 제작 조건을 들 수 있었다. 북한에서는 일본인 소유 극장 을 접수하여 국립극장이나 도립극장으로 만들었으며, 상당수의 적산 가옥 을 연극인들에게 무상으로 제공하였다. 이처럼 북한 정권은 남한 내의 열악한 환경에 비해 월등히 나은 연극 환경을 제시하면서[19], 남한 연극계의 80% 이상을 차지하고 있던 좌익계 연극인들과 그 동조자들을 모두 수용하였다.[20] 평양을 비롯한 각 지역에서 새로운 일자리를 확보한 이들 월북 연극인들이 이후 북한 연극의 토대를 닦았음은 자명한 사실이다.

북한에서 문화예술 우대정책을 펼친 데 비해, 해방기 남한의 실질적 통치자였던 미군정의 문화 예술 정책은 민족연극을 수립하고자 하는 좌익 측의 반발을 사기에 충분했다. 미군은 1945년 9월 서울에 진주함으로써 남한 지역에 군정을 실시하였는데, 이들은 해방군이 아니라 점령군으로서 피점령지의 피점령민들 위에 군림하였다. 그리하여 미군정은 미국의 대외정책이나 미국의 국익을 위한 정책만을 전개하였던 것이다.[21]

이 무렵 미군정은 전 연극인들의 숙원 사업이자 현안이었던 국립극장 설립 문제와 일본인 소유 극장 처리 문제에 대해 크게 관심을 기울이지 않았다. 미군정은 우익계 연극인들이 포함되긴 했지만 좌익계 연극인들이 중심이 되어 제기한 국립 극장 설립 문제에 대해 부정적이었다. 국립극장 설립

---

18) 그밖에 대중연극을 하던 연극인들의 좌경화와 월북의 원인에 대해 이원경은, "신극을 하던 사람들은 거의 모두가 일본 유학을 하고 돌아왔는데, 신파연극을 한 사람들은 일제시대에 중학교를 제대로 못 다녔다는 것이 신극인에 대한 반항심으로 똘똘 뭉쳐 좌경화한 것"이라고 언급하였다. 이원경, 「8.15 해방 공간의 문학인들- 뿌리를 못 내린 희곡작가들」, 『동서문학』, 1989. 8, 64쪽.

19) 김태진, 「분노의 서- 문화의 민생문제」, 『독립신문』, 1947. 1. 12.

20) 해방 전후 시기에 활동하고 있던 대표적인 연극인들 중에서 80% 이상이 월북하였다는 점은 그간 고설봉을 비롯한 여러 원로 연극인들의 증언으로 이루어진 바 있다. 그러나 이에 대한 정확한 통계를 구하기 위해, 필자는 당대의 기록과 문헌을 동원하여 월북한 연극인과 남한에 잔류한 연극인의 명단을 작성하고 있다. 현재 199명 중에서 남한 잔류 48명 월북 133명, 미상 18명이다. 남한 잔류 연극인 대 월북 연극인의 비율은 약 26%이다. 월북 연극인의 명단과 숫자는, 유민영의 「북한연극의 분석과 비판」에 16명, 이석만의 『해방기 연극연구』에 20명, 서연호・이강렬의 『북한의 공연예술』에 43명, 그리고 고설봉의 『이야기 근대연극사』에 44명을 소개하고 있다. 남한 잔류 연극인에 대한 통계는 『한국연극・무용・영화사전』(대한민국예술원, 1985)을 주로 참고하였다.

21) 허재일・정차근, 『해방전후사의 바른 이해』, 평민사, 1992, 158쪽.

에 대한 빗발치는 여론에 밀려 미군정은 국립극장으로 국제극장을 사용토록 허가하였으나, 이번에는 경기도지사 앤더슨의 반발로 국립극장 설립에 차질을 빚게 되었다.

그러던 중 미국 8개 영화사의 영화 배급권을 가진 흥행업자가 미국 영화 개봉관으로 국제극장을 지정함에 따라, 결국 국립극장 설립 문제는 남한 단독 정부 수립 이후로 넘겨지게 되었다.

미군정 초기 국립극장 설립 문제와 함께 초미의 관심사는 서울을 중심으로 남한에 산재해 있던 90여 개 일본인 소유 극장 처리 문제였다. 이미 북한에서는 평양, 원산, 함흥, 흥남, 청진 등지에 있던 일본인 소유의 80여 개 극장을 접수하여, 국립극장이나 도립극장 등의 국가 재산으로 지정하였다. 남한의 미군정은 1945년 9월 군정법령 2호를 발표하여 일본 정부 및 일본인 소유의 재산을 모두 미군정 소유로 바꿈으로써, 미군정은 남한 경제 의 80%를 소유하게 되었다.[22]

그러나 미군 주둔 3개월이 지난 뒤에야 적산 몰수 조치를 소급 적용하였고 기존의 식민통치기구를 그대로 유지시킴으로써, 그동안 친일 자본가들에게 적산 불하의 호기를 제공하였다. 즉 적산 처리 과정을 친일 지주 및 자본가에게 유리하게 적용시킴으로써, 미군정은 친일 자본가들을 옹호하였다. 그리하여 남한에 위치한 대다수 극장은 몇 군데를 제외하고는 일본인 극장주 밑에서 일하던 하인들과 흥행 모리배들에게 모두 넘겨졌다. 그리하여 일제 때와 다름없는 상황이 지속되었는데, 일본인들의 보합제(步合制)와 같은 착취제가 답습되었고, 상업성이 있는 작품만을 요구하는 횡포를 부렸다.[23]

## 2. 우익 연극의 대응

미군정 초기 연극계 일선에서 잠시 물러나 있던 우익[24]에서는 이광래가

22) 앞의 책, 164쪽.

23) 유민영, 『우리 시대 연극운동사』, 단국대출판부, 1990, 235쪽.
이재현은 당시 극장주의 횡포에 대해, "외화(外畵) 외 바속추악한 연극과 악극에는 우선적으로 무대가 제공되고 있음이 작금의 남조선 93개 극장에서 깡그리 공통 되는 언어도단적인 허사"라고 개탄하였다. 이재현, 「해방후 연극계 동향- 수난의 민족연극」, 『민성』 4권 7·8호, 1948년 8월, 46쪽.

24) 유만영은 "소수 인텔리 연극인들은 눈치를 보느라 정관하는 상태였고, 나머지 90% 연극인들은 부화뇌동하여 이리저리 몰려다녔다"고 당시 상황을 기술하고 있다. 앞의 책, 194쪽.

중심이 된 민족예술무대와 이해랑과 이화삼 등이 주축이 된 극단 전선이 1945년 10월과 11월에 각각 창단 공연을 가졌다. 극단 전선은 공연 작품과 일부 구성원의 성향 상 좌우익의 구별이 모호한 상태였는데, 좌우익의 구분이 모호하기로는 낙랑극회의 경우도 마찬가지였다. 이는 1945,6년 당시에 연극인들 사이에서는 좌우익의 대립이 그리 심각하지 않았음을 보여주는 반증이라 할 수 있다.

두 극단에 이어 박승희는 1920년대의 토월회 멤버들과 함께 극단 토월회를 재건하여, 12월 창단 공연을 가졌다. 그러나 우익 연극인들의 공연 활동과 조직은 미진하여, 좌익 측의 활발하고 조직적인 활동과 대조적이었다. 1946년 말 이진순이 중심이 되어 창단된 극예술원은 유치진 작·연출의 <조국>을 다음해 2월에 공연한 직후 해산하였는데, 극예술원의 구성원들은 이후 유치진 중심의 극예술협회로 재집결하였다.[25] 이후 극예술협회는 유치진 작·연출의 <자명고>를 비롯하여 <마의태자>, <은하수> 등 20여 편의 공연을 통해 대표적인 우익 극단으로 활동하였다. 이후 1950년 국립극장이 발족함에 따라 극예술협회는 국립극장의 전속단체인 신극협의회(약칭 신협)로 개편되었다. 그밖에 이진순은 극단 신지극사를 새로 창립하였으며, 김영수와 박진은 극단 신청년을 주도하였다. 이렇듯 산발적으로 조직된 우익 극단은 연극동맹의 위세에 밀려 이렇다 할 성과를 내지 못하고 있었다.

해방 이후 우익 진영의 극단은 좌익 진영에 비해서 극단의 수, 참여 연극인의 수, 공연의 횟수 등에서 열세를 면치 못하였다. 그러던 중 우익 연극인들은 미군정의 적극적인 지원을 받게 되면서, 좌익 극단에 대한 대항세력으로 비로소 자리 잡게 되었다. 공산주의 사상 차단에 주력하던 미군정은 조직적인 좌익 연극인들의 활동에 위기의식을 느낀 나머지 우익 연극인들 에게 재기의 기회를 제공하였다. 미군정은 미공보원 문화담당 스튜어드의 지원 아래 우익 연극인들 중에서 대표격인 유치진으로 하여금 '연극 브나르도 운동 실천위원회'를 조직케 하여 1946년 7월 전국 순회공연을 기획하였다. 민주일보의 후원에 힘입어 유치진이 야심차게 추진한 연극 브나르도운동은 청년 학생들을 대상으로 우익 문화계 인사들의 강습과 <안중근 의사의 최후>와 같은 애국계몽적 연극 연습 등으로 진행되었다. 좌익 측의 문화 공작대 파견과 비교할 수 있는 이 사업은, 수재와 전염병 만연 등의 이유로 교통

25) 이원경은, "유치진이 전선 멤버들을 시켜서 극예술협회를 창단하게 했다"고 주장한 바 있다. 이원경, 앞의 글, 65쪽.

이 마비되어 아무런 성과도 거두지 못하고 말았다.[26)]

조선연극동맹이 연극대중화 전략에 맞춰 다양한 활동을 활발하게 전개한 데 비해, 우익연극인들의 조직적인 활동은 아주 미흡한 편이었다. 그러다가 1946년 신고송, 송영, 나웅을 비롯한 극좌파 연극인 수십 명이 월북한 이후, 조선연극동맹에 속한 대다수 좌익 연극인들마저 1947년 8월 이후 경찰의 대대적인 검거 소동 이후 월북을 하고 말았다. 80% 이상의 연극인들이 월북 하고 난 다음, 1947년 10월 극예술협회를 비롯한 남한 내의 12개 극단이 모여, 순수연극문회를 수립한다는 취지의 전국연극예술협회를 창설하였다. 이 단체는 극예술협회와 신청년, 신지극사를 제외하면, 9개 극단이 모두 신파 극단이거나 지방 흥행 단체였다. 이는 1945년 조선연극건설본부에서 가입 극단 11단체 중에서 신파극단 2단체를 탈퇴시킨 것과 대조적이다. 이후 악극과 국극, 무용 단체를 아우른 한국무대예술원(이사장 유치진)이 발족되어 우익 공연예술의 중심체가 되었다.

한국무대예술원을 중심으로 우익 연극인들은 그동안의 부진을 만회하기 위해 다양한 활동을 전개하려 하였다. 그러나 이러한 활동 역시 그들이 내세운 순수연극문화 수립과는 거리가 먼 것들이었으며, 그들의 연극 역시 정치지향적이지 않을 수 없었다. 대표적인 정치활동으로는 UN한국위원단 환영공연과 5.10 선거 선전 연극으로 펼친 건국 촉진 문화계몽 운동을 들 수 있다. 1948년 4월에 전개된 건국 촉진 문화계몽 운동은 무대예술원 산하 30개 단체가 각 지방을 순회하여, 150만 명의 관객을 동원하는[27)] 큰 성과를 거두었다.

같은 해 6월 문교부는 연극 활성화를 위해 제1회 전국연극경연대회를 개최하였다. <검둥이는 서러워>(극협), <혈맥>(신청년), <백일홍 피는 집>(민예) 등이 출품되었지만, 단체상의 수상작을 내지 못한 채 신청년이 우수상과 작품상, 연출상, 연기상을 휩쓸었다. 이 행사는 일제말기에 3차례 시행된 연극경연대회와 유사한 성격을 띠고 있었으나, 내용면에서는 오히려 그때보다 뒤진 것이었다. 우선 참가한 10 개 극단 중에서 극예술협회와 신청년, 민예 이외에는 다 상업적인 악극단과 대중극단이었고, <혈맥> 이외의 작품 역

---

26) 이에 대해 유민영은 "연극브나르도운동 실천위원회의 계몽운동은 좌익 일색의 연극운동에 대한 최초의 조직적 반격작전으로서 대단한 성공을 거두었다"고 평하고 있다. 앞의 책, 198쪽.

27) 이석만, 앞의 책, 135쪽.

시 제대로 된 창작극이 없었다. 이처럼 전국연극경연대회가 일제 말기나 좌익 연극인들이 활동하던 1946,7년보다 더 열세한 현상을 보임으로써, 대다수 핵심적인 연극인들이 월북하고 난 이후의 남한 연극계의 빈약한 현실을 극명하게 보여 주었다. 문교부 주최 전국연극경연대회는 이후 중단되었다가, 1954년 재개되었다.

그런데 전국연극경연대회가 이렇게 열악하게 전락하게 된 데에는 또 다른 근본적인 원인이 있었다. 미군정의 적극적인 지원 아래 어렵게 형성된 우익 연극은 자체 역량이 미흡한 상태에서 미군정의 노골적인 문화 말살 정책에 직면하게 되었다. 앞선 논의에서 살펴보았듯이, 미군정은 일본인이 경영하던 대다수의 극장을 흥행 모리배에게 불하함으로써, 열악한 연극 환 경을 개선하는 데에 무신경하였다. 또한 좌익 연극인들이 중심이 되어 추진하던 국립극장 건립 건의도 미군정은 이러저러한 핑계로 무산시킨 바 있었다.

이어서 미군정은 재정 수지 건전화를 위해 1948년 5월 극장 입장세를 대폭 인상하는 법령을 느닷없이 발표하였다. 이 악법은 연극 입장세율을 30%에서 100%로 인상하는 것으로, 연극을 비롯한 공연예술의 입장세를 흥행성이 강한 외국영화나 악극단 공연의 입장세와 동일하게 적용시켰다. 이 조치가 시행되자마자 연극 관객은 급감하여, 각 극장에는 평소 관객의 70% 이상이 감소하였다. 이 당시 극장가의 참상에 대해 당시의 신문기사는 "각 극장마다 장사진이 없어지고 한산하기 짝이 없는 현상이다.

이런 악세로 인하여 민족진영 연극인들, 그밖에 연극 관여자들은 일시에 궁지에 몰리고 일시 연극공연을 중단할 수밖에 없었다"고 지적하였다.[28] 이러한 악법에 대항하여 문화예술계는 남한 전역에 있는 각 극장의 문을 닫고 파업에 돌입하였다. 또한 최소한의 수지를 맞추기 어려운 현실에서 각 극단은 예정된 공연을 중단하지 않을 수 없었다. 그러나 비양심적인 일부 신파극단과 악극단은 편법으로 면세가격인 10원짜리 싸구려 공연을 남발하여 매일 초만원을 이루기도 했다.[29]

무대예술원 소속 우익 연극인들과 남한 내에 남아 있던 안영일 등의 좌익 연극인들은 한 목소리로 미군정의 횡포에 대해 강력한 항의를 펼쳤다. 좌우 합작 항의에 당황한 미군정장관 딘은 조선연극 옹호 향상을 위해 연극, 오페라 등의 입장세를 올리지 않겠다고 약속하였으나, 그의 약속은 실현되지

28) 『자유신문』, 1948년 6월 6일, 8일자 기사.
29) 이진순, 앞의 책 33쪽.

않았다. 결국 입장세 완화 조치는 남한 단독 정부가 수립되고 난 지 1년이 지난 1949년 9월이 되어서야 이루어졌다.

미군정의 연극문화 말살 정책은 이것뿐이 아니었다. 미군정은 노동법을 개정하여 18세 미만의 여배우를 무대에 서지 못하게 하였다. 개정 노동법은 18세 미만 청소년의 노동 문제를 다루었다는 점에서 일면 타당한 측면이 없는 것은 아니었으나, 무대에서 활동하는 배우와 무용가, 연주가를 손님을 받는 유녀(遊女) 취급하여 이들의 취업을 금지시킨 것이 문제였다. 수많은 배우들이 월북하여 배우난에 시달리던 연극계는 미군정의 노동법 개정으로 또 다시 큰 위기에 직면하게 되었다.[30]

미군정은 대중들의 인기가 높았던 대다수 연극인들을 북으로 내쫓고, 민족문화말살 정책을 강제로 펼쳐 약화된 남한 연극계를 더욱 위축시켰다.[31] 미군정은 이후 연극이 물러난 극장가에 미국 할리우드 영화를 무차별적으로 공급하였다. 미국 할리우드 영화는 화려한 미국 문물을 보여주고 또한 개방적인 성윤리를 담은 파격적인 장면을 검열 없이 보여줌으로써, 미국에 대한 동경심과 새로운 윤리의식에 대한 호기심을 지닌 대중들의 관심을 끌기에 충분하였다. 이렇듯 남한의 연극계는 해방 이후 2,3년간 보여 주었던 왕성한 활력을 잃고 위축된 채 패배감에 젖어 있었다.[32]

이보다 앞서 남한 내에서의 연극 공연을 어렵게 만든 사건이 5월 중순경에 발생하였는데, 그것은 다름 아닌 북한의 대남 송전중단 사태였다. 1948년 남한만의 단독정부를 구성하기 위한 5.10선거가 실시되자, 남로당에서는 반대 파업과 선거 무효 운동을 전개하였다. 그러자 북한에서는 이에 동조하여 남한 전력의 60%를 차지하는 전력의 공급을 중단해 버렸다. 수풍발전소와 금강산 발전소로부터의 송전이 끊기자 서울을 비롯한 각 지역에서는 전력난에 허덕이게 되었고, 그에 따라 전기가 끊긴 각 극장에서도 대혼란을 겪지 않을 수 없었다. 임시로 카바이트 불과 칸데라 불을 동원해 조명을 하기도 하였지만, 극장에서의 혼란은 걷잡을 수 없었으며 극장을 찾던

---

30) 유치진, 『동랑자서전』, 서문당, 1975, 224쪽.

31) 우익 연극계의 대표격인 유치진마저 "미군정은 만 3년여 간의 정치를 통해 우리 연예계에 대해서는 언짢은 일만 했다"고 분개했다. 유치진, 앞의 책, 223쪽.

32) 이해랑은 "해방 후 4년간 연극은 무수한 발길에 채여 왔다. 정당, 사상, 극장 관리인, 흥행사, 신파악극, 외국영화 빗쟁이, 무지한 관객, 그러나 가장 10할 입장세처럼 치명적인 타격을 준 것은 없었다. 이 저주스런 법령은 연극인에게서 꿈을, 웃음을, 정열을, 예술적 의욕을 창조적인 열망을, 그리고 그 외의 모든 것을 빼앗아 갔다"고 당시를 술회하였다. 이해랑, 『허상의 진실』, 새문사, 1991, 64쪽.

관객들 역시 급격히 감소하게 되었다.[33]

남한 단독 정부 수립 이후에도 미국 측의 우익 연극 지원은 지속되었는데, 1949년 미공보원은 미국 선전 연극을 지원하였다. 유치진이 주도한 극예술 협회는 1949년 3월 미국 건국의 영웅 토머스 제퍼슨의 일대기를 다룬 시드니 킹스레이 작 <애국자>를 미공보원의 후원으로 공연하였다.[34] 이어 극예술협회는 맥스웰 앤더슨 작 <높은 암산>을 공연하였으며, 12월에도 아더 로레츠 작 <용사의 집>을 공연하였다. 미공보원의 극예술협회 후원에 도 불구하고 1949년의 공연 실적은 그 전해에 비해 20%에 불과하였으며, '1949년도는 우리 연극시상 가장 삭막하고 황량한 사막이었다.'[35]

이러한 혼란과 침체 속에서 위안이 된 것은 이전 연극인들의 계보와 무관한 전혀 새로운 극단이 창립되었고, 또 각 대학 연극반을 중심으로 한 신인들이 연극계에 입문하기 시작했다는 점이었다. 박노경·오화섭 부부가 중심이 된 여인소극장이 10월에 발족되어, 드더만 작 <고향>과 입센 작 <인형의 집>을 공연하였다. 여인소극장은 기성 연극인들과 연계를 갖지 않은 채 이대 출신의 엘리트 여성들로 구성된 신예 극단이었다. 또한 연희대, 고려대, 동국대, 배재고 등의 연극부가 활발하게 공연 활동을 펼쳐 무기력한 연극계를 소생시킬 원동력으로 부상하였는데, 이들은 개별적인 활동 이외 예 1948년 학생극연구회를 조직하여 의욕적으로 활동하기도 했다. 대학 연극부의 대표적인 공연으로는 고대의 <아Q정전>, 연희대의 <지평선 너머>, 동국대의 <가장의 인생>, <앵회원>, 정치대의 <여성은 위대한가>, 약학대의 <큐리부인>, 중앙대의 <하물레트> 등을 들 수 있다.

1949년 5월에 결성된 연극학회는 침체된 연극계의 새로운 돌파구로 대학극을 지목하여, 10월에 제1회 남녀대학연극경연대회를 개최하였다. 동국대의 <밀고>, 세브란스 의대의 <카레의 시민>, 숙명여대의 <춘향전>, 정치대의 <정직한 사기한>, 고려대의 <천치>, 연희대의 <오이디푸스왕>, 치과대의 <흔들리는 지축>, 그리고 서울대의 <베니스의 상인> 등 9개 대학이 참가하여 열띤 경연을 펼쳤다. 이번 대회는 경제적·사회적 악조건 속에서

---

33) 고설봉, 앞의 책, 40쪽.

34) 유치진은 이 작품에 대해 "미국의 선각자들이 새로운 민주주의 정부를 수립하는 데 있어 낡은 사상의 소유자들과 얼마나 쓰라린 투쟁을 전개했는가를 그린 작품 이라면서, 연극이라기보다 새 시대의 산 역사요, 인류 생활의 한 귀감이며 민주주의의 구체적 교본이었다고 극찬하였다. 유치진, 앞의 책, 239~240쪽.

35) 차범석, 앞의 글, 57쪽.

방황하던 우익 연극인들에게 신선한 자극이 되었으며, 이번 대회에서 두각을 드러낸 차범석, 김경옥 등의 각 대학 연극부원들은 연극계의 주목받는 신인으로 자리 잡을 수 있었다. 남녀대학연극경연대회 이후 각 대학은 공연 활동을 더욱 활발히 벌여, 서울대의 <악로>, 고려대의 <주노와 공작>, 중앙대의 <코스모스>, 숙명여대의 <별>, 그리고 서울의대 예과의 <인조인간> 공연 등 주목할 만한 역작들을 무대화하였다.

열악한 연극 환경 때문에 무기력해진 연극인들은 1949년 1월 전국무대예술인대회를 열어 6개항의 건의 사항을 발표하였다. 당시 연극인들은 입장세 철폐 문제와 외국영화 문제, 문화행정 쇄신 문제, 무대예술의 질적 향상을 위한 시책, 공연자재 수배 문제, 그리고 국립극장 촉진 문제를 당시 연극계의 현안으로 제시하였다. 주로 정부의 문화예술 정책에 대한 건의가 중심이었지만, 그중에는 무대예술인의 자질 향상이라는 명분 아래 일제 때와 같은 연극인 자격 심사를 정부에 요청하는 우를 범하기도 하였다.

1949년 1월에는 연극계의 숙원 사업이었던 국립극장 설치에 대한 법령이 최종 확정되어, 서울의 시공관과 부산의 보래관, 그리고 대구의 대구키네마를 각각 국립극장으로 결정하였다. 그러나 정부 부처 간의 이견이 극심함에 따라, 실제로 같은 해 10월 말에 최종 시행된 대통령령에는 서울의 부민관 한 곳만이 국립극장으로 지정되고 말았다.[36] 유치진을 극장장으로 한 국립극장은 신극협의회(신협)를 전속극단으로 두고, 1950년 4월과 6월에 유치진 작 <원술랑>과 조우 작 <뇌우>를 각각 성황리에 공연하였다.[37]

## Ⅲ. 전쟁 이후 남한 연극의 쇠퇴

1950년 4월 국립극장 설치법과 국립극장 특별회계법이 공식 발효됨에 따라, 극장장 유치진은 야심찬 발전안을 제시하였다. 신협과 극협이라는 두

---

36) 이는 북한에서 평양을 비롯한, 원산, 함흥, 흥남, 천진 등에 국립극장과 도립극장을 설치한 것과 대조를 이룬다.

37) <원술랑>은 관객수 5만을 넘었으며, <뇌우>는 7만5천 명의 관객을 동원하였다. 유민영, 「국립극단의 형성 과정」, 국립극장 엮음, 『국립극단 50년사』, 연극과 인간, 2000, 14쪽.

개의 전속극단을 두어, 두 극단이 격월로 신작을 상연하는 경쟁 체제를 유도하며, 각 작품의 공연 일수를 종전 1주일에서 2주일로 늘렸다. 대다수 주요 극작가들이 월북한 이후 남한 내에서의 작품난을 타개하기 위해 5,6명에 불과한 현역 극작가들에게 총수입의 5%를 작품료로 지급한다는 파격적인 대우를 보장하기도 했다. 그밖에 연출의 독창성을 담보하거나 무대 미술 일체를 국립극장에서 책임지는 등,[38] 당시뿐만 아니라 오늘날의 연극계 현실로 미루어 보더라도 상당히 이상적이라 할 만한 계획들이었다.

그러나 이러한 계획은 시작부터 순조롭지 못했는데, 그 원인은 인적 자원의 절대 부족과 정부 당국의 무관심에 있었다. 극작가, 연출가, 배우, 무대미술가 등 전 연극인의 80% 이상이 월북한 이후 남한 연극계는 거의 빈사 상태였다. 그리하여 신협 이외의 제2의 극단을 만들지 못한 채 국립극장 제4회 공연 역시 신협의 두 번째 공연으로 충당할 수밖에 없었다. 또한 차범석 등의 제작극회 동인과 같은 신진 연극인들이 나오기까지는 6,7년의 기간이 더 필요했으며, 50년대 중반 이후 조성된 국산영화 붐에 연기자들이 대거 이탈하는 현상이 빚어지기도 했다.

또한 정부에서는 국립극장 유지에 드는 예산을 특별회계로 처리하게 함으로써, 고정적인 예산의 뒷받침 없이 임시방편으로 예산을 수립하고 집행하는 어려움을 연극인들에게 떠넘겼다. 국립극장 예산의 특별회계 처리는 1953년 대구에서 재개관했을 때에도 유지되었으며, 국립극장 예산의 일반회계 편입안은 1957년 6월 중앙국립극장의 서울 이전 무렵에 시행되었다. 한편 정부에서는 1954년 국산영화 육성책을 내놓으면서 영화입장세 면세 조치를 시행하였는데, 이는 미군정 시기의 입장세 인상 조치와 유사하게 연극계에 또 다시 커다란 충격을 던져 주었다. 이처럼 남한 연극계의 부진에는 정부의 문화예술정책 등 대외적인 요인이 크게 작용하였다.

북한군의 침략으로 한국전쟁이 발발하자, 여타 문화예술계와 마찬가지로 연극계도 상당한 어려움을 겪지 않을 수 없었다. 모든 연극인의 염원이었던 국립극장은 개관한 지 4개월 만에 문을 닫아 언제 개관을 하게 될지 앞날을 예측하기 어려운 형편이었다. 이때 이해랑이 주도한 극단 신협은 국방부 정훈국 소속 문예중대에 편입되어 공연 활동을 지속할 수 있었다. 국방부의 도움으로 1.4후퇴 당시 대구로 피난 간 신협은 국립극장 예정지였던 대구 키

38) 이진순, 앞의 책, 51쪽.

네마를 접수하여, 전쟁 이전에 공연했던 작품들이나마 활발하게 공연하였다. 신협은 무대 공연뿐만 아니라 일선 군장병들의 사기 진작을 위한 위문 공연에도 나서지 않을 수 없었다. 연극인들과 군의 협력은 이후 종군 극작가단 결성으로 이어졌는데, 극작가와 연출가들의 전선 시찰 활동의 결과 이서구 작 <철의 애정>이 공연되었다.

1952년 신협은 공군본부 정훈감실로 소속을 변경하여 공연 활동을 지속하던 중, 8월에 서울로 돌아와 귀경 공연을 가졌다. 그러나 전쟁 이후 남한 연극계에서 유일무이했던 극단 신협은 타성에 젖은 공연 관행으로 재공연만을 일삼았으며, 무리한 공연 일정을 강행하여 관객의 기대에 부응하지 못했다. 신협은 매년 6,7회의 공연을 펼쳐 외형적으로는 활발히 활동한 것처럼 보였지만, 창작극이나 신작 공연은 소수에 불과하였다. 창작극을 오직 유치진에게만 의존했던 신협은 창작극 빈곤난을 타개하기 위해, 정비석 원작 <여성전선>과 <자유부인>, 박종화 원작 <금삼의 피>를 각색 공연하는 고육지책을 쓰기도 했다. 이러한 편법은 신협이 지닌 본래의 연극정신에서 벗어난 것으로, 지나친 상업화에 따라 연극의 순수성을 오염시킴으로써 한국 연극의 실질적 빈곤상을 드러내고 말았다.[39]

1953년 서항석이 제2대 국립극장장으로 임명되면서 대구 국립극장 시대가 열렸는데, 연극계의 큰 기대 속에 재개관 기념으로 윤백남 작 <야화> 공연이 이루어졌다. 그러나 국립극장은 예산 확보의 어려움과 연기자 부족 현상으로 말미암아 전속극단을 두지 못한 상태에서 근근이 공연을 이어가 는 실정이었다. 재개관한 지 거의 2년이 다 돼서야 국립극장의 공연을 위해 조직된 극단 민극에서 메테를링크 작 <파랑새> 한 편을 공연할 정도로, 대구 국립극장 공연은 미미하였다. 공연 활동이 뜸해 유명무실했던 국립극장은 1957년 환도 이후, 극단 신협 단원 대다수를 국립극단으로 참여시킨 이후에야 본격적으로 공연다운 공연을 전개할 수 있었다.

그리하여 중앙국립극장 환도기념 제1회 대공연으로 <신앙과 고향> 공연을 가진 이후, 이무영 작 <태풍경보>와 <발착점에 선 사람들>, 오영진의 <인생차압>, 그리고 하유상 작 <딸들은 자유연애를 구가하다> 등의 공연을 의욕적으로 펼쳤다. 다음해에도 김홍곤 작 <우물>, 이용찬 작 <가족>, 강문수 작 <인생일식>을 비롯한 신인 극작가의 창작극과 <시라노 드 벨쥬락>과

---

39) 이진순, 앞의 책 64쪽.

<릴리옴> 등의 번역극 공연이 이어졌다. 신협이 유치진의 창작극에 의존해 온 데 비해 국립극단에서는 신인 극작가를 발굴하려는 노력을 다양하게 전개하였다. 그러나 이들 신진 극작가들의 작품 수준은 그리 높지 못했다.

1958년 유치진이 1년간의 해외 연극 시찰을 마치고 돌아온 이후 구 신협 소속 단원들이 국립극단을 탈퇴하여 신협 재건 공연을 가짐으로써, 원 연극인들 간의 해묵은 반목이 되풀이되었다. 그러나 신협은 유치진의 야심 작 <한강은 흐른다> 공연 이후 활동을 중단하였으며, 신협 출신 배우들의 이탈로 갑자기 약화된 국립극단 역시 자체 공연이 어려운 실정이었다. 그러던 중 국립극장의 적자 운영이 문제가 되어, 국립극장 존폐론이 제기되었으며 이어 국립극단 해체론마저 제기되었다. 이러한 문제 제기는 다름 아닌 극계의 내분에 의한 것이었는데, 대외적으로 공연 여건이 극히 어려운 절대 절명의 위기 상황에서 연극인들 사이의 반목은 이처럼 노골화되고 심화되었다.

1950년대 초·중반 극단 신협의 독주에 대한 반발로 극단 신청년이 재기하였고, 새로운 극단들도 속속 창단되었다. 그렇지만 대부분 창단 공연이 곧바로 해산 공연이 되는 등 연극계의 극심한 부진과 침체 양상은 수년간 지속되었다. 대표적인 극단으로는 극협과 상록극회, 민예, 그리고 제작극회를 들 수 있다. 이들 중에서 극협은 기성연극인들에 대한 불만을 지닌 젊은 연극인들이 참신한 연극을 지향하며 창단했는데, 유치진 작 <통곡>과 김영수 작 <붉었던 서울>, 오상원 작 <녹쓰는 파편> 등의 창작극을 공연해 주목을 받았다.

또한 상록극회는 '새로운 민족극, 새로운 대중극, 민족연극의 재건은 연극인의 대동단결에서'이라는 모토를 내걸고 활동을 펼쳤으나, 결과는 기대에 못 미쳤다. 젊은 연극인들이 주동이 되어 창단한 제작극회는 비록 기성 극장에서 공연할 수는 없었지만, <사형수>, <청춘>, <공상도시>, <불모지>, <제물> 등의 창작극과 그리고 <유리동물원>과 같은 서구 명작을 공연하였다. 제작극회를 비롯한 원방각 등의 신흥 극단들은 1958년 공보처에서 마련한 소극장 원각사를 통해 다양하고 활발한 소극장 운동을 전개하여 기대를 모았다.

당시 연극계의 부진이 지속된 데에는 연극 자체의 결함과 연극 외부의 여건 변화에서 그 원인을 꼽을 수 있다.[40] 우선적으로 좌우익 분열 이후 연극계 내부에서 곪아온 연극인 사이의 반목에서 1차적 원인을 찾을 수 있다.

해방 이후 국립극장장 자리를 두고 벌어진 유치진과 서항석 사이의 갈등은 1950년대에도 지속되었다. 1930년대 극예술연구회 동인으로 시작된 이들 관계는 날이 갈수록 벌어지게 되었다. 유치진의 직계 이해랑이 이끌던 신협은 서항석이 제2대 국립극장장에 취임하자, 전쟁 이전의 상태인 국립극장 전속을 거부하고 독자적으로 활동하였다. 그러나 1957년 국립 극장 환도 직후 새로 편성된 국립극단 체제를 수용한 듯한 신협은, 다음해 유치진의 지시에 따라 다시 국립극단을 탈퇴하고 말았다. 이후 1959년 국립극단에서는 다시 신협을 불러 들여, 원로 연극인 박진을 대표로 한 극단 민극과 함께 두 개의 전속극단체제를 운영하면서, 연극계의 불화는 봉합되는 듯했다.

이 무렵 이해랑이 주도한 신협의 공연작품은 유치진의 창작극이 절반 이상을 차지할 정도로 그에게 치우쳐 있었다. 이에 반해 국립극장장 서항석은 신인 극작가를 양성하여 신협에 대응하려 하였다. 연극계 실세에서 잠시 물러나 있던 유치진은 여러 연극단체를 구성하여 자신의 영향력을 점차 확대시켜 나갔는데, 대표적인 단체가 한국연극학회와 국제극예술협회 (I.T.I.) 한국본부였다. 한국연극학회에서는 후진 양성을 위해 주최한 전국대학연극경연대회와 전국남녀중고등학교연극경연대회의 출품작을 유치진의 작품 한 가지로 지정하였다. 전쟁으로 중단되었다가 1954년 재개된 제2회 전국대학연극경연대회에서는 9개 참가 대학이 모두 제 나름대로 창작극을 준비해 열띤 경연을 펼친 바 있었다.

그런데 1955년부터 1957년까지는 유치진 작 <사육신>과 <푸른 성인>, <조국>, 그리고 <왜 싸워>를 일률적으로 지정해 각 참가단체로 하여금 공연하게 하였던 것이다. 공정성을 지켜야 할 학회에서 학생들로 하여금 한 작가의 작품만을 지속적으로 강요한 것도 문제려니와, 1957년에 지정된 <왜 싸워>는 작품의 친일 여부로 커다란 사회적 문제가 되기도 했다. 문화예술인들 사이에서 크게 논란이 된 <왜 싸워>는 1942년 유치진이 친일극단 현대극장 대표로 있으면서 제1회 연극 경연대회에 출품하여 작품상을 받은 바 있는 <대추나무>를 개작한 작품으로 1956년『자유문학』지에 연재되었다. <왜 싸워> 파동은 문총 간부였던 김광섭, 이무영, 모윤숙 및 국립극장장 서항석과 당사자 유치진 사이의 반목일 뿐만 아니라 그 두 사람을 추종하는 연극인들의 불협화음을 의미하는 것으로[41] 이러한 사건 자체는 전

40) 이에 대해 이진순은 특별히 오락영화와 악극, 여성국극 등에 쏠린 관객들의 취향 변화를 외적 요인으로 들고 있다. 앞의 책, 75쪽.

연극계의 수치였다. 이 사건 이후로 신협 출신 연극인들은 국립극단을 탈퇴하였으며, 그 여파로 전반적인 공연 활동마저 크게 위축되었다.

공보처 후원으로 이승만의 일대기를 극화한 오영진 작 <풍운>을 전국 순회 공연한 바 있던 신협은 <왜 싸워> 사건 이후, 이승만의 친위대 임화수가 조직한 반공예술인단에 대거 참여하여 자유당 정권과 유착하게 되었다. 그리하여 <왜 싸워> 사건으로 위축됐던 신협과 유치진은 자유당 정권의 시녀로 전락했던 문총 간부들과 맞설 수 있는 위상을 마련하였다.[42] 이렇듯 연극계의 주도권을 둘러싼 연극인들 간의 내분은 공연 활동의 침체로 이어졌으며, 당연히 관객들 역시 이런 연극 무대를 철저히 외면했던 것이다.

1950년대 연극계의 부진은 극작가 부족에 따른 창작극의 부재, 기존 연기자들의 영화로 이탈, 그리고 참신한 신진 연극인의 미출현에서도 그 원인을 찾을 수 있다. 또한 신흥 극단의 전문성 부족과 흥행 위주의 날림식 극단 구성, 그리고 극장주의 횡포 등도 꼽을 수 있다. 그러나 이러한 것들보다 더 큰 외적 요인은 정부의 국산영화 육성책에 따른 관객 감소에 있었다.

이승만정부는 1954년 법령 329호에 의거하여 국산영화 육성책으로 면세 조치를 내린 바 있다. 또한 아세아 재단을 통해 6만 불어치의 영화기재가 무상으로 대여되었으며, 안양에 영화촬영소 상량식이 거행되면서 영화 제작 여건이 더욱 향상되었다. 각 언론사를 비롯한 여러 기관에서도 영화상을 제정하여 한국영화 붐 조성에 이바지하고자 했다. 그 결과 1955년에 제작된 이규환 감독의 <춘향전>이 12만 명의 관객을 동원하며 장기 흥행에 돌입함으로써, 한국영화의 가능성을 과시하기도 했다.

이러한 조치들에 힘입어 한국 영화는 급성장세를 타게 되었다. 그리하여 1950년부터 1953년까지 4년간 고작 21편 제작되었던 것이 1954년부터 꾸준히 성장하더니, 1956년부터는 급속도로 발전하였다.[43] 국산 영화의 비약적인 발전에 반비례하여, 중요 연기자들과 관객을 영화계에 빼앗긴 연극계는 극심한 불황을 겪게 되었다. 1950년대 초반 연극계는 대중적 인기를 끌

---

41) 이 부분은 차범석의 글「한국연극의 인맥- <왜 싸워> 사건」,『한국연극』, 2000.9.에 잘 나와 있다.

42) 유치진은 반공예술인단의 창단위원이었고 이해랑은 동 단체의 부단장이 된 것에 비해, 서항석은 문총의 최고위원이었고 이진순은 동 단체의 사무국장이었다.

43) 이 당시 한국 영화 제작 편수는 다음과 같다.
1950년; 1편, 1951년; 10편, 1952년; 7편, 1953년; 3편, 1954년; 14편, 1955년 ; 15편, 1956년; 42편, 1957년; 28편, 1958년; 82편 1959년; 110편
서항석,『서항석전집 』6, 하산출판사, 1987, 2243~2247쪽.

었던 신파와 악극, 여성국극에도 관객을 많이 빼앗기긴 했지만, 1950년대 중반 이후부터 급속도로 발전한 국산 영화의 위력에 연극계는 빈사상태에 빠지고 말았다. 1960년 4.19혁명은 이승만정부의 독재를 타파할 수 있었지만, 불행히도 연극계의 아수라장을 바르게 이끌어갈 혁명은 일어나지 않았다.

## Ⅳ. 맺음말

해방기 이후 남한 연극계는 한마디로 분열과 위축, 반목과 침체로 얼룩졌다. 해방기에는 좌우 이념 대립이 극심함에 따라, 연극계도 '좌 아니면 우' 하는 식의 줄서기가 강요되었다. 이때 좌익은 조선연극동맹과 같은 조직을 앞세워 그들이 지향해야 할 새 시대의 연극을 민족연극이라 규정하고, 민족연극의 실현을 위해 적극적으로 활동을 전개하였다. 이들은 대다수 연기자들을 지도하여 민족연극의 동참자로 끌어 들였으며, 극작가들로 하여금 일제 잔재를 청산하고 새로운 민족적 이념을 제시하는 극작품을 창작하게 하였다. 좌익의 활동은 노동자 농민과 같은 민중들을 극장으로 끌어 들이려는 다양한 시도를 펼침으로써, 연극 대중화를 실천하였다. 그리하여 이들의 공연 활동은 당대 관객들의 큰 인기를 끌었으며, 공연의 성과 역시 대단하였다. 당시 전 연극인의 80% 이상이 조선연극동맹의 영향력 아래에 있었는데, 이들은 대부분 월북하여 북한 연극의 토대를 닦게 되었다.

조선연극동맹 소속 연극인들이 적극적으로 활동을 하는 동안, 우익 연극인들은 거의 침묵을 지키고 있었다. 유치진은 일제 말 현대극장을 이끌면서 친일 활동을 했다는 사실 때문에 해방 이후 연극 일선에 나서지 못하였다. 좌익의 박영호, 송영 등도 일제 말기 국민극을 통한 친일 전력이 없었던 것은 아니나, 이들은 친일 죄과를 속죄하기 위해 더 적극적으로 민족연극 수립에 매달렸다. 상대적으로 열세를 면치 못하던 우익 연극인들은 산발적으로나마 공연 활동을 펼쳐나가던 중, 좌익을 견제하려는 미군정의 적극적인 후원으로 재기할 수 있었다. 우익 연극인들은 좌익 연극인들이 펼쳤던 민족연극 노선의 정치적 편향에 대항하여 순수 연극론을 폈으나, 이 역시 우익 노선의 정치성을 노정한 것이었다. 그리하여 좌익 연극인들과 그 동조자들이 월북하고 난 뒤, 우익 연극인들도 UN한국위원단 환영공연이나 5.10선거 선전 연극 등에 앞장서게 되었다.

그러나 미군정은 국립극장 건립 문제와 일본인 소유 극장 처리 문제, 입장세 인상 조치, 그리고 노동법 개정 문제와 같은 민족문화말살 정책을 통해 우익 연극인들의 설 자리를 빼앗고 말았다. 미군정은 공산주의 사상 차단을 위해 우익 연극인들을 이용하고 난 다음, 우익 연극인들의 활동 터전을 잠식하는 '토사구팽' 전략을 펼쳤던 것이다. 식민지 국가의 민족문화 육성보다 미국의 이익을 우선시하였던 미군정은 연극이 자리를 내준 극장가에 미국 할리우드 영화를 쏟아 부었다. 미국 할리우드 영화의 공세에 고전을 면치 못하던 연극계는 철저하게 오락성과 상업성으로 무장한 신파극과 악극에도 떠밀리며 부진을 면치 못하였다. 다행스럽게 연극계의 침체를 일거에 만회할 수 있었던 일이 벌어졌는데, 그것은 다름 아닌 국립극장의 개관이었다. 그러나 이것마저 개관한 지 4개월 만에 발발한 전쟁으로 말미암아 더 이상의 호황은 없었다.

한국 전쟁을 치르는 3년 동안 민중들의 생존이 위협받는 상황에서 남한 연극계의 생존 역시 위태롭지 않을 수 없었다. 군의 원조를 받은 극단 신협만이 이 무렵 연극 무대를 외로이 지킬 수 있었다. 전쟁 이후 새롭게 재건되던 남한 사회의 노력과는 달리, 연극계에서는 연극인들 간의 해묵은 갈등과 반목이 재연되었다. 남한 연극계를 주도하던 기성 연극인들은 공연 활동은 지지부진한데도 주도권 다툼에 몰두하는 형편이었고, 더 나아가 독재 정치 세력과 유착하면서까지 기득권 보존에 연연하였다.

그리하여 독주를 거듭하던 신협은 구태의연한 매너리즘에 빠져 신작 공연 대신 과거 공연의 재탕, 삼탕에만 안주하였다. 전쟁 중 대구에서 재건된 국립극장 역시 부족한 예산과 인적 자원 때문에 변변한 공연 한번 제대로 펼치지 못하다가, 신협 연기자들을 대거 받아들이면서 국립극장다운 면모를 갖출 수 있었다. 이렇듯 위축된 남한 연극계는 이승만정부의 편향된 영화진흥정책에 밀려, 연기자와 관객을 한꺼번에 잃으며 침체를 거듭하였다. 게다가 악극과 여성국극 등에 대한 관객의 선호가 줄지 않는 가운데 1950년대 남한 연극계는 빈사 위기에까지 몰렸다.

1950년대 후반부터는 기성 연극인들의 매너리즘과 독선에 대항해 학구적인 신진 연극인들의 연극 정신 회복 노력이 돋보였다. 특히 제작극회와 같은 동인제 극단의 등장은 이후 실험극단, 산하, 민중극단 등과 같은 신세대 동인제 극단의 출현으로 이어지면서, 연극 발전의 전기가 마련되었다. 이와 함께 원각사와 같은 소극장의 개관은 신진 동인제 극단의 현대적인 연극 실험의 토대가 되었다.

1930년대에 신극과 프로극, 그리고 대중극으로 뚜렷하게 구분되었던 연극계는 일제 말기에 국민 연극 정책에 밀려 강압적으로 통합되는 듯했다. 그러나 좌우 이념의 대립이 극심했던 해방기를 맞아 좌익 이념극과 대중극이 연합하여 민족연극을 주창하며, 남한 연극계를 주도하였다. 그러나 이들은 미군정의 탄압으로 설 자리를 잃고 월북하여, 북한에서 새로운 뿌리를 내릴 수밖에 없었다. 전체 연극인의 80%가 월북하고 난 다음 남은 우익 세력은 종전의 신극을 수립하겠다는 목표를 내걸었으나 역부족이었다. 이 후 근대적인 신극이 제대로 정착되지 못한 상태에서, 1960년대의 신진 연극 세대들은 서구적인 실험극 공연을 통해 설익은 현대극을 도입하려 하였다.

[참고문헌]

고설봉, 『이야기 근대연극사』, 창작마을, 2000.
국립극장 엮음, 『국립극장 50년사』, 연극과인간, 2000.
김영수, 「3,1 연극대회의 성과」, 『매일신보』, 1946.4.1.
김태진, 「연극운동의 방향전환」, 『경향신문』, 1946.11.7.
______, 「분노의 서」,『독립신보』 1947.1.12.
대한민국예술원 엮음, 『한국 연극・무용・영화 사전』, 대한민국예술원, 1985.
서연호・이강렬, 『북한의 공연예술1』, 고려원, 1990.
서항석, 『서항석전집』 6, 하산출판사, 1987.
안광휘, 『한국 프롤레타리아 연극운동의 변천 과정』, 역락, 2001
안영일, 『예술연감』, 예술문화사, 1947.
유민영, 『우리시대 연극운동사』, 단국대 출판부, 1990
유치진, 『동랑 자서전』, 서문당, 1975.
이석만, 『해방기 연극연구』, 태학사, 1990.
이대우, 「극단평」, 『경향신문』, 1946.1212.
이원경, 「8.15 해방 공간의 문학인들- 뿌리를 못내린 희곡작가들」, 『동서문학』 1989.8.
이재현, 「해방 후 연극계 동향- 수난의 민족연극」, 『민성』 4권 7・8호, 1948.8.
이진순, 『한국연극사(1945~1970)』, 대한민국예술원, 1971.
이해랑, 「연극」, 『민족문화』 1948.10.
______, 『허상의 진실』, 새문사, 1991.
정음사 편집부 편 『잃어버린 산하』, 정음사, 1988.
차범석, 「잃어버린 역사를 찾아서」, 『한국연극』, 2000.4 .
______,「한국연극의 인맥」,『한국연극』, 2000.9.
허재일・정차근, 『해방전후사의 바른 이해』, 평민사, 1991.

[국문요약]

# 현대 연극사의 재검토

## ㅡ 해방 이후부터 1950년대까지

본 연구는 우리 연극사의 격동기였던 해방 이후부터 1950년대까지의 연 극사를 재검토하고자 하였다. 해방 이후 우리 연극계는 반목과 분열, 그리고 위축과 침체로 얼룩졌다. 좌·우 이념 대립이 심한 당시 사회에서 연극계 역시 예외가 아니었다. 조선연극동맹을 주축으로 활동했던 좌익에서는 당시 연극인의 80% 이상을 끌어 들여, 일제 잔재 청산과 새로운 민족연극 수립에 몰두하였다. 또한 좌익 연극인들은 노동자 농민들을 대상으로 한 연극 대중화 전략을 성공적으로 수행하였으며, 이들의 연극은 관객들로부터 대단한 인기를 끌기도 하였다. 그러나 이들 좌익 연극인들은 이념을 좇아 월북하였으며, 이념과 무관했던 연극인들의 대다수도 동반하였다. 이념과 무관했던 연극인들의 월북 원인으로는 북한에서 펼친 연극인 우대정책도 중요한 요인이었지만, 남한의 미군정이 펼친 민족문화 말살정책도 중요한 요인이었다.

해방 이전 친일 연극 활동에 앞장섰던 우익 연극인들은, 해방 이후 활동에 있어 좌익에 비해 조직과 인원, 작품 발표 동에서 열세를 면치 못하였다. 좌익을 견제하려는 미군정의 적극적인 후원으로 연극 활동을 재개한 우익 측은 이념성을 배제한 순수 연극을 지향하고자 하였다. 그러나 이들은 국립 극장 건립 문제, 일본인 소유 극장 처리 문제, 입장세 인상 문제, 그리고 노동법 개정 문제 등의 미군정 정책에 의해 설 자리를 잃어갔다, 그나마 남한 정부 수립 이후 국립국장이 설립되어 연극 활동이 본격적으로 전개될 수 있었으나, 한국전쟁으로 그것마저 중단되지 않을 수 없었다,

한국전쟁 이후 남한 연극계는 그 활동이 지지부진한 가운데, 연극계 원로들은 주도권 다툼에 몰두하면서 이승만 독재 정권과 유착 관계를 유지

하였다. 독주를 거듭하던 유일한 극단 신협은 구태의연한 매너리즘에 빠져 신작 공연 대신 과거 공연의 재공연에 안주하였다. 또한 이 무렵 연극계는 이승만 정권의 영화 진흥 정책에 밀려 연기자와 관객을 한꺼번에 잃고 말았다, 그러나 이와 같은 부진 속에서도 학구적인 신진 연극인들의 연극 정신 회복 노력이 돋보였으며, 1960년대 현대 연극이 발전할 수 있는 토대를 마련할 수 있었다.

핵심어
해방 이후, 연극사, 월북, 민족연극, 민족문화 말살, 국립극장, 신협, 현대극